中国与朝鲜半岛近现代文学关系研究
（1894—1949）

A Study of the Relationship between Modern Chinese Literature and Modern Literature of the Korean Peninsula（1894—1949）

张乃禹　著

陕西新华出版
陕西人民出版社

图书在版编目（CIP）数据

中国与朝鲜半岛近现代文学关系研究：1894—1949／张乃禹著．—西安：陕西人民出版社，2023.12
ISBN 978-7-224-15297-5

Ⅰ.①中… Ⅱ.①张… Ⅲ.①中国文学—文学研究—近现代 ②文学研究—朝鲜—近现代 Ⅳ.①I206.6 ②I312.06

中国国家版本馆 CIP 数据核字（2023）第 254622 号

责任编辑：武晓雨
封面设计：蒲梦雅

中国与朝鲜半岛近现代文学关系研究（1894—1949）
ZHONGGUO YU CHAOXIAN BANDAO JINXIANDAI WENXUE GUANXI YANJIU（1894—1949）

作　　者	张乃禹
出版发行	陕西人民出版社
	（西安市北大街 147 号　邮编：710003）
印　　刷	陕西隆昌印刷有限公司
开　　本	787 毫米×1092 毫米　1/16
印　　张	23.25
字　　数	394 千字
版　　次	2023 年 12 月第 1 版
印　　次	2023 年 12 月第 1 次印刷
书　　号	ISBN 978-7-224-15297-5
定　　价	89.80 元

如有印装质量问题，请与本社联系调换。电话：029-87205094

国家社科基金后期资助项目出版说明

　　后期资助项目是国家社科基金设立的一类重要项目,旨在鼓励广大社科研究者潜心治学,支持基础研究多出优秀成果。它是经过严格评审,从接近完成的科研成果中遴选立项的。为扩大后期资助项目的影响,更好地推动学术发展,促进成果转化,全国哲学社会科学工作办公室按照"统一设计、统一标识、统一版式,形成系列"的总体要求,组织出版国家社科基金后期资助项目成果。

全国哲学社会科学工作办公室

序

汤哲声

  中外文学关系是比较文学研究的焦点主题之一，作为既传统又经典的研究向度，已然成为中国比较文学研究的代表性领域，有着极其丰厚的学术传统。可以说，中外文学关系研究在很大程度上引领着整个中国比较文学的研究。从"20世纪中国文学的世界性因素"的提出，到汉译文学与中国文学耦合关系的考察，从"文学发生学"在中外文学关系中的建构，到比较文学形象学和"变异学"的导入，这些宝贵的探索和丰赡的成果，在展拓中外文学关系研究视野方法、优化理论建构的同时，有力推进了中国比较文学学科的纵深发展。

  但是，追溯国内中外文学关系研究史不难发现一个有意思的现象，即在研究对象国方面存在着"舍近求远"的不均衡问题，相关成果大多聚焦于中西文学关系，而对中国与周边国家的文学关系则缺乏应有的关注。换言之，学界更加侧重于中国与西方发达国家或曰强势国家之间文学关系的探究，甚至直接将20世纪以来的中外关系视同中西关系。这固然可归因于中国现代化转型过程中对自身（"东方"）与他者（"西方"）的文化体认惯性，无论是"中体西用"思想，还是"中国文化本位论"，皆以西方为参照系来关照自身。尽管"西方"这一镜像的对比度足够高且清晰，但其映射出来的"中国"却难免带有一定的片面性，甚至是残缺不全的。只有借助全方位的"镜子"，才能映照出真实、立体而全面的中国形象及其细部样貌。这或许就是葛兆光提出"从周边看中国"学术构想的直接动机和根本出发点。

  从这个意义上读张乃禹的《中国与朝鲜半岛近现代文学关系研究（1894—1949）》一书，让我感怀颇深。这并不仅仅是因为他将研究视角投向了20世纪的中外文学关系，更可称道的是，他能够将研究视野聚焦于中国周边的朝鲜半岛，具有了明显的"从周边看中国"的问题意识和学术自觉。关于中国与朝鲜半岛文学关系的研究，学界不无先例，如金柄珉、李存光主编的皇皇10卷本《中国现代文学与韩国资料丛书》，对比较文学和中外文学关系研究均具有重要的启发意义和引领价值，但其相对而言更侧重于史料价值的凸显。2004年钱林森主编的《外国作家与中国文化》10卷本丛书，其中就包括朝韩卷；2015年刘顺利编著的《中外文学交流史：中国—朝韩卷》收录于钱林森、周宁策划的《中外文学交流史》（17册）大型丛书中。以上两部著作均涉及中国与朝鲜半岛的文学关系，但略偏重于古代文学交流关系史的论述。

　　相较于此，张乃禹把着眼点置于近现代，同时将研究起点设定于甲午海战失利的1894年。我认为这一设定相当精准，正是甲午战争直接导致了现代东亚"文化地形"的历史性嬗递，也由此成为中、日、朝鲜半岛之间文学文化关系的转捩点，此后中国与朝鲜半岛的文学关系就逐渐由"影响关系"向"平行发展"的格局演进。在此基础上，张乃禹认为，中国与朝鲜半岛近现代文学关系大体经历了从"疏离"到"对话"再到"回归"的过程。东亚"文化地形"骤变导致传统"华夷秩序"轰然崩塌，表现在文学关系上即为"疏离"局面。但中华文化的强大辐射力使晚清和"五四"新文学对朝鲜半岛产生了延续性影响。在连带意识与同位心理的交互作用下，中国与朝鲜半岛文学关系逐渐在"对话"中呈现出"回归"的格局，虽然其紧密程度和互动深度均无法企及古代，但还是保持了较为密切的互动。事实上，正是缘于古代中国与朝鲜半岛千丝万缕的文化渊源关系，中国与朝鲜半岛文学关系研究大都侧重于古代文学且研究体系已相当完备，也已经产出了相当丰厚的研究成果，而中国与朝鲜半岛近现代文学关系相关研究却相对付之阙如。张乃禹把研究视野投向中国与朝鲜半岛文学关系的近现代转变期，一方面是中国与朝鲜半岛古代文学既有研究的延续，另一方面也是两国文学关系研究的新拓展和新尝试。不仅助力了两国文学关系研究偏爱古代的研究惯性的扭转，而且也在很大程度上拓展了中国与朝鲜半岛比较文学和文学关系研究的新思维和新空间。

　　此外，张乃禹此专著在很大程度上摆脱了中国与朝鲜半岛文学关系研究中固有的"单向"思维理路，通过对两国间共同话语、相互认知和交叉互动的深度探究，以及两国文学互译互鉴关系的"双向"考察，实现了研究视角的转换，为中外文学关系研究提供了一个更为立体全面的东亚视角。全书上下两编的体例编排就明显体现了这一点。上编为"辨源析流——朝鲜半岛文学近现代转型中的中国因素"，主要探讨朝鲜半岛文学的近现代转型与晚清"三界革命"，朝鲜半岛殖民地文学与"五四"新文学的关联性问题。下编为"同轨镜鉴——中国近现代文学对朝鲜半岛的关注与呈现"，通过深度剖析中国对朝鲜半岛近现代文学的译介、中国近现代文学中的"朝鲜"映像和"朝鲜人"形象，阐明中国文学对朝鲜半岛文学的关注以及朝鲜半岛文学的逆向影响，主要包括具体文学文本的译介传播、互动认知与跨界书写等。在论述展开过程中，张乃禹并未止步于两国文学相互译介、相互关照问题的表层分析和局部探讨，而是尝试将视域和论域拓宽至中国与朝鲜半岛文学史、思想交流史相互比较的层面，真正做到了史论结合；同时将"点"的共时阐析（实证性的个案研究）和"面"的纵向梳理（系统性的理论总结）相结合，较为全面地呈现了中国与朝鲜半岛近现代文学的相互认知和关系演进过程。

虽然本论著的主题是中国与朝鲜半岛的文学关系，但对于同处东亚且对中国和朝鲜半岛文学近现代转型均产生深刻影响的日本，张乃禹并未将其完全忽视。在具体行文中，他较好地兼顾了日本在中国与朝鲜半岛文学关系中的地位和作用，保持了东亚视野中的思考维度。如在论及中国与朝鲜半岛"连带心理"的生成和建构时，张乃禹指出：日本的殖民扩张使传统意义上的东亚民族国家界限变得模糊不清，中国和朝鲜半岛作为反抗主体均无法仅仅将视野局限于国家内部。"东方弱小民族"意识形态由此成为中国知识文人构建朝鲜半岛文学认知的思想中介，在左翼民族意识和文化想象之中，型构了一个东方与西方、中国与东亚多层隐喻、无限延展的意义空间。

学术贵在创新。这本专著对于中外文学关系研究体系的构建和研究格局的优化，将产生一定的推动作用，尤其在"以邻为镜"进而"揽镜自鉴"的基础上，重新审视和定位中国文学在世界文学版图中的身份地位方面，具有一定的先导意义和引领作用。唯有借助前后左右多面"镜子"的映照，中国文学才能在锤炼自身感召力和影响力的基础上，拓展与世界不同文化间交往的可能性和协商空间，进而更好地参与到世界文学谱系的构建之中。

张乃禹长期致力中国与朝鲜半岛文学关系的研究，成绩卓著。这本著作是他的新成果。他潜心于学术思考，不断开拓新的学术空间，提出了很多值得我们思考的问题，其专注、勤奋和思考都令我感佩。在他的新著出版之际，他嘱我为其作序，我很高兴。

向张乃禹祝贺新著出版，同时也向学界推荐此著作。

是为序。

2023 年疫后于苏州运河边

目 录

导论 …………………………………………………………………… 1

上编:辨源析流——朝鲜半岛文学近现代转型中的中国因素

第一章 朝鲜半岛近现代文学转型的历史文化语境 ………… 17
- 第一节 东亚文化格局的历史转折与嬗变 ………………… 18
- 第二节 文学外部驱动力量的裂变与重构 ………………… 23
- 第三节 文学内在结构的新旧交替与演进 ………………… 30
- 第四节 中华传统文化辐射力的惯性延展 ………………… 35

第二章 朝鲜半岛文学近代化转型与晚清"三界革命" ……… 45
- 第一节 晚清文学著述在朝鲜半岛的译介与传播 ………… 46
- 第二节 朝鲜半岛"小说革命"与晚清"小说界革命" ……… 70
- 第三节 "东国诗界革命"与晚清"诗界革命" …………… 112
- 第四节 朝鲜半岛文体革新与晚清"文界革命" …………… 135

第三章 朝鲜半岛殖民地文学与"五四"新文学 …………… 163
- 第一节 "越境叙事":朝鲜半岛作家的中国体验与跨界书写 … 164
- 第二节 "连带心理":朝鲜半岛对中国新文学的译介与接受 … 180
- 第三节 "主体认知":同位意识支配下两国文界的互动交流 … 212
- 第四节 "异域之镜":新文化运动与文艺启蒙的共鸣性启迪 … 236

下编:同轨镜鉴——中国近现代文学对朝鲜半岛的关注与呈现

第四章 中国对朝鲜半岛近现代文学的译介 ………………… 263
- 第一节 "弱小民族"意识形态和历史话语的影响 ………… 264
- 第二节 经由第三国语言的"转译"现象 …………………… 273
- 第三节 "革命文学"对翻译活动的统摄作用 ……………… 281

第五章 中国近现代文学中的"朝鲜"映像 ………………… 289
- 第一节 中国知识界对朝鲜半岛的认知变化轨迹 ………… 290

第二节　亡国史鉴:朝鲜沦亡叙事的凸显与反省 …………… 297
第三节　同仇敌忾:对朝鲜抵抗精神的文学呈示 …………… 307
第六章　中国近现代文学中的"朝鲜人"形象 ………………… 318
　　第一节　反抗与救亡:朝鲜英雄人物形象的塑造和讴歌 …… 318
　　第二节　抵牾与融合:朝鲜平民人物形象的刻画和展现 …… 326
　　第三节　记忆与现实:朝鲜反面人物形象的暴露和审视 …… 333
结语 …………………………………………………………………… 341
参考文献 ……………………………………………………………… 345
附录 …………………………………………………………………… 351

导　论

　　朝鲜半岛①是汉字文化圈的典型代表之一，自古以来在历史、文化和文学方面与中国存续着千丝万缕的关联。直至近代，中国与朝鲜半岛相继遭到西方或日本的殖民侵略，一向密切的传统交流关系被迫中断，两地在文学文化方面长期构建的文化格局发生了历史性转折，即由宗藩体系下"中心"与"边缘"的文化博弈，逐渐转变为现代国际关系框架内的文化交流。朝鲜半岛也在此时期逐渐步入"开化期"②，在封建社会的解体和近代社会的形成过程中，当时的知识文人们在接受西方近代制度和理念的基础上，将文明开化的社会思想视为时代精神的主流。在西方先进思想与朝鲜半岛传统文化激烈碰撞的过程中，外来文化的冲击史无前例地扩散至社会生活的各个角落，朝鲜半岛文学由此面临着由传统到现代的嬗变。

　　通常认为，随着近代东亚③"文化地形"的历史性嬗变，通过明治维新和"脱亚入欧"迅速走上资本主义发展道路的日本成为东亚的领头羊。而中国则由"天朝上国"沦落为被列强肆意蹂躏的半殖民地，如此一强一弱的国势升降沉浮，使中国与朝鲜半岛的文学关系逐渐由"影响关系"演化为"平行发展"的格局。这虽然基本符合历史史实，但需要明确一点，文化

---

　　①　本研究的时间段大致为19世纪末至20世纪40年代，其中，1910年以后的朝鲜半岛正处于日本的殖民统治之下，被称为"日本强占期""日帝支配期"或"日据时期"等，尚未分裂为现在的"韩国"（朝鲜半岛南部）和"朝鲜"（朝鲜半岛北部）。当今的"韩国"和"朝鲜"是二战结束后，在美国和苏联的支持下，分别于1948年8月和9月成立的。朝鲜半岛历史上与明清两朝相对应的历史时期为"李氏朝鲜"，"朝鲜"这一国号曾经代指整个朝鲜半岛。而1897年由于清朝影响力的衰弱，朝鲜半岛在日本的扶持下，改国名为"大韩帝国"，直至1910年完全沦为日本的殖民地。此时期的"大韩帝国"亦简称为"韩国"。鉴于这种复杂的历史变迁状况，同时为了避免引起歧义，本研究为了统一名称，除了引用文之外，都使用"朝鲜半岛"这一名称。虽然"朝鲜半岛"是一个地理概念，但就本研究来说，是一个最符合历史史实的准确称呼。文中出现的"韩国""朝鲜"和"朝鲜人"之概念，是对朝鲜半岛上国家和国民概念的统指，是包含历史与现存国家的统称，并非单纯现今意义上的"韩国""朝鲜"和"朝鲜人"。

　　②　在朝鲜半岛，"开化期"是一种约定俗成的术语，是指1876年《江华条约》签订之后开始接受西方及日本近现代文明的影响，封建社会秩序受到冲击，人们的思想开始迈向文明开化，社会风俗和文化发生裂变，直至1910年因"韩日合邦"而沦为日本殖民地的这一段历史时期。该时期又被称为近代转换期、启蒙期、爱国启蒙期等，时间上与中国晚清大致相当。

　　③　东亚，意指亚洲东部，狭义上包括中国、日本、朝鲜半岛等东北亚区域，广义上还包括越南、菲律宾、马来西亚等东南亚国家，本研究所指涉范围为前者。

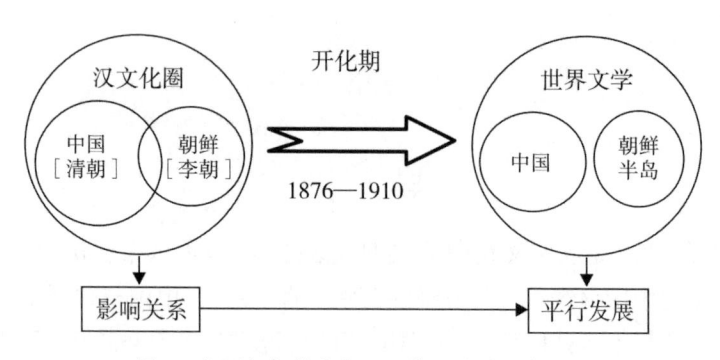

图 1 中国与朝鲜半岛近现代文学关系演变图

或文学影响关系的断裂并非瞬时完成,而是一个渐进和缓慢衍变的过程。换言之,相较于古代,中国与朝鲜半岛近现代文学关系虽然因外部势力的强势介入而有所疏离,但因中华文化对周边国家的强大辐射力和影响力,中国对朝鲜半岛文学的影响并非戛然而止或迅速消弭,而是保持了一定的惯性延伸。其重要表现就是晚清文学革命以及"五四"新文学对朝鲜半岛文学转型所产生的影响。

"纵观几千年中韩文学交流的历史,中国文学始终发挥以辐射、张力、渗透为特征的创新性价值,韩国文学则体现着以吸纳、变异、融汇为特征的本土化价值。"①在19世纪中后期,中国与朝鲜半岛文学交流主要表现在使节往来、文本传播和跨界叙事等方面。而随着日本迅速崛起进而成为朝鲜半岛的殖民地宗主国,朝鲜半岛知识文人们虽然无法排斥日本作为西方文明"中转站"的作用,但也有一部分启蒙思想家和知识文人在同位意识的支配下,将关注视角转向殖民地边缘的中国。中国由此逐渐成为朝鲜半岛接受西方现代文明的重要通道之一,虽然不及日本对朝鲜半岛的全面影响,但以晚清"三界革命"和"五四"文学革命为代表的中国现代思想启蒙和文化转型的经验,也在很大程度上推动了朝鲜半岛文学的现代化进程。朝鲜半岛作家们则在中国体验中生发出对本国文学转型的思考,同时在同位意识与对"五四"新文学的主体性认知以及连带心理的支配下,对以鲁迅、胡适为代表的中国新文学进行了广泛的译介和接受,其中胡适在文学理论方面,鲁迅在文学创作方面,对朝鲜半岛新文学的演进和发展产生了较为深远的影响。

文学交流从来都不是单向的,尤其是在新文化运动在中国与朝鲜半岛

---

① 金柄珉:《中国与周边:中韩近现代文学交流的历史转型与价值重建——兼论韩国近现代文学的主体性与现代性建构》,《中国比较文学》2020 年第 1 期。

先后兴起的时代语境下，两地的文学交流进入新的历史阶段。缘于地缘政治的邻近性和文化心理的接近性，中国曾是朝鲜半岛知识文人和抗日斗士最大的海外流散空间，也是抗日独立运动、越境文学书写、现代话语建构的主要基地。中国新文学也在中国与朝鲜半岛渐行渐远的文化关系转型中，对完全沦为殖民地的朝鲜半岛表现出一定的关注，并力图将其殖民地遭遇视为重要的镜鉴。"在我们一直厕身其中的对中国现代文学的认识和理解之中，是不是存在着类似的一个或多个'他者'？"[①]事实上，在中国文学现代化转型过程中，除却欧美影响因素，也不同程度地掺杂着朝鲜半岛、日本、俄罗斯等影响因子。从朝鲜半岛文学作品的译介，到作品中对"朝鲜"映像的呈现，从对朝鲜半岛抵抗殖民精神的赞扬，到作品中对"朝鲜人"形象的反映，无不体现出中国近现代文学对殖民地语境下朝鲜半岛的文化关照。当然，其中也必然掺杂着朝鲜半岛知识文人对中国新文学的关注和思考。

一

无论是中国，还是近在咫尺的朝鲜半岛，文学的近现代转型都无一例外地伴随着门户洞开和殖民侵略，1840年的鸦片战争标志着中国开始了近代化进程，朝鲜半岛与此相类似的历史事件是1876年《江华条约》的签订。由此可见，中国近代化历程要比朝鲜半岛早30余年。从新文学萌生的影响关系角度来看，中国新文学影响朝鲜半岛文学现代化转型，存在着时间差方面的合理性。晚清文学中所蕴含的"现代性"甫一提出就持续成为学界研究的焦点和热点。从寻找被压抑的现代性，到"20世纪中国文学"概念的提出，学者们纷纷从晚清文学中寻找中国现代文学的源头和起点。这正佐证了晚清文学中存在现代性因素的事实，可以说至少在东亚文化场域内，除却日本文学，晚清文学也具备一定的先进性和超前意识。

晚清时期，随着"西风东渐"和"三界革命"的发生，小说从"诲盗诲淫"的边缘化身份迅速跃升至"文学之最上乘"的主流地位。同时，小说开始与报纸杂志等大众传媒联姻，报刊成为文学传播的主要媒介，小说的创作、生产和流通方式呈现与古代文学迥异的样态。大批报人身份的职业作家开始涌现，而现代印刷业的发展，为报刊的大量印刷和发行提供了重要的技术保障。教育的普及、都市的形成、市民的激增等都直接刺激了晚清小

---

① 宋明炜：《后殖民理论：谁是"他者"？》，《中国比较文学》2002年第4期。

说的转型。同时，域外小说的翻译引进给晚清文坛以极大冲击，从此以后晚清文学变革不得不在"世界文学"的体系和视野中展开，历代古文运动仅仅局限在民族文学资源基础上的变革与此不可相提并论。此外，晚清文学革命强调文学与社会、政治的关系及其对国民精神的改造等直接推动了"五四"文学革命的发生。而以"五四"为起点的中国现代文学也为朝鲜半岛提供了异域参照和示范作用，其中文学革命思想与新文学创作实践成为朝鲜半岛新文学演进发展的重要镜鉴。基于中国与朝鲜半岛文学交流关系的持久性和地缘上的接近性，不难理解中国近现代文学对一衣带水的朝鲜半岛的文学转型产生了延续性影响的事实。

迄今为止，朝鲜半岛学界对于其近现代文学的研究主要存在两种倾向：一是从文学发展史的观点出发，探讨其与传统文学的继承、变异、发展的历史过程，即从传统文学中寻找新文学的历时渊源；二是着眼于外来思潮的冲击，着重考察外部因素对新文学产生和发展的影响。其中，西方文学的影响自然是首要的，另外中国和日本除了直接对朝鲜半岛文学转型产生影响之外，还是其接受西方文学影响的重要间接媒介。而从比较文学的观点出发，对朝鲜半岛文学转型所展开的现有研究，大都侧重于日本文学的影响或其发挥的媒介作用。朝鲜半岛作为日本殖民地长达35年，其受到日本的深远影响固然是不可否认的事实。但选择日本作为主要媒介，并非当时朝鲜半岛开化派们"有意为之"的自觉行为，从客观的角度来看，是传播西方文化的中国和日本的开化现象存在相冲的特性所导致的，即日本所接受的西方文化具有能够投射到他国的开放性，而中国立足于"中学为体，西学为用"立场所接受的西方文化则相对具有保守性。因此，对于朝鲜半岛近现代文学演变外来影响因素的探究主要强调日本和通过日本而来的西方的影响。

但是，相较于日本，中国与朝鲜半岛无论在历史交流传统方面，还是地缘性和文化心理方面，都保持了异常密切的文学文化交流关系。虽然自甲午更张[①]和中日甲午战争之后，以中国为媒介的西方文化接受明显进入低潮，以日本为中介的西方文化和文学接受显著加强，但是至少在1910年

[①] "甲午更张"，又称甲午改革，是指1894年（甲午年）李氏朝鲜进行的一系列近代化改革，广义上也包括1894年7月到1896年2月期间在日本控制下的朝鲜进行的所有改革措施，其主导势力是以金弘集为首的亲日开化派。"甲午更张"涵盖政治、经济、文化、军事、社会等各个方面的改革，是朝鲜半岛历史上具有划时代意义的资产阶级改革，使朝鲜开始了近代化转型，推动了朝鲜社会的进步。但由于此改革是在日本人的影响和干涉下进行的，因而许多措施有利于强化日本对朝鲜的控制，整个改革也得不到朝鲜百姓的支持。最终发生"俄馆播迁"事件，金弘集政权倒台，"甲午更张"以失败告终。

"韩日合邦"之前，中国作为一个重要的影响源，在朝鲜半岛文学由传统到现代的古今演变过程中，曾发挥了直接推动和潜在刺激的双重作用。此后的"五四"新文学也在一定程度上推进了朝鲜半岛新文学的发展进程，中国与朝鲜半岛之间思想文化的同位与共情意识没有在短时间内迅速消弭。因此，即使面临内忧外患的国内外局势和东亚格局的历史性逆转，中国对朝鲜半岛延续千年的文学影响也未戛然而止。在朝鲜半岛小说革命、诗歌变革、散文文体革新以及殖民地文学的发展演进方面的外部影响因素之中，中国新文学的影响不容小觑。尤其中国与朝鲜半岛的近现代文学关系，更是呈现多层面、多向度、交叉性的新格局。如知识文人间的来往交流加深了相互认知，形成了共同话语，进而通过文学译介与文本传播，达到了学术和思想上的互通互鉴。以"亡国""抗日"为叙事中心的跨界书写，使中国与朝鲜半岛分别产出了大量反映对方国家和民众形象的近现代文学作品。因此，对于现有一边倒的过度强调日本影响因素的研究范式，有必要进行重新审视和深入反思。

事实上，相较于古代文学交流研究，中国与朝鲜半岛近现代文学关系研究在过去相当长的历史时期内，一直未能引起学界的充分重视，系统性的研究长期处于缺失状态。且相较于中国与朝鲜半岛近现代文学关系，学界似乎更为关注中国与西方、中国与日本之间直接而显性的文学交流。在中国与朝鲜半岛近现代文学关系方面，个别学者甚至提出了"中国影响断绝论"，即主张中国与朝鲜半岛之间的文学文化影响关系到了近代以后基本处于断绝状态，此论断显然存在明显的武断性和欠妥之处。近来虽然有部分学者开始将研究焦点转移至中朝近现代文学关系这一议题，也取得了一些启迪中韩学界的较有分量的成果，但大都停留在个案研究层面，整体性、融合性的研究相对欠缺。尤其在改变既有研究中存在的"单向度"视角偏差的基础上，分别从中国和朝鲜半岛的"双向"视角出发，究明两者的相互认知，探究其文学关系的互动性、交叉性和多样化方面的研究亟待开展。

二

依据通用的历史分期方法，1840年可视为中国进入近代社会的标志，1919年则是现代的起点。而对于朝鲜半岛，关于"近代"和"现代"如何分期的争论一直未曾停止，目前学界较为公认的近代起点是高宗即位的1863年，而正式成为日本殖民地的1910年则被视为现代的起点。1906年李人稙的《血之泪》被视为朝鲜半岛新小说的开山之作，1917年李光洙的《无情》被看作朝鲜半岛现代小说的嚆矢。虽然就一国而言，文学的演进变革与历史的纵向变迁并未完全同步，不能将某个具体的历史事件视为其转折点，但是，朝鲜半岛首部新小说和首部现代小说出现的年份基本上符合对"近代"和"现代"的时间界定。概而言之，朝鲜半岛的"近代"整体上包含于中国的"近代"之中，而朝鲜半岛的"现代"又稍早于中国，同时朝鲜半岛并无"当代"的说法。鉴于中国与朝鲜半岛所指称的"近代"和"现代"并不完全重合的事实，本研究除了引文和专有名词之外，均使用"近现代"这一说法。

1894年的中日甲午战争成为日本迅速崛起、中国日趋衰落的标志性历史事件，正是以此事件为转折点，日本步步紧逼直至将朝鲜半岛纳入其殖民体系之中。事实上，虽然甲午战争以前也发生了中英、中法等战争，但真正引起中国人思想意识上最强烈震动和前所未有忧患意识的，正是1894年的甲午战争。正如梁启超所言："吾国四千余年大梦之唤醒，实自甲午战败割台湾偿二百兆以后始也。"[①]本研究主要探讨中国与朝鲜半岛近现代文学关系，而"文学的演进变革毕竟不同于历史的变迁，它不能以某个重大历史事件为转折点。实际上，文学的分期往往要落后于历史的分期"[②]。但是，就东亚"文化地形"和政治格局以及对朝鲜半岛的影响力和控制权来说，甲午战争确可视为一个重要的分水岭。对于处于中日角力夹缝中的朝鲜半岛来说，甲午战争后，中国由"天朝上国"沦为异质性"他者"，而日本则成为殖民地的宗主国。

中国与韩国文学史分期方法的不同，导致中国所说的"现代"与韩国所指称的"近代"存在部分重叠。汤哲声认为，"中国小说的现代化的起点是以清末民初的小说改革为标志的，它和'五四'小说改革构成了中国小说现代化进程中的两个阶段"[③]。陈平原也认为"中国近代新小说作品的出现大致开始于1902年《新小说》杂志创刊"[④]。同时，晚清文学革命巨匠梁启超创办《新民丛报》，发表《饮冰室诗话》和为"小说界革命"提供理论依据的《论小说与群治之关系》，均是在1902年。反观韩国，目前学界将1906年李人稙发表于《万岁报》上的《血之泪》视为"新小说"的嚆矢之作。

---

① 梁启超：《戊戌政变记》，《饮冰室合集（第6册）》，北京：中华书局，1989年版，第1页。
② 张乃禹：《中韩小说现代化转型比较研究》，苏州：苏州大学出版社，2013年版，第6页。
③ 汤哲声：《中国现代通俗小说流变史》，重庆：重庆出版社，1999年版，第31页。
④ 陈平原：《中国现代小说的起点——清末民初小说研究》，北京：北京大学出版社，2005年版，第1页。

而韩国著名现代文学研究学者李在铣则主张"新小说"的发端可追溯至1904年连载于《大韩日报》的《灌顶醍醐录》《一捻红》《斩魔刃》等系列小说。由此可见,中国与朝鲜半岛"新小说"在大体相似的时间面世,具有一定的同步性,但均是在东亚政治格局发生历史性裂变的时代背景下发生的。鉴于中日甲午战争在中、日、朝鲜半岛三角关系演变过程中的重要决定性作用,本研究将1894年设为起点。

同时,中国第一部现代白话小说——鲁迅的《狂人日记》发表于1918年,此后直到1949年,被视为中国现代文学的三个"十年"。而朝鲜半岛第一篇现代小说是1917年李光洙发表于《每日申报》上的《无情》。作为朝鲜半岛现代文学的开山之作,此小说被称为"韩国近代化过程的反映"[①]。后直至1945年日本殖民侵占期结束,朝鲜半岛的现代文学一直处于"日据时期"或"黑暗期",此后1948年朝鲜半岛南北双方分别在美国和苏联的支持下,分裂为当今的"韩国"和"朝鲜"。结合中国与朝鲜半岛近现代文学演进的基本脉络和时间节点,本研究将时间下限设定于1949年,主要探讨1894年至1949年间中国文学与朝鲜半岛文学之间的互动关系,包括上下两编。上编为"辨源析流——朝鲜半岛文学近现代转型中的中国因素",具体来说,主要涉及晚清"三界革命"对朝鲜半岛文学转型的影响,朝鲜半岛殖民地文学与"五四"新文学的关联性。下编为"同轨镜鉴——中国近现代文学对朝鲜半岛的关注与呈现",主要探讨中国近现代文学视角下的朝鲜半岛文学,具体包括中国近现代文人对朝鲜半岛的认知变化轨迹、中国近现代文学中的"朝鲜"映像和"朝鲜人"形象等,从具体文学文本的译介传播和接受、互动认知与跨界书写等方面,阐明中国文学对朝鲜半岛文学的关注以及朝鲜半岛文学对中国文学的逆向影响。"在中国现代文学发展的每个历史时期,都留下了反映大韩民族精神、描绘韩国爱国斗争的优秀篇章。这无论是从文学的创作艺术、审美崇尚,还是从历史的文化反思、价值评价的角度来看,都具有不可忽略的重要意义。"[②]朝鲜半岛元素的存在,说明中国近现代文学对周边国家文学保持关注的同时,对异域文化采取了主动吸收的积极姿态,进而助力于自身的现代性转变。

为此,本研究首先对朝鲜半岛文学转型中的"中国影响因素"进行辨

---

① 全光镛:《韩国小说发达史(下)》,首尔:高丽大学民族文化研究所,1998年版,第1163页。
② 刘为民:《中国现代文学与朝鲜》,《山东大学学报》1996年第3期。

源析流式的阐析,通过中国近现代文学相关著述的挖掘整理,分别考证传入朝鲜半岛的中国近现代文学思想理论对朝鲜半岛文学革命的影响。文中所涉中国近现代文学著述分为两大类别:一是由朝鲜半岛翻译出版的单行本(称之为"著"),二是在当时报刊中登载的论述文章或文章的节选部分(称之为"述")。其次,从"同轨镜鉴"的视角,论析中国近现代文学对朝鲜半岛的关注与呈现。主要从中国对朝鲜半岛近现代文学的译介、中国近现代文学中的"朝鲜"映像、中国近现代文学中的"朝鲜人"形象等角度切入研究。

将文学的古今演变与中外文学关系结合进行深度融合研究,创新性与挑战性并存。事实上,中国近现代文学自身所带有的"现代性",必然会对一衣带水的近邻产生某种程度的影响。而这种影响恰好发生于东亚格局嬗变和两国文学关系发生转变的历史节点,就更加凸显其历史意义。在朝鲜半岛传统文学至现代文学的过渡历程中,伴随着封建制度的解体和外来势力的殖民侵略,后者又带来了西方先进文明的冲击。在新旧文化和东西文明的激烈碰撞中,朝鲜半岛文学转型所需的内部条件逐渐成熟,包括现代报刊的诞生、职业作家的出现、印刷技术的发达、大众传媒的兴盛、新式教育的兴起、现代都市的形成等,从创作者、阅读者、传播媒介等方面,为文学古今演变和转型提供了驱动力量。在此过程中,中国近现代文学相关著述传入朝鲜半岛,在很大程度上推进了其文学革命和文化转型的进程。

整体来看,中国与朝鲜半岛近现代文学关系大体经历了"疏离""对话"到"回归"的演进过程。首先是东亚"文化地形"骤变导致传统以中国为中心的"华夷秩序"[①]轰然崩塌。中国与朝鲜半岛间紧密的文化交流关系被迫中断,表现在文学关系上即为两地文学的"疏离"局面。但由于中华文化对周边国家的强大辐射力和影响力,晚清文学和"五四"新文学还是对朝鲜半岛文学的演变和转型产生了延展性影响,经过相互译介和接受基础上的互学互鉴过程,中国与朝鲜半岛文学关系逐渐呈现出明显的"对话"姿态和"回归"格局。当然,其紧密关系和互动深度无法企及古代,但还是通过相互关照和交流,保持了密切的互动。

[①] "华夷秩序"是指2000余年间长期存在于亚洲东部、南部、东南部等地的某种国际秩序,具体是指晚清之前历史上以中国(或曰中原王朝)为轴心的区域关系体系。由于中国在东亚区域具有较高的经济、文化和科技发展水平,这一体系通过一系列有形和无形的规则,构建了以中国为中心,其他附属国、朝贡国为边缘国家的政治、经济和文化关系网,将中华文明的辐射范围延伸至东亚以及东南亚一带。

三

在中外文学关系史相关研究中，中国与朝鲜半岛近现代文学关系是东亚文学关系的重要代表，且是一个尚需纵深推进的研究领域。众所周知，古代朝鲜半岛在宗藩关系的规约下，在文化和文学方面长期依附于中国。因此，关于中国与朝鲜半岛古代文学关系的研究先天具有资料充沛的优势，从比较文学影响关系的视角切入研究，可发现中国对朝鲜半岛的深远影响，此方面的研究已经较为充分。而对于近现代时空背景下中国与朝鲜半岛近现代文化交流和文学关系的探讨，虽然已有部分研究成果面世且颇有创见，但在研究广度和深度方面还需向纵深挖掘。

韩国对中国近现代文学关系的研究大致始于20世纪70年代，李在铣在《韩国开化期小说研究》(1972)中，首次将朝鲜半岛近代文学与梁启超相关联，探讨了梁启超小说革命理论对朝鲜半岛开化期小说观念变革的影响。此后，李锡浩《胡适对近代韩国文学的影响》(1975)、全光镛《百年来韩中文学交流考》(1980)、沈元燮《李陆史的初期文学评论及小说中对鲁迅文学的接受状况》(1986)、金河林《鲁迅文学在韩国的接受状况》(1995)、朴宰雨《中国现代韩人题材小说试探(1917—1949)》(1996)、朴在渊《重新认识梁建植的中国文学翻译》(1998)、吴淳邦《20世纪中韩小说的双向翻译试论》(2002)、朴南用《金光洲的中国体验与其对中国新文学的介绍、翻译与接受》(2009)、张鲁铉《近代转换期以中国为媒介的翻译文学的现状》(2012)、洪昔杓《近代中韩交流的起源》(2015)等研究成果陆续面世。

纵观韩国学者的研究成果，可以发现主要集中在三个方面：一是以比较文学的方法对中国与朝鲜半岛近现代文学影响关系进行考察；二是以中国现代韩人题材小说为主的中韩跨界叙事研究；三是中国与朝鲜半岛近现代文学的互译传播。这些成果在关注朝鲜半岛近现代文学"外部研究"、强调中国影响因素的基础上，初步探明了中国与朝鲜半岛近现代文学的关系，但受朝鲜半岛本土视角的局限，相关研究均着眼于影响施予者的角度，缺少对影响接受者本身的深层剖析。

国内对中国与朝鲜半岛近现代文学关系的研究主要从以下三个角度展开：一是"人际交流与思想传播"相关的研究。如：李政文《鲁迅在朝鲜人民心中》(1981)、杨昭全《郭沫若与朝鲜》(1982)、金柄珉《梁启超与朝鲜近代小说》(1992)、禹尚烈《巴金与朝鲜人》(1993)、郭美善《金泽荣与中国知识分子的交友》(2009)、牛林杰《韩国开化期文学与梁启超(韩文版)》(2002)、金哲《胡适与20世纪上半期现代朝鲜文坛》(2012)等。这些论文和专著阐述了梁启超、鲁迅、金泽荣以及胡适等现代知识文人在朝鲜半岛的影响,明确了中国现代文学在朝鲜半岛文学现代化转型中的地位和意义。不过相关成果大多为个案研究,相对缺乏对中国与朝鲜半岛近现代文学关系的整体关照。但中国与朝鲜半岛近现代文人交流及其构建的"公共话语场"的初步阐明,也为未来研究提供了切入角度和思考路径。二是"文本传播与译介"相关研究。如邹振环《文学翻译史上的中国与朝鲜》(1995)、李大可《20世纪30年代中国左翼文艺刊物中的朝鲜声音》(2008)、金鹤哲《1949年以前韩国文学汉译和意识形态因素》(2009)等。三是"跨界叙事"相关研究。如朴龙山《试谈中国现代作家笔下的朝鲜爱国者形象》(1985)、崔一《殖民地语境下韩国现代作家的"东北"形象》(2006),常彬、杨义《百年中国文学的朝鲜叙事》(2010),吴敏《民族主义的自我观照——中国现代文学中的韩国叙事研究》(2010),李存光《解开无名氏的长篇小说〈荒漠里的人〉之谜》(2012)等。

  中韩学界的上述相关前期研究成果,在中国与朝鲜半岛近现代文学关系的探究方面,做出了开创性贡献,发挥着重要的示范作用。这不仅有利于了解中国与朝鲜半岛近现代文化与文学交流关系,在一定程度上助力于朝鲜半岛近现代文学演变中的中国影响因素的全面而深入的探讨,而且为进一步的深入研究提供了相关史料,在研究方法上也具有重要的启示意义。不过整体而言,这些研究多半限于对史料的爬梳与总结,相对缺乏整体关照的视角,即只涉及"点"的研究,而尚未从"面"的视角进行中国与朝鲜半岛近现代文学相互关系的深入探讨。

  当然,随着研究方法和切入视角的不断更新,最近也出现了着眼于整体性的相关研究,如金哲《20世纪上半期中朝现代文学关系研究》(2012),但遗憾的是,此著作并非体系完整的论著,而是著者前期相关研究成果的合集,主要涉及鲁迅、胡适、巴金与朝鲜半岛近现代文学的关系,朝鲜半岛学者玄哲、梁建植、李陆史、丁来东、金光洲、李明善和尹永春对中国现代文学的译介和研究。尽管如此,此著作中体现的中国与朝鲜半岛近现代文学关系的整体观念仍具有重要借鉴意义,文献资料的考证以及相关观点也具有参考价值。

  此外,在文献发掘和资料整理方面,也出现了一部重量级成果,即金柄珉、李存光主编的《中国现代文学与韩国资料丛书》(2014)。此丛书共有三编(《创作编》《翻译编》《评论及资料编》)10册,有助于扩展和深化中国与朝鲜半岛近现代文学关系认知，为相关研究的持续推进提供了丰富史料和思考视角。但稍有遗憾的是，本丛书只包含中国现代文学对朝鲜半岛作家和文坛的关注及相关作品的译介，缺少中国现代文学（包括文学革命、文化运动、理论建构、作家作品）在朝鲜半岛的译介、传播、评价、研究和接受状况的阐释。相对缺乏对中国与朝鲜半岛近现代文学"双向"互动的关注，这也是本研究拟着力解决的重要论题之一。

整体来看，中国与朝鲜半岛近现代文学关系相关的国内外研究，具有筚路蓝缕的开创之功，以及重要的启发意义。但还存在以下局限性：第一，研究视角缺乏优化整合。中国近现代文学研究界主要聚焦于"现代性"及外部影响因素的挖掘，相对忽略了其"域外影响"，而在朝鲜半岛近现代文学外部影响因素研究中，相较于日本和欧美因素，中国因素则长期被学界忽视。研究视角的兼顾与融合十分必要、亟待开展。第二，研究体系有待开阔拓展。前期研究多从"个案研究"立论，缺乏整体研究的宏阔视野，如只探讨梁启超、鲁迅等文学革命先驱的影响，而未见其他学人，只侧重单方面影响，而相对忽视相互关系。第三，研究切入点存在偏差。多数研究都从影响施予者（中国）的角度出发，忽视了影响接受者（朝鲜半岛）受到外部刺激之后产生的内在反应，缺少对朝鲜半岛如何吸收中国文学革命思想并进行本土化改造和中国近现代文学异域变异现象的探析。

简而言之，在近世中国与朝鲜半岛文学影响关系发生巨大变化的东亚视角下，对朝鲜半岛文学转型中的中国影响因素进行整体爬梳钩沉，同时探明中国近现代文学对"朝鲜"的关注（包括朝鲜观以及跨界叙事等），如实还原中国与朝鲜半岛近现代文学之间的互动关系，增强中华文化在东亚地区的影响力和渗透力，是当下学界面临的迫切任务，也是中国近现代文学域外影响研究实现突破的学术生长点。

四

朝鲜半岛文学转型发展过程中接受中国近现代文学的影响并非意味着其文学独创性的缺失，但尽管文学是各自生成和发展的，其也会受到外来冲击及本国复杂历史变动的影响。固有的文学传统会沿着既定的自我发展道路不断成长，相反也有可能陷入停滞和瓦解而导致严重的曲折和改变，在此过程中，外来影响因素的作用不可忽视。19世纪末20世纪初，中国与朝鲜半岛的文学关系由长期以来中国单方面对朝鲜半岛施加影响的"影响关系"，逐渐过渡到两国并行发展的"平行关系"。本研究所涉及的

"开化期"至20世纪40年代正处于这种关系转变的历史节点。

因此,在具体论述过程中,本研究将依据具体内容选择相应的文学关系研究方法,主要以法国学派"影响研究"以及比较文学形象学的研究方法为理论依据,探究中国与朝鲜半岛近现代文学之间的渊源、流传、接受的相互关系。首先,在明确对中华传统文化依附关系的基础上,揭示晚清"三界革命"与朝鲜半岛小说、诗歌、文体古今演变之间的内在逻辑关联。分析晚清文学革命思想在朝鲜半岛"保存下来的是些什么?去掉的又是些什么?原始材料为什么和怎样被吸收和同化?结果又如何?"[①]同时针对1910—1945年朝鲜半岛殖民地文学与"五四"新文学的关系问题,主要从"朝鲜半岛作家的中国体验及其跨界书写""连带心理支配下的中国新文学译介与接受""同位意识与对中国新文学的主体性认知""五四新文化运动和文艺启蒙理论的共鸣性启迪"等方面展开深入探究。其次,从"同轨镜鉴"的视角切入,着重考察中国近现代文学对朝鲜半岛的关注与呈现。具体从文学译介、文学作品中的"朝鲜"映像和"朝鲜人"形象等角度,阐明中国现代文学中的朝鲜元素。中国对朝鲜半岛近现代文学的译介主要从"弱小民族"意识形态和历史话语的影响,经由第三国语言的"转译"现象和"革命文学"对翻译活动的主导等方面展开探讨。中国近现代文学中的"朝鲜"映像部分,主要涉及"中国知识界对朝鲜半岛的认知变化轨迹""朝鲜沦亡叙事的凸显与反省""对朝鲜抵抗精神的文学呈示"等。中国近现代文学中的"朝鲜人"形象大体从朝鲜英雄人物形象、平民人物形象、反面人物形象切入阐释,在呈现中国作家朝鲜叙事中塑造的各种人物形象的同时,探究其如何通过异族"他者"形象的塑造,进而以邻为镜,激起中国人民反殖民侵略的反抗精神,最终解决"自我"民族所面临的灾难和历史所赋予的时代课题。

本研究将焦点置于东亚"文化地形"发生历史性转折的近现代,把研究视野投向中国与朝鲜半岛文学由"影响关系"到"平行发展"格局的嬗变阶段,在某种程度上更新了中国与朝鲜半岛文学关系过度拘泥于古代的研究视角,对转变研究思维、拓展研究空间具有一定示范意义。同时,本研究把中国近现代文学置于东亚文化圈,分别从"朝鲜半岛"和"中国"的视角出发,整体上对传播至朝鲜半岛的中国近现代文学著述进行钩沉爬梳,从朝鲜半岛文化心理出发,分析其关照中国近现代文学的思维视角。通过研究,在突出朝鲜半岛文学转型中的中国影响因素的基础上,可以在一定程

---

① 亨利·雷马克:《比较文学的定义和功用》,张隆溪译,《国外文学》1981年第4期。

度上改变过度强调日本和西方影响因素的研究倾向,有助于如实还原朝鲜半岛近现代文学转型发展中中国所扮演的重要角色,并且对拓宽中国与朝鲜半岛近现代文学的研究视野、更新研究视角发挥一定的示范作用。

同时,本研究并未止步于中国与朝鲜半岛文学相互译介、相互关照问题的表层分析和局部探讨,而是尝试将论述视域拓宽至中国与朝鲜半岛文学史、思想交流史相互比较的层面,做到史论结合;将中国与朝鲜半岛文学关系中"面"的纵向梳理与"点"的共时阐析相结合,尝试较为全面地呈现中朝近现代文学的相互认知和关系演进过程;兼顾日本在中国与朝鲜半岛文学关系中的地位和作用,保持了东亚视野中的思考维度。

此外,本研究还将中韩两国学者的研究视角进行优化整合,探讨中国与朝鲜半岛近现代文学之间的相互影响,弥补韩国学者对本国近现代文学转型影响因素研究之不足,对拓宽中国近现代文学域外影响研究视野、推进中国与朝鲜半岛文学关系研究也不无裨益。同时,本研究摒弃了中国与朝鲜半岛文学关系研究中固有的"单向"思维理路,通过对两国文学互译互鉴关系的"双向"考察,实现了研究视角的转换,力求为中外文学关系研究提供相对完整的东亚视角,可在深化中国与朝鲜半岛近现代文学文化交流研究的基础上,推动中外文学关系研究向纵深发展。

上编：辨源析流

——朝鲜半岛文学近现代转型中的中国因素

第一章　朝鲜半岛近现代文学转型的
　　　　　历史文化语境

　　从整个世界格局来看,朝鲜半岛近现代文学转型以东西文明的碰撞融合、"新"与"旧"的对抗冲突为时代背景。日本崛起进而进入资本主义体系,中国则由于西方的殖民侵占而日渐衰落,历史上以中国为中心的持续几千年的"华夷秩序"轰然崩塌。由此,东亚格局和文明秩序发生了历史性转折,中国由"天朝上国"沦落为半殖民地,而日本则经明治维新一跃成为东亚强国。东亚"文化地形"的嬗变导致朝鲜半岛文化心理发生历史转向,对中国和日本的认识也出现了历史性颠倒。朝鲜半岛文学的古今演变和转型正是在此种文化秩序的变动中悄然发生的。

　　伴随东亚格局的嬗变,朝鲜半岛社会文化也经历着重构的阵痛。事实上,相较于其他历史时期,近代转换期①一直被视为朝鲜半岛文学转型的焦点时期而引起学界的持续关注。此时的朝鲜半岛正处于内外交困的历史文化语境之中,外部面临着日本的殖民侵略,内部封建体制的解体和民族自决的时代课题相伴而生。在此种社会文化境遇下,出现了一批"睁眼看世界"的启蒙运动思想家,他们在形成"爱国新民"思想的基础上,主张全面废止腐朽落后的封建体制,进而建设近现代国家,以抵御日本和西方的殖民侵占。由传统至现代的文学转型,是当时朝鲜半岛爱国启蒙运动的重要内容之一。其中,在内外因素的综合刺激下,"新小说"和"新体诗"等有别于传统文学的新的文学样式渐现,主要语言载体则由汉文转变为"韩汉混用"或"纯韩文体"。因此,在界定朝鲜半岛近现代文学的起点、探讨其新文学的衍变过程或现代化转型时,都将近代转换期视为重要的着力点。

　　在东亚文化格局的嬗变与社会文化的重构中,朝鲜半岛文学内部驱动因素也开始裂变和更迭。以小说为例,新旧交替的转换期为"小说革命"

---

① "近代转换期"又称为近代启蒙期、开化期、启蒙期、爱国启蒙期等,从文学史的角度而言,时间范围大致为19世纪90年代至20世纪初。此时期以东西格局大变革为时代背景,各种矛盾复杂而多元地集中呈现。本文综合考虑当时的时代、政治、社会背景,统一使用"近代转换期"或"开化期"的说法。

营造了良好的时代氛围。首先,前工业文明催生了近现代报刊,其成为连载小说的绝佳载体。而大量报刊的编者逐渐成为报人身份的职业作家,近现代意义上的文学创作者开始涌现。伴随市场介入文学的创作、生产、传播和消费的全过程,成熟的稿酬制度得以确立,使文学生产和接受方式发生了革命性变革。同时,近现代都市的形成又催生了市民阶层,新式教育的发展使人们的受教育水平显著提升,他们都成为文学作品的阅读和消费群体。由此,文学转型所需的创作群体、阅读受众、传播媒介以及市场运作机制,均在近代转换期得以形成。

依据相关学者的统计,仅在1906—1916年,朝鲜半岛报刊小说的总数就达到241篇,单行本小说总数为177册①。实际上,在此之前"小说革命"理论就由申采浩提出,小说观念也实现了现代性变革,小说主题及其表现形式开始与传统小说有所区别,文学古今演变的帷幕正式拉开。此外,受"西风东渐"的影响,朝鲜半岛也在这一时期开始了对西方和日本小说的译介,报刊连载的翻译小说多达百余篇。

虽然因东亚"文化地形"的骤变,中国对朝鲜半岛的文学影响渐趋式微,但由于中华传统文化具有强大的再生性和辐射力,在东西大变局的时代语境以及东亚格局嬗变的前提下,中国文学仍然对朝鲜半岛的近现代文学转型产生了延续性影响。其重要表现是晚清"三界革命"和"五四"新文学,梁启超、胡适和鲁迅等新文学代表人物的著述曾大量传入朝鲜半岛,经过译介、传播、吸收和变用,推动了朝鲜半岛近现代文学演变的进程。其中,申采浩"小说革命"理论与晚清"小说界革命","东国诗界革命"与晚清"诗界革命",朝鲜半岛文体革新与晚清"文界革命"均存在密切关联。而从1910年朝鲜半岛完全沦为日本殖民地开始,朝鲜半岛的知识文人通过中国体验及其跨界书写,在同位意识的作用下,对"五四"新文学产生了主体性认知,同时在连带心理的支配下,对以胡适和鲁迅为代表的中国新文学进行持续关注并进行译介、传播和接受。此可视为"中势东渐"的重要外在表现,代表着中华传统文化辐射力的惯性延展。

第一节 东亚文化格局的历史转折与嬗变

在20世纪以前的东亚文化场域中,源于儒教政教观念的以中国为中心的"华夷秩序"一直是支配东亚世界的国际秩序体系。这一政治秩序准

---

① 宋敏浩:《韩国现代文学作品年表》,首尔:昭明出版社,1999年版,第105页。

则以宗藩垂直序列为根本模式,以朝贡为维系手段,有别于同时期西方政治秩序中国家间的并列构造。中日甲午战争不仅是近世东亚格局发生历史性转变的分水岭,也是"华夷秩序"崩塌的驱动因素。正是通过中日甲午战争,中日势力发生逆转,日本成为近代文明的引领者,而中国则沦落为西方列强的半殖民地。

作为东亚历史上占据主导地位的国际关系准则,"华夷秩序"曾持续了2000余年,通过"朝贡"确证和稳固"中心"与"边缘"的文化格局。作为中原王朝内在统治秩序的外化形式,"华夷秩序"通过有形或无形的政治规则,使东亚秩序得以长期稳定运行。四夷沐受中华文化,而中国也一直秉持"厚往薄来"的大国风范,宗藩相安无事历经千年。朝鲜半岛便是"华夷秩序"中的重要成员和既得利益者。

前近代[①]时期,朝鲜半岛正处于李氏朝鲜(1392—1910)统治期间,时间上与明清时期大致相当。李氏朝鲜与明清保持着长期而稳固的宗藩关系,维系这种宗藩体制的重要手段就是"朝天"和"燕行"。李氏朝鲜建立伊始,为了巩固统治地位,获得明朝的认可,频繁派遣朝天使臣。据统计,"太祖、太宗时期遣使的次数分别为57次和137次,年平均使行出使次数分别达到8次和7.6次"[②]。清朝李氏朝鲜派遣入贡使团的总次数为678次,年平均达到2.77次[③]。其中,崇德年间(1636—1643)派遣得最为频繁,年均达8次之多。这些朝贡活动,在增进宗藩关系的同时,满足了相互的利益诉求。中国满足了保持中心地位"唯我独尊"的文化心理,朝鲜半岛也通过朝贡活动获取了实际利益。朝贡活动在促进通商贸易和文化交流的基础上,对稳定区域秩序发挥了重要作用。

随着西方资本主义时代大幕的开启,长期稳固的"华夷秩序"开始面临崩塌的命运。西欧资本主义所要构建的国际秩序,超越了"地区性"而以"世界性"和"全球性"为终极目标。因此,它的进一步扩展必然会摧毁包括"华夷秩序"在内的一切区域性国际秩序。然而由于"华夷秩序"的历史悠久,影响力深远,内在生命力极强,其衰落和崩溃也并非一朝一夕之

---

① "前近代"通常被学界用来指代"近现代"与传统"古代"之间不可割裂的历时演进过程和紧密联系,但对这一概念所包摄的具体历史时期界定存在争议。美国学界多用"premodern China""late imperial China"等指称宋元至明清的历史时段,尤指明清。日韩的"前近代"概念主要指明清,如田中健夫《前近代の國際交流と外交文書》(东京:吉川弘文馆,1996年版);沟口雄三《中国前近代思想的演变》,索介然、龚颖译(北京:中华书局,1997年版);Min Duk-ki《前近代世界的韩日关系》(首尔:景仁文化社,2007年版)。
② 杨昭全、韩俊光《中朝关系简史》,沈阳:辽宁民族出版社,1992年版,第228页。
③ 全海宗:《中韩关系史论集》,北京:中国社会科学出版社,1997年版,第194—196页。

事,大致经历了400年。19世纪中叶以后,以英国为首的西方列强叩开了中国封建统治的国门,昔日的东亚盟主和宗主国开始从"天朝上国"的至高位置上跌落,通过一系列不平等条约,中国逐渐沦为西方列强的半殖民地。

换言之,在中日势力竞争正式展开之前,东亚就已经出现了组织原理的转移。西方列强通过殖民侵占,否定了东亚"华夷秩序"的国际关系规范,推行并扩散以国家平等观念为基础的主权国家体制。两次鸦片战争所缔结的《南京条约》和《北京条约》,更是加速了东亚传统秩序的崩溃。同样,日本和朝鲜半岛也面临着来自美国、法国等资本主义国家的殖民侵占而陷入内忧外患的亡国境地。由于西方资本主义的殖民扩张,长期存在的以藩属和朝贡为纽带的东亚国际秩序已经面临分崩离析的危险,而后来的中日甲午战争成为近代东亚国际关系发生重大转折的标志性事件。

借助于产业革命而日趋强盛的西方列强,为了寻求生存空间,走上对外扩张的道路。历史传统悠久、文化底蕴深厚的东方国家首当其冲成为西方国家的侵占对象。其间,日本在美国的逼迫下签订了《日美亲善条约》,在东亚范围内率先成为"后发外生型"国家,从而成为亚洲唯一一个进入帝国主义队列的国家。此后凭借明治维新,日本国势大增,为了寻求更多资源,平息国内各派势力之间的对立局面,开始把侵略魔爪伸向羸弱的朝鲜半岛,"征韩论"①由此登上历史舞台。1876年通过《江华条约》,日本成功叩开朝鲜半岛闭关锁国的大门。"朝鲜王朝当时乃清朝藩国,遵循事大主义原则,保持与清朝的交往,这种关系却受到俄国、日本等外来威胁,清与朝鲜都试图强化双边关系,以便应对外来威胁。"②但1894年的中日甲午战争,同样以日本的胜利告终,"天朝上国"败于"蕞尔小邦"。《马关条约》第一条明确规定:"中国确认朝鲜国为完全独立自主国家,朝鲜对清国的朝贡、奉献、典礼永远废止。"③其结果是日本取得了对朝鲜半岛的控制权,将朝鲜半岛成功从中国主导的"天朝礼制体系"中强行剥离。后日本又通过日俄战争,独揽了对朝鲜半岛的控制权,1905年通过《乙巳保护条

---

① "征韩论"(せいかんろん)指1870年前后日本政界针对朝鲜提出的对外扩张论调。明治政府最早提出"征韩论"的是木户孝允,目的在于转嫁国内矛盾,解决国内日趋严峻的失业问题,为征服整个东亚打下基础。

② 孙卫国:《朝鲜朝使臣金允植与李鸿章——以〈天津谈草〉为中心》,《东疆学刊》2018年第2期。

③ 原文:清國は朝鮮國が完全無欠なる獨立自主の國であることを確認し、因って獨立自主を損害するような朝鮮國から清國に対する貢獻・典禮等は將来永遠に廃止する.

约》将朝鲜半岛完全纳入自己的殖民体系之中,1910年的《日韩合并条约》标志着日本正式吞并朝鲜半岛,日据时期正式到来。

而中国则由持续几千年的"天朝上国"迅速衰落为被列强欺凌的半殖民地,甚至有论者认为19世纪末的清朝只不过是"无法从野蛮的旧习中脱离的东洋之一部分"①而已。日本和中国势力的一起一落,使东亚"文化地形"发生了前所未有的嬗变。朝鲜半岛自身也经历了文化心理的混乱,尤其《江华条约》的签订直接导致了"维新派"与"保守派"之间的对立和斗争。

>開港과 함께 西洋文化와 文物制度의 流入으로 開化와 保守의 심한 葛藤과 對立속에서 이두 勢力은 兩極化現象을 나타내었다. 日·清·露의 角逐場化한 韓國은 마침내 主體性을 喪失하고 列強의 소용돌이 속으로 휘말려들게 되었다. 王權은 弱化되고 指導層의 兩班階級은 外勢에 便乘하여 自行한 不正腐敗 極度 混亂相을 빚고 있었다.②

"维新派"看到了西方列强和改革后的日本的强大,主张接受日本的暗中扶持,进而借鉴日本实现"脱亚入欧",从中国的宗藩关系中脱离,走自主独立的近代化道路。"保守派"维护传统"事大主义"的亲中思想,反对现代化改革,主张依靠中国抵挡日本在朝鲜半岛的殖民侵略,保持朝鲜半岛"传统的状态"。"乙未事变"③以后,"保守派"逐渐失势,日本步步紧逼,在此种局面下,随着"大韩帝国"的成立,独立协会开始主导民族独立和体制改革,通过发行《独立新闻》对国民进行启蒙。1905年的《乙巳保护条约》标志着朝鲜半岛的财政权和外交权被完全剥夺,由此全国各地爆发了"反日义兵运动"。

随着"华夷秩序"的解体,东亚格局发生了天翻地覆的变化,中国与

---

① 徐载弼:《东洋论》,《大朝鲜独立协会会报》1897年2月15日。
② 译文:伴随着开港和西方文化、文物制度的流入,在开化与保守的矛盾对立中,呈现出了两股势力的两极分化。韩国最终成为日本、中国和俄国的角逐场而丧失了主体性,并被卷入列强们争斗的旋涡。王权被弱化,领导层的贵族阶级趁外部势力入侵的混乱局势而更加腐败,使整个社会陷入极度混乱。参见金学东:《韩国开化期诗歌研究》,首尔:诗文社,1990年版,第23—24页。
③ "乙未事变"又称"王城事变""闵妃弑害事件"。1895年10月8日,与欧美列强和俄国联手的朝鲜王后闵氏(明成皇后)在景福宫被日本人谋杀。此事件由日本驻朝鲜公使三浦梧楼策划,目的在于排斥俄国势力进而完全控制朝鲜。

朝鲜半岛之间长期存续的影响关系亦随之发生转向。处于中日角力夹缝中的朝鲜半岛,面对中国和日本势力的升降沉浮,开始探索自身出路和发展路径。自1876年开港至1910年完全沦为日本的殖民地,朝鲜半岛社会文化面临着历史性重构,而在此过程中,反抗意识和独立精神始终贯穿其中。

随着政治体制由闭关锁国到门户开放的急转直下,封建的"卫正斥邪"思想与文明开化思想的对立日渐激烈,而随着时间的流逝,理念的一致性和相斥性出现反复和分化。1905年《乙巳保护条约》签订,促使这两种相互对立的思想以民族主权恢复为目标合二为一。由此,"卫正斥邪"的一派展开了武力对抗的义兵运动,文明开化的一派主张通过培养国民实力,实现民族的自强独立,以"万民共同会"为主轴展开了爱国启蒙运动。爱国启蒙运动的领导人物主要有周时经、安昌浩、南宫檍等具备西方文化知识的开化人物以及张志渊、申采浩、朴殷植等兼具儒学教养和西方文化知识的改新儒学者。这些代表人物认识到朝鲜半岛与日本之间客观存在的实力差距,试图通过提高本民族的实力以增强国力,从而利用本民族的力量实现恢复国权的最终目的。爱国启蒙运动不仅仅是一个文化运动,其内容还包括新教育救国运动、舆论启蒙运动、实业救国运动、国债补偿运动、新文化新文学运动、国学运动、民族宗教运动和海外独立军基地创建运动等。当时开化自强派们认为不能将恢复国家主权依托于其他强国,提高国家实力须从民族社会的最底层开始,将"新国民"改造和开发民智、培养民力的对象从特殊的支配阶层和知识分子群体转移到所有国民。

内忧外患的民族危机导致社会文化的重构,朝鲜半岛的有识之士开始探索救亡图存的民族解放之路,最具代表性的历史事件是金弘集等发起的"甲午更张"。由于"甲午更张"的组织者是亲日开化派,因此推出的大部分政策均有利于强化日本的殖民统治,但从另一个侧面反映了朝鲜半岛开化派们面对社会文化的重构格局,尝试改变颓废局势,实现国家近代化转轨的强烈愿望。同时,通过这种尝试性的维新改革,恢复国权、自强独立的观念逐渐被普通民众所接受,在一定程度上推动和促成了朝鲜半岛民族意识的觉醒。

政治变革的道路行不通,韩国先进的改革派在与西方列强的坚船利炮对比之下,看到了本国制度和统治阶层的腐朽,意识到应该了解西方、认识西方,这正是新旧交替得以实现的重要前提。恰在此时,魏源的《海国图志》传至朝鲜半岛,使一部分知识分子和开明官吏从沉睡中醒来。他们认识到除了一直以来视为精神依靠的中国之外,还存在着拥有先进思想文化的西方世界;除了"三千里锦绣江山"之外,还有更多的富强文明的先进国度。于是,革故鼎新、新旧交替成了彼时代的主旋律。1906年8月《大韩每日申报》曾经高声疾呼:"盖国体之团结亶在于社会之发达,民智之高明实由乎学问之进就。此泰西列国之所以成富强文明而雄视于四海并驾于六洲者也……现当竞争之时代,革祛旧习钦尊新式者,惟一急先务则此诚有志人士,奋发激励之利也。"①相较于中国的半殖民地半封建社会,当时的朝鲜半岛自1910年"韩日合邦"之后就完全沦为日本的殖民地,除旧布新、革祛旧习的必要性和危机感更为强烈。当时的有志之士认识到吸收"泰西列国"先进经验的重要性,将接受西方文明视为重要的时代课题,对"学问之进就"与泰西列国富强文明之间的内在逻辑关联深有领悟。在优胜劣汰的竞争局面下,当务之急就是在革除旧习的基础上"钦尊新式",其前提是有志之士的率先觉醒并带领民众奋发图强。在《实务莫先于学问》的社论中,《大韩每日申报》认为"今欧美列邦,人之见识之广与工技之精,自我人观之若天神之不可企及。究其所由,亦从学问中出来"②。他们已经认识到,就人的见识程度和技术水平来看,朝鲜半岛与欧美列国不可相提并论,究其原因,就在于对方学问发达。由此,他们提出要"公平法律""至正道德",努力推动学问进步。

总之,在文学文化交流关系方面,随着"华夷秩序"的解体,东亚格局发生裂变,历史上持续几千年的中国与朝鲜半岛的文学文化影响关系亦随之发生转向。处于中日夹缝之中的朝鲜半岛,开始对自身文化地位进行深入反省。历史上的"天朝礼制体系"崩溃,中国已从"天朝上国"沦落为西方列强侵占下的半殖民地社会而无暇顾及曾长期与自身维持紧密文化关系的朝鲜半岛。虽然有保守势力的强烈反对,但面对日渐衰弱、综合实力今非昔比的中国,朝鲜半岛还是开始有意识地把目光投向西欧和日本。但在此过程中,中国的影响力和辐射力并未完全消弭或戛然而止,而是保持了一定程度的惯性延展。

第二节 文学外部驱动力量的裂变与重构

文学与报刊等现代传播媒介的紧密关系无须赘述。尤其在19世纪末的朝鲜半岛,从小说发展史的视角来看,在报纸连载小说中,大部分为传统

---

① 《英语研成社趣旨书》,载《大韩每日申报》1906年8月23日。
② 《韩国近代文学研究资料集(开化期新闻篇)三》,首尔:三文社,1987年版,第53—54页。

小说与新小说的过渡形态,即既部分保留了传统小说的要素,又在一定程度上具备了新小说的特征。伴随着社会文化的新旧更迭和秩序重构,朝鲜半岛具备近现代性质的报纸和杂志开始大量涌现。报纸杂志发行和运营体制的成熟,在为小说、诗歌等提供传播载体的同时,也对文学的近现代转型产生了重要的驱动性影响,主要表现在内容主题、创作手法、美学观念的变革与更新上。

"一部近代文化史,从侧面看去,正是一部印刷机器发达史;而一部近代文学史,从侧面看去,又正是一部新闻事业发展史。"[1]这一论断同样适用于处于近代转换期的朝鲜半岛。殖民地语境下的朝鲜半岛,其近现代报刊业的发展,在较大程度上受制于外部因素的影响,因此起步发展较晚,但随着印刷技术的革新,其发展速度也较为迅猛。朝鲜半岛民间报纸首次出现于李氏朝鲜宣祖时期,于16世纪末短暂出现,后遭受压制而消失,直至19世纪末。随着19世纪国际政局的激变,登载国外新闻的外国报纸成为重要的信息来源。现有资料显示,早在1867年就有朝鲜高宗阅读外国报纸的记录。据当时的外交文书《倭使问答》第一卷记载,1867年从清朝传入的报纸上登有日本人八户顺叔的放肆言论,高宗看到之后大为愤慨。由此可推知,当时朝廷及部分贵族们正是借助外国报纸来了解国外大事。

此后在开化思想家俞吉濬(1856—1914)的建议下,赴日留学的金玉均、朴泳孝等年轻的开化派成为近现代报刊的最初创办者。他们在目睹日本的改革和发展现状之后,受到诸多启发,回到朝鲜半岛之后将报纸发行、青年教育、军队培养作为工作重心。由此,他们成立博文局[2],接着《汉城旬报》(1883)得以创刊。事实上,近现代性质的报纸最初出现时并未与文学发生直接关联,主要是用作唤起爱国精神、普及自主意识的传播媒介。如《汉城旬报》主要登载政府公告文件以及国内外新闻。1886年改名为《汉城周报》,同时变更为周刊,使用的语言有汉文、韩汉混用文和纯韩文三种类型,成为近代最早使用韩文的报纸。内容上来看,主要有类似于今天的社论和时事评论的"私议栏""集录""本局公告栏"等。"这一时期,《汉城旬报》与《汉城周报》还属于官方报纸,使用纯汉文和韩汉文混用体,对文学基本没有涉猎。"[3]此后,朝鲜半岛第一份民间创办的报纸

---

[1] 曹聚仁:《文坛五十年》,上海:东方出版中心,1997年版,第83页。
[2] 博文局是朝鲜半岛最初的近代性质的印刷所,是编辑印刷报纸、杂志的出版机构。1883年8月,在金玉均、徐光范、朴泳孝等人的努力下正式设立。
[3] 赵杨:《中韩新小说比较研究》,北京:世界图书出版公司,2010年版,第15页。

《独立新闻》于 1896 年面世,1898 年《京城新闻》《大韩申报》《每日新闻》《皇城新闻》《帝国新闻》《时事丛报》《大韩每日申报》《万岁报》等陆续出现。上述报纸的出现,必然伴随着朝鲜半岛铅活字印刷术的发展和普及。

朝鲜半岛近现代诸多报纸中,正式开连载小说先河的是 1894 年由日本人安达谦让、国友重章创办的《汉城新报》。虽然此报纸与日本关联密切,甚至可被视为日本殖民统治的机关报,但由于其最先连载韩文小说,在近现代文学史上也具有重要地位。此后《每日新闻》《帝国新闻》《独立新闻》《大东新报》《大韩日报》等陆续开始连载小说,其中虽然很多报纸并未开设小说专栏,只是刊载了一些类似"讨论体小说"的社论,但也昭示和推动了新小说的萌生。报纸上普遍刊载小说形式的文字大体始于 1906年。李在铣曾主张将《大韩日报》连载的《灌顶醍醐录》《一捻红》《龙含玉》《斩魔剑》等小说作为朝鲜半岛近代小说的嚆矢①。此后,报纸成为小说发表和连载的主要阵地。

> 민간신문은한 普에 노력하는 동시에 連載小說을 실려 新聞小說의 길을 터놓았다. 즉〈萬歲報〉는 처음으로 李人稙 作〈血의 淚〉를 連載하여 新聞 連載小說의 첫 記錄을 남겨놓았으며 이어〈大韓每日申報〉가 1906 년 2 월 6 일부터 小說〈青樓義女傳〉을 실었고 다시〈제국신문〉은 1907 년 3 월 20 일부터〈許小僧〉을 連載하였다. 이것은 한글로 된 우리 나라의 첫 連載小說들이다.②

崔埈认为,民间报纸的普及以及小说的广泛连载为"报刊小说"开拓了道路。《万岁报》上连载的《血之泪》是朝鲜半岛首部新小说已成定论,而《大韩每日申报》上连载的《青楼义女传》、《帝国新闻》上连载的《许小僧》等也都是近代报刊小说的代表。

《大韩每日申报》上连载的很多小说受到晚清著述的启发和影响,主要是申采浩的民族伟人传记小说、外国伟人传记小说和讨论体小说等。申采浩持有创新性的小说观念,主张通过小说提升民族自豪感和整体爱国意

---

① 李在铣:《韩国开化期小说研究》,首尔:一潮阁,1972 年版,第 49 页。
② 译文:民间报纸在努力普及韩文的同时,也通过连载小说走上了新闻小说之路。《万岁报》连载李人稙的《血之泪》,创第一次报纸连载小说的纪录。随后,《大韩每日申报》自 1906 年 2 月 6 日起连载《青楼义女传》,《帝国新闻》于 1907 年 3 月 20 日连载《许小僧》。这些都是我国以韩文为创作载体的报刊连载小说。参见崔埈:《韩国报刊史》,首尔:一潮阁,1990 年版,第 173 页。

识，对以趣味性内容吸引大众关注的通俗小说作家进行了辛辣的批判。①1906年创刊的《万岁报》使用韩汉混用体，照顾了一部分不熟悉汉字的读者，连载了李人稙的两篇长篇小说和一篇短篇小说，其中《血之泪》被称为朝鲜半岛新小说的开山之作。据统计，连载小说最多的报纸是《京乡新闻》，作为使用纯韩文体的报纸，《京乡新闻》共连载50余篇小说，大部分为短篇且未标记作者。相较于社会批判，以"督促自我反省、端正生活姿态"为内容的作品占较大比重。《大韩民报》于1909年创刊，共连载12篇小说，大部分反映了旧时代的风俗习惯以及官僚们的腐败乱象。值得注意的是，1909年11月25日在此报纸上连载的《五更月》对日本宪兵的蛮行进行了批判，具有一定的进步意义。在连载小说整体上一边倒地贬低"义兵运动"的社会氛围中，此小说不能说完全是对日本宪兵暴行的控诉之作，但将《万岁报》中被描绘成"天使"或"神军"的日本军队塑造成镇压百姓、掠夺财产的野蛮队伍，不得不令人惊讶。

此外，作为传播媒介的期刊，也是文学近现代转型的重要驱动力量。"学会志"作为学术组织发行的机关刊物，已从单纯通报学会动态信息过渡到刊载一般常识性文章以及政治、经济、社会信息和诗文的接近于现代综合杂志的性质。在日留学的开化期知识文人纷纷成立了自主性较强的学术团体，"学会志"成为他们信息沟通的重要渠道，也发挥了向国内民众传播文明思想和启蒙意识的作用。1896年，"大朝鲜人日本留学生亲睦会"创办的《亲睦会会报》成为近代朝鲜半岛第一本"学会志"。受此影响，独立协会推出《大朝鲜独立协会会报》，成为朝鲜半岛内部发行的首本刊物。

此后，《神学月报》《朝阳报》《家庭杂志》《大韩自强会报》《太极学报》《西友》《大同报》《汉阳报》《湖南学报》《畿湖兴学月报》等期刊大量涌现，所刊载内容涉及政治学、社会学、经济学等各个学科领域；还有诸如《数物学杂志》等专业刊物。相关资料显示，1889—1909年，朝鲜半岛共有89种各类期刊，而1910—1919年，其总数多达154种。这些期刊中，各种学会创办的"学会志"占较大比重，其中刊载小说、散文、诗歌等文学作品的"学会志"多达30余种，尤其《夜雷》《西友》刊载了大量诗歌、历史传记小说、新小说等文学作品。

---

① 崔博光：《开港都市化过程中仁川的文学形象》，神户：神户大学文学部，2004年版，第198页。

表 1-1　1906—1916 年朝鲜半岛报刊小说和单行本小说数量对照表

年份＼数量	报刊小说数量	单行本小说数量
1906	29	4
1907	29	6
1908	37	8
1909	46	4
1910	26	4
1911	9	9
1912	31	53
1913	10	42
1914	11	19
1915	7	17
1916	6	11

由上表可知,1911 年是朝鲜半岛小说发展史上的一个重要分水岭,正是在这一年报刊连载小说锐减,后基本呈现递减趋势,而单行本小说则开始猛增。深究其因,可归结于 1910 年"韩日合邦"对文学所产生的恶劣影响。1911 年之前,大多数报纸均设有小说专栏,每年连载的数量也相对稳定,而"韩日合邦"之后,由于日本强化舆论钳制,很多报刊被迫停刊,只有《每日申报》《庆南日报》等少数亲日报纸得以留存,报刊连载小说自然骤减。相反,1911 年之后单行本小说的数量则迅速蹿升,1912 年多达 53 部,达到 1906—1916 年的顶峰。可以说,相较于中国,因日本的殖民控制,朝鲜半岛近现代报刊受政治环境的影响更为严重,出版一两期就被迫中断的报刊俯拾即是。

与此同时,近现代报刊的出现以及印刷业的发达,也使报纸编辑者和报人小说家成为某种可以谋生的固定职业。在古代封建文化语境中,知识文人无法成为具有独立人格的自由个体。而进入近代以后,伴随着"西风东渐"和门户洞开,部分具有开化意识的知识文人面对亡国灭种的民族危机,接触到西方先进文明和民主思想,逐渐成为具有独立意识的个体。再加上科举制度的废除和西方思想的传入,以留学生为主体的知识分子群体迅速形成。在这一切内外因素的综合作用下,近现代文人知识分子实现了群体亮相。由此，作家逐渐步入世代更替的历史轨道。印刷技术的进步和现代传媒的发展，又使知识文人实现了由传统文人到近现代知识分子的身份蜕变。他们在较为稳定而可观的稿酬吸引下，纷纷创办报刊或在报刊上连载小说，或协助传教士主理笔政，由此近代意义上的职业报人正式登上历史舞台，其中很多职业报人因连载小说而成名，进而成为以固定稿酬为生的"职业作家"，近现代文学转型所需的文学创作群体逐渐形成。李人稙、李海朝、崔瓒植等新小说作家大都经历过"职业报人—报人小说家—职业作家"的身份转变历程。

小说与报刊联姻而得以市场化，对文学转型产生的驱动作用巨大。首先，传统文人在稿酬机制的作用下，与报刊形成利益共同体，进而使小说创作活动有了职业化的倾向。创作者可以通过连载小说获得相应的经济收入。"职业作家"脱离了封建人身依附关系的束缚，促使稳定的创作群体出现，通过高质快速的创作活动，获得更为丰厚的经济回报。在文学场域的市场运作下，小说走向市场，实现了商品化转型，这无疑促进了小说进一步走向繁荣，加速了古今演变的历程。近现代传媒对文学演变发展的驱动和促进作用不言而喻，首先报纸或杂志为近代小说家们提供了广阔的发表阵地，而近代报刊市民化、接地气和运转快的特点，使小说文体成为报刊的宠儿。报刊在前所未有地成为小说发表新型载体的同时，也使大量职业作家和报人小说家涌现，这反过来又促进了文学的演变和发展。

近现代大众传媒的出现，印刷技术的发达，职业作家群体的形成，使文学的生产方式实现了划时代的革命。而从阅读受众角度来看，随着工商业的发达，近现代都市开始形成，市民阶层开始逐渐成为主要文学阅读群体。同时，新式教育的发展，使人们的知识水平和识字能力大为提升，文学的接受方式实现了历史性变革。在封建统治下的古代朝鲜半岛，普通民众皆为不识字的文盲，尚未具备阅读和鉴赏文学作品的能力，对他们来说，彼时的文学只能是"阳春白雪"般的存在。文学的这种遭遇在古代朝鲜半岛表现得尤为突出，这是由朝鲜半岛特殊的历史文化背景决定的。在朝鲜世宗发明韩文之前，朝鲜半岛不曾拥有本民族文字，只能借用汉字作为书写体系，反映到文学创作中，就形成了朝鲜半岛古代文学的一个重要分支——汉文学。朝鲜半岛人民不得不直面"言文分离"的畸形文字生活，汉字代表着高贵优雅，是贵族阶层的专有物。即使在1446年世宗发明并颁布韩文之后，崇尚汉字的现象也一直延续到20世纪初，换言之，在相当长的历史时期内，朝鲜半岛人民无法阅读文学作品，无法享受小说所带来的精神愉悦。及至近现代，伴随朝鲜半岛的开港，借鉴西方成立的各种新式教育机构使朝鲜半岛人民逐渐具备了识字能力,能够阅读文学作品。实际上,"甲午更张"的改革措施中,与教育相关的内容相对完整地保留了下来,这也为近代教育的发展奠定了良好的制度基础。

《大韩每日申报》曾发表社论指出:"值此新年之际,以国家命运和人民幸福为目标的人们,都强烈希望国内增设学校,使教育兴盛发达。"[①]此社论以普鲁士王国为例,强调了大力发展新式教育的重要性。事实上,在教育普及方面,外国传教士发挥了重要作用。1883 年,P. G. von Moellendolf 和 T. E. Halifax 最先开办了英语学校,之后培材学堂(1885)、敬新学校(1885)、梨花学堂(1886)、贞信女学校(1887)等传教士创办的学校陆续出现。1891 年,朝鲜半岛第一所日文学校在京城(今首尔)设立,1895 年和 1907 年又分别在仁川和平壤成立。此后英语学校(1894)、法语学校(1895)、俄语学校(1896)、汉语学校(1897)、德语学校(1898)等其他语种的外文学校纷纷出现,讲授内容主要是英语和翻译。1906 年在统监部的统筹规划下,以上六所公立外语学校合并为汉城外国语学校。

据统计,截至 1910 年,朝鲜半岛私立学校达 1973 所,其中教会学校有 746 所。[②] 教会学校客观上为朝鲜半岛近现代教育做出了重要贡献,特别是使朝鲜半岛民众文盲率骤减,为文学的近现代转型培养了大批阅读受众。1906 年 8 月 23 日的《大韩每日申报》强调:"盖自甲午更张以后依仿列强之美规,上自国都,下及闾巷,创设各种学校教育人才者迄今十有余年,学务之扩张社会之发达,可谓我韩文明之大进步也。"[③]

与此同时,开化期的朝鲜半岛在各种意识形态和物质力量不断碰撞融合的过程中,逐渐形成了现代化都市。现代化都市的形成带来了市民阶层的出现,而具备一定文化知识水平的市民阶层正是文学消费的主力军,他们成为文学阅读的最大群体。都市化的发展使小说读者日益增多,城市人口的不断膨胀使阅读报刊成为一种新的娱乐方式,市民大众的阅读取向和嗜好反过来又影响着作家的创作和小说消费市场的发展,最终结果是促进了报刊连载小说的进一步繁荣,文学逐步走向了大众化。

总之,在近代转换期的朝鲜半岛,近现代报刊和印刷技术的发达,稿酬制度的确立,职业作家的出现,新式教育的发展,现代都市的形成,市民阶

---

① 原文:이此新年하야 大韓國家의 命運과 人民의 幸福을 為하야 最히 企祝 希望하는 者는 國內에 學校가 쥐增하야 敎育이 旺成홈이로다. 参见《大韩每日申报》社论《务望兴学》,1906 年 1 月 6—7 日。
② 林和:《新文学史》,首尔:一路社,1993 年版,第 64 页。
③ 《英语研成社趣旨书》,载《大韩每日申报》1906 年 8 月 23 日。

层的涌现等,均成为推动文学转型演变的外部驱动因素,它们的裂变更迭与交互重构,加速了朝鲜半岛文学由传统到现代的嬗变历程。

第三节　文学内在结构的新旧交替与演进

　　如果将现代化国家划分为"早发内生型"与"后发外生型"①两大类,那么朝鲜半岛显然属于后者。其现代化进程主要来自外部的刺激与挑战,在西方和日本殖民势力的裹挟下,被迫实现了由传统至现代的转型。这一过程,从大的角度着眼,伴随着世界秩序和东亚格局的嬗变,从小的方面来说,是朝鲜半岛本身社会文化和政治秩序的重构。而这都是推动朝鲜半岛文学内在结构新旧交替和演进的重要力量。

　　"开化期"的朝鲜半岛,经历着内部封建守旧势力与西方异质文明的冲突。对内反封建历史任务与对外反侵略时代课题的交织碰撞,成为驱动朝鲜半岛实现现代化转型的重要动力。"乙未事变"后,朝鲜半岛人民不得不直面国家主权几近丧失的社会现实,强烈谴责日本的殖民侵略行为。独立协会等学会机构纷纷发行《独立新闻》等报刊启蒙国民,唤醒其爱国精神和民族意识。1905年《乙巳保护条约》签订后,朝鲜半岛各地爆发了反日义兵运动。自1876年开港至1910年,日本通过中日甲午战争和日俄战争,利用武力强行使朝鲜半岛完全沦为殖民地。可以说,反抗精神和独立斗争正是此时期民族独立运动中不可或缺的重要依托。

　　首先是高涨的文明开化意识。1863年大院君上台后奉行"锁国攘夷"政策,贯彻"卫正斥邪"②思想,主张排斥一切外国势力,加强国防建设,在某种程度上反映了民族自尊和独立爱国意识。但是随着政权让渡于闵氏一派,政府开始推行与锁国政策相反的开放政策。随之,修信使、领选使、绅士游览团、留学生等频繁往来国外。事实上,早在1881年,"绅士游览团"就被派往日本学习考察,成员多为年轻贵族,力图在军事、教育、科技等方面学习日本。朝鲜半岛近代化先驱人物金允植曾说:"我国素无他交,惟北事中国,东通日本而已。自数十年来,宇内情形日变。欧洲雄长,东洋诸

---

　　① 孙立平:《后发外生型现代化模式剖析》,《中国社会科学》1991年第2期。
　　② "卫正斥邪"思想是李氏朝鲜末期在西方势力要求朝鲜开放门户的时代背景下,朝鲜内部产生的守护性理学,是一种排斥西方文明和外国势力的思想主张。朝鲜门户开放以后,随着开化思想的扩散,政府开始推行近代化改革政策,但开化政策推行得并不顺利,性理学派的保守儒生们开始主导朝鲜,他们以固守传统的社会体制为目的,对开化思想持反对立场,因此又被称为"守旧党"。

国,皆遵其公。舍此则孤立寡助,无以自保。于是中国及日本皆与泰西各国修好。所立约者近二十国。"[1]开化派们已经认识到,在外来侵略势力导致社会文化全面重构的时代境遇下,"闭关锁国"政策已经不再顺应时代潮流,应该以积极的姿态接受西方和日本的先进文明。此外,在中国"以夷制夷"思想的影响下,1882年《朝美修好通商条约》签订,标志着朝鲜半岛已经放低姿态,开始全面学习和借鉴西方。

此后朝鲜半岛又通过"甲午更张",尝试废除原有的社会制度,效仿西方,建立新的国家体制,政治、经济和社会等方面相继进行了近代化改革。"甲午更张"客观上反映了朝鲜半岛的先行者们欲扭转颓势、变革社会、实现国家近代化转轨的强烈愿望。近代朝鲜半岛在挽救国家民族危机的开化运动之中,混杂了日本明治维新和中国洋务运动的多重影响,明治维新强调的"文明"使朝鲜半岛开明知识分子将"睁眼看世界"的理念付诸行动,认识到西方世界的先进性;洋务运动强调的"自强"使他们将"师夷长技以制夷"的思想付诸实践,旨在增强国力、共御外侮,社会文化语境经历着新旧交替和重构。

在此时代语境下,从文学的内部构造来看,朝鲜半岛文学也开始了由传统至现代的新旧交替和古今演变历程。实际上,所有国家和地区的文学,在文学史的进化和发展链条上都不是孤立存在的,必定会与前代或后代文学发生关联,而"近代转换期"正是联结"传统"与"现代"的时空节点。以小说为例,朝鲜半岛开化期小说在叙事模式和创作技法上,既在一定程度上延续和保留了传统文学元素,又吸收和借鉴了近现代文学的新内容。

在情节构造和体裁分类上,朝鲜半岛开化期小说仍然承袭了古代军旅小说、家庭小说、道德小说、言情小说、寓言小说的传统模式,依然未能脱离传统小说的体裁藩篱;但在内容呈现方面,自"甲午更张"后,较多地反映了对先进文明的追求和向往,同时更多地批判了封建制度的腐朽和官场的腐败堕落,宣扬了破除迷信、女权主义、博爱思想和教育独立等新思想和新潮流。准确地说,正是这些表现新的社会面貌和时代风尚的小说主题,真正体现了此时朝鲜半岛小说对古代小说的超越。

相较于同时期中国"鸳鸯蝴蝶派"表现出的自觉悲剧意识,朝鲜半岛新小说仍然固守着传统小说的"大团圆"结局。"大团圆"结局曾是朝鲜半

---

[1] 林基中:《天津谈草》,《燕行录全集(第93册)》,首尔:东国大学出版部,2001年版,第206页。

岛传统小说的重要美学特征之一,如成书于1689年的《谢氏南征记》,以"劝善惩恶"为基本主题,通过善恶对立人物形象的塑造,描写妻妾矛盾带来的家庭悲剧,但其主旨则在于宣扬"善恶有报"的思想,主人公谢贞玉历尽劫难,最终还是迎来了幸福团圆的结局。此外,《兴夫传》《春香传》《沈清传》《孔菊潘菊传》《蔷花红莲传》《彰善感义录》等作品仍然固守着对"大团圆"结局的执着和偏爱。小说创作中的这种"大团圆意识"一直延续至李人稙、安国善、李海朝等新小说作家的作品中。如李人稙的《血之泪》被视为朝鲜半岛新小说的嚆矢,其内容梗概为:1894年中日甲午战争席卷平壤一带时,7岁的女主人公玉莲在避难途中失去父母并负伤,被日军救出后,在日本军医井上的帮助下前往日本接受小学教育。但是井上军医战死后,被其夫人虐待的玉莲找不到去处,彷徨中遇到了具婉绪,两人一起去了美国。在华盛顿读书的玉莲戏剧性地与父亲见面,并与具婉绪订婚。小说虽然以"对文明社会的憧憬和婚姻自由"为主题,空间也涉及多个国家,具有超越传统小说空间构造的创新性,但仍然没有摆脱传统小说的"大团圆"结局。

在主题表现方面,尽管社会新风尚和新思想成为小说的主题,但传统"劝善惩恶"的主题意识还是得以保留。有所变化的只是"善"的代表群体成为进步人士、开明官吏或外国人,而非传统的农民或女性;而"恶"的代表群体则变为贪官污吏、封建残孽、冥顽不化分子,而不是传统的残暴官吏、狠心婆婆或继母毒妇。通过善恶的对峙和较量,宣扬"劝善惩恶"思想,这一点新小说与传统小说并无二致。事实上,新小说中的"劝善惩恶"主题在朝鲜半岛经历了一个逐渐变化并最终解体的过程,在以心理描写为主的小说中首先出现解体现象。叙事主题的变化是在现代与传统的冲突、对立、妥协的过程中生成的历史产物,若将新小说的"新"与旧小说的"旧"看成是对立概念,只有叙事构造和主题发生变化的小说才是真正意义上的"新小说"。而朝鲜半岛叙事文学在文化语境的新旧交替和嬗变中,也同样经历了传统与现代的对立、冲突和融合,传统文学的延续性生命力在"劝善惩恶"主题的延伸上得到了体现。若从对小说主题的讨论转向作品生产背后的世界观、文学观的层面上探讨此问题,朝鲜半岛古代小说"劝善惩恶"思想的变化及其解体就与以善恶为中心的两分法世界观的退场、效用论文学观的演变存在紧密关联。此外,因基督教传播而引起的人生观的变化、科学概念和现实主义的引入等导致的对现实世界认识的变化也发挥了一定的作用。传统小说"劝善惩恶"主题的演变和解体,从狭义层面看是文学样式的变化,从广义层面看则是反映思想体系本身转变的文学史事件。

　　此外,偶然性因素的过多介入,也是朝鲜半岛新小说对传统小说特点的保留和延续。如《鬓上雪》《巢鹤岭》《牡丹屏》《秋月色》均使用了偶然性极强的巧合手法,这种偶然性因素往往具有不切实际、不合情理的虚构性。如《牡丹屏》中的金善和张氏夫人陷于危境时,寿福突然从国外归来。《秋月色》中的李贞姬在日本上野公园遭到袭击时,前来相救者竟然是多年不闻音讯的未婚夫金永昌。另外,从人物形象的塑造模式来看,众多朝鲜半岛新小说都承袭和移植了传统小说的人物描写方法,如"善人"和"恶人"的二元构造。只不过此时的"善人"和"恶人"都变为具有近代文化知识的"今社会"的人。这说明朝鲜半岛新文学必然以传统文学为基础演变发展,也说明一种新的文学样式的出现并非以彻底与传统决裂为前提,而是要经历一个冲突和融合的复杂过程。

　　虽然朝鲜半岛文学转型期的小说无论从内容主题上,还是表现技法上,均对传统小说有较大程度的承袭,但从另一个角度来看,也表现出异于传统小说的崭新面貌,昭示着近现代小说的萌生。从主题来看,"文明意识""开化思想"成为小说集中反映的主题,且小说内容与现实生活紧密结合,作者摒弃了传统小说中的玄虚、幽冥思维,传达的都是新思想、新现象以及对社会现实的深入思考。李人稙《银世界》的广告曾写道:"小说惩戒贪官污吏之压制恶风开进愚蛮人民之自由思想,当此维新之际,风俗改良之一大奇观,恳望京乡众君即速购览。"[①]不难看出当时小说与社会现实和主流思潮的紧密关联。

　　正如中国清末民初小说对后世文学产生重要影响一样,朝鲜半岛李光洙、金东仁等现代文学代表人物也正是在吸取近代新小说的文学营养之后,在新的历史时期显现了他们的文学天赋。同时,开化期正是外国小说大量译介至朝鲜半岛的历史时期。域外小说的翻译活动让朝鲜半岛作家认识到本国小说与西方小说的差距,使其积极借鉴吸收西方小说的美学要素,从而使朝鲜半岛小说具有了现代色彩。首先,小说类型在域外小说的刺激之下,由传统的军谈、家庭、道德、寓言等转变为社会、言情、侦探、历史和科幻,短篇小说作为新的文学形式得以确立。在叙述模式、描写技巧等方面也发生了近代化转型,第一人称叙事模式逐渐成为重要叙述形式,受

[①] 《大韩每日申报》1909年1月5日。

产生于1912—1925年的日本"私小说"①的影响,朝鲜半岛新小说开始出现了第一人称视角的小说。在叙述时间上,"倒叙""插叙"开始出现在作品之中,全光镛在《韩国小说发达史》中曾将传统小说的叙述手法称为"综合性构成法",将近现代小说的叙述手法称为"解剖式构成法"②,通过对《鬼之声》的详细剖析,指出"与时间的发展顺序相逆"的手法就是所谓的"倒叙"法。事实上,不仅仅是《鬼之声》,《血之泪》《雉岳山》《花上雪》《牡丹峰》等都采用了"倒叙"的手法。可见,开化期朝鲜半岛小说家已逐渐超越有头有尾的传统小说"讲故事"的顺叙叙述方式,打破时空局限,扩展了叙述者的自由度和表现能力。尽管新的尝试尚带有模仿的痕迹,但其意义深远,昭示着近现代小说的萌生。

另外,在小说语言方面,也发生了迥异于传统的改变。张志渊曾倡导"韩文专用",此后李海朝、安国善、崔瓒植等人都自觉运用了韩汉文混用体或纯韩文来创作小说,从而逐渐摒弃了汉文。小说语言的口语化以及文体方面的革故鼎新,正是开化期文学近现代化的重要标志。《血之泪》使用韩汉文混用体创作,从另一个侧面反映了作者李人稙运用本民族语言从事文学创作的自觉意识。李海朝曾在《自由钟》里借助小说人物之口说:"世宗大王……投入大量财力创制韩文。但是百姓一直崇尚汉文字而视国文为黑暗文字,唯有妇人与低贱之人学习。"③在批判崇尚汉文、鄙视韩文的社会现象的同时,作者积极投身于纯韩文小说的创作。

总之,19世纪末20世纪初西方列强对东方国家的殖民侵略以及日本的迅速崛起,使东亚格局发生了前所未有的嬗变,朝鲜半岛的社会文化和文学也都开始经历由传统到现代的变革乃至重构。不同于中国的半殖民地语境,朝鲜半岛在日本的强力侵占下彻底沦为殖民地社会。东亚"文化地形"的改变以及朝鲜半岛内部社会文化语境的转变,必然会反映到文学

---

① 也被称为"自我小说",日本大正时期(1912—1926)产生的一种新颖独特的小说形式。"私小说"这一称呼出现在1920年的报刊上,日本文坛对"私小说"有广义和狭义的解释。

② 原文:作品의 構成에 있어서도 新小說은 새로운 面을 보여주었으니 그것은 古代小說의 大部分의 作品이 時間의 흐름에 並行하여 事件이 發展되는 綜合的 構成 말하자면 이야기 中心의 構成方法을 取한 데 比하여 新小說에서는 時間의 흐름에 逆行하거나 事件 및 場面이 前後 엇바뀌는 解剖的 構成方法을 試圖하였다는 점이다. 一例를 들면『鬼의 聲』의 경우에 있어서 女主人公 吉順과 金承旨의 愛慾關係를 처음부터 順序대로 敍述하지 않고 姙娠하여 滿朔이 된 吉順이 홀로 苦悶하는 場面에서 시작하여 過去로 거슬러 올라가 그 前말을 풀어가는 手法 같은 解剖的 構成方法에 依한 것으로 이것은 近代小說構成法의 重要한 特徵 중 하나에 속하는 것이다. 参见全光镛:《韩国小说发达史(下)》,首尔:高丽大学民族文化研究所,1998年版,第1177—1178页。

③ 李秉烈:《新小说必读十二选》,李海朝之《自由钟》,首尔:时代企划,1993年版,第354页。

的古今演变之中。正是在此社会文化语境下,朝鲜半岛近现代文学及其内外构成因子展开了历史性的新旧更替与重构。

第四节　中华传统文化辐射力的惯性延展

朝鲜半岛文学的近现代转型,既是本国文学发展衍变的结果,又受到外部因素的较大影响。正是在内外因素的对峙、博弈、妥协、融合中,文学实现了由传统至现代的转型。就内部因素来看,主要是面对东西方文化大变局和东亚"文化地形"的历史性转变,朝鲜半岛文学所做出的自我调适和历史演进。外部因素主要是指西方、日本和中国,在"西风东渐"的世界文化转移大背景下,陷入殖民地语境中的朝鲜半岛,包括文学在内的现代化转型,必然受到西方和日本的极大影响。它们为朝鲜半岛新文学演变提供了不同于中华文化的新参照体系,新的文学思想和文艺观念为朝鲜半岛新文学的发展注入了全新的西方元素。也正缘于此,前期关于朝鲜半岛文学近现代转型外部影响因素的考察研究,大都聚焦于西方和日本,强调西方以及通过日本引入的西方文学的影响。但相较于此,中国的影响和驱动作用也不可忽视。因为无论从地缘政治、文化心理,还是历史交流、传统渊源上来看,中国与朝鲜半岛持续几千年的影响关系根深蒂固,虽然近代中国也因遭受西方列强的侵略而自顾不暇,但由于中华文化自身所具有的强大辐射力和影响力,中国对朝鲜半岛的影响并未在短期内迅速消弭,而是保持了一定程度的惯性延展。事实上,"十九世纪末以后中国与韩半岛之间的文学交流并未真正全面停止,不过是随着东亚近代化的发展和国际形势的变化而相应地表现出有别于前近代时期的新特征而已"[1]。

从历史上来看,在东亚文化圈内,整个朝鲜半岛在地理位置上密迩中国,自称"小中华",一直是中华文化的忠实追随者,也是中华文化域外传播的重要区域之一,从语言文字、礼法规制,到典章制度、文化习俗,无不深受传统中华文化的影响。《旧唐书》记载:"俗爱书籍,至于衡门厮养之家,各于街衢造大屋,谓之扃堂,子弟未婚之前,昼夜于此读书习射。其书有五经及《史记》、《汉书》、范晔《后汉书》、《三国志》、孙盛《晋春秋》、《玉篇》、《字统》、《字林》,又有《文选》,尤爱重之。"[2]这足以说明"从初唐以后,中

---

[1] 王艳丽:《二十世纪上半期韩半岛对中国现代文学的译介》,《韩中人文学研究》总第60期,2018年。

[2] 刘昫:《旧唐书》,北京:中华书局,2000年版,第3620页。

国文化在朝鲜的传播已是相当广泛了"①。从文学角度看,中国传统文学与朝鲜半岛文学构建了典型的"源"与"流"的关系。魏晋南北朝时期,汉字、儒学和佛教文化就陆续东传至朝鲜半岛。文学创作曾长期使用汉字,由此形成了朝鲜半岛独特的文学样式——汉文学。当然朝鲜半岛也存在固有的特色文学以及后来的"吏读"和训民正音所构成的文化领域,但从文化根源上来说,统治阶层一直接受的是汉文化的深远影响。如此,中国古典文学对朝鲜半岛古代文学所产生的影响不言而喻。李氏朝鲜后期学者李德懋曾表示:"大抵东国文教较中国,每退计数百年后始少进,东国始初之所嗜,即中国衰晚之始厌也。"与此同时,朝鲜半岛在使用东亚共同书面语——汉字的同时,也经过对中华传统文化的消化和吸收,创造了本民族的特色文化,如接受佛教文化,形成了朝鲜半岛特色的新罗佛教;接受朱子学之后,将其发展为"退溪学"等。

但是从文学领域来看,可以说"古代朝鲜对中国文学大抵呈现出亦步亦趋的接受姿态"②。尤其汉文学,可以说完全处于中国文学的影响圈内,很多中国古典作家作品传入朝鲜半岛,经过阅读和吸收,成为其文学创作的思想源泉和参照。作品中反映的也都是儒释道精神,形式上来看,各种诗词、辞赋、传记文学、传奇小说、章回体小说等都受到了中国的影响。

如诗歌方面,无论是新罗时代的"乡歌",还是高丽时代的"俗谣",甚至是被称为朝鲜半岛国语诗歌"双璧"的"时调"和"歌辞"等,都受到了中国文化因素的深远影响。这种影响不只体现在对中国历史故事和文化典故的援引和使用,在诗歌风格、诗歌主题、诗歌批评、价值观念等方面也存在较多中国文化元素。甚至在文学传统和文学观念方面,朝鲜半岛也接受了中国文学的影响,如中国"以诗文为正宗"的文学思想,使朝鲜半岛确立了汉诗在教育和国策中的正统地位。在人才选拔和任用方面,汉诗曾经是重要测试手段,甚至影响和阻碍了朝鲜半岛本国诗歌的发展。朝鲜半岛从三国时代开始,就通过学习和模仿汉诗,使汉代诗风得到了异域延伸。高丽初期的诗歌,则以唐诗为主,后期转为崇尚宋诗。《东人诗话》是徐居正编撰的诗话集,其对中国诗学思想的征引次数为 197 次,其中唐宋诗人合计达 166 次之多。"高丽文士专尚东坡,每及第榜出,则人曰:'三十三东坡出矣。'高、元间,宋使求诗,学士权适赠诗曰:'苏子文章海外闻,宋朝天子

---

① 张伯伟:《朝鲜古代汉诗总说》,《文学评论》1996 年第 2 期。
② 张乃禹:《〈东人诗话〉与唐宋诗学》,《中国社会科学报》2020 年 4 月 15 日。

火其文。文章可使为灰烬,千古芳名不可焚。'宋使叹服。其尚东坡可知也。"①对苏东坡在朝鲜半岛诗坛的地位进行了确证和强调。及至李氏朝鲜,对中国诗学的吸收可以分为三个阶段,首先是学习宋诗(苏轼、黄庭坚、陈师道),然后转向唐诗,最后唐宋并举,又受到清朝诗风的影响。

从小说方面来看,中国对朝鲜半岛古代民间故事影响至深,中国的说话文学最为活跃的时期为唐代,历经秦汉五代,中国的玄谈思想和道教文化迅速扩散,与此相关,无数的故事传说应运而生。一统天下的唐代曾将道教奉为国教,神秘和不可思议的故事内容被大量接受,神仙、鬼怪、梦境等传奇故事迎来了全盛期。此时朝鲜半岛正值统一新罗时期,也即唐朝对朝鲜半岛产生深远影响的时期。从这一时期开始,无数的中国民间故事传说流入朝鲜半岛并被广为传诵。唐亡宋兴之时,宋太宗命令唐朝旧臣将当时流行全国的民间故事整理成册,命名为《太平广记》。此书于高丽中期传入朝鲜半岛,对其汉文小说《金鳌新话》《周生传》《云英传》《九云梦》均产生重要影响。如《九云梦》,其主题与《太平广记》中的《枕中记》《樱桃青花》《南柯太守传》等存在类似之处。

尤其有明一代,传入朝鲜半岛的小说已达数百种,最具代表性的当数瞿佑的《剪灯新话》,其在李氏朝鲜初期传入朝鲜半岛,文人金时习阅读吸收和借鉴后,创作了《金鳌新话》,该小说在文体、题材、情节、语言等方面,深受《剪灯新话》的影响。事实上,在整个李氏朝鲜时期,中国历史演义的传播最为广泛,朝鲜文人往往将其作为正史来阅读,其产生的文学影响也较为深远。如《三国演义》《西游记》《水浒传》《隋唐演义》《两汉演义》《东周列国志》《封神演义》《北宋演义》等,在受到朝鲜读者追捧的同时,刺激了小说创作,由此产生了朝鲜半岛历史上的"军谈小说",如《林庆业传》《张国振传》《赵雄传》《五将军传》《苏大成传》等。"从韩国小说之创造方面来说,虽不乏有独特的作品,但大部分的作品是以中国为背景来获取作品的题材或资料,其描述之情节、风格、文体,甚至其人、其地、其事、其物亦时与中国密不可分。"②中国小说传入朝鲜半岛进而经过阅读之后,朝鲜文人产生了模仿创作的欲望,但由于不具备成熟的创作手法,于是就出现了中国小说的仿作,即通过模仿和拟作,将社会现实和自我意识融入中国小说故事框架之中,经过改编、扩充或者删减、变更,以新的名称面向读者。如现在韩国图书馆仍可查找到的《今古奇观》《大明英烈传》《补红楼梦》

---

① 赵钟业:《韩国诗话丛编(第1卷)》,首尔:太学社,1996年版,第444页。
② 闵宽东:《在韩国中国古典小说的传入与研究》,《明清小说研究》1997年第4期。

《三国志》《续红楼梦》《女仙外史》《忠烈侠义传》《红楼复梦》《平山冷燕》《后红楼梦》《红楼梦补》《包公演义》《珍珠塔》《东游记》《好逑传》《南宋演义》《太平广记》《伍子胥传》《苏云传》等。据韩国学者闵宽东的统计,传入朝鲜半岛的中国传统小说达300余部①,传入之后,通过抄录②、翻译③、汇编④、重刊、注解⑤、改作、口传等接受方式,对朝鲜半岛小说体裁、题材、形式、内容、语言等方面产生了深远影响。

概而言之,中国与朝鲜半岛拥有几千年的文化交流史,其中在文学方面,朝鲜半岛几乎一边倒地接受了中国古代文学的影响。"前近代中韩人文交流以中心与周边的发展为基本模式,体现着互动与认同的发展原则、官方交流与民间交流并行的发展机制、共享资源与合作共赢的发展途径。"⑥中华文化的影响力极为深远和强大,甚至在很大程度上压制和阻碍了朝鲜半岛自身文学的发展。虽然因为近代东亚格局的变动,中华文化影响力渐趋衰弱,对朝鲜半岛的影响几乎成强弩之末,但由于历史上的影响关系足够深远持久且具有极强的辐射韧性,因此中国与朝鲜半岛近现代文学关系并未彻底消失,而是呈现了某种惯性延伸。其重要表现是晚清文学革命以及"五四"新文学对朝鲜半岛文学转型和殖民地文学所产生的影响。

具体来说,在朝鲜半岛近现代文学转型方面,除却西方和日本的影响,晚清"三界革命"也发挥了一定作用。就小说来说,伴随着晚清文学革命著述的大量东传、阅读和吸收,申采浩提出了朝鲜半岛版本的"小说革命"理论。从内在思维理路来看,申采浩提出的"小说革命"理论带有浓重的效用论特征,与梁启超功利性的"小说革命论"存在内在一致性。在对传统小说的批判方面,梁启超认为中国传统小说不出"诲盗诲淫"之两端,视中国传统小说为"中国群治腐败之总根源",提倡政治小说的翻译,鼓吹新

---

① 闵宽东:《中国古典小说在韩国之传播》,上海:学林出版社,1998年版,第125页。
② 主要有《山海经》《世说新语》《太平广记》《剪灯新话》《今古奇观》《三国志》《西汉演义》《水浒传》《西游记》《红楼梦》《红楼梦补》《好逑传》《唉蔗》《大明英烈传》《薛仁贵》等。
③ 主要有《今古奇观》《北宋演义》《封神演义》《女仙外史》《忠烈小五义传》《后水浒传》《珍珠塔》《包公演义》《镜花缘》《薛仁贵传》《春秋列国志》《西游记》《隋唐演义》《金瓶梅》《聊斋志异》《伍子胥传》等。
④ 如《唉蔗》抄自《喻世明言》6篇、《醒世恒言》9篇、《警世通言》7篇、《初刻拍案惊奇》5篇、《二刻拍案惊奇》2篇。
⑤ 如《剪灯新话句解》、《太平广记详解》(50卷)。此外,还有对中国古代小说的字、词和难句用汉文进行解释的"语录",如《水浒传语录》《西游记语录》等。
⑥ 金柄珉:《文明对话:东亚人文交流的历史与展望——以中国与韩国的人文交流为例》,《中山大学学报(社会科学版)》2019年第4期。

小说。申采浩也将朝鲜半岛古代传统小说定性为"淫谈"和"怪话",是"败坏人心风俗之一端"①,进而强调创作"奇妙莹洁"的新小说来代替传统小说。在小说的政治作用方面,梁启超在《译印政治小说序》中重申了小说与社会政治的关系,西方国家政界日进,政治小说为功最高,并借英国名士之口,强调"小说为国民之魂"的论断。申采浩吸收和借鉴了梁启超功利主义小说理论,认为小说"具有转移人心的能力",称其为"国民之魂"或"国民之罗盘针"。而且申采浩所说的"西儒云,小说是民之魂"疑似引用了梁启超《译印政治小说序》中"英名士某君曰:'小说为国民之魂'"的论述。在小说情感作用的认知方面,梁启超认为小说具有"不可思议之力",并提出了"熏""浸""刺""提"四种力量;在《论小说与群治之关系》中,认为小说具有"易感人"和"易入人"的特性。申采浩也在强调小说情感作用时,提出了"薰""陶""浸""染"四种力量,从其内容和所使用的关键语汇上,均可发现两者之间存在明显的承续和影响关系。鉴于申采浩大量接触传入朝鲜半岛的晚清文学革命著述,有理由推断其在"小说革命"理论提出过程中吸收和借鉴了晚清"小说界革命",即结合朝鲜半岛文学古今演变的社会文化语境,将晚清小说革命理论运用于具体的实践,从而推动了朝鲜半岛"小说革命"的发展进程,最终促成了小说由传统至现代的历史嬗变。

在诗歌方面,申采浩的《天喜堂诗话》在启蒙主义、功利主义诗歌观的延续和继承方面,受到晚清"诗界革命论"和《饮冰室诗话》的较大影响。申采浩援用晚清"诗界革命"理论,强调诗歌自身具备的社会政治变革的工具性,将启蒙主义思想和民族主义精神贯穿《天喜堂诗话》始终。"诗歌在激发人的感情方面,有不可思议的能力"的论断与梁启超"小说有不可思议之力支配人道故"的说法几无二致,说明申采浩对晚清"诗界革命"相关著述进行了研读并积极吸收了其中的相关理论,将其运用至本国的诗歌革命中,在更深层次上强调了以文学改良社会政治的内在意图和文学革命旨趣。

与此同时,申采浩以梁启超"三长"说的"诗界革命论"为理论依据,在其创作的《天喜堂诗话》中提出了"东国诗界革命论"。这里的"东国"意指中国东邻之"朝鲜",其中既暗含了以中国为文化坐标的自我民族体认,又渗透了异于中国、彰显创新性的文学自主意识。申采浩强调唯有以"东国语、东国文、东国音"为载体创作而成的诗歌,才是具有朝鲜民族特色、真正

---

① 《韩国近代文学研究资料集(六)》,首尔:三文社,1987年版,第20页。

意义上的"东国诗"。晚清"诗界革命"重视诗歌语言等外在形式的革新。《天喜堂诗话》也承袭了《饮冰室诗话》中关于诗歌"言文一致"问题的理论主张,以国语为语言载体的"国诗",是《天喜堂诗话》重点强调的内容,而其正是在对梁启超"新语句"和"口语、俗语"相关理论主张进行吸收之后提出的。可以发现,《天喜堂诗话》和《饮冰室诗话》出自同一话语体系和理论基础,不难理解申采浩在诗歌革命方面对晚清"诗界革命"理论的汲取和运用。

除了晚清的"三界革命"以外,"五四"新文学也对朝鲜半岛殖民地文学的发展产生了重要影响。首先,中国新文学先驱——胡适的文学理论著述、诗歌作品、哲学思想著作和时事评论文章等曾大量传播至朝鲜半岛。这些著述经过梁建植和李允宰等人的翻译,被朝鲜半岛的知识文人阅读吸收,在朝鲜半岛现代文学革命运动方面发挥了参考作用,推动了朝鲜半岛新文学的演进。在朝鲜半岛"国语国文运动"中,《文学改良刍议》和《建设的文学革命论》具有重要借鉴意义,梁建植和李允宰等对"国语的文学,文学的国语"的口号产生理论共鸣,同时将其与自身主张的言文一致运动相结合。梁建植注意到胡适提出的"使用白话文进行创作,塑造未来中国的普通话"的主张,认为在日本当局压制韩文的文化殖民语境下,应凸显韩文创作的必要性,强调韩文的地位。

胡适在《建设的文学革命论》中提出的"写人""写境""写事""写情"等具体文学描写方法,也对朝鲜半岛作家产生了刺激和启发。他们沿用了胡适的主张,注重表达"真情实感",将描写手法的运用和创新视为区别传统小说和新小说的重要标准之一。李泰俊在《文章讲话》中,也大力推崇胡适的"八不主义"。李泰俊将其中的"须言之有物"改写为"不做言之无物的文字",将对"物"的理解由"内容"升华至"事物",由此不难窥见朝鲜半岛知识文人对胡适理论的变用和活用。李泰俊认为"韩国语能够最如实地描述事物",因为韩文属于表音文字,先天具备了描写时所需的感官性原动力。李泰俊的《文章讲话》距胡适"国语文学论"的提出相差21年,这足以说明胡适在朝鲜半岛的影响并非转瞬即逝。1938年起,日本强制推行"朝鲜语抹杀政策",强行禁止朝鲜半岛人民使用朝鲜语,并施行日语教育进行"创氏改名"。面对此种文化遭遇,李泰俊借助于胡适的"国语文学论",发表《文章讲话》等一系列理论著述,追求朝鲜半岛的"言文一致",而关于朝鲜语文学略显夸张的评价,也是其面对日语的文化霸权地位而为了凸显朝鲜语优越性的必然结果。

曾留学北京大学并与胡适和陈独秀有过直接接触的朝鲜半岛现代语

言学家李允宰,也对胡适的"国语论"极度推崇。1922年其在《东明》发表介绍胡适"国语论"的《中国的新文字》之后,又译介了胡适的《建设的文学革命论》。他借鉴胡适的思想理论,深入思考韩文的国语地位,旨在突出韩文的优越性和主体性地位。事实上,当时朝鲜半岛知识文人虽然具有韩文创作的自觉意识,但却并未真正构建起具备可操作性的文体范式。由此,胡适的"国语文学论"引起了他们的关注,并被视为韩文新文体的理论方向。

除了胡适以外,"五四"新文学的另一主将——鲁迅在朝鲜半岛的影响,亦可视为中国文学影响力惯性延展的重要表现。事实上,朝鲜半岛较早就开始关注鲁迅,1920年鲁迅的作品就被译介至朝鲜半岛。梁建植在《开辟》杂志连载了《以胡适氏为中心的中国文学革命》,其中涉及鲁迅时曾评价道:"小说方面,鲁迅是大有前途的作家,比如他的《狂人日记》就描写了一个迫害狂惊悚恐怖的幻觉,使中国小说迈入了前所未达的新境界。"[1]首部被译介至朝鲜半岛的鲁迅作品是《狂人日记》,由柳树人于1927年在《东光》杂志上发表。1936年,著名民族抵抗诗人李陆史译介了《故乡》。1931年,丁来东在《朝鲜日报》发表《中国短篇小说家鲁迅和他的作品》,其中曾记载:"翻译至我们文坛的作品有《狂人日记》《头发的故事》《阿Q正传》《伤逝》等四篇。"[2]整体来看,殖民地时期的朝鲜半岛对鲁迅作品的翻译主要集中在其前期作品。鲁迅的反封建思想和人道主义思想在朝鲜半岛文人中引起了强烈共鸣,对作家创作也产生了直接影响,作家韩雪野曾表示:"以我本人为例,受到高尔基影响是不容置疑的。而且我发现了鲁迅小说中的哲学深度,并对其蕴含的某种东方品格深有感触,也在监狱中深深思考过鲁迅作品中出现的人物性格。因此,出狱后我所写的短篇小说《摸索》和《波涛》中的知识分子,都是受到鲁迅《狂人日记》《孔乙己》的不少启发和暗示而创作出来的形象。"[3]《摸索》和《波涛》将各种世俗的生活意识与时代思潮相对立,立体呈现了病态和混乱的世界中发生的各种世俗故事。从明秀、南植的人物形象中,可以看到人类的尊严和不沉溺于世俗世界的反封建思想。这不仅与《狂人日记》《孔乙己》的主旨思想一脉相通,而且在相互矛盾的人物性格塑造方面,也存在较强的同质性。

---

[1] 梁建植:《以胡适氏为中心的中国的文学革命(四)》,《开辟》总第8期,1921年2月1日。
[2] 丁来东:《中国短篇小说家鲁迅和他的作品》,《朝鲜日报》1931年1月4日。
[3] 韩雪野:《鲁迅与朝鲜文学》,《朝鲜文学》总第10期,1956年10月。

李陆史也与鲁迅渊源颇深,从面见到交流,从作品译介到哀悼追思,李陆史对鲁迅思想的接受是立体而多层面的。李陆史在北京大学留学时,就对中国文坛和鲁迅表现出相当的关注。据相关记载,1933年6月20日李陆史在上海万国殡仪馆吊唁杨杏佛时与鲁迅有过会面经历。彼时的李陆史正在创作长篇小说《无花果》,与鲁迅的不期而遇,成为他文学活动转向的重要契机。他积极将鲁迅视为镜鉴对象和典范,在具体实践中将文学创作与民族独立运动相结合。鲁迅"弃医从文"的经历强化了李陆史对艺术和政治关系的认知,李陆史认为:"在鲁迅看来,艺术不仅不是政治的奴隶,而且艺术至少是政治的先驱,两者既不能混同,也不能相互对立。正是因为他创作优秀的作品、进步的作品,所以文豪鲁迅的地位才越来越高,《阿Q正传》才由此应运而生,从此批评家们也不敢小瞧他。"①鲁迅辞世后,李陆史在1936年10月《朝鲜日报》连载了《鲁迅追悼文》,从鲁迅的生平、拜访鲁迅的经过到鲁迅作品的研究,对鲁迅反封建的启蒙思想进行了高度评价,从文化思想的深层阐明了鲁迅所承载的文化意义。

　　金柄珉认为:"中韩近现代文学交流历经重新认知与自我发现(19世纪末至1918年)、交叉互动与价值多样化(1919—1936年)、共同话语与深度合作(1937—1945年)等三个发展阶段。"②应该说,这种分期方法基本符合历史史实和中国与朝鲜半岛文学文化交流的实际,其中19世纪末至1918年的"重新认知与自我发现"阶段事实上相当于上文所简述的晚清文学对朝鲜半岛文学近代化转型的延续性影响。而"交叉互动与价值多样化(1919—1936年)"与"共同话语与深度合作(1937—1945年)"则涉及"五四"新文学与朝鲜半岛殖民地文学的相互关照与互动关系。首先是两国现代文学文本的双向译介,清末民初之际,主要是朝鲜半岛对晚清文学的单向译介。启蒙思想家们在文明开化意识的支配下,将翻译重心放在梁启超等启蒙思想家的著述上,如《清国戊戌政变记》《越南亡国史》《饮冰室自由书》《十五小豪杰》等。此外还有对梁启超等人翻译的西方人物传记作品的重译,如《近世第一女杰罗兰夫人传》《意大利建国三杰传》《匈牙利爱国者噶苏士传》《中东战记》等。译者主要是朴殷植、玄采、张志渊、洪弼周等启蒙运动思想家和爱国作家,译介的主要目的在于唤醒民众的爱国意识,服务于本国的爱国启蒙运动。

---

① 李陆史:《鲁迅追悼文》,《朝鲜日报》1936年10月25日。
② 金柄珉:《中国与周边:中韩近现代文学交流的历史转型与价值重建——兼论韩国近现代文学的主体性与现代性建构》,《中国比较文学》2020年第1期。

而到了现代,尤其朝鲜半岛和中国分别发生了"三一运动"和"五四运动"之后,两国文学翻译主体和译介旨归均有了新变化,且开始出现双向译介模式。译介主体由引领爱国启蒙运动的传统知识文人转变为现代作家或文人,且他们大部分均具有流亡或留学中国的体验,如柳树人、丁来东、金光洲、李陆史等。他们通过自身的中国体验,在集中关注和译介"五四"新文学的过程中,将文学的现代转型作为译介活动的主要目的。据统计,翻译至朝鲜半岛的中国现代文学作品达到200余部,包括鲁迅、周作人、胡适、郭沫若、巴金、茅盾、曹禺、冰心、欧阳予倩等代表作家的作品。此时,中国也开始了对朝鲜半岛现代文学的译介,译者主要有周作人、胡风、古新、刘秋子等,被译介的作家主要有崔曙海、林和、金起林、梁柱东等。此外,还有隐藏于跨界书写中的中国与朝鲜半岛的相互认知。中国与朝鲜半岛文人基于"亡国""抗日""殖民主义"等主题,进行了共同书写或相互书写。如以朝鲜半岛"亡国"为主题的中国作品主要有《朝鲜哀辞》(梁启超)、《英雄泪》(鸡林冷血生)、《朝鲜血》(黄世仲)、《牧羊哀话》(郭沫若)、《没有祖国的孩子》(舒群)等;朝鲜半岛相关作品主要有《此日》(申采浩)、《追感本国十月之事》(金泽荣)、《绝命词》(李范晋)。中国与朝鲜半岛对朝鲜"亡国"的文学书写,在批判日本殖民侵占,控诉卖国贼的卖国行为等方面,大体呈现出较为一致的创作思路和审美旨趣。但中国作家在作品中流露出对朝鲜亡国的同情和惋惜之情的同时,更多的是将其视为"亡国史鉴",暗喻中国危如累卵的局势,如果不从朝鲜亡国的惨痛结局中吸取教训,必将重蹈其覆辙。

中国与朝鲜半岛作家关于"抗日"主题的共同书写占较大比重,也最能够体现共同话语和相互认知的连接纽带。中国作家的相关作品主要有《鸭绿江上》(蒋光慈)、《我的邻居》(台静农)、《发的故事》(巴金)、《朝鲜义勇队》(郭沫若)、《北极风情画》(卜乃夫)等。朝鲜半岛相关作品主要有《梦天》(申采浩)、《尹奉吉传》(金光)、《安重根传》(朴殷植)、《旷野》(李陆史)等。从中可以发现,歌颂抗日英烈、弘扬抗日精神,是中国作家与朝鲜半岛作家共同的创作主旨,其中体现了两国之间互为主体、共存并生的合作意识。另外,跨界体验书写也是中国与朝鲜半岛现代文学交流的重要方式之一,包括中国作家对朝鲜半岛的书写(如魏建功《侨韩琐谈》、付景堂《游朝鲜教会记》等)和朝鲜半岛作家对中国的书写(如丁来东《北京印记》、韩雪野《燕京的夏天》、沈熏《北京的乞人》、金光洲《从北京来的老头》等)。如果说朝鲜半岛作家在对中国的跨界体验书写中,更多表达的是对中国现实的批判和对现代民主革命的憧憬,那么中国作家对朝鲜半岛的跨界体验书写则主要是在历史文化认同的基础上,对帝国强权和文化霸权的反思。

"中韩跨界书写是近现代中韩文学交流独特的互动与对话、互补与互证。中国的语境、中国的体验确实为韩国文学的现代转型,即韩国现代文学书写空间的拓展、书写形象与风格的世界化、现代文学思潮的借鉴以及国家想象的建构起到了不可或缺的作用。"[1]由此,中国与朝鲜半岛现代文学经过相互译介、相互书写,逐渐实现了相互认知。对朝鲜半岛来说,作家们在中国体验过程中,在连带心理的支配下积极从事中国现代文学的译介和传播,继而在达成了基于同位意识之上的对"五四中国"的主体性认知。而中国现代文学则通过对朝鲜半岛新文学由启蒙到革命的"转译",在具体作品中体现认知变化支配下的"朝鲜"映像,在对朝鲜沦亡叙事中凸显其"亡国史鉴"意义,对朝鲜同仇敌忾的反殖民抵抗精神给予高度赞扬;同时,也在作品中具体涉及了英雄、平民以及反面人物形象,从侧面反映了"反抗与救亡""抵牾与融合""记忆与现实"的隐含话语指向和创作理路。与晚清"三界革命"一样,这也是中华传统文化辐射力的惯性延展在不同历史时期的重要表现。

---

[1] 金柄珉:《中国与周边:中韩近现代文学交流的历史转型与价值重建——兼论韩国近现代文学的主体性与现代性建构》,《中国比较文学》2020年第1期。

第二章　朝鲜半岛文学近代化转型与晚清"三界革命"

从文学发展进化史的角度来考察朝鲜半岛文学如何经历由传统至现代的衍变和转型，可以发现晚清文学革命在其中发挥的作用。无论是在古代中国，还是在朝鲜半岛，文坛上均以诗歌为正宗，这种"重诗文，轻小说"的审美迂执一直持续至19世纪末。当时中国和朝鲜半岛均面临着来自西方或日本的殖民侵略，尤其朝鲜半岛自1876年《江华条约》的强制缔结，逐渐陷入殖民地的深渊，后又经过1894年的中日甲午战争和1904年的日俄战争，中国与朝鲜半岛之间维持了几千年的宗藩关系彻底终结。自此朝鲜半岛逐渐开始接受日本文化或经过日化的西方文化的影响，后又经过1910年的"韩日合邦"，在日本的殖民统治下，中国与朝鲜半岛的文学交流呈现了完全不同的局面。

在此种历史文化语境下，朝鲜半岛内部的文明开化和启蒙思想运动应运而生。对于中国和朝鲜半岛来说，此时文学革命的紧迫性和必要性是相同的。但是由于朝鲜半岛在历史上长期受到中华文化的影响，其文学自主性和主体性方面有所欠缺，因此在面对东西方文化大变局以及东亚"文化地形"的嬗变局面时，无论是政治方面的变革运动，还是文化运动和文学革命，均比中国迟钝和滞后。但伴随着时代的发展，文学演变的自然规律和趋势无法改变，朝鲜半岛文学经受着近代化转型的阵痛。正在此时，晚清"三界革命"正式掀起而震惊中国文坛，朝鲜半岛开化期的知识文人们均以错愕和诧异的目光关注晚清文学革命的进展。

事实上，在此之前晚清文学革命相关著述就已经大量传入朝鲜半岛，经过阅读、消化和吸收，已经为朝鲜半岛文学革命提供了理论基础和参考坐标。当然某些著述和思想的传入，也是通过日本来实现的，毕竟当时的朝鲜半岛已完全沦为日本的殖民地，全方面受控于日本，而其与中国的文学文化交流则逐渐受限。这也从侧面佐证了中华文化的强大影响力和辐射力，即使通过迂回曲折的方式，也对周边国家的文学转型产生了影响。梁启超在日本发行的《清议报》和《新民丛报》等在推动国内舆论和文学变革的同时，也影响了朝鲜半岛启蒙思想家和文学革命论者。尤其《清议报》曾在京城(今首尔)和仁川设立销售处①,朝鲜半岛知识文人借此能够及时接触梁启超的文学革命思想。此外,《饮冰室文集》《饮冰室自由书》《瑞士建国志》《普法战记》《华盛顿传》的译介传播,为朝鲜半岛知识文人接触西方文明思想打开了一扇窗口。以梁启超为代表的晚清文人的大量著述文章,也或经过翻译或以原文形式,登载在朝鲜半岛的报刊上,有些直接出版为单行本被广为传诵。

接受晚清文学革命影响并身体力行地将其运用于朝鲜半岛近代文学革命的代表人物主要有申采浩、朴殷植、张志渊、李海朝等。他们的共同点是19世纪90年代末独立协会召开万民共同会前后,经历了思想上的转换期②。但根深蒂固的儒学情结和文化基因始终挥之不去,成为他们师承晚清文学革命思想和理论的先天性决定因素。同时,他们也对儒学立场进行了自我体认,最终选择了反对儒学的思想立场。但无论如何,他们还是在抵抗外侮、谋求独立与欧风美雨、先进文明之间的矛盾运动中接受了晚清文学革命思想并将其运用到本国的文学革命实践中。

具体来看,他们主要从"小说界革命"与"诗界革命"的角度,接受了晚清文学革命的影响。首先从"小说界革命"来看,申采浩的"效用论"小说观念和变革理论,与晚清"小说界革命"提出的功利主义小说思想几乎如出一辙,且无论是在具体内容的呈现上,还是词汇用语的使用上,均存在诸多相似之处。在对传统小说的批判、政治小说的强调以及对小说情感作用的认知方面,皆可明显窥见朝鲜半岛近代文学革命思想对晚清文学革命理论借鉴和吸收的痕迹。从"诗界革命"来看,申采浩撰述的《天喜堂诗话》在启蒙主义、功利主义诗歌思想方面,积极吸收、借鉴和运用了《饮冰室诗话》的相关理论。"东国诗界革命"与晚清"诗界革命"又存在思维理路和关照视角上的密切关联。而晚清"文界革命"也同样成为朝鲜半岛文体革新的重要影响源之一。

第一节　晚清文学著述在朝鲜半岛的译介与传播

在近代转换期的朝鲜半岛,伴随着民族生存危机和"文化地形"的嬗

---

① 李光麟:《韩国开化思想研究》,首尔:一潮阁,1979年版,第261页。
② 他们参加并活跃于"独立协会"的事实可通过收录于1970年春季号《创作与批评》的《独立协会年历略》中的名单加以确认。据此资料可知,朴殷植任文教部长,张志渊为编辑部长,申采浩为内务部、文书部书记长及课长,与"皇国协会"的冲突事件发生后被镇压和拘役。慎镛厦在《独立协会研究》一书中,曾主张朴殷植、张志渊和申采浩等参加独立协会和万民共同会运动,主动扬弃了朱子学和"卫正斥邪"的旧思想,转而成为具有近代民权意识自强思想的爱国人士。

变,东亚范围内共同的书面语——汉文逐渐被近代民族语——韩文所取代。于是东西方之间以及东亚国家相互之间的文本翻译开始兴起。在朝鲜半岛,不仅出现了"韩汉文混用体"和"纯韩文体"等多种不同的翻译模式,还出现了文本的"语言内部翻译"的独特现象,即将"纯韩文体"架构的文本翻译为"韩汉文混用体",或者将"韩汉文混用体"的文本翻译为"纯韩文体"。翻译策略也是多种多样,主要有节译、略译、述译、翻案等。从译介文本的传入路径来看,以日本为媒介的文本所占比重最大。在中日甲午战争和日俄战争中节节胜利的日本,逐渐成为文明开化和富国强兵的东亚样板,因此以日本为媒介的西方书籍翻译数量激增,包括政治小说等文学作品。

以中国为媒介的翻译作品在数量上也占较大比重。1910年"韩日合邦"之前,晚清文学革命著述,尤其是历史传记类作品的翻译给朝鲜半岛知识文人以极大影响。本研究所涉"晚清文学革命著述"中的"著述"大体内含"著"和"述"两方面的内容。"著"是指单行本著作;"述"是指相关论述性文章或文章中节选的部分。"著述"是思想和理论的重要载体,晚清文学革命在朝鲜半岛文学转型中产生影响主要是通过相关著述的译介、传播和接受实现的。从传播路径来看,晚清文学著述在朝鲜半岛主要是通过"中国→朝鲜半岛"或者"中国→日本→朝鲜半岛"的路径传入的。

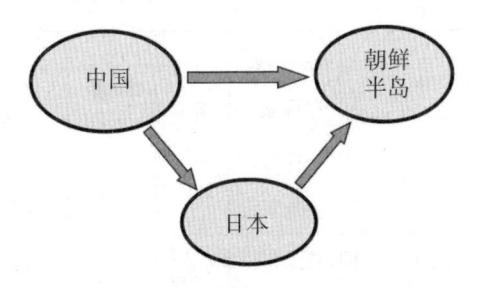

图 2-1 晚清文学著述东传朝鲜半岛路径图

近代转型期,中国在朝鲜半岛尚存在某种程度的延续性影响,再加上朝鲜半岛知识文人大都熟谙汉字,因此有部分晚清文学革命著述直接从中国传播至朝鲜半岛。此外,绝大部分著述是通过"中国→日本→朝鲜半岛"的路径传播到朝鲜半岛的。日本之所以成为一个重要的中转站,一方面是因为当时朝鲜半岛正处在日本的殖民统治之下,完全受制于日本,不得不通过日本接受中国或者西方先进文明。另一方面,由于"华夷秩序"的解体,前近代东亚以中国为中心的"天朝礼制体系"也随之轰然崩塌,两地直接交流的渠道几乎被完全断绝,而晚清文学革命的发起者和组织者梁启超流亡日本之后,把日本作为重要的活动据点,很多著述正是通过日本辐射到了朝鲜半岛。

19世纪90年代末,伴随着"戊戌变法"的开展,中国知识文人所展现出的文明开化意识及其一系列变法图强运动,使朝鲜半岛知识文人逐渐开始改变对中国的偏见。在同为殖民侵略受害国的同病相怜思维驱使下,他们认为19世纪中叶以后的中国通过变法自强运动,在近代文明和对西方文化的认识方面已经领先一步。《皇城新闻》的社论曾指出:"应该以清国为榜样,设立鼓励翻译事业的政府部门,大力翻译出版文明帝国的书籍。"[1]在此历史语境下,就职于学部编辑局、汉文译官出身的玄采开始翻译《俄国略史》《中东战记》《清国戊戌政变记》《法国革新战史》等。中国与朝鲜半岛的近代文学文化交流之门徐徐打开。在此过程中,朝鲜半岛报刊上大量刊载晚清著述的节译性内容,有些直接以单行本的形式翻译出版。

究竟有多少晚清文学著述传入开化期的朝鲜半岛,目前尚无确切的统计数字,相关资料也在不断发掘和整理中,但可以明确的一点是,相关著述大部分集中在晚清文学革命的发起者和践行者——梁启超及其他晚清文人身上。

表2-1 "韩日合邦"前后传播至朝鲜半岛的晚清著述单行本

著作名称	原作者/译者	出版年度	译者	发行机构	文体
《泰西近百年來大事記》[2]	蔡尔康 李提摩太	1897	学部	学部编辑局	韩汉混用
《中東戰記本末》	蔡尔康 林乐知	1899	玄采	汉城新报	韩汉混用
《清國戊戌政變記》	梁启超	1900	玄采 闵泳焕	学部编辑局	韩汉混用
《法國革新戰史》	梁启超	1900	玄采	皇城新闻社	韩汉混用
《埃及近代史》	麦鼎华	1905	张志渊	皇城新闻社	韩汉混用

---

[1] 《皇城新闻》1902年4月30日。
[2] 本书中所列举的著作、刊物或文章等名称尽量保留其原始形态,以便呈示原貌,特此说明。

续表

著作名称	原作者/译者	出版年度	译者	发行机构	文体
《越南亡國史》	梁启超	1906初版，1907再版	玄采	普成社	韩汉混用
		1907初版，1908再版，1908三版	周时经	博文书馆	纯韩文
		1907	李相益	博文书馆	纯韩文
《世界最小民主國》（收录于《幼年必讀》卷二）	梁启超	1907	玄采	徽文馆	韩汉混用
《越南亡國史》（收录于《幼年必讀》卷四）	梁启超	1907	玄采	徽文馆	韩汉混用
《近世第一女傑羅蘭夫人傳》	梁启超	1907初版，1908再版	李海朝	博文书馆	纯韩文
《瑞士建國志》	郑哲	1907	朴殷植	大韩每日申报社	韩汉混用
《女子救國美談》	冯自由	1907	张志渊	广学书铺	韩汉混用
《伊太利建國三傑傳》	梁启超	1907	申采浩 张志渊	广学书铺	韩汉混用
		1908	周时经	博文书馆	纯韩文
《飮冰室自由書》	梁启超	1908	金恒基	塔印社	韩汉混用

续表

著作名称	原作者/译者	出版年度	译者	发行机构	文体
《匈牙利愛國家葛蘇士傳》	梁启超	1908	李辅相	中央书馆	韩汉混用
《中國魂》	梁启超	1908	张志渊	石宝铺	韩汉混用
《普法戰記》	王韬	1908	玄采	塔印社	韩汉混用
《經國美談》	商务印书馆	1908	玄公廉	玄公廉家	韩汉混用
《生計學說》	梁启超	1908	李丰镐	石文馆	韩汉混用
《華盛頓傳》	丁锦	1908	李海朝	汇东书馆	韩汉混用
《民族競爭論》	梁启超	1908	刘镐植	古今书海馆	韩汉混用
《羅賓遜漂流記》	林纾 曾宗巩	1908	金瓒	义进社	韩汉混用
《鐵世界》	包天笑	1908	李海朝	汇东书馆	韩汉混用
《大同志學會序》	梁启超	1910	朴殷植	东国文化社	韩汉混用
《十五小豪傑》	梁启超	1912	闵浚镐	东洋书院	纯韩文
《麗韓十家文抄序》	梁启超	1914	金泽荣	翰墨林书局	纯汉文

表 2-2 "韩日合邦"前后传播至朝鲜半岛的晚清论述文章①

论述文章名称	发行日期	译者/作者	刊载刊物	文体	原作发表载体
《愛國論》	1899.3.17—18	未详	《皇城新闻》	韩汉混用	1899《清议报》
	1899.7.27—28	未详	《独立新闻》	纯韩文	
《去國行》(詩)	1899.8.9	未详	《时事丛报》	纯汉文	《清议报》
《讀越南亡國史》	1906.8.28	未详	《皇城新闻》	韩汉混用	未详
《教育政策私議》	1906.9.15	张志渊	《大韩自强会报》	韩汉混用	1902《新民丛报》《饮冰室文集》
《教育政策私議》(續)	1906.10.25	张志渊	《大韩自强会报》	韩汉混用	1902《新民丛报》《饮冰室文集》
《自勵二首》(詩歌)	1906.10.9	未详	《大韩每日申报》	纯汉文	未详
《書感寄友人》(詩歌)	1906.10.12			韩汉混用	
《志未酬》(詩歌)	1906.10.13			纯汉文	
《澳亞歸舟》(詩歌)	1906.10.14			纯汉文	
《自由論》	1906.10.24	文一平	《太极学报》第3期	韩汉混用	《饮冰室文集》
《滅國新法論》	1906.10.25	未详	《朝阳报》		未详
《動物論》原文	1906.11.20—21	原文转载	《帝国新闻》	纯汉文	1899《时务报》发表,收录于《自由书》和《饮冰室文集》

---

① 牛林杰在其韩文版著作《韩国开化期文学与梁启超》中,曾对传播至朝鲜半岛的梁启超著述进行了较为全面的发掘整理。本文在此基础上,结合当时的报刊史料记载,力求最大限度地展现传入朝鲜半岛的梁启超著述。

续表

论述文章名称	发行日期	译者/作者	刊载刊物	文体	原作发表载体
《自勵二首》(詩歌)	1906.12.1	原文转载	《西友》第1期	纯汉文	1901《饮冰室诗话》
《大同志學會》原文	1906.12.1	原文转载	《西友》第1期 汉城新文馆	纯汉文	1899《清议报》
《讀伊太利建國三傑傳》	1906.12.18—28	未详	《皇城新闻》	韩汉混用	1902《新民丛报》
《學校總論》	1907.1.1 1907.2.1 1907.3.1 1907.4.1	朴殷植	《西友》第2—5期	韩汉混用	1896《时务报》
《愛國論第一》	1907.1.1	朴殷植	《西友》第2期	韩汉混用	1899《清议报》，收录于《饮冰室文集》
《無題之文》	1907.1.1	未详	《西友》第2期	韩汉混用	自立会序文，1899发表于《清议报》
《支那人任公》①原文	1907.1.1	原文转载	《西友》第2期	纯汉文	1899《清议报》

---

① "支那"为近代日本侵略者对中国的蔑称，为还原历史现场，体现学术研究的规范性，本书引文、引例等处保留并沿用原始史料中"支那"的表述，特此说明。

续表

论述文章名称	发行日期	译者/作者	刊载刊物	文体	原作发表载体
《論報館有益於國事》原文	1907.2.25	原文转载	《大韩自强会报》第7—8期	纯汉文	1896《时务报》《饮冰室文集》
《動物談》原文	1907.2.1	原文转载	《西友》第3期	纯汉文	1899《时务报》发表,收录于《自由书》和《饮冰室文集》
《論學會》	1907.3.1	李甲	《西友》第4期	韩汉混用	1896《时务报》,收录于《饮冰室文集》
《論學會》	1908.11.25	未详	《大韩协会报》第8卷	韩汉混用	1896《时务报》,收录于《饮冰室文集》
《唯心論》	1907.3.1	原文转载	《西友》第4期	韩汉混用	1900《清议报》发表,收录于《自由书》和《饮冰室文集》
《學校總論》	1908.6.25	洪弼周	《大韩协会报》	韩汉混用	
《學校總論》	1908.7.25	洪弼周	《大韩协会报》	韩汉混用	
《學校總論》	1908.8.25	洪弼周	《大韩协会报》	韩汉混用	
《學校總論》	1908.9.25	洪弼周	《大韩协会报》	韩汉混用	

续表

论述文章名称	发行日期	译者/作者	刊载刊物	文体	原作发表载体
《師範養成的急務》	1907.4.1	朴殷植	《西友》第5期	韩汉混用	《论师范》部分摘取
《理財說》	1907.4.25—6.25	金成喜	《大韩自强会报》第10—12期	韩汉混用	《史记货殖列传今议》，发表于1897《时务报》
《滅國新法論》	1907.5.1—4	未详	《皇城新闻》	韩汉混用	未详
《論幼學》	1907.5.1	朴殷植	《西友》第6—10期	韩汉混用	1896发表于《时务报》，收录于《饮冰室文集》
	1907.6.1				
	1907.7.1				
	1907.8.1				
	1907.9.1				
	1908.1.25	洪弼周	《大韩协会报》第1卷	韩汉混用	
	1908.2.25				
《羅蘭夫人傳》	1907.5.23	未详	《大韩每日申报》连载	纯韩文	1902《新民丛报》
《敬告我青年同胞》	1907.6.21	未详	《共立新报》社论	纯韩文	《少年中国说》节选

续表

论述文章名称	发行日期	译者/作者	刊载刊物	文体	原作发表载体
《我國的衰弱根源（譯中國魂）》	1908.2.19	心农	《共立新报》	纯韩文	1899《清议报》/1901《时务报》/1902《新民丛报》
	1908.2.26	心农			
	1908.3.4	心农			
	1908.3.11	心农			
	1908.3.18	心农			
《中國積弱溯源論（譯中國魂）》	1908.3.25	心农			
	1908.4.1	心农			
	1908.4.8	何书生			
	1908.4.15	心农			
	1908.4.22	心农			
	1908.4.29	心农			
	1908.5.6	心农			
	1908.5.13	心农			
《過渡時代論（譯中國魂）》	1908.5.20	心农			
	1908.5.27	心农			
	1908.6.3				
《論近世國民競爭之大勢（譯中國魂）》	1908.6.10	译者未详			
	1908.6.17				

续表

论述文章名称	发行日期	译者/作者	刊载刊物	文体	原作发表载体
《論中國與歐洲國體異同(譯中國魂)》	1908.6.24	译者未详	《共立新报》	纯韩文	1899《清议报》/1901《时务报》/1902《新民丛报》
	1908.7.8				
	1908.7.14				
	1908.7.22				
《國家思想變遷異同論(譯中國魂)》	1908.7.29	译者未详			
	1908.8.5				
	1908.8.12				
《十種德性相反相成義(譯中國魂)》	1908.8.19	译者未详			
	1908.8.29				
	1908.9.2				
	1908.9.9				
《當以競爭求和平(譯中國魂)》	1908.9.16	译者未详			
	1908.9.23				
	1908.9.30				
《排外主義(譯中國魂)》	1908.10.7	译者未详	《共立新报》	纯韩文	1899《清议报》/1901《时务报》/1902《新民丛报》
	1908.10.14				
《論國家思想(譯中國魂)》	1908.10.21	译者未详			
	1908.10.28				
	1908.11.4				

续表

论述文章名称	发行日期	译者/作者	刊载刊物	文体	原作发表载体
《論進取冒險（譯中國魂）》	1908.11.4	译者未详	《共立新报》	纯韩文	1899《清议报》/1901《时务报》/1902《新民丛报》
	1908.11.11				
	1908.11.18				
《世界最小民主國》	1907.7.11	玄采	《幼年必读》卷二	韩汉混用	《饮冰室文集》《自由书》
	1908.7.1	一吁生	《西北学会月报》第2期	韩汉混用	
《保教非所以尊孔子》	1907.9.25	译者未详	《大同日报》	韩汉混用	《新民丛报》《饮冰室文集》
《冒險勇進青年天職》	1907.11.1	金河琰	《西友》第12期	韩汉混用	《论冒险与进取》节选，收录于《饮冰室文集》
《斯賓塞論日本憲法》原文	1908.4.25	原文转载	《大韩协会报》第1期	韩汉混用	1899《清议报》，收录于《饮冰室文集》
小説《動物談》	1908.4.25	译者未详	《大韩协会报》第1期	韩汉混用	《饮冰室合集》
《康同璧詩二首》原文	1908.5.1	原文转载	《西友》第5期	纯汉文	1902《新民丛报》
《女子教育的急先務》	1908.2.1	金河琰	《西北学报》第12期	韩汉混用	《论女学》，收录于《饮冰室文集》
《無名的英雄》	1908.2.24	农窝生 郑济原	《太极学报》第18期	韩汉混用	未详

续表

论述文章名称	发行日期	译者/作者	刊载刊物	文体	原作发表载体
《俄皇宫中的人鬼》	1908.3.29	冬青山人	《大韩每日申报》海外稗谈	韩汉混用	1902《新民丛报》
《匈牙利愛國家葛蘇士傳》	1908.4	未详	《朝阳报》第9期开始连载	韩汉混用	《新民丛报》《饮冰室文集》
《變法通議序》	1908.5.25	洪弼周	《大韩协会报》第2期	韩汉混用	1896《时务报》,后收录于《饮冰室文集》
《政治學說》	1908.7.25 1908.8.25 1908.9.25 1908.10.25 1908.11.25 1908.12.25 1909.1.25 1909.3.25	李沂	《湖南学报》第2—9期	韩汉混用	《清议报》《新民丛报》《饮冰室文集》
《農鐘變警讀》	1908.10.25	崔东植	《湖南学报》第4期	韩汉混用	《新民说》节选
《梁啟超氏談話》	1908.12.2	未详	《皇城新闻》别报栏	韩汉混用	引用日本《大阪每日新闻》记者的报道
《論師範》	1908.12.25	洪弼周	《大韩协会报》第9期	韩汉混用	1896《时务报》,后收录于《饮冰室文集》

第二章　朝鲜半岛文学近代化转型与晚清"三界革命"　59

续表

论述文章名称	发行日期	译者/作者	刊载刊物	文体	原作发表载体
《霍布士學說第一》	1909.1.25 1909.2.25 1909.3.25 1909.4.25 1909.5.25	李春世	《畿湖兴学会月报》第6—10期连载	韩汉混用	1901《清议报》，后收录于《饮冰室文集》
《論毅力》	1909.3.1 1909.4.1	无名	《西北学会月报》第10—11期	韩汉混用	1902《新民丛报》，后收录于《饮冰室合集》
《國民十大元氣》	1909.3.25	洪弼周	《大韩协会报》第12期	韩汉混用	1899《清议报》，后收录于《饮冰室文集》
《支那梁啟超新民說》	1909.4.25	李钟冕	《峤南教育会杂志》第1期	韩汉混用	《新民丛报》《饮冰室文集》
《無名之英雄》	1909.6.16	未详	《新韩民报》	纯韩文	《自由书》

由以上统计可知，仅在1899—1914年的短短15年间，传播至朝鲜半岛的晚清著述以及以中国为媒介传播至朝鲜半岛的西方译作合计达76种之多，所涉体裁相当广泛，既有史论作品和理论文章，又有文学作品。具体而言，既涉及能够激发民众爱国精神的"爱国论"（《自由论》《爱国论》《爱国论第一》等）、英雄或伟人传记（《无名之英雄》《意大利建国三杰传》等），又涉及以文明开化和自主独立为旨归的教育政策、学校设立、学会创

设、言论启蒙和新民思想(《学校总论》《论学会》《论幼学》《政治学说》等)①。

  通过以上表格还可看出,在朝鲜半岛爱国启蒙期的后期,即1908年以后,以中国为媒介的翻译叙事逐渐发生变化。1907年之前晚清历史传记类小说或政治小说为译介的主流文体类型,而1908年以后《鲁滨孙漂流记》《铁世界》等西方虚构性作品开始被译介,历史传记类作品的翻译则基本消失。《意大利建国三杰传》的序文中曾表示:"为什么要翻译三杰传?因为三杰都是爱国者。"②强调了翻译《意大利建国三杰传》的功利性目的,但1908年以后,这种译本选择方面的功利性目的几乎完全消失。1908年以前,以中国为媒介的历史传记类单行本作品达到20余部,有学者指出"韩日合邦"之前朝鲜半岛译介的外国英雄人物传记类作品大约有37部③,且在朝鲜半岛文学史上占据重要地位的《越南亡国史》《意大利建国三杰传》《爱国夫人传》等均系自中国传入。可见在朝鲜半岛近代历史传记类作品的整体译介中,中国所发挥的媒介作用之大。

  这说明朝鲜半岛在吸收近代文明和知识的过程中,不仅西方和日本,中国也曾扮演了重要的角色。尤其梁启超的著述曾在朝鲜半岛知识文人之间流传甚广、影响甚远。事实上,纵览以上两表中相关著述的标题及内容,可以发现其大多与梁启超有关,朝鲜半岛知识文人均将梁启超与"朱子"比肩。此外还有麦鼎华、郑哲等其他维新派知识分子的著作被大量译介。冯自由的《女子救国美谈》也被译介至朝鲜半岛。冯自由曾为维新派创办《清议报》和《新民丛报》提供了诸多帮助。由此可知,近代译介至朝鲜半岛的晚清著述,大体以维新派和革命派的著述为主体,且这些著述的国内出版主体也基本是广智书局、新民社和文明书局等位于上海的出版机构。

  作为晚清文学革命的代表人物,梁启超最早出现在朝鲜半岛相关文献中,是1897年2月15日《大朝鲜独立协会会报》上发表的《清国形势的可怜》一文。其部分内容摘录如下:

    且清國 新會에 있는 人 梁啟超氏가 昨年에 時事를 悲憤하여 波蘭國 滅亡한 史에 托意하여 附論日 鯨吞蠶食諸國 以自擴大……波蘭國 內政不修 積弱滋甚 家有狐鼠 乃欲倚虎狼而言壯 及知擇肉而食

---

① 牛林杰:《韩国开化期文学与梁启超》,首尔:博而精图书出版社,2002年版,第36页。
② 申采浩:《丹斋申采浩全集(中)》,首尔:萤雪出版社,1977年版,第12页。
③ Moon Hanbyeol:《亡国前后翻译和翻案小说的演变状况——以叙述方法的变化为中心》,《国际语文》总第49期,2010年。

始相顧失色 無可為計 諡為至愚 不亦宜哉 不圖自強 而欲庇大國之宇下籍他人保護 嗚呼 則足以速其亡而已矣.①

其主要内容是,梁启超对时局怀有悲愤之情而创作了《波兰灭亡记》,其意图是托喻于波兰亡国的历史,暗喻中国政局的混乱和国力的衰弱,警告国人须通过加强自身力量来实现救国的目的,而不能依靠他人。事实上,此时的梁启超正在上海创办《时务报》,积极鼓吹变法自强,他的行迹和活动被介绍到朝鲜半岛,可以看出当时朝鲜半岛的爱国启蒙思想家们已经与梁氏的思想产生共鸣。《波兰灭亡记》发表于1896年8月29日的《时务报》,而在半年之后,朝鲜半岛报刊上就登载了与此内容相关的文章,且很多内容是直接引用。由此可知,《清国形势的可怜》一文的作者可能通过各种途径阅读到《波兰灭亡记》,而且对作者梁启超有着较为深入的认识。

梁启超与朝鲜半岛的关系变得更为密切,是在1898年其亡命日本并创办《清议报》之后。这是因为《清议报》在朝鲜半岛也拥有相当的发行量和阅读热度。据张朋园在《梁启超与清季革命》中的统计:"《清议报》的发售与代售处,初时有二十三县市三十二处,以后间有增减,最多时为二十四县市三十八处,遍及海内外各地……日本:东京二、大阪一、神户一,香港四,澳门一,俄国:海参崴二,朝鲜:京城一、仁川一。"②由此可知,《清议报》在朝鲜半岛曾有两处代售处,分别位于京城(今首尔)和仁川。因此,《清议报》和梁启超也经常见诸当时朝鲜半岛的报端。

图2-2　1899年3月17日《皇城新闻》开篇社论

---

① 《大朝鲜独立协会会报》1897年2月15日。
② 张朋园:《梁启超与清季革命》,长春:吉林出版集团,2007年版,第265页。

余近日에 淸議報를 閱覽하다가 淸國哀時客이란 志士의 愛國論을 見함에 其激切適當함이 時局을 挽回할 雄健筆端이라. 其最要를 摘發하야 我同胞의 茅塞한 胸襟을 開爽케 하노니 此를 日日眷服하야 人人히 愛國者의 性質을 化하기를 深望하노라.①

《皇城新闻》的这篇社论直接涉及了《清议报》和梁启超,引文中的"清国哀时客"即为梁启超。社论作者通过阅读《清议报》而对梁启超的"爱国论"有所涉猎,认为梁启超的相关言论"激切适当","雄健笔端"可"挽回时局"并使朝鲜半岛人民"茅塞顿开"。梁启超在近代朝鲜半岛知识界的影响力如此之大,主要缘于其思想启蒙和文学革命理论所激发的异域共鸣。

1899年1月13日《皇城新闻》"外报栏"又刊登了《清议报》的相关报道,强调了《清议报》的创刊宗旨及其意义和作用。

图2-3　1899年1月13日《皇城新闻》外报栏

요고하마에 在留하는 淸國人이 發行하는〈淸議報〉를 客年臘月 二十三日에 初號 發刊하였는데 記者는 梁啟超氏라 上海 事務報에 執筆하던 사람인데 初號로부터 支那哲學新論과 淸國政變始末이란 問題의 두 論文을 發表하였다 하고 本領은 宇內治亂의 大機가 一을 由하야 西東의 時局이 잇스니〈淸議報〉는 此時局을 痛論하야 內로 大淸 四百兆民人의 惰眠을 警戒하고 外는 東邦諸識者의 敎導함을 瞻仰한다 하얏더라.②

---

① 译文:我近日阅读《清议报》,发现清国名为"哀时客"志士的爱国论,他的观点激切适当,他的雄健笔端可挽回时局。现摘发其最重点的内容,以使我同胞茅塞顿开。如果能够日日眷服此人,学习他爱国者的品性,则是我所深切期望的。参见《皇城新闻》1899年3月17日。

② 译文:《清议报》为滞留横滨的清国人梁启超所发行,去年腊月二十三日创刊,记者梁启超曾执笔于上海《时务报》。创刊号即发表《支那哲学新论》《清国政变始末》二文,表达对时局之看法。其本领在于阐明宇内治乱的机遇和关键在于对东西方时局之正确认识,《清议报》痛论此时局,对内警醒大清四百兆人民之惰眠,对外予东邦诸识者以教导。参见《皇城新闻》1899年1月13日。

不难看出,当时朝鲜半岛知识界对于《清议报》有着相当深入的认识,不仅点出了其创办的时间、地点和创办人,而且对其主要内容和目的宗旨以及意义都有充分而准确的认识。这说明,梁启超发行的《清议报》不仅在当时的朝鲜半岛销售,而且对朝鲜半岛启蒙知识分子触动很大,产生了一定影响,朝鲜半岛学界也对《清议报》的发行宗旨和影响保持了持续关注的姿态。

通过《清议报》,朝鲜半岛知识文人直接接触了梁启超的理论和思想,如1899年3月1日《皇城新闻》介绍了梁启超在《清议报》上发表的《瓜分危言》。近代转换期的朝鲜半岛渴望新文明、新思想和新学问,通过对《清议报》的直接阅读和梁氏著述的大量译介,向国民传递晚清文学变革理论和文学革命思想。

以梁启超相关著述为代表的晚清文学革命著述自19世纪末传播至朝鲜半岛,成为知识文人和普通民众不可或缺的捧读读本,尤其《饮冰室文集》被视为"启蒙教科书"。安昌浩曾倡导将《饮冰室文集》作为1908年设立的平壤大成学校的必读书①。

> 此等雜誌文體는 다 飲冰室文集을 譯出하고 其思想도 亦同文集의 時相을 化出하니 이는 中國의 事情과 朝鮮의 時勢가 同一한 形便에 列한 까닭이오 兼하야 當時文士가 漢學家에서 多起함으로 歐美及日本文學을 卽接으로 輸入치 못하고 中國의 手를 間介하야 輸入한 모양이라 實相飲冰室文集은 當時文壇에 大有助한 先生일러라.②

在此,安廓从中国与朝鲜半岛时势的相似性出发,认为朝鲜半岛知识文人所具备的先天儒学素养、汉学背景使《饮冰室文集》成为"有助于当时文坛"的"先生"。近代转换期著名儒学者黄玹也曾表示:"广东人康有为与其弟子梁启超大力提倡新学。事件(戊戌变法)失败后,康有为乘英国客轮逃亡,梁启超也流亡日本。梁启超时年28岁,其文采出众,文章所涉

---

① 徐忠硕:《韩末、日帝侵略下的资本主义近代化论之性质》,首尔:知识产业出版社,1988年版,第893页。
② 译文:这种杂志文体均译自《饮冰室文集》,其思想也出自同一文集对世相的描绘,这是因为中国与朝鲜的社会现实处于相似的状况,而且当时的知识文人多来自汉学家,无法直接输入和接受欧美及日本文学,通过中国间接输入欧美和日本文学,《饮冰室文集》实可称为大有助于当时文坛的"先生"。参见安廓:《朝鲜文学史》,首尔:韩日书店,1922年版,第124页。

范围广大。在日本发行《清议报》,针砭时弊。创作数千万言的饮冰室集,其理论纵横有力,流行于五大洲,令读者咂舌称赞。"①

黄玹对梁启超的文章和文采有着深刻认知,也高度评价了《清议报》和《饮冰室文集》,强调其"流行于五大洲"的传播广度。

近代朝鲜半岛爱国启蒙运动的理论依据便是民族自强论,这一理论是站在对抗近代日本明治维新式开化论和挽救民族危机的立场上,接受清末变法自强论的近代文明理论。民族自强论的理论源泉是西方的社会进化论,一般认为西方进化论进入朝鲜半岛是通过严复的《天演论》,但除了《天演论》以外,朝鲜半岛知识文人也受到了蕴含进化论思想的晚清著述的影响。通过梁启超接触到西方进化论的朝鲜半岛知识文人面对亡国危机,积极倡导政治意识和新民思想,鼓吹独立自由的历史意识。李光洙曾对梁启超在朝鲜半岛的影响有过如下评价:

  당시 우리나라 文士로 신문이나 잡지에 집필한 명사로는 皇城新聞에 柳瑾과 朴殷植, 張志淵, 大韓每日에 梁起鐸과 申采浩 등이 가장 저명하였다. 제국신문에는 崔永季이있었다. 그들은 모다 漢文學의 선비로서 燕岩樸趾源의 熱河日記, 兪吉濬의 西遊見聞, 清國 梁啟超의 飲冰室文集에서 세계대세와 신사상을 흡수한 이들로서 獨立主義의 政治論은 주로 집권계급인 元老官僚 양반배를 공격하였다.②

申采浩的民族史观正是在这种文化思潮中应运而生的,民族和竞争以自强论为前提是申采浩民族史观的核心内容。这种理论固然接受了张志渊自强主义的影响,但其中的"自强"也在较大程度上受到了梁启超《饮冰室文集》中展现的清末变法自强论的影响。

结合前文论及的对朝鲜半岛知识文人汉学背景的强调,可以发现在汉学文化的长期浸染和熏陶中,朝鲜半岛近代知识文人大都具有极强的汉字解读能力,张志渊、朴殷植、申采浩、玄采等爱国启蒙运动家代表不经任何

---

  ① 黄玹:《梅泉野录(卷3)》,《黄玹全集(下)》,首尔:亚细亚文化社,1978年版,第258页。
  ② 译文:当时我国从事报纸杂志编辑工作的文士主要有《皇城新闻》的柳瑾、朴殷植和张志渊、《大韩每日申报》的梁起铎和申采浩等,还有《帝国新闻》的崔永季。他们皆为汉文学素养深厚的儒生,从朴趾源的《热河日记》、俞吉濬的《西游见闻》、清国梁启超的《饮冰室文集》中,吸收了关于世界大势的论述和相关新思想,他们提出的独立主义的政治理论,主要是攻击集权阶级元老官僚的贵族阶层。参见李光洙:《岛山安昌浩(上)》,收录于申一澈《申采浩的历史思想研究》,首尔:高丽大学出版部,1981年版,第76页。

翻译手段，就可轻松解读晚清著述。虽然他们也具备不同程度的日语或英语能力，但深厚的儒学素养使其更钟情于汉文著述，这也是他们译介和接受晚清著述最直接的决定因素之一。朝鲜半岛近代知识文人因自身具备汉文解读能力，可以直接摄取晚清著述中蕴含的启蒙思想和文学变革理论。但为了启蒙民众、开发民智，申采浩、朴殷植、张志渊、李海朝等启蒙期文人纷纷将以梁启超为代表的晚清文人的著述进行翻译并发表于各大报刊。这是因为，普通民众缺乏汉文解读能力，需要阅读更为便捷易懂的"韩汉文体"或"纯韩文体"的著述。

　　刚开始译介至朝鲜半岛的晚清著述大都是《爱国论》《自由论》《学校总论》等简短的论述文章。但到了20世纪初，报刊上的简短文章已不能满足朝鲜半岛读者对晚清文学和文化思想的渴求。于是，《越南亡国史》《清国戊戌政变记》《中国魂》《饮冰室自由书》等书籍相继出版发行。朝鲜半岛于15世纪中期便产生了本民族文字——韩文。但是观察当时的译本就会发现，很多译本只不过是在晚清著述原文中插入一些韩文助词，语序还是保持了汉语的语序。这就是所谓的"韩汉混用文体"，在当时的朝鲜半岛非常普遍。事实上，此种"翻译"方式在很大程度上起不到翻译的作用，译本读起来和原文并无太大区别。那么爱国启蒙文人们坚持这种翻译方式的原因何在？

　　19世纪末20世纪初，受西方和日本影响，朝鲜半岛开始反思长期以来的汉字使用问题，逐渐重视本民族文字，进而产生了"言文一致"的内在欲求。但是，从使用了数千年的汉字中脱离出来进而统一使用本民族文字并非短期内可以实现。长久以来，汉文一直被视为知识和身份的象征，韩文只是妇孺与底层民众使用的文字而遭到贱视。因此，大部分知识文人一时难以接受从"汉文"到"韩文"的历史性转变。但是，他们又比谁都清楚"言文一致"的重要性，只有实现"言文一致"，才能普及近代知识，启蒙朝鲜半岛民众，从而实现救国目标。在这种艰难的文化抉择中，相对折中的"韩汉混用文体"登上历史舞台，即在汉文中插入韩语中表示语法意义的助词进行翻译。这种"韩汉混用文体"既给了朝鲜半岛从汉文转变为韩文的缓冲期，又没有完全背离"言文一致"的时代要求，可谓契合当时历史文化现状的最佳选择。彼时主张使用"纯韩文体"的《独立新闻》等媒体并未受到读者们的普遍拥护和欢迎，而"韩汉混用文体"则成为流行于朝鲜半岛的主要文体。晚清著述在译介至朝鲜半岛时，大都采用了这种文体。事实上，爱国启蒙期的"韩汉混用文体"在韩国国语史上也占有重要地位，近代之前被称为"谚文"的韩语被注入民族意识和国家精神，成为真正"国语"的起始阶段便是启蒙期"韩汉混用文体"阶段。这种文体的大量使用,是朝鲜半岛脱离汉文化圈,实现真正"言文一致"的重要开端。

1910年"韩日合邦"以前,朝鲜半岛主要通过中国知识文人撰写或翻译的文章著述来习得近代先进知识和西方文明。其中,以梁启超的作品为代表的晚清著述占相当比重,朝鲜半岛知识文人们在翻译介绍晚清著述时,也大都采用了"韩汉混用文体"。事实上,近代转换期"韩汉混用文体"的形式多样,有上文提到的保留汉语语序的韩汉混用文体,也有接近韩语语序的韩汉混用文体,还有汉韩两种语序混杂的情况。接近韩语语序的韩汉混用文体可以说在很大程度上实现了"言文一致"的目标,较多地保留了汉语语序的韩汉混用文体与韩汉两种语序混杂的韩汉混用文体,可以看成是处于"言文一致"初级阶段的文体。通过分析张志渊、朴殷植、申采浩、玄采对晚清著述的翻译,可以发现张志渊与朴殷植译文中的句子基本与晚清著述的原文一致,是汉语语序;而申采浩的译文虽然偶尔保留晚清著述原文,但整体上已经较为接近韩语语序;玄采基本将晚清著述原文的句子结构全部变为韩语语序,而且将"焉""矣""乎""欤"等文言文的语气助词全部删除,是四人中最接近韩语的翻译。

以梁启超的作品为代表的晚清著述在朝鲜半岛广受欢迎,不仅仅是因为其内容基本都与救国和启蒙相关,还因为晚清著述所使用的文体冲破了桐城派的文风束缚,半文半白的新文体让读者易懂并产生共鸣。事实上,晚清新文体虽然与文言文存在本质不同,但还未能完全摆脱文言文的束缚,相关著述中还保留着文言特征。对"主语+之+谓语"结构的翻译,张志渊、朴殷植、申采浩或保留了著述原文中的"之",或机械性地翻译成了"의"(韩语"的"字),但玄采却将"之"翻译成了"이/가"(韩语中表示主语的助词),使其成为韩语语序的一部分。另外,张志渊、朴殷植、申采浩在对待受日语影响的"之"所表现出来的翻译态度为保留引用。玄采则不同,翻译过程中,在不改变句子意思的前提下,他尽量将受日语影响的"之"字去掉,表现出了对日语"拒绝"的态度。

此外,对比晚清著述原文与朝鲜半岛启蒙期文人的译本,可以发现原文中的单音节词在译文中常常以双音节的形式出现。这种现象在玄采的《越南亡国史》中最为普遍,如将"态"译为"态度",将"籍"译为"属籍",将"罚"译为"刑罚",将"间"译为"间隙",将"亡"译为"败亡",将"匪"译为"匪徒",将"贼"译为"贼人",将"废"译为"废革",将"出"译为"逃出"等。这可以解释为由于读者的汉语水平有限,译者考虑到理解句子中单音节词存在一定难度,因此将其翻译为较易理解的双音节词。而且这些双音节词一直沿用到了现代,成了现代韩语中的一部分。此外,这些双音节词在中国古汉语资料中都可查到出处,说明这些词并不是朝鲜半岛译者所创,而是源于中国。

日本强占朝鲜半岛以后,将译介传播至朝鲜半岛的大部分晚清文学革命著述列为禁书。1910年11月16日,45种鼓吹民族意识的书籍被禁止销售,其中就包括梁启超的《饮冰室文集》《饮冰室自由书》《中国魂》《越南亡国史》《意大利建国三杰传》《匈牙利爱国者噶苏士传》《近世第一女杰罗兰夫人传》等。这有力佐证了以梁启超为代表的晚清文学革命著述在近代转型期的朝鲜半岛广为传播的事实。现有资料显示,梁启超著作在朝鲜半岛首次被翻译出版是在1900年9月,当时玄采将《清国戊戌政变记》翻译后在学部编辑局出版。在报纸杂志中收录的首个译文是《教育政策私议》,1906年由张志渊翻译后在《大韩自强会报》刊载。之后,单行本《越南亡国史》《意大利建国三杰传》《饮冰室自由书》《中国魂》《生计学说》《十五小豪杰》等陆续翻译出版。其中,《越南亡国史》1906年由玄采首先以"韩汉混用文体"翻译出版之后在次年再版,1907年由周时经、李相益相继翻译为"纯韩文体",其中周时经的译本在次年经过再版和三版。《意大利建国三杰传》也是首先由申采浩翻译为"韩汉混用文体",然后由周时经翻译为"纯韩文体"。《中国魂》除了张志渊的译本之外,还有心农在《共立新报》上连载的译本。

通过报刊积极介绍晚清著述的译者主要有朴殷植、洪弼周、张志渊等人。朴殷植翻译了《学校总论》《爱国论第一》《论幼学》,同时将《论师范》中摘取的部分内容以《师范养成的急务》为题,发表于学会志《西友》。洪弼周翻译了《学校总论》《国民十大元气》《论幼学》《变法通议序》《论师范》等,发表于《大韩协会报》。此外,李沂翻译了《政治学说》《教育次序议第一》,发表在《湖南学报》。金恒基、李辅相、李丰镐、闵浚镐、李春世、李钟冕、金河琰等也都是晚清文学革命著述的主力译者。

事实上,晚清文学革命著述并非全部以翻译的形式被介绍至朝鲜半岛,大体主要有四种传播形态。第一是直接输入原文或原著,第二是将著述原文转载至报刊,第三是部分提取原文内容进行单独介绍,第四是翻译为韩文在报刊上连载。传播至朝鲜半岛的晚清著述内容也是多种多样,其中教育领域的著述所占比重最大,政治、历史领域的著述亦可视为主流,法学、哲学、舆论、经济领域的著述以及诗歌、小说等文学作品也为数不少。这说明以梁启超为代表的晚清文人对朝鲜半岛知识文人在国权运动方面所产生的影响之深。相较于激进的反日斗争路线,在渐进的爱国启蒙运动方面,梁启超产生的影响更为深远,具体表现为对学问和教育的重视以及众多私立学校的设立,近现代报刊的大量创办,文学的革新运动,女权伸张和新文化运动等。

其中,关于梁启超在朝鲜半岛的影响,还有一个较为特殊的表现形态,那就是将现实中的梁启超虚构为小说中的人物,以朝鲜半岛读者为对象,宣扬梁启超的思想理论。1911年2月22日至23日在发表于《新韩民报》的秋泣生的小说中,梁启超作为小说人物登场。作品讲述了"因国家危机而不断郁闷、惆怅、慨叹"的"我"在梦中与梁启超相遇,一起游览了长白山并听取了梁启超提出的救国方略的故事。《新韩民报》是美洲地区朝鲜半岛移民团体"国民会"的机关刊物。这说明梁启超在朝鲜半岛的影响力已经扩散至海外移民社会的知识文人,可知其在亡命志士们心目中的重要地位。金台俊认为"甲午更张"以后,所有知识文人都向日本学习,中国文明的影响体现为"仅在一部分顽固学者中流行《饮冰室文集》而已"①。这并不符合历史史实,因为金台俊写作此文字的时间是1939年,当时正值日本殖民统治最残暴、最高压的时期。

图2-4 1906年12月24日《太极学报》刊载的《朝鲜魂》

此外,晚清著述中所蕴含的爱国、新民和教育思想,通过相关著述的

---

① 金台俊:《朝鲜小说史》,首尔:学艺社,1939年版,第238页。

大量译介,也被朝鲜半岛知识文人们吸收并具体运用至本国的思想启蒙、文化运动和文学革命中。尤其是梁启超的《中国魂》,在传播至朝鲜半岛后,曾引起热烈反响。朝鲜半岛知识文人们参照"中国魂"的说法,提出"朝鲜魂""韩国魂""国民之魂"等语汇,并广泛见诸报端。崔锡夏最先关注了《中国魂》,他读了梁启超《中国魂》之后有感而发,在《太极学报》上发表了《朝鲜魂》,旨在以《中国魂》为参照,强调对国民爱国意识的培养。

> 飮冰室主人 梁啟超는 淸國에 有名한 志士라. 일즉 淸國人의 自國魂이 無함을 慨歎하고 中國魂이라 하 一書를 著作하여 새로 淸國魂을 造作하쟈고 疾呼大叫하얏스니 氏는 참 熱誠이 有한 憂國家라. 今者 韓國現像을 觀察하니 淸人보덤 幾百倍나 自國魂을 要求할 時代를 當하얏도다.①

崔锡夏首先高度评价了梁启超的忧国忧民精神,称其为晚清"有名志士",因慨叹中国精神的缺乏而创作了《中国魂》一书,同时指出当时的朝鲜半岛相比中国几百倍地需要"朝鲜魂"。1899年12月22日,《皇城新闻》的社论《隐士不可独善其身》强调:"赞成爱国心,力图奠定盘泰之功,自任孔子武侯之大志,共济时艰。"②申采浩也在《大韩每日申报》发表的《国民之魂》中指出:"如果有国民之魂,其国民可双手挽回福利,其国家可成为生活的乐土,其民族可歌送福音,国民之魂何其重要,何其强大。"③强调"国民之魂"的必要性和紧迫性。此外,1907年6月28日《共立新报》发表题为"大呼国魂"的评论文章,1908年3月30日《皇城新闻》刊登了《朝鲜魂稍稍还来乎》的社论,"朝鲜魂""韩国魂""国魂""国民之魂"遍布朝鲜半岛报刊。朝鲜半岛近代转换期的社会现实和文化语境与中国相似,晚清著述中的爱国新民和思想启蒙理论又与朝鲜半岛直面的民族危机相契合,大量著述的翻译和接受,自然顺理成章。

现有资料中,尚未发现朝鲜半岛近代知识文人对以梁启超为代表的晚

---

① 译文:饮冰室主人梁启超是清国有名的志士。他慨叹清国人国魂之不存,创作《中国魂》一书,大声疾呼重新振兴清国魂,梁氏是个充满热诚的忧国之人。如今,观察一下韩国的现状,正是比清国人几百倍地要求国魂的时代。参见崔锡夏:《朝鲜魂》,《太极学报》总第5期,1906年12月24日。
② 《韩国近代文学研究资料集(一)》,首尔:三文社,1987年版,第668页。
③ 申采浩:《丹斋申采浩全集(别集)》,首尔:萤雪出版社,1977年版,第168页。

清文学革命著述中蕴含的思想做出否定性或批判性的评价。对于此种一边倒的倾斜和推崇,固然可以从中国与朝鲜半岛影响关系的延展方面寻找文化渊源,但最重要的还是晚清文学革命著述内含的文明开化、自强独立的启蒙精神以及文学革命、文化运动思想在很大程度上契合了朝鲜半岛当时的国内局势和时代语境,为朝鲜半岛的思想启蒙和文学革命提供了理论参照和思想镜鉴。由此,近代转换期的朝鲜半岛更加重视新式教育和对先进文明的吸收,通过成立学会和创办报刊,文化运动和文学革命呼之欲出,向传统文学诀别的新文学开始萌生,文学的转型也正式步入正轨。

第二节 朝鲜半岛"小说革命"与晚清"小说界革命"

面对内忧外患的民族危机和前所未有的文化转型,无论是中国,还是朝鲜半岛,都存在文学的古今演变和转型问题。当时晚清文学革命著述的译者,大都是主张开化自强的具有爱国启蒙倾向的知识文人,如申采浩、朴殷植、张志渊、洪弼周、周时经等。事实上,他们也基本都是朝鲜半岛近代文学革命的主要倡导者和实践者,其中最具代表性的人物当数申采浩。

众所周知,申采浩与梁启超一样是近现代著名的文学家、舆论家、史学家,具有高度的社会参与意识,也是一个典型的民族主义独立运动家,构建了完备的思想体系,对朝鲜半岛近现代学术和文学等领域的发展影响甚巨。从思想背景到历史功绩,申采浩与梁启超都具有诸多类似之处,尤其在思想和学问背景中的社会进化论、民族主义、启蒙主义、文学革命等方面,申采浩受到了梁启超的诸多影响。

就文学变革中的"小说革命"来说,申采浩提出的"效用论"与梁启超的功利主义文学观念可谓一脉相承。在梁启超庞杂的著述中,蕴含相关理论的主要有《〈蒙学报〉〈演义报〉合叙》《译印政治小说序》《中国唯一之文学报〈新小说〉》《论小说与群治之关系》《传播文学三利器》《小说丛话》《告小说家》等。梁启超在上述相关著述中,强调了小说的社会功利性功能,核心内容为政治理想的实现,将教育和启蒙民众置于重要位置。1902年,梁启超在日本创办了《新小说》,在阐明"小说与群治之关系"的基础上,正式吹响了"小说界革命"的号角。

"小说为文学之最上乘",可以"教育平民,裨益国家社会",因此为了唤起人们的爱国精神,需要创作更多优秀的小说,此外还应大量翻译外国伟人传记。为了扩大小说的阅读受众,提高小说的情感作用,必须废止书面语体,采用通俗易懂的口语体,这种将小说视为改良社会、启蒙国民的工具的效用论小说观,最终与朝鲜半岛爱国启蒙思想产生关联,对朝鲜半岛"小说革命"产生深刻影响。至少在朝鲜半岛的开化期,所谓的小说论和小说理论尚未完全明确立①,因此随着大量著述的译介传播,梁启超社会效用论的文学思想传入朝鲜半岛,其产生的影响不言自明。但是,在当时的朝鲜半岛,对于小说价值的肯定性效用论正在形成,虽然当时只是将之作为某种符合开化期特性的启蒙手段赋予小说以特定的价值,但这可以说正是开化期小说的固有特性。

"开化期朝鲜半岛文学批评文章大部分都以作品的序跋或报刊的社论和读后感、读者投稿等形式出现"②,其部分内容如下表所示:

表2-3 朝鲜半岛近代转换期小说理论批评序跋文章统计表

文章名称	发表年度
《中東戰記》序	1899
《中東戰記》跋	1899
《美國獨立史》序	1899
《波蘭國末年戰史》序	1899
《波蘭國末年戰史》跋	1899
《埃及近代史》序	1905
《青樓義女傳》跋	1906
《神斷公案》後評	1906
《瑞士建國志》序及後記	1907
《夢潮》跋	1907
《羅蘭夫人傳》跋	1907
《鬼之聲》序	1907
《伊太利建國三傑傳》序	1907
《越南亡國史》序	1907
《禽獸會議錄》序跋	1908
《經國美談》序	1908

---

① 李在铣:《韩国开化期小说研究》,首尔:一潮阁,1972年版,第153页。
② 牛林杰:《韩国开化期文学与梁启超》,首尔:博而精图书出版社,2002年版,第131页。

续表

文章名称	发表年度
《乙支文德》序	1908
《夢見諸葛亮》序	1908
《青年的願望》跋	1909
《巷謠》跋	1909
《ABC 契》序	1910

表 2-4　朝鲜半岛近代转换期小说理论批评报刊社论统计表

文章名称	发表时间	发表刊物
《余近日에 中東戰記를 閱覽》	1898.12.24	《皇城新闻》
《讀法國革新史》	1905.8.24—26	《皇城新闻》
《讀埃及近代史》	1905.10.7	《皇城新闻》
《讀波蘭義士高壽期古傳》	1905.12.29—30	《大韩每日申报》
《讀越南亡國史》	1906.8.28	《皇城新闻》
《讀伊太利建國三傑傳》	1906.12.18—28	《皇城新闻》
《讀伊太利建國三傑傳有感》	1907.11.16	《皇城新闻》
《讀印度亡國史》	1908.1.22	《共立新报》
《國漢文의輕重》	1908.3.17—19	《大韩每日申报》
《近來新小說評論：愛國夫人傳》	1908.3.27	《京乡新闻》
《朝鮮魂이稍稍還來乎》	1908.3.30	《皇城新闻》
《近來書評：越南亡國史》	1908.4.10—7.31	《京乡新闻》
《近今國文小說著者의注意》	1908.7.8	《大韩每日申报》
《讀梁啟超所著朝鮮亡國史》	1908.9	《太极学报》
《演劇界之李人稙》	1908.11.9	《大韩每日申报》
《讀無名氏英雄傳》	1909.2	《大韩协会会报》
《大呼英雄崇拜主義》	1909.7.29	《皇城新闻》

从以上统计可以看出，在朝鲜半岛近代"小说革命"理论文章中，存在大量与晚清文学革命著述直接相关的内容，主要有《意大利建国三杰传》

《越南亡国史》《近来书评:越南亡国史》《读意大利建国三杰传》《读意大利建国三杰传有感》《读梁启超所著朝鲜亡国史》《大呼英雄崇拜主义》等。历史传记小说是晚清"小说界革命"所涉内容的重要组成部分。朝鲜半岛近代"小说革命"的倡导者和实践者基本都是晚清文学革命著述的译者,在译介过程中,他们有意无意地大量接受了晚清文学革命思想的影响。晚清著述中蕴含的小说变革理论随着著述的译介,在朝鲜半岛广为传播,为正在开展思想启蒙和独立运动的朝鲜半岛知识文人提供了来自中国的异域参照。尤其是在功利主义小说观的传承方面,他们大量吸收了晚清小说界革命的理论观点,推进了朝鲜半岛版本"小说革命"的进程。

表2-5　朝鲜半岛近代文学革命理论与晚清文学革命思想对照表

对照主题	晚清文学革命思想	朝鲜半岛近代文学革命理论
文学与人类情感的关系	人之恒情……无论为哀、为乐、为怨、为怒、为恋、为骇、为忧、为惭……欲摹写其情状,而心不能自喻,口不能自宣,笔不能自传。(《论小说与群治之关系》)	大凡 詩란 者는 卽此歡乎憤叫 凄涼灑泣 呻吟狂啼 等의 情態로 結成文言이니 詩를 廢코자 하면 是는 國民의 喉를 閉하며 腦를 破함이니……(《天喜堂詩話》)
文学的情感作用	熏也者,如入云烟中而为其所烘……浸也者,入而与之俱化者也……刺也者,能入于一刹那顷忽起异感而不能自制者也……凡读小说者,必常若自化其身焉——入于书中,而为其书之主人翁。(《论小说与群治之关系》)	其精神魂魄이 紙上에 移하여……壯快한 事를 讀함에 氣의 噴湧을 不禁하고……其薰陶浸染의 旣久에 自然 其德性도 感化를 被하리니……(《近今國文小說著者의 注意》)
文学的力量	小说有不可思议之力支配人道故。(《论小说与群治之关系》)	……詩가 人情을 感發함에 如此히 不可思意의 能力이 有할지라……(《天喜堂詩話》)

续表

对照主题	晚清文学革命思想	朝鲜半岛近代文学革命理论
文学与国家的关系	……各国政局之变迁,罔不由二三文豪……其革命运动之第一期即文学之鼓吹期也。(《俄罗斯革命之影响》) 在昔欧洲各国变革之始,其魁儒硕学,仁人志士,往往以其身之所经历,及胸中所怀,政治之议论,一寄之于小说……彼美、英、德、法、奥、意、日本各国政界之日进,则政治小说,为功最高焉。(《译印政治小说序》)	一國의 盛衰治亂은 大抵 其 國 詩에서 可驗할지요……"詩가 盛하면 國도 亦盛하며 詩가 衰하면 國道亦衰하며 詩가 存하면 國道 亦存하며 詩가 亡하면 國道 亦亡한다."(《天喜堂詩話》) 歐洲 各國에는 매양 文藝의 作物이 革命의 先驅가 되었다 하나…… (《浪客의 新年漫筆》)
文学与风俗的关系	欲新一国之民,不可不先新一国之小说。故欲新道德,必新小说;欲新宗教,必新小说;欲新政治,必新小说;欲新风俗,必新小说;欲新学艺,必新小说;乃至欲新人心,欲新人格,必新小说。(《论小说与群治之关系》)	……社會의 大趨向은 國文小說의 正하는 배라……萎靡淫蕩的 小說이 多하면 其 國民도 此의 感化를 受할지며 俠情慷慨的 小說이 多하면 其國民도 此의 感化를 受할지니……(《近今國文小說著者의 注意》) ……其他勇悍倡狂猛奮讒劣 或善或惡或美或醜가 無非 詩歌의 支配力을 受하는 바인데……(《天喜堂詩話》)
对西方小说观念的引用	英名士某君曰:"小说为国民之魂。"岂不然哉!岂不然哉!(《译印政治小说序》)	西儒의 云한 바"小說은 民의 魂"이라 함은 誠然하도다.(《近今國文小說著者의 注意》)

续表

对照主题	晚清文学革命思想	朝鲜半岛近代文学革命理论
对本国诗歌的否定认识	古诗《孔雀东南飞》一篇，千七百余字，号称古今第一长篇诗。诗虽奇绝，亦只儿女子语，于世运无影响也。（《饮冰室诗话》）	余가 近世 我國에 流行하는 詩歌를 觀하건대 太半流靡淫蕩하여 風俗의 腐敗만 醵할지니 世道에 觀心하는 者가 汲汲히 其改良을 謀함이 可하며……國詩로 言하면……閒談의 詩뿐이며……放狂의 詩뿐이며……淫蕩의 詩뿐이며……厭退의 詩뿐이요……（《天喜堂詩話》）
小说的语言和读者	而水浒三国之类，读者反多于六经……但使专用今之俗语，有音有字者以著一书，则解者必多，而读者当亦愈夥。（《论幼学》）	彼俚談俗語로 撰出한 小說 冊子는 不然하여 一切 婦孺 走卒의 酷嗜하는 배인데……（《近今國文小說著者의 注意》）
对本国小说的否定性认知	中土小说，虽列之于九流……综其大较，不出诲盗诲淫两端。（《译印政治小说序》）吾中国人江湖盗贼之思想何自来乎？小说也；吾中国人妖巫狐鬼之思想何自来乎？小说也……盖百数十种小说之力直接间接以毒人，如此其甚也……今我国民，惑堪舆，惑相命，惑卜筮，惑祈禳……今我国民慕科第若膻，趋爵禄若鹜，奴颜婢膝，寡廉鲜耻……卒至有如义和拳者起，沦陷京国，启召外戎，曰惟小说之故。（《论小说与群治之关系》）	韓國에 傳來하는 小說이 太平桑園濮上의 淫談과 崇佛乞福의 怪話라. 此亦人心風俗을 敗壞케 하는 一端이니 各種新小說을 著出하여 此를 一掃함이 亦汲汲하다 云할이로다.（《近今國文小說著者의 注意》）近日 小說家의 趨勢를 觀하건대……此小說도 誨淫小說이요 彼小說도 誨淫小說이라……《小說家의 趨勢》……民眾生活과 接觸이 없는 上流社會 富貴家男女의 戀愛事情을 그리므로 為主하는 獎淫文字는 더욱 文壇의 羞恥이다.《浪客의 新年漫筆》

续表

对照主题	晚清文学革命思想	朝鲜半岛近代文学革命理论
对本国文学腐朽落后原因的分析	自后世学子,务文采而弃实学,莫肯辱身降志,弄此楮墨,而小有才之人,因而游戏恣肆以出之,海盗海淫,不出二者,故天下之风气,鱼烂于此间而莫或知,非细故也。(《论幼学》) 斯事既愈为大雅君子所不屑道,则愈不得不专归于华士坊贾之手。(《论小说与群治之关系》)	古代에는 儒賢長者가 皆國詩와 鄕歌를 喜하여 典重活潑한 著作이 多하……邇來 千餘年間은 此一道가 但只 蕩子淫妓에 歸할 뿐이요 萬一 上等社會 調修하는 士子이면 國詩 一句를 能製치 못하며 鄕歌 一節을 解吟치 못하므로 詩歌는 愈愈히 淫靡의 方에 墮하고 人士는 愈愈히 愉快의 道가 絶하니 國民 萎敗의 故가 비록 多端하니 此도 또한 一端이 될진저 (《天喜堂詩話》)
关于本国文学语言的革新	今宜专用俚语,广著群书。(《论幼学》) 读之不觉拍案叫绝。全首皆用日本西书之语句,如共和、代表、自由、平权、团体、归纳、无机诸语,皆是也。(《饮冰室合集》之二十二) 文学之进化有一大关键,即由古语之文学变为俗语之文学是也。各国文学史之开展,靡不循此轨道。(《小说丛话》)	苟或 漢字詩를 將하여 此로 國人의 感念을 興起코자 하려다가는…… 是는 幾介人의 閑坐諷詠함에 供할而已이니…… 彼가 東國語 東國文으로 組織된 東國詩가 아닌 故니…… 宜乎 國字를 多用하고 國語로 成句하여 婦人 幼兒도 一讀에 皆曉하도록 注意하여야……(《天喜堂詩話》)
关于本国诗歌变革	吾党近好言诗界革命,虽然,若以堆积满纸新名词为革命,是又满洲政府变法维新之类也。能以旧风格含新意境,斯可以举革命之实矣。(《饮冰室诗话》)	……其國의 文弱을 回하여 強武에 入코자 할진대 不可不 其文弱한 國詩부터 改良할지라(《天喜堂詩話》)

续表

对照主题	晚清文学革命思想	朝鲜半岛近代文学革命理论
对西方新思想的接受	欲为诗界之哥伦布、玛赛郎,不可不备三长:第一要新意境,第二要新语句,而又须以古人之风格入之,然后成其为诗。(《夏威夷游记》)	……足히 新思想을 輸入할 者 一無하니 噫라. 余가 此를 慨하여……(《近今國文小說著者의 注意》)

以上内容只是列出了朝鲜半岛近代文学革命理论与晚清文学革命思想之间的部分相似之处。可以看出,无论在对文学本质的认识方面,还是在小说、诗歌变革理论方面,两者均具有较高的相似度。某些内容表述较难用偶然和巧合来解释,其中表现出朝鲜半岛对晚清文学革命相关思想的借鉴和承袭。整体来看,朝鲜半岛"小说革命"理论在吸收和继承晚清"小说界革命"基本思想的基础上,重点借鉴了晚清功利主义小说理论,主要表现在以国权恢复为主旨的启蒙主义小说理论和以社会批判为目的的讨论体叙述。前者以申采浩和朴殷植为中心,后者以安国善和李海朝为中心展开。

一、国权恢复与启蒙主义小说论

1. 对传统小说的批判与对"新小说"的倡导

晚清"小说界革命"的核心内容即为提倡"新小说",为此首先重视小说的社会影响力,肯定小说的文学地位,同时强调传统小说是旧社会腐败和落后的根本原因,"诲盗诲淫,不出二者,故天下之风气,鱼烂于此间而莫或知"[①],对传统小说进行了极端严厉的批判。在梁启超的《译印政治小说序》和《论小说与群治之关系》中,传统小说更是成为猛烈批判的对象。《译印政治小说序》指出:"中土小说,虽列之于九流……综其大较,不出诲盗诲淫两端。"[②]《论小说与群治之关系》则更为直接地指出:"今我国民慕科第若膻,趋爵禄若鹜,奴颜婢膝,寡廉鲜耻……轻弃信义,权谋诡诈,云翻雨覆,苛刻凉薄……轻薄无行,沈溺声色,绻恋床笫,缠绵歌泣于春花秋月,销磨其少壮活泼之气……绿林豪杰,遍地皆是,日日有桃园之拜,处处为梁

---

① 梁启超:《变法通议·论幼学》,《饮冰室合集(第1册)》,北京:中华书局,1989年版,第54页。

② 梁启超:《译印政治小说序》,《饮冰室合集(第1册)》,北京:中华书局,1989年版,第34页。

山之盟……卒至有如义和拳者起,沦陷京国,启召外戎,曰惟小说之故。呜呼!小说之陷溺人群,乃至如是!"①

由此可知,晚清小说革命理论的基本观点之一是将传统小说视为"诲盗诲淫"之两端,认为传统小说是导致各种社会乱象的根本原因。这种极端性的认知,固然存在片面之处而有失偏颇,但梁启超的终极目的在于通过"新小说"的倡导而实现"新民"和启蒙民众的目的,这正是注重了小说的社会功利性。如此看来,晚清小说革命理论虽然带有为政治服务的极强的功利性色彩,但的确冲击了当时的中国文坛,为沉闷的文界带来了一股变革的动力。

而在朝鲜半岛"小说革命"的展开过程中,也同样对本国传统小说进行了激烈的批判,旨在通过"新小说"推进爱国启蒙运动和实现民族独立的时代课题。申采浩和朴殷植分别在《近今国文小说著者的注意》《小说家的趋势》和《瑞士建国志(序)》《时事评论》等文章中,表现出对本国传统小说的批判意识。如申采浩在《近今国文小说著者的注意》一文中明确指出:

韓國에 傳來하는 小說이 太平桑園溥上의 淫談과 崇佛乞福의 怪話라. 此亦人心風俗을 敗壞케 하는 一端이니 各種新小說을 著出하여 此를 一掃함이 亦汲汲하다 云할이로다. 年前에 幾個志士가 中樞院에 獻議하여 凡一般坊間에 發表되는 舊小說의 賣買를 禁止함이 可하다 한～～有한대 余가 其意는 敬하고 其는 方策은 反對하노니 綾羅로 葛衣를 換하면 不應者가 無하고 染肉으로 脫粟을 易하면 不樂者가 無함과 같이 奇妙瑩潔한 新小說이 多出하면 舊小說은 自然絶跡退藏할지어늘,何必此等強制적으로 民心을 逆하여 難行의 事를 行하리오.②

申采浩批判朝鲜半岛传统小说为"败坏人心风俗之一端",这里"一

---

① 梁启超:《论小说与群治之关系》,《饮冰室合集(第2册)》,北京:中华书局,1989年版,第8—9页。

② 译文:传播至韩国的小说,大都为桑间田园上的淫谈和崇佛祈福的怪话,是败坏人心风俗之一端。如今各种新小说纷纷推出,可一扫之前的各种淫谈怪话。年前几个志士向中枢院建议,对在坊间发表的旧小说采取禁止买卖的措施。我尊重他们的意见,但是反对他们提出的措施,以绫罗绸缎换葛布衣服,没有不答应的。以肉食换稻谷,也没有不乐意的。因此,如果多创作出奇妙莹洁的新小说,旧小说自然绝迹消失,何必违背民心,采取强制措施,行如此之难事?参见申采浩:《近今国文小说著者的注意》,《大韩每日申报》1908年7月8日。

端"的说法与梁启超"不出诲盗诲淫两端"中的"两端"相似。申采浩同时就祛除传统小说的方法,也提出了自己的独到见解。他认为本国大部分传统小说均可视为"淫谈"和"怪话",不仅无法使人心风俗得以升华,反而败坏公序良俗。因此,应该创作大量能够转变人心风俗的"奇妙莹洁"的"新小说",他所说的"新小说"至少包含两个构成要件,第一是必须使用韩文创作,"用本国语言构成的本国文字,编纂本国的历史地志,全国人民捧读传诵后,可保持固有的国家精神,激发民众们纯美的爱国之心……然而当今社会上仍然普遍存在轻视国文的现象"①。他甚至将使用汉文创作的作品称为"奴隶文学"。第二,申采浩所说的"新小说"包含必须直面民族现实的内在要求。他认为被称为"恋爱文艺派"的新诗、新小说作家们的作品,虽然以韩文为创作载体,但是因为逃避社会现实而应该得到辛辣的批判。

民衆生活과 接觸이 없는 上流社會 富貴家 男女의 戀愛事情을 그리므로 為主하는 奬淫文字는 더욱 文壇의 羞恥이다。藝術主義의 文藝라 하면 現朝鮮을 그리는 藝術이 되어야 할 것이며 人道主義의 文藝라 하면 朝鮮을 救하는 人道가 되여야 할 것이니 只今에 民衆에 關係가 없이 다만 間接의 害를 끼치는 社會의 모든 運動을 消滅하는 文藝는 우리의 取할 바가 아니다。②

申采浩始终如一地强调与民众生活和国家现实相关联的民族文学,主张通过创作蕴含民族主义理念的新小说,清除"淫谈"和"怪话"连篇的传统小说。

朴殷植也认为朝鲜半岛的传统小说荒诞无稽,会对社会带来恶劣影响,同时强调"(新小说)是可保吾国,可活吾民之道"③。他曾翻译郑哲的《瑞士建国志》,在《瑞士建国志(序)》中对朝鲜半岛的传统小说曾进行如下批判:

---

① 申采浩:《国汉文的轻重》,《大韩每日申报》1908年3月17日。
② 译文:刻画上流社会和富贵阶层男女爱情为主的作品,远离民众生活,难免成为淫荡文字,更是文坛的耻辱。如果是艺术主义的文艺,就应该成为描写当今朝鲜的艺术,如果是人道主义的文艺,也应该成为挽救朝鲜的人道主义。当今消灭一切与普通百姓生活无关而只是间接对社会产生危害的所有运动的文艺,也不是我们的取向。参见申采浩:《浪客的新年漫笔》,《东亚日报》1925年1月2日。
③ 朴殷植:《贺吾同门诸友》,《朴殷植全书(下)》,首尔:檀国大学东洋学研究所,1992年版,第33页。

> 我韓은 由來小說의 善本이 無하야 國人所著는 九雲夢과 南征記 數種에 不過하고 自中國而來者는 西廂記와 玉麟夢과 剪燈新話와 水滸志이오 國文小說은 所謂 蕭大成傳이니 蘇學士傳이니 張鳳雲傳이니 淑英娘子傳이니 하는 種類가 閭巷之間에 盛行하야 匹夫匹婦의 菽粟茶飯을 俱하니 是는 皆荒誕無稽하고 淫靡不經이야 適足히 人心을 蕩了하고 風俗을 壞了하야 政敎와 世道에 關하야 爲害不淺한지라.①

朴殷植在文中批判了朝鲜半岛自古以来的传统小说,因缺乏能够引导人心风俗和政治思想的小说"善本",人心、风俗、政教、世道都受到损害。同时强调不仅朝鲜半岛作家创作的汉文和韩文小说是如此,就连从中国传入的小说也无二致。此外,文中"匹夫匹妇的菽粟茶饭"的表达,与梁启超"小说之在人群也,既已如空气如菽粟"的说法几近一致,"皆是荒诞不经、淫靡无稽之作。其败坏人心风俗,对政教和世道为害不浅"也与梁启超"诲盗诲淫"的说法存在相似之处。

无论是中国,还是朝鲜半岛,在文学新旧交替的转换期,都对本国的传统小说进行了猛烈批判。但这种批判并非彻底排斥和否定小说本身,而是把焦点聚集于小说内容和主题方面,尤其为了解决社会所面临的现实问题,强调了小说的教化性、效用论的社会功能,将小说视为解决内忧外患困局的重要手段,将其效用性的层面最大化。换言之,他们都将小说视为思想启蒙的"武器",认为"新小说"至少应该在内容上蕴含"启蒙思想"和"开化意识",可以用来开发民智、武装人们的头脑,更好地进行"群治"。对于朝鲜半岛来说,申采浩等爱国启蒙知识文人将小说视为实现爱国启蒙目的的手段,承认小说的社会价值。他们批评传统旧小说的终极目的是通过"新小说"来解决爱国启蒙运动和恢复本民族权利的历史命题,因此把沉重的社会功利性责任强加到了小说身上。

2. 对小说情感作用和影响力的全新认知

与晚清"小说界革命"的主旨一致,朝鲜半岛近代"小说革命"理论中对传统小说的批判,并非意味着对小说本身的彻底否定,而是将小说视为

---

① 译文:我国本无小说之善本,国人所著小说也不过《九云梦》《谢氏南征记》等数种,从中国传来的小说有《西厢记》《玉麟梦》《剪灯新话》《水浒传》等。国文小说有所谓《萧大成传》《苏学士传》《张凤云传》《淑英娘子传》等几种,此种类的书籍竟盛行于闾巷之间,成为匹夫匹妇的菽粟茶饭,皆是荒诞不经、淫靡无稽之作。其败坏人心风俗,对政教和世道为害不浅。参见朴殷植:《瑞士建国志(序)》,《历史传记小说(六)》,首尔:亚细亚文化社,1979年版,第197页。

摆脱民族危机、解决现实问题的重要手段,试图将小说的功利性作用最大化,体现了极为浓郁的效用论观念。换言之,近代朝鲜半岛知识文人也曾将小说视为实现爱国启蒙目的的手段,进而承认了小说的价值,因此着重强调了包括情感作用和影响力在内的功利性层面。

首先爱国启蒙知识文人朴殷植在《瑞士建国志(序)》中,对小说的情感作用阐述了自己的观点:

> 夫小說者는 感人이 最易하고 入人이 最深하야 風俗階級과 教化程度에 關係가 甚鉅한지라. 故로 泰西哲學家가 有言하되 其國에 入하야 其小說의 何種이 盛行하는 것을 問하면 可히 其國의 人心風俗과 政治思想이 如何한 것을 覘하리라 하엿스니 善哉라 言乎여.①

朴殷植在文中所说的"感人最易"意指小说较容易感化读者,"入人最深"意为小说能够引人入胜。小说的情感作用和感染力成为朝鲜半岛"小说革命"倡导者们强调小说社会功利性作用的理论基础。而这一理论基础与晚清"小说界革命"对小说功利性作用的强调密不可分。

梁启超早在1902年《论小说与群治之关系》中就曾指出:"小说之为体,其易入人也既如彼,其为用之易感人也又如此,故人类之普通性,嗜他文不如其嗜小说,此殆心理学自然之作用,非人力之所得而易也。"②梁启超认为人们喜欢小说是因为小说具有"易入人"和"易感人"的特性,同时也与人类的普遍性有关。他还将小说的除旧布新与启蒙和"新民"关联在一起,认为小说能够影响和改变民众。

> 凡人之性,常非能以现境界而自满足者也……小说者,常导人游于他境界,而变换其常触常受之空气者也。此其一。人之恒情,于其所怀抱之想像,所经阅之境界,往往有行之不知,习矣不察者……有人焉,和盘托出,彻底而发露之,则拍案叫绝曰:善哉善哉!如是如是!

---

① 译文:小说感人最易,入人最深,与风俗阶级、教化程度关系密切。因此,西方哲学家曾说,若问进入其国家的小说中,何种小说最为盛行,可通过观察其国家的人心风俗和政治思想获知,真是如此。参见朴殷植:《瑞士建国志(序)》,《历史传记小说(六)》,首尔:亚细亚文化社,1979年版,第197页。

② 梁启超:《论小说与群治之关系》,《饮冰室合集(第2册)》,北京:中华书局,1989年版,第6页。

所谓"夫子言之,于我心有戚戚焉"。感人之深,莫此为甚。此其二。①

梁启超认为人们喜欢阅读小说有两个原因:一是小说能够满足人们追求新奇经历的属性;二是小说能够满足读者们的表达欲求,并使其对故事内容产生共鸣。正因为小说具有这两种属性,所以才具有"易感人"和"易入人"的特点。

如果将朴殷植和梁启超的主张并行考量,可以发现朴殷植"夫小说者,感人最易,入人最深"的表述与梁启超"小说之为体,其易入人也既如彼,其为用之易感人也又如此"的说法,不仅在内容上高度一致,而且其所使用的语汇也存在一致性。考虑到朴殷植阅读了大量梁启超著述,这种使用相同语汇的现象绝非偶然,朴殷植在展开本国小说革命理论阐述时,很有可能直接借用了梁启超的文章字句。

朝鲜半岛"小说革命"的另一代表人物申采浩也在《近今国文小说著者的注意》一文中,对小说的情感作用和影响力做了如下陈述:

彼俚談俗語로 撰出한 小說冊子는 不然하여 一切婦孺走卒의 酷嗜하는 배인데 萬一 其思潮가 稍奇하여 筆力이 稍雄하면 百人이 旁觀에 百人이 喝采하되 甚至其精神魂魄이 紙上에 移하여 悲悽한 事를 讀함에 淚의 滂沱를 不覺하며 壯快한 事를 讀함에 氣의 噴湧을 不禁하고 其薰陶浸染의 旣久에 自然其德性도 感化를 被하리니 故로 曰社會의 大趨向은 國文小說의 正하는 배라함이니라.②

申采浩强调读者的精神意识会随着小说故事情节的推进而被感化,尤其是文中提出的"薰、陶、浸、染"四大影响力,值得特别关注。虽然申采浩没有在此文中深入阐释"薰、陶、浸、染"的内在含义,但从字面意思来看,与梁启超所提出的"熏、浸、刺、提"非常相似。梁启超的小说理论,首先强调了"小说有不可思议之力支配人道"的观点,以此为基础,统领其小说革

---

① 梁启超:《论小说与群治之关系》,《饮冰室合集(第2册)》,北京:中华书局,1989年版,第6页。
② 译文:由俚谈俗语所构成的小说受到一切妇孺走卒的喜爱。如果其思想稍新奇、笔力稍雄健,则百人旁观,百人喝彩;千人旁听,千人喝彩。甚至他们的精神魂魄都转移到纸上,阅读悲惨的故事时,不觉泪雨滂沱;阅读痛快的故事时,不禁气势喷涌。薰陶浸染的时间一长,读者的言行自然也会被感化,因此社会的大趋势便是大力提倡国文小说。参见申采浩:《近今国文小说著者的注意》,《大韩每日申报》1928年7月8日。

命理论。这里的"不可思议之力"主要表现为小说所具有的"熏、浸、刺、提"四种力量,其在阐明小说与读者之间关系的同时,从审美层面表达了对小说文学特性的独特见解。

"熏"主要是指小说的空间影响,"浸"是指小说在时间层面的影响,"刺"是小说的瞬间性力量,"提"是使读者由内心深处对主人公及其思想感情产生共鸣的力量。梁启超在阐明小说所具有的四种力量的同时,也指出了这四种力量的重要性,如果善用,就会造福人类,而如果滥用,则会为祸人间。

申采浩所提出的"薰、陶、浸、染"疑似模仿了梁启超"熏、浸、刺、提"中的"熏、浸"。这四种情感作用力与读者的变化紧密相关,读者通过这四种力量解读小说,改变自身。最重要的还是读者的自我改变,即借助于"薰、陶、浸、染",成为主人公或小说中的人物,经历新的境界。小说的价值正在于通过这种情感作用,人能够自我同化。要成为"新民",最重要的是具备国民的资格,此时自我同化能力至关重要。在优胜劣汰的竞争世界,只有自强才能存活,国家也不例外。申采浩希望当时的朝鲜半岛人民都具备国民的资格,而小说通过"薰、陶、浸、染"四种情感作用力,能够赋予人们自化的方法。

申采浩指出"甚至他们的精神魂魄都转移到纸面上,阅读悲惨的故事时,不觉泪雨滂沱;阅读痛快的故事时,不禁气势喷涌",其中也含蓄地表达着"刺"的内容。申采浩认为小说之所以拥有巨大魅力且情感作用很强,其原因在于:"在读小说或听戏曲时,受众的精神可以被小说吸引,读到悲惨的情节时,情不自禁地泪如雨下,而读到雄快的情节时,会情不自禁地受其感染而热血澎湃。"①此观点与梁启超在解读"熏"时所说的"人之读一小说也,往往既终卷后数日或数旬而终不能释然,读《红楼》竟者,必有余恋,有余悲;读《水浒》竟者,必有余快,有余怒",以及解释"刺"的力量时所说的"读林冲雪天三限、武松飞云浦厄,何以忽然发指",两者的表述几乎如出一辙。从中可以明显窥见梁启超对申采浩的影响。

梁启超"熏、浸、刺、提"理论的影响,在申采浩《小说及戏台与风俗有关》中也得到了较好的体现。在此文中,申采浩认为小说与戏台对人具有不可思议的效力,因此若想改良一国的风俗,首先就要改良小说和戏台。

小說與戲臺는 尋常婦孺의 最所 感覺하고 最所 貪嗜하는 者라.

---

① 申采浩:《丹斋申采浩全集(下)》,首尔:萤雪出版社,1977年版,第17页。

其 原動力이 能使人情으로 隨以變遷하고 能使世俗으로 從以感化하
니 我本快然樂也로되 乃讀晴雯이 出大觀苑하고되 玉이 死瀟湘浦면
何以 忽然泣油然戚也며 我本肅然壯也로되 乃觀春香이 逢李道令하
고 論甫-剖樂工鮑면 何以 嬉然動 怡然笑也며 我本이 然疲也로되 乃
讀張翼德이 鞭督郵하고 武松이 打張督監이면 何以 爽然欲引一大白
也며 我本毅然強也로되 乃觀잉잉이 別張君瑞하고 月華가 送尹汝玉
이면 何以 慨然 欲倚欄長歎也오. 讀紅樓夢者는 有餘悲하고 讀南征
記者는 有餘창하며 聽華容道者는 有餘快하고 聽沈昌歌者는 有餘恨
하니 凡功名富貴의 思念이 於此에 或者 根底하고 男女怡悅의 情欲
이 於此에 亦造原因이라.①

在此,申采浩指出了小说对读者所产生的影响,可以说完全承袭了梁启超"熏、浸、刺、提"的理论。比如,"我原本轻松快乐,可一读到晴雯出大观园、林黛玉殒身潇湘浦,便不禁悲伤落泪"与梁启超阐释"刺"时所说的"我本愉然乐也,乃读晴雯出大观园、黛玉死潇湘馆,何以忽然泪流?"几乎完全一致。又如,阐释"浸"力量的"读红楼梦者有余悲,读南征记者有余怆,读华容道者有余快,读沈昌歌者有余恨"也疑似直接引用了梁启超所言"读《红楼》竟者,必有余恋,有余悲;读《水浒》竟者,必有余快,有余怒,何也?浸之力使然也"。由此可见,"关于小说的感化力和影响力,韩国开化期的小说论和梁启超的小说观之间明显存在着密切的关联性。无论是两者都史无前例地高度评价小说感化力和影响力,还是小说论内容和意义层面的完全一致,都说明两者之间的关联,而且在词汇使用上也不难发现其影响关系"②。对此,最有可能的解释是,梁启超的"熏、浸、刺、提"理论伴随大量晚清著述传入朝鲜半岛之后,被当时的爱国启蒙文人和文学革命家们阅读和吸收,并被其具体运用至朝鲜半岛"小说革命"的实践中。

---

① 译文:小说与戏台最能激起寻常百姓的感触,也是他们最为贪恋的东西。其力量能使人心情随之变化、能使世俗得以感化。我原本轻松快乐,可一读到晴雯出大观园、林黛玉殒身潇湘浦,便不禁悲伤落泪;我原本严肃庄重,可一看到春香遇见李道令、论甫劈乐工鲍,便不禁喜笑颜开;我原本疲惫困倦,可一读到张翼德鞭打督邮、武松暴打张都监,不禁胸中痛快,欲求畅饮;我原本冷酷坚强,可看到莺莺作别张君瑞、月华送别尹汝玉,都不禁慨然,凭栏长叹。读红楼梦有余悲,读南征记有余怆,读华容道有余快,读沈昌歌有余恨,凡是关乎功名富贵的念想,从这里根深蒂固,男女欢愉的情欲,也从这里生根发芽。参见《大韩每日申报》1910 年 7 月 20 日。
② 牛林杰:《韩国开化期文学与梁启超》,首尔:博而精图书出版社,2002 年版,第 148 页。

3. 对政治小说思想启蒙作用的强调

朝鲜半岛近代文学曾一度停留在继承日本近代文学的水平,但随着对西方文学的译介的活跃,逐渐具备了完整意义上近代文学的性质。这一时期的朝鲜半岛近代文学由于具有过渡期特性而被命名为"启蒙期文学",与近代政治意识、自由民权的渴求意识发生关联,进而出现了以实现政治启蒙、介绍和宣传文明思想为宗旨的所谓"政治小说"的文学形态。

政治小说本来是日本明治时代的产物,主要作品有矢野龙溪的《经国美谈》、柴四郎的《佳人奇遇》等。戊戌政变后,梁启超在亡命日本的军舰上阅读并翻译了《佳人奇遇》。后来他在《清议报》连载了该小说,发表了《译印政治小说序》,积极鼓吹政治小说。

> 在昔欧洲各国变革之始,其魁儒硕学,仁人志士,往往以其身之所经历,及胸中所怀,政治之议论,一寄之于小说。于是彼中辍学之子,黉塾之暇,手之口之,下而兵丁、而市侩、而农氓、而工匠、而车夫马卒、而妇女、而童孺,靡不手之口之。往往每一书出,而全国之议论为之一变,彼美、英、德、法、奥、意、日本各国政界之日进,则政治小说,为功最高焉。英名士某君曰:"小说为国民之魂。"岂不然哉!岂不然哉![1]

梁启超认为西方各国的政治发展,尤其是在民众启蒙过程中,政治小说发挥了重要作用;强调英国、美国、德国等西方国家以及日本的启蒙思想家在结合自身经历,展开政治主张,启蒙民众直视国家现实时,都以小说为思想载体。而且士农工商等各阶层以及普通国民都嗜读小说,为政治进步做出了重要贡献。英国学者甚至认为小说是国民之魂。

关于小说与社会政治的关系,朝鲜半岛爱国启蒙思想家们也有自己的主张,但整体来看,与晚清功利主义小说理论存在相通之处。如朴殷植在《瑞士建国志(序)》中曾强调:

> 故로 泰西哲學家가 有言하되 其國에 入하여 其小說이 何種이 盛行하난 것을 問하면 其國의 人心風俗과 政治思想이 如何한 것을 見하리라 하였으니 善哉라 言乎여 所以로 英法德美各國에 黌塾이 林立하고 書樓가 雲擁하여 …… 東洋의 日本도 維新之時에 一般學

---

[1] 梁启超:《译印政治小说序》,《饮冰室合集(第1册)》,北京:中华书局,1989年版,第34—35页。

士가 皆於 小說에 汲汲用力하여 國性을 培養하고 民智를 開導하였으니 其為功也一顧不偉哉아.①

朴殷植对西方哲学家的主张产生共鸣,强调通过小说可以了解某个国家的人心风俗和政治思想。小说成为西方各国的警钟和独立自由的代表,作为东方国家的日本在明治维新时也借助小说的力量,培养民众的爱国精神,开发民智。事实上,梁启超早在《传播文明三利器》中就强调:"于日本维新之运有大功者,小说亦其一端也⋯⋯以写自己之政见,固不得专以小说目之⋯⋯则《经国美谈》《佳人奇遇》两书为最云。"②正是鉴于小说对社会政治有如此巨大的作用,梁启超才创办《新小说》杂志,"借小说家之言,以发起国民政治思想,激励其爱国精神"③。

实际上,朴殷植关于小说情感作用和影响力的主张,借鉴了《论小说与群治之关系》,但文章内容的展开逻辑和最终结论,则更多接受了《译印政治小说序》的影响。相较于对小说本身或创作方法的思考,朴殷植更多的是强调对小说素材的选择以及小说影响力的活用。以当今视角来看朴殷植的文学效用论思想,很难将其归为典型的文学理论,因其相对缺乏对文学本身的思索和文学活动的规划。当然,也无法断言朴殷植的文学效用论是缺乏自觉意识的借鉴搬用,他更为强调的是作品素材和主题意识,这才是朴殷植文学效用论的真正意义。

对晚清小说革命思想的借用,不仅仅表现在朴殷植身上,申采浩也在阅读晚清著述的基础上,接受了梁启超的功利主义小说观。

嗚呼라 英雄豪傑의 驅體를 助하여 天下事業을 婦孺走卒等下等社會로 始하여 人心轉移하는 能力을 具한 者는 小說이 是니 然則小說을 是豈易視할 배인가 萎靡淫蕩의 小說이 多하면 其國民도 此의 感化를 受할지며 俠情慷慨의 小說이 多하면 其國民도 此의 感化를

---

① 译文:因此,西方哲学家曾说过,如果问进入其国的小说中,何种小说最为盛行的话,回答便是见证其国人心风俗和政治思想的小说。因此,英、法、德、美各个国家都是学塾林立、书楼遍地⋯⋯东方的日本在维新之时,一般知识分子也对小说倾注心力,为培养国性、开导民智做出了伟大贡献。参见朴殷植:《瑞士建国志(序)》,《白岩朴殷植全集(五)》,首尔:东望媒体,2002年版,第185—186页。

② 梁启超:《饮冰室自由书》,《清议报》第二十六册。

③ 陈平原、夏晓虹:《二十世纪中国小说理论资料(第一卷)》,北京:北京大学出版社,1989年版,第41页。

第二章　朝鲜半岛文学近代化转型与晚清"三界革命"　　87

受할지니 西儒의 云한 바"小說은 民의 魂"이라 함은 誠然하도다.①

"西儒云,小说是民之魂"的说法与梁启超"英名士某君曰:'小说为国民之魄'"的表述,无论在用词上,还是达意上,都如出一辙。申采浩是整个朝鲜半岛开化期接触晚清文学革命著述最多的文人之一,他不仅直接翻译了《意大利建国三杰传》,而且在其爱国启蒙思想的形成过程中,梁启超也施加了绝对性的影响。在其小说理论中出现的"风俗阶级与教化程度""国性培养""民智开导""政治与言论""风俗矫正""社会警醒"等语汇,均直接或间接地接受了晚清小说革命理论的影响。

　　小說은 국민의 羅針盤이라 其說이 俚하고 其筆이 巧하여 目不識丁의 勞動者라도 小說을 能讀치 못할 者 一無하며 又 嗜讀치 아니할 者 一無하므로 小說이 國民을 强한데로 導하면 國民이 强하며 小說이 國民을 弱한데로 導하면 國民이 弱하며 正한데로 導하면 正하며 邪한데로 導하면 邪하니라.②

申采浩将小说视为改造国民思想的最佳工具,将小说在民众思想启蒙中的作用最大化,将其上升至"民之魂"或"国民之罗盘针"的高度。

纵观申采浩与梁启超对政治小说的论调,可以发现他们在用词上虽略有差异,但通过小说革命,改变国家和民族现状的思维理路是相通的。"在韩国开化期小说论对小说与社会政治思想之间的关系讨论中,虽然无法彻底排除韩国知识文人在开化期的时代背景下的自我觉醒要素,但从内容和语汇使用角度来看,梁启超的影响是不容置疑的。"③大部分政治小说源自对西方小说的翻译,在突出明治时期自由民权运动、政党运动的理念方面,与西方近代理念密切相关。从这个意义上来说,日本政治小说承载了通向

---

① 译文:呜呼,为英雄豪杰增添力量,使天下事业扩展到妇孺走卒等下等社会,具有转移人心的能力者,唯有小说是也。然小说岂可被轻视,如果萎靡淫荡的小说过多,其国民也会受到感化,侠情慷慨的小说过多,其国民也会受到感化,西儒云:"小说是民之魂",诚然。参见申采浩:《近今国文小说著者的注意》,《大韩每日申报》1908年7月8日。
② 译文:小说是国民的指南针,其主题通俗,其笔力灵巧,即使是目不识丁的劳动者也没有一个人不能阅读,并且没有一个人不嗜读。如果小说引导国民走向富强,那国民就会变强;如果小说引导国民走向羸弱,那国民就会变弱;如果小说引导国民走向正确的道路,那国民就很正直;如果小说引导国民走向邪路,那国就会往邪路上走。参见申采浩:《丹斋申采浩全集(别集)》,首尔:萤雪出版社,1977年版,第19页。
③ 牛林杰:《韩国开化期文学与梁启超》,首尔:博而精图书出版社,2002年版,第153页。

西方和近代的路径指向。如此看来,虽然在申采浩的小说理论中能够明显看到梁启超影响的痕迹,但从当时的外国小说译介状况来看,日本政治小说也确实产生了直接或间接的影响。然而,需要注意的是,无论是梁启超小说思想还是日本政治小说,都是以西方小说为基础延伸开来的。概而言之,在近代朝鲜半岛"小说革命"的推进以及新文学的萌生过程中,以梁启超为代表的晚清小说革命理论产生了重要影响是个不容置疑的事实。

4. 对外国史传作品的译介及活用

经统计发现,在开化期译介至朝鲜半岛的晚清文学革命著述中,以《越南亡国史》《意大利建国三杰传》《近世第一女杰罗兰夫人传》《匈牙利爱国者噶苏士传》等为代表的史传作品占相当大的比重。这些作品被玄采、申采浩、李相益、周时经等人翻译介绍并出版了单行本,在爱国启蒙知识文人间广为传阅。申采浩、朴殷植等爱国启蒙思想家直接译介晚清史传作品并熟谙其中的爱国新民思想和文明开化理念之后,结合朝鲜半岛当时所处的历史语境,积极将晚清功利主义小说观与提高民族自豪感和自信心、培养民族精神相结合,掀起了翻译西方史传作品的高潮。同时,作为民族危机之中的文学应对举措,他们接受晚清英雄主义的立场,构建"英雄期待论",倡导以英雄为中心的史传作品创作。朝鲜半岛历史上著名的历史人物或民族英雄纷纷成为他们立传的对象,《乙支文德》《李舜臣传》《崔都统传》《姜邯赞传》等成为激励朝鲜半岛人民奋勇抗敌,塑造"朝鲜魂"的有力思想武器。

在内忧外患的特殊历史境遇下,朝鲜半岛启蒙知识文人在民族本位意识的支配下,依然吸收和借鉴了晚清文学思想革命理论,通过史传作品重塑"民族英雄"以抵抗外侮,在外来冲击与本土观念、爱国新民与抵抗外侮的矛盾斗争中推进了朝鲜半岛近代化转型的进程。

晚清史传作品中,除了《越南亡国史》《波兰灭亡记》《朝鲜亡国史略》等"亡国史学"著作之外,英雄人物传记也占一定比重,既有《意大利建国三杰传》《近世第一女杰罗兰夫人传》《匈牙利爱国者噶苏士传》等外国英雄人物传记,也有《张博望班定远合传》《黄帝以后第一伟人赵武灵王传》《祖国大航海家郑和传》等国内可称为"国史之光"的殖民或卫国英雄人物传记。虽然有研究指出,梁启超的"西洋史传"(尤其是《匈牙利爱国者噶苏士传》《意大利建国三杰传》和《近世第一女杰罗兰夫人传》),除了"发端"和"结论"之外,在翻译正文部分时,对相关内容做了删减和修改,之后以"新史氏曰"的形式提出结论和主张,大抵是对日本作家德富苏峰等人相关作品的"抄译"和"编译";同时,黄国安、徐善福等人对梁启超是否为

《越南亡国史》的真正作者进行过考究,但这丝毫不影响朝鲜半岛开化期爱国启蒙思想家们对晚清相关作品的关注和传播。据统计,仅开化期译介传播至朝鲜半岛的晚清相关著述多达 76 种,其中就包括《越南亡国史》《意大利建国三杰传》等史传作品。

《越南亡国史》可能是朝鲜半岛开化期流传最为广泛的梁启超著作,1906 年 11 月首先由爱国启蒙运动家玄采以韩汉文混用体的形式译介至朝鲜半岛,1907 年 5 月再版。1907 年 11 月,《越南亡国史》由周时经翻译为纯韩文并出版,同年李相益再次翻译为纯韩。周时经的译本于 1908 年 3 月再版,三个月之后三版,且被收录于当时广泛使用的学校教材《幼年必读》中。事实上,玄采翻译《越南亡国史》采用的正是典型的"豪杰译",他的译本分为三个部分,第一部分为《记越南亡人之言》,第二部分相当于正文《越南亡国史》,第三部分则以附录的形式载入《越法两国交涉》《灭国新法论》《日本之朝鲜》《越南提督刘永福檄文》四篇文章,在《记越南亡人之言》中,玄采还插入了《朝鲜亡国史略》的部分内容。早在玄采的译本出现之前,《皇城新闻》就曾连载过名为《读越南亡国史》的文章,开头部分如此写道:

> 嗚呼,亡國之恨,自古何恨,豈有如越南之慘酷者乎。……全國權利,外人收監,全國膏血,外人吸盡……真是求生不得,求死不得。凡此世界上具有壹般心血壹般靈覺者,讀到此越南亡國史,孰不拍地叫哀,仰天叫痛。嗚呼,越南已矣,天下萬國,將來之越南許多,鑒戒此前事之覆轍,無復效越南之自亡,雖有千百法國,其將奈何。今舉筆書此,想象越南之民,不覺眼淚洗面,再三嗚咽也。①

鉴于朝鲜半岛深厚的汉字文化传统,汉文解读能力极强的朝鲜半岛知识文人即使不经翻译手段也能够顺利阅读《越南亡国史》。此文表达了对越南亡国的深深同情和惋惜,揭露了越南人民求生不得、求死不能的悲惨局面,不得不令人"拍地叫哀,仰天叫痛",随后作者话锋一转,指出应该将越南作为镜鉴,不要重蹈其覆辙。朝鲜半岛民众从《越南亡国史》中读出了本民族的命运,因为当时的朝鲜半岛正处于日本的控制之下,正在步步陷入亡国境地。最后作者在结尾部分坦陈:

> 彼越南之亡,是豈法人亡之歟。政教如此腐敗,民知如此未開,雖

---

① 《皇城新闻》1906 年 8 月 28 日。

無法人之著鞭,六洲列國中,其更無法人歟。①

指出政教腐败、民智未开是越南亡国的内部原因。在此种状况下,即使不是被法国灭亡,也会被其他国家灭亡,进一步号召朝鲜半岛人民以此为训,浴血卫国。

梁启超的《意大利建国三杰传》1902 年在《新民丛报》上连载,由"发端""结论"和中间的 26 节构成。1905 年《乙巳保护条约》的签订成为朝鲜半岛人民爱国和救国热情高涨的契机,《意大利建国三杰传》也随之被译介并成为救国运动的一环。据统计,译介至朝鲜半岛的《意大利建国三杰传》共有四个版本,其中两个版本为报纸连载的形式(1905 年 12 月 14 日至 21 日《大韩每日申报》连载的《意大利建国玛志尼传》和 1906 年 12 月 18 日至 28 日《皇城新闻》连载的《读意大利建国三杰传》),另外两个版本是单行本(1907 年 10 月申采浩翻译、广学书铺出版的韩汉混用体,以及 1908 年 6 月周时经翻译、博文书馆出版的纯韩文版)。其中报纸连载形式的译本基本上是大幅度的缩译或读后感形式的译者自由发挥。四个版本的译本之中,申采浩的译本影响相对较大,除了"发端"和"结论"部分以外,他的译本最忠实和完整地再现了原文。尽管如此,申采浩还是对原文进行了相应内容的缩减、添加、改变和强调。首先果断省略或缩写了某些修饰性的描写文字,对与故事主题关联性不强的相关内容也进行了删除。比如,第八节最后一段对加里波第夫人临终场面的描写就进行了大幅删减,其目的在于尽量减少加里波第人性的一面,更加凸显其英雄形象,这一删减反而使作品变得更为简洁干练。同时,申采浩在翻译过程中也添加了一些比较短的文句,使表达更为明确,如原文中的"今之意大利,古之罗马也。自般琶西亚以来,以至阿卞士大帝之世,并吞欧罗巴亚细亚阿非利加之三大陆……"②在申采浩的译文中变为"今之意大利,古之罗马也。欧洲南部突出的半岛国也,自般琶西亚以来……"为了强调意大利与朝鲜半岛地理上的类似性,将其描述为突出于欧洲南部的半岛国家。在申采浩译本的《序论》中,可以明显看出他的翻译意图:

望山河以慘目,仰蒼天以悲叫,以有情之筆述伊太利愛國者三傑

---

① 《皇城新闻》1906 年 9 月 6 日。
② 梁启超:《意大利建国三杰传》,《饮冰室合集(第 6 册)》,北京:中华书局,1989 年版,第 781 页。

之歷史,其國難與我相類……若因緣此書介紹,更作大韓中興三傑傳或三十傑傳,此無涯生生涯血願也。①

申采浩指出朝鲜半岛面临的国难与意大利类似,希望通过《意大利建国三杰传》的翻译介绍,出现朝鲜半岛中兴三杰或三十杰并为他们立传。此外,《近世第一女杰罗兰夫人传》和《匈牙利爱国者噶苏士传》的译本也分别在《大韩每日申报》和《朝阳报》上连载,后分别由博文书馆和中央书馆出版单行本。

开化期的朝鲜半岛在外部势力侵略和内部改革的双重压力下,自主国权的保全与文明开化的接受成为必须直面的时代课题。开化自强派倡导的爱国启蒙运动由此展开,在晚清著述的影响下,他们将小说的功利性与提高民族自尊心、构建民族魂相结合,仿效晚清"小说界革命"将小说社会教化作用付诸具体翻译实践,形成了独有的克服民族危机的现实自觉意识和启蒙伦理精神。梁启超异常重视西方书籍的翻译,曾在《读〈日本书目志〉书后》的序言中指出:"今日中国欲为自强第一策,当以译书为第一义矣。"②并且认识到西方"凡一切政皆出于学",主张"国家欲自强,以多译西学为本,学者欲自立,以多读西书为功"。③他在《论译书》《大同译书局叙例》《续译列国图岁计政要叙》等文章中将译书视为强国之道。"故今日而译书,当首立三义。一曰择当译之本;二曰定公译之例;三曰养能译之才。"④他把"择当译之本"列为三义之首义,可以说是抓住了译事之根本。晚清译书相关的理论主张被提升到"译业"的高度在朝鲜半岛开化期的"新闻论说"中频频出现,当时《皇城新闻》的"论说"曾公开呼吁:

> 今日開民智之第一著,莫先於譯書。上則教育主權者設譯書之局,養譯書之人,獎譯書之業。下則社會有志者創譯書之事,精譯而無粗譯,急譯而無緩譯,躋我民於文明切切是視也……然則,知彼知己之道,將安在,余邁邁思之,其莫如譯書乎。⑤

---

① 申采浩:《丹斋申采浩全集(中)》,首尔:萤雪出版社,1977年版,第184—185页。
② 梁启超:《读〈日本书目志〉书后》,《梁启超全集(第一卷)》,北京:北京出版社,1999年版,第128页。
③ 梁启超:《西学书目表序例》,《饮冰室合集(第1册)》,北京:中华书局,1989年版,第123页。
④ 梁启超:《论译书》,中国翻译工作者协会《翻译通讯》编辑部编《翻译研究论文集》,北京:外语教学与研究出版社,1984年版,第11页。
⑤ 李在铣:《韩国开化期小说研究》,首尔:一潮阁,1972年版,第49页。

详细分析此类"新闻论说",可以明显发现晚清译书理论主张的影子。与梁启超有过直接交往的洪弼周在其翻译的《变法通议序》中,曾称梁启超为"东洋维新第一人",并表示要在其影响下"多译西书,以惠国人"。

遵循梁启超"多译西书"的译书理念,朝鲜半岛开化期爱国知识文人译出了大量西方史传作品,诸如《泰西新史》《美国独立史》《法国革新战史》《埃及近代史》《法兰西新史》《意大利独立史》《英法露土诸国哥利米亚战史》《俄国略史》《比律宾战史》《普法战记》《万国史》《波兰末年史》等46种外国历史书籍和《比斯麦传》《彼得大帝》《富兰克林传》《法皇拿巴仑传》《华盛顿传》《萧尔逊传》等15种人物传记作品。纵观此类史传作品,可以发现它们大多与建国、革命、独立、亡国、战争等主题或素材相关,传记中的人物也都是西方国家实现富国强兵过程中投身于独立战争的英雄们。这无疑与朝鲜半岛当时所处的社会历史境遇密切相关,面对日益殖民地化的危机困局,爱国启蒙思想家们希望借助与朝鲜半岛有类似经历的他国历史或英雄人物事迹,鼓舞和激励国民,促进民族觉醒,提高自强意识,抵抗日本步步紧逼的侵略态势。

同时,翻译外国书籍本身就是介绍西方文化和先进思想、准确把握世界政治形势、正确认识社会现实的重要手段,在译著的序文中可以明显发现译者的此种翻译意图。玄采在《东西洋历史》中指出西方国家通过近代化的铁路和运河等实现了国富民强,随着"优胜劣败",西方国家蚕食东方国家的危机状况即将发生。在《中东战记》序言中,面对西方列强和日本的侵略,玄采主张首先要从国家内部层面自强自立,"师其所以胜,鉴其所以败,以图自修自强,则庶我韩亦化衰为盛,因弱为强,当与西欧之普东洋之日"。《波兰末年战史》序言强调国家若想独立,必须凝聚具有自立意识的每一个人的力量,并以沦落为西方列强殖民地的波兰为例,指出波兰内部的党派斗争是其国家灭亡的重要动因。《世界殖民史》的译者序言指出朝鲜半岛处于亡国灭种的危机之中,全体国民应该认清局势,奋起反抗殖民侵略。此外,通过列举与朝鲜半岛类似或者遭遇比朝鲜半岛更加严重的民族危机的其他弱小国家的成功独立事例,提升国民克服国难的自信心和民族自豪感。张志渊在为《意大利建国三杰传》作序时曾指出:

> 愛國心者,國之光也,生命之糧也,學問之源也……其建國以前之情形肖我,其建國之年代不遠,其地形類我,其民口之多寡與我不甚差

池,未知我亞細亞洲東部,黃海白山之南,亦將有壹東方伊太利者起否。①

张志渊强调了培养民众爱国心的重要性,认为意大利建国之前的情形与朝鲜半岛类似,同时其地形和人口也与朝鲜半岛"不甚差池",希望通过民众的齐心协力,发扬爱国精神,抗击外来侵略,建设一个"东方意大利"。

在晚清史传作品译介至朝鲜半岛引起国外史传作品译介高潮的过程中,日本加快了侵吞朝鲜半岛的步伐,最终双于 1905 年签订了《乙巳保护条约》,朝鲜半岛沦为日本的保护国。在此种状况下,爱国启蒙思想家们认识到以民族主义抵抗史为内容的历史教育迫在眉睫,于是在梁启超英雄崇拜思想的影响下,创立"英雄期待论",将朝鲜半岛历史上的民族英雄或历史伟人作为立传对象,从 1905 年到 1910 年,创作了《乙支文德》《李舜臣传》《崔都统传》《姜邯赞传》《渊盖苏文传》等英雄人物传记。

梁启超崇拜英雄、赞美英雄,对英雄有极高的评价:"人间世之大事业,皆英雄心中所蕴蓄而发现者。虽谓世界之历史,即英雄之传记,殆无不可也。"②为此,梁启超曾写下《英雄与时势》《无名之英雄》《文明与英雄之比例》《舌下无英雄笔下无奇士》等文章,鼓吹英雄崇拜思想。梁启超论英雄的相关文章大部分收录于《饮冰室自由书》中,基本都被翻译为韩文介绍到朝鲜半岛。朝鲜半岛近代转换期英雄论相关的文章大都与梁启超有关,这些文章或直接翻译梁氏著作(如《无名之英雄》),或接受梁启超著述的影响而写成(如《大呼国魂》《大呼英雄崇拜主义》《国民之魂》等)。申采浩在接受梁启超英雄论之后,发表了《英雄与世界》《二十世纪新东国之英雄》等文章。他认为,所谓英雄就是能够战胜敌人、改变历史,为了国家的独立和自由,视爱国忧民为天职,以民族意识和爱国精神武装起来的人。就当时来说,就是能够认清现实,恢复国权,保卫国家和民族独立的人。某个国家只有出现英雄,才能与世界交涉,才能够通过奋斗争取独立,只有拥有强烈民族精神和不屈斗争意志的英雄大量出现,国家才能实现独立和自强。

事实上,因日本的殖民侵略而处于亡国危机之中的朝鲜半岛,对救国英雄的渴望不可谓不强烈,在这种社会氛围中,梁启超英雄论相关著述恰逢其时译介至朝鲜半岛,《意大利建国三杰传》等英雄人物传记作品又提

---

① 申采浩:《丹斋申采浩全集(中)》,首尔:萤雪出版社,1977 年版,第 212 页。
② 梁启超:《自由书》,《饮冰室合集(第 6 册)》,北京:中华书局,1989 年版,第 398 页。

供了绝好的模板,于是英雄崇拜思想与史传作品的创作完美结合起来。朝鲜半岛爱国启蒙思想家们认为在唤醒具有深厚奴性和沉醉于"事大主义"思想的国民方面,本国历史上的大英雄比外国伟人更有效果。他们在作品中通过对民族英雄的刻画,意在培养国民的爱国意识和反抗精神,并希望国民中能涌现新的英雄。申采浩在《乙支文德》序论中曾坦陈要"通过书写过去之英雄,以召唤未来之英雄"①的创作意图。正是基于对民族危机和弱肉强食社会现实的清醒认知,申采浩通过梁启超的著述,接受了达尔文的进化论和赫伯特·斯宾塞的社会进化论思想,对优胜劣汰、适者生存的进化理论有了深刻的理解,他认为社会进化论中的竞争原理在相异民族之间表现得更加赤裸裸,在不同民族之间的竞争中,优者强者必胜,劣者弱者必败。

　　申采浩翻译《意大利建国三杰传》,并非止于外国文学的简单传达,他正是在译介完《意大利建国三杰传》之后才采用类似的体例和样式创作《乙支文德》等人物英雄传记的,由此不难发现两者之间的关系。首先从体裁上来看,无论是《乙支文德》还是《李舜臣传》,其构造都是前后为"绪论"和"结论"、中间部分为章节的形式,这与梁启超《意大利建国三杰传》前后是"发端"和"结论"、中间为26章的体例极为相似。这种传记体裁与其说脱离了传统样式的"传",倒不如说是申采浩紧迫的时代认识基础上历史意识的产物。在日本侵略的危机中,他认为有必要在鼓吹民族自尊心的同时,如实展示真实的历史状况,而运用传统意义上"传"的形式描绘近代民族英雄,很难达到预期效果,于是他在叙述构造上借用了《意大利建国三杰传》的体裁样式,作为某种体裁方面的过渡性尝试。其次,在人物形象化的方法上,与梁启超史传作品运用的手法类似,爱国启蒙思想家们在描绘英雄诞生时,往往以时代现实状况和国际政治形势为中心进行叙述,将前代小说强调的英雄的神性和怪诞弱化,转而强调英雄是时代的必然产物,即所谓的"时势造英雄"。申采浩曾直言"大抵论英雄,不可不观其所遇之时势,所处之社会",在描写乙支文德时,首先提及了主人公出生时的国际政治形势和时代状况,赋予其历史性个人的地位和意义。在《崔都统传》中描写崔莹的身世时,他也是从整个国际关系的论述开始落笔。

　　《李舜臣传》是申采浩创作并于1908年5月2日至8月18日在《大韩每日申报》上连载的传记作品,是其译完《意大利建国三杰传》后,面对危

────────

① 申采浩:《乙支文德(序)》,《丹斋申采浩全集》,首尔:萤雪出版社,1982年版,第199页。

如累卵的国内形势,痛感民众爱国心之不足,将韩国历史上"三杰"(乙支文德、崔莹、李舜臣)之一的李舜臣作为主人公而创作的传记作品。李舜臣曾与日本有过直接交战,作为抗击日本殖民侵略的英雄人物更具有典型性。《李舜臣传》采用了朝鲜半岛传统"传"的形式,但是与《乙支文德》参照《意大利建国三杰传》的体裁样式一样,《李舜臣传》同样包括了阐释作者创作意图的"序论",蕴含作者评论性内容的"结论"和中间展开部分,中间展开部分也是小题目的章节形式。同时,与《意大利建国三杰传》中的"三杰"一样,李舜臣的一生也以悲剧收场,最终因被迫害而陷入失意。

在晚清译书思想的影响下,开化期的朝鲜半岛掀起了译介西方史传作品和创作本国史传作品的热潮,这对于朝鲜半岛国民睁眼看世界,接触西方先进文化思想、民族意识觉醒、抵抗日本殖民侵略起到了重要的推动作用。事实上,从19世纪末开始,随着世界各国民族主义的高涨,在朝鲜半岛,与本国英雄人物传记创作活动并行,在文化层面上东方普遍性与民族特殊性并存的前提下,外来文化成为译介外国史传作品的重要刺激因素,其中以梁启超为代表的中国文化正是这种外来文化的典型代表之一。

"有识之士译介西书,无不心怀求道取经救国救民之愿望"①,这一观点对开化期的朝鲜半岛同样适用,因为当时的爱国启蒙思想家们所秉承的正是晚清功利性小说观。开化期译者们明确的政治性目的以及翻译时所采用的超越常规的归化策略,却也为他们的译作在朝鲜半岛国内的传播提供了广阔空间,使人们进一步了解到自身的处境。在西方先进政治文化和革命传统的对照下,朝鲜半岛国民更加认识到传统封建政治文化的腐朽落后和殖民侵略者的残酷无情,成功脱离殖民统治的弱小国家成为他们的效仿对象,而悲惨地沦为殖民地的国家则成为他们引以为戒的镜鉴。

同时,"朝鲜半岛爱国启蒙思想家们通过本国历史英雄人物传记的创作,试图以历史现场化的视角重新感知历史,以新的抵抗性人文主义重新阐释历史,这种先验主义的文学创作,使民族精神得以高扬,民族自豪感得以强化,民族主体性得以恢复,在一定程度上推进了爱国启蒙运动以及痛击日本侵略、国权恢复运动的开展"②。尽管如此,朝鲜半岛还

---

① 王克非:《翻译文化史论》,上海:上海外语教育出版社,2000年版,第64页。
② 张乃禹:《梁启超史传作品在韩国开化期的译介及其影响》,《新文学史料》2016年第3期。

是没能成功脱离日本的殖民统治,彻底沦为殖民地,但是大量西方史传作品的译介和本国史传作品的创作还是在其文化及文学发展史中占据了一席之地。

二、社会批判与讨论体叙事模式的构建

朝鲜半岛近代转换期的文学已逐渐开始与政论性内容相结合,小说也开始从野谈逸闻中脱离,被赋予一定的社会功能。由此,通过讽刺和戏谑等表现手法,或借用寓言和梦游录的创作技法,以文学的形象化为指向,反映当时社会现实的讨论体小说开始登上历史舞台。朝鲜半岛近代讨论体小说无论是从形式还是内容上,均是作为实现爱国启蒙运动的手段而出现的,据此,作家们努力通过小说向读者们传达国家所处的危机状况,读者们也逐渐对社会现实赋予小说的历史使命和公共作用予以确认。

近代转换期出现的讨论体小说与独立协会等社会团体定期召开的演讲会或讨论会直接相关。通过演讲会或讨论会,民众领悟到自身的处境。为了实现对社会现实的批判和对民众的启蒙,将演讲讨论与文学要素相结合,从而诞生了讨论体小说。讨论体小说主要是两个以上的人物或动物通过对话或演讲等各种谈话方式,讽刺混乱的社会现实,宣扬反封建、反侵略思想和开化自强的启蒙精神,大体流行于1905—1910年。讨论体小说能否作为某种小说体裁而存在,对此虽然有诸多探讨,但目前主流意见是持肯定态度的。

讨论体小说在此时期产生的原因,可以从多个层面进行考察,金中夏从朝鲜半岛文学传统的视角分析认为:讨论体小说首先是对传统民间故事的传承,其次是汉文小说以及前代叙事文学的影响,最后是开化期报刊论说文章的影响。金中夏的研究大体是从内部着眼,分析了讨论体小说产生的内部驱动因素,如果从外部视角来看,其是否与晚清文学革命存在关联?尤其是梁启超的对话体小说《动物谈》也曾传入近代转换期的朝鲜半岛,经过阅读吸收是否也对讨论体小说的萌生产生了影响?

1. 动物寓言式的讽喻小说创作手法

就具体作品而言,晚清文学革命著述中,"对朝鲜半岛开化期讨论体小说产生影响的,当数梁启超的《动物谈》"[1]。《动物谈》是以动物为出场角色,揭露人类的非人类性的寓言小说。其形式为人物之间的对话,共有六

---

[1] 牛林杰:《韩国开化期文学与梁启超》,首尔:博而精图书出版社,2002年版,第166页。

个段落①,讲述了作者"隐几而卧",侧耳旁听邻室甲、乙、丙、丁四人关于动物的对话。在《动物谈》中,梁启超以四种动物比喻腐败没落的清政府统治之下的中国乱象,对当时的社会现实进行了辛辣的讽刺。四种动物的危机,就是中国所直面的四个层面的危机。梁启超以动物寓言的形式,讽喻和反映社会现实,受到当时读者们的欢迎和肯定。

梁启超的《动物谈》与大量晚清著述一起传入朝鲜半岛,引起了热烈的阅读回响和深度思想共鸣。《动物谈》最初发表于1899年梁启超担任主笔的《时务报》,其后收录于《饮冰室文集》和《自由书》。《动物谈》首次出现在朝鲜半岛是在1906年11月20日的《帝国新闻》中,此文以《动物论》为题,以纯韩文的形式予以呈现。此前,朝鲜半岛知识文人可能已经凭借其娴熟的汉文解读能力,大体了解了《动物谈》的具体内容。文章的开头曾如此介绍:"逃离清国,身在日本的梁启超,创作了《动物论》,其语言诙谐有趣,特刊登译文以飨读者。"②1907年2月,《西友》杂志第3期原文转载了《动物谈》,1908年4月,塔印社发行的《饮冰室自由书》也将《动物谈》收录其中,1908年4月25日的《大韩协会报》第1期的"小说栏"中又对《动物谈》进行了原文转载。经过多次翻译介绍,可以说朝鲜半岛知识

---

① 《动物谈》原文如下:

哀时客隐几而卧,邻室有甲乙丙丁四人者,呫呫为动物谈,客倾耳而听之。

甲曰:吾昔游日本之北海道,与捕鲸者为伍。鲸之体不知其若干里也,其背之凸者,暴露于海面,面积且方三里。捕鲸者剖其背以为居,食于斯,寝于斯,日割其肉以为膳,夜然其油以为烛,如是者殆五六家焉。此外鱼虾鳖蚝贝蛤,缘之曝之者,又不下千计。而彼鲸者冥然不自知,以游以泳,偃然自以为海王也。余语渔者:是惟大故,故旦旦伐之,而曾无所于损,是将与北海比寿哉?渔者语余:是惟无脑气筋故,故旦旦伐之,而曾无所于觉。是不及五日,将陈于吾肆矣。

乙曰:吾昔游意大利,意大利之历峻多山,有巨壑,厥名曰兀子。壑黑暗,不通天日。有积水方十数里,其中有盲鱼,孳乳充斥。生物学大儒达尔文氏解之曰:此鱼之种,非生而盲者。盖其壑之地,本与外湖相连,后因火山迸裂,坼而为壑,沟绝而不通。其湖鱼之生于壑中者,因黑暗之故,目力无所用。其性质传于子孙,日积日远,其目遂废。自十数年前,以开矿故,湖壑之界忽通。盲鱼与不盲鱼复相杂处,生存竞争之力,不足以相敌,盲种殆将绝矣。

丙曰:吾昔游于巴黎之市,有屠羊为业者。其屠羊也,不以刀俎,不以苙缚,置电机,以电气吸群羊。羊一一自入于机之此端,少顷自彼端出,则已伐毛洗髓,批窾析理,头胃皮肉骨角,分类而列于机矣。旁观者无不为群羊怜,而彼羊者,前追后逐,雍容雅步,以入于机,意甚自得,不知其死期之已至也。

丁曰:吾昔游伦敦。伦敦博物院,有人制之怪物焉,状若狮子,然偃卧无生动气。或语余曰:子无轻视此物,其内有机焉。一拨捩之,则张牙舞爪,以搏以噬,千人之力,未之敌也。余询其名。其人曰:英语谓之佛兰金仙。昔支那公使曾侯纪泽,译其名谓之睡狮,又谓之先睡后醒之巨物。余试拨其机,则动力未发,而机忽坼,螫昏手焉。盖其机废置已久,既就锈蚀,而又有他物梗之者。非更易新机,则此佛兰金仙者,将长睡不醒矣。惜哉!

哀时客历历备闻其言,默然以思,愀然以悲,瞿然以兴,曰:呜呼! 是可以为我四万万人告矣。

② 《帝国新闻》1906年11月20日。

文人对《动物谈》已经相当熟悉,这直接影响了朝鲜半岛讨论体小说的萌生和发展。

伴随《动物谈》在朝鲜半岛的广泛传播,在作品构造和创作技法方面与《动物谈》高度相似的《禽兽会议录》出现了。《禽兽会议录》是典型的寓言小说和讨论体小说,作为安国善的代表作,同样以动物为主要角色,其目的在于讽刺人类社会。虽然没有直接证据表明《禽兽会议录》受到《动物谈》的影响,但两个作品的构思和构造方面具有高度的相似性。就叙述者听取动物谈话的开端以及听了谈话之后进行反思的结尾而言,两部小说几无二致。《动物谈》中出现了四种动物,《禽兽会议录》中出现了八种动物,除了《禽兽会议录》中的第一个和第八个故事以外,两部小说中的动物故事几乎相通。《禽兽会议录》所涉主题表面来看是关于人类个人的问题,但实际上却与国家和民族的命运攸关。同时,《禽兽会议录》的作者安国善仿照梁启超的笔名"饮冰室主人",给自己起名为"弄球室主人",此亦暗示着后者对前者的影响。

表2-6 《禽兽会议录》内容分析表

	标题	讨论者	内容
	序言		慨叹人类的种种罪恶行为,指出人不如动物,之后入眠进入动物们的会议场所,坐到了旁听席上
座次一	反哺之孝	乌鸦	指责人类没有孝道,炫耀自己的反哺之孝
座次二	狐假虎威	狐狸	提出依靠大国或有势力者而追求自己私欲的人类,还不如狐狸
座次三	井蛙语海	青蛙	对那些对外国的情况不懂装懂,却满腹腐朽想法的人进行辛辣的讽刺
座次四	口蜜腹剑	蜜蜂	谴责侵略弱小国家的帝国主义,批判弱肉强食的人类残忍性,揭露人类罪恶的一面
座次五	无肠公子	螃蟹	反问当今世界有几个好心肠的人
座次六	营营至极	苍蝇	批判缺乏同胞之爱的人类社会
座次七	苛政猛于虎	老虎	批判侵略者的横暴行为
座次八	双来双去	鸳鸯	指责人类的妻妾制度和不伦行为,炫耀自己的恩爱

续表

标 题	讨论者	内容
散会		敦促人类反省自身的所作所为,呼吁人们彻底悔改

  《禽兽会议录》与《动物谈》在以动物对话讽刺和批判社会现实的创作方法论方面,具有一致性,即《动物谈》中的鲸鱼、小鱼、羊、狮子,到了《禽兽会议录》扩展为乌鸦、狐狸、青蛙、蜜蜂、螃蟹、苍蝇、老虎和鸳鸯。《禽兽会议录》主要讲述了"反哺之孝"(批判人类的不孝行为,强调人类的根本伦理)、"狐假虎威"(批判缺乏独立意识,依靠外部势力的政治思维)、"井蛙语海"(批判不了解外部世界的人)、"口蜜腹剑"(批判相互欺骗,不守本分的人)、"无肠公子"(批判和讽刺毫无节操和气概的人以及统治阶层的腐败乱象)、"营营至极"(批判人类的狡诘,强调伦理和同胞之情)、"苛政猛于虎"(批判暴政和暴力)和"双来双去"(批判不健全的人格和男女间的淫乱)的故事。这些故事实际上分别与"不孝""奸巧""傲慢""表里不一""无节操""乏友爱""虐政""无贞洁"等相对应。与《动物谈》中出场的甲、乙、丙、丁四人讲述动物相关故事不同,《禽兽会议录》中的动物直接作为主要角色出场,其批判和讽喻意味更为浓厚。蕴含寓言要素的动物们的性格特性,使读者在理解小说主题时,对小说中提出的抽象内容能够达到既直接又具体的认识,因此作品整体内容的讽刺性更加强烈。

2. 对腐败社会乱象的批判

  《禽兽会议录》的内容中,"反哺之孝"和"营营至极"批判人类的本性和伦理道德;"狐假虎威""井蛙语海"和"口蜜腹剑"强调对当时社会伦理意识的批判;"无肠公子"和"苛政猛于虎"则强烈讽刺了政治腐败,以恢复政治逻辑的公正性和国际公信力为着力点。

  외국 형편도 모르고 천하 대세도 살피지 못하고 공연히 떠들며 무엇을 아는체하고 나라는 다 망하여 가건마는 썩은 생각으로 갑갑한 말만 하는도다. 또 어떤사람들은 제나라 안에 있어서 제 나랏일을 다 알지 못하면서도 보도 듣도 못한 다른 나라 일을 다 아노라고 추적대니 가증하고 우습도다……사람은 한 번만 벼슬자리에 오르면 朋黨을 세워서 권리다툼하기와 권문세가에 아첨하러 다니기와, 백성을 잡아다가 주리틀고,돈 빼앗기와 무슨 일을 당하면 청촉들고 뇌물 받기와 나랏돈 도적질하기와 인민의 고혈을 빨아먹기로 종사

하니날더러 도적놈 잡으라 하면 벼슬하는 관인들은 거반 다 감옥서 감이오……지금 망하여가는 나라조정을 보면 온 정부가 다 조고같은 간신이오.①

可见,安国善言辞中体现的开发民气民力、自主独立思想、自强意识以及弱肉强食的进化论思想,均与梁启超《动物谈》中流露出的政治思想相通。

与其他朝鲜半岛近代文人一样,安国善也是从小学习汉文,因此具有较强的汉文解读能力,梁启超《动物谈》传入朝鲜半岛之后,安国善可能对其有所接触并在具体文学创作中对相关创作技法进行模仿、借鉴和运用。为更深入地比较《禽兽会议录》和《动物谈》中体现的政治批判意识,有必要将梁启超的《国民十大元气论》和安国善的《民元论》进行对比。

> 人有之则生,无之则死,国有之则存,无之则亡,不宁惟是。苟其有之,则濒死而必生,已亡而复存,苟其无之,则虽生而犹死,名存而实亡,斯物也,无以名之,名之曰元气……独立者何者,不藉他力之扶助而屹然自立于世界者也。人而不能独立,时曰奴隶,于民法上不认为公民,国而不能独立,时曰附庸,于公法上不认为公国。②

梁启超认为,个人的生死与国家的存亡都取决于元气的有无;并尝试将元气与独立相关联,认为如果没有元气,人就会受制于他人而成为奴隶,国家就得依靠强势国家的保护而沦为殖民地。

安国善也出于同样的思维理路,在慨叹元气不振的同时,提出与梁启超类似的见解。

---

① 译文:不了解外国情况,不察天下大势,公然喧哗,不懂装懂,国家已经灭亡,却满脑子腐朽的想法,嘴上说着令人郁闷的话。还有人不了解本国的国事,又不闻不问,却对他国的事了如指掌,既可憎又可笑……人只要一上官位,就会结交朋党去争权夺利、奉承权贵,榨取百姓血汗,收受贿赂,如果让我去抓盗贼,做官的人们几乎都会坐牢……从现在走向灭亡的国家来看,整个政府都是赵高一样的奸臣。参见安国善:《爱国精神》,首尔:乙酉文化社,1981年版,第22页。

② 梁启超:《国民十大元气论》,《清议报》1899年第33期。此文曾被洪弼周翻译后发表于1909年3月25日《大韩协会报》第12期。译文如下:人이 有之则生하고 無之则死하며 國有之則存하고,無之則止하나니 不寧惟是라. 苟其有之면 則死而必生하고 已亡而復存하며 苟其無之면 則生而猶死하고 各有而實亡이라. 斯物也ㅣ 無以各之하니 名之曰元氣라……獨立者는 何者오,不藉他力之扶助하고,而屹然自立於世界者也라. 人而不能獨立이면 時曰奴隸니 於民法上에 不認爲公民이오, 國而不能獨立이면 時曰附庸이니 於公法上에 不認爲公國이라.

> 嗚呼라 國家主權이 岌嶪難保하니 民은 何히 恃할까. 國은 民의 元氣를 賴하여 可立이오. 民은 國의 主權을 恃하여 得存이여늘 민의 元氣가 久已微弱할지라 國의 主權이 何能鞏固리오.①

安国善的思维逻辑是国家依靠国民的元气而存立,国民也依靠国家主权的确立而存在。因此,国民元气的高低直接决定着国家主权的存废。元气的衰弱是国家主权丧失的外在表征,必须振作元气。

> 反抗을 不思하려니와 韓國今日의 地位는 豈鐵箱의 恥와 繩縛의 危뿐이뇨. 國民은 尙此畏首縮頭하야 可喜할事에 喜를 莫能作하며 可怒할地에 怒를 不得發하니 憤怒心이 旣無한즉 奮發心이 豈生이며 奮發心이 未生이면 元氣의 活動을 豈見하리오.②

国家面临危机而无法唤起民众的"愤怒心"和"奋发心",也就无法激活元气。因此,为了恢复国权,需要政治的完备和元气的鼓吹。由此看来,安国善关于元气的论述,与梁启超大体相似,他们都注意到国家、国民与元气的逻辑关系。他与梁启超同时注意到了国民精神的松懈现象,并将其作为强调恢复国民元气、实现政治独立的重要途径。这可能是安国善阅读译介至朝鲜半岛的《国民十大元气论》之后,对梁启超"元气论"产生共鸣,进而将其活用于本民族具体社会现实的典型案例。

《禽兽会议录》与《动物谈》所承载的政治寓意在于社会批判的视角,但是由于时代背景的本质差异,二者也存在对现实认识的不同。因此,《禽兽会议录》存在过度强调主题意识的特征,但动物的对话中体现出的讽刺,在本质上隐含着一定的社会意义,批判性要素也因此更加凸显,作者的意图也体现得更为突出③。从微观层面的细节来看,安国善的《民元论》显然受到梁启超《国民十大元气论》的影响而投射了浓厚的政治色彩,两者在

---

① 译文:呜呼,国家主权难保,国民有何依赖? 国家依赖于国民的元气才能独立,国民依赖于国家的主权才能生存,国民的元气微弱已久,国家的主权如何能够巩固? 参见安国善:《民元论》,《夜雷》总第 2 期,1907 年 3 月 5 日。

② 不思反抗,韩国今日的地位岂止是被围困束缚的境地? 国民们都畏首畏尾,有了可喜的事也不能表达喜悦,有了愤怒的事也无法发泄愤怒。愤怒之心都没有,岂能产生奋发精神,缺乏奋发精神,岂能见到元气的作用? 参见安国善:《民元论》,《夜雷》总第 2 期,1907 年 3 月 5 日。

③ 赵宝璐:《梁启超对韩国开化期小说理论的影响研究》,培才大学博士学位论文,2012 年。

进化论意义的适者生存、优胜劣汰思想方面,也具有高度的一致性。因此,安国善的《禽兽会议录》也可归属至梁启超抵抗殖民侵略、启蒙民众思想的政治小说创作思维中。即使安国善对国家政治混乱和外部势力入侵只进行了表层的把握和本质层面的逃避,但仍表现出了在借鉴《动物谈》的基础上对社会乱象的积极批判意识。

3. 女性解放与新教育的鼓吹

1910年李海朝发表的新小说《自由钟》,也在较大程度上受到了梁启超《动物谈》的影响。《自由钟》是对话和讨论贯穿其中的讨论体小说,内容是隆熙二年(1908)的一天,应邀参加李夫人生日晚会的一批女性,在李夫人的主持下,讨论国家开化和国民的启蒙问题。小说以李夫人等四人的轮流发言为主体构造,叙述时间为一个晚上,以鸡鸣人散结尾,涉及女权、国家独立自主、近代科学、破除迷信等当时社会热议的话题。此小说的叙述时间限定为一个晚上,以对话和讨论的形式架构全篇。经过仔细比对,可以发现《自由钟》直接借用了《动物谈》的第三个段落,即乙的故事。

表2-7 《自由钟》借用《动物谈》部分内容对照表

《自由钟》	《动物谈》
在意大利历啤多山上,有个名为兀子壑的洞穴,与海水相通,忽然山崩,洞穴入口被堵,洞穴中漆黑一片,里面的鱼无法出来,经过数百年的生长,鱼的眼睛失明。堵在洞口的泥土经过海水的冲击,出现一条裂缝,外面的鱼进入洞中吃掉无数的盲鱼。洞中的鱼即使睁大眼睛,也全然不知反抗,有些虽然涌向入口而逃到外面,眼睛被刺目的太阳照得眩晕而无精打采。这正如我们之前的教育,紧闭大门,对外界之事充耳不闻,可称之为兀子壑教育。接受这种教育的男性有何精神思考我们的政治?我们女性看似毫无话语权,但站在本国立场所说的话,反而比万国公使的谈判更胜一筹。	乙曰:吾昔游意大利,意大利之历啤多山,有巨壑,厥名曰兀子。壑黑暗,不通天日。有积水方十数里,其中有盲鱼,孳乳充斥。生物学大儒达尔文氏解之曰:此鱼之种,非生而盲者。盖其壑之地,本与外湖相连,后因火山迸裂,坼而为壑,沟绝而不通。其湖鱼之生于壑中者,因黑暗之故,目力无所用。其性质传于子孙,日积日远,其目遂废。自十数年前,以开矿故,湖壑之界忽通。盲鱼与不盲者复相杂处,生存竞争之力,不足以相敌,盲种殆将绝矣。

从上表可以看出,李海朝的《自由钟》借用了《动物谈》的部分内容,阐述女性教育问题。本来《动物谈》的此部分内容主要讽喻中国的封闭性,强调若封闭状态长久持续,就会导致国家竞争力下降,也就无法适应与外部世界的接触而日渐走向灭亡之路。李海朝借用此故事,将其与朝鲜半岛开化期的教育问题相关联,指出当时朝鲜半岛的教育"紧闭大门,对外界之事充耳不闻,可称为兀子聱教育"。

事实上,李海朝与梁启超存在的密切关联,不仅体现在《自由钟》对《动物谈》部分内容的直接借用,而且《自由钟》中人物的对话也直接提及了梁启超本人。

> 청국 명사 양계초 씨 말씀에 하였으되, 대저 사람이 일을 하려면 이기려다가 패함도 있거니와, 패할까 염려하여 당초에 하지 아니하면 이는 당초에 패한 사람이라 하니 오늘 시작하여 내일 성공할 일이 우리 팔에 왜 있겠소. 그러나 우리가 우쭐거려야 우리 자식 손자들이나 행복을 누리지, 일향 우리 나라 사람을 부패하다 무식하다 조롱한 하면 똑똑하고 요요한 남의 나라 사람이 우리에게 소용 있소.①

上述引文是辛雪献夫人受邀参加李梅镜夫人生日会时的发言内容,其中梁启超及其所说的话被直接引用。一般来说,作品中人物对话直接引用现世名人的言语,说明作者对名人非常熟悉或者与其保持着较为特别的关系。仅据此就可知,李海朝受梁启超的影响之深。此外,《自由钟》还与梁启超女性教育、效用论的小说观等存在密切关联,展现了两者影响关系的深度和宽度。

在朝鲜半岛近代转换期,关于女性教育的否定观点得以修正。因为人们认识到,只有对国民实施平等教育,才是实现自主独立和恢复国家主权的捷径。因此,随着对占全国人口一半的女性作用的强调,女性教育也成为必然的时代要求。因为女性没有获得与男性同等的教育机会,自然无法得到经济和社会能力的培养,最终将导致文化上的滞后现象,国家层面也

---

① 译文:清国名士梁启超曾说,大凡人们要做某件事,在求胜心理作用下,有时也会失败。但如果因为害怕失败,当初不去做的话,一开始就是失败之人。今天开始做,明天就成功的事例何以能够在我们命中注定? 但是,我们只有挺起胸膛、斗志昂扬,我们的子孙后代才能享受幸福。如果我国人民一直被嘲弄为腐败和无知,那么聪明的他国人民对我们来说就有存在价值。参见李秉烈:《新小说必读12选》之《自由钟》,首尔:时代企划,1993年版,第361页。

面临严重危机。为了摆脱政治困局和民族危机,同时为了激活女性的潜在能力,女性教育成为当务之急。当时舆论的主流导向也在强调女性的作用,在国家发展的层面上突出女性教育的必要性。虽然当时的各种学会起到了重要的启蒙作用,但相关教育理论的外来接受,也是不可忽视的因素。

梁启超重视女性教育的教育理念,具有重要历史意义。梁启超曾就女性教育被忽视这一问题批判道:"人有恒言曰,妇人无才即是德,此嚳言也。世之瞽儒执此言也,务欲令天下女子,不识一字,不读一书,然后为贤淑之正宗,此实祸天下之道也。"①他把女子教育与国富民强紧密联系在一起,提出"欲强国必由女学"的口号。

"《自由钟》除女性人物设定和展开讨论的场面设定以外,很难找到典型的小说要素"②,但是女性开放论、女性教育论、子女教育论的展开以及汉字废止等讨论性内容扩散至针对整个社会的现实批判,论题的中心设定为自由女权的恢复以及女性解放等,均具有重要意义。《自由钟》在接受梁启超教育思想的基础上,强调女性教育的重要性及其社会性意义。1908年《大韩协会报》第2期发表的经由洪弼周翻译的《变法通议序》和1909年《西部学会月报》第12期刊载的《康南海的教育大纲》等即为晚清代表性教育思想成果。梁启超的《变法通议序》以及李海朝的《自由钟》中辛雪献夫人的发言,都强调了立足于近代经济观念的女性教育的必要性。

梁启超曾强调:"凡一国之人,必当使之人人各有职业,各能自养,则国大治。其不能如是者,则以无业之民之多寡,为强弱比例差。何以故?无业之人,必待养于有业之人,不养之则无业者殆,养之则有业者殆。"③这告诉人们职业的有无和多寡,与国家的贫富和强弱成正比。因此,如果国民无业,则会导致"食之者众"和"生之者寡",国家统治的根基就会动摇,国家主权也将岌岌可危。

> 우리 대한의 정계가 부패함도 학문 없는 연고요, 민족의 부패함도 학문 없는 연고요, 우리 여자도 학문 없는 연고로 기천 년 금수 대우를 받았으니 우리 나라에도 제일 급한 것이 학문이요, 우리 여자 사회도 제일 급한 것이 학문인즉 학문 말씀을 먼저 하겠소. 우리

---

① 梁启超:《变法通议·论女学》,《饮冰室合集(第1册)》,北京:中华书局,1989年版,第39页。

② 权宁珉:《李海朝与新小说的局限》,《韩国近代文学与时代精神》,首尔:文艺出版社,1983年版,第232页。

③ 梁启超:《变法通议序》,《饮冰室合集(第1册)》,北京:中华书局,1989年,第28页。

이천만 민족 중에 일천만 남자들은 응당 고명한 학교를 졸업하여 정치, 법률, 군제, 농, 상, 공, 등 만 가지 사업이 족하겠지마는 우리 일천만 여자들은 학문이 무엇인지 도무지 모르고 유의유식으로 남자만 의뢰하여 먹고 입으려 하니 국세가 어찌 빈약하지 아니하겠소? 옛말에 백지장도 맞들어야 가볍다 하였으니 우리 일천만 여자도 일천만 남자의 사업을 백지장과 같이 거들었으면 백년에 할 일을 오십 년에 할 것이요, 십년에 할 일을 다섯 해면 할 것이니 그 이익이 어떠하오, 나라의 독립도 거기 있고 인민의 자유도 거기 있소. ①

占据总人口半数的女性无法受教育的话,女智无法开发,只能依赖男性,国家必然贫弱。根据以上观点,可以得出只有施行女性教育,才能防止政界腐败、民族衰弱,进而恢复女权的结论。但是,更为重要的是,女性只有与男性同等参与国家和社会的所有领域工作,切实履行自身的职责,才能够获得国家的自主独立、国民的自由保障以及女权的恢复。女性教育本身左右着国家的存立和强弱,这一逻辑从以近代经济观念为基础这一点上来看,与梁启超的主张具有同质性。历来的女性教育都以"内训"为中心,强调家庭内部的职责和作用,因此女性只靠自身无法维持生计,只有依存于男性。如此一来女权自然被无视,女性一直忍受着毫无自由的生活。

此外,女性是国民的母体,只有通过女性教育开发女智,才能开启民智。因此,女性教育与子女教育存在密切关联,若要培养近代国家构建所需的健全的下一代,近代的教育方法和胎教等就成为问题的关键。

> 上可相夫,下可教子,近可宜家,远可善种,妇道既昌,千室良善,岂不然哉,岂不然哉! 是以三百五篇之训,勤勤于母仪;七十后学之记,眷眷于胎教。②

---

① 译文:我们韩国政界的腐败与缺乏学问有关,民族的腐败也是没有学问的缘故。因为我们女子没有学问,几千年以来受到了禽兽般的待遇,因此我国最紧迫的就是学问,我们女子社会最紧急的也是学问,要首先谈论学问。我们民族两千万人口中,一千万男子毕业于著名学校,对他们来说,政治、法律、军事、农业、商业、工业等万余种职业已经足够,但是我们一千万女子们完全不知学问为何物,只能游手好闲地依赖于男子,国家怎能不贫弱呢? 有句古话说,众人拾柴火焰高,我们一千万女子如果能够帮助一千万男子们所从事的事业,那么需要一百年才能完成的事业,五十年就可以完成,需要十年才能完成的,五年就可以完成,国家的独立和人民的自由,正在于此。参见李秉烈:《新小说必读12 选》之《自由钟》,首尔:时代企划,1993 年版,第349—350 页。

② 梁启超:《倡设女学堂启》,《饮冰室合集(第1 册)》,北京:中华书局,1989 年版,第38 页。

欲强国本,必储人才,欲植人才,必开幼学,欲端幼学,必禀母仪,欲正母仪,必由女教……妇学开,然后妇智开,妇智开,然后良母可得,然后可有健全的子女,而且妇学开,妇女可知道遗传学的意义,习胎教之道理,如是方可有健全之子女,此所以强国进种之道也。①

无论是在《倡设女学堂启》中,还是在《戒缠足会叙》中,梁启超都强调若要对女性实施新教育、开发女智,必须将遗传学和卫生学的知识适用于胎教,才能为从肉体和精神上生育健康子女,进而为富民强国打下基础。因此,女性教育是胎教和良母的必要手段。

将胎教视为教育出发点的相关内容,也同样出现在《自由钟》中。

자식 기르는 방법을 대강 말하오리다. 자식을 낳은 후에 가르칠 뿐만 아니라 태 속에서부터 가르친다 하였으니, 그런 고로 〈예기〉에 태육법을 자세히 말하였으되, 부인이 잉태하매 돗자리가 바르지 아니하거든 앉지 아니하며, 벤 것이 바르지 아니하거든 먹지 말라 하였으니, 그 앉는 돗, 먹는 음식이 탯덩이에 무슨 상관이 있겠소마는 바른 도리로만 행하여 마음에 잊지 말라 함이오. 의원의 말에도 자식 밴 부인은 잡것을 먹지 말라 하고 음식의 차고 더운 것을 평균케 하고 배를 항상 더웁게 하고 당삭하거든 약간 노동하여야 순산한다 하였소……밥 먹는 법, 잠자는 법, 말하는 법, 걸음 걷는 법, 일동일정을 가르치되, 속이지 아니함을 주장하여 정대한 성품을 양육한즉 대인군자가 어찌하여 되지 못하리까. ②

母亲做好胎教,教育成长期的子女正确的行为处事,就可培养出符合自强和自主独立精神的君子。由此可以看出,梁启超鼓吹妇道可助力国家发展的主张,成为朝鲜半岛开化期女性教育的指导方针和基本理论前提。

---

① 梁启超:《戒缠足会叙》,《饮冰室合集(第1册)》,北京:中华书局,1989年版,第146页。
② 译文:我来大体说一下养育子女的方法。不仅在孩子出生后,在孩子出生以前也要教他。因此《礼记》中详细介绍了胎育法,产妇怀孕之后,如果凉席不够端正就不能坐,如果切的东西不美观,就不要吃。坐的凉席、吃的食物与新生儿有何相关? 医院的医生也曾说怀孕的产妇不能吃杂乱的东西,要吃得冷热均匀,要注意腹部保暖,临盆月应该稍微劳动一下,有助于顺产……吃饭的方法、睡觉的方法、说话的方法、走路的方法等一动一静,都要教给他们,还要教会他们不欺骗他人,具有正直的品性。如此,何愁其不能成为大人君子呢? 参见李秉烈:《新小说必读12选》之《自由钟》,首尔:时代企划,1993年版,第363页。

4. 小说的功利性与向近代社会转变的时代要求

李海朝是朝鲜半岛近代转换期新小说作家的代表,作为最初具备职业作家性质的新小说家,其共创作了40余部作品。此外,他还译述了凡尔纳的《铁世界》和《华盛顿传》,将古代小说《春香传》《沈清传》《鳖主簿传》分别改写为《狱中花》《江上莲》和《兔之肝》,同时还编有《新撰日鲜作文法》。在其《花之血》的序文中,他表达了自身的文学观点,该观点被称为最早的小说理论之一。

> 무릇 소설은 제재가 여러 가지라. 한 가지 전례를 들어 말할 수 없으니, 혹 정치를 언론한 자도 있고 혹 정탐을 기록한 자도 있고 혹 사회를 비평한 자도 있고 혹 가정을 경계한 자도 있으며 기타 윤리, 과학, 교제 등 인성의 천사만사 중 관계 아니 되는 자가 없나니, 상쾌하고 악착하고 슬프고 즐겁고 위태하고 우스운 것이 모두 다 좋은 자료가 되어 기자의 붓끝을 따라 재미가 진진한 소설이 되나 그러나 그 재료가 매양 옛 사람의 지나간 자취거나 가탁의 형질없는 것이 열이면 팔구는 괴괴, 근일에 저술한 박정화, 화세계, 월하가인 등 수삼 종 소설은 모두 현금의 있는 사람의 실지 사적이라, 독자 제군의 신기히 여기는 고평을 이미 많이 얻었거니와, 이제 또 그와 같은 현금 사람의 실적으로 〈화의 혈〉이라 하는 소설을 새로 저술한 새 허언 낭설은 한 구절로 기록치 아니하고 정녕히 있는 일동 일정을 일호차착없이 편집하노니, 기자의 재주가 민첩치 못함으로 문장의 광채는 황홀치 못할지언정 사실은 정확하여 눈으로 그 사람을 보고 귀로 그 사정을 듣는 듯하여 선악 간 족히 밝은 거울이 될 만한가 하노라。①

虽然上文算不上有逻辑体系的小说理论,但却渗透着李海朝的小说

---

① 译文:一般来说,小说有各种题材。只举一个典型例子很难说明,有人用小说讨论政治,有人用小说记录侦探,有人用小说批评社会,有人用小说警示家庭。题材与其他诸如伦理、科学、交际等人生万事都有关系。舒畅之事、龌龊之事、悲伤之事、高兴之事、危险之事、滑稽之事,皆可成为好素材,在记者(作者)的笔下,成为有趣的小说。但是,十有八九其所用素材都是关于以前人们的踪迹或没有假托的形态和性质。近日出现的《薄情花》《花世界》《月下佳人》等小说都是当今人们的实际故事。读者诸君已经听到了许多高深的评论,现在我将现代人的实际故事重新创作为《花之血》,没有一句虚言蛊语,没有丝毫差错。我的创作才干不够敏锐,文章也散发不出光彩,但是非常准确,就像亲眼所见、亲耳所听一样,足以成为反映善恶的一个明镜。参见李秉烈:《新小说必读12选》之《花之血》,首尔:时代企划,1993年版,第381页。

观。即第一,小说的题材非常多样,范围很广。第二,小说最重要的是有趣味性,由作者的创作风格和能力决定。第三,如实而准确地刻画和记录真相的写实性对于小说来说非常重要。可以看出,李海朝的观点涉及小说主题的现实性和反映时代状况的问题,是现实主义文学思想的初步体现。①

李海朝的类似观点可以说是近代小说理论核心要素的重要构成部分。此外,他还在《花之血》的"后记"中强调:

> 기자왈, 소설이라 하는 것은 매양 빙공착영으로 인정에 맞도록 편집하여 풍속을 교정하고 사회를 경성하는 것이 제일 목적인 중, 그와 방불한 사람과 사실이 있고 보면 애독하시는 열위 부인, 산사의 진진한 재미가 일층 더 생길 것이오, 그 사람이 희귀하고 그 사실을 경계하는 좋은 영향도 없지 아니할지라. 고로 본 기자는 이 소설 기록함에 스스로 그 재미와 그 영향이 있을 바라고 또 바라노라.②

李海朝认为小说的首要目的在于矫正风俗,警醒社会,使读者通过阅读小说,能够有所启发,这一观点凸显了小说的社会启蒙性。李海朝的小说理论简单概括起来就是,重视小说的社会效用性与虚构性,小说必须具备能够使读者感兴趣的趣味性。结合开化期新小说反映时代意识和当时社会现实的特性来看,小说的社会功利性正是开化期的固有特性,也是新小说作为某种文学体裁,能够受到肯定性评价的基本动因。

朝鲜半岛开化期效用论小说观及以风俗改良为目标指向的小说革新理论中,梁启超的《论小说与群治之关系》和《译印政治小说序》产生了较大影响,对此韩国学界已有较为详细的探讨。③ 事实上,这不仅仅限于开化期小说,在新文学作家的小说理论形成过程中,也存在梁启超的诸多影响。尤其李海朝,以梁启超为代表的晚清学界为媒介,接受了大量的西方思想,在其作为主编的《大韩协会报》中,大量介绍了梁启超的政治观点和小说革新思想,而这些正是在其对梁启超著述内容产生共鸣的基础上进行甄选译介的。

---

① 赵宝璐:《梁启超对韩国开化期小说理论的影响研究》,培才大学博士学位论文,2012年。
② 译文:记者曰:所谓小说,都是凭空捉影,符合人情,以矫正风俗、警醒社会为首要目的。如果小说中有类似于身边人或事的话,各位男女读者的趣味就会加深一层。因此,本记者创作了此小说,期望此小说具有较强的趣味性和影响力。参见李秉烈:《新小说必读12选》之《花之血》,首尔:时代企划,1993年版,第465页。
③ 参见李在铣:《韩国开化期小说研究》,首尔:一潮阁,1972年版,第159—171页。

由此,李海朝的小说中,梁启超功利性的小说观和小说革新思想被直接吸收引用,其代表作当属《自由钟》。在此作品中,梁启超本人也被直接援引,可见两者影响关系之深远。因此若将《译印政治小说序》《论小说与群治之关系》与《自由钟》中体现的小说理论相比较,其影响关系便清晰可见。

> 中土小说,虽列之于九流,然自虞初以来,佳制盖鲜,述英雄则规画《水浒》,道男女则步武《红楼》,综其大较,不出海盗海淫两端,陈陈相因,涂涂递附,故大方之家,每不屑道焉。①

梁启超认为中国小说的代表作《水浒传》《红楼梦》等只是"海盗海淫"之作。在此,他并不重视小说的艺术性,而是通过对传统小说的批判,将新小说视为启蒙民众的手段,将焦点集中于小说的社会功利性上。

梁启超提出的新小说可视为"群"世界的语言等价物。"群"的世界是具备公共意识的人们集结而成的民族共同体。具备公共意识的人,当面对民族危机时,会将启蒙的时代使命付诸实践。在《论小说与群治之关系》中,梁启超将小说与"群治"这一时代使命相关联。这里的"群治"并非通常意义上所说的"大众政治"这一世俗概念,而是带有为了实现群体理想秩序的国民教育或公共意识觉醒的含义。梁启超神化的小说,并非一般小说,而正是与群治相关联的小说。梁启超所重构的文学可归属于"文以载道"论的近代变形,即"文以载群"说。这种"群"的世界对内是没有私人利害冲突的和谐世界,对外是对抗西方列强的共同体。梁启超站在传统的立场上否定传统,在文化分裂的缝隙中开辟了走向现代的可能性。

类似认识也在《自由钟》中有所体现:

> 우리 世宗大王 勤勞하신 聖德은 다 말씀할 수 없거니와 반절 몇 줄에 나라 돈도 많이 들었소. 그렇건마는 百姓들은 죽도록 漢文字만 崇尚하고 國文은 버려두어서 암클이라 指目하여 婦人이나 賤人이나 배우되 반절만 깨치면 다시 읽을 것이 없으니 보는 것은 다만 〈春香傳〉〈沈淸傳〉〈洪吉童傳〉 등 뿐이라. 〈春香傳〉을 보면 政治를 알겠소. 〈沈淸傳〉을 보고 法律을 알겠소. 〈洪吉童傳〉을 보아 道

---

① 梁启超:《译印政治小说序》,《饮冰室合集(第 1 册)》,北京:中华书局,1989 年版,第 18 页。

德을 알겠소. 말할진대 〈春香傳〉은 淫蕩 敎科書요. 〈沈淸傳〉은 凄凉 敎科書요. 〈洪吉童傳〉은 虛晃 敎科書라 할 것이니 國民을 淫蕩 敎科書로 가르치면 어찌 風俗이 아름다우며 凄凉 敎科書로 가르치면 어찌 長進之望이 있으며 虛晃 敎科書로 가르치면 어찌 正大한 氣象이 있으리까? 우리 나라 난봉 男子와 淫蕩한 女子의 諸般 惡徵이 다 이에서 나니 그 影響이 어떠하오. ①

李海朝将《春香传》《沈清传》《洪吉童传》等传统小说与政治、法律和道德相关联,将其分别定性为"淫荡教科书""凄凉教科书"和"虚晃教科书"。他在批判传统小说的基础上,强调小说启蒙民众的实用性,将其视为民众启蒙的教科书,换言之,与梁启超一样,从社会功利性的视角考察小说的功能。如此将功利性和效用论视为小说创作的焦点问题的态度,说明李海朝在将小说的创作目的界定为"影响"和"趣味"的同时,相对更加重视小说矫正社会风俗、改变社会风气的"影响"教化功能。但传统小说的素材和主题,完全无法体现开化期的时代风貌,批判意识由此而生。

因此,梁启超认为《水浒传》《红楼梦》"诲盗诲淫",李海朝认为"我们国家放荡的男人和淫荡的女人的诸般恶相"都由《春香传》《沈清传》和《洪吉童传》导致。换言之,由于传统小说没能教化社会、矫正风俗,所以他提出了小说革新思想,倡导新小说的创作。从这个意义上来说,李海朝的《自由钟》在借鉴梁启超小说理论的基础上创作而成,由于对社会启蒙意识的呼吁和对小说功利性的强调,成为朝鲜半岛开化期最具代表性的讨论体政治小说之一。②

《论小说与群治之关系》强调小说的力量和影响力,注重小说功利性的同时,并与小说革命思想直接相关联。类似观点也在《自由钟》中有所体现。

혹 발명하려면 〈춘향전〉을 누가 가르쳤나, 〈심청전〉을 누

---

① 译文:我们世宗大王勤劳之圣德无以言表,投入大量财力创制韩文。但是百姓一直崇尚汉文字而视国文为黑暗文字,唯有妇人与低贱之人学习,然而学习国文之后又无书可读,看的书只是《春香传》《沈清传》《洪吉童传》而已。读《春香传》能学到政治吗?读《沈清传》能了解法律吗?读《洪吉童传》能知道道德吗?《春香传》是淫荡教科书,《沈清传》是凄凉教科书,《洪吉童传》是虚晃教科书。若以淫荡教科书教育国民,风俗如何变美?以凄凉教科书教育国民,如何有长远眼光?以虚晃教科书教育国民,如何有正大的气象?我们国家放荡的男人和淫荡的女人的诸般恶相都是由此而出,其影响可见一斑。参见李海朝:《自由钟》,首尔:广学书铺,1910年版,第58页。
② 赵宝璐:《梁启超对韩国开化期小说理论的影响研究》,培才大学博士学位论文,2012年。

가 배우라냐,〈홍길동전〉을 누가 읽으랴냐, 비록 읽으랴 할지라도 다 제게 달렸지 할 터이냐, 이것이 가르친 것보다 더하지, 휘문의숙 같은 수층 양옥과 보성학교 같은 넓은 교정에 칠판 괘종 책상 걸상을 벌여 놓고 고명한 교사를 월급 주어 가르치는 것보다 더 심하오. 그것은 구역과 시간이나 있거니와 이것은 구역도 없고 시간도 없이 전국 남녀들이 자유권으로 틈틈이 보고 곳곳이 읽으니 그 좋은 몇 백만 청년을 음탕하고 처량하고 허황한 구멍에 쓸어 묻는단 말이오. ①

上述引文中的"比教育本身,后果更加严重",提及了小说的影响力问题,"没有时空局限"则是接受梁启超"熏、浸、刺、提"理论并加以具体运用的表现。

    그나 그뿐이오, 혹 기도하면 아해를 낳는다, 혹 산신이 강림하여 복을 준다, 혹 면례를 잘하여 부귀를 얻는다, 혹 불공하여 재액을 막는다, 혹 돌구멍에서 용마가 났다, 혹 신선이 학을 타고 논다, 혹 최판관이 붓을 들고 앉았다 하는 제반 악징의 괴괴망측한 말을 다 국문으로 기록하여 출판한 판책도 많고 등출한 세책도 많아 경향 각처에 불똥 튀어 박히듯 없는 집이 없으니 그것도 오거서라 평생을 보아도 못 다 보오. ②

与小说的效用性层面相对,过度迎合愉悦性、通俗性的"趣味"故事,导致的结果便是迷信思想的盛行和千奇百怪的民间故事的泛滥。而李海朝认为造成此种现象的根源正在于传统小说。因此,传统小说污染国民思想、腐化社会政治,这与梁启超将传统小说视为"诲盗诲淫"之作的思想如

---

  ① 译文:若要有所发明和创新,谁会以《春香传》作为教材?谁会学习《沈清传》?谁会阅读《洪吉童传》?即使阅读,其效果也取决于自身的阅读方式。这比教育本身,后果更加严重。比在徽文义塾一样的数层洋房和普成学校一样的宽阔校园里,摆好黑板、挂钟、书桌、椅子等,邀请著名教师施教,其后果更加严重。因为这种施教方式受空间和时间的限制,而自我阅读则没有时空局限,全国男女可以随时随地自由阅读,其结果是把数百万好青年驱赶至淫荡、凄凉和虚晃的世界。参见李秉烈:《新小说必读 12 选》之《自由钟》,首尔:时代企划,1993 年版,第 354—355 页。

  ② 译文:不仅如此,诸如祈祷能生子、山神赐福气、迁坟得富贵、求佛阻灾祸,诸如石洞出龙马、神仙驾鹤归、阴间判官提笔而坐,等等,诸般离奇古怪的说法,均由国文记录出版。其中既有直接销售的书籍,也有用于租借的小说,如火花四溅散布于京乡各处,家家户户皆有,被称为"五车书",一辈子也看不完。参见李秉烈:《新小说必读 12 选》之《自由钟》,首尔:时代企划,1993 年版,第 355 页。

出一辙。李海朝正是沿用了梁启超"欲新一国之民,不可不先新一国之小说……欲新政治,必新小说"的思维理路,将小说功利性和效用论思想运用于本国的小说革命之中。

第三节 "东国诗界革命"与晚清"诗界革命"

  作为朝鲜半岛开化期文学革命的重要一环,"诗界革命"既是文学演变发展内部动力驱动的结果,又是在周边国家的影响下,为应对内忧外患的民族和社会危机而产生的文学事件。当时的朝鲜半岛,外部面临着西方和日本的殖民侵占,内部陷入经济和社会混乱之中。在此状况下,爱国文人们为了挽救岌岌可危的国家主权,义无反顾地承担起"思想启蒙"和"诗体革新"的双重任务。朝鲜半岛提出的"东国诗界革命",从字面上来看,很明显是以中国晚清"诗界革命"为参照而命名的。"东国"意指中国东邻之国,"东国诗界革命"的提出,固然是对中国新文学变革潮流的追随,同时也是朝鲜半岛知识文人响应社会现实对文学变革的呼唤,是力图以文学变革挽救国运的最初尝试。

  晚清"诗界革命"肇始于1898年末梁启超创办《清议报》,在《清议报》和《新民丛报》等报纸上,梁启超开设"诗文辞随录"和"诗界潮音集"等专栏,刊载了大量诗歌。1899年,梁启超在《夏威夷游记》中正式提出"诗界革命"的口号,指出:"欲为诗界之哥伦布、玛赛郎,不可不备三长:第一要新意境,第二要新语句,而又须以古人之风格入之,然后成其为诗。"①在提出新诗"三长"说的同时,强调若要挽救中国诗歌日趋衰败的命运,必须创造出诗歌的全新境界。后来梁启超通过《饮冰室诗话》,具体阐述了"诗界革命"的具体理论。

  朝鲜半岛"东国诗界革命"的口号,首次出现于1909年发表在《大韩每日申报》上的《天喜堂诗话》②中。《天喜堂诗话》中言及晚清"诗界的革命",强调所谓"东国诗"即是使用"东国语、东国文、东国音"创作的诗。从晚清"诗界革命"与"东国诗界革命"的发生时间先后以及具体诗歌变革理

---

 ① 梁启超:《夏威夷游记》,《梁启超全集(二)》,北京:北京出版社,1999年版,第1221页。
 ② 《天喜堂诗话》是1909年11月9日至12月4日,除了每周一之外,几乎每天都以连载形式发表的诗论文章。当时文章并未标注作者信息,且几乎没有留下可以查找作者身份的任何线索。但后世的大多数研究表明,作者即为申采浩。由此,1977年修订版《丹斋申采浩全集》的"别集"将此诗话作品收入其中,因此本研究以收录于《丹斋申采浩全集(别集)》中的《天喜堂诗话》作为具体研究文本。

论内容来看,存在着后者借鉴前者的较大可能。伴随着晚清著述大量传入朝鲜半岛,梁启超的《清议报》和《新民丛报》也通过设置在京城(今首尔)和仁川的"普及所",被具备较强汉文解读能力的朝鲜半岛知识文人广泛诵读,而《饮冰室诗话》正是发表于《新民丛报》。除了报纸以外,传播至朝鲜半岛的晚清单行本著作也不在少数,其中收录《饮冰室诗话》的《饮冰室文集》就曾传入朝鲜半岛。这都在很大程度上佐证了晚清"诗界革命"对"东国诗界革命"产生影响的可能性。因此,本章在对《天喜堂诗话》进行深入文本分析的基础上,与《饮冰室诗话》进行内容比对,以阐明晚清"诗界革命"对"东国诗界革命"产生的影响。

一、对诗歌社会功利性作用的强调

除了小说以外,诗歌作为文学体裁的重要组成部分,其社会功利性在朝鲜半岛"诗界革命"中得到凸显和强调。

> 今에 余가 爲先 詩의 能力을 說明하고 其次 詩道와 國家의 關係를 詳論하리니 子는 且 頭腦를 冷靜하고 此를 聽할지어다……詩가 人情을 感發함에 如此히 不可思意의 能力이 有한지라. 是以로 其詩가 武烈하면 全國이 武烈할지며 其詩가 淫蕩하면 全國이 淫蕩할지며 其詩가 雄健하면 全國이 雄健할지며 其他 勇悍倡狂 猛奮讖劣 或善 或惡 或美 或醜가 無非 詩歌의 支配力을 受하는 바인데 試思하라. 我國에 流行하는 詩가 果然 如何한 詩이뇨. 詩란 者 國民言語의 精華라. 故로 强武 國民은 其 詩부터 强武며 文弱 國民은 其 詩부터 文弱 나니 一國의 盛衰治亂은 大抵 其國詩에셔 可驗지오. 又 其國의 文弱을 回야 强武에 入코진 不可不 其 文弱한 國詩부터 改良지라.①

---

① 译文:现在,我先对诗的能力进行说明,其次详细论述诗道和国家的关系,大家先冷静头脑听我一言……诗在触发人的思想感情方面有着不可思议的力量。因此,诗若热烈勇敢,则举国上下皆会热烈勇敢;诗若淫乱放荡,则举国上下皆会淫乱放荡;诗若雄伟矫健,则举国上下皆会雄伟矫健。其他诸如勇悍猖狂、猛奋谶劣,或善或恶、或美或丑,无非都是受到诗歌的支配。那么试想,流行于我国的诗歌到底是怎样的呢?诗歌是国民语言的精华。所以欲使国民勇武有力,必先使诗歌勇武有力,国民的文弱无力也是先从诗歌开始显露端倪。一国的盛衰治乱大都从其国诗歌中即可得到验证。也就是说一个国家若要从文弱无力转向勇武有力,必先从其国文弱无力的诗歌开始改良。参见申采浩:《天喜堂诗话》,《丹斋申采浩全集(第七卷)》,首尔:韩国独立运动史研究所,2008年版,第189页。

申采浩首先论述了诗歌的功能,认为诗歌在触发人的思想感情方面有着不可思议的力量。这与梁启超"小说有不可思议之力支配人道故"的说法可谓如出一辙。接着对诗道与国家的关系进行了"详论",指出国民性格和国家气质均受到诗歌的支配,凸显了通过诗歌改良社会政治的强烈愿望。最后指出"诗歌是国民语言的精华",国民"勇武有力"还是"文弱无力"均体现在诗歌上,某个国家的盛衰治乱可以从诗歌中得到验证,并强调"一个国家若要从文弱无力转向勇武有力,必先从其国文弱无力的诗歌开始改良",对"诗界革命"的必要性和诗歌的社会功利性进行了透彻阐析。

大凡 詩란 者는 即此歡乎 憤叫 凄涼灑泣 呻吟狂啼等의 情態로 結成文言이니 詩를 廢코자 하면 是는 國民의 喉를 閉하며 腦를 破함이니 此 어찌 可하며 此 어찌 可하리오. 故로 余는 嘗言하되"詩가 盛하면 國도 亦盛하며 詩가 衰하면 國도 亦衰하며 詩가 存하면 國도 亦存하며 詩가 亡하면 國도 亦亡한다."하노라。①

"废除诗歌即是扼住国民的咽喉,打破国民的脑壳",因此诗歌强盛,则国家亦强盛;诗歌衰弱,则国家亦衰弱;诗歌存续,则国家亦存续;诗歌消亡,则国家亦消亡。申采浩在将诗歌与国家盛衰紧密关联的同时,把诗歌提升至国家生死存亡的高度,这种效用性的文学观念,正是梁启超功利主义文学思想的异域表现。

故로 亞寇馬 陶淵明輩가 비록 山林에 居하여 足跡이 世에 不出하였으나 其 著한 바 詩集이 一世를 風動하여 人心을 支配함에 至하니 大抵 辯士의 舌과 俠士의 劍과 政客의 手腕과 詩人의 筆端이 其 效用의 遲速은 異하나 世界를 陶鑄하는 能力은 一이라. 故로 大宗教家가 敎를 布함에 爲先 詩歌에 從事하여 此로써 人心을 移改하느니 三國時代 佛教徒의 鄕歌와 中國 六朝時 達摩 慧能의 偈句와 舊約

---

① 译文:诗歌一般是利用欢呼、怒吼、凄凉抽泣、呻吟狂啼等情态结成的文言,废除诗歌即是扼住国民的咽喉,打破国民的脑壳,这怎么可以? 所以,我曾说"诗盛,则国亦盛,诗衰,则国亦衰。诗存,则国亦存,诗亡,则国亦亡"。参见申采浩:《天喜堂诗话》,《丹斋申采浩全集(第七卷)》,首尔:韩国独立运动史研究所,2008年版,第189页。

經中의 詩歌가 皆 詩니 詩의 功用을 此에 可知할진저.①

申采浩将功利主义的文学效用论思维移植至宗教的布教行为中,认为诗人的笔触可以比肩于辩士的口舌、侠士的刀剑、政客的手腕,它们产生效果的速度虽然不同,但改变世界的能力并无差异。因此,宗教家在布教之时,首先要从诗歌着手,因为诗歌具有转移和改变人心的功能。申采浩的思维触角甚至延伸至三国时代佛教徒的乡歌、中国六朝达摩慧能的偈语和《旧约》中的诗歌,认为它们正体现了诗歌的社会功利性作用。这种观点,同样体现了启蒙主义、功利主义效用论的诗歌观念。

事实上,《天喜堂诗话》体现的对诗歌社会功利性作用的强调中,隐约可见梁启超诗歌改良理论的影踪。晚清"诗界革命"正是维新派知识分子宣扬自己的政治立场、唤醒国民的文学启蒙运动,其背后隐含着强烈的社会政治改革诉求。因此,若要进行诗歌革命,首先需对诗歌的社会功利性作用进行凸显和强调。梁启超曾指出:"吾侪手无斧柯,所以报答国民者,惟此三寸之舌,七寸之管。"②强调了"诗界革命"是启蒙主义色彩浓厚的文学救国运动。同时指出,"诗界革命"并非仅仅改革其"形式",而是革其精神。以旧风格体现新意境,才是"革命"的真正意涵。在文学救国意识和功利性文学观念的支配下,梁启超于1899年在赴美途中写下了《夏威夷游记》,全面批判了长期以来中国诗坛的复古和模仿风潮,呼吁诗坛的变革。

盖欲改造国民之质量,则诗歌音乐为精神教育之一要件,此稍有识者所能知也……若中国之词章家,则于国民岂有丝毫之影响耶。③

梁启超强调了诗歌"改造国民品质"、变革社会政治的功利性作用,其中蕴含着明显的启蒙主义意图。而《天喜堂诗话》中对诗歌与国家盛衰关系的上述阐释,也体现了类似主张。唯一不同的是,将晚清"诗界革命论"

---

① 译文:所以,像亚寇马、陶渊明等人,尽管隐居山林,概不出世,其所著诗集仍能撼动世道,支配人心。辩士的唇舌、侠士的刀剑、政客的手腕和诗人的笔端,其产生效果的速度虽不同,但它们造就世界的能力却无异。因此,大宗教家在传教布道前,会先致力于诗歌,以此来移改人心。三国时代佛教徒的乡歌、中国六朝时达摩慧能的偈语,还有《旧约》中的诗歌皆是诗。诗的功用由此可见。参见申采浩:《天喜堂诗话》,《丹斋申采浩全集(第七卷)》,首尔:韩国独立运动史研究所,2008年版,第189页。

② 梁启超:《敬告我同业诸君》,《新民丛报》总第17期,1902年10月2日。

③ 梁启超:《饮冰室诗话》,北京:人民文学出版社,1959年版,第41页。

中诗歌与政治社会的关系进行了颠倒,并以夸张的手法表现出来。

> 中国事事落他人后,惟文学似差可颉颃西域。然长篇之诗,最传诵者,惟杜之《北征》,韩之《南山》,宋人至称为日月争光,然其精深盘郁雄伟博丽之气,尚未足也。古诗《孔雀东南飞》一篇,千七百余字,号称古今第一长篇诗。诗虽奇绝,亦只儿女子语,于世运无影响也。①

> 余虽不能诗,然尝好论诗。以为诗之境界,被千余年来鹦鹉名士占尽矣。虽有佳章佳句,一读之,似在某集中曾相见者,是最可恨也。故今日不作诗则已,若作诗,必为诗界之哥伦布、玛赛郎然后可。②

梁启超从批判传统诗歌的视角切入,在凸显诗歌社会功利性的同时,强调了"诗界革命"的必要性。他认为传统诗歌虽然也有奇绝之作,但"于世运无影响",且"鹦鹉名士"统领诗歌千余年,偶尔见到的名作佳句,却是在之前的文集中见过的,意指诗歌界陈陈相因、抄袭成风的怪现象。同时强调:"非有诗界革命,则诗运殆将绝。"③"诗界革命"首先应重视诗歌内容的改革,其次才是形式和创作技法问题,"革命者,当革其精神,非革其形式。吾党近好言诗界革命,虽然,若以堆积满纸新名词为革命,是又满洲政府变法维新之类也。能以旧风格含新意境,斯可以举革命之实矣"④。

申采浩在《天喜堂诗话》中阐述"诗界革命"之必要性时,也曾对朝鲜半岛传统诗歌进行过猛烈的批判。"纵观我国流行的近世诗歌,大半都是流靡淫荡、败坏风俗之作,关心世道的人正在努力谋求诗歌的改良。"⑤可见,申采浩和梁启超强调"诗界革命"之必要性时的思维理路存在一致性,即通过贬低和批判传统诗歌,凸显诗歌在新历史时期的社会功利性,以强调"诗界革命"的必要性和紧迫性。

---

① 梁启超:《饮冰室诗话》,北京:人民文学出版社,1959年版,第75页。
② 梁启超:《夏威夷游记》,《梁启超全集(二)》,北京:北京出版社,1999年版,第1219页。
③ 梁启超:《夏威夷游记》,《梁启超全集(二)》,北京:北京出版社,1999年版,第1219页。
④ 梁启超:《夏威夷游记》,《梁启超全集(二)》,北京:北京出版社,1999年版,第1219页。
⑤ 原文:余가 近世 我國에 流行하는 詩歌를 觀하건대 太半流靡淫蕩하여 風俗의 腐敗만 釀할지니 世道에 觀心하는 者가 汲汲히 其改良을 謀함이 可하며. 参见申采浩:《天喜堂诗话》,《丹斋申采浩全集(第七卷)》,首尔:韩国独立运动史研究所,2008年版,第189页。

二、"新语句"与口语、俗语的使用

语言革新是"诗界革命"的首要目标,思想启蒙、语言革命和诗体革新三位一体、缺一不可。朝鲜半岛的"诗界革命"理论集中表现在《天喜堂诗话》中,关于本国诗歌的界定问题,申采浩首先强调:

> 客이 漢詩 數首를 攜고 余를 示 句句에 新名詞를 參入야 成지라 其中 滿壑芳菲平等秀/闃林禽鳥自由鳴이라 云 一聯을 指 여 曰: "此兩句 東國詩界 革命이라 可稱라." 고 怡然히 自得의 色이 有거늘 余 曰: "吾子의 用心이 良苦 도다만은 此로 中國詩界의 革命이라 은 可커니와 東國詩界의 革命이라 云은 不可니 盖"東國詩가 하오?"면 "東國語 · 東國文 · 東國音으로 製者가 是오." "東國詩 革命家가 誰오?"면 "東國詩中에 新手眼을 放者가 是라."지어날 今에 子가 漢字詩를 作고 貿然히 自信여 曰:"我가 東國詩界 革命家라"니 抑亦 愚悖이 아닌가.①

不难看出,"东国诗界革命"正是以晚清"诗界革命"为参照而提出的,正是意识到晚清"诗界革命"的存在而联想到本国的诗歌革命问题。同时,申采浩对"东国诗"的范围边界进行了严格的界定,即使用"东国语、东国文、东国音"创作而成的诗歌。申采浩在此特别强调了只有使用韩民族的语言——韩文创作的诗歌,才是真正的"东国诗"。

表面来看,申采浩注重诗歌语言层面的民族性,但这并非意味着对西方因素的排斥。事实上,他对"新语句"也同样持赞赏和提倡的态度。在《天喜堂诗话》中,他曾收录了一篇发表于《大韩每日申报》的诗歌作为范例。

丈夫吟曰:
長劍을 놉히 들고 宇宙間에 徘徊하니

---

① 译文:有人曾携诗数首,展示于我,句句都掺入了新名词,他指着其中一联"满壑芳菲平等秀/闃林禽鸟自由鸣",怡然自得地说:"这两句可称之为东国诗界革命。"而我告诉他:"您用心虽为良苦,但称之为中国诗界革命还可以,万万不可称之为东国诗界革命,若问'什么是东国诗','用东国语、东国文、东国音作成的才是东国诗',若问'谁是东国诗界革命家','用新手法、新眼光对待东国诗的才是东国诗界革命家'。如今,您作汉字诗,贸然自信地说'我是东国诗界革命家',这难道不是一种愚妄悖逆吗?"参见申采浩:《天喜堂诗话》,《丹斋申采浩全集(别集)》,首尔:萤雪出版社,1977年版,第63页。

萬古興亡은 胸中에 歷歷하고 六大部洲는 眼中에 恢恢하다
아마도 丈夫의 得意秋는 이 때인 듯.①

申采浩称此诗为友人赠予,因此将其收录于《天喜堂诗话》中。"徘徊于宇宙间""六大部洲尽收眼底"等语句,体现了诗人对世界的全新认知。其中使用了"宇宙""六大部洲"等传统诗歌中难觅其踪的大量"新语句",说明无论是在中国,还是在朝鲜半岛,当时西方文明的传播、吸收和运用,是顺应时代潮流的共同文化现象。

类似西方引进的"新语句",正是晚清"诗界革命论"所极力倡导并频繁出现的。梁启超在《夏威夷游记》中正式提出了晚清"诗界革命"的基本纲领和目标。

> 故今日不作诗则已,若作诗,必为诗界之哥伦布、玛赛郎然后可。犹欧洲之地力已尽,生产过度,不能不求新地于阿米利加及太平洋沿岸也。欲为诗界之哥伦布、玛赛郎,不可不备三长:第一要新意境,第二要新语句,而又须以古人之风格入之,然后成其为诗。不然,如移木星金星之动物以实美洲,瑰伟则瑰伟矣,其如不类何!若三者具备,则可以为二十世纪支那之诗王矣。②

"新意境""新语句"和"古人之风格"分别着眼于诗歌内容、形式和风格,即所谓的"三长"说。当然,梁启超最重视"新意境",将其列为第一。他所言的"新意境"大体是指欧洲学问、精神和思想相关的新知识、新理想,是有待开拓和扩展的新认知领域。

> 宋明人善以印度之意境语句入诗,有三长具备矣……然此境至今日,又已成旧世界,今欲易之,不可不求之于欧洲。欧洲之意境、语句,甚繁富而玮异,得之可以陵轹千古,涵盖一切,今尚未有其人也……吾虽不能诗,惟新竭力输入欧洲之精神思想,以供来者之诗料,可乎?③

---

① 译文:丈夫吟曰:高举长剑,徘徊于宇宙间;万古兴亡,历历于胸中;六大洲尽收眼底,大丈夫得意之秋莫过于此。参见申采浩:《天喜堂诗话》,《丹斋申采浩全集(别集)》,首尔:萤雪出版社,1977年版,第146页。
② 梁启超:《夏威夷游记》,《梁启超全集(二)》,北京:北京出版社,1999年版,第1220页。
③ 梁启超:《夏威夷游记》,《梁启超全集(二)》,北京:北京出版社,1999年版,第1220页。

梁启超认为,宋人以佛经印度语入诗,在某种程度上达到了"新意境"。但是宋代的"新意境"到了晚清依然成为"旧世界",若要改变这种现状,"不可不求之于欧洲"。因此,"必取泰西文豪之意境之风格,熔铸之以入我诗,然后可为此道开一新天地"①。其熔中铸外、厚今薄古的诗论思想,体现了梁启超不甘落后、救国为民的精神风貌和超前先进的美学理想。

  太息神州不陆浮,浪从星海狎盟鸥。共和风月推君主,代表琴樽唱自由。物我平权皆偶国,天人团体一孤舟。此身归纳知何处,出世无机有化游。读之不觉拍案叫绝。全首皆用日本西书之语句,如共和、代表、自由、平权、团体、归纳、无机诸语,皆是也。吾近好以日本语句入文,见者已诧赞其新异,而西乡乃更以入诗,如天衣无缝,"天人团体一孤舟",亦几于诗人之诗矣。②

从上文可知,梁启超对"新语句"颇有好感,并对"新语句"的准确运用进行了高度评价。他所倡导的"新语句"事实上是欧洲语句或翻译西方书籍的日本语句。无论是"新意境",还是"新语句",都意味着通过西方意境和语句的引入和接受,尝试进行中国传统诗歌的变革。

  梁启超在其创作的作品中,也身体力行地大量使用"新语句"。如《壮别二十六首》中出现的"'文物供新眼,共和感远猷'(其四)、'自由成具体,以太感重洋'(其十六)、'团体相亲下,机缘事扩张'(其十七)"等。还有一些外国人名,如"'天骄长政国,蛮长阁龙洲'(其四)、'变名怜玛志,亡邸想藤寅'(其二十)"中的"长政""阁龙""玛志""藤寅"分别对应"山田长政""哥伦布""玛志尼""吉田松阴"。为了对句的需要,将"哥伦布"译为"阁龙",这是因为日本人将哥伦布翻译为"阁龙"。此外,大量使用新名词的梁启超诗歌,还有著名的《二十世纪太平洋歌》。此诗创作于1900年1月30日,梁启超在其中提出了人类文明经历的三个时代,即"河流文明时代""内海文明时代"和"大洋文明时代",共8节170余句。内容涉及文明发源到当时的世界状况,因此新名词不可避免地大量涌现,如"太平洋""西洋""尾闾""地中海"等意译语汇,"印度""尼罗""姚台""波罗的""阿

---

① 梁启超:《新中国未来记》,《饮冰室合集(第11册)》,北京:中华书局,1989年版,第123页。
② 梁启超:《夏威夷游记》,《梁启超全集(二)》,北京:北京出版社,1999年版,第1220页。

刺伯""古巴""夏威""西伯利亚""巴拿马"等音译词汇。此外,还有"阁龙""伋顿曲""麦寨郎"等人名和"共和""自由"等政治语汇。

对西学采取积极接受姿态的梁启超亡命日本之后,切身感受到西学对"明治维新"以后的日本所产生的影响。因此,他在主张吸收明治新文明的同时,通过日译后的"西学",更加积极地接受西方近代文明,最终成为"新意境"和"新语句"理论诞生的重要驱动因素。在由政治家身份引申而来的对国家社会改革的使命感的感召下,梁启超对亚里士多德以来的西方政治社会思想表现出浓厚兴趣,在其诗歌中歌颂卢梭、孟德斯鸠等伟人的同时,也将美国政治体制、英国功利主义、法国共和主义和德国国家主义视为诗歌的重要素材加以讴歌。西方的哲学思想、自然科学和物质文明等,也成为"新意境"和"新语句"的重要元素来源。"《人境庐集》中有一诗,题为《以莲菊桃杂供一瓶作歌》,半取佛理,又参以西人植物学、化学、生理学说,实足为诗界开一新壁垒。"①梁启超在评论黄遵宪诗作时,也有意阐明了"新意境"的深层含义,将佛教的因果报应、轮回说与进化论和物质不灭论等西方哲学思想相融合,构建了与西方自然科学相结合的独特世界观,在诗歌内容层面达到了崭新的境地。

同样,申采浩承袭梁启超接受西方新文化、新思想和新文明的主张,在《天喜堂诗话》中也提出了自己的观点。

  吾子가 萬一 詩界 革命者가 되고자 할진대 彼 阿羅郎 寧邊卓臺 等 國歌界에 向하여 其 頑陋를 改誦하고 新思想을 輸入할지어다. 如此하여야 婦女가 皆 吾子의 詩를 讀하며 兒童이 皆 吾子의 詩를 革하여 全國의 感情과 風俗이 不變되어 吾子가 詩界 革命家 始祖가 되려니와.②

申采浩强调"新思想"的输入,正是基于其对传统诗歌的批判立场。"纵观我国流行的近世诗歌,大半都是流靡淫荡、败坏风俗之作,关心世道的人正在努力谋求诗歌的改良。"③因此,若要整改顽固鄙陋的传统诗歌,

---

  ① 梁启超:《饮冰室诗话》,北京:人民文学出版社,1959年版,第76页。
  ② 译文:您既然想成为诗界革命者,那就应该着手于阿罗郎、宁边卓台等国歌界,整改顽固鄙陋的部分,输入新思想。如此一来,妇女皆拜读您的诗作,儿童皆学习您的诗作,举国上下情感风气稳定统一,您也自然将成为诗界革命家的始祖。参见申采浩:《天喜堂诗话》,《丹斋申采浩全集(别集)》,首尔:萤雪出版社,1977年版,第63页。
  ③ 申采浩:《天喜堂诗话》,《丹斋申采浩全集(别集)》,首尔:萤雪出版社,1977年版,第56—57页。

进而救亡图存,谋求国家独立和民族解放,就要"输入新思想",进行"诗界革命"。只有让妇女儿童阅读,才能充分发挥诗歌启蒙的效用性。虽然上文并未对"新思想"的具体所指进行进一步阐释,但借用作者所说的"国民知识普及",可将其理解为启蒙国民所需的"知识"和挽救国家于危机之中的"力量"。同时,考虑到近代朝鲜半岛的时代状况和对西方文化的渴求,这里提及的"新思想"必然与西方先进文明有关。

关于诗歌语言,根据启蒙运动的需要,除了单纯的"新语句"引入以外,晚清"诗界革命"还提出了口语和俗语的活用问题。梁启超在追求文学语言通俗化的同时,主张应在诗歌中灵活运用口语或俗语。在评价丘逢甲的诗时,他曾表示:"其《己亥秋感八首》之一云:'遗偈争传黄檗禅,荒唐说饼更青田。戴鳌岂应迁都兆?逐鹿休讹厄运年。心痛上阳真画地,眼惊太白果经天。只忧谶纬非虚语,落日西风意惘然。'盖以民间流行最俗最不经之语入诗,而能雅驯温厚乃尔,得不谓诗界革命一巨子耶?"①这种评价使诗歌语言脱离于雅俗的藩篱,积极使用口语和俗语,能够使启蒙对象更加容易接触和理解诗歌。关于诗歌语言的这种通俗化理论主张,对后来的革命派诗歌理论产生了影响,其余波甚至一直延续至"五四"新文学运动。

梁启超在《新小说》第 7 期的《小说丛话》中曾强调:

> 文学之进化有一大关键,即由古语之文学,变为俗语之文学是也。各国文学史之开展,靡不循此轨道。中国先秦之文,殆皆用俗语,观《公羊传》《楚辞》《墨子》《庄子》,其间各国方言错出者不少,可为佐证……苟欲思想之普及,则此体非徒小说家当采用而已,凡百文章,莫不有然。②

梁启超认为由"古语之文学"向"俗语之文学"的转换,是文学发展的必然趋势。这并非仅仅适用于小说,诗歌中大量俗语的运用,也是不可阻挡的文学演变规律。

事实上,长期以来中国文人对于"俗"字大体持否定态度。这与支配阶层的认识水平存在密切关联,在他们眼里,百姓只是被支配的对象,他们

---

① 梁启超:《饮冰室诗话》,北京:人民文学出版社,1959 年版,第 76 页。
② 梁启超:《小说丛话》,《新小说》1903 年 5 月第 7 期。

越无知就越容易被控制。这种传统的愚民观曾长期存续,"俗"就自然带有了否定意义。但是,维新派人士认识到,国家的强盛取决于国民智力水平的提高,"开民智"由此成为时代课题。而"开民智"的首要前提是语言的通俗化,唯有如此才能在普通民众中普及知识,实现与"开民智"相向而行的"伸民权"的政治改革目标。

此外,梁启超也曾提出在学校校歌的改良中,推行俗语和口语的问题。

欧美小学唱歌,其文浅易于读本。日本改良唱歌,大都通用俗语。童稚习之,浅而有味。今吾国之所谓学校唱歌,其文之高深,十倍于读本。甚有一字一句,即用数十行讲义,而幼稚仍不知者。以是教幼稚,其何能达唱歌之目的?谨广告海内诗人之欲改良是举者,请以他国小学唱歌为标本,然后以最浅之文字,存以深意,发为文章。与其文也宁俗,与其曲也宁直,与其填砌也宁自然,与其高古也宁流利。①

梁启超认为欧美校歌"浅易于读本",日本则改良之后"大都通用俗语",因此都"浅而有味"。而反观中国的校歌,行文"高深"且冗长,其后果为"幼稚仍不知",自然达不到唱歌之目的。因此他呼吁"以他国小学唱歌为标本",以最浅显的文字架构校歌,达到"俗""直""自然""流利"的目的。

申采浩也从同一思维视角切入,在"东国诗界革命论"中对于诗歌的口语和俗语使用问题,提出了自己的观点,在批判"学校用歌"晦涩难解现象的同时,强调应该重视校歌在普及知识中的重要作用。

詩歌는 人의 感情을 陶融함으로 目的하나니 宜乎 國字를 多用하고 國語로 成句하여 婦人 幼兒도 一讀에 皆曉하도록 注意하여야 國民 知識普及에 效力이 乃有할 지어늘 近日에 各學校用歌를 聞한즉 漢字를 難用함이 太多하여 唱하는 學童이 其趣味를 不悟하며 聽하는 行人이 其 語意를 不知하니 是가 何等 效益이 有하리오. 是亦 教育界의 缺點이라 可云할지로다. 一友人이 일찍 其 著한바 愛國吟 丈夫吟 各一首를 余에 誦傳하는데 國語로 爲主하고 漢字는 若干 助

---

① 梁启超:《饮冰室诗话》,北京:人民文学出版社,1959年版,第77—78页。

入하여 老嫗도 可解라. 余 此를 愛하여 左에 錄하노라.①

在此,申采浩强调只有使用韩文进行诗歌的创作,才能使妇女和儿童都可以轻松阅读,国民知识的普及也才有可能。同时他认为学校的校歌中使用过多烦琐的汉字,学生们难解其意,因此必须使用国语和国字。事实上,朝鲜半岛门户开放以后,西方文化袭来,尤其在主张男女平等的基督教思想的影响下,启蒙女性、提高其社会地位的文化运动积极展开。为了更广范围内的妇女儿童以及一般大众的思想启蒙,使用韩文的重要性被一再提及。申采浩所说的"国语"和"国字"基本上可视为日常用语和俗语,相较于佶屈聱牙的汉文,对识字率较低的妇女儿童来说更易解读。因此,在口语和俗语的运用上,可以说《天喜堂诗话》与《饮冰室诗话》所持的观点是一致的。

与此同时,为了提倡诗歌创作中的口语和俗语运用,申采浩还以友人赠予的《爱国吟》和《丈夫吟》为例,倡导国语的使用。在《天喜堂诗话》中,他曾说:"一友人之前赠送我其创作的《爱国吟》和《丈夫吟》各一首,这两首都以国语为主,汉字为辅。老妪读之可解,我非常喜欢这两首诗,特将其转录于左。"申采浩强调使用韩文进行诗歌创作,将《大韩每日申报》上刊载的上述诗歌作为范例,收录于其创作的《天喜堂诗话》中。上述两首诗中,几乎难觅汉字,"国家""爱情""身体"等语汇均使用韩文固有词表达,体现了其重视本民族文字(韩文)的民族自主意识和主体思想。

申采浩在《天喜堂诗话》全文中,将与诗歌相关的"韩文"称为"国文",将"国诗"界定为使用国文口语而非汉文创作的诗歌,体现了其从中世共同书面语文学时代脱离,进而步入"民族语文学时代"的进化理念。同时,他将梁启超坚持传统诗歌样式的思想变用为"东国语、东国文、东国音"的主张,这种内容上的取舍和变化,体现了当时开化期知识文人在接受梁启超影响时所采取的自主态度。②

---

① 译文:诗歌应以陶冶教化人心为目的,所以应当注意成句宜多用国语国字,使妇人幼儿都一读便懂,这样才能发挥国民知识普及之效力。然而,近来听闻各学校所用诗歌中烦琐汉字过多,使吟诗学童不明其味,听诗看客不知其意,这样怎能发挥效果呢? 是可谓教育界的一大缺憾。一友人之前赠送我其创作的《爱国吟》和《丈夫吟》各一首,这两首都以国语为主,汉字为辅。老妪读之可解,我非常喜欢这两首诗,特将其转录于左。参见申采浩:《天喜堂诗话》,《丹斋申采浩全集(别集)》,首尔:萤雪出版社,1977年版,第63页。
② 牛林杰:《韩国开化期文学与梁启超》,首尔:博而精图书出版社,2002年版,第114页。

三、"旧风格"与对传统诗歌的新认识

梁启超在"诗界革命论"中虽然没有对"风格"的具体定义进行详细的理论界定,但是从杂志中收录的梁启超符合"诗界革命论"的诗歌及其对相关诗歌的评论中,可以发现较多其关于"风格"的主张。

  读其诗,则宋人风格中之最高尚者。俊伟激越,芳馨悱恻,三复之不忍去也。①
  四诗皆寄托遥深,风格遒劲,吾尤爱其第三章,天性之言,纯肖少陵也。②
  月来得海内外贻书以诗挽公度先生者颇多,其最佳为何翔高外部六绝句,情文沈郁风格遒绝。③

综合以上可以发现,梁启超十分重视对中国诗歌传统的继承,他所讨论的风格可概括为"俊伟激越""芳馨悱恻""遒劲""沈郁""遒绝",这是宋诗中最突出之处,可以概括为"古人之风格"。梁启超诗未能摆脱古风的影响,仍恪守着传统的诗性美学。

事实上,梁启超对"旧风格"的执着早在《夏威夷游记》中就有所体现。

  时彦中能为诗人之诗,而锐意欲造新国者,莫如黄公度。其集中有《今别离》四首,及《吴太夫人寿诗》等,皆纯以欧洲意境行之,然新语句尚少,盖由新语句与古风格常相背驰。公度重风格者,故勉避之也,夏穗卿、谭复生,皆善选新语句。④

梁启超对黄遵宪以旧风格表现新意境的创作姿态给予了肯定性评价;同时,也对"新语句尚少"表示遗憾,其理由可能是"新语句与古风格常相背驰"。这说明梁启超已经对"新语句"与"旧风格"之间的矛盾关系有了深刻认识,并基于这种认识,在《饮冰室诗话》中主张新意境"须以古人之风格入之"。这虽然是由重视"旧风格"而导出的结论性话语,但同时也是

---

① 梁启超:《饮冰室诗话》,北京:人民文学出版社,1959年版,第100页。
② 梁启超:《饮冰室诗话》,北京:人民文学出版社,1959年版,第107页。
③ 梁启超:《饮冰室诗话》,北京:人民文学出版社,1959年版,第116页。
④ 梁启超:《饮冰室诗话》,北京:人民文学出版社,1959年版,第12页。

在"诗界革命论"提出之前,"新语句"的滥用导致新诗发展遭受挫折的历史经验的产物。

中国古典诗歌具有严格的韵律要求,这种韵律性特征使诗歌具备了一定的固有风格,如四言简朴,歌行纵放等。而"梁启超所说的'风格'又不限于此,它还包括中国古典诗歌整体所含有的独特韵味。这种与其他民族诗歌相区别的韵味,是由中国诗歌语言的多义性造成的……而诗歌中如果出现过多表述新事物的外来'新名词',这些确切实在的词语势必限制了人们习惯的联想思路和范围,破坏了由特定词语搭配所构成的意义场,结果形式空存,韵味全失"①。梁启超之所以重视"旧风格",在很大程度上是为了坚守中国传统诗歌特有的创作规范,其在传统审美观的制约和古典诗歌形式规范潜在艺术魅力的合力作用下,更加重视"旧风格"。后来梁启超总结这一时期的内心矛盾时曾表示:"其保守性与进取性常交战于胸中",表达了无法彻底脱离传统的遗憾心理。

关于诗歌形式,申采浩也在《天喜堂诗话》中进行了独到的分析,他将本国传统诗歌体裁视为"国诗"的典范。鉴于朝鲜半岛历史上长期借用汉字进行文学创作的文化传统,为树立本国文学的自主性和主体意识,他主张排斥在朝鲜半岛诗歌中占据重要地位的汉诗,侧重"国诗"地位的确立。

> 帝國新聞에 일찍 國字韻(날발갈, 닝징싱等)을 懸하고 國文七字詩를 購賞하였으니 此 七字詩도 或 一種 新國詩體가 될까. 日 否라 不可하다. 英國詩는 英國詩의 音節이 自有하며 俄國詩는 俄國詩의 音節이 自有하며 其他 各國詩가 皆然하나니 萬一 甲國의 詩로 乙國을 音節을 效하면 是는 鶴膝을 鳧脚으로 換하며 狗尾를 黃貂로 續함이니 其 孰長孰短 孰善孰惡은 姑舍하고 狀態의 不類가 어찌 可笑치 아니리오. 試하여 此 國文七字詩를 一讀하라. 其 艱澀함이 果然 何如하뇨. 且 堂堂 獨立한 國詩가 自有하거늘 何必 中國律體를 依倣하여 龍鍾崎嶇의 態를 作하리오. 又或 近日 各學校에서 日本音節을 效하여 十一字歌를 製하는 者가 間有하니 此亦 國文七字詩를 製하

---

① 夏晓虹:《觉世与传世——梁启超的文学道路》,北京:中华书局,2006年版,第155—156页。

는 類인지.①

申采浩认为必须固守"国诗"的独特音律,每个国家都有各自独特的诗歌韵律规则,应严格遵守,不能行驴唇对马嘴之事。国文七字诗之所以不能称之为"国诗",原因在于它是一种畸形的诗歌样式。虽然构成诗歌的语言是韩文,但是诗体却是完全借用汉诗的七言绝句或律诗的样式,只是将语言载体由汉字改为韩文而已。

申采浩对汉诗以及模仿汉诗的创作行为持否定态度,认为这种创作模式是"续凫断鹤""狗尾续貂",站在民族主义的立场上严格区分汉诗与"国诗"。因此,这种主张可以视为具有文学救国意识的申采浩民族意识作用的产物。在完全否定汉诗的基础上,将本国传统诗歌体裁——时调确立为"国诗"的典范,这种思想值得注意。在传统审美观念的制约和传统诗歌形式规范潜在艺术魅力的影响下,梁启超发现无法对数千年流传下来的中国诗歌的美学特质熟视无睹,可以在传统诗歌的风格中,寻找某种美学资源,即所谓的"古人之风格"。而《天喜堂诗话》排斥了占朝鲜半岛传统诗歌半壁江山的汉诗,基本切断了前代诗歌美学源泉的传承脉络,将重点放在了符合启蒙主义的"国诗"上,对于美学和风格的思考彻底让位于功利性和效用性的强调。崇尚汉文是埋没国粹、摒弃国魂、陷入奴隶根性而不能自拔的行为,这种认识根植于近代民族主义,对传统文学体裁的这种观点正体现了申采浩着眼于近代朝鲜半岛的具体国情对梁启超文学思想的灵活运用。

申采浩在《天喜堂诗话》中介绍了崔莹的《乌鸦迎雨雪》、郑圃隐的《丹心歌》、金节斋的《朔风歌》、南将军的《长剑曲》、退溪的《雷霆破山》、金裕器的《春风桃李花》、尹善道的《去松间石室》等,强调它们是真正的"国诗"。事实上,这些全部为古代时调形式的作品。由此可见,申采浩所强调的最具"国诗"形态和特征的诗歌形式,就是以"东国语、东国文、东国音"

---

① 译文:《帝国新闻》早前一直鼓励和提倡国字韵,进行国文七字诗的征文活动,那么这种七字诗是否能够成为某种新国体诗? 我的回答是否定的。英国诗有英国诗的音节,俄国诗有俄国诗的音节,其他各国皆是如此。若真有甲国诗效仿乙国的音节,此举可谓续凫断鹤、狗尾续貂。姑且不论孰长孰短、孰善孰恶,其状态的不伦不类,令人好生可笑。试读这国文七字诗,果然晦涩难懂。况且自有堂堂独立的国诗,为何非要依傍中国律体,作龙钟崎岖之态? 最近还听闻有学校效仿日本音节,作十一字歌,此亦与作国文七字诗无异。参见申采浩:《天喜堂诗话》,《丹斋申采浩全集(别集)》,首尔:萤雪出版社,1977 年版,第 120 页。

为语言载体创作的时调作品。"时调之所以被指定为'国诗',是因为其作为与中国律体不同的民族诗体形态在具有自主性的同时,也与歌辞、唱歌等不同,具有悠久的历史,在激发人们关于民族起源的想象方面具备了深厚的传统性。"①时调带有浓郁的民族色彩,反映了朝鲜半岛固有的美学意识,可称为代表朝鲜半岛诗学传统的文学体裁。

梁启超固守"旧风格",申采浩排斥传统汉诗,表面来看两者的诗学思想似乎存在对立之处,但仔细分析便可发现,申采浩在排斥汉诗的基础上,将传统的"时调"界定为"国诗"的典范。他排斥的只是汉字的使用,而非一切诗歌传统,这也体现了申采浩在接受梁启超影响时所经历的文化阵痛:一方面,借鉴梁启超固守"旧风格"的思维模式;另一方面,又不得不在民族危机的时代语境下,与传统的汉文化诀别,放弃长期以来一直使用的汉字,树立本民族传统诗歌文学的独特样式。

梁启超对启蒙主义诗歌观的追求,直接体现在"新体诗"即"歌体诗"的发展中。其在介绍黄遵宪《出军歌》四首时曾表示:"中国人无尚武精神,其原因甚多,而音乐靡曼亦其一端。"②强调音乐的社会效应,同时他还将中国明代以前的诗乐的结合状况与西方进行比较。

> 盖欲改造国民之质量,则诗歌音乐为精神教育之一要件,此稍有识者所能知也……若中国之词章家,则于国民岂有丝毫之影响耶? 推原其故,不得不谓诗与乐分之所致也。③

梁启超强调诗歌与音乐的结合在思想启蒙中的重要地位,因此他尤其欣赏黄遵宪的新体诗,后直接模仿创作了新体诗《爱国歌》④。正是由于敏锐地意识到通过文学进行国民性改造和启蒙的大前提下诗歌和音乐结合的必要性,梁启超在《饮冰室诗话》中大力鼓吹"新体诗"的创作。得益于此,通俗性的歌体诗开始盛行于文界,也成为晚清"诗界革命"中诗歌形式

---

① Kook Yoon-Ju:《1900 年代诗歌理论与时调的再认识》,《时调学论丛》2010 年第 32 期。
② 梁启超:《饮冰室诗话》,北京:人民文学出版社,1959 年版,第 42 页。
③ 梁启超:《饮冰室诗话》,北京:人民文学出版社,1959 年版,第 59 页。
④ 《爱国歌》其一:泱泱哉我中华! 最大洲中最大国,廿二行省为一家。物产腴沃甲大地,天府雄国言非夸。君不见英日区区三岛尚崛起,况乃堂矞我中华! 结我团体,振我精神,二十世纪新世界,雄飞宇内畴与伦。可爱哉我国民! 可爱哉我国民。参见梁启超:《饮冰室诗话》,北京:人民文学出版社,1959 年版,第 96 页。

改革的重要指导思想。

同样,申采浩对诗歌与音乐结合的论述在很大程度上承袭了梁启超的观点。他在《天喜堂诗话》中提及的"阿罗郎""宁边卓台"正是传统杂歌和民谣,主张在其中融入新思想,使诗歌与音乐相结合。国家和民众的引领者是上流知识阶层,他们通过创作适合于国民启蒙的诗歌,发挥先觉者即启蒙主体的作用。

> 古代에는 儒賢長者가 皆 國詩와 鄕歌를 喜하여 典重活潑한 著作이 多하며 又 花朝月夕 朋儕會集의 際에 往往 長吟短唱으로 遣興하여 其 風流를 可想인데 邇來 百餘年間은 此一道가 但只 蕩子淫妓에 歸할 뿐이오. 萬一 上等 社會 調修하는 士子이면 國詩 一句를 能 製치 못하며 鄕歌 一節을 解吟치 못하므로 詩歌는 愈愈히 淫靡의 方에 墮하고 人士는 愈愈히 愉快의 道가 絶하니 國民萎敗의 故가 비록 多端하니 此도 또한 一端이 될진저.①

古代的"儒贤长者"都欣赏国诗和乡歌,而现今的上流知识文人却连一句国诗、一节乡歌都不会,它们逐渐沦为荡者或妓女的文字游戏。申采浩在对此种现象进行强烈批判的基础上,将时调、乡歌、民谣和杂歌等国文诗歌界定为民族语文学,认为其在悠久的文化传统中,作为国文音乐形式一直流传下来。这体现了申采浩对本国传统文学形式的主体性认知。事实上这正与李氏朝鲜知识文人们的主体认识一脉相承。

> 人心之發於口者,爲言。言之有節奏者,爲歌詩文賦。四方之言雖不同,苟有能言者,各因其言而節奏之,則皆足以動天地,通鬼神,不獨中華也。今我國詩文,捨其言而學他國之言,設令十分相似,只是鸚鵡之人言,而閭巷間樵童汲婦咿啞而相和者,雖曰鄙俚,若論眞贗,則固不可與學士大夫所謂詩賦者同日而論。②

---

① 译文:古代的儒贤长者皆推崇国诗乡歌,典雅庄重而生动活泼的作品频出。当花好月圆、朋友集会之际,往往长吟短唱,抒发情怀,其风流可想而知;而近百余年间,却将其归属于荡子淫妓所属。若上等社会的士子,连国诗都不能作一句,乡歌亦不能吟一节,那么诗歌势必渐渐堕向淫靡,人们也就逐渐失去愉悦之道。国民萎败之缘由虽多,这确也是其中之一。参见申采浩:《天喜堂诗话》,《丹斋申采浩全集(别集)》,首尔:萤雪出版社,1977年版,第76页。

② 金万重著,洪仁表译注:《西浦漫笔》,首尔:一志社,1987年版,第388—389页。

金万重在评价《关东别曲》《思美人曲》和《续美人曲》时,也凸显了朝鲜半岛传统曲调的独特性和重要性,主张"以本国语言倡导民族语文学"①。他认为摒弃本国语言而使用他国语言进行诗文创作,即便在形式上非常相似,也只不过是"鹦鹉之人言"。这与无视传统曲调、借用中国诗文格律创作韩文七字诗或韩文十一字歌的行为,出于同一思维逻辑。他否定汉诗或借用汉诗格律的"国诗",正是基于对本国传统曲调重要性的认识。

> 往者에 雪岡이 風騷續選 一券을 寄送한 此를 開讀한즉 是 本朝以來 帝王·將相·名儒·達士의 詩歌를 載힛더라. 其 名이 旣是 續選인즉 其 前篇이 必有할지며 是篇이 又是 本朝 初葉으로 爲始하엿 슨즉 其 前篇이 必是할지며 三國 勝朝時代를 錄하엿슬지니 然則 其 中 或 愚溫達·乙支文德 諸公의 出軍歌도 載有할지며 又或 陽山歌(新羅人이 名將 韻蓮의 戰死를 慰한 歌) 會蘇歌(新羅人의 勸農歌) 等도 載有할지라. 此書가 若出하면 我國詩界에 一大紀念이 될 뿐더러 又 古史의 缺文을 補할 者가 甚多하리니 엇지 余의 夢寐渴求하는 바아니리오만은 雪岡家의 所存은 只是 此 續篇뿐이라 하며 又 其他 藏書家들은 凡 一般셔籍을 忠州ㅅ잘은고비의 錢米를 吝惜함과 如하니 何處에 從하야 此를 得見하리오.②

在上述引文中,申采浩提到的《风骚续选》应该是某部时调集,其中记载了李氏朝鲜帝王名士的众多诗歌,再加上被命名为"续选",因此有理由推断还存在一本名为《风骚选》的纯国语诗集,其中应该有《出军歌》《阳山歌》和《会苏歌》等诗歌。面对《风骚选》的流失隐灭,申采浩扼腕叹息,背后的原因可以归结为他对国文诗歌的执着和推崇。值得注意的是,"风骚"一般指中国传统汉诗,但引文中的"风骚"却指代国文诗,且其内容类似于《大同风谣》。

---

① 金柱贤:《〈天喜堂诗话〉的性质和地位》,《语文学》总第91期,2006年。
② 译文:之前雪冈寄来一本《风骚续选》,开卷发现其中记载的是本朝以来帝王、将相、名儒、达士们的诗歌。其名既为续选,则定有前篇。此篇又是以本朝初叶为始,那么其前篇记录的必是三国既往朝代。其中可能记载了愚温达、乙支文德诸公之出军歌,还可能有阳山歌(新罗人抚慰战死沙场的名将韵莲而作的诗歌)、会苏歌(新罗人的劝农歌)等。此书若面世,不仅将成为我国诗界一大纪念,而且能够大大弥补缺失的古史,这当然是我梦寐以求之事。但雪冈家藏只有续篇,其他藏书家如吝啬钱米一般珍视此书,从何处才能得以一见呢? 参见申采浩:《天喜堂诗话》,《丹斋申采浩全集(别集)》,首尔:萤雪出版社,1977年版,第123页。

综上所述,梁启超立足于启蒙主义诗歌观念,提出"新体诗"即"歌体诗"的新形式。申采浩在对此进行吸收和借鉴的基础上,立足于对传统曲调的主体性认知,高度评价了时调、乡歌、民谣、杂歌等韩文构成的民间文学形式。两者都站在救亡图存的启蒙主义立场,强调"诗乐结合"的社会功利性主张。

四、西方思想的接受与爱国精神的鼓吹

晚清"诗界革命论"是一个涵盖诗歌内容、形式和风格的完整理论体系。梁启超提出的"三长"说之中的"新意境"和"新语句",体现了晚清"诗界革命"积极取法西方、接受西学思想的内在要求。梁启超曾说:"欧洲之意境、语句,甚繁富而玮异,得之可以陵轹千古,涵盖一切。"①同时表示要全力输入欧洲之精神思想,为后人提供诗歌创作素材和资料。无论是"新意境"还是"新语句",都代表着西方的物质文明和精神思想。尤其"欧洲之意境"既意味着欧洲新的政治、社会和学术思想以及自然科学方面的近现代成果,也包含中国现代化转型所必需的西方精神和思想。

如果说"三长"说的重点在于对外国思想文化的接受,那么《饮冰室诗话》的重点则在于"新意境"。"三长"说之中,"新意境"置于首位,说明梁启超相对重视诗歌内容的变革。这正好呼应了"然革命者,当革其精神,非革其形式"的观点。《饮冰室诗话》对西方精神文明和政治文明的接受与传播,可视为最好的佐证,如对平等、自由、民主意识的宣扬,直接体现了对西方思想的接受。《饮冰室诗话》中提出的"新意境",主要是指作者对当时现实和历史的全新认识所产生的主题意识、诗歌内容以及由此产生的新诗意形象。当然,这种创造"新意境"的全新认识,是以学习西方思想和了解中国以外的西方世界为基础而形成的。可以说,与《夏威夷游记》中重视的"新语句"有着密切关联的"欧洲意境"相比,其意义领域有所扩大。事实上,无论是对"新意境"的强调,还是对西方先进文明和思想文化的接受,其背后隐藏的是诗歌与政治、社会的相关性,而非诗歌艺术本身,强调的是诗歌的社会功利性和启蒙主义的效用性。

基于同一思维理路,申采浩也在《天喜堂诗话》中主张通过诗歌变革,接受西方新思想和先进文明。"既然想成为诗界革命者,那就应该着手于

---

① 梁启超:《夏威夷游记》,《饮冰室合集(第7册)》,北京:中华书局,1989年版,第186页。

阿罗郎、宁边卓台等国歌界,整改顽固鄙陋的部分,输入新思想。"①"阿罗郎""宁边卓台"等被称为朝鲜半岛的国歌,若要成为诗界的革命者,就要整治国歌中的顽疾,代之以新思想。由此,通过国歌改革,就能发挥以国民为对象的启蒙效用。上述引文虽然没有明确指出诗歌内容的具体所指及其范围,但结合近代转换期朝鲜半岛所处的时代状况和历史语境可知,引文中提及的"新思想",必定与西方先进文明相关。这与梁启超提出的接受西方思想的"新意境"存在相通之处。虽然申采浩在"东国诗界革命论"中并未提及"新意境",但有一点是肯定的,即在晚清"诗界革命"的影响下,"东国诗界革命"开展过程中,申采浩在意识到世界文学变化大趋势的前提下,接受梁启超关于诗歌创作要顺应近代社会发展需要、融入新内容的主张,并将其视为朝鲜半岛"国诗"发展的异域参照。

梁启超提出的"新意境"还包含爱国思想。爱国思想几乎贯穿梁启超的所有著述,在"新意境"中,爱国思想也是重要内容之一。

> 往见黄公度《出军歌》四章,读之狂喜……其精神之雄壮活泼沉浑深远不必论,即文藻亦二千年所未有也,世界革命之能事至斯而极矣。吾为一言以蔽之曰:读此诗而不起舞者必非男子。②
> 南海有《登万里长城》一诗……读之尚武精神油然而生焉,甚矣,地理之感人深也。③

《饮冰室诗话》主要通过"爱国忧民"和"尚武精神"表现爱国启蒙思想。梁启超认为提高国民尚武精神的诗歌创作,是国民思想启蒙的重要手段;强调诗歌中须蕴含尚武精神,这与国家命运直接相关,尚武精神是近代中国人必须具备的重要思想意识。其最终目的在于使国民觉醒进而直面中国当时所面临的窘境。而事实上,尚武精神也是最能引起遭受外部势力侵略的中国人共鸣的重要内容。

在梁启超自己创作的《爱国歌》中,前半部分热情赞扬了中国的伟大,后半部分则唱出了对祖国雄起的坚定信心和对中华民族的热爱。后黄遵宪继续编写《幼稚园上学歌》和《小学校学生相和歌》寄给梁启超,主要内

---

① 申采浩:《天喜堂诗话》,《丹斋申采浩全集(别集)》,首尔:萤雪出版社,1977年版,第63页。
② 梁启超:《饮冰室诗话》,北京:人民文学出版社,1959年版,第44页。
③ 梁启超:《饮冰室诗话》,北京:人民文学出版社,1959年版,第45页。

容是唤醒小学生们的民族意识,鼓舞其民族斗志。在"文学救国"的精神基础之上,爱国忧民和尚武精神等爱国思想占据了晚清"诗界革命"的较大比重。

遵循同一思路,申采浩也在"东国诗界革命论"中,强调和鼓吹了尚武精神。

> 漢詩는 漢文과 共히 我國에 輸入하여 一種 文學을 成한 者라. ……許多 詩學士가 輩出하였으나 皆 李 杜 韓 蘇의 唾餘를 拾하여 戰事를 悲觀하고 苟安을 謳歌하여 事大主義만 鼓吹할 뿐이오. 能히 眼光을 大方하여 東國 尚武의 精神을 發揮한 者 無하니 嗚呼라. 外語 外文의 國魂을 移奪할 魔力이 果然 如此한지 余가 勝朝及本朝 千餘年間 漢詩家 人物을 歷數하매 欷歔를 不堪하는 바로라.①

申采浩对完全模仿中国诗学的行为进行了批判,对苟安意识和"事大主义"思想嗤之以鼻,同时指出应该在传统诗歌中融入新思想并充分发挥"国诗"的作用,弘扬民族的尚武精神。

《天喜堂诗话》摒弃了以往诗歌中颓废的个人情绪,试图将当时社会所要求的民族和国家变得强大的精神需求融入诗中,即所谓的爱国意识和尚武精神。

> 虎頭將軍 崔瑩氏가 累次 日本等外寇를 麈退하고 其 百戰百勝의 餘威를 席하여……時運이 不幸하여 大志를 未成하고 反히 刑戮에 就함에 至今까지 將軍의 事를 談하는 者 慷慨의 淚를 不灑하는 者 無하니라. 頃者에 一友人이 將軍의 詩 二首를 錄送하였는데 其 語가 莊潔하고 其 調가 激烈하고 其 意가 雄渾하여 足히 將軍의 人格을 想像할러라.②

---

① 译文:汉诗随汉文一同输入我国,成为一种文学形式……之后诗学名家辈出,可都只拾李、杜、韩、苏之牙慧,对战事持悲观态度,对苟安行为则竭力讴歌,鼓吹事大主义。呜呼,根本就没有眼光高远、发扬东国尚武精神之人。外语外文改变国魂的魔力果真如此,历数前朝本代千余年间的汉诗家,我不禁唏嘘慨叹不已。参见申采浩:《天喜堂诗话》,《丹斋申采浩全集(别集)》,首尔:萤雪出版社,1977年版,第123页。

② 译文:虎头将军崔莹多次击退日本等外寇,乘其百战百胜之余威……然而时运不幸,大志未成,反遭刑戮。至今谈起将军之事,无不慨叹落泪。最近,友人誊抄将军诗二首赠送于我,其诗语庄重高洁,语调激烈,意旨雄浑,凭此足以想象将军的人格。参见申采浩:《天喜堂诗话》,《丹斋申采浩全集(第七卷)》,首尔:韩国独立运动史研究所,2008年版,第129页。

《天喜堂诗话》开篇就写了民族英雄崔莹将军的英雄事迹,虽然并未对诗歌与尚武精神之间的关系进行直接阐述,但称崔莹为"虎头将军",足见申采浩对英雄的渴望和对民族意识的召唤。同时,《天喜堂诗话》将崔莹描写为抗击日本的大英雄,收录其两篇饱含爱国精神的诗作。两篇诗作均是描写崔莹对君王一片丹心的忠贞气节,体现了强烈的爱国思想和忠君意识。《天喜堂诗话》中之所以强调爱国精神,是因为诗歌与国家存在密切关联,在诗歌中融入爱国精神,即是以挽救国家于危机之中的爱国启蒙运动为目的的。

> 西河先生 林椿은 前朝에 大詩人이라. 蒙古亂後에 國恥를 雪코자 하여 海內에 奔走하면서 時調·雜歌·漢詩 等을 作하여 倦倦히 一禿筆로 國魂을 叫하며 民氣를 鼓하나 時勢가 不利하여 마침내 孤憤을 抱하고 道塗에서 老死함에 至今까지 論者가 其志를 悲하는 바라. 然이나 先生의 死後에 遺音을 繼한 者가 無하고 又 其 文集이 兵火에 泯沒하야 一葉도 傳後되지 못하였으니 嗚呼라 엇지 可惜치 아닌가. 余가 일즉 先生으로써 伊太利 詩人 단떼에게 比하나 然이나 단떼는 其 一寸의 筆下에 能히 瑪志尼를 産出하여 舊羅馬의 榮光을 挽回하였거늘 先生은 死後 六七百年에 國은 依舊히 弱하고 民은 依舊히 劣하니 先生의 目이 將且 地下에서 不瞑할진저.①

申采浩将林椿比肩于但丁,指出虽然但丁的笔下诞生了玛志尼,挽回了古罗马的荣光,而林椿的诗歌却后继无人,仍高度评价其为"前朝大诗人"。申采浩之所以如此抬高林椿的地位,主要是因为他为雪国耻而奔走海内外,创作了大量挽救国族危亡的表达忧国衷情的时调、杂歌、汉诗等,并不遗余力地高呼国魂,振奋民心。据此,申采浩尤其强调了诗人在思想启蒙和民族解放中的地位和作用,即他将诗歌和诗人视为克服国难和启蒙救国的重要手段,在其发表的相关诗作中,也直接鼓吹了民族主义的爱国思想和尚武精神。《天喜堂诗话》的发表,正值日本强化侵吞朝鲜半岛步

---

① 译文:西河先生林椿是前朝大诗人。蒙古乱后,为一雪国耻,他四处奔走,创作时调、杂歌、汉诗等,不遗余力地高呼国魂,振奋民心,但时势不利,最终满怀愤慨,老死道途,论者至今仍哀痛其志。然而先生死后,无人承其遗志,其文集又泯灭于战火之中,一页都未能流传下来。唉,何其可惜!我曾将先生与意大利诗人但丁作比,但丁的一寸之笔能够使玛志尼现世,挽回旧罗马的昔日荣光;然而,林椿先生死后六七百年,国势贫弱依旧,人民顽劣如前,先生在地下恐怕也难以瞑目。参见申采浩:《天喜堂诗话》,《丹斋申采浩全集(第七卷)》,首尔:韩国独立运动史研究所,2008年版,第122页。

伐之时,申采浩将诗歌视为挽救国族危亡、进行民众启蒙的重要工具,这与梁启超的功利主义诗歌观一脉相承。

梁启超曾在《新罗马传奇》中,借但丁之口,宣扬共克时艰、同仇敌忾的救国救民意识。"念及立国根本,在振国民精神,因此著了几部小说传奇,佐以许多诗词歌曲,庶几市衢传诵,妇孺知闻,将来民气渐伸,或者国耻可雪。"①如果说申采浩在《天喜堂诗话》中抱憾林椿未能成为朝鲜的但丁,那么梁启超在《新罗马传奇》中则凸显了其欲成为"中国的但丁"的强烈意愿。

申采浩在《天喜堂诗话》中通过批判历史上曾盛行朝鲜半岛的汉诗,强调对诗歌内容进行符合时代特征的革新。

又 幾百年 以來로 漢詩가 一般 社會間에 盛行하였으나 亦皆 此等語 此等意뿐이 아닌가. 落花芳草는 그 心境이며 歎窮嗟卑는 其趣旨며 對酒當歌 人生幾何는 其 情懷며 無可奈何 不如歸去는 其普通用語요. 此外에는 他境이 無하며 此外에는 他情이 無하니 此로 社會의 公德을 陶鑄할까 必不能이며 此로 軍國民의 感情을 製造할까 必不能이로다. ⋯⋯ 噫라. 外面으로 詩가 我國이 莫盛하다 할지나 內容을 察하면 我國의 詩가 亡한 지 已久라 할지라. 詩가 亡하였거니 國民의 思想이 何由로 高尚하며 國民의 精神이 何由로 結合하리오. 故로 我國 今日 現狀은 彼等 非詩의 詩로 此를 致하였다 함도 亦可하도다 切望하노니 今日 國家 前途에 留意하는 志士여 不可不 詩道를 振興함에 留意할지니라.②

申采浩批判了对汉诗功利性认识不足的问题,"我国诗歌其势莫盛"是因为"消亡已久",由此不禁慨叹"国民思想何以高尚?国民精神何以凝聚?"而诗道振兴的前提是通过"诗界革命",提升社会公德心,培养"军国民"的爱国精神。

---

① 梁启超:《新罗马传奇》,《饮冰室合集(第10册)》,北京:中华书局,1989年版,第311页。
② 译文:几百年来,汉诗盛行于民间社会,可这仅仅是此语此意而已吗?落花芳草是其心境;叹穷嗟卑是其趣旨;对酒当歌,人生几何,是其情怀;无可奈何,不如归去,是其普通用语。此外别无他境,别无他情。以此来塑造社会公德,构筑军民感情,那必然是不能的⋯⋯唉!表面上看,我国诗歌其势莫盛,然而通察内容,便知我国诗歌消亡已久。诗已消亡,国民思想何以高尚?国民精神何以凝聚?因此,我国今日之现状,可以说是你们笔下的非诗之诗造成的。我希望心怀国家前途命运的有识之士,万万不可忽视诗道的振兴。参见申采浩:《天喜堂诗话》,《丹斋申采浩全集(第七卷)》,首尔:韩国独立运动史研究所,2008年版,第129页。

最后需要注意的一点是，申采浩在吸收和借鉴晚清"诗界革命"理论时，根据朝鲜半岛的时代语境和所面临的内外局势，以及朝鲜半岛诗歌演进发展的具体现状，对晚清"诗界革命"理论也进行了能动的甄选和灵活应用。换言之，在诗歌内容层面对西方思想的接受，爱国意识和尚武精神的融入，以及诗歌语言层面对新名词、口语俗语的革新，基本沿袭了晚清"诗界革命"思想；而在长篇诗歌形式的提倡和对"旧风格"的沿用方面，则根据朝鲜半岛的具体情况进行了灵活处理，即摒弃中国文化特色浓郁的汉诗，尝试构建由"东国语""东国文"和"东国音"构成的"国诗"。这种对待异域文学灵活处理的态度，反映了朝鲜半岛近代转换期知识文人在接受晚清文学思想影响时的通融姿态。他们并非盲目地全盘接受中国传统文化思想的影响，而是在自主意识的支配下呈现主体思维视角，同时也反映了其民族意识的觉醒和对民族主义立场的坚守。这是因为，不同国家间的文化和文学交流从来都不是单向和一维的，而是接受者立足于民族本位进行甄别、扬弃甚至拒斥的过程。

第四节　朝鲜半岛文体革新与晚清"文界革命"

朝鲜半岛近代启蒙期是传统文学向现代文学转变的过渡期，也是新文学的萌生期。由于新与旧、现代与传统的矛盾冲突集中爆发，文体在此时期发生了划时代的变革。创造某种新的符合社会现实要求的文体成为时代课题，当时的知识文人们将翻译视为拥抱文明、走向文明世界的必要手段，而翻译在某种意义上可视为某种"文体转换"，因为在文体转换过程中，"翻译"必然存在。在新旧交替的"近代"这一时代背景下，"脱离汉文"和"言文一致"成为时代要求，朝鲜半岛的"言文一致"呼唤着纯韩文体的文学创作。但数千年延续下来的汉文使用习惯已经深入朝鲜半岛人民骨髓，若将其完全替换为韩文需要一个长期的历史过程。近代初期，文体和翻译需要解决的首要问题是成为文化权力象征的汉文以及由此而生的身份秩序。因此，韩文的制度化、政策性规范问题就不得不留待以后解决。当然，文体并不仅仅包括外在的文学语言形式，句式选择、修辞手法以及叙事构造等也是文体变革的重要探讨维度。

朝鲜半岛近代文体的转变发展的驱动力量可以分为内外两个层面。外来影响因素中，晚清"文界革命"是一个非常重要的影响源，其中"梁启超作为韩国开化期联结西方文明的媒介，发挥了重要作用。传入朝鲜半岛的大量著述，不仅对韩国爱国启蒙思想产生影响，而且也影响了开化期的文体"①。朝鲜半岛近代文体的转变和最终确立的主导力量是爱国启蒙运动家们，而他们正是诸多晚清著述的翻译主体，在翻译过程中自然对晚清"新文体"有了深入认知，并在自身文笔活动中（包括报刊社论和小说创作）加以利用。最先将晚清"新文体"与朝鲜半岛近代文体转型相关联的研究，是金允植的《韩国文学史》。他指出：对于报刊业与经世学乃至史学的结合形态，其与文体的关联性，可从中国，具体来看可从梁启超身上找到。《大韩每日申报》社论中出现的斯宾塞思想介绍，《万国事物纪原历史》中出现的"泰勒斯""毕达哥拉斯""培根""菲希特"等人名的标记法，朴殷植《天演论》（《西友》创刊号）的文体或资料来源，都可以看出是依据《饮冰室文集》。

金允植提出了朝鲜半岛近代文体与梁启超关联的可能性，但仅将其关联性限定于韩汉混用体所接受的影响，也并未对其具体联系进行深入阐释。后韩武熙通过具体实例，阐明了朝鲜半岛近代文体变革与晚清"新文体"的影响关系，在《丹斋与任公的文学和思想》一文中，他具体分析了申采浩与梁启超的影响关系，不仅提及了晚清"新文体"，而且关于"新文体"对申采浩文体的影响，也从相同词汇的使用、感叹词的频用、外来词的标记、句子的构词等方面，通过具体实例进行了较为细致的阐释。后牛林杰教授在《韩国开化期文学与梁启超》一书中，从"翻译文体""论说文体"和"传记文体"三个层面，较为深入地阐析了梁启超与朝鲜半岛近代文体转变的关联性。事实上，除了申采浩以外，张志渊、朴殷植等其他爱国启蒙知识文人也受到了晚清新文体的诸多影响。

众所周知，朝鲜半岛属于汉字文化圈，长期以来借用中国的繁体汉字（称其为汉文）作为书写体系。因此，在探究晚清新文体与朝鲜半岛近代文体转变时，存在一定的有利因素。在以中国为中心的东亚，直至近代以前，汉文一直是东亚各国的共同书面语。在中国是文言和白话，在朝鲜半岛是真书（汉文）和谚文（韩文），均是双重语言秩序形成鲜明对立的态势。但进入近代以后，随着西方列强的强势侵入，在抵抗意识和民族自尊思想的作用下，新语言体系的确立迫在眉睫。因此，中国洋务运动失败后，在推进变法维新的过程中，作为"少年中国"的近代公民，开始探索新国民所使用的"新文体"。在此过程中，外国书籍的翻译给中国社会带来新的学术思想和科学文明，同时也带来了文体的变化。1898年，梁启超赴日之前，主要通过中译西欧学术书籍获取新知识和新思想，并将

---

① 牛林杰：《韩国开化期文学与梁启超》，首尔：博而精图书出版社，2002年版，第219页。

这些书籍中出现的新词汇活用于自身的创作中,促进了"时务体"的形成。梁启超赴日本之后,开始接触明治文化及其文学,其思想和文学都达到了新的境地。

以"新文体"为核心内容的晚清"文界革命"在具体实践过程中,成为近代文学革命的基础。梁启超阅读日本政论家德富苏峰相关著作后,在吐露读后感的过程中,首次提出了"文界革命"的口号。1902年,梁启超在《新民丛报》中评介严复的新译著《原富》时,正式主张开展"文界革命":"夫文界之宜革命久矣,欧美日本诸国文体之变化,常与其文明程度成比例。况此等学理邃颐之书,非以流畅锐达之笔行之,安能使学僮受其益乎。著译之业,将以播文明思想于国民也,非为藏山不朽之名誉也。文人结习,吾不能为贤者讳矣。"①此外,在1902年4月《新民丛报》第6期上发表的翻译小说《十五小豪杰》第四回的"译者按语"中,梁启超曾表示:"本书原拟依《水浒》《红楼》等书体裁,纯用俗话。但翻译之时,甚为困难。参用文言,劳半功倍。计前数回文体,每点钟仅能译千字,此次则译二千五百字。译者贪省时日,只得文俗并用,明知体例不符,俟全书杀青时,再改定耳。但因此亦可见语言文字分离,为中国文学最不便之一端,而文界革命非易言也。"②言及言文一致实践的践行难度,他直接使用了"文界革命"这一用语。此时的时务文体已逐渐成熟,最终真正意义上的"新文体"就此诞生。

梁启超在《清代学术概论》中曾论及晚清"新文体"的特征:"启超夙不喜桐城派古文,幼年为文,学晚汉、魏、晋,颇尚矜炼,至是自解放,务为平易畅达,时杂以俚语、韵语及外国语法,纵笔所至不检束,学者竞效之。号新文体。老辈则痛恨诋为野狐。然其文条理明晰,笔锋常带感情,对于读者,别有一种魔力焉。"③不难发现,晚清"新文体"的特征首先是"平易畅达",这一点与"言文一致"直接相关。"新文体"虽然并非真正意义上"言文一致"的白话文,但使用平易的古文以及半文半白的语言形式,相较于传统的文言,更易为人所理解。《清议报》和《新民丛报》上发表的《豪杰之公脑》《无名之英雄》《论进取与冒险》《少年中国说》《过渡时代论》《新民说》《自由书》等都体现了"平易畅达"的特点。晚清"新文体"的第二个特征是"俚

---

① 梁启超:《绍介新著〈原富〉》,《新民丛报》总第1期,1902年2月8日。
② 梁启超:《十五小豪杰》,《饮冰室合集(第11册)》,北京:中华书局,1989年版,第20页。
③ 梁启超:《清代学术概论》,《饮冰室合集(第8册)》,北京:中华书局,1989年版,第221页。

语、韵语及外国语法"的混杂使用。梁启超主张无论东西古今,只要有助于句子的意思传达,就应多使用俚语俗话。在政论文的结尾部分,常常使用韵文,向读者传达作者的感情起伏。外国语法主要是指日本语,梁启超在《夏威夷游记》中曾说:"吾近好以日本语句入文。"事实上,日本语对"新文体"的影响不仅体现在语法方面,还体现在新词汇和句子符号等方面。晚清"新文体"的第三个特征是文章体裁和句子构词等不受约束。梁启超突破传统体裁的禁忌和限制,大胆使用诸如政论文、传记、序跋文、问答文、戏剧、人物年谱、墓志铭、自述、学术论文等新体裁。尤其传记,梁启超借鉴西方的传记体,创作了被称为中国现代传记嚆矢的《南海康先生传》《李鸿章》《意大利建国三杰传》《近世第一女杰罗兰夫人传》等。这些作品后来传至朝鲜半岛,对朝鲜半岛传记文体产生了诸多影响。在句式使用方面,梁启超在著述中为了最大限度地说服读者,采用条理分明、逻辑严密的句式构造,运用了比喻、对比、罗列、反复、自问自答、感叹等多种修辞手法。晚清"新文体"的第四个特征是"笔锋常带感情"。梁启超同时重视理性与感性,将逻辑性的道理和自身感情融入文章,以引起读者共鸣。

晚清"新文体"虽然并未完全超越中国传统古文的语法体系,但在新用语的使用、平易的叙述方式、反映近代新思想方面,可视为当时中国文学史上最接近白话的语言革新尝试。实际上,经过《时务报》《清议报》和《新民丛报》的具体语言文字实践而构建的"新文体",在后来的至少二十年间,对中国近现代知识分子和近现代文坛均产生了重要影响,对其后"五四"白话文的确立也发挥了重要的引领作用。而伴随梁启超的大量著述在朝鲜半岛的译介、传播和接受,其"新文体"也逐渐被认识、吸收和运用。下面从语汇使用、句式选择、修辞手法和叙事构造等方面,论述"新文体"对朝鲜半岛近代文体转型所产生的影响。

一、语汇使用

朝鲜半岛近代文体转变中的语汇使用问题与翻译直接关联,而近代转换期的朝鲜半岛正是翻译史无前例的"黄金期"。其中就个人著述来说,梁启超可以说是被译介作品最多的中国知识文人。事实上,当时的朝鲜半岛对梁启超的文体已经有了相当深入的认知。1899年3月17日《皇城新闻》中刊载的《爱国论》译文中曾说:"我近日阅读《清议报》,发现清国名为'哀时客'志士的爱国论,他的观点激切适当,他的雄健笔端可挽回时局。"①这里的"激切适当""雄健笔端"可能是近代朝鲜半岛最早出现的对梁启超文体的评价。当时的朝鲜半岛知识文人都具有较强的汉文解读能力，不经任何翻译手段，就能够阅读并理解梁启超相关著述原文。

而随着晚清著述译介数量增多、传播范围扩大，对晚清"新文体"的评价逐渐增多并日益具体化。例如1909年3月31日《皇城新闻》的社论曾对梁启超文体高度评价道："这是何其淋漓痛快之妙笔啊，竟能达到如此境地，一言一字皆一针一血，读之不禁令我战栗汗颜。"②洪弼周在其翻译的《变法通议》序言中曾对梁启超进行了如下评价："清儒梁启超，号饮冰子。今东洋维新之第一人也，盖其议论宏博辩肆，出入古今，贯通东西，剖析之精细则投入毛孔，范围之宏大则包括天壤，要皆切中时宜。洵可谓经世之指南也……独韩清两国文轨本同，流弊亦同，其矫救之道又不得不同。"③洪弼周作为梁启超相关著述的译者之一，认为梁启超的文章宏博辩肆、出入古今、贯通东西、细入毛孔、包括天壤、切中时宜。此评价虽不乏夸张之意，但足见梁启超在朝鲜半岛知识文人心目中的地位及其文体的深刻影响。

对于同一内容，译文选择的语汇和标记方式不同，在读者接受层面，文体上所产生的影响迥异。20世纪以前，根据标记要素来划分，朝鲜半岛存在直接使用汉字汉文的"纯汉文体"、以吏读或乡札为代表的"借用体"、汉字与韩文混合使用的"韩汉混用体"和只使用韩文的"纯韩文体"四种类型。四种标记方式分别对应不同的使用人群，"纯汉文体"主要是士大夫阶层和官吏使用，一直持续至19世纪后半期。吏读或乡札主要是胥吏们使用，"韩汉混用体"主要在汉文翻译中使用，"纯韩文体"则是一般平民或女性的文体。从前文的表2-1和表2-2中，不难看出韩汉混用体是朝鲜半岛知识文人翻译晚清著述时最常采用的文体。朝鲜半岛属于汉字文化圈，因此韩汉混用体译本在意思传达方面最有效率，且能够尽量保持原文的文体特征。

---

① 原文:余近日에 清議報를 閱覽하다가 清國哀時客이란 志士의 愛國論을 見함에 其激切適當함이 時局을 挽回할 雄健筆端이라. 参见《皇城新闻》1899年3月17日。
② 原文:何其淋漓痛筆함이 一至於是오 一言一字가 皆一針一血이니 此를 讀하고 不哲然發汗하야. 参见《皇城新闻》1909年3月31日。
③ 洪弼周译:《用集即略》,《大韩协会报》1906年5月25日。

在语汇使用上,伴随《戊戌政变记》①、《越南亡国史》②等晚清著述在朝鲜半岛的转载、译介、评述和借用,其中的新词汇被大量引入朝鲜半岛文章表达之中。韩语中词汇主要分为固有词(韩语中本身存在的词)、汉字词(与汉字发音大致相同,可书写为汉字的词)和外来词(主要是英语词汇)三大类。因此,在翻译晚清汉文原著时,采用何种词汇,直接决定着译文的文体色彩。一般来说,"韩汉混用体"直接借用原文的汉字词汇,"纯韩文体"则除了少数汉字词和外来词之外,全部使用固有词。整体来说,如果将汉字词转换为固有词,原文词汇要素的个性和文体特色就将大打折扣,因此,朝鲜半岛近代启蒙知识文人们一般都尽可能保留晚清著述原文中的汉字词,由此很多词汇也随之进入了朝鲜半岛的政论文章和小说之中,如与近代文明密切相关的图书馆、革命、领事、启蒙、轮船、国性、律法、思想、利权、民智、爱国、理财、民主主义、文明、新国民等词汇。在朝鲜半岛近代报刊上频频出现的"中国魂""朝鲜魂""国民之魂""韩国魂",申采浩用以阐释小说情感作用的"薰""陶""浸""染"和"玛志尼""加里波第""加富尔"等外国人名,以及小说理论中出现的"风俗改良""小说改良""戏剧改良""不可思议之效力""社会风气之薰染""三杰"等都可见晚清著述的语汇痕迹,有些甚至是直接借用原句。

  A 小说之为体,其易入人也既如彼,其为用之易感人也又如此,故人类之普遍性,嗜他文终不如其嗜小说。此殆心理学自然之作用,非人力之所得而易也。

——《论小说与群治之关系》

---

① 其中的新词汇有:改革、讲义、经理、经费、经营、经济、警察、考试、公司、工业、工资、课级、课程、关系、矿务局、矿物、矿产、教堂、教练、教师、教案、教会、国家、国教、国权、国民、国事、国势、国会、国际、公法、军律、权利、权限、规模、规则、机器、大学、道路、图书、图书馆、同僚、领事、料理、轮船、律例、律法、律学、利权、利息、利益、理财、贸易、文明、文体、物理、美术、民权、民律、民法、民事、民险、陪审、翻译、法规、法律、法制、兵灾、报章、报纸、使馆、事务、师范学、司法、偿款、商律、商务、商法、商情、商货、商会、小学、讼律、市场、薪水、薪资、温和主义者、外交、外交官、邮船、邮政、邮政局、卫生、委员、银行、阴谋、饮食、议院、医院、议员、议院、医学、人民、咽喉、资格、自由、财政、电、专家、传教、电报、电线、电信、战舰、节目、政权、政府、政治、制度、条理、种族、宗旨、中学、证券、地球、地球图、地图、地理、纸币、职业、执政、执照、天文、铁路、铁路局、铁舰、体制、钞票、总理、董事、侵权、统计、通商、退休、学会、海关、行政、宪法、血脉等。

② 其中的新词汇有:法律、文明、团体、组织、人民、住宅税、税关、警察署、政府、殖民地、独立政策、权利、义务、计划、同盟、运动、电线、铁路、自由、出版、世界、民权、民党、议会、同胞、议党、议兵、巡警、规则、贸易、关系、公司、卒业证、天堂、条约、司法、进化、财权、领事、利息、基督教、政治、宗教、主权、居民、帝国、强权者、地球、新闻、国权、改革、杂志、广告等。

B 夫小說者는 感人이 最易하고 入人이 最深하야 風俗階級과 敎化程度에 關係가 甚鉅한지라. 故로 泰西哲學家가 有言하되 其國에 入하야 其小說의 何種이 盛行하는 것을 問하면 可히 其國의 人心 風俗과 政治思想이 如何한 것을 覘하리라 하엿스니 善哉라 言乎여.

——《瑞士建國志（序）》

A 文中梁启超所说的"易入人""易感人"被朴殷植直接借用,在 B 文中变形为"感人最易""入人最深"。

A 中土小说,虽列之于九流……综其大较,不出诲盗诲淫两端。
——《译印政治小说序》

B 近日 小說家의 趨勢를 觀하건대…… 此小說도 誨淫小說이요 彼小說도 誨淫小說이라……
——《小說家의 趨勢》

A 文"诲盗诲淫"之"诲淫"一词被直接引用到 B 文中,用以批判朝鲜半岛的传统小说。

A 于日本维新之运有大功者,小说亦其一端也……著书之人,皆一时之大政治家,寄托书中之人物,以写自己之政见,故不得以小说目之,而浸润于国民脑质,最有效力者……
——《传播文明三利器》

B 韓國에 傳來하는 小說이 太平桑園溥上의 淫談과 崇佛乞福의 怪話라. 此亦人心風俗을 敗壞케 하는 一端이니 各種新小說을 著出하여 此를 一掃함이 亦汲汲하다 云할이로
——《近今國文小說著者의 注意》

C 詩歌는 愈愈히 淫靡의 方에 隨하고 人士는 愈愈히 愉快의 道가 絕하니 國民萎敗의 故가 비록 多端하니 此도 또한 一端이 될진
——《天喜堂詩話》

A 文中的"一端"在 B 文中被直接使用,并在 C 文中活用为"多端"。

A　小说有不可思议之力支配人道故。

　　　　　　　　　　　　——《论小说与群治之关系》

　　B　……詩가 人情을 感發함에 如此히 不可思意의 能力이 有할지라……

　　　　　　　　　　　　——《天喜堂詩話》

A 文中梁启超用来阐释小说情感作用的"不可思议"一词,被 B 文直接用来阐释诗歌的力量。

　　A　有国家之竞争,有国民之竞争。国家竞争者,国君糜烂其民以与他国争者也……今夫秦始皇也,亚历山大也,成吉思汗也,拿破仑也,古今东西史乘所称武功最盛之人也,其战也,皆出自封豕长蛇之野心,席卷囊括之异志,眈眈逐逐,不复可制,遂不惜驱一国之人以殉之。其战也,一人之战,非一国之战也。

　　　　　　　　——《论近世国民竞争之大势及中国前途》

　　B　故로 吾儕는 曰 國民同胞가 二十世紀 新國民이 되지 아니함이 不可하다 하는 바며 大抵 二十世紀의 國家競爭은 其 原動의 力이 一二人에게 不在하고 其國民全體에 在하며……彼 蓋世英雄 成吉思汗 亞歷山大王이 아무리 雄하며 하무리 強하여 數百萬健兒를 鞭하며 數萬里土地를 拓하더라도 彼는 個人의 競爭이라. 故로 其勢가 不長하며 其威가 易裂하여……今日은 不然하여 其競爭이 即 全國民의 競爭이라. 故로 其 競爭이 烈하며 其 競爭이 長하며 其 競爭의 禍가 大하나니 故로 曰 國民同胞가 二十世紀 新國民이 되지 아니함이 不可하다.①

　　　　　　　　　　　　　　——《二十世紀新國民》

---

① 译文:故此,我辈皆言国民同胞须争当 20 世纪新国民。大抵 20 世纪国家竞争之原动力并非在于一二人,而在于国民全体。古时盖世英雄成吉思汗、亚历山大雄壮强势,率领数百万将士开拓了数万里土地,尽管如此,也只是个人之竞争,因此得势时间不长,威望也易破灭。但今日不同以往,如今之竞争即为全体国民之竞争。此竞争激烈而长久,其祸患更甚,因此国民同胞务必争当 20 世纪新国民。

B文是申采浩受梁启超《新民说》的影响而创作的《二十世纪新国民》之部分内容。其论述主题内容与梁启超相关著述类似,使用的部分词汇也完全一致。比如"国家竞争""国民竞争"等新词汇以及"成吉思汗""亚历山大"等人物名称,皆为晚清著述中的词汇。

A 在昔欧洲各国变革之始,其魁儒硕学,仁人志士……及胸中所怀、政治之议论,一寄之于小说。于是彼中辍学之子,黉塾之暇……靡不手之口之。往往每一书出,而全国之议论为之一变……则政治小说,为功最高焉。英名士某君曰:小说为国民之魂。岂不然哉!岂不然哉!

——《译印政治小说序》

B 故로 泰西哲學家가 有言하되 其國에 入하여 其小說이 何種이 盛行하난 것을 問하면 其國의 人心風俗과 政治思想이 如何한 것을 見하리라 하였으니 善哉라 言乎여 所以로 英法德美各國에 黌塾이 林立하고 書樓가 雲擁하여……

——《瑞士建國志(序)》

C 萎靡淫蕩의 小說이 多하면 其國民도 此의 感化를 受할지며……西儒의 雲한 바 "小說은 國民의 魂"이라 함이 誠然하도다.

——《近今國文小說著者의 注意》

A文中的"黌塾"一词被B文原封不动地借用,甚至句子也被直接引用,如A文中的"小说为国民之魂"被C文改为"小说乃国民之魂"。两者不仅意思高度一致,且引出此句的方式也完全相同,都是借"西方名士"或"西儒"之口说出。

一國의 風俗을 改良코자 할진데 近世의 閱覽하는 小說과 戲臺가 必先改良이니 何者오. 小說과 戲臺가 不甚與世輕重이로되 其源을 語하면 街士坊客의 無聊不平한 著述이오. 倡婦舞女의 俳優嬉笑하는 資料니 大人雅士의 掛齒煩目함이 아니나 其流를 究하면 個人의 腦髓에 浹洽하고 社會의 風氣에 薰染하야 心志를 蠱惑하고 情性

을 蕩移하야 不可思議의 效力이 有한지라.①

以上引文着眼于小说和戏曲对人们的强大影响力,主张若要改良某个国家的风俗,必须首先改良小说和戏曲。作者在此文中使用的词汇,诸如"风俗改良""小说戏台改良""社会风气的熏染""不可思议的效力"等,均与晚清文学革命论密切相关。众所周知,"风俗改良""小说改良""戏剧改良"是梁启超立足于功利性文学观提出的文学革命主张。"社会风气的熏染"和"不可思议的效力"则是梁启超在《论小说与群治之关系》中使用的词汇。

夫英雄이 時勢를 造하고 時勢가 英雄을 造하나니. 地球上歷史에 法國의 拿破崙과 美國의 華盛頓과 德國의 俾思麥과 義大利의 瑪志尼 加里波의과 日本의 嚴倉具視 西鄉隆盛이 皆近世著名한 英雄이오.②

引文第一句与梁启超《英雄与时势》的首句"或云英雄造时势,或云时势造英雄"完全一致,明显可见两者的影响关系。此外,上文出现的"法国""拿破仑""美国""华盛顿""德国""俾思麦""玛志尼""加里波的"等外来语也完全来源于晚清相关著述。

从下表的报刊社论标题中,亦可明显看出对晚清著述中词汇的借用。

表 2-8 1906—1910 年朝鲜半岛部分报刊社论标题

社论标题	发表载体	发表时间
《讀意國名臣加富耳傳》	《大韓每日申報》	1906.5.27
《讀越南亡國史》	《皇城新聞》	1906.8.28—9.7
《讀伊太利建國三傑傳》	《皇城新聞》	1906.12.18—28

---

① 译文:若要改良一国之风俗,必先改良近来人们所阅览的小说和观看的戏台。缘何如此?小说和戏台虽然与世俗轻重不可同日而语,但深究其源流,可以发现它是街士坊客无聊抱怨时的著述,是倡妇舞女俳优嬉笑的资料,不足为大人雅士所挂齿。同时,其遍布于个人脑髓之中,在熏染社会风气、蛊惑人的心志、放荡转移人的性情品质方面有着不可思议的效力。参见《每日申报》1910 年 7 月 20 日。

② 译文:皆说英雄造时势,时势造英雄,世界历史上法国的拿破仑、美国的华盛顿、德国的俾斯麦、意大利的玛志尼和加里波的,还有日本的严仓具视和西乡隆盛皆为近代著名的英雄。参见《皇城新闻》1908 年 2 月 26 日。转引自牛林杰:《韩国开化期文学与梁启超》,首尔:博而精图书出版社,2002 年版,第 204 页。

续表

社论标题	发表载体	发表时间
《朝鲜魂》	《太极学报》	1906.12.24
《大呼國魂》	《共立新报》	1907.6.28
《外籍譯出의 必要》	《皇城新闻》	1907.6.29
《破壞 維新問題》	《大韩每日申报》	1907.10.15
《讀伊太利建國三傑傳有感》	《皇城新闻》	1907.11.16
《英雄과 世界》	《大韩每日申报》	1908.1.4
《英雄을 渴望함》	《皇城新闻》	1908.2.26
《朝鮮魂이 稍稍還來乎》	《皇城新闻》	1908.3.30
《天擇物競에 適者生存論》	《皇城新闻》	1908.4.8
《建國男兒出現乎否》	《共立新报》	1908.4.29
《讀梁啟超所著朝鮮亡國史》	《太极学报》	1908.9
《舉梁啟超氏辨論術하야痛告全國人士》	《皇城新闻》	1909.3.31
《大呼英雄崇拜主義》	《皇城新闻》	1909.7.29
《葛蘇士後其人耶》	《皇城新闻》	1909.10.7
《今日我韓은 新民이 為急》	《大韩每日申报》	1910.7.5
《學術思想의 變遷》	《大韩每日申报》	1910.7.16
《破壞의 시대》	《大韩每日申报》	1910.7.30
《國民競爭의 大勢》	《大韩每日申报》	1910.8.5
《大韓의 過渡時代》	《大韩每日申报》	1910.8.9

　　以上社论大部分为阅读晚清著述或文章之后所写的评论性文章，这些社论的内容与晚清著述或思想紧密相关，有些社论的标题直接与梁启超本人或其著述中的词汇直接相关。

　　朝鲜半岛近代历史人物传记作品的标题，也体现了晚清著述的影响。纵观梁启超史传作品的标题，可以发现主标题前面大都带有修饰语，诸如《近世第一女杰罗兰夫人传》《匈牙利爱国者噶苏士传》《新英国巨人克林威尔传》《皇帝以后第一伟人赵武灵王传》《明季第一重要人物袁崇焕传》中的"近世第一女杰""匈牙利爱国者""新英国巨人""皇帝以后第一伟人"和"明季第一重要人物"等。而申采浩传记作品的标题也具有同样的特征,如《四千年第一大伟人乙支文德》《水军第一伟人李舜臣传》《东国巨杰崔都统传》中的修饰语"四千年第一大伟人""水军第一伟人"和"东国巨杰"。

另外,在接受外国语言的影响进而创造新词汇方面,亦可窥见申采浩对梁启超的借鉴。

> A 而所称诵法孔子者,又往往遗其大体,撮其偏言,取其"狷"主义而弃其"狂"主义,取其"勿"主义而弃其"为"主义,取其"坤"主义而弃其"乾"主义,取其"命"主义而弃其"力"主义。
>
> ——《论进取冒险》

> B 乙支文德主義는 何主義오. 曰 此即帝國主義니라……吾가斷言하노니 懷抱는 維何오. 即疆土開拓主義가 是라. 此主義가 아니면 十餘年養兵에 盡力할 理가 無하며 此主義가 아니면 敵國의 怒를 觸하야 糜財挑戰할 理도 無한대……①
>
> ——《乙支文德》

梁启超在接受西方或日本"……主义"的新构词方式之后,创造了"狷主义""狂主义""勿主义""为主义""坤主义""乾主义""命主义""力主义"等新词汇。而申采浩同样运用"……主义"的模式,创造出了"乙支文德主义""疆土开拓主义"等词汇,用以阐明自身的理论主张。这些新词汇的创造和应用方式是他们二人的重要共同点之一,此外申采浩对梁启超思想理论主张多维度接受的事实,也从一个侧面反映出两者间的影响关系。

二、句式选择

朝鲜半岛近代爱国启蒙知识文人们大多具有深厚的儒学文化底蕴,具备较强的汉文解读能力,因此,他们在采用"韩汉混用体"进行翻译和创作的同时,有时也会采用"纯汉文体"进行政论文章或小说的创作。如张志渊,其开始接受晚清学问、思想和现实改革运动的影响大体始于1898年

---

① 译文:何为乙支文德主义?我断言它即是帝国主义……其核心为何?那便是疆土开拓主义。如果非此主义,就没有理由花费十余年的时间增强军事力量,若无此主义,也就没有理由触怒敌国、浪费钱财挑起战乱了。

（梁启超正式出现在朝鲜半岛报刊上是 1897 年），是近代朝鲜半岛较早接触和关注晚清文学革命思想的文人之一。1899 年《皇城新闻》刊载了节译《爱国论》，《爱国论》是当时梁启超爱国启蒙思想的代表作，此文于 1899 年 1 月 11 日发表在《清议报》上，发表不到两个月之后就被译介刊登在《皇城新闻》上。

《爱国论》的译者虽然现在尚无定论，但考虑到当时《皇城新闻》的主编是张志渊，因此即使译者不是张志渊，其肯定也积极参与了《爱国论》的翻译和刊载工作。1906 年 9 月和 10 月《大韩自强会报》分别刊载了张志渊翻译的《教育政策私议》，此时的张志渊开始正式翻译晚清著述，对晚清变法维新思想产生共鸣。1908 年 5 月，张志渊翻译了梁启超的《中国魂》并出版单行本，《中国魂》中收录的梁启超的文章主要有：《少年中国说》《呵旁观者文》《中国积弱溯源论》《过渡时代论》《论近世国民竞争之大势及中国之前途》《论中国与欧洲国体异同》《国家思想变迁异同论》《十种德性相反相成义》《论中国今日当以竞争求和平》《排外平议》《论国家思想》《论进取冒险》等。张志渊翻译的《中国魂》出版发行之后，当时的朝鲜半岛舆论界曾兴起一股呼唤"朝鲜魂""国民之魂"和"国魂"的热潮。

张志渊在翻译以梁启超为代表的晚清文人的著述过程中，必然对"新文体"有切身接触和体会，经过一定的内化过程之后，在自身的文笔活动中积极加以运用。

  A 蓋無宗教之信仰者，其精神不統一，其心志不確固，其魄力不勇敢，每被外界之侵束，而易流於泛閑之外，能自助自立者鮮矣……則苟欲增進國民之識力，不得不變國民之思想，苟欲變國民之思想，不可不於其所習慣信仰者，為之除其舊而布其新，此正今日宗教改革之時期也。然所謂改革者，豈有他哉，亦復其原返其真而已矣。

              ——《大同教育會趣旨文》

  B 人类自千万年以前，分孳各地，各自发达。自言语风俗，以至思想法制，形质异，精神异，而有不得不自国其国者焉。循物竞天择之公例，则人与人不能不冲突，国与国不能不冲突。国家之名，立之以应他群者也。故真爱国者，虽有外国之神圣大哲，而必不愿服从于其主权之下。宁使全国之人流血粉身，靡有孑遗，而必不肯以丝毫之权利让于他族。盖非是则其所以为国之具先亡也。

                 ——《新民说》

无论是张志渊的《大同教育会趣旨文》,还是梁启超的《新民说》,都摒弃了简洁含蓄的传统汉文语言逻辑,展现出了独特的语言风貌。首先,在词汇构造上,脱离了传统汉文的单音节模式,代之以大量近代词汇为主的双音节语汇。如张志渊《大同教育会趣旨文》中的"宗教""信仰""精神""统一""心志""魄力""勇敢""外界""自助""自立""增进""国民""思想""习惯""改革"等。梁启超的《新民说》也是相同情形,比如"人类""发达""言语""风俗""思想""法制""精神""冲突""国家""爱国""神圣""服从""主权""权利"等,基本都与近代文明和社会变革相关。换言之,张志渊在文章中所使用的词汇与晚清"新文体"词汇完全一致,都属于近代词汇体系,这说明张志渊在爱国启蒙思想确立过程中,通过阅读梁启超的《饮冰室文集》,自然接受和领悟到晚清"新文体"的特征,并在具体写作实践中有意识地加以运用。

其次,在句式选择和使用方面,张志渊与梁启超也表现出高度的一致性。如"之字句",在两者相关文章中频繁出现。在《大同教育会趣旨文》中就有"宗教之信仰""外界之侵束""泛闲之外""国民之识力""国民之思想""宗教改革之时期"等。在《新民说》中有"物竞天择之公例""国家之名""外国之神圣大哲""主权之下""全国之人""丝毫之权利"等。这里的"之"字不禁令人联想到日语中的所有格助词"の",实际上梁启超本人也曾表示其"新文体"曾接受外语特别是日语的影响。其在阅读翻译为日语的西方近代思想相关书籍时,受到了日语语法体系的诸多影响。"之"字的前后均为近代语汇,以此构成的句式成为近代性文体而被广为使用。

此外,"不得不""不可不""不能不"等双重否定句式的频繁运用,也能体现梁启超对张志渊文体方面的影响。如上文梁启超《新民说》中有言:"自言语风俗,以至思想法制,形质异,精神异,而有不得不自国其国者焉。循物竞天择之公例,则人与人不能不冲突,国与国不能不冲突。"张志渊《大同教育会趣旨文》中使用的"不得不""不可不"与梁启超的"不得不""不能不",几乎完全一致。这种双重否定句式,表达了他们自身的思想主张不接受任何反对意见的绝对当为性,也体现了他们开展维新变法和爱国启蒙运动的急切心境。张志渊面对朝鲜半岛即将彻底沦为日本殖民地的"亡国灭种"民族危机,怀着迫切与无奈交织的复杂心情,在阅读和翻译梁启超相关著述的同时,与梁启超的思想理论产生深度共鸣,并自觉在自己的政论文章中,频频使用这种双重否定的强调句式。

在梁启超文章的核心或结尾部分,也经常出现韵文成分,以此向读者

第二章　朝鲜半岛文学近代化转型与晚清"三界革命"　　149

传达自身感情的起伏,增强文章的气势,主要表现在韵语和虚字的运用方面。没有任何实际意思的虚字在调整文章的节奏,自然吐露作者感情方面发挥了重要作用。"惟兹国家,吾侪父母兮!无父何怙,无母何恃兮!茕茕凄凄,谁怜取兮!时运一去吾其已兮!思之思之兮,及今其犹未兮!"①"能以旧风格含新意境,斯可以举革命之实矣。"②在枯燥乏味的政论文章中加入"兮""矣"等虚字,在调整句子节奏的同时,使文章的韵律感增强,使读者更容易接受。而在朝鲜半岛启蒙知识文人们的笔下,也经常使用类似虚词,无论是朴殷植"東洋의 日本도 維新之時에 一般學士가 皆於小說에 汲汲用力하여 國性을 培養하고 民智를 開導하엿으니 其為功也一顧不偉哉"③中的"哉",还是张志渊"蓋無宗教之信仰者,其精神不統一,其心志不確固,其魄力不勇敢,每被外界之侵束,而易流於泛閑之外,能自助自立者鮮矣……則苟欲增進國民之識力,不得不變國民之思想,苟欲變國民之思想,不可不於其所習慣信仰者,為之除其舊而布其新,此正今日宗教改革之時期也。然所謂改革者,豈有他哉,亦復其原返其真而已矣"④中的"矣""也"等,均是发挥类似作用的虚字,通过这种韵文成分的虚字句式的运用,可窥见朴殷植、张志渊、申采浩等爱国启蒙知识文人在译介晚清著述过程中对"新文体"的特征有了较为直观的认识,并在自身创作的行文中加以运用,再加上其都具有较强的汉文功底,在阅读晚清著述原文时,也能够感受到"新文体"的独特魅力,在创作纯汉文体文章时,更加自觉地借鉴和使用"新文体"。

　　晚清著述文章中经常使用引用句式,或引用一些具有深刻哲理的东西方谚语、格言、俗语和名人名言等,或引用一些史实、典故和故事。这种引用句式的使用,在印证自身认识感受的同时,可更有效地抒发真挚情感,阐明深刻道理,同时也增强了文章的可信度,使自己表达的观点更形象、更富感染力和说服力。熟语、俗语、名言的引用是晚清新文体"平易畅达"特征的重要外在表现,在赋予文章活泼生气的同时,亦能够确保意思传达的准确性。如"岂所谓'老大嫁作商人妇'者耶?"(《少年中国说》),"西谚曰:'罗马者,非一旦之罗马',凡天下大业,非一蹴可几"(《清议报一百册祝

---

① 梁启超:《新民说》,《饮冰室合集(第6册)》,北京:中华书局,1989年版,第23页。
② 梁启超:《饮冰室诗话》,北京:人民文学出版社,1959年版,第123页。
③ 朴殷植:《瑞士建国志(序)》,《白岩朴殷植全集(五)》,首尔:东望媒体,2002年版,第185—186页。
④ 张志渊:《大同教育会趣旨文》,《韦庵文稿(卷六)》,首尔:国史编纂委员会,1982年版,第244页。

词》),"中国词章家有警语二句,曰:'济人利物非吾事,自有周公孔圣人.'中国寻常人有熟语二句,曰:'各人自扫门前雪,不管他人瓦上霜'"(《呵旁观者文》),"拿破仑曰:'难之一字,惟愚人所用字典为有之耳'"(《论进取冒险》),"《诗》曰:'子有廷内,弗洒弗扫。子有钟鼓,弗鼓弗考。宛其死矣,他人是保'"(《呵旁观者文》),"孟德斯鸠曰:'专制之国,其君相动曰辑和万民,实则国中常隐然含有扰乱之种子,是苟安也,非辑和也.'故扰乱之种子不除,则蝉联往复之破坏,终不可得免"(《论进步》)等,广泛引用了中国和西方的名言、谚语、熟语或警句。引用的中国典籍名句言简意赅、精妙得当;民间熟语则通俗易懂、感染力强。大量旁征博引体现了梁启超深厚的文学功底,使文章充分彰显了文化气息,同时又使观点更加鲜明、生动而富有说服力,更加深入人心。

　　类似的引用句式也时常出现在申采浩的相关论述之中。如"諺에 曰 '天下不如意事가 十常八九'하더니 果然이로다"①(《李舜臣传》),"當日 '蜉蝣撼大樹'한다는 局外者의 批評을 難免이거늘"②(《乙支文德》),"嗚呼라.'亂非降自天,唯人所招'라 云한 古語가 果然 我를 不欺하는도다"③(《李舜臣传》)等。"天下不如意之事,十常八九"来自中国"人生不如意事十之八九"(《晋书·羊祜传》),"蜉蝣撼大树"来自明刘昌《悬笥琐探侼才傲物》,而"乱非降自天,唯人所招"疑似是"乱匪降自天,生自妇人"(先秦《大雅·瞻卬》)和"祸福无门,唯人所召"(《左传·襄公二十三年》)的活用。

　　通过谚语名言的引用,将难以解释的事情或道理通俗化、简单化,使前后文脉衔接得更加自然,同时诱发读者的好奇心,减少距离感。这些中国传统典籍名句的使用,一方面反映出申采浩具有精深的汉文功底和深厚的儒学渊源,另一方面也体现了其对晚清"新文体"的吸收和借鉴。

三、修辞手法

　　从语体修辞学视角来看,晚清"新文体"之所以能够"平易畅达""条理明晰"且"笔锋常带感情",同时具有卓越的气势和强大的号召力,与灵活巧妙地使用排比、设问、反复、感叹、比喻、递进等修辞手法关联密切。钱基博评价晚清文体"酣放自恣,务为纵横轶荡,时时杂以俚语、韵语、排比语及

---

① 译文:俗话说:"天下不如意之事,十常八九",果然是这样。
② 译文:当日收到局外人"蜉蝣撼大树"的批评也是难免的。
③ 译文:呜呼!"乱非降自天,唯人所招"的古话果然没有欺骗我。

外国语法,皆所不禁,更无论桐城家所禁约之语录语,魏、晋、六朝藻丽俳语,诗歌中隽语,及《南》《北》史佻巧语焉"①。政论文章一般是以普通民众作为阅读对象,对社会现实问题发表观点,因此在修辞格的使用上比较宽泛,几乎所有的修辞手法都可以出现。同时,政论文章以讲清道理为基本目标,讲求逻辑性,所以排比、设问、反复、感叹等修辞格也频频使用,在使语言表达生动形象、深入浅出的同时,营构出兼有非凡气势和严密逻辑性的文体。

  A 无论为哀、为乐、为怨、为怒、为恋、为骇、为忧、为惭,常若知其然而不知其所以然。

——《论小说与群治之关系》

  B 이 때 하늘이 둘로 갈라지면서 불칼, 불활, 불돌, 불銃, 불大砲, 불火爐, 불솥, 불뱀, 불獅子, 불개, 불고양이떼 들이 쏟아져 나오자……

——《梦天》

  A句中的"为哀、为乐、为怨、为怒、为恋、为骇、为忧、为惭"是词汇的罗列构成的排比,且词首的字相同。B句是申采浩小说《梦天》中的句子,其"火……"的构造与梁启超"为……"的构造如出一辙,且亦是词汇罗列形式的排比手法。相同句子的反复或类似语汇的罗列,正是申采浩借鉴晚清"新文体"的重要表现,长达48页的小说《梦天》中,有28页以上运用了类似的罗列排比手法。

  A 故今日之责任,不在他人,而全在我少年。少年智则国智,少年富则国富;少年强则国强,少年独立则国独立;少年自由则国自由,少年进步则国进步;少年胜于欧洲则国胜于欧洲,少年雄于地球则国雄于地球。

——《少年中国说》

  B 欲新一国之民,不可不先新一国之小说。故欲新道德,必新小说;欲新宗教,必新小说;欲新政治,必新小说;欲新风俗,必新小说;欲

---

① 钱基博:《现代中国文学史》,长沙:岳麓书社,1986年版,第198页。

新学艺,必新小说;乃至欲新人心,欲新人格,必新小说。
　　　　　　　　　　　——《论小说与群治之关系》

　　C　一國의 盛衰治亂은 大抵 其國 詩에서 可驗할지요……詩가 盛하면 國도 亦盛하며 詩가 衰하면 國도 衰하며 詩가 存하면 國도 亦存하며 詩가 亡하면 國도 亦亡한다。①
　　　　　　　　　　　——《天喜堂詩話》

　　D　嗚呼라. 今日 大韓國民의 目的地가 何處에 在한가? 上에 在한가? 下에 在한가? 左에 在한가? 右에 在한가? 嗚呼라. 大韓國民의 目的地가 何處에 在한가?②
　　　　　　　　　　　——《今日 大韓國民의 目的地》

　　E　故로 其書籍이 腐敗하면 一國民을 腐敗케 함이며 書籍이 卑劣하면 一國民을 卑劣게 함이며 書籍이 無精神하면 一國民을 無精神케 함이며 書籍이 無主旨하면 一國民을 無主旨케 함이니 書籍界의 一般 譯者 著者가 비록 此 笑啼俱不敢의 時代에 在할지라도 一層 奮發함이 可하며 一倍 勉勵함이 可한 故로 記者一此 可悲 可歎 可憐 可悶의 書籍界에 對하여 强히 一評을 更試코자 하노라。③
　　　　　　　　　　　——《書籍界一評》④

　　F　史를 讀하는 者가 此에 至하매 必也 距踊曲躍하여 曰 向者에는 李忠武가 全羅左道水使의 職權으로도 能히 功을 成하였거든 況今日 三道水軍 統制로야 何를 征하여 不服하며 向者에는 李忠武가 全羅左道水軍의 小數로도 能히 功을 成하였거든 況今日 水軍全部로야 何를 戰하여 不破하며 向者에는 李忠武가 閫權이 不專하고

---

　　①　译文:一国之盛衰治乱,大抵可从其国诗歌中得以验证……诗盛国亦盛,诗衰国亦衰,诗存国亦存,诗亡国亦亡。
　　②　译文:呜呼! 如今大韩国民的目的地在何处? 在上面? 还是在下面? 在左面? 还是在右面? 呜呼! 大韩民国的目的地在何处?
　　③　译文:故此,若书籍腐败,便会使国民腐败;若书籍卑劣,便会使国民卑劣;若书籍无精神,便会使国民无精神;若书籍无主旨,便会使国民无主旨。因此即便书籍界的译者和著者皆处于无法自由发声的时代,也应更加奋发勤勉。本记者由此尝试对可悲、可叹、可怜、可闷的书籍界进行强烈批评。
　　④　牛林杰:《韩国开化期文学与梁启超》,首尔:博而精图书出版社,2002年版,第208页。

第二章 朝鲜半岛文学近代化转型与晚清"三界革命"

軍令이 不一한 時로대 能히 功을 成하였거든 況今日 閫權이 旣專하고 軍令이 始一한 時니 何를 攻하여 不克하며 向者에는 李忠武가 兵力이 未振하고 威聲이 未暢한 時로대 能히 功을 成하였거든 況今日은 累勝의 餘勢를 席하여 彼 殘賊을 制壓하는 時이니 何를 招하여 不降하리오.①

——《李舜臣傳》

　　A 句与 B 句是梁启超文论中的经典段落,其特点是首先提出观点,然后运用大量的排比与递进相结合的修辞手法,条理清晰、一气呵成、气势充沛、感情激昂,分别强调了少年对于国家的重要性和"新小说"的必要性。C 句是申采浩《天喜堂诗话》中句子,强调诗歌与国家兴亡盛衰之间的关联性,其构造和修辞手法与 A 句和 B 句几乎如出一辙,也是首先提出"一国之盛衰治乱,大抵可从其国诗歌中得以验证"的观点,然后连续使用四个"诗……国亦……"的排比句,语言精练、句式工整、挥洒自如,使读者易于接受。D 句是采用了六个简短疑问句排比罗列的修辞手法,这种修辞方式在申采浩的文章中较为常见,在减少文章中的单调和枯燥意味的基础上,可以有效地强调作者的核心观点。

　　E 句是从申采浩批评书籍界的评论文章《书籍界一评》中节选的段落,较好地体现了申采浩社论文体简洁严密的文体特征。其构造也是连续使用四个"书籍……国民……"的排比句,使读者深刻认识到书籍的重要性,然后陈述书籍界的现状,使读者产生批判和改造书籍界的意识。阐述书籍界现状时,其运用了"可悲、可叹、可怜、可闷"的语汇排比手法,与前文对书籍界重要性的强调形成呼应,使文章的说服力和感染性达到最大化。F 句节选自申采浩所写的历史人物传记《李舜臣传》,文中使用了四个"向者……"和四个"况今日……"的排比句,句式齐整、气势恢宏,加快了叙述的节奏,使读者更易产生共鸣。

　　A　吾中国人状元宰相之思想何自来乎? 小说也;吾中国人佳人才子之思想何自来乎? 小说也;吾中国人江湖盗贼之思想何自来乎?

---

① 译文:读史之人至此定会感慨万千:往昔李忠武任全罗左道水使一职都能战功赫赫,何况如今统制三道水军,出征何处攻无不成? 往昔李忠武率全罗左道之少数水军都能战功赫赫,何况如今全部水军出战,何处攻无不破? 往昔李忠武身处阃权不专、军令不一的时代都能战功赫赫,何况如今将权专授,军令统一,何处攻无不克? 往昔李忠武在兵力不振、威名未扬时都能成功赫赫,何况如今正是乘风破浪制压残贼之时,何处攻无不降?

小说也;吾中国人妖巫狐鬼之思想何自来乎？小说也。
———《论小说与群治之关系》

B　夫对于他人之家、他人之国而旁观焉，犹可言也。何也？我固客也……对于吾家、吾国而旁观焉，不可言也。何也？我固主人也。我尚旁观，而更望谁之代吾责也？大抵家国之盛衰兴亡，恒以其家中、国中旁观者之有无多少为差。
———《呵旁观者文》

C　只今 韓國社會가 外國社會를 模倣함이 可한가? 曰 不可하니라. 模倣함이 不可한가? 曰 可하느라. 可함은 何故오? 曰 同等의 思想으로 模倣함은 可하니라. 不可함은 又 何故오? 同化의 思想으로 模倣함은 不可하니.①
———《同化의 悲觀》

D　"我國詩가 何時에 始하였나뇨?"하면 或曰 "類利王의〈黃鳥詩〉가 是라."하면 或曰 "乙支文德의〈遺于仲文詩〉가 是라."하니 是는 皆 漢詩요 國詩가 아니.②
———《天喜堂詩話》

E　無情한 一片赤墳만 青山에 屹然한 者가 我東國絶對巨傑 崔都統이 아닌가? 崔都統 一人으로 由하여 足히 國史를 光하며 我扶餘族의 精神이 不死함을 證하리니 또 어찌 大幸이라 아니하리오.③
———《崔都統傳》

A句连续四句使用自问自答的设问手法，对中国群治腐败之总根源——传统小说进行了强烈控诉，对传统小说导致国人的各种腐朽思想提出了警告。读之铿锵有力、沁人肺腑。B句采用三次设问排比手法，冲击

---

① 译文:如今韩国社会能否模仿外国？我认为不可以。模仿真的不可以吗？我认为又可以。缘何可以？指的是可以模仿相同的思想。缘何不可以？指的是不可以模仿同化的思想。
② 译文:若问"我国国诗始于何时？"可能会有人说"是琉璃王的《黄鸟诗》"，也可能会说"是乙支文德的《遗于仲文诗》"。可这些都是汉诗，并非国诗。
③ 译文:只有一片无情的坟墓屹然在青山上，那不正是我东国第一巨杰崔都统吗？崔都统一人就足以光耀国史，证明我扶余族的精神不死，这何其幸运。

力强,变化多端。其中,前两次自问自答,强调了自己的观点,第三次以"大抵"阐明自身的想法,充分体现了推理思考的恰当性和逻辑思维的严密性。C句通过四个连续自问自答并依次递进的设问句,强调了模仿外国时的注意事项。D句则采用"一问二答"的形式,阐述了无论是《黄鸟诗》还是《遗于仲文诗》,都是汉诗,而非国诗。

申采浩的文体,可能被认为是其独创的文章表现方式,但考虑到其对晚清著述的大量阅读、译介和其与梁启超在文体上共同点的典型性,可以断言两者间存在着重要的渊源和影响关系。E文摘自申采浩的历史传记小说《崔都统传》,文中使用的设问,降低了小说句子的单调性,可以视为某种强调手法。这种设问手法在表现作者思想的同时,也引导读者进行深入思考。

采用相同句式的连续、反复或感叹、设问、罗列、排比等修辞手法,是以申采浩文体为代表的朝鲜半岛近代转换期文体的共同特征。彼时的朝鲜半岛相对缺乏保障自由创作的社会文化和政治环境,申采浩的文章体现的正是那个时代的文体特征。且看1910年7月20日《大韩每日申报》的文章:

> 我本快然樂也로되 乃讀晴雯이 出大觀苑하고되 玉이 死瀟湘浦면 何以 忽然泣油然戚也며 我本蕭然壯也로되 乃觀春香이 逢李道令하고 論甫-剖樂工皰면 何以 嬉然動 怡然笑也며 我本이 然疲也로되 乃讀張翼德이 鞭督郵하고 武松이 打張督監이면 何以 爽然欲引一大白也며 我本毅然强也로되 乃觀잉잉이 別張君瑞하고 月華가 送尹汝玉이면 何以 慨然 欲倚欄長歎也오.

以上引文中,"我本……乃……何以……也"的长句式反复四次出现,排比工整,表意明确。前文已有提及,这一句式疑似直接借用了梁启超的论述:"我本蔼然和也,乃读林冲雪天三限、武松飞云浦厄,何以忽然发指?我本愉然乐也,乃读晴雯出大观园、黛玉死潇湘馆,何以忽然泪流?我本肃然庄也,乃读实甫之琴心、酬简,东塘之眠香、访翠,何以忽然情动?若是者,皆所谓刺激也。"[①]可见,作者至少已经通读《论小说与群治之关系》,对其中蕴含的晚清"新文体"特征已有深入了解且在论述中有意识地加以

---

① 梁启超:《论小说与群治之关系》,《饮冰室合集(第2册)》,北京:中华书局,1989年版,第7页。

运用。

　　值得注意的是,在运用这一句式和排比修辞手法时,作者并非完全照搬梁启超的文句,而是部分借用(乃讀晴雯이 出大觀苑하고되 玉이 死瀟湘浦면 何以 忽然泣油然戚也며),而另外几句则是加入了本民族传统文学内容或改变了其中的相关内容(我本肅然壯也로되 乃觀春香이 逢李道令하고 論甫-剖樂工匏면 何以 嬉然動 怡然笑也며 我本이 然疲也로되 乃讀張翼德이 鞭督郵하고 武松이 打張督監이면 何以 爽然欲引一大白也며 我本毅然强也로되 乃觀잉잉이 別張君瑞하고 月華가 送尹汝玉이면 何以 慨然 欲倚欄長歎也오)。作者加入了朝鲜半岛传统小说《春香传》(春香、李道令)和中国古典名著《三国演义》(张翼德)、《西厢记》(崔莺莺、张君瑞)等内容,对表达内容进行了改编。

　　引文后半部分"讀紅樓夢者는 有餘悲하고 讀南征記者는 有餘창하며 聽華容道者는 有餘快하고 聽沈昌歌者는 有餘恨하니",疑似借用了梁启超阐释"浸"时所说的"读《红楼》竟者,必有余恋,有余悲;读《水浒》竟者,必有余快,有余怒。何也?浸之力使然也"①。亦是遵循了同样的思维理路,沿用排比的修辞手法,对梁启超的主要观点进行了改编,添加了《谢氏南征记》《沈清传》等朝鲜半岛传统文学因素和《三国演义》的相关内容。这说明,朝鲜半岛知识文人们在沿用和借用晚清"新文体"时,有意识地进行了取舍和改变,使自己的论述在内容上与之有所区别。他们在借用修辞手法的同时,改变了晚清著述原文的部分内容,并加入本民族传统文学相关内容,借以阐述自己的主张。

　　综上可见,近代朝鲜半岛新文学衍生期的上述文体特征,一方面是传统文体形式在新的社会历史条件下自身演变的结果,另一方面晚清"新文体"的影响也是一个不容忽视的重要外在驱动因素。

四、叙事构造

　　如果说前文对语汇使用、句式选择、修辞手法等方面的探讨,着眼于朝鲜半岛翻译文体和社论文体的近代演变,那么叙事构造方面则是以历史传记小说为中心进行论析。传记作为一种文学样式,在中国和朝鲜半岛都具有悠久的历史,中国的传统传记体裁在梁启超等知识文人的努力下,在叙事构造和记述方法等方面,经历了文体上的诸多变化。朝鲜半岛的传统传

---

① 梁启超:《论小说与群治之关系》,《饮冰室合集(第2册)》,北京:中华书局,1989年版,第7页。

记则是在申采浩、朴殷植等人的倡导下实现了文体革新。梁启超将中国传统的传记形式与西方传记相结合,构建了独特的新文体传记体例。这些传记作品与其他著述一起传入朝鲜半岛,对朝鲜半岛近代文坛产生了重要影响。

传统传记体裁的叙事构造一般分为三部分。第一部分是引言部分,用来阐明立传的缘由和动机。第二部分是展开部分,大体介绍人物的出身、性格等,然后以年代顺序介绍人物的事迹。第三部分是终结部分,相当于作者对立传人物所做的价值评价和历史判断。其中,第一部分和第三部分经常省略。终结部分常常以"史臣曰""……曰"的形式,与展开部分进行严格区分。[1] 晚清新文体传记也有相当于引言部分的"绪论"和相当于终结部分的"结尾",这是与传统传记体裁相一致的部分。除此之外,梁启超对传统传记叙事体例的改进主要表现在:第一,首先介绍主人公出场的时代状况;第二,对人物和事件的价值评价部分的出现位置并不局限于终结部分,而是根据需要,随时可能在正文等其他部分出现。

梁启超在创作历史传记作品,尤其是西方杰出伟人历史传记作品时,都有一个明确的创作意图,正如其在诸多史学著述中强调的那样:"史学者,学问之最博大而最切要者也,国民之明镜也,爱国心之源泉也。"[2] 梁启超的每一个传记作品,都隐藏着对中国社会现实的关注目光,以最终实现"明朝局""振民气""厉国耻"和"新吾民"为目的。随着对《匈牙利爱国者噶苏士传》《意大利建国三杰传》《近世第一女杰罗兰夫人传》的译介,"厉国耻"和"新吾民"的口号被朝鲜半岛近代爱国启蒙运动知识文人们深深领悟,他们结合朝鲜半岛所面临的时代困局和民族危机,为了提升国民的爱国意识和团结一致的精神,呼吁民族英雄尽快出现,仿照晚清"新文体"传记的叙事模式,也创作了诸如《乙支文德》《李舜臣传》《崔都统传》《姜邯赞传》《渊盖苏文传》等本民族英雄人物传记。曾直接翻译《意大利建国三杰传》的申采浩创作了《乙支文德》《李舜臣传》《崔都统传》等传记作品,这些作品的叙事构造与梁启超的传记作品几乎如出一辙。

《意大利建国三杰传》目录

发端
    第一节　三杰以前意大利之形势及三杰之幼年

---

[1] 金均泰:《传的体裁考察》,首尔:创作与批评社,1983年版,第200页。
[2] 梁启超:《新史学》,《饮冰室合集(第1册)》,北京:中华书局,1989年版,第1页。

第二节　玛志尼创立少年意大利及上书撒的尼亚主

第三节　加富尔之躬耕

第四节　玛志尼加里波的之亡命

第五节　南美洲之加里波的

第六节　革命前之形势

第七节　千八百四十八年之革命

第八节　罗马共和国之建设及其灭亡

第九节　革命后之形势

第十节　撒的尼亚新王之贤明及加富尔之入相

第十一节　加富尔改革内政

第十二节　加富尔外交政策第一段（格里米亚之役）

第十三节　加富尔外交政策第二段（巴黎会议）

第十四节　加富尔外交政策第三段（意法密约）

第十五节　意奥开战之准备（加富尔加里波的之会合）

第十六节　意奥战争及加富尔之辞职

第十七节　加里波的之辞职

第十八节　加富尔之再相与北意大利之统一

第十九节　当时南意大利之形势

第廿节　加里波的戡定南意大利

第廿一节　南北意大利之合并

第廿二节　第一国会

第廿三节　加富尔之长逝及其未竟之志

第廿四节　加里波的之下狱及游英国

第廿五节　加里波的再入罗马及再败再被逮

第廿六节　意大利定鼎罗马大一统成

结论

《乙支文德》目录

緒論

第一章　乙支文德 以前의 韓漢關係

第二章　乙支文德 時代의 麗隋形勢

第三章　乙支文德 時代의 列國狀態

第四章　乙支文德의 毅魄

第五章　乙支文德의 熊略

第六章　乙支文德의外交
第七章　乙支文德의武備
第八章　乙支文德의手腕下에敵國
第九章　隋寇의聲勢와乙支文德
第十章　龍變虎化의乙支文德
第十一章　薩水大風雲의乙支文德
第十二章　成功後의乙支文德
第十三章　舊史家管孔의乙支文德
第十四章　乙支文德의人格
第十五章　無始無終의乙支文德
結論

《李舜臣傳》目录

第一章　緒論
第二章　李舜臣의幼年과及其少時
第三章　李舜臣의出身과其後困騫
第四章　防胡의小役과朝廷의求材
第五章　李舜臣의戰役準備
第六章　釜山海 赴援
第七章　李舜臣의第一戰(玉浦)
第八章　李舜臣의第二戰(唐浦)
第九章　李舜臣의第三戰(見乃梁)
第十章　李舜臣의第四戰(釜山)
第十一章　第五戰後 李舜臣
第十二章　李舜臣의拘掌
第十三章　李舜臣의入獄,出獄間 國家의悲運
第十四章　李舜臣의再任統制使와鳴梁의大戰捷
第十五章　倭寇의末路
第十六章　陳璘의中變과露梁의大戰
第十七章　李舜臣의桑還과及其遺恨
第十八章　李舜臣의諸將과公의遺跡 及奇談
第十九章　結論

以上可以看出,《意大利建国三杰传》体现了晚清传记叙事构造的典

型特征,即前为导入部分的"发端",后为终结部分的"结论",中间是二十六章内容构成的正文部分。而《乙支文德》也由阐明作者创作意图的"绪论"和作者评价部分的"结论"以及十五章的展开部分构成,体例上与《意大利建国三杰传》完全一致,只是与如实记录生平的传统传记有所差别。具体来说,第一至三章介绍了乙支文德所生活的时代状况(包括"韩汉关系""丽隋形势""列国状态"),第四至七章论及乙支文德的"毅魄""雄略""外交""武备"等,第八至十二章按时间顺序依次介绍了乙支文德的战争经历。第十三章是史学家对乙支文德的评价,第十四章论述了乙支文德的人格,第十五章则将乙支文德与其他英雄进行比较,阐明其在朝鲜半岛历史上的特殊地位。如此来看,只有第八至十二章符合传统传记的叙述规范。而第一至三章是交代时代背景,对人物的评价则集中在剩余的七章。这一点也与晚清人物传记首先介绍主人公出场的时代状况,对人物和事件的价值评价部分的出现位置并不局限于终结部分的特征相吻合。

《李舜臣传》是申采浩创作并在《大韩每日申报》上连载的传记作品。申采浩在翻译完《意大利建国三杰传》后,面对危在旦夕的国内外局势和民众爱国精神的匮乏,决定为朝鲜半岛历史上的抗倭民族英雄——李舜臣立传,以更有效地唤醒国民的民族自觉意识,抵抗日本的殖民侵略。李舜臣是朝鲜半岛历史上的"三杰"(乙支文德、崔莹、李舜臣)之一,其在1597年曾与倭寇进行过激烈海战,因此将其作为抗击日本殖民侵略的英雄人物更具有典型性。

《李舜臣传》采用了朝鲜半岛传统"传"的形式,与传统传记的叙事构造比较接近。第一章作为绪论,阐述创作意图。然后第二至十六章的叙事构造为李舜臣的"幼少年期""出身""战役准备""与倭军的战斗""拘拿""入狱""歼灭倭军""战死",即从生到死的顺时顺序进行论述。但整体来看,与《乙支文德》参照《意大利建国三杰传》的体裁样式一样,《李舜臣传》也是由前后的"绪论"和"结论"构成,中间展开部分也是小题目的章节形式。且第十七章插入了作者对李舜臣生涯的评论,第十八章列举了李舜臣相关的史料等内容。总体来说,《李舜臣传》与传统传记的不同之处在于评论部分较多且位置灵活自由,这与晚清传记特征不谋而合。

《崔都统传》虽为未完成作品,但在第二章也详细论述了人物出场的历史舞台和时代背景,且在展开部分的正文中,偶尔能够看到作者对人物或事件的评论,比如第三章在论及崔都统的前半生时,加入了对他的评论:"嗚呼라. 然이나 屈者는 伸의 基요. 潛者는 躍의 本이라 英雄이 將奮에 坎坷가 必先함은 其才를 鍊하며 其志를 養함이니 前三十餘年支離困頓

의崔都統이 若無하면 後三十餘年 突兀壯快의 崔都統이 豈有하리오."①

无论是《乙支文德》，还是《李舜臣传》，与其说它们是脱离于传统样式的"传"，倒不如说是申采浩面对近代朝鲜半岛的民族危机而产生的时代认识基础上的产物。在抵抗日本殖民侵占的过程中，他认为有必要在民众中树立本民族的英雄形象，呼唤民族自觉意识和爱国精神，这与晚清"振民气""新吾民""厉国耻"的立传宗旨完全吻合，也是申采浩产生深度共鸣的内容。他认为若运用传统意义上的"传"来刻画民族英雄、树立英雄形象，很难达到预期效果。因此，作为叙事模式和体例方面的过渡性尝试，他在传记内容构造上参考了《意大利建国三杰传》。

其次，在人物形象化的方法上，申采浩等人同样借鉴了晚清传记作品，在讲述英雄的诞生时，经常将时代状况和国际形势作为重点内容加以叙述，同时弱化传统文学中凸显的英雄神性，阐明英雄与时代的逻辑关联，强调英雄是时代的必然产物。申采浩曾表示"大抵论英雄，不可不观其所遇之时势，所处之社会"，因此通过参照晚清描写传记人物的时代背景和历史语境，在创作《乙支文德》时，亦是首先点出了乙支文德出生时的社会环境、时代特征和国内外政治局势，赋予其历史性个人的地位和意义。同样，《崔都统传》对主人公崔莹身世的描写，也首先是从历史演变和国际秩序开始着墨，将其刻画为檀君的玄孙、扶余族的代表人物和时代的产物。

鉴于申采浩爱国启蒙知识文人的身份以及当时对国民进行思想启蒙的时代课题，无法苛求申采浩的小说作品具有多高的艺术水准。因此，申采浩的这些历史人物传记小说，事实上更接近于论文或论说文章，包括他后来创作的小说《梦天》，也体现了晚清新文体传记的叙事模式对其小说创作的具体影响。小说《梦天》由六个章节构成，第一章相当于"发端"，第二章是承接部分，第三、四章讲述主人公遭遇挫折，第五章是反转和启示，第六章是克服挫折、迎接光明的结尾部分。小说刻画了决定献身救国运动的主人公，通过梦境和幻想，对朝鲜半岛的历史舞台进行巡礼的过程。

另外，梁启超借用《史记》中的"太史公曰"，采用"新史氏曰""新民子曰"或"梁启超曰"的形式，对作品中人物和事件进行评述。而申采浩也在其传记作品中，直接借用了"新史氏曰"或"无涯生曰"的形式表达自身的

---

① 译文：呜呼！"屈"是"伸"的基础，"潜"是"跃"的根本，英雄奋起前也必先经历坎坷来练其才、养其志，若是没有前三十余年支离困顿的崔都统，又怎么有后三十余年快速崛起、威武雄壮的崔都统呢？申采浩：《丹斋申采浩全集（中）》，首尔：萤雪出版社，1977年版，第423页。

观点。"新史氏"是梁启超的自称,意在重新撰写历史,"无涯生"是《清议报》发行初期,梁启超所用的笔名,这说明申采浩在接触和翻译梁启超著述的同时,借用了梁启超的笔名。①

　　朝鲜半岛近代文体的形成首先源于朝鲜半岛内部的某种文学文化发展需求,特别是爱国启蒙运动、自强独立运动、国语研究活动等时代课题对文体变革产生的决定性驱动作用。但是,近代转型期是朝鲜半岛与外国文化交涉最为活跃的历史时期之一,随着对无数外国书籍的译介,外国文化像潮水般涌向朝鲜半岛,其中必然伴随着外国文化的接受和外国文体的影响。其中,晚清"文界革命"发挥了连接西方文明与朝鲜半岛的重要媒介作用,译介至朝鲜半岛的大量晚清著述,不仅对朝鲜半岛爱国启蒙思想的形成和发展产生重要影响,也在语汇使用、句式选择、修辞手法和叙事模式方面,有力推进了朝鲜半岛近代文体的演化和转变。

---

① 牛林杰:《韩国开化期文学与梁启超》,首尔:博而精图书出版社,2002年版,第219页。

第三章　朝鲜半岛殖民地文学与"五四"新文学

　　殖民地语境下的朝鲜半岛文学,几乎完全受制于日本文化霸权和文学话语指向。从事文学创作的文人作家们被强制接受动员,甚至有部分作家开始创作"国策文学"以迎合日本殖民统治。但正如霍米·巴巴所强调的那样:"殖民地对帝国话语的模仿同帝国文本之间存在许多差异"①,朝鲜半岛殖民地文学也并非全是顺从日本殖民侵略的奴化文学。在日本殖民当局严密监视和控制的缝隙之中,还是有部分知识文人着眼于中国与朝鲜半岛的深厚历史文化渊源以及由此而产生的连带心理和同位意识,通过中国体验基础上的"越境叙事"和跨界书写,积极吸收和借鉴"五四"新文学的有益经验。朝鲜半岛知识文人们通过自身的中国体验,省察、反思和批判朝鲜半岛的殖民地现实。换言之,他们将中国视为"他者"以及能够比照朝鲜半岛社会现实的镜子,在此过程中通过乌托邦形象和意识形态形象的创作,重新确认殖民地的社会现实,同时尝试提出民族解放的具体方案。此部分内容将从"作为多义性空间的中国东北""现代文明与殖民性混合交织的上海"和"传统批判与现实逃避矛盾并生的北京"等三个层面具体展开论述。

　　从新文学发生的社会文化语境看,中国与朝鲜半岛都面临着外部势力的殖民侵占,同处于殖民地话语体系中。因此,在文化心理上,结合历史上曾经长期存续的紧密文化交流关系,朝鲜半岛知识文人对中国所处的半殖民地半封建语境感同身受,"同位意识"油然而生,"五四"新文学必然引起他们的密切关注和深层共鸣。胡适和鲁迅分别在文学理论吸收和文学创作实践借鉴方面,对朝鲜半岛殖民地文学产生重要影响。朝鲜半岛对中国的认知中,既渗透着西方和日本隐性殖民话语指向,也显现出基于本国立场的主体认知,对"五四"新文化运动表现出普遍认同的姿态。同样,"三一运动"后,中国对朝鲜半岛的认知由"用夏变夷"的传统思维逐渐演变为承认朝鲜半岛的主体地位,同时积极支持和声援他们的民族独立运动。中

---

① Homi K. Bhabha: *The Location of Culture*, New York: Routledge, 1994, p. 86.

国知识文人们对朝鲜半岛独立运动及其民族主体性的认同,有力地推动了两国知识文人之间同位意识支配下的互动与交流。"五四"新文化运动和新文学革命也由此为朝鲜半岛文学带来"异域之镜"的共鸣性启迪,主要表现为中国新文化运动的模式参照与移植,"国语文学论"对朝鲜半岛"言文一致"运动的影响以及朝鲜半岛对"五四"文艺启蒙理论的思想共鸣和谱系承传。

第一节 "越境叙事":朝鲜半岛作家的中国体验与跨界书写

朝鲜半岛沦为日本殖民地后,迫于思想和舆论的双重压制,大批知识文人和作家被迫流亡海外。其中,地缘政治上一衣带水的中国是他们的首选目的地。对他们来说,在社会参与和抵抗知识话语构建乃至政治、文化和生活等诸方面,相较于俄罗斯、美国和日本,中国具有独特的空间意义。殖民地时期朝鲜半岛作家的在中国的流亡地,主要有东北地区、北京和上海等。流亡中国的朝鲜半岛爱国志士和作家通过自身的中国体验,在"越境叙事"的基础上构筑了新的世界认识和东亚认知,与中国知识分子形成了共通的话语逻辑和相互认识。他们通过小说和纪实类文学作品的创作,试图克服笼罩于朝鲜半岛的日本殖民暴力和文化霸权,脱离舆论自由受到限制的殖民地语境。

一、作为多义性空间的中国东北

日据时期,大量朝鲜半岛人为了生存移居中国东北,其中也包括以独立运动家为代表的知识文人和作家等群体。发表于1927年的《朝鲜日报》社论显示,当时移居中国东北的朝鲜人已达百万,"占据朝鲜民族的二十分之一"①。事实上,纵观朝鲜半岛近代历史可知,日据时期的中国东北地区是一个特殊的存在,它既是殖民地时期朝鲜半岛移民的避难处,又是新生活的拓展地;既是民族独立运动的根据地,又是亡命知识文人和作家们越境书写的活动舞台,是朝鲜半岛近现代文学史上独具象征意义的特殊文化空间。

具有中国东北体验的代表作家有崔曙海、姜敬爱、金昌杰等。崔曙海(1901—1932),本名学松,1918年流浪至中国东北地区直至1923年归国,

---

① 梁明:《在动乱的中国(七)》,《朝鲜日报》1927年2月16日。

在此期间他一直生活在最下层,尝尽人间疾苦。在朝鲜半岛近现代文学中,崔曙海是正式将中国东北文学化的代表作家之一。崔曙海的创作以其代表作《出走记》为开端,《红焰》到达创作巅峰,当时被金起林评价为"到达近代文学最高峰的作家"。崔曙海自身的贫穷体验,扩展为阶级矛盾意识,他也因此成为"新倾向派"的代表性作家。可以说,崔曙海之所以能够在文学创作上达到有别于其他作家的新境界,正是因为其中国东北体验。在朝鲜半岛人民心目中,中国东北是一个只要努力就能够吃饱穿暖,还能够接受教育的希望之地。但是,现实是残酷的,这里仍然是一个受到地主压榨,难以摆脱贫穷和饥饿,民族矛盾横生的地方。1918年,跨越国境来到这里的崔曙海,仍然过着最底层的贫苦日子,他四处流浪,最下层的穷苦生活成为其小说创作的源泉和动力。

崔曙海将中国东北体验化为作品创作的主要素材,1924年,其处女作短篇小说《吐血》发表于《东亚日报》,之后在李光洙的推荐下又在《朝鲜文坛》发表了《故国》,1925年因发表了在极度贫穷体验基础上创作而成的《出走记》而一举成名。此后崔曙海加入"卡普"①,又陆续发表了《饥饿与杀戮》《红焰》等以中国东北体验为时代背景的作品。在作品中,崔曙海告诉读者,中国东北对于朝鲜半岛移民来说,同样是一个贫苦受难的地方,对于无产阶级来说,此地也不是一个救赎之地。近似于崔曙海自传小说的《出走记》《饥饿与杀戮》等作品,如实展现了朝鲜半岛移民的苦难生活,相较于同时期其他作家通过想象刻画的"苦难",崔曙海作品中苦难体验的具体性和写实性值得深入探究。

从作家意识角度来看,崔曙海的作品可以大致分为两类,第一类是刻画在社会最底层和贫穷压迫中挣扎的朝鲜半岛移民们悲惨生活的作品。第二类是领悟到自身生活的意义,认识到自身的贫穷并非缘于自身,而是充满矛盾的社会所导致,因此应该抵抗日本侵略者和当地地主压榨的作品。小说《疯子》讲述了为寻找活路来到中国东北的朝鲜半岛移民仍然生活在贫穷和苦难之中的故事。他们到达之后发现并没有可以耕种的土地,只能沦落为中国地主的佃户,尽管如此也难以糊口还债。事实上,大部分朝鲜半岛移民都与《疯子》的主人公一样,遭受压迫和榨取,过着惨淡的生活。1925年,崔曙海将处女作《吐血》改编为《饥饿与杀戮》重新发表。作

---

① "卡普",是朝鲜无产阶级艺术联盟的简称。1925年8月,由朴英熙、金起镇、李箕永等主要新倾向派作家为中心组织而成的文学团体。"卡普"作为无产阶级文学家构成的进步团体,有组织地开展政治性较强的文学运动,后在日本殖民当局的镇压下于1935年被迫解散。

为一部典型的"新倾向派"小说作品,此小说同样控诉了社会的不公平和阶层间、民族间的矛盾。作者以旁观者的视角,以写实主义的手法描写了一个极度贫穷的病态家族的故事,主人公的妻子生病却无法得到治疗,母亲则在去买糯米的路上被狗咬死,最后主人公发疯,用菜刀杀死家人之后冲进警察局。

崔曙海作品的主人公都是遭受压迫的下层劳动人民,他们在面对社会矛盾时,都会表露出条件反射式的抵抗。整体来看,小说主人公们的行为虽然大都止步于个体的现实应对,但是与新倾向派作品的意识形态过剩不同,从充分反映作家生活体验的现实角度来看,可以将崔曙海的作品视为现实主义小说的转折点之一。在具体创作过程中,崔曙海之所以对"贫穷"和"苦难"素材如此执着,根本原因在于殖民主义的压迫构造。中国东北地区本是朝鲜半岛移民逃离日本殖民控制,走投无路之后满怀希望投奔而来的梦想之地,但是现实却是连最基本的衣食住都无法解决的受难空间。崔曙海将自己的异域体验小说化,在越境叙事的基础上,完成了中国体验的跨界书写。

如果说崔曙海代表了20世纪20年代中国东北体验的文学书写,那么20世纪30年代的代表作家当数姜敬爱(1906—1943)。无论是在朝鲜半岛移民问题的形象化,还是在逼真表现方面,姜敬爱都是值得瞩目的作家。1930—1940年的中国东北体验构成了其丰富的创作来源,其一生发表的21篇小说中有12篇是以中国东北生活为素材的。她善于在作品中表现抗日精神,相较于其他同时期作家,她的作品数量不多,但却真实反映了朝鲜半岛移民导致的诸多社会问题,体现了民族矛盾文学化的作家意识。中国东北生活体验是其小说创作的重要影响源之一。1906年出生的姜敬爱,因父亲早逝、母亲改嫁,幼年期在不幸中度过。1929年她来到中国东北地区,曾担任临时教员,生活清贫。此后十余年的异域体验逐渐使姜敬爱对社会现实产生了抵抗心理,与此同时与社会主义者张河一的相遇使其世界观发生转变,开始同情受到榨取和压迫的农民,声援他们所进行的抵抗运动。

1931年姜敬爱在《朝鲜日报》发表了短篇小说《破琴》,标志着其正式登上文坛。此后她陆续发表了反映摆脱封建压迫、寻求解放道路的长篇小说《妈妈和女儿》,讲述日本殖民语境下朝鲜人民痛苦生活和抗日游击队英勇事迹的中篇小说《盐》,展现殖民地矛盾和贫农阶层历史演变过程、被称为朝鲜半岛近代小说史上最著名劳动小说的《人间问题》等。作为20世纪30年代中国东北地区最活跃的朝鲜半岛作家之一,姜敬爱将笔触转移至朝鲜半岛移民的贫穷苦难生活、民族矛盾和失乡之痛的刻画上。姜敬爱的中国东北体验同样为其文学创作提供了丰厚的养分和素材,正是通过这种异国体验,才诞生了描写反满抗日游击队的《盐》和《黑暗》,也正是基于这种异国体验所获得的历史认识,她创作了被称为殖民地时代现实主义力作的《人间问题》。

姜敬爱所有作品中与中国东北体验相关的有12篇,以1935年为界,可以将这12篇小说划分为前期小说和后期小说。前期小说主要以中国东北农民的生活斗争和对知识文人的否定批判为主题,后期小说大部分以社会主义者及其家庭生活为主题。不管是前期作品,还是后期作品,"抵抗意识"和"阶级理念"始终贯穿其中。姜敬爱的处女作《破琴》连载于1931年1月27日至2月3日的《朝鲜日报》。作为小说空间的"中国东北"和抗日人物同时出现在《破琴》中,主人公发现了理论和现实的距离进而进入现实(抗日)中,最终在斗争中牺牲。《破琴》通过中途放弃学业的大学生主人公,指出利用少数人创造的理论引导大众前行是愚蠢的行为,强调脱离现实的理论毫无价值。知识文人只有在实际斗争中锻炼自身,才能够成为引导民众的社会主义者,而非单纯依靠理论。但在后期代表作《人间问题》中,其认识发生了变化,《人间问题》通过主人公申哲这一形象,对知识分子的革命性产生怀疑甚至否定。申哲出生于富裕家庭,接受过高等教育,对日本殖民政策心怀不满,也有改变朝鲜殖民地现实的愿望。但是,他的意志不够坚定,日本强化统治,抗日运动步履维艰之时,他的思想发生了转向。由此可知,姜敬爱对作为知识文人的社会主义者的态度开始变化,她认为当时知识分子尚未具备引导民众实现革命胜利的力量。

姜敬爱敏锐地认识到"九一八"事变之后极度恶化的抗日斗争环境以及由此引起的朝鲜半岛移民日渐冷却的抗日激情,同时迅速将其反映在作品中。《足球战》反映了"九一八"事变之后的抗日局势,同时体现了克服抗日颓势、强化斗争意志的民族意识。如果说《破琴》聚焦的是个人的抗日斗争,那么《足球战》则将关注点转移至具有组织性、战略性的抗日斗争上。在《二百元稿酬》中,姜敬爱借社会主义运动家丈夫之口,传达小说的中心内容。这说明她在中国东北生活的过程中,丈夫张河一和周边的抗日斗争运动对姜敬爱产生了深远的影响,也影响了其文学创作。小说《黑暗》同样展现了在抗日运动热潮逐渐冷却的社会氛围中急剧变化的思想和世态。

"姜敬爱的诸多作品均取材于朝鲜移民的异国体验和现实生活,对移民群体的本质和身份问题看似并未表现出特别的关注,但事实并非如此。

姜敬爱将自身所处的伪满(洲国)土地视为革命和斗争的空间。"①这一点通过她写的一系列随笔和大部分小说作品可窥一斑,尤其是她在小说中刻画了各种以革命和斗争为指向的移民形象。姜敬爱通过周边社会主义者们的故事,确认了日本强占期中国东北地区抗日运动的存在,展示了在日本的讨伐和镇压下当时社会主义者们选择的不同生活方式。她笔下的主人公即使无法直接参与抗日斗争,也都坚守了信念和良心的底线。姜敬爱在中国东北体验过程中,对朝鲜半岛民众的悲惨生活及其对外在压迫因素的抗争保持了持续的关注,同时致力于将自身体验和其所关注的素材进行文学形象化的创作,由此构建了其独特的文学世界。

金昌杰(1911—1991)是20世纪40年代中国东北地区最为活跃的朝鲜半岛作家之一。与其他背井离乡的朝鲜半岛移民一样,金昌杰也不堪日本的殖民压迫,为了寻找更好的生活环境而被迫离开故乡。小学毕业之后,1926年15岁的金昌杰进入耶稣教长老会管理的恩真中学学习,一年之后转入大成中学。大成中学是当时马克思主义运动活跃开展的学校之一,在这种革命氛围中,他积极加入地下团体,接触到了朝鲜半岛流行的"卡普"和"新倾向派"作品。1934年金昌杰结束一段时间的彷徨和放浪生活之后重回中国东北,在从事农民、小学教师、店员、事务员等不同职业的同时,进行文学创作。1936—1943年间,他发表了《第二故乡》《暗夜》《落第》《苍空》《走私》《姜校长》等20余篇小说以及数十篇随笔、诗歌和评论文章等。

金昌杰不仅在作品中控诉了朝鲜半岛移民们的悲惨血泪史和黑暗的社会现实,而且也如实展现了其为争取独立的强烈斗志。他的很多作品生动刻画了朝鲜半岛移民的遭遇和苦难,他们在面临日本统治和民族矛盾时,仍然怀揣希望,没有放弃对美好生活的向往,生动故事的背后是金昌杰长期的中国东北体验。金昌杰的小说大体可以分为两大类别。第一类是以农民和劳动者为主人公的作品,这些作品均刻画了日本殖民统治之下步履维艰的农民和劳动者的悲惨生活。第二类是强调民族精神和抵抗意识的作品,描写了一批在日本殖民统治和民族矛盾中苦苦探寻出路的知识文人。金昌杰的作品中蕴含着比较浓郁的民族之魂和反抗精神,创造了不屈服于外来压迫的朝鲜民族形象。对于被日本剥夺了主权和生存权的朝鲜半岛人民来说,中国东北地区是一个实行迂回抵抗策略的希望之地。

短篇小说《暗夜》通过青年男女间无法实现的爱情,揭露了朝鲜半岛

---

① 张春植:《间岛体验与姜敬爱的小说》,《女性文学研究》2004年第11期。

移民的苦难史。正如小说题目本身所透露的,朝鲜半岛移民的生活是"黑暗"的。小说中,"卖女还债"的情节设定如实展现了当时朝鲜半岛移民们的穷苦生活。《第二故乡》写实而生动地讲述了金昌杰流亡中国东北地区的曲折过程和其中的遭遇。与崔曙海小说主题类似,《第二故乡》同样描画了一群怀揣希望离开家乡的朝鲜半岛移民,等待他们的却是残酷的现实和更为恶劣的生活空间。在主人公以及其他移民的意识之中,蕴含着强烈的生存意志,但是这种生存意志却必须以破坏自我甚至丧失自我为代价。"随处是家乡",即若将"家乡"视为某个本体概念,"第二故乡"的心理建设则意味着新的"自我认知"的确立。

整体来看,金昌杰的作品具有浓厚的写实主义倾向,因此在创作过程中,他一直努力忠诚于事实本身,试图最大限度地利用自身的中国东北体验,如实展现朝鲜半岛移民们的真实生活,其中也不乏幽默和讽刺。同时,他尤其注重中国东北体验中的细节部分,如将自己生活过的地名直接写入作品中,将中国东北地区的风土人情直接融入小说中,可见这种异国体验对其创作的影响之深。

二、现代文明与殖民性混合交织的上海

除了中国东北地区以外,位于中国东部的上海也是殖民地时期朝鲜半岛作家们中国体验的重要目的地。他们以独立运动或留学为目的旅居上海,有的在中国的大学毕业之后长期在中国工作,有的中断学业投身于独立运动而最终牺牲。殖民地时期寓居上海的近现代朝鲜半岛知识文人主要有革命家金山、沈熏,留学生朱耀燮、金光洲,记者崔独鹃、姜鹭乡等。据统计,仅20世纪20年代至30年代以上海为背景的小说就有20余篇,孙志凤曾经对这些小说从内容上进行过分类。第一类是反映自由恋爱主题的作品,如《男子》《初恋的代价》《东方的恋人》等;第二类是刻画贫困人物形象的作品,如《人力车夫》《杀人》等;第三类是同时展现都市性与殖民性的作品,如《南京路的苍空》《北平来的老头》《铺道的忧郁》等;第四类是强调革命意志的作品,如《黄昏》《黑风》等。

与作为日本殖民地的朝鲜半岛不同,租界林立的上海处于半殖民地状态;与北京相比,上海又是资本主义近现代都市文明开化进程更加迅速且面向西方的重要窗口。相对自由的政治氛围,为寻求民族解放的朝鲜半岛独立运动家们提供了武装斗争的可能性和活动空间,中国东北地区"交通不便,因此启蒙运动系列的独立志士们大多流向了交通通讯便利、易于与

世界接触的大都市,尤其是上海地区"①。于是,义烈团、大韩民国临时政府等抗日团体先后在上海成立,民族独立运动活跃开展,其中,为了祖国和民族的解放而参与独立运动的文人作家不在少数。他们在积极参与独立运动的同时,也将在上海区域开展独立运动的朝鲜半岛仁人志士进行文学形象化创作,如实展现上海体验过程中的所见所想。代表性作品有金山的《奇妙的武器》和沈熏的《东方的恋人》。

相较于作家身份,金山(1905—1938)首先是一名抗日斗士,他于1905年出生于平安北道,本名张志乐。1919年参加"三一运动"之后,金山赴日至东京帝国大学留学,其间为了维持生计,做过报纸配送员,与日本底层劳动者和朝鲜苦力密切接触,学习了马克思主义和无政府主义理论,之后进入新兴武官学校学习军事学和历史;1920年6月毕业之后成为学校教师,听闻大韩民国临时政府在上海成立的消息后,当年冬天来到上海并就职于"独立新闻社";1925年初远赴广州加入"朝鲜革命青年联盟",后加入中国共产党,1927年成为中国共产党韩人支部领导人之一,辗转于上海、北京、天津等地开展抗日独立运动。尼姆·韦尔斯(Nym Wales)曾评价金山为韩国民族独立运动领袖,是中国与朝鲜半岛近代革命史上不可或缺的重要人物。金山曾创作众多诗歌和散文,其短篇小说《奇妙的武器》发表于1930年4月号的北京《新东方》杂志。

《奇妙的武器》以20世纪20年代活跃开展抗日运动的义烈团上海黄浦滩事件为蓝本,小说再现了三名义烈团团员暗杀日本陆军军官田中义一的事件,凸显了朝鲜独立运动家们的民族意识和革命精神。日本侵占朝鲜半岛之后,为了强化殖民统治,肆意破坏朝鲜的固有传统和文化遗产,将李氏朝鲜的王宫改造成动物园和植物园,种上象征日本的樱花树。与此同时,中小商户没落、农民丧失土地、市民负担增加等社会问题相继出现。在日本的残暴殖民统治下,三位朝鲜青年最终为了民族解放而亡命上海。他们在上海成立义烈团,暗中谋划杀死日本陆军军官田中义一。"义烈团"是1919年由金元凤等13名爱国者在中国东北成立的抗日团体,旨在以有组织的武装斗争和暴力手段,对抗日本殖民当局,实现民族解放。尽管计划周密,但义烈团的暗杀行动最终以失败告终,而团员们被日本警察逮捕之后仍不后悔当初的选择。

沈熏(1901—1936)是小说家、诗人和电影评论家,1919年因参加"三一运动"而被捕,出狱后辗转于北京、上海和杭州。沈熏的诗歌《朴君的

---

① 吕运亨:《我的上海时代——自叙传(二)》,《三千里》第4卷第10期,1932年10月1日。

脸》中出现了三个"朴君",其中之一就是朴宪永。朴宪永因朝鲜共产党事件被捕,1927年11月22日因病保释出狱。《朴君的脸》诉说了朴宪永出狱时的凄惨模样,将革命同志的痛苦和悲伤进行了形象化和艺术化处理。此外,沈熏还与朝鲜半岛独立运动家、政治家吕运亨关系密切,沈熏通过连载《永远的微笑》和《织女星》帮助吕运亨摆脱生活的困境。在沈熏的葬礼上,满含热泪朗读其遗作《绝笔》的人正是吕运亨,可见二人交情之深厚。从沈熏与上海的独立运动家们的交流可以看出,其上海体验与朝鲜半岛的独立运动存在密切关联。

沈熏的《东方的恋人》也是以1920年的上海为背景,讲述了独立运动家们组织的革命活动。此长篇小说展现了以上海的大韩民国临时政府为代表的民族主义系列、共产主义系列和无政府主义系列政治组织以及"义烈团""韩人爱国团"等在上海的秘密结社组织开展的独立运动。此小说表面上以恋爱故事架构全篇,但却影射了革命的政治性和独立运动的残酷性。与《奇妙的武器》不同,《东方的恋人》并未体现朝鲜半岛仁人志士们的具体革命运动,反而通过个人爱情与国家命运矛盾的消解,展现了朝鲜半岛青年们的爱国精神和民族意识。事实上,20世纪20年代后期以上海的大韩民国临时政府为中心的独立运动团体内部,存在着尖锐的派别矛盾和斗争。小说中展现的团体派别之间的政治理念对立,正是大韩民国临时政府离开上海之前抗日独立运动的真实状态。沈熏创作此小说的真实意图在于,团结各个抗日团体,消解他们内部的矛盾,共同探索民族独立运动之路。

在朝鲜半岛日据时期,上海不仅是革命运动的根据地,也是东西方文化混杂的国际性大都市。因此,朝鲜半岛的知识文人们为了接近西方文化和现代文明,或者为了以中国为跳板赴欧美留学,大都选择来到上海。其中,怀有这种目的的留学生居多,朱耀燮(1902—1972)和金光洲(1910—1973)就是他们的代表。1920—1927年,作家朱耀燮以留学生的身份在上海度过了七年的时间。居留上海期间,他将关注点集中到社会最底层人们的穷苦生活,因此,他发表的作品大都形象化地反映了下层民众的苦难,代表作品有《人力车夫》和《杀人》。以留学生的身份来到上海的朱耀燮加入了"上海韩人青年会"等团体,积极参与政治活动,同时创作和发表小说作品。

朱耀燮的短篇小说《人力车夫》将主人公阿靖悲惨的一天高度浓缩。阿靖出生于贫穷的乡村,来到上海进入工厂工作,被赶出后靠拉人力车为生。他没有家人,连拉的人力车都是别人的,九年多的拉车生活不仅没有改善他的生活质量,反而使他陷入濒死境地。朱耀燮通过主人公阿靖,暴露了当时悲惨的社会现实,他没有强调下层劳动人民的伦理道德,而是着力强调和描写他们愚昧落后的思想和生活状态。《杀人》是朱耀燮在上海沪江大学留学时所写的作品,他活用自己的上海体验,将作品的空间设定为朝鲜半岛和上海,展现了他眼中的殖民地惨象。此小说以上海为背景,刻画了一个为了生活而卖身并受尽各种屈辱的妓女形象,展现了其惨淡的人生和无力的反抗。女主人公过着自暴自弃的生活,直到遇见一个年轻帅气的青年,陷入单相思之后进而实现了自我觉醒,最后以杀人的极端抵抗方式,将自己从肮脏的环境和妓女的身份中解放出来。朱耀燮通过小说主人公的杀人行为,展现了压迫和榨取引起的反抗意识,也正是这一点受到了当时"卡普"阵营评论家们的关注。朱耀燮如实展现异国上海底层人民的不幸遭遇和贫困生活,通过"他者"反思本国的殖民地现状,塑造意识形态意味浓厚的人物形象,使新倾向派文学大放异彩。[①]

与朱耀燮一样具有留学经历的金光洲,在上海的几年间发表了9篇随笔和8篇小说。这些小说中以上海体验为素材的作品有《野鸡——小美的信》《北平来的老头》《南京路的苍空》《铺道的忧郁》和《长发老人》。《野鸡——小美的信》讲述了卖身女小美悲惨绝望的生活。受贫穷困扰的小美,经过中国东北来到上海,在花花世界中沦落为妓女,过着凄惨的生活。作者通过小美的悲剧命运,如实展现了20世纪30年代潜隐于繁华上海背后的阴暗面。《北平来的老头》以金光洲在吉林、上海等地的流浪生活体验为素材,深度刻画了失去祖国故土的流民们的哀患。尤其将北平来的朝鲜老头的人生经历进行了形象化的反讽处理,展现了当时朝鲜流民们的人生悲剧。《南京路的苍空》描写了一个大学毕业的青年,面对以走私鸦片为生的父亲和以麻将度日的母亲,以及满足于这种生活的妹妹,感到失望之后离家出走寻找新世界的故事。此小说从一个文学青年的视角切入叙述,批判性地描绘了近代上海颓废的一面。《铺道的忧郁》刻画了一个在上海为了生活而拼命挣扎的朝鲜知识文人的形象。《长发老人》则讲述了生活在上海法租界的"我"与朋友偶然认识了一位长发老人并经常得到老人帮助的故事。此作品一方面形象地展示了殖民地时期在上海法租界艰难度日的朝鲜流浪人形象,另一方面也表达了对因利害关系引发的同族相争的遗憾之情。

---

① 金虎雄:《1920—30年代朝鲜文学与上海——以朝鲜近代作家的中国观与近代认识为中心》,《退溪学与韩国文化》总第35期,2004年。

朝鲜半岛留学生们虽然生活在政治压迫和舆论控制相对宽松的上海，但是依然过着清贫的生活。因此，相较于上海华丽国际大都市的"虚像"，朱耀燮和金光洲们更多地把思维触角和创作激情聚焦到底层民众的穷苦困顿和与上海近代性相伴相生的各种混乱和阴暗面上，于是产生了基于自身上海体验的上述作品。

除了独立运动和留学以外，日本殖民期也有很多朝鲜半岛作家以记者的身份来到上海，最具代表性的当数崔独鹃（1901—1970）和姜鹭乡（1915—1991）。缘于新闻界从业者实事求是的职业素养，他们的小说创作体现了如实传达自身体验的写实性特征。

崔独鹃毕业于上海惠灵专门学院，后就职于《上海日日新闻》。1927年在《新民》上发表的《黄昏》展现了20世纪20年代后期日本推行的怀柔政策以及面对此政策毫不动摇的革命家坚不可摧的革命信念。1920年开始，日本对在海外尤其是俄罗斯和上海地区活动的独立运动家和朝鲜志士实行怀柔政策。这实际上是试图将抗日武装团体一网打尽的阴谋，当时上海的朝鲜半岛独立运动团体大部分在法租界内活动，对此，日本利用大韩民国临时政府的内部矛盾，试图从内部瓦解这些革命团体。《黄昏》的主人公曾参加过"三一运动"，为了独立斗争而亡命上海。四年间，他忍受了生活的艰难，面对妻子让其回国的恳切请求，他展开了激烈的思想斗争。也许因为日本殖民当局的审查，作品最后的14行被删除，主人公是听从妻子的劝告而回国，还是继续留在上海开展独立运动，这是作者留给读者的悬念。但通过文末主人公的一段心理描写，可以看到主人公下定了必死的决心，甘愿为革命牺牲的大无畏精神。

作为《开辟》杂志派驻上海的特派员，姜鹭乡对于上海的社会政治事件格外关注。《上海夜话》以"一·二八"事变为背景，讲述了一个陆军军官从部队脱逃后，为了生计而生活在西方人家中并遭受虐待的故事。《港口之东》描写了朝鲜半岛移民与美国人被支配者与支配者之间的矛盾。1936年发表于《朝光》的小说三部曲《佛兰西祭前夜》《白日梦与船歌》和《日暮的故乡》刻画了怀着对美好生活的憧憬来到上海却不得不面对悲惨命运的朝鲜半岛移民的群体形象。如果说《白日梦与船歌》体现了做着白日梦的一家人对上海的希望和憧憬，那么《佛兰西祭前夜》则讲述了一个白日梦破碎的朝鲜家族的故事。男主人公为了减轻妻子的负担，远赴马尼拉赚钱，却在返回上海的船上突发脑出血而亡，凸显了朝鲜半岛移民的家族悲剧。《日暮的故乡》描写了一个失去丈夫的女人拖着病躯返回家乡的故事。三部曲中的人物所面对的悲剧现实，正是姜鹭乡在上海体验过程中所看到的朝鲜半岛移民的真实生活。

以 1910 年"韩日合邦"和 1919 年"三一运动"为契机,涌向上海的朝鲜半岛移民中,以独立运动为目的的政治亡命人士居多。但是到了 1920 年后期,尤其 1932 年尹奉吉的虹口义举之后,大韩民国临时政府搬离上海,众多独立运动家也纷纷逃离,上海朝鲜半岛移民社会中生计型的普通民众人数开始超过从事政治和抗日活动的独立运动者。因此,在崔独鹃和姜鹭乡的作品中,经常出现梦想破碎、遭受苦难的贫苦底层劳动者。另外,值得注意的是,崔独鹃和姜鹭乡的作品中出现的男主人公都是无能的失业者,女主人公大都是娱乐场所的从业者。这与当时上海的社会状况和朝鲜半岛移民的生活境遇不无关联,1930 年在法租界和公共租界居住的朝鲜半岛流亡者中有 635 名无业人员,到了 1940 年,在上海居住的朝鲜半岛流亡者中的无业人员几乎达到整体的三分之二。作为记者的崔独鹃和姜鹭乡自然无法忽视这一社会现象,因此在他们的作品中出现的男性人物都是失业者。另一方面,20 世纪 30 年代的上海作为娱乐业非常发达的国际性大都市,对既没有接受教育又不具备工作能力的女性来说,舞者或者妓女是能够赚钱的重要职业。这两种职业的女性自然经常作为小说人物出现在崔独鹃和姜鹭乡的作品中。

三、传统批判与现实逃避矛盾并生的北京

如前所述,从开化期开始的朝鲜半岛知识文人的海外留学风潮,固然有学习西方先进知识技术的现实目的,但民族的独立和国家的解放更是他们积极追求的远大目标。而北京①自古以来在朝鲜半岛人民的心目中,几乎可以说代表了"中国"。近代以前的北京是中国与朝鲜半岛人文交流最为活跃的地区。从元朝开始,北京就是高丽文人的主要访问地,及至明清,更是成为朝鲜半岛文人的思慕之地。朝鲜时代典型的中国行是履行朝贡使命的"朝天"和"燕行"活动。明永乐帝迁都北京之后,使臣们的使行路线相对固定,无数的燕行使和冬至使访问北京。尤其 18 世纪实学者们通过访问北京,习得了新的知识,进而形成了所谓的"北学派"。直到开港之前,借由朝贡体制,朝鲜半岛几乎完全通过北京实现了对外部文化的吸收,而朝鲜半岛知识文人与明清文人间的交流也同样以北京为中心展开。

以 1894 年中日甲午战争为起点,持续 500 余年的朝鲜时代使行团退

---

① "北京"这一地理称谓随历史变迁而多有变动,鉴于此,就本书所涉的研究时段而言,为避免引起歧义和混乱,除引文外统一使用"北京"的说法,是包含历史事实与现实状况的统称。

出历史舞台,而以前只有燕行使才有资格前往的北京,现在普通人也可以毫无限制地自由往返。1876年《江华条约》签订,朝鲜半岛被迫开港之后,普通人(大部分是商人)也开始自由往来于朝鲜半岛和北京之间。而当1910年"韩日合邦"之后,一部分独立运动家将北京作为海外独立运动的根据地,直到1920年,相较于中国东北和上海,在北京的朝鲜半岛移民社会才渐趋形成,且规模也相对较小。根据日本的调查,1919年"三一运动"爆发时,在北京的朝鲜人只有80余人。但是,"三一运动"发生后,为了躲避日本的强力镇压和追捕,大量留学生、民族运动家和记者纷纷涌向北京,1924年驻留北京的朝鲜半岛移民突破了1000名,比同期在上海的还要多。其中,留学生和独立运动家占相当比重,构成了北京朝鲜人社会的主体。20世纪20年代有访问或寓居北京经历的朝鲜半岛文人主要有朴世永、沈熏、吴相淳、李光洙、李陆史、丁来东、韩雪野等。其中依据20世纪20年代北京体验进行文学创作的代表性文人有沈熏和朴世永。

　　沈熏因参与"三一运动"被捕后缓刑出狱,1919年末留学北京,1921年2月由北京经南京和上海到达杭州,进入之江大学学习。沈熏与北京相关的作品有在京期间创作的两首诗歌《北京的乞人》和《鼓楼的三更》以及记录离开北京前往上海全过程的诗歌《深夜过黄河》,还有一篇纪行文《无钱旅行记——从北京到上海》。《北京的乞人》是沈熏到达北京后创作的首部诗作,沈熏当时"身着别扭的清服,经过奉天,逃往北京"。从诗歌内容可以看出,沈熏的北京之行异常紧迫困顿,可谓"亡命客"。此诗由作者在北京遇到乞讨的乞丐切入叙事,进而将重点转至自身与乞丐遭遇的比较上。这种比较表面看起来是不合逻辑的极端行为,但是随着叙事的展开便具有了意义。北京的乞丐虽然忍饥挨饿,挣扎在死亡线上,但却生活在没有失去主权的国度。相反,"我"的祖国却被剥夺了主权而沦为殖民地。因此,虽然"我"短时间内衣食无忧,但处境却并不比异国的乞丐强多少。沈熏通过这种极端的对比,吐露了自身的郁愤,其内心对朝鲜半岛悲哀现实的慨叹,通过这种对比凸显得更为强烈。但是,变身为话者的沈熏所感受到的绝非盲目的郁愤和悲哀。换言之,沈熏并未将中国视为古代强大的帝国,也未将北京视为古代帝国的都城并因此而感到自卑,而是通过北京,凸显当时中国日渐衰弱的现实。尽管如此,对于他来说,中国依然是"沉睡中的狮子"而威严尽显,亡命中国的自己也就更显困顿寒酸。这也强烈暗示了作为殖民地青年所产生的民族劣败心理,其中包含着早日恢复国家主权的热切期望。

　　关于朴世永(1902—1989)的中国行迹,目前学界存在颇多争议,但可以肯定的是,他在1924年回国前,曾辗转于上海、南京、北京、天津等地,且回国后创作了大量与中国体验相关的纪行诗歌,由此可知中国体验对其诗歌创作产生的影响不容小觑。朴世永初期诗歌作品大都不追随理念,充满丧失感和悲观情调,其中国纪行诗在此基础上又蕴含了浓郁的历史意识。在《北海的煤山》中,作者通过观察北京的荒废景象,展现了当时中国的时代矛盾和社会矛盾,对这种现实表现出强烈的否定和不满。但是与朴世永的其他初期诗作一样,作品并未提出造成这种矛盾的根本原因。通过"在横行全国的军阀彻底消失之前,即使再过百年,也不会有任何改变"的诗句,可以看出朴世永只将原因归结为军阀割据,但很明显这并非造成悲剧现实的根本原因。当时中国面临的问题是"内忧"和"外患"两方面共同造成的结果。"内忧"是指国内军阀割据,"外患"是指西方列强的殖民侵略。因此,仅通过消除军阀割据等内部纷争,不能完全解决当时中国的问题,同时也需要积极对抗西方列强的侵略。朴世永之所以在诗中无视外部列强的侵略,只提出军阀割据的内部问题,是因为他认为当时的中国相较于"外患",更需优先解决"内忧"问题。因此,朴世永认为当务之急是打破军阀割据的局面,让中国自己变得强大,才能对抗外部的敌人。就此诗的创作动机来说,与其说朴世永原来就对中国怀有浓厚的兴趣,不如说作为殖民地朝鲜的知识分子,他怀着连带意识把目光投向半殖民地的中国并以此为镜鉴影射朝鲜半岛的黑暗现实。

  以近代以来朝鲜半岛知识分子看待中国的视线为基础,结合前文所述的"北京认识",就可明显发现他们在北京认识上具有的个性和共性。沈熏对以北京为中心的中国的认识,在很大程度上保持和延续了传统认知。他访问北京后将其形象化成为文学作品时,字里行间仍然流露出中国"传统友邦"的刻板印象。北京城内丰富的古迹典藏对维持这种认识发挥了重要作用。另外,沈熏在作品中将北京定性为"照亮现实的镜子",在认识朝鲜半岛方面有了更加鲜明的参照坐标。将中国比喻为"睡狮"以及将"我"和"乞人"为代表的朝鲜半岛与中国的现实比较中,实际上包含了沈熏对中国的期待。换言之,中国虽然仍处于半殖民地状态,但在世界秩序中仍然比丧失主权完全沦为殖民地的朝鲜半岛拥有更好的处境,虽然是现代文明的"落伍者",但他相信"沉睡的狮子"终究会有从睡梦中醒来的一天。朴世永关注中国国内局势和事态发展,认为朝鲜半岛与中国之间的连带关系非常重要。在以北京为背景创作的诗篇中,朴世永对映入眼帘的情景表现出了担忧,启蒙态度逐渐显现。面对中国"内忧外患"的现状,他也积极提出建议,探索能够为中国打破困境的应对之策,这实际上包含了使朝鲜半岛摆脱殖民地处境的思路,将中国革命经验视为"他山之石"。

以沈熏和朴世永为代表,20世纪20年代访问北京并进行越境创作的朝鲜半岛文人对北京的认识基本上是肯定的,他们对中国抱有一定的期待。其原因正在于20世纪20年代的北京已经成为朝鲜半岛海外独立运动的根据地和重要的留学目的地。彼时,根据自己的意志选择去北京留学的朝鲜半岛文人基本上均具有接触进步思想的欲望和独立运动的志向。因此,他们在访问北京时,将自身体验形象化为具体的文学作品,现有的想象和现实体验之间具有相当的一致性,并未经历严重的矛盾和分裂。20世纪20年代,新闻媒体中反映的中国观未能摆脱殖民主义认知体系的范畴。当时,包括沈熏和朴世永在内的一些朝鲜半岛知识文人以直接的中国体验为素材发表文学作品,从朝鲜半岛的立场出发,展现基于现实的中国认识,为朝鲜半岛人民客观认识中国做出了贡献。

在1931年到1937年的社会动荡期,由于各自处境、目标意识、思想志向等的差异,朝鲜半岛知识文人们的北京认识也存在较大差异。丁来东(1903—1985)从1924年9月初到达北京,至1932年5月进入东亚日报社离开北京,在北京度过了将近八年的时光,可以说对北京有着与众不同的深刻认识。作为专攻中国文学并在北京长期居住的朝鲜半岛知识文人,丁来东在关注中国新文化运动的同时,积极将相关内容介绍到朝鲜半岛。他曾与20多名中国文人有过会面,其中包括胡适、周作人等。以此为基础,他于1928年10月在《新民》发表《现代中国文学的新方向》,指出"鲁迅的小说,培良的戏剧,周作人与狂飙社几人的散文,在内容和形式上,都相当成功"[1]。丁来东对鲁迅小说的评价虽然也相当简略,但却给予了高度肯定,可见他对鲁迅在中国现代文学中的地位有着准确的认知。到1939年为止,他共发表了28篇有关中国新文学的文章,此外还翻译了包括小说、诗歌、戏曲、评论在内的17部中国现代文学作品。对丁来东来说,"北京"最重要的意义就是容纳中国文学的空间。他最突出的业绩之一就是将中国文学,特别是中国新文学介绍到朝鲜半岛。他生活在中国新文学发生地——北京,亲身接触了中国文学界,因此他的中国文学介绍就具有了"鲜活的现场性"。可以说,丁来东的北京体验与20世纪20年代到北京进行短期访问的沈熏和朴世永相比,更具有直接性和现场性。

李光洙(1892—1950)通过北京体验形成的认识是肯定性的,但是基于自身思想志向和对中国的批判意识以及弱小民族的立场,他在小说中呈现

---

[1] 丁来东:《现代中国文学的新方向》,《新民》总第42期,1928年10月1日。

北京时,也显示出消极的一面。换言之,其基于自身经验,对北京持有肯定认识,而在小说中对北京的否定性认知实际上暗含着其潜在意图。从某种意义上来说,他的北京认知可以理解为是其看待和接受中国时持批判态度的体现。依据现有资料,李光洙共有两次访京经历。第一次是1918年10月中旬,与许英肃一起前往北京并寓居了三个月,第二次是1921年与安昌浩一起在北京的短暂停留。在李光洙的文学作品中,"北京"集中登场的作品当数长篇小说《他的自传》中的《北京》篇。该小说以作家的北京体验为基础,加入了虚构的叙事情节,相较于自传,严格来说是具有自传形式的小说。因此,与出现在其信件回忆中的北京面貌不同,小说中出现的北京是叙事化的空间,而正是这一空间被赋予了负面性。李光洙通过此作品表现的内容之一就是其对儒教的批判意识。李光洙在其作为民族主义话语的儒教批判意识形成过程中,对儒教崇拜对象的中国也持有了批判的目光。他将中国和儒教并置,在作品中选择能够凸显这种认识和逻辑构图的地理背景。从结果来看,北京无疑是最适合的城市。因此,将北京设定为故事发生的空间背景,从某种意义上可以说是作者有意为之。作为能够明确体现"中国—儒教"逻辑结构和儒教批判意识的舞台,"北京"在这部小说中只能以否定性的面貌出现。结合李光洙经验性的北京认识,也可以发现小说中北京空间的设置具有目的性,因为小说主人公南公石体验的北京与李光洙亲身经历的北京是完全隔绝的。

　　朱耀燮(1902—1972)也是拥有丰富中国体验的朝鲜半岛知识文人,是研究朝鲜半岛作家跨界书写时不可或缺的存在。"北京"对于朱耀燮来说既是逃避现实的空间,又是除了社会主义倾向写作之外,其文学创作欲求的突破口。对于朱耀燮来说,北京这座城市发挥了"缓冲地带"的作用。如前所述,朱耀燮从20世纪20年代在上海加入兴士团到滞留北京时期,始终保持着民族主义倾向。但从美国归来后,由于当时朝鲜半岛所面临的殖民地现实和持续的日本监视,他无法在文学、言论界公开表达自己的思想。他离开朝鲜半岛后,在一定程度上避免了日本的监视和媒体的审查。但是,如果要想彻底摆脱日本的监视,对于有过美国留学经历的朱耀燮来说,再次去美国留学应该是更好的选择,而他选择北京正是因为地理位置的接近。他在北京逗留期间也一直在朝鲜国内的报纸和杂志上发表文章,由此可见朱耀燮虽然因各种原因离开了朝鲜半岛,但事实上对朝鲜半岛政治局势和社会变化始终保持着关注,在隐藏民族主义倾向的同时,依然近距离观察祖国的情势。从这个意义上来说,对于朱耀燮,北京可以让他获得一定程度的自由,是不需要放弃思想指向的地方,同时也是可以随时关注朝鲜半岛局势的缓冲地带。从朱耀燮作品对北京的书写可以看出,他对中国也有着积极的认识。但值得注意的是,与其他文人相比,朱耀燮对中国的认识缺乏普遍性。北京对他来说是一个可以逃避朝鲜现实的避难所,驻留北京期间,他通过回避现实,找回内心的平和。但是,他逃避现实的北京体验在那个时代并不常见,因此作品中的北京认识也缺乏普遍性。

由此可见,此时期朝鲜半岛作家们的北京体验之中的越境叙事和跨界书写,因各自立场的不同,所展现的北京面貌亦存在差异。其中,丁来东和朱耀燮长期居住在北京,对北京和中国有着更为系统的认识。而李光洙作品中出现的"北京",由于直接经验和思想指向的冲突,呈现出矛盾和分裂的整体面貌。

金史良(1914—1950)曾三次访问北京,在此期间,他发表了两篇随笔(《北京往来》《エナメル靴の捕虜》)和一篇小说(《乡愁》)。值得注意的是,《エナメル靴の捕虜》和《乡愁》均使用日语创作。依据发表的时间和内容,可以确定三部作品都是以其第一次北京体验为基础创作而成的。其中,《北京往来》如实地记录了金史良首次访京的情景。金史良对北京的认识可以从两个层面加以探析。第一,小说中北京这个空间是提供"异文化"体验的空间,同时也是与朝鲜半岛先天带有"连带感"的文化空间。之所以将北京设定为小说的背景,而不是中国的其他城市,自然与北京是中国的"文化中心"不无关联。换言之,小说中的北京,首先代表着中国文化。因此,北京可视为与朝鲜半岛和日本截然不同的异国空间,作为小说的主人公和体验主体,李铉在北京体验异文化,经历了心理的微妙变化。他通过北京的异文化体验,感受到朝鲜半岛和中国之间的文化差异,对"故乡"的"文化"有了更为清晰的观察,并更加明确地意识到"故乡"的本质,生发出对"故乡"的认同感。同时,作为中国文化的中心,北京对于他来说具有发源于某种历史意识的"连带感"。李铉身处异国文化语境,通过对陶器的发现,自然而然地想起朝鲜半岛文化,这表明"北京"这一空间所代表的中国文化最终并未完全与朝鲜半岛文化隔绝。

此外,北京在某种程度上赋予了金史良以"东亚视角"。在具有北京体验的近现代朝鲜半岛文人中,金史良可以说是最具东亚视角和世界视角的文人之一。作为"与整个东亚有着千丝万缕渊源"[1]的作家,金史良在

---

[1] 李阳淑:《日据末期北京的意义和东亚的未来——以金史良的〈乡愁〉为中心》,《外国文学研究》总第54期,2014年。

《乡愁》中描写了平壤的家人、东京留学时期的朋友以及在北京处于悲惨处境的朝鲜半岛独立运动家们的生活。在金史良的所有作品中,《乡愁》是唯一同时涉及平壤、东京和北京三个不同国家城市的作品[1]。他并未受限于自身朝鲜人的身份和作为殖民地宗主国语言的日语,而是具备了可以包容整个东亚的创作视角。换言之,金史良从进入北京的那一刻,就摆脱了"朝鲜半岛—日本"的二元视角,而具备了从整体上审视东亚的宏阔视野。

第二节 "连带心理":朝鲜半岛对中国新文学的译介与接受

20世纪初的民族危难,使朝鲜半岛前所未有地向西方文明敞开了大门,这促使朝鲜半岛知识文人们重新审视民族文字——韩文,进而产生了真正意义上的由本民族文字构建的现代文学。持续几千年的传统汉文学由此不得不屈居于次要位置,正是朝鲜半岛民族意识的觉醒和韩文作用的日益凸显,使现代"翻译"概念在此时得到重视和确立。韩文的广泛使用和现代翻译体系的构建,意味着朝鲜半岛与中国之间以共同的书面语——汉字为纽带的文化关系宣告决裂。因此,当时朝鲜半岛接受"五四"新文学的文化心态与之前接受中国古代文学的文化心理迥然有别。

与汉字的文化影响力渐趋衰弱形成鲜明对比的是,日语在朝鲜半岛的文化统治地位逐渐得以强化。可以说,在整个殖民地时期,朝鲜半岛的文字与文学行为几乎没有脱离日语根深蒂固的影响。在早期接受中国新文学过程中,一直存在转译日文文本的结构性局限,日语甚至在很大程度上控制了殖民地朝鲜半岛对外国文学的想象。在此种历史文化语境下,中国文学迅速被视为世界文学之外的地域文学,进而成为"他者"的文学。尽管如此,在同为殖民地或半殖民地的文化语境中,在"连带心理"的支配下,还是有一些儒学渊源深厚、文学意识敏感的朝鲜半岛学人时刻关注着中国文学运动和思想变革的一举一动,尽管这种关注不得不借助于间接和迂回的方式。虽然汉字在朝鲜半岛失去了统治和支配地位,但中国文学并没有完全消失。尤其是中国新文学的倡导者——胡适和中国新文学的实践者——鲁迅,成为朝鲜半岛知识文人们关注的焦点。如果说青木正儿对

---

[1] Lee Simyeok:《近代朝国文人的北京认识研究》,首尔大学博士学位论文,2018年。

中国新文学革命的关注属于意外的个案研究,那么朝鲜半岛知识文人对此则存在相当普遍的共鸣和同位意识。

对中国现代文学的韩译大致始于20世纪20年代中期。如中国现代文学史上首部韩人题材作品——郭沫若的《牧羊哀话》被翻译成韩文后发表于1925年8月24日的《时代日报》。1932年梁建植又将其翻译为《金刚山哀话》发表于《东方评论》。1946年,李明善又将其翻译为《牧羊哀歌:金刚山悲歌》并编入他主编的《中国现代短篇小说选集》。1935年10月,《朝鲜中央日报》连载了《现代中国代表作家——郭沫若论》一文,称郭沫若是"中国现代文坛上最宝贵的存在",对郭沫若作品中的反抗精神和浪漫主义色彩给予高度评价。

图 3-1 《时代日报》刊载的韩译《牧羊哀话》

图 3-2 梁建植(白华)翻译的《牧羊哀话》

除了文坛巨匠之一的郭沫若以外,"胡适和他的文学自20世纪20年代初传到朝鲜后,一直成为朝鲜所关注的焦点之一,在20年代的朝鲜文学界得到了很高的声誉,朝鲜的有些文人一直把他看作是中国和朝鲜文学革命的旗手,给予了极大关注"[1]。

---

[1] 尹允镇:《胡适在朝鲜》,《鲁迅研究月刊》2008年第3期。

表 3-1　朝鲜半岛对胡适著述的译介一览表(1920—1941)

著述类型	发表时间	著述名称	译作名称	译介者	发表报刊
文学理论	1920.11	《文学改良刍议》	《以胡适氏为中心的中国文学革命》	梁建植	《开辟》
	1923.4	《建设的文学革命论》	《胡适氏的建设的文学革命论》	李允宰	《东明》
	1923.5	《谈新诗》	《新诗谈》	梁建植	《东明》
	1923.8	《五十年来中国之文学》	《最近五十年的中国文学》	梁建植	《东亚日报》
	1935.2	《中国的文艺复兴》（英文）	《中国的文艺复兴》	姜汉仁	《朝鲜日报》
	1941.1	《五十年来中国之文学》	《中国文学的五十年史》	李陆史	《文章》
思想著述	1927.5	《杜威论思想》	《Dewey 的思想论》	李像隐	《现代评论》
	1927.8	《实验主义》	《实验主义》	李像隐	《现代评论》
	1927.12	《我们对于西洋近代文明的态度》	《我们对于西方近代文明的态度》	未详	《朝鲜之光》
	1929.6	《我们对于西洋近代文明的态度》	《胡适氏的东西洋文明批判》	吴天锡	《新生》
	1931.6	《介绍我自己的思想》	《介绍我自己的思想》	丁来东	《朝鲜日报》
	1931.8	《实验主义》	《实验主义者胡适》	申彦俊	《东光》
	1932.9	《非个人主义的新生活》	《非个人主义的新生活》	未详	《新生》
	1933.10	《我们对于西洋近代文明的态度》	《西洋文明的精神性》	吴天锡	《新生》
	1936.8	《庄子时代的生物进化论》	《庄子时代的生物进化论》	洪性翰	《新东亚》

续表

著述类型	发表时间	著述名称	译作名称	译介者	发表报刊
文学作品	1920.11	《他》《江上》《一念》	《他》《江上》《一念》	原文转载	《开辟》
	1923.1	《上山》	《登山》	梁建植	《东明》
	1923.4	《四烈士冢上的没字碑歌》	《四烈士冢上的没字碑歌》	原文转载	《东明》
	1923.5	《我的儿子》	《我的儿子》	梁建植	《东明》
	1927.7	《四烈士冢上的没字碑歌》	《四烈士冢上的没字碑歌》	原文转载	《海外文学》
	1927.1	《十一月二十四夜》	《十一月二十四日夜》	原文转载	《海外文学》
时评文章	1931.1	《我们走那条路?》	《中国的进路是什么》	转译（译者不详）	《东光》
	1937.1	《敬告日本国民》《答室伏高信先生》	《敬告日本国民与答室伏高信先生》	元世勋	《三千里》

从上表可知，胡适的著述在朝鲜半岛得到了较为全面的译介，从"文学理论"到"思想著述"，从"文学作品"到"时评文章"，可以说几乎囊括了胡适的所有重要论述。当然，从翻译学的角度看，这些著述的译介大都呈现节译、删译、转译或译述的状态，有些是提及了胡适著述并对其进行了介绍和评价，但胡适文学思想的基本精神还是基本上得到了如实的传达。

胡适最早见诸朝鲜半岛报端，是1920—1921年《开辟》第5—8期上连载四期的《以胡适氏为中心的中国文学革命》中，此文作者为中国文学翻译家和研究学者梁建植。这篇文章"是近代朝鲜半岛首次对中国现代文学和文学革命进行评论的文章，也首次将胡适介绍到了朝鲜半岛"[①]。

　　　　挽近 中國文壇에는 크게 革新의 氣運이 漲溢한다. 人은 이를
　　이르되 文學革命이라 한다. 그러나 이를 槪言하면 卽 白話(言文)
　　文學의 鼓吹다. 勿論 至此하기까지의 徑路에는 幾年間의 潛勢期를

[①] 张乃禹:《朝鲜半岛的五四新文学译介——以梁建植的翻译研究为例》,《中国社会科学报》2019年4月1日。

前提로 하였을 터이나 今에 余는 그 文學史家的 立脚地에서 이를 論치 않고 저 戱曲家와 같이 바로 이 運動에 烽火를 擧한 時로부터 一言코자 한다.

　　民國 六年 一月 一日에 發行된 雜誌〈新靑年〉第二卷 第五號에 胡適氏의〈文學改良芻議〉란 一篇이 揭載되었다. 此가 이 運動의 序幕이다. 當時 著者인 胡君은 겨우 二十六歲의 新年을 迎한 靑年學生으로 米國 콜롬비아大學에 在學中인가 한데 該胡君이 次의 八箇條를 提하고 堂堂히 革命을 宣言하였다.①

图 3-3　1920 年《开辟》连载的《以胡适氏为中心的中国文学革命》

---

①　译文:最近,中国文坛革新的气势不断高涨,人们称之为文学革命,但是概括来说,其实就是鼓吹白话文学。当然能够发展到如今的态势肯定是以多年的潜势期为前提的,现在我不是站在文学史家的立场上来谈论它,而是想同那个戏曲家一起直接从这个运动刚点燃烽火时开始讲起。民国六年一月一日发行的《新青年》杂志第二卷第五号上刊载了胡适一篇名为《文学改良刍议》的文章,正是这个文学运动的序幕。当时作者胡适作为一名刚刚迎来人生第二十六个新年的青年学生,正在美国哥伦比亚大学就读,后来这位胡先生提出了八条原则,正式宣布革命。参见《开辟》总第 5 期,1920 年 11 月 1 日。

文章详细论述了胡适的文学革命理论,同时也介绍和概括了陈独秀、钱玄同、刘半农、傅斯年、罗家伦和欧阳予倩等人的文学思想。梁建植对1917年胡适在《新青年》上发表的《文学改良刍议》中提出的文学历史进化论,表示了极大的赞赏和认同。但经过仔细比对,可以发现此文章并非梁建植本人的原创作品,而是转译自日本学者青木正儿的《胡適を中心に渦いてゐる文学革命》①。在《以胡适氏为中心的中国文学革命》一文中,梁建植对《文学改良刍议》和中国的新文化运动进行了介绍。虽然是转译自日本学者的文章,但行文中还是能够发现梁建植的个人理解和分析。此外,梁建植1922年5月发表在《开辟》第23期上的《吴虞氏的儒教破坏论》也是翻译改编自日本刊物的同名文章。1922年8月22日至9月4日在《东亚日报》连载的《中国的思想革命和文学革命》一文,则是翻译自1922年7月号的《日本及日本人》上刊载的文章。

《以胡适氏为中心的中国文学革命》也是朝鲜半岛文坛最早较为全面地介绍中国新文学现状的评论文章,以胡适的主要文学功绩为中心,涉及当时的众多知名作家,对小说、戏剧和白话诗歌的创作也有所论及,因此一经发表就引起朝鲜半岛文界的持续关注,胡适的名字也逐渐开始在知识文人中广为传播。梁建植在此文的"序言"中披露了中国文坛高涨的革命氛围,指出"五四"文学革命的核心在于"白话文学的鼓吹",同时提及胡适在《新青年》发表的《文学改良刍议》,称之为"文学运动的序幕",接着介绍了胡适本人及其提出的文学改革"八条原则"。

同时,文章对《文学改良刍议》的诞生背景、《新青年》的由来以及陈独秀的《文学革命论》等进行了详细介绍。梁建植认为胡适和陈独秀的思想理论具有互补性,共同驱动了中国的新文化革命的进程;对胡适的《尝试集》《建设的文学革命论》和傅斯年的《文言合一草议》等也进行了详细的阐述,强调胡适站在东西文学史的高度,时刻关注着言文一致如何实现的重大理论问题;最后提及鲁迅的《狂人日记》,称《狂人日记》"描写了一个迫害狂恐惧症患者的恐怖幻觉,达到了迄今为止中国小说家尚未达到的境地"②。梁建植在给予《狂人日记》高度评价的同时,表达了对鲁迅新作的期待。

1922年8月22日至9月4日,梁建植在《东亚日报》连载《中国的思

---

① 此文发表于1920年第1—3期的《支那学》杂志,是除《朝日新闻》的短篇报道之外,较早详细介绍和分析"五四"文学革命的文章。
② 梁建植:《以胡适氏为中心的中国文学革命(四)》,《开辟》总第8期,1921年2月1日。

想革命与文学革命》一文,其中涉及胡适的有"文学革命与胡适"和"胡适的新文学建设"。此外,胡适关于诗歌变革的论述也被介绍至朝鲜半岛。1923年5月13日至6月3日,梁建植在《东明》杂志第37—40期上以《新诗谈》为题,译介了胡适的《谈新诗》。

在《新诗谈》的序言中,梁建植首先对胡适进行了简短的介绍。

> 文學革命의 首倡者인 中國의 胡適氏는 哲學者인 半面에 또한 一個의 詩人이니 氏가 컬럼비아大學 在學中에 文學革命에 思索하며 提倡하며 絶叫하는 餘暇에 스스로 白話詩를 作하야 詩界에 큰 革命을 또 일으켰나니 그 白話詩集 嘗試集의 序文과 本論文을 보면 그 文學革命과 白話詩를 提倡한 動機와 그 主張을 엿볼 수 있고 또는 足히 우리 漢詩壇에 한 有力한 警告의 參考가 되겠기로 이에 譯述하노라。①

图3-4 梁建植以《新诗谈》为题译述的胡适《谈新诗》

梁建植自我标注《新诗谈》是"译述",但更接近于一篇论文形式的评论性文章。在文中,梁建植指出胡适是中国文学革命的首倡者,"既是一名

---

① 译文:中国的胡适作为文学革命的首倡者,既是一名哲学家,同时也是一位诗人,哥伦比亚大学在读期间,他在探索、提倡、号召文学革命之余,自己创作白话诗,引发了诗界革命。从他白话诗集《尝试集》的序文和本论中就可以看出他提倡文学革命和白话诗的动机和主张,对我们的汉诗文坛来说,足以成为一个有力的警告性参考,所以我将对此进行译述。参见《东明》总第37期,1923年5月13日。

哲学家,同时也是一位诗人"。强调胡适在倡导文学革命的同时,积极投身于白话诗歌创作的实践,从而引发了"诗界革命";指出通过胡适的白话诗集《尝试集》的序文和本论中相关内容,可以了解其倡导文学革命和白话诗的思想动机;最后强调胡适的理论主张足以成为朝鲜半岛汉诗坛的"有力的警告性参考"。

胡适的《五十年来中国之文学》同样被译介至朝鲜半岛,大体经历了两次译介,分别是1923年8月起在《东亚日报》"星期日专号"上连载的《最近五十年的中国文学》(译者为梁建植)和1941年1月1日起在《文章》杂志上连载的《中国文学的五十年史》(译者为李陆史)。

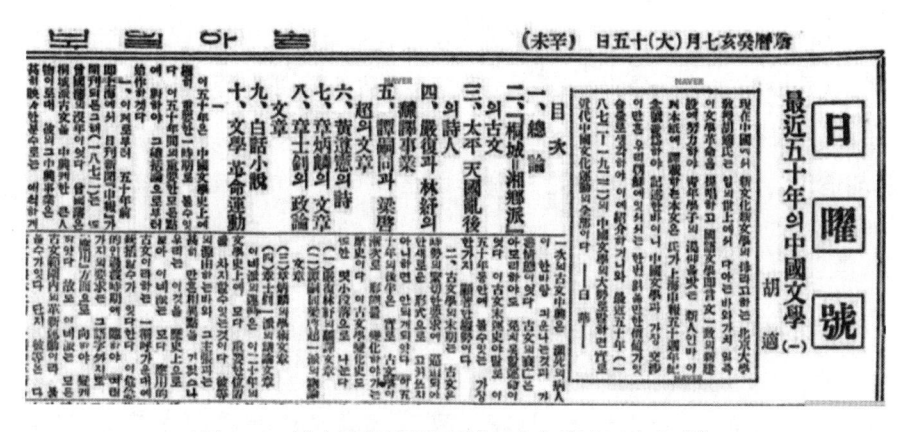

图 3-5　梁建植翻译的胡适《五十年来中国之文学》

　　現在 中國에서 新文化 新文學의 母라고 하는 北京大學教授 胡適氏는 이미 世上에서 다 아는 바와 같이 일찌기 文學革命을 提唱하고 國語文學 即 言文一致의 新建設에 努力하여 青年 學子의 渴仰을 받는 新人인 바 이제 本紙에 譯載하는 本文은 氏가 上海申報 五十週年 紀念號를 위하여 記述한 바이니 中國文學과 가장 交涉이 많은 우리 朝鮮에 있어서는 한번 읽을 만한 價值가 있을 글로 생각하여 이에 紹介하거니와 最近五十年(一八七二——九二二)의 中國文學의 大勢로 말하면 實로 近代 中國文化 運動의 全部이다。①

---

① 译文:现在中国被称为新文化、新文学之母的北京大学教授胡适,就像已经知晓了世上的所有事情一样,很早就开始提倡文学革命,并为国语文学即言文一致的建设而努力,是获得青年学子热切敬仰的新人。现在本报翻译刊载的这篇文章是胡适为上海申报五十周年纪念号所记述的文章,我认为我们朝鲜作为与中国文学交流最多的国家,很有必要读一读这篇文章,所以把它介绍过来,说是近五十年(一八七二——九二二)中国文学的大势,实际上是近代中国文化运动的全部。参见《东亚日报》1923年8月26日。

梁建植在《最近五十年的中国文学》序言中,将胡适称为"中国新文化、新文学之母",指出其为提倡文学革命、建设言文一致的国语文学所做的努力,强调文章是胡适为《上海日报》50周年纪念号所作;同时指出朝鲜作为与中国进行文学交流最多的国家,有必要读一读这篇文章,最后点明"近五十年中国文学的大势,实际上是近代中国文化运动的全部"。

1918年4月《新青年》第4卷第4号上发表的《建设的文学革命论》是胡适最为重要的文学革命檄文之一,胡适在此文中明确提出了以"国语的文学,文学的国语"作为文学革命的宗旨。1923年4月15日至5月5日,李允宰在《东明》杂志第33—36期上翻译连载了这篇文章。

语言学家身份的责任意识和对文学语言变革的敏感性,促使李允宰抄译了《建设的文学革命论》。为了表达对胡适的仰慕之情,李允宰还特意在正文中插入了胡适的照片,名为"北京大学教授 博士"。此文主标题为《胡适氏的建设的文学革命论》,副标题是那句著名的"国语的文学,文学的国语"。

이 論文은 中華民國에 新思想家로 著名한 現時 國立北京大學 教授 哲學博士 胡適氏의 雜誌〈新青年〉上으로써 發表한〈建設的文學革命論〉을 譯出한 것이다. 文明의 精華로 雄渾한 經史書集과 絢爛한 詩賦詞章이 燦然 極備하여 中國의 舊文學을 世界에 足히 자랑할 것임은 누구나 이를 否定치 못할 것이 아닌가? 그러나 胡氏의 이 文學革命論이 世에 一出하매 全國의 一時는 風靡하여 二千年 迷夢을 覺破하고 精鏡한 武步로 모두 그 革命의 旗발 앞으로 몰려들었다. 더욱 이것이 陳腐舊敗의 死文學을 더우기 崇尚하는 우리 朝鮮 사람에게 가장 深刻한 刺激을 與할 듯하기로 특히 이를 抄譯하여 諸君의 한번 參考에 供하고자 한다.①

---

① 译文:这篇论文翻译的是中华民国思想家、现在国立北京大学的著名教授、哲学博士胡适在《新青年》杂志上发表的《建设的文学革命论》。雄浑的经史书集和绚烂的诗赋辞章等文明精华极其完备,中国的旧文学足以向全世界炫耀,这是谁都不能否认的。但是胡适的这篇文学革命文章一经面世便立即风靡全国,打破了中国两千年来的美梦,并迈着精练的步伐推动革命的旗帜不断向前。他应该能给更加崇尚陈旧腐败死文学的朝鲜人带来最深刻的刺激,所以我特意抄录翻译了这篇文章,希望能给大家提供参考。参见《东明》总第33期,1923年4月15日。

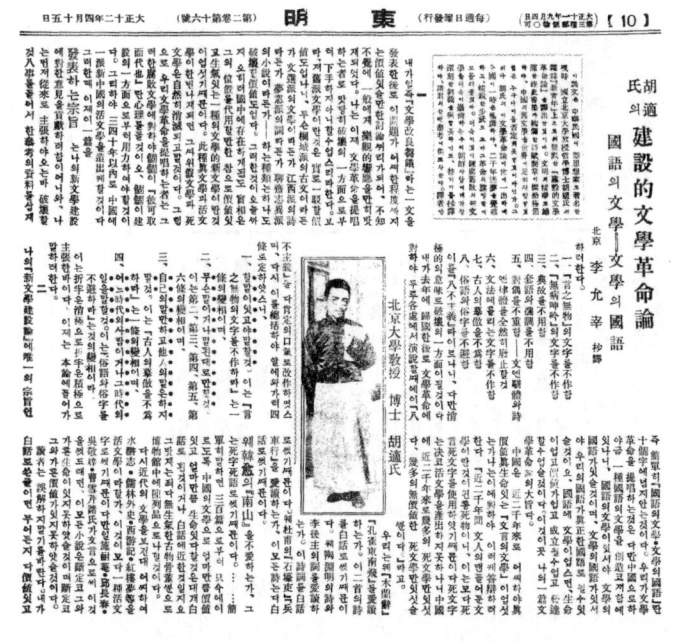

图 3-6　李允宰抄译的《建设的文学革命论》

在上述序言中,李允宰阐明了抄译胡适《建设的文学革命论》的初衷和意图,强调谁也不能否认拥有"雄浑的经史书集"和"绚烂的诗赋辞章"的中国旧文学是足以在全世界感到自豪的文明精华。但是胡适的这篇文学革命文章一经面世便立即风靡全国,打破了中国两千年来的美梦,并迈着精练的步伐推动革命不断向前。这无疑给推崇陈旧腐败死文学的朝鲜人以深刻刺激。不难看出,以李允宰为代表的朝鲜半岛现代知识文人对胡适的文学革命论有较为充分且深入的认知评价,并对其必要性和先进性有着立足于本国文学革命实践的解读。为了引进胡适的先进文学革命理论,为朝鲜半岛文学革命提供域外镜鉴和刺激因素,李允宰"特意抄录翻译了这篇文章,希望能给大家提供参考"。

此外,胡适的很多哲学思想著述也被译介至朝鲜半岛,如《杜威论思想》《实验主义》《我们对于西洋近代文明的态度》《介绍我自己的思想》《非个人主义的新生活》《庄子时代的生物进化论》等。其中《杜威论思想》被译为《Dewey 的思想论》,作为《实验主义》内容之一部分,发表在 1927 年 6 月第 5 期的《现代评论》上,文章阐释和介绍了杜威实用主义的理念和思维,曾引起广泛的讨论和反响。《实验主义》发表于 1927 年第 7—8 期的《现代评论》,内容涉及实验主义的概念、发生、变迁及其与科学、心理学、宗教等诸学问间的关系等。《我们对于西洋近代文明的态度》有几个不同

图 3-7　丁来东翻译的胡适《介绍我自己的思想》

的译本,分别发表于《朝鲜之光》《新生》等杂志,后者发表的译本名称为《胡适氏的东西洋文明批判》和《西洋文明的精神性》。纵览以上译文,可以发现朝鲜半岛知识文人基本如实呈现了胡适的思想理念和文学革命理论,为朝鲜半岛现代文学的演进和文化转型提供了参照。

《介绍我自己的思想》被丁来东翻译之后于 1931 年 6 月 14 日开始在《朝鲜日报》上连载。全文分为五章,分别为"论思想方法""论人生观""论中国与西洋文化""论对中国文化的见解"和"论国故整理文体的态度和方法",可以说较为详尽而准确地呈现了原文。《非个人主义的新生活》被译介发表在 1932 年 9 月 1 日的《新生》第 45 期上,译者署名为"方",具体为何人已无从稽考。译者在译文中,特别强调了胡适理想国的假说并非逃离人类社会的隐遁生活或修道生活,而是积极参与和改造社会现实,即秉持"到群众中去"运动(Vnarod)理念的生活,才是真正非个人主义的新生活。

《庄子时代的生物进化论》由洪性翰翻译之后在 1936 年 8 月刊发的《新东亚》第 58 期上发表。在"译者的话"中,洪性翰表示:

나는 여기 胡適博士 著述인 〈中國古代哲學史〉中 莊子의 生物進化論 一章을 譯出하여 讀者들로 하여금 다 같이 그의 優越한 思想의 一片을 吟味하여 보자는 데서 粗劣한 솜씨를 무릅쓰고 翻譯에 손을 댄 것이다……胡適博士는 새로운 科學的 方法을 가지고 中國 古代 思想家의 思想을 勇敢하게 批評하여 전혀 딴 意味로 解釋한 것이 即

中國古代哲學史다. 이 通俗的으로 된 論文은 아마 傳統的 解釋方法에 젖은 데서 讀者들에게 新局面을 展開하여 주리라고 믿는 바이다.①

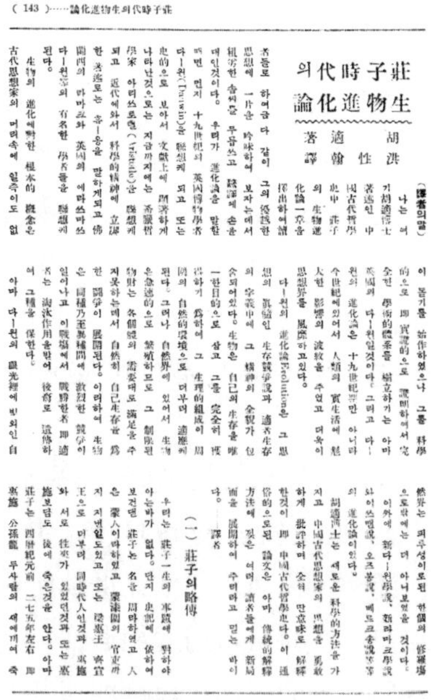
（143）……論化進物生의代時子莊

莊子時代의 生物進化論

胡適 著

洪性翰 譯

图 3-8 洪性翰翻译的《庄子时代的生物进化论》

洪性翰表示《庄子时代的生物进化论》取自《中国古代哲学史》，旨在让朝鲜半岛读者共同品味胡适优越而超前的思想，同时强调胡适采用新的科学方法，对中国古代思想家们的思想进行了勇敢批评，并对其进行了意义不同的阐释。最后，他希望此译文能够为沉浸于传统解释方法的朝鲜半岛读者打开思维模式的"新局面"。

胡适在提出文学革命理论、倡导文学革命的同时，也积极投身白话文学创作的具体实践，尤其在诗歌方面较为突出。据统计，传入朝鲜半岛的胡适诗歌作品为《上山》《我的儿子》《四烈士冢上的没字碑歌》和《十一月二十四夜》，其中后两首是未经翻译的原文直接刊载。1923 年 1 月 7 日发刊的《东明》第 19 期，发表了梁建植以《登山》为题翻译的《上山》。若以现在的视角看原诗的再现程度和翻译手法，可以说这首诗翻

① 译文：我对胡适博士所著的《中国古代哲学史》中《庄子的生物进化论》这一章进行了翻译，希望能让读者们一起品味他优越的思想，但我是第一次接触翻译，手法难免会有些粗劣……《中国古代哲学史》里胡适博士采用新的科学方法，勇敢地对中国古代思想家的思想进行了批评，并做出了意义完全不同的解释。我相信，这篇写得很通俗的论文也许可以为沉浸于传统解释方法的读者打开一个新局面。参见《新东亚》总第 58 期，1936 年 8 月。

译得比较稚嫩,但在当时已被奉为名作。且原诗摆脱了定型诗的羁绊,使用白话创作,可视为现代诗的尝试性过渡作品,在诗歌形式上的意义非同小可。因此,此诗译介至现代诗尚未完全成熟的朝鲜半岛,其所引起的巨大反响不难猜测。

《四烈士冢上的没字碑歌》于1923年4月15日在《东明》第33期上被原文转载。四年后的1927年7月4日,《海外文学》第2期同样原文转载此诗。值得注意的是,《海外文学》上世界各国的诗歌都是翻译为韩文之后刊载的,而唯独中国诗歌是原文转载。同样,在1927年1月17日的《海外文学》第1期上,胡适的自由诗《十一月二十四夜》也是原文刊载。从《四烈士冢上的没字碑歌》经过两次转载的事实来看,朝鲜半岛对此诗抱有极大的兴趣。

此外,译介至朝鲜半岛的胡适著述还包括一些时评文章,如《敬告日本国民与答室伏高信先生》。此文发表于1937年1月1日刊行的《三千里》第81期上,由元世勋抄译和解说而成。依元世勋所言,此文的发表动机是室伏1935年在中国漫游时,在北京与胡适相遇,两人约定为了中日的现在和将来,将毫无保留地撰文,助力于两个民族的亲善友好关系。因此,胡适首先以《敬告日本国民》为题撰文寄送给室伏,室伏将此文译载于《日本评论》第11期上,之后在同一杂志第12期上发表《答胡适之书》作为回应。同时,二人的文章依次被天津的《大公报》、上海的《申报》、北京的《独立评论》以及一些英文杂志译载或转载。胡适看到室伏的《答胡适之书》之后,又作《答室伏高信先生》一文,发表于《大公报》和《独立评论》上。朝鲜半岛对中日文人之间的书信之所以如此关注,除了与胡适的较高知名度有关以外,也源于近代朝鲜半岛学者对东亚格局演变和本国命运的担忧。

表3-2 近代朝鲜半岛涉及胡适的中国新文学评论文章

发表时间	评论文章名称	作者	发表载体
1922.8	《中国的思想革命与文学革命》	梁建植	《东亚日报》
1922.12	《论新东洋文化的树立——以中国旧思想旧文艺的改革为他山之石的新文学建设运动》	北旅东谷	《开辟》
1924.10	《思想的革命》	北旅东谷	《开辟》
1928.11	《中国新文学简考》	朴鲁哲	《朝鲜日报》

续表

发表时间	评论文章名称	作者	发表载体
1929.1	《中国文学泛论——文学思想的推移和新文学运动的将来》	李殷相	《朝鲜日报》
1929.7	《中国现文坛概观》	丁来东	《朝鲜日报》
1930.1	《中国新诗概观》	丁来东	《朝鲜日报》
1930.11	《文学革命后的中国文艺观》	金台俊	《东亚日报》
1931.10	《扭转新中国命运的人物》	柳根昌	《新生》
1934.3	《胡适》	梁建植	《每日申报》
1935.5	《中国文人印象记》	丁来东	《东亚日报》
1941.7	《现代中国文学与西洋文化》	裴澔	《春秋》

上表是朝鲜半岛知识界对胡适文学理论尤其是中国新文学革命思想进行介绍和评价的文章。可以发现，从1922年到1941年，报刊上的胡适文学革命理论介绍评价相关文字几乎未曾中断。1922年发表的《中国的思想革命与文学革命》是梁建植在《东亚日报》上发表的文章，此文大量篇幅涉及胡适的文学革命思想，在第六部分"文学革命与胡适"中，梁建植认为应该以温和的思想革命方式征服国民大众，"时代"和"新"的革命特质得到了青年的积极声援；接着概述了胡适写给陈独秀的信，同时对胡适的"八事"主张进行了详细介绍。1934年，梁建植还发表了名为《胡适》的文章，扼要介绍胡适简历和国内外革命活动后，深入披露了其哲学理论和文学思想。文章还言及胡适的《白话文学史》《短篇小说论》和《词选》等著述。

在近代朝鲜半岛众多报刊中，《开辟》是译介和刊载中国新文学著述和文章最多，也是与胡适渊源最为深厚的杂志之一。1922年北旅东谷的《论新东洋文化的树立——以中国旧思想旧文艺的改革为他山之石的新文学建设运动》一文就发表于《开辟》，其中"胡适的文学改良刍议"为一个重要的章节。文章对中国新文化运动进行了介绍，高度评价了胡适、陈独秀等人的新文学思想。

朴鲁哲在1928年11月12日和27日的《朝鲜日报》上分两期发表的《中国新文学简考》，以历史进化论为着眼点，评价了胡适及其文学思想。

李殷相也于1929年1月1日至2月7日在《朝鲜日报》分14期连载发表了《中国文学泛论——文学思想的推移和新文学运动的将来》一文，赞扬了胡适对新文学运动所做的努力并给予高度评价。翻译家裴澍在《现代中国文学与西洋文化》第二部分"文学革命"中指出，"所谓文学革命，其根本就是语文一体运动，即将白话体视为标准文体"①。强调正是在胡适吹响文学革命的号角之后，陈独秀、钱玄同、刘半农、周作人、傅斯年等人才积极响应，推动了中国文学革命运动的发展。作者同时指出这些先驱人物都曾接受过西方思想的洗礼，胡适的"八不主义"正是文学革命的代表性成果，其中的第一条"须言之有物"，周作人对此解释道：白话文的难处是，构成内容的感情和思想是不可或缺的，而古文中则可以没有。白话文像"袋子"，放入什么东西都可以，且不管放入什么，从外面就可知道放入物体的形状。由此，评价胡适"国语的文学，文学的国语"是文学革命的"最高命题"。

图3-9　朴鲁哲发表的
《中国新文学简考》

图3-10　李殷相发表的
《中国文学泛论——文学思想的推移
和新文学运动的将来》

1929年7月26日至8月11日，丁来东在《朝鲜日报》上分12次连载了《中国现文坛概观》一文，开篇指出："现在中国二十年来，在政治、经济、社会、文学等方面的革命全面爆发，其中较少受到纷乱干扰的文学，发展比较顺利。"②后对语丝派、新月派、创造社派、无政府主义派等中国新文学流派进行了较为详细的介绍。其中第三部分"从文学革命到革命文学"，重点分析了胡适倡导的文学革命，首先对"文学革命"与"革命文学"的内涵

---

① 《春秋》第2卷第6期，1941年7月。
② 《朝鲜日报》1929年7月26日，第6版。

进行了解读；接着指出现代世界各国都在实行言文一致，中国没有理由固守言文不一致现状。在美国留学的胡适根据风靡美国的自由诗运动，倡导中国文学的"言文一致"。文章强调胡适在恰当的时机，产生了文学革命的动机，正在万人渴望之际，提出了"文学革命"的口号；并将胡适与意大利的但丁、德国的马丁·路德和英国的乔叟比肩，排斥长久传承下来的"死文学"，主张发现"自然而自由"的新语言工具。在此文中，丁来东同时对胡适的诗歌进行了评价，他指出胡适虽然是文学革命的最初倡导者，但他并非创作家，他的《尝试集》虽然是中国最初的白话诗集，但只不过是用白话创作诗歌的试验性作品，从诗歌本身的角度来看，并不能将其评价为非常优秀的作品。但梁建植则对胡适白话体诗歌创作的意义，给予了较高评价。

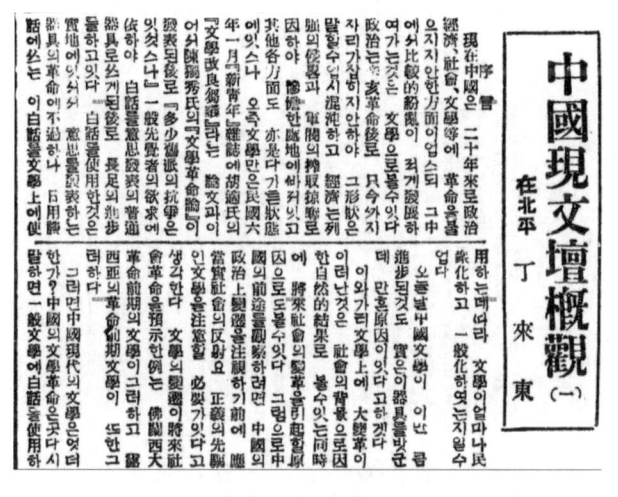

图 3-11　丁来东发表的《中国现文坛概观》

在 1931 年《新生》杂志 10 月号上，刊载了柳根昌的署名文章《扭转新中国命运的人物》，此文将胡适称为中国学界的代表，称赞其具有"英国人的沉着、美国人的创意、德国人的探究心"。此外，《朝光》《朝鲜文坛》《东光》《新东亚》《现代评论》等近代朝鲜半岛的诸多报刊，都不同程度地刊载了胡适著述的译本或评论性文章，有些是原文转载。这一时期胡适在朝鲜半岛文坛的影响力由此可见一斑，朝鲜半岛知识文人们在积极译介胡适著述的过程中，对其在新文化运动中的功绩和白话文运动等新文学革命思想，表现出了浓厚兴趣，并进行了客观而公允的评价。

鲁迅作为中国现代文学的主要实践者，也成为朝鲜半岛译介的重点。现有资料显示，鲁迅作品首次被翻译至朝鲜半岛是在 1927 年。日本学者指出 1927 年 10 月发表于《大调和》杂志上的《故乡》是鲁迅小说最初的外译本,但当年 8 月 5 日的朝鲜《东光》杂志刊载了柳树人翻译的《狂人日记》。"比较《狂人日记》的韩译本与《故乡》的日译本,1927 年 8 月和 10 月,虽仅两个月之隔,但我们可以说,在鲁迅作品的翻译史上,最早的外文翻译记录应该是柳树人的韩文版《狂人日记》。"①

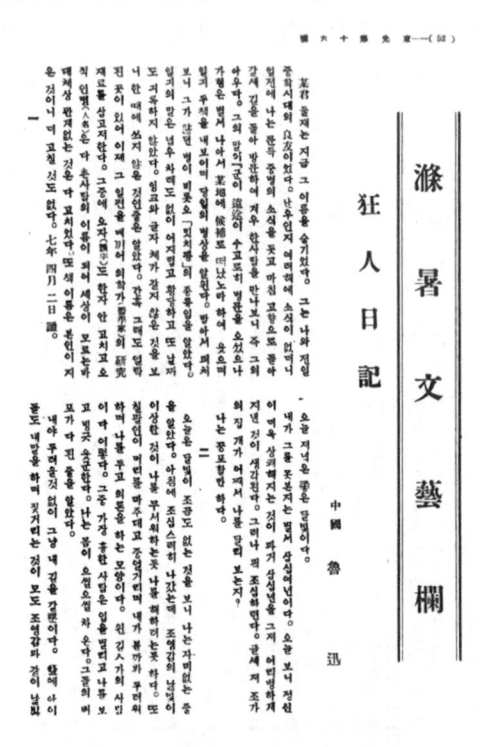

图 3-12　柳树人翻译的《狂人日记》

鲁迅作为"中国诞生的'东洋大文豪'"②,其作品自然成为朝鲜半岛知识界的重点译介对象。同时,基于中国与朝鲜半岛历史语境的趋同性以及由此催生的"连带心理",鲁迅文学更容易被接受并产生共鸣。据统计,在日据时期,鲁迅共有 8 部小说和 1 部诗剧(《过客》)被译介至朝鲜半岛。

----

① 藤井省三:《鲁迅事典》,东京:三省堂,2002 年版,第 280 页。另藤井省三在《鲁迅在日文世界》中指出,世界上最早的鲁迅外文译作是周作人翻译的《孔乙己》日译本,此译本刊载于 1922 年 6 月出版的《北京周报》。而澳大利亚汉学家寇志明在《鲁迅研究在英语世界》中指出,最早的鲁迅英文译本是美国华侨梁社乾 1925 年在上海市商务印书馆出版的《阿 Q 正传》。但是,这两个译本的译者均为中国人,因此柳树人翻译的《狂人日记》可以说是最早由外国人翻译成外文并在国外发表的鲁迅作品。

② 申彦俊:《中国的大文豪鲁迅访问记》,《韩国鲁迅研究精选集》,北京:中央编译出版社,2016 年版,第 232 页。

第三章　朝鲜半岛殖民地文学与"五四"新文学　　197

表 3-3　日据时期译介至朝鲜半岛的鲁迅作品

时　间	作　品	译　者	发表报刊
1927.8	《狂人日记》	柳树人	《东光》
1935.6			《三千里》
1929.1	《头发的故事》	梁建植	《中国短篇小说集》
1930.1—2	《阿Q正传》	梁建植	《朝鲜日报》
1930.3	《伤逝》（译名《爱人之死》）	丁来东	《中外日报》
1932.9	《过客》	丁来东	《三千里》
1933.1	《在酒楼上》	金光洲	《第一线》
1933.1	《幸福的家庭》	金光洲	《朝鲜日报》
1934.2	《孔乙己》	丁来东	《形象》
1936.12	《故乡》	李陆史	《朝光》

从上表可以看出，柳树人 1927 年翻译的《狂人日记》在《东光》杂志上发表之后，1935 年 6 月 1 日又重新在《三千里》杂志上刊载，足以说明《狂人日记》在朝鲜半岛的影响之深广。梁建植在 1929 年推出《中国短篇小说集》之后，次年在《朝鲜日报》连载了韩译本的《阿Q正传》。在译本的序文中，梁建植表示："通过鲁迅一流的辛辣讽刺和透彻观察，如实展现当时革命的社会状态。"①1930 年 3 月 27 日至 4 月 10 日，丁来东将《伤逝》译为《爱人之死》在《中外日报》连载。1933 年 1 月 29 日，金光洲翻译《幸福的家庭》在《朝鲜日报》连载，他在评价此小说时说："以朴素的笔致，将简短平凡的题材写活，同时以幽默之笔，书写透彻肌肤的人生现实，可取之处甚多。"②1936 年 12 月，李陆史将鲁迅的《故乡》韩译之后在《朝光》杂志上刊载。1948 年金光洲和李容珪共同推出了《鲁迅短篇小说集》。

---

① 《朝鲜日报》1930 年 1 月 4 日。
② 《朝鲜日报》1933 年 1 月 29 日。

图 3-13　梁建植翻译的《阿Q正传》　　　　图 3-14　丁来东翻译的《伤逝》

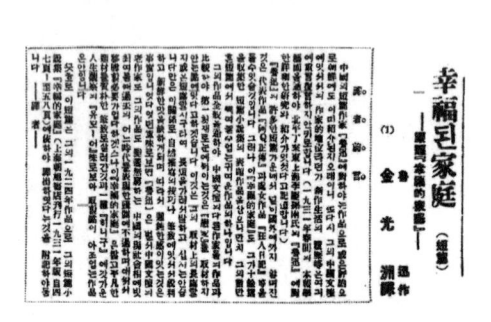

图 3-15　金光洲翻译的《幸福的家庭》　　图 3-16　李陆史翻译的《故乡》

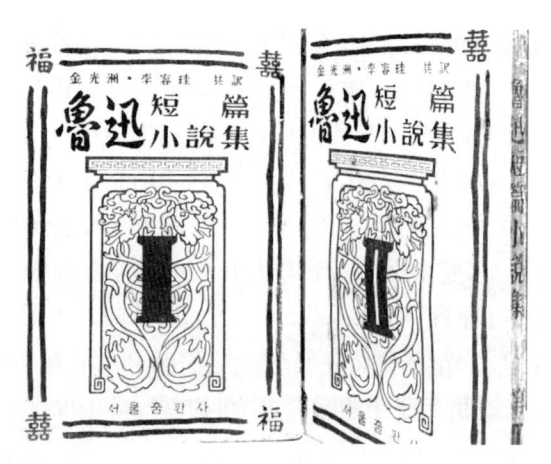

图 3-17　金光洲和李容珪共同推出的《鲁迅短篇小说集》

近现代朝鲜半岛对鲁迅作品的译介和接受大致有以下四个特点。

第一,以鲁迅前期作品为主。译介传播至朝鲜半岛的8篇鲁迅小说,有5篇作品收录于《呐喊》,3篇收录于《彷徨》,可以看出朝鲜半岛文界对鲁迅前期创作的侧重和关注。深究其因,可以追溯至当时的社会语境和文化环境,1919年"三一运动"和"五四运动"的相继发生促使人们反省传统文化,面对反帝反封建的双重任务,新社会结构和文化秩序的构建成为当务之急。鲁迅首部白话文小说《狂人日记》有力地冲击了中国文坛,其影响余波也蔓延至一衣带水的朝鲜半岛。

第二,朝鲜半岛所翻译和接受的鲁迅小说,大多与反封建、反传统思想存在关联。传播至朝鲜半岛的8篇鲁迅小说中有7篇凸显暴露封建社会弊病、改造愚昧国民性的主题意识。实际上,就当时所直面的社会问题和文化语境来看,朝鲜半岛与中国存在很大的相似性,朝鲜半岛的文化运动和思想革命既是反殖民行为的外在表现,也是对苟延残喘的封建制度的批判。发表于《东亚日报》的《中国的思想革命与文学革命》强调:"韩国与中国的政治形势非常类似……建设新中国、破坏旧中国与建设新韩国、破坏旧韩国也可等量齐观。因此,我们应该密切关注中国的新文化运动和进步的文学运动。"[1]朝鲜半岛历史上曾经与中国保持了密切而长久的文化关系,其封建统治和卑劣国民性也根深蒂固。知识文人们通过翻译鲁迅小说,在产生深度共鸣的同时,将蕴含其中的反封建、反传统思想运用于反帝反封建、改造国民性的时代课题之中。

第三,译介的鲁迅作品都比较关注知识分子和孩子。知识分子既是新文化运动的核心力量,也是思想革命的引导者。朝鲜半岛知识文人们在很大程度上继承了鲁迅对知识分子的批判性省思。而鲁迅对孩子的凸显和关注,也是朝鲜半岛知识文人们产生心理共鸣的重要部分。《狂人日记》"救救孩子"的呼喊与《故乡》对不同阶级孩子未来的担忧,对当时朝鲜半岛社会裂变和文化重构产生了重要的启迪作用。日本强制推行的恐怖政治和文化同化政策,使朝鲜半岛知识文人们不得不担忧孩子们和民族的未来。正是缘于朝鲜半岛彼时所面临的时代课题与中国具有较强的趋同性,朝鲜半岛知识文人们对鲁迅小说中的反抗精神和国民性改造思想产生心理认同,这种认同又反过来推动了对鲁迅作品的大量翻译。

第四,1930年前后是鲁迅作品在朝鲜半岛译介传播的高峰期。1933年金光洲在《幸福的家庭》韩译本"译者前言"中曾强调:"对于中国短篇作

---

[1] 梁建植:《中国的思想革命与文学革命》,《东亚日报》1922年8月22日。

家鲁迅,很久之前就通过作品或者评论介绍到朝鲜。"①1935年随着"卡普"的解散,日本殖民统治者加强了舆论思想钳制,鲁迅的小说首当其冲地被列为禁书,对鲁迅文学进行翻译吸收的现实条件和思想基础渐趋萎缩。直至1945年民族解放,鲁迅作品译介只有1936年李陆史翻译的《故乡》。随着1937年日本全面侵华的开始,朝鲜民族意识和抵抗精神陷入沉寂,为了战时动员,一系列皇国臣民化政策开始在朝鲜半岛推行,1930年前后曾经高涨一时的中朝文坛交流和接触几近中断。

如前所述,《狂人日记》韩译本的译者是柳树人(本名柳基石,又名柳絮,因仰慕鲁迅,改名为柳树人)。作为抗日独立运动斗士,柳树人曾参加过无政府主义运动,曾在南京华中公学和北京朝阳大学学习并长期寓居中国,还与鲁迅有过多次会面。基于这种成长经历和思想背景,柳树人出于何种心理动机翻译了《狂人日记》? 是否与其无政府主义思想谱系存在密切关联? 在柳树人发表于1927年8月号《东光》杂志上的《狂人日记》韩译本末尾,附有"青园译/1927年6月11日京津车上"的附记。这里的"青园"无疑是柳树人的笔名,此外还可以看出柳树人是1927年6月11日在京津火车上完成了《狂人日记》的翻译工作。

在《三十年放浪记:柳基石回顾录》中,柳树人结合自己的人生经历,叙写了思想变化的心路历程,从中可以窥见其翻译《狂人日记》背后思想谱系的变化轨迹。1924年柳树人进入北京朝阳大学经济系学习,因学费和生活费问题无法继续学业,1926年夏随安昌男到太原阎锡山的航空部队学习飞行操纵术,后又随安昌浩远赴吉林。当时安昌浩为了重组散漫的独立运动阵营,实现民族独立的目的,组织策划集会和演讲,后来包括安昌浩和柳树人在内的40余人被逮捕。被释放的柳树人放弃去莫斯科留学的机会,于1927年5月重返北京。此时的柳树人经历了激烈的思想斗争,这也成为其转向无政府主义的转折点。"我的脑中充满个人英雄主义、自由主义的小资产阶级革命幻想,因此自然接受了巴枯宁和克鲁泡特金的无政府主义,开始变身为无政府主义者。"②在此值得注意的问题是,《狂人日记》的翻译与柳树人无政府主义思想转向之间是否存在一定的关联性。

此外,柳树人追随安昌浩在吉林演讲会上所经历的"独立万岁"的启蒙性呐喊,也在某种程度上成为其翻译《狂人日记》的思想驱动因素。当

---

① 金光洲:《幸福的家庭》,《朝鲜日报》1933年1月29日。
② 柳基石:《三十年放浪记:柳基石回顾录》,首尔:国家报勋处,2010年版,第215页。

时柳树人切身体会到文艺运动的启蒙效果,到达北京之后认识到有必要翻译发出中国启蒙主义第一声呐喊的《狂人日记》,试图将鲁迅的启蒙主义呐喊移植到同样渴求民族独立和民众觉醒的朝鲜半岛。事实上,柳树人早在20世纪20年代上中学时,就读到了1918年发表在《新青年》上的《狂人日记》。

> 我和许多朝鲜青年在一九二〇年初在延吉道立第二中学读书的时候,通过进步教师读到了刊载在《新青年》上的《狂人日记》。最初我们读不懂,读了几遍后,激动得几乎也要发狂了,那时我们认识到,鲁迅先生不仅写了中国的狂人,也写了朝鲜的狂人。从那时起鲁迅先生成了我们崇拜的第一位中国人,我的心里产生了拜见鲁迅先生的念头。[1]

依据洪昔杓的相关研究,柳树人在朝阳大学学习时,曾像《狂人日记》中的"狂人"一样,尝试对民众进行了启蒙性质的呐喊[2]。1925年7月10日的《朝鲜日报》曾刊载题为《朝阳大学在校生柳君同胞在北京民众大会上第一个登上讲坛进行振奋人心的演说》的文章,报道的就是柳树人在天安门广场进行的国民大会演说。

幼时阅读《狂人日记》的思想冲击以及对文艺革命和思想启蒙的持续关注,对柳树人的思想产生了影响,也成为其译介《狂人日记》的驱动因素。后来柳树人没有选择赴美留学,而是参加了无政府主义运动,积极投身于民族独立运动,后相继发表《无产阶级艺术新论》《新兴诗家的阶级观》和《艺术的理论斗争》等鼓吹无政府主义思想的文章。通过这些文章的内容可以看出,柳树人坚持的是无政府主义理论,反对的是无产阶级艺术理论,而这均与当时中国正在进行的文艺理论论争存在密切关联。"我们的文艺保障着完全的自由性,文艺的本质就在这个地方,艺术是在生活上个人强烈意欲的锐利反照,时时刻刻活泼表现出来的东西。"[3]可见,"柳树人在批评文艺的'宣传工具化'和'武器的艺术'理论,在坚守文艺自身特点方面与鲁迅持有相同的观点,他们是站在同一立场的"[4]。可以说,在

---

[1] 葛涛、金英明:《柳树人翻译的〈狂人日记〉译本研究》,《文艺争鸣》2018年第7期。
[2] 洪昔杓:《鲁迅与近代韩国》,首尔:梨花女子大学出版文化院,2017年版,第62页。
[3] 柳树人:《艺术的理论斗争》,《现代文化》1928年8月。
[4] 洪昔杓:《无政府主义思想与韩中知识分子的思想纽带——柳树人与鲁迅、时有恒的交往》,《鲁迅研究月刊》2014年第12期。

图3-18　1925年7月10日《朝鲜日报》刊登的柳树人演讲新闻

思想承载谱系上,柳树人与鲁迅在无政府主义思想基点上已经达成了文艺启蒙理论共识。在此基础上,将《狂人日记》译介至民族独立斗争和无政府主义运动如火如荼的朝鲜半岛也就变得顺理成章,而其背后体现的正是柳树人对鲁迅及其文艺理论和革命思想的推崇和镜鉴。

"据统计,在柳树人的译本之后,韩国又出版了近20种《狂人日记》的韩文翻译本,可以说,世界上翻译《狂人日记》次数最多的国家就是韩国,这或许是《狂人日记》在世界传播史上的一个独特现象。"①柳树人对《狂人日记》的翻译,基本上是忠实于原著的直译,体现了柳树人把作品意义准确转达至朝鲜半岛的翻译意图。但在相关词汇的选择方面,译本中也出现了不少晦涩难解之处。依据葛涛、金英明的相关研究,柳树人的《狂人日记》译本主要存在字词句段的错译、漏译或删除原文内容、翻译方法不统一等问题。② 虽然《狂人日记》原文约5000字,而柳树人译本中出现的误译多达百处,但从文本译介和异域传播的层面来看,作为世界上首个《狂人日记》的外文译本,柳树人翻译的《狂人日记》可谓瑕不掩瑜。而且后来1935年6月号的《三千里》杂志又重新转载了柳树人的译本,也从侧面反映了朝鲜半岛读者旺盛的阅读需求,鉴于《三千里》在1929年6月创刊时的销售数量就达到10000份,《狂人日记》在朝鲜半岛的接受广度由此可见一斑。

---

① 葛涛、金英明:《柳树人翻译的〈狂人日记〉译本研究》,《文艺争鸣》2018年第7期。
② 葛涛、金英明:《柳树人翻译的〈狂人日记〉译本研究》,《文艺争鸣》2018年第7期。

继《狂人日记》和《头发的故事》之后,《阿Q正传》是第三部被译介至朝鲜半岛的鲁迅小说。事实上,由于《阿Q正传》具有极高的经典地位和文学意义,柳树人、丁来东等都曾尝试翻译。丁来东坦言:"我从大体认识中文开始,就在考虑是否要翻译《阿Q正传》,偶尔会从书架上抽出鲁迅的短篇小说集《呐喊》,但其中的句子晦涩难懂,充满戏谑性,中文中特有的很多双关语,我无法将其准确翻译为朝鲜语,因此又重新把它放回书架,这种经历不止一两次。"①缘于此,梁建植对《阿Q正传》的翻译,在朝鲜半岛文学界和知识界掀起了轩然大波,1932年题为《中国新兴文学的阿Q时代与鲁迅》的文章指出:"《阿Q正传》已经在朝鲜报纸上翻译连载……已经被朝鲜、日本、俄国等世界各国译介。"②高度肯定了《阿Q正传》韩译工作的史学意义和文学价值。

在《阿Q正传》译本的开头部分,梁建植讲述了翻译缘起:"译者早前就打算介绍此小说,但文中掺杂了很多难解的土语,犹豫再三,通过一次偶然的机会,这部小说最终得以译述。"③目前相关研究均认为梁建植《阿Q正传》译本的底本是鲁迅原著。但韩国学者洪昔杓经过考证认为,梁建植所说的"偶然的机会",是指接触到日本井上红梅的日译本。而梁建植正是依据井上红梅的译本,并结合《阿Q正传》原文进行译述的。④

井上红梅的译本是《阿Q正传》最早的日译本,首先连载于1928年上海日文报纸《上海日日新闻》,后又以《中国革命畸人传》为题在日本杂志《奇谭》上连载。事实上,梁建植的日语水平远远高于中文水平,他毕业于"官立汉城外国语学校"日语专业。可能的情况是,"偶然的机会"使他发现了《奇谭》连载的《阿Q正传》并以其为底本进行了重译。在《阿Q正传》韩译本前言部分,梁建植介绍道:

> 这本《阿Q正传》是中国现代第一流作家鲁迅的作品,作为中国文艺复兴期的代表作,在欧美也广为传诵,已经被译为数国语言。题材取自因革命牺牲的无知农民的一生,鲁迅运用其一流的辛辣讽刺和透彻的观察能力,如实展现当时第一革命的社会状态。因中国的国

---

① 丁来东:《〈阿Q正传〉读后》,《朝鲜日报》1930年4月9日。
② 牛山学人:《中国新兴文学的阿Q时代与鲁迅》,《东方评论》总第2期,1932年5月9日。
③ 鲁迅:《阿Q正传》,梁建植译,《朝鲜日报》1930年1月4日。
④ 洪昔杓:《鲁迅与近代韩国》,首尔:梨花女子大学出版文化院,2017年版,第108页。

情,这种牺牲者在现代训政时期也必然存在,本小说的妙处就在于将主人公设定为自然人。①

经过比对发现,上述对《阿Q正传》的简短介绍性文字,无论从词汇选用、句子构造,还是意义表达上来看,都与井上红梅日译本的作品解说部分②几无出入。而且梁建植译本的整体章节设定也与井上红梅的日译本完全一致。据现有资料,梁建植并未明确指出他的韩译本与井上红梅日译本存在何种关联,但经过比对,基本可以断定是对井上红梅译本的重译。更重要的问题还在于,井上红梅的译本存在大量误译现象,梁建植的译本自然也出现了较多同类型的错译。1932年11月7日,鲁迅在写给增田涉的信中说:"井上红梅氏翻译拙作,我也感到意外,他和我并不同道。"③又在1932年12月19日寄给增田涉的信中表示:"井上氏所译《鲁迅全集》已出版,送到上海来了。译者也赠我一册,但略一翻阅,颇惊其误译之多,他似未参照你和佐藤先生所译的。我觉得那种做法,实在太荒唐了。"④由此可见,鲁迅对井上红梅日译本的讹误之处有着清晰而准确的把握和认识,而梁建植对此却一无所知,或者可能缘于朝鲜半岛对文艺启蒙和思想革命的迫切需求,便利用自身熟练的日语能力,直接重译了井上红梅的日译本。

其实,丁来东对梁建植翻译《阿Q正传》质量的评价也验证了这一点。彼时正在北京留学的丁来东阅读梁建植译文后在《朝鲜日报》上发表《〈阿Q正传〉读后》一文,文章指出:"小说介绍之中多少有些错误之处,也不是重要的误差,如果内容经过充分翻译,也不会存在问题。但偶尔发现的对某些词汇的严重误译,使我仔细对照了译文与原文,发现了数不胜数的误译之处。"⑤"数不胜数"固然不无夸张,但确实从侧面印证了梁建植《阿Q

---

① 参见《朝鲜日报》1930年1月4日。
② 井上红梅日译本的相关内容如下:"魯迅氏の「阿Q正傳」は支那文藝復興期の代表作として欧米に喧傳され、已に數個國語に譯されてあるが、邦譯は未だ無いようである。发に題目を支那革命畸人傳と改め本誌の餘白を借りて全譯する。取才は革命の犧牲になる哀れなる一農民の全生涯にあり、第一革命當時の吐會狀態 を魯迅氏一流の皮肉な觀察を以て表現したものである。かういふ犧牲者は彼國の國情として現代の訓政時期にも必ず多くある事と思はれる。畸人といSもの、實は填の自然人で ある處に本傳の妙味がある。"詳见井上红梅:《支那革命畸人传》,《奇谭》第2卷第11号,1929年。
③ 鲁迅:《致增田涉》,《鲁迅全集(十四)》,北京:人民文学出版社,2005年版,第222页。
④ 鲁迅:《鲁迅书简——致日本友人增田涉》,西安:陕西人民出版社,1973年版,第26页。
⑤ 丁来东:《〈阿Q正传〉读后》,《朝鲜日报》1930年4月9日。

正传》译本存在的诸多问题。对此,梁建植并未做出任何回应,说明其参照井上红梅日译本进行重译的可能性较大。但将梁建植译本、井上红梅译本和《阿Q正传》原文进行仔细对照,却发现梁氏译本也有很多内容并没有参照井上红梅译本,而是呈现了原著内容。因此,可以说梁建植《阿Q正传》译本的主要参照对象是井上红梅的日译本,同时也并未完全摒弃原文,而是根据需要进行了相关内容的增删和修正,属于"重译"基础上的"译述"。

那么,类似于梁译《阿Q正传》的翻译现象是否普遍存在于当时的朝鲜半岛?其理论依据和思想渊源谱系何在?是梁建植个人独有的翻译风格还是受制于近现代朝鲜半岛翻译体系而呈现出的历史局限性?抑或是东亚"文化地形"的转变而导致朝鲜半岛经历文化阵痛的外在表现?实际上,无论梁建植的《阿Q正传》是否是重译自日译本,也无论其中是否存在大量误译现象,该译本的翻译体例都可以说是比较流畅的现代韩国语文体。而曾毫不留情地批判梁建植译本,且希望"没有误译地介绍《阿Q正传》"的丁来东也未能推出令人满意的译本。他只是在《中国短篇小说家鲁迅和他的作品》中对《阿Q正传》进行了整体介绍,且采用的并非标准的现代韩语。

其实,这就不得不提及朝鲜半岛近现代翻译体系的特点。彼时朝鲜半岛翻译外国文学主要采用"译述"和"重译"两种翻译策略。"译述"是指译者积极介入翻译文本,根据需要对原文进行大幅度的增删改写;"重译"是指将已经译成他国语言的文本(主要是中文或日文)重新翻译为韩文。事实上,由于文化传统和知识架构的改变,朝鲜半岛现代知识文人大都欠缺传统儒学者所具备的深厚汉文素养和汉学背景,也无法像拥有现代教育背景的日本学者一样进行现代意义上的学术探索。又因殖民地语境下日本文化霸权的笼罩性影响,他们只能借助或参照日本学界的研究成果。朝鲜半岛自"甲午更张"后,其外来影响的接受路径就从中国急速转向西欧和日本,无论是学问研究,还是现代文明的接受,均以殖民地宗主国语言——日语为媒介。

"对于尴尬地夹在'传统'和'近代'之间并急于摆脱前者的梁建植们而言,在日本成为他们眼中西方文化中转站、位于文明序列的更高等级的时代,在日语成为朝鲜新知识分子基本话语能力的时期,从日本相关领域吸收代表'文明''开化'的养分成为一种普遍的选择。"①据此,就不难理解梁建植选择井上红梅的日译本作为《阿Q正传》韩译底本的深层动因。但是,在东亚"文化地形"骤变的近现代启蒙期,还是有部分儒学渊源深厚的朝鲜半岛知识文人仍然秉持汉字文化圈的传统文化秩序,以东亚通用的汉文字为语言中介,将中国学者翻译的西方作品重译为韩文,如《瑞士建国志》《近世第一女杰罗兰夫人传》《意大利建国三杰传》《普法战记》等。需要注意的是,以中文为媒介语言的重译毕竟不占主流,主体文本来源仍然是日文文本。

由上可知,在朝鲜半岛近现代启蒙期以及随之而来的日本殖民期,就外国作品的翻译来说,以原作为底本的"信"的翻译原则并未广泛普及。其原因在于若要翻译原作,必须精通原作语言,但彼时朝鲜半岛内外交困的文化语境使知识文人们无法习得更多外语语种,进而不得不接受日语的压倒性影响。从思想谱系来看,一些拥有较高汉文素养和深厚儒学渊源的知识文人选择了中文译本,另外大批拥有日本留学背景的知识文人顺理成章地选择了日文译本作为重译底本。而"官立汉城外国语学校"日语专业毕业的梁建植,自然选择日译本作为重译文本来源。

20世纪20年代,朝鲜半岛整体的翻译体系和具体的翻译理念再次发生转向,出现了大批精通相关外语语种且能够对原作进行直译的知识文人。"翻译"由此成为理论论争的焦点话题,"信、达、雅"的翻译准则受到重视。20世纪20年代留学于北京,30年代正式开始中国现代文学研究的丁来东,就主张应该秉承如实呈现原作语言和文体风貌的翻译原则。他在《〈阿Q正传〉读后》中强调:"翻译本来就应该确保与原作一致,也就是杜绝误译,然后译文才能通畅。"②文章结尾处特别引用了严复的"信、达、雅"标准,就外国作品翻译策略提出了自己的主张。《中国文学与朝鲜文学》一文更是痛陈以日文译本为底本进行重译的弊端。丁来东中文日文兼修,能够发现日文译本重译作品中普遍存在的误译和错讹现象。事实上,在梁建植选择井上红梅的《阿Q正传》日译本进行重译和丁来东对梁建植译本中存在的误译进行批评的背后,体现的是"豪杰译"与"信、达、雅"之间的翻译理念冲突。

---

① 董晨:《朝鲜半岛近代文化转型中的中国文学研究——以梁建植中国古代小说戏曲研究为中心》,《文学遗产》2016年第6期。
② 丁来东:《〈阿Q正传〉读后》,《朝鲜日报》1930年4月9日。

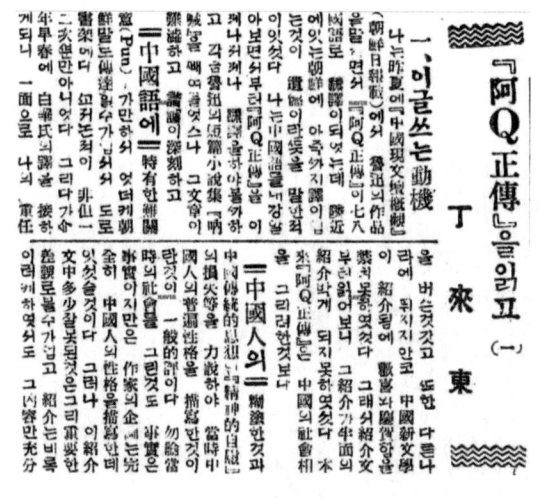

图 3-19　丁来东发表的《〈阿Q正传〉读后》

总之,梁建植的韩译本《阿Q正传》虽然来自日译本,且文中误译颇多,但给朝鲜半岛读者带来了鲁迅的代表作,具有一定的文化价值和历史意义。通过《阿Q正传》,朝鲜半岛读者最终深入了解了中国人和当时中国的社会现实,并开始反思自身。金台俊在1930年11月《东亚日报》连载的《文学革命后的中国文艺观》中结合钱杏邨发表的《死去了的阿Q时代》,指出:"所谓阿Q是谁? 是民国七年鲁迅所作小说《阿Q正传》的主人公,《阿Q正传》已由梁白华介绍至朝鲜,成为朝鲜半岛读者的捧读作品,经久不衰。作品已被翻译为多国语言,连罗曼·罗兰也极力称赞其为东方之杰作。"①在1931年1月《每日申报》上连载的《新兴中国文坛上活跃的重要作家》一文中,金台俊以"绍兴周氏兄弟"为小标题,强调"鲁迅是中国文学革命后中国文坛上最伟大的巨人。他发表了《狂人日记》等15篇小说,其中《阿Q正传》最受好评,被翻译为英语、法语、俄语、德语等各国语言"②。可见,梁建植翻译的《阿Q正传》虽然存在一定的历史局限性,但瑕不掩瑜,其文学史价值还是受到了朝鲜半岛文坛和学界的一致肯定。

1929年,《开辟》杂志社推出了《中国短篇小说集》,其中收录了15名中国作家的15篇短篇小说译作,这是日据时期在朝鲜半岛出版的唯一一

---

① 金台俊:《文学革命后的中国文艺观(十四)》,《东亚日报》1930年12月4日。
② 金台俊:《新兴中国文坛上活跃的重要作家(四)》,《每日申报》1931年1月7日。

部中国翻译小说集①。此小说集作为"最早的韩语版中国新文学选集"②，具有非同寻常的意义。

图 3-20　金台俊发表的
《文学革命后的中国文艺观》

图 3-21　金台俊发表的
《新兴中国文坛上活跃的重要作家》

图 3-22　《开辟》杂志社推出的《中国短篇小说集》

---

① 目前学界对这本《中国短篇小说集》的编译者存疑，普遍观点认为是梁建植。但经研究发现，此小说集收录的作品中，除了许钦文的《口约三章》和鲁迅的《头发的故事》以外，均未在日本译介过。此外，译者在序言中表明自己身在"北京平民大学"，此书中的作品都是其花费了一个多月时间翻阅了几百本书籍杂志亲自选定的。通过这些线索，大致上可以断定本书的译者很可能是在北京平民大学留学的朝鲜留学生桂渊集和李斗星。而梁建植本人并没有在中国留学的经历，很多研究者都指出其白话文水平不高，译介中国文学的重要途径是通过日文转译。
② 梁建植:《中国短篇小说集》，首尔:开辟社，1929 年版，第 1 页。

表 3-4　《中国短篇小说集》收录作品一览表

	原作题目	原作者/原文出处	原文发表年度
1	《头发的故事》	鲁迅/《呐喊》	1920
2	《阿兰的母亲》	杨振声/《现代评论》	1926
3	《范围内》	吴镜心/《晨报》	1922
4	《讲究的信封》	冯文炳(废名)/《竹林的故事》	1925
5	《城里的共和》	蒲伯英/《晨报》	1919
6	《光明》	南庶熙/《晨报》	1923
7	《两封回信》	叶绍钧(叶圣陶)/《隔膜》	1922
8	《离婚之后》	冯叔鸾/《国闻周报》第 2 卷第 21 期	1924
9	《民不聊死》	陈大悲/《晨报》	1920
10	《船上》	徐志摩/《现代评论》第 1 卷第 18 期	1925
11	《一篇小说的结局》	冰心/《晨报》	1920
12	《吾妻之夫》	何心冷/《国闻周报》第 2 卷第 39 期	1925
13	《傍晚的来客》	庐隐/《文学汇刊》5 月号	1922
14	《口约三章》	许钦文/《晨报》	1925
15	《花之寺》	凌叔华/《现代评论》第 2 卷第 48 期	1925

在此翻译小说集的"序文"中,编者透露了 15 篇短篇小说的甄选标准和甄选过程,同时对短篇小说的译介意义进行了阐述。

> 我从来都这么想:不管别人读什么,我们,尤其是我们朝鲜青年,应该读革命文艺,那是可以读了以后马上就感到热血沸腾、得到活力、会从腐烂而恶臭的生活里叫着"唉"跑到外边去的。同时我确信:因为我们一直背负着格外卑鄙而薄命的生活历史,所以一定要出现政治方面的大政治家和文学方面的大文学家……因此我想在文艺作品之中寻求到具有如上所说的革命性的小说,并且把它介绍给大家。这就是我的初衷。[①]

---

① 梁建植:《中国短篇小说集》,首尔:开辟社,1929 年版,第 1—2 页。

梁建植在慨叹殖民地现状的同时，也迫切希望通过翻译介绍中国现代文学作品来开发民智、共御外侮。这也体现了其在"连带心理"基础上对中国现代文学的关注和将中国新文学运动视为"他山之石"的内在考量。因此，梁建植将"能够反映或者暗示中国的民情、生活、状态和思想"、"能够介绍各个作家代表作"、"能够带给读者感动"作为《中国短篇小说集》的作品收录标准。

　　20世纪20年代后期，朝鲜半岛文坛上出现了一批拥有中国留学经历或中国流亡经验的译者。他们作为长期旅居中国或反复往返于中国与朝鲜半岛之间的知识文人群体，摒弃了经由日文转译的烦琐和局限，使中国现代文学的直接翻译和直接传入成为可能。代表人物主要有金光洲、丁来东、朱耀翰、申彦俊、李陆史等，他们中国体验的方式各有不同，其中大部分是中国留学生，如朱耀翰、丁来东、李陆史、金光洲曾分别在上海沪江大学、北京民国大学、中国大学和上海南洋医科大学留学；也有作家姜敬爱和无政府主义者柳树人，以及《东亚日报》外派中国的记者申彦俊。他们利用自身精通中文的语言优势，向朝鲜半岛大量译介中国现代文学。其中，丁来东和金光洲较为活跃。20世纪30年代，丁来东大量发表了介绍中国新文学派别、白话文学运动和革命文学运动的文章，而金光洲则在中央报刊登载了介绍中国现代话剧和剧作家的文章。随着具有中国体验的知识分子逐渐增多，中国现代文学在朝鲜半岛的现场感和中国文坛消息的实效性日益增强。如徐志摩死后不久，丁来东就在《东亚日报》发表了题为《凭吊中国新诗坛的彗星徐志摩》的文章。

　　此外，在日据时期的朝鲜半岛报刊上，也出现了对中国作家的介绍性文字。1933年1月《朝鲜日报》刊载了金台俊写的对蒋光慈《碎了的心》的评论文章。金台俊称蒋光慈为左翼文学的中流砥柱，其反宗教性作品正是朝鲜半岛社会所需要的。丁来东除了写了大量介绍鲁迅的文章以外，还自1933年2月28日开始在《朝鲜日报》连载了其创作的《中国文坛的新作家巴金的创作态度》一文。在文中，丁来东称巴金为鲁迅之后出现的真正的作家，"其一直致力于描绘下层社会的凄惨日常生活，展现反抗当权者的个人或团体形象"[①]。

　　对于中国女性作家，当时的朝鲜半岛较为关注丁玲和冰心。而对于丁玲，相较于作品翻译，朝鲜半岛首先对其本人进行了介绍和评论。丁来东曾写了中国女性作家创作倾向相关的文章，1933年10月号《新家庭》发表

[①] 丁来东：《中国文坛的新作家巴金的创作态度》，《朝鲜日报》1933年2月28日。

图 3-23　丁来东发表的《中国文坛的新作家巴金的创作态度》

的《中国的女流作家》一文按照诗歌、小说、戏剧、散文整理了当时活跃于文坛的女性作家。小说方面,介绍了丁玲、沅君、绿漪,其中评价丁玲作品为"注重个人成长的社会环境,擅长女性心理描写"。1934年9月,丁来东在《新家庭》发表了相同标题的文章,介绍了冰心和丁玲的创作经验。同年,金光洲在上海翻译了贺玉波的《中国现代女作家》,以《中国女流作家论》为标题在《东亚日报》连载。此文主要论述了冰心、庐隐和丁玲,其中,丁玲相关的内容连载了十期。另外,1935年5月26日《朝鲜文坛》发表了朴胜极的《关于中国女性作家丁玲的作品》,1941年12月1日《三千里》发表了《中国女性作家冰心·丁玲的作品》,体现了作者号召朝鲜半岛女性作家以冰心、丁玲为镜鉴的意图。发表于1929年3月10日《小说月报》的丁玲的《他走后》,于1940年9月1日被翻译连载于《三千里》,译者介绍该小说为"离开故乡来到都会的作家与胡也频恋爱生活的热情记录",评价其"作者对恋爱中的自己进行了深刻强劲有力的剖析,不得不令人叹服"。

总之,在日本殖民强占期的特殊历史文化语境中,朝鲜半岛知识文人们意识到中国与朝鲜半岛的相似处境,在"连带心理"的支配下,对以胡适和鲁迅为代表的中国现代作家保持了关注。其所译介的中国现代文学作品大部分与殖民地语境中知识分子的苦恼,小市民的愚昧无知,自由恋爱、婚姻问题和女性解放,日本殖民侵占和军阀的残暴统治相关。此时对中国现代文学的译介无法与对西方和日本文学的译介相提并论,甚至有些微不足道,这一方面可归因于中国研究学者的缺乏,另一个方面则是社会文化语境和殖民地处境所决定的。

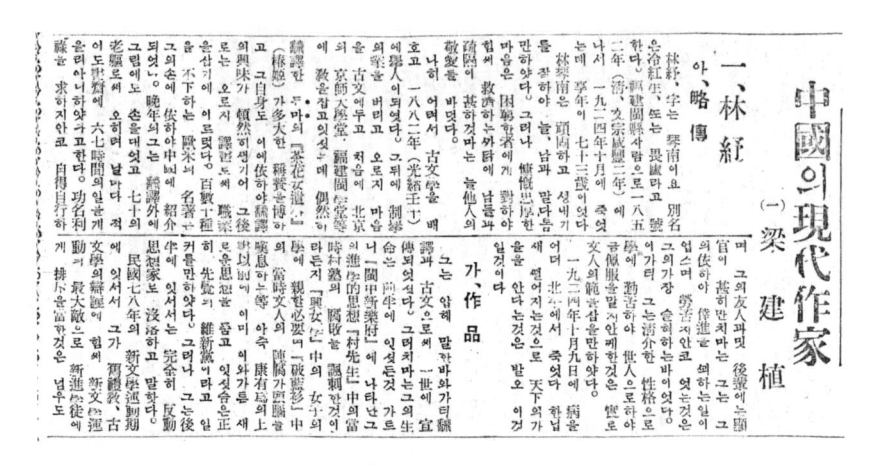

图 3-24　梁建植发表的《中国的现代作家》系列连载文章

尽管如此,梁建植、丁来东等个别致力于中国文学研究的学者着眼于中朝传统的连带性以及现实的同质性,成为朝鲜半岛持续翻译介绍中国现代文学革命和文化运动的先驱者。从中国新文学运动中,他们看到了朝鲜半岛文化和文学转型的可能性。除了借力日本学界和直接翻译中国新文学革命理论以外,他们还自主撰写了《反新文学出版物流行的中国文学奇现象》和《中国的现代作家》等批评文章。此外还有《中国文学革命的先驱者——静庵王国维》《从文学革命到革命文学》等,均发表在《朝鲜日报》和《东亚日报》等主要报刊上。他们对"五四"新文学运动的译介、对中国现代文学作品的翻译以及对中国新文学的批评,并非只是思想和内容的简单传达,而是尝试将中国新文学运动的成功与挫折视为重要镜鉴,以此来检视朝鲜文坛,其终极目的在于推进朝鲜半岛的思想启蒙和文学变革。

第三节　"主体认知":同位意识支配下两国文界的互动交流

1919 年,朝鲜半岛和中国分别爆发了"三一运动"和"五四运动"。从性质上来看,"三一运动"与"五四运动"具有一定的内在同质性,二者都以社会运动的形式,以民族的独立解放为旨归,表达了反帝反殖民的政治诉求,共同参与到一战后国际新秩序的重构中。且"先发的'三一运动',在一定程度上影响了后发的'五四运动'"①。"中国'五四运动'和韩国'三一运动'为中韩相互认知带来更为根本性的变化。中国新文化运动先驱陈独秀、李大钊、胡适、鲁迅、郭沫若等都与韩国文人有过交流,且从不同侧面充分肯定了民族主体性在韩民族独立运动中的重要性。"②因此,可以说1919年"三一运动"和"五四运动"之后,中国与朝鲜半岛对对方的主体性认知有了质的变化,两国文人的相互认同为互动交流提供了全新的历史机遇和心理基础。首先,朝鲜半岛对中国的认知中,虽然不可避免地渗透着西方和日本的隐性殖民话语指向,但也明显呈现出基于同位意识和本国立场的主体性认知,对中国的新文化运动开始持有普遍认同。同样,中国对朝鲜半岛的认知也发生了明显变化,传统的华夷观不认同朝鲜半岛的主体地位,但"三一运动"之后,对朝鲜半岛的认识实现了跨越时代的更新,不仅承认朝鲜半岛的主体地位,而且支持和声援其抗日独立运动。

陈独秀评价"三一运动"的意义时指出:"我们希望朝鲜人的自由思想,从此继续发展。我们相信朝鲜民族独立自治的光荣,不久就可以发现。"③傅斯年更是强调"三一运动""开革命界之新纪元……朝鲜人的这种精神,就是朝鲜人最后胜利的预告"。可以说,中国知识界对朝鲜半岛民族独立运动及其民族主体性的认同,直接影响了朝鲜半岛的民族性建构以及互为主体、同位意识的强化,进而直接助推了两国知识文人之间的互动与交流。

1917年,朝鲜半岛现代著名戏剧理论家、新文化运动的倡导者玄哲来到上海,与欧阳予倩共同创办了上海戏剧学校。1920年玄哲回国后,给欧阳予倩写了一封名为《西湖水畔的哀话》的信。这封类似散文的信详细记录了玄哲与欧阳予倩的交游关系。在信中,玄哲称欧阳予倩为"兄",号召为建设"东洋戏剧"而共同努力。从中可以看出二人的交情匪浅,这同时也是中国与朝鲜半岛现代知识文人互动交流的重要见证。

胡适作为蜚声东亚文坛的思想巨匠,与朝鲜半岛文人的交友渊源颇深。胡适早在留学美国之时,就与朝鲜半岛文人有过接触和交流。1916年,胡适在哥伦比亚大学留学,曾与一位名叫金铉九的朝鲜半岛文人有过

---

① 韩琛:《朝鲜镜鉴与五四中国——现代东亚视角中的〈牧羊哀话〉》,《中国现代文学研究丛刊》2019年第7期。
② 金柄珉:《中国与周边:中韩近现代文学交流的历史转型与价值重建——兼论韩国近现代文学的主体性与现代性建构》,《中国比较文学》2020年第1期。
③ 陈独秀:《朝鲜独立运动之感想》,《每周评论》总第14期,1919年3月23日。

往来。在《胡适留学日记》的《韩人金铉九之苦学》中,他曾做过如下记载:

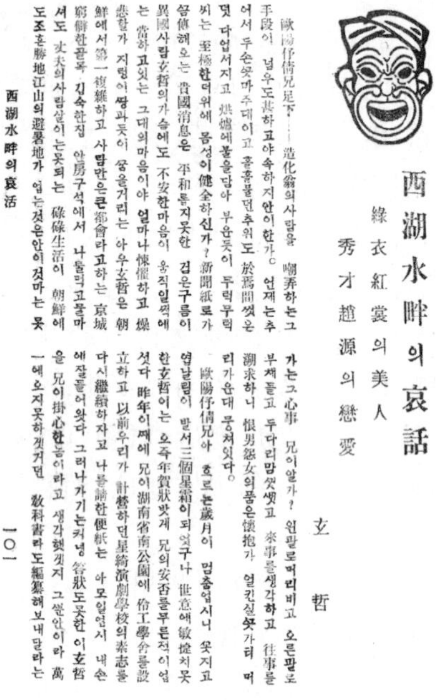

西湖水畔의哀話

綠衣紅裳의美人

秀才趙源의戀愛

玄　哲

歐陽予倩兄足下——造化翁의사람을 嘲弄하는그手段이 넘우도甚하고야속하지안이한가。 언재는추어서 두손옷마주대이고 훌훌불던추위도 於焉間썻은덧 다업서지고 烘爐에불을담아 부윤듯이 두럭무럭씨는 至極한더위에 몸성이健全하신가? 新聞紙로가씀傳해오는 貴國消息은 平和롭지못한 검은구름이異國사람玄哲의가슴에도 不安한마음이 움직일때에는 當하고잇는 그대의마음이야 얼마나悚懼하고 燥悲할가 지렁이짱과듯이 꿈을거리는 아우玄哲은 朝鮮에서第一複雜하고 사람만은큰都會라고하는 京城窮僻한골목 깁숙한집 안房구석에서 나물먹고물마셔도 丈夫의사람살이는못되는 碌碌生活이 朝鮮에도조흔勝地江山의避暑地가 업는것은안이것마는 못가는그心事 兄이알가? 왼팔로머리비고 오른팔로부채들고 두다리맘껏뻣고 來事를생각하고 往事를溯求하니 恨男怨女의품은懷抱가 얼킨실쯧가티 머리가운대 뭉쳐잇다。

歐陽予倩兄아 흐르는歲月이 멈출업시니 쏫지고엽날림이 발서三個星霜이되엿구나 世意에敏捷치못한玄哲이는 오즉年賀狀밧게 兄의安否를부른적이업섯다 昨年이때에 兄이湖南省南公園에 伶工學舍를設立하고 以前우리가 計劃하던星綺演劇學校의素志를다시繼續하자고 나를請한便紙는 아모일업서시 내손에잘들어왓다 그러나가기는커녕 答狀도못한 이玄哲을 兄이掛心한놈이라고 생각햇겟지 그뿐안이라 萬一에오지못하겟거던 敎科書라도編纂해보내달라는

西湖水畔의哀活　一〇一

图 3-25　玄哲写给欧阳予倩的信(部分)

吾友韩人金铉九君自西美来此,力作自给,卒不能撑持,遂决计暂时辍学,他往工作,俟有所积蓄,然后重理学业,今夜来告别,执手黯然。韩人对于吾国期望甚切,今我自顾且不暇,负韩人矣。①

胡适将金铉九视为"吾友",称其"力作自给",但终不能支撑学业,于是"今夜来告别,执手黯然"。最后胡适从主体性视角出发,认识到"韩人对于吾国期望甚切",然而"自顾且不暇"而"负韩人矣"。由此可见,胡适对朝鲜半岛的殖民地现状有着较为清晰的把握和准确的认知。

《开辟》是以抗日运动和新文化运动为宗旨,以树立民族文学、弘扬民族传统文化为目标,以舆论、学术、宗教、文艺等为主要内容的综合性杂志,是近现代朝鲜半岛具有进步意义、影响力较大的杂志之一。在梁建植与胡适的互动交流促成下,《开辟》与胡适有了一段不解之缘。如前所述,梁建植是朝鲜半岛现代著名小说家、翻译家、文艺评论家,可称为中国文学译介

① 胡适:《胡适留学日记》,合肥:安徽教育出版社,2006 年版,第 598 页。

和研究的集大成者。在日本和西方影响力超越中国的特殊历史背景下,朝鲜半岛研究和介绍中国文学的主要有朱耀翰、柳树人、李银相、朴钟和、丁来东、金光洲、李陆史、申彦俊、朴泰源、李光洙等人,但他们的介绍基本都限于有限的篇幅。其中,除了丁来东、申彦俊、金光洲和李陆史等有中国游历经历的知识文人之外,大部分人都无法阅读白话文章,只能通过翻译文言文体的中国古典文学或对日译本进行重译的方式研究中国文学。但梁建植是对中国文学进行持续研究和原文译介的朝鲜半岛学者之一。值得注意的是,在世界文学重新设定了西方文学与非西方文学的位阶秩序,中国文学被视为世界文学之外的地域文学的大环境中,梁建植仍然坚持将中国文学归入外国文学的范畴。正是基于这种高远的卓见,使他与胡适之间有着较为深入的交流。

现有史料显示,梁建植与胡适素未谋面,但却有着较为深入的通信往来,且胡适也频频出现于梁建植的著述之中。最知名、影响力最大的当数《以胡适氏为中心的中国文学革命》,此文虽然是对日本青木正儿相关文章的转译,但却显示出梁建植对以胡适为中心的中国文学革命的关注,也从侧面反映了梁建植即使受限于历史现实条件,也要通过迂回和间接的方式关注中国文学的内在意图。此外,梁建植言及胡适的文章还有连载于1922年8月22日至9月4日《东亚日报》的《中国的思想革命与文学革命》、发表于1924年第44期《开辟》的《反新文学出版物流行的中国文坛

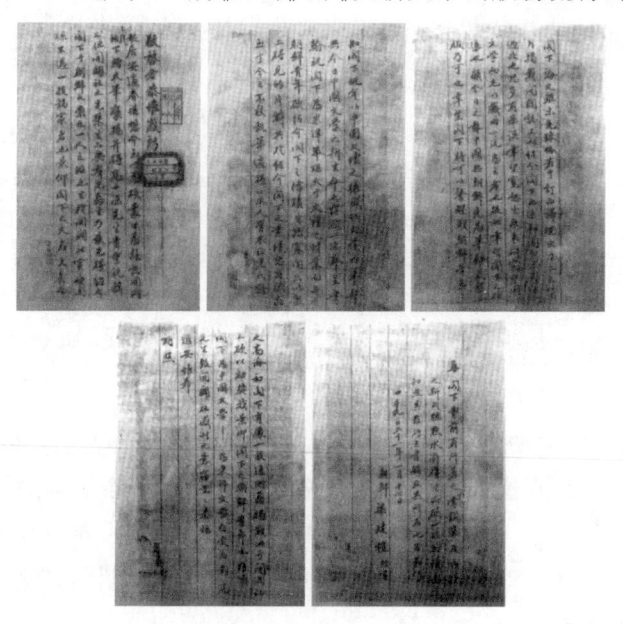

图 3-26　梁建植致胡适的书信原文(1921 年 1 月 17 日)

的奇现象》和发表于 1930 年 4 月 1 日《东亚日报》的《从"文学革命"到"革命文学"》等。

作为《开辟》杂志的重要撰稿人,梁建植曾致信胡适,恳请胡适赐稿并附送"肖像一枚"。对于此事,《胡适年谱》曾记载:"1 月 17 日,朝鲜青年学者梁建植致信,表示仰慕。希望能撰一文并赐照片给朝鲜一家杂志《开辟》登载。梁氏曾在此杂志上作文介绍胡适的思想和行实。"①

其书信原文抄录如下(标点符号为笔者所加):

敬启者,恭惟岁新

起居安适,春祺懋介,至以为颂。襄日为杂志《开辟》,阁下赠大笔褒扬,并得高一涵先生贵重祝词,不但《开辟》社之光荣,生亦与有光焉。

生乃最先得绍介阁下于朝鲜之荣之一人之故也。生于《开辟》社实无关系,不过一投稿家者也。景仰阁下之大名久矣,而知阁下现今以中国文坛之权威,起文学的革命,与今日中国文学新生命也。窃欲一次奉呈书翰,祝阁下为东洋举炬火于文坛之伟业,而并为朝鲜青年欲绍介阁下之伟绩。生殆寡闻,只以报上得见的片鳞,其于绍介阁下之业绩恐有疏漏,至于今日不敢执笔。适得日本人青木正儿氏对阁下论文,虽未免疏略,若干订正译述,且于二三个月揭载《开辟》志上以绍介阁下也。未知阁下之或读过此也,恐多有乖误,幸望宽恕。

生原来研究中国文学,而尤以戏曲小说为主者也,从此幸望阁下之指导也。顾今日之势,中国与朝鲜先为革命文学,然后乃可也。幸望阁下将可以警醒我朝鲜青年之高论,和阁下肖像一枚送附,为揭载此于《开辟》志上,欲以劝奖我景仰阁下之朝鲜青年也。惟愿阁下为中国文学、为东洋文学自爱焉。对高先生致《开辟》社感谢之意,窃望之。

恭候
道安惟希
朗照!

再,阁下曾前有所著之《尝试集》及作序说之新式标点《水浒传》,生必欲一次拜读,幸望知照其发行之书铺及其所在地名,若何之。

一千九百二十一年一月十七日
朝鲜梁建植顿首

---

① 耿云志:《胡适年谱》,福州:福建教育出版社,2014 年版,第 76 页。

梁建植向胡适写此信出于三个目的：第一是对胡适和高一涵为《开辟》杂志的题词表示谢意；第二是向胡适汇报转译青木正儿胡适评论文章的原委，同时表达对胡适的钦慕之情；第三是请求胡适提出"可以警醒我朝鲜青年之高论"，并附送胡适照片一张刊载于《开辟》杂志，以"劝奖我景仰阁下之朝鲜青年"。信末，梁建植表示想要拜读《尝试集》和胡适作序的新式标点《水浒传》，并请求其告知购买途径。梁建植在信中称景仰胡适大名很久，盛赞胡适为"中国文坛之权威"。这从侧面说明胡适在当时已经成为"为东洋举炬火于文坛之伟业"的东亚精神镜像。

就在梁建植写此信一个月之前，胡适曾给《开辟》杂志题词"祝《开辟》的发展"，《开辟》将其刊登在1921年"新年号"的扉页上。胡适在题词的同时，附上书信一封称："敬启者，适披阅贵志，方知贵志为东方文学界之明星，兹将数字奉呈，以为贵志之祝笔，代登为感。专此敬谨贵社日益发展。同呈敝同事北京大学教授高一涵君祝词，并乞收纳。"胡适高度评价《开辟》为"东方文学界之明星"，同时北大教授高一涵也为《开辟》题词，内容为"《开辟》：威权之敌"。此外，上海兴华报社也为《开辟》寄去了《开辟报新年祝词》。

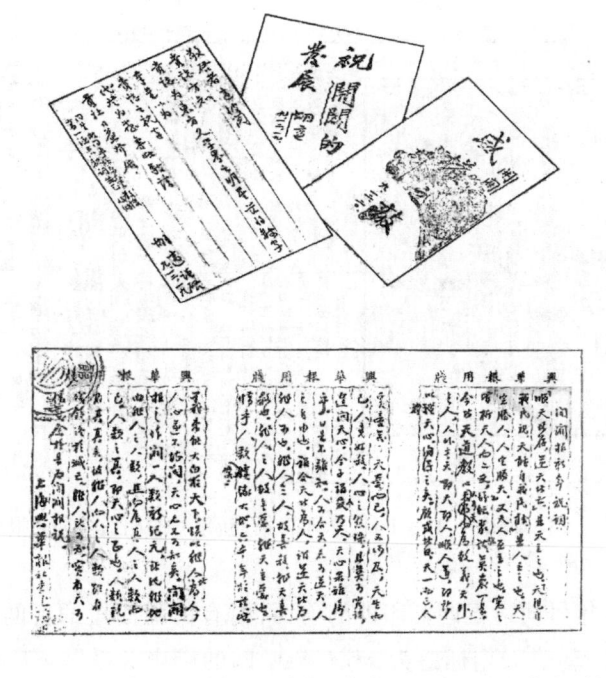

图3-27　《开辟》新年号扉页所载胡适、高一涵及上海兴华报社祝词

1919年"三一运动"之后,日本迫于压力将统治策略由"武断统治"改为"文化统治",舆论和言论环境得到了较为宽松的改善。由此,民族主义色彩浓郁的《开辟》正式诞生,其以朝鲜民族的主权恢复为指向,承担着国家建设和文化政治化相关的民间知识生产。《开辟》自创刊之初,就一直站在朝鲜半岛新文化运动和新文学革命的最前沿。李敦化于1920年10月在《开辟》上发表了《朝鲜新文化建设方案》,此文正是受到中国新文化运动的启示和感召而作,主张以中国新文化运动为先例和参照,构建朝鲜半岛的新文化建设方案。北旅东谷也于1922年在《开辟》第30期上发表《新东洋文化的树立》,详细介绍了胡适的《文学改良刍议》和陈独秀的《文学革命论》。他认为胡适和陈独秀的文学革命"能够给予我们的文化运动以刺激和参考"。基于《开辟》的创刊意图和办刊宗旨,其与胡适的结缘和交流,自然有理可循,可视为近现代中国与朝鲜半岛文学文化交流史上的一段佳话而具有重要意义。

胡适除了为《开辟》杂志题词"祝《开辟》的发展"以外,还于1925年为《东亚日报》题词"敬祝朝鲜的将来与年俱新",《东亚日报》将其刊登于当年的新年号上。

图3-28　1925年1月1日《东亚日报》新年号的胡适祝词和报道

在此新年号胡适祝词影印件的前面,附有一篇简短的新闻报道,标题为"今年访问朝鲜",副标题为"考察与中国的历史关系"。新闻报道称胡适为"北京大学教授",大意为胡适自述对朝鲜半岛相关知识贫弱,打算夏天访问朝鲜半岛,考察朝鲜半岛与中国的历史关系,同时查阅相关书籍资料。此文作者接受胡适自著的《胡适文存》四册,号召国人向胡适寄送书籍。同日,《朝鲜日报》也刊登了胡适"敬祝新朝鲜的进步"的祝词,同时附载胡适的《当代中国思想界》一文。

不仅朝鲜半岛的中国文学研究者和译介者与胡适有过密切的书函通信往来,而且流亡中国的独立运动家也曾与胡适有过接触,胡适在他们心目中已升格为重要的精神领袖。李民昌是流亡北京的朝鲜半岛独立运动家,他曾受《开辟》杂志社委托,于1921年5月19日致信胡适,信中高度评价了胡适在中国新文学革命中的重要地位;同时指出胡适的思想和精神一直受到朝鲜青年的拥护和追捧,并请求胡适为杂志创刊一周年纪念特辑撰稿。

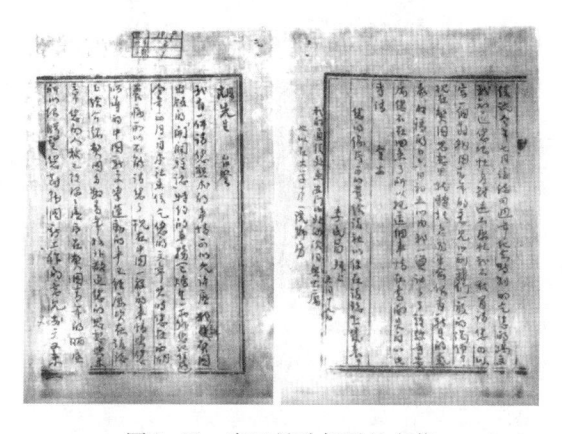

图 3-29 李民昌致胡适的书信

朝鲜半岛现代著名的中国文学研究学者丁来东(1903—1985)也与胡适有过深入的交流。丁来东曾在20世纪30年代初对中国文坛和新文学作家做过系统的整理研究,并发表了诸多批评和介绍文章。他曾坦言:"我们国家(朝鲜)新文学的发展与中国白话文学的进度,存在众多类似之处。由此两国互相关注,笔者的中国文学相关的介绍文章,也获得了在朝鲜的报纸杂志上特别刊载的优待。"①说明当时朝鲜半岛与中国新文学相互关注,朝鲜半岛各种媒体较为积极地刊载中国现代文学相关的大量译文和评论文章。金光洲曾对丁来东的中国新文学译介和评论工作做过如下评价:"就当时而言,丁来东是最初向韩国报纸杂志介绍现代中国文学、作家和文坛动向的留学生,他不仅承担了当时韩国文坛海外文学研究的重要一翼,

---

① 丁来东:《丁来东全集(一)》,首尔:金刚出版社,1971年版,第1页。

而且走了一条先驱者的学究之路,从这个意义上来说,我们应该永远记住他。"①

丁来东曾在北京度过了长达九年的留学生活,其间他与胡适有过会面。他的《中国文人印象记》详细披露了他与胡适会面的经过、对谈的内容和对胡适的印象。

图 3-30　丁来东发表的《中国文人印象记》之"胡适"

笔者叩开胡氏家宽敞的大门,是在诗人徐志摩遭遇空难惨祸的数日之后。在门房稍候之时,只见数十种报纸配送而来。其中,可见上海的英文报纸和北平的不少小报。院子中有数十棵大松树,形成了一片松林,房子是二层洋房,非常端正。诗人徐志摩曾在此处居住吟诗。

在胡适的会客厅,挂着数张北平古迹照片,当年正是胡适四十周岁生日,挂满了无数的祝贺对联。尔后,二层传来脚步声,似小儿走下来。笔者没想到那正是胡适下楼的声音,进门就看到了矮小瘦弱的胡适。无论是东方,还是西方,才士一般都比较矮小。梁启超个子也不高,现在看到的胡适与之类似。

与其说胡适是一个文士,不如说是一个学者。他的《尝试集》是中国新诗坛上的第一部白话诗集,且不论诗歌内容如何,不得不说是值得纪念的一部诗集。但是,他的哲学相关著作才显示了他的专长,

---

① 丁来东:《丁来东全集(三)》,首尔:金刚出版社,1971年版,第3页。

诗歌与之不可相提并论。他是中国文学革命的最初倡导者,他在《新青年》上发表的几篇论文是中国新文学史上的重要文献。但相较于文学评论家的称号,他更接近于政论家。因此,他对中国新文学的贡献不可谓不大,只是其并非纯粹的文学家而已。

胡适身材矮小,但身体强健,看起来像石头浇筑的一样结实,两只眼睛虽然近视,但玲珑而有品位。人们常说才气和情操都在眼睛里,胡适双眼显得很有灵气。他善于交际,说话声音清晰而掷地有声,每字每句都充满力量,显示出超强的决断力,不讲无用之言。

凡读过胡适文章之人,都会觉得其文如用尺子量过、用刨子削过一样,毫无多余的句节,也毫无冗长拖沓之感。胡适作为第一个提倡白话文的学者,主张尽量避免难懂的典故。这一主张也如实体现在其文章中,其言谈也与其文章类似。

胡适虽然身材瘦小,但轻快活泼,充满勃勃生气。他详细询问了我国字母音和汉字词发音方法等相关问题,也询问了我国新文学的发展现状。得知笔者将他的《介绍我自己的思想》一文翻译之后在《朝鲜日报》刊载,他非常高兴且欣慰。

胡适是德国普鲁士学士院的会员,据说是东方人之中的首例。胡适在美国以"名学"相关的中国逻辑学的论文获得博士学位,是实用主义代表人物詹姆斯的学生。无论在何种情况下,胡适都反对缺乏证据的学说和史实。在文学方面,排斥附会的阐释,在古籍真伪的考证方面,采取十分慎重的态度。这种态度可视为对中国儒家以忠孝和忠君爱国解释一切并做结论的某种反作用的体现。

胡适是安徽人,清代考证学派的素养深厚。西方的"实证哲学"与中国的"考证学"在方法上不无共通之处。他精通英语,渡美之后,或在各地演讲,或在大学讲授中国哲学,在文学、哲学、政论等方面都有独到的见解。美国留学之时,他本来研究农学,但对植物名词的拼写产生厌烦情绪,最终转向哲学。其决断力较强的论断偶尔引起各方面的问题,在文学上引起了对屈原虚无说和红楼梦考证的很多反驳和问题。在文学革命之时,胡适主张古文学即汉文构成的文学,如唐宋八大家都是"死文学",引起了古文学家们的反对,这是读者诸君周知的事实。政论方面,国民党自执政始,对人民的压迫日甚一日,胡适所属的"现代评论"派发表了大量"人权蹂躏""政权滥用"等反对国民党政策的论文,后出版为单行本《人权论文集》,但不久被禁,胡适的态度也渐趋缓和。

胡适的著作有《中国哲学史大纲》《中国白话文学史》等,此外还有较多考证相关的论文和译文,《胡适文存》第三辑也已出版。①

《中国文人印象记》是丁来东撰写的关于北京留学期间与众多中国文人交流的回忆性文章,1935发表于《东亚日报》。文章一共记述了胡适、鲁迅、周作人、刘半农、冰心和郑振铎六位在中国现代文坛举足轻重的著名文人。丁来东在文章中记述与中国文人交流因缘的同时,"作为附加内容,全面呈示了各个文人的作品风格、文学主张、所属文学团体以及他们的生活状态"②。

上述引文内容为《中国文人印象记》中胡适相关内容的全文,标题为《才气和精力横溢的文人学者》,在文中还插入了胡适的肖像和签名。丁来东在此文中详细描画了一个身材瘦小但精神矍铄的胡适形象,字里行间难掩激动心情和对胡适的仰慕之意。行文中可以发现,丁来东对胡适的成长、学习经历和学术贡献了如指掌,对其文章凝练隽永的特点把握精准。二人的对谈内容涉及朝鲜半岛语言文字及新文学的发展近况等,这从侧面反映了胡适对朝鲜半岛文字和文学变革演进的关注。

丁来东对胡适的崇敬和仰慕直接转化为具体的译介行为,他将胡适的《介绍我自己的思想》翻译之后在《朝鲜日报》发表,让本国人了解中国的新文化运动和文学革命;同时发表《中国现文坛概观》和《中国新诗概观》等文章,意在将中国新文学运动的成功与挫折视为重要镜鉴,以此来检视朝鲜半岛文坛,其终极目的在于推进朝鲜半岛版本的新文化运动和新文学变革。《中国文人印象记》之后,在同年8月7日的《东亚日报》上,丁来东发表了《文坛肃清与外国文学输入之必要》一文。

中國 新文學은 그 社會的 背景이 朝鮮과 相似하므로 우리는 그 文學作品에 있어 서로 배워야 할 點도 많을 것이며 서로 共通된 點도 많다. 그럼에도 不拘하고 中國의 다른 方面의 缺點은 文學에까지 그 影響이 미쳐서 中國文學을 等閑히 보고 價値가 없는것으로 보는 傾向이 없지 않다. 그런데 歐美에서 中國文學의 研究熱이 甚해지고 日譯이 漸漸 나면서부터 그러한 傾向이 減少되어 가나 아직도

---

① 《中国文人印象记》之"胡适",上文为笔者所译,具体参见丁来东:《中国文人印象记》,《东亚日报》1935年5月1日。

② 丁来东:《中国文人印象记》,《东亚日报》1935年5月1日。

第三章 朝鲜半岛殖民地文学与"五四"新文学

過去 漢文文學을 憎惡하던 感情은 只今까지 남아 있다. 그러나 우리는 이러한 것을 全部 一掃하고 새로운 立場에서 科學的 方法으로 過去의 態度와는 다르게 中國 新舊文學을 輸入할 必要가 있다고 생각한다.①

在此文中,丁来东认为中国新文学的社会背景与朝鲜相似,在文学作品中存在众多相互学习的共通点。指出外国文学的积极吸收对朝鲜半岛文学发展的重要影响,强调了外国文学,尤其是中国现代文学输入的必要性,同时批判了当时重视西方文学而轻视中国文学的倾向。主张应该一扫过去认为中国文学很普通甚至没有价值的错误认识和对待中国文学的轻视态度,在新的立场上,以科学的方法,积极输入中国的新旧文学。胡适作为中国现代文学的代表性先驱人物,自然备受朝鲜半岛知识界关注,在密切的相互交流中,其理论主张也逐步被朝鲜半岛新文学革命家所吸收,并被运用于具体的文学革命实践。

除了胡适以外,由于鲁迅在近现代东亚历史上的重要文化地位,朝鲜半岛知识文人也同样基于同位意识的支配,与鲁迅展开过较为深入的会面和思想交流。现有史料显示,鲁迅从未到访朝鲜半岛,也没有确凿证据显示鲁迅留学日本期间与同样留日的朝鲜半岛知识文人有直接接触。鲁迅与朝鲜半岛知识文人的交流均发生于中国,与鲁迅有过面谈经历的朝鲜半岛文人大都具有流亡中国的经历。

表3-15 "鲁迅日记"中有关朝鲜半岛知识文人的记录总览②

次数	时间	内容	出处
1	1923年3月18日	晴。星期休息。午后寄胡适之信。下午李又观君来。晚丸山君来,为作书一通致孙北海,引观图书馆。	《日记》十二

---

① 译文:中国新文学的社会背景与朝鲜很相似,所以在文学作品方面有着很多应该相互学习的地方,也有着许多共通点。尽管如此,中国其他方面的缺点却影响到了文学,让大家产生了认为中国文学很普通甚至没有价值的倾向。但是欧美地区对中国文学的研究热潮不断高涨,日译渐渐出现之后,这种倾向才开始减少,现在只留下了对旧汉文文学的憎恶之情。但我觉得我们有必要把这种东西全部扫除,站在新的立场上,拿出与过去不同的态度,用科学的办法来引入中国的新旧文学。参见丁来东:《文坛肃清与外国文学输入之必要》,《东亚日报》1935年8月7日。

② 本表参照陈漱渝、王锡荣、肖振鸣《鲁迅日记全编》(广州:广东人民出版社,2019年版)整理而成。

续表

次数	时间	内容	出处
2	1928年9月1日	晴。<u>午后时有恒、柳树人来</u>，不见。夜理发。	《日记》十七
3	1929年5月31日	晴。午后<u>金九经偕冢本善隆、水野清一、仓石武四郎来观造像拓本</u>。下午紫佩来，为代购得车券一枚，并卧车券共泉五十五元七角也。	《日记》十八
4	1929年6月2日	星期。晴。上午往第二师范院演讲一小时。午后沈兼士来。下午昙。往韩云浦宅交皮袍一件。晚往第一师范学院演讲一小时。<u>夜金九经、水野清一来</u>。陆晶清来。吕云章来。风。	《日记》十八
5	1929年6月3日	昙。上午寄第一师范学院国文学会信。午后林卓凤来还泉二。携行李赴津浦车站登车，卓凤、紫佩、淑卿相送。<u>金九经</u>、<u>魏建功、张目寒、常维钧、李霁野、台静农皆来送</u>。九经赠《改造》一本，维钧赠《宋明通俗小说流传表》一本。二时发北平。	《日记》十八
6	1933年5月16日	晴。<u>下午得东亚日报社信</u>。内山君赠椒芽菹一盆。夜雷雨。	《日记》二十二
7	1933年5月17日	晴。<u>上午复东亚日报社信</u>。玄珠来并赠《春蚕》一本。午后得季市信。得邹韬奋信并还书。达夫来。未见。	《日记》二十二
8	1933年5月18日	晴。上午寄《自由谈》稿一篇。午后寄邵明之信。得母亲信。<u>得东亚日报社信</u>。得冯润璋信。晚大雨一阵。得达夫信。	《日记》二十二
9	1933年5月19日	昙。午后得黎烈文信。得紫佩信，十五日发。买《最新思潮展望》一本，一元六角。<u>下午寄东亚日报社信</u>。寄语堂信。夜雨。	《日记》二十二

由上表可知,出现在"鲁迅日记"中的朝鲜半岛知识文人主要有李又观、柳树人、金九经等,同时"东亚日报社"出现了四次。其中"东亚日报社"的出现无疑与《东亚日报》驻上海、南京特派员申彦俊存在密切关联。事实上,与鲁迅有过密切交往的朝鲜半岛知识文人,除了鲁迅日记中出现的李又观、柳树人、金九经和申彦俊以外,还有李陆史、吴相淳等。

朝鲜半岛知识文人最早出现在鲁迅日记中是1923年3月18日,其中有"下午李又观君来"的记载。李又观(1897—1984),原名李丁奎,朝鲜半岛独立运动家、大学教授。1915年东渡日本留学,1919年"三一运动"爆发后,留学日本的李又观流亡中国投奔从事独立运动的哥哥李乙奎。在北京大学学习时,李又观开始转向无政府主义;1923年参与北京世界语专门学校的成立,1926年来到上海与中国无政府主义领袖一起创办中国国立上海劳动大学。日本投降后,李又观任教于成均馆大学并于1963年担任校长。在其"自作年谱"中,李又观记载道:"1922年,与又堂李会荣、丹斋申采浩、北京师大教授鲁迅兄弟、俄国盲诗人瓦西里·爱罗先珂、台湾革命同志范本梁等郊游。"①换言之,在李又观出现在鲁迅日记以前,他就与鲁迅有过会面,只是因为1922年的鲁迅日记散失,相关内容已无法准确查考。但是,李又观的记载与周作人1922年5月8日"下午至日邮局为爱罗君发电报,傍晚吴空超君偕其友李君来访"的记录完全吻合,说明李又观确实于1922年拜访过周家并面见过作为北京师范大学教授的鲁迅。

柳树人(1905—1980),本名柳基石,朝鲜半岛独立运动家、历史学家。1911年柳树人随父来到中国延吉,1922年毕业于北京朝阳大学,1924年毕业于南京华中公学,后加入民族主义团体,从事抗日独立运动。柳树人与鲁迅交情颇深,从其改名树人的举动可以看出鲁迅影响的深刻。柳树人曾与李又观一起参加过无政府主义运动,受中国文艺思想的影响,他对无产阶级艺术论也有很深的理解,1928年曾在朝鲜半岛《中外日报》发表《无产阶级艺术论》,同时在中国报刊发表《艺术家的理论斗争》等。柳树人长期辗转于中国南北各地,拥有较高的汉语水平,在北京留学和滞留期间,与鲁迅结下了超越国界的友谊。

《周作人日记》记载:"1922年7月24日,朝鲜柳君来。"说明1922年柳树人就已经访问过鲁迅家。1925年柳树人在蔡元培、张继等人的援助下创办了《东方杂志》。同年,柳树人在时有恒的引荐下拜见鲁迅,告知鲁迅翻译《狂人日记》的想法,鲁迅表示赞同和鼓励。1927年柳树人把翻译

---

① 李又观:《又观文存·年谱》,首尔:三和印刷所,1974年版,第138页。

的《狂人日记》发表于朝鲜半岛《东光》杂志,成为首部韩译的鲁迅作品。1928 年,担任《东南日报》总编的柳树人就《阿 Q 正传》的翻译问题欲求教于鲁迅,但未能谋面,因此鲁迅在日记中有“午后时有恒、柳树人来,不见”的记载。

申彦俊(1904—1938),号隐岩,朝鲜半岛近代著名新闻记者、独立运动家。1921 年申彦俊毕业于五山中学,1923 年留学中国,进入杭州的英文专修学校学习,后进入吴淞的国立政治大学,接着毕业于东吴大学法律系。在校期间,申彦俊参与大韩民国临时政府组织的独立运动,1927 年加入独立运动团体——兴士团,与安昌浩并肩作战开展独立运动,1929 年作为《东亚日报》驻上海和南京特派员,在朝鲜半岛新闻报刊上集中报道中国形势。1933 年 5 月,申彦俊到中央研究院采访鲁迅,当时宋庆龄和蔡元培主导的民权保障同盟本部就在中央研究院。申彦俊得到鲁迅担任民权保障同盟的委员的消息,前往中央研究院询问鲁迅住处。时任中央研究院院长蔡元培告诉申彦俊鲁迅因政府下达的逮捕令而逃亡,在申彦俊的强烈恳求下,最终告知了他鲁迅的藏身之所。1933 年 5 月 16 日,申彦俊致信鲁迅请求见面,第二天接到鲁迅“书面交流、拒绝面见”的回信,18 日申彦俊再次致信请求见面,19 日终于收到鲁迅的应允回信,即 1933 年 5 月 19 日鲁迅日记中提及的“寄东亚日报社信”。具体内容为:

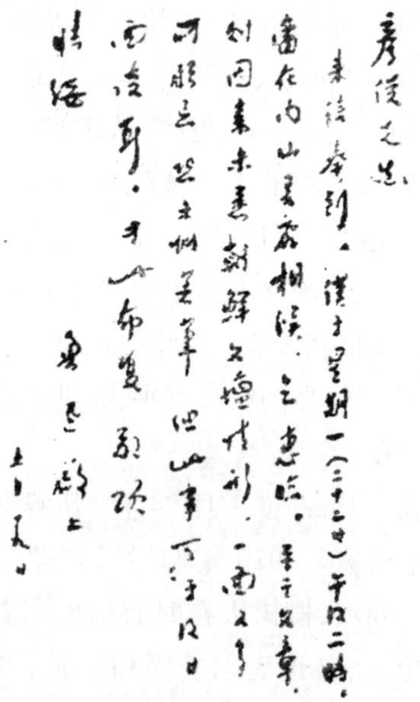
彦俊先生:
来信奉到。谨于星期一(二十二日)午后二时,
当在内山书店相候,乞惠临。至于文章,
则因素未悉朝鲜文坛情形,一面又多
所顾忌,故未能写作,但此事可于後日
面谈耳。专此布复,顺颂
时绥。
鲁迅 启上
五月十九日

图 3-31　鲁迅致申彦俊信手迹

彦俊先生：

　　来信奉到。仆于星期一（二十二日）午后二时，当在内山书店相候。乞惠临。至于文章，则因素未悉朝鲜文坛情形，一面又多所顾忌，恐未能着笔。但此事可于后日面谈耳。专此布复。敬颂。

　　时绥。

鲁迅启上
五月十九日

由此，申彦俊于1933年5月22日在上海北四川路内山书店二楼与鲁迅会面。当时的采访内容直到1934年4月才在朝鲜半岛的《新东亚》第30期以《中国的大文豪鲁迅访问记》为标题刊出，同时附录了以上信件的影印版。但此信件并未见于鲁迅的书简集，当时申彦俊对急变的中国形势进行了及时报道，但此访问记却时隔将近一年才见诸朝鲜半岛报端，其深层缘由无从考究。

此访问记首先回顾了对鲁迅的印象，申彦俊记述读了鲁迅作品之后，印象中的鲁迅是个冷酷无情的奇怪作家，但见面之后却发现鲁迅是一个以"青服敝履的老农装束"、过着简素生活的无产阶级作家。作为一名舆论界的从业者，申彦俊向鲁迅提出的问题大都集中于政治层面，即弱小民族问题、亚洲和平问题和中国的未来展望等。二人关于文学的对话内容如下：

　　问：那么，您认为文学有巨大的力量吗？
　　答：没错，我觉得文学是唤醒大众最为必要的技术手段。
　　问：您是如何进行创作的？
　　答：我是现实主义者。就是如实记述我的所见所闻。
　　问：有人说您是人道主义者，是这样吗？
　　答：可是我完全反对托尔斯泰和甘地这样的人道主义者。我是主张战斗的。
　　问：您认为中国文坛具有代表性的无产阶级作家都有谁？
　　答：我认为丁玲女士是唯一一位无产阶级作家。因为我是小资产阶级出身，无法创作出真正的无产阶级作品。我只能算是左翼派的一员。

值得注意的是，鲁迅是当时"左联"的成员，但没有否认自己是人道主义者，而且强调自己不是托尔斯泰和甘地这样的人道主义者，同时认为"丁玲女士是唯一一位无产阶级作家"。就在申彦俊请求面见鲁迅的前两天(5月14日),丁玲被国民党政府逮捕,15日真相大白之后曾经引起左翼文坛的一阵恐慌。鲁迅的这番话意味深长,也不由得令人猜测申彦俊采访鲁迅,是否与丁玲被捕之后通过采访探听左翼文坛内幕有关。而申彦俊与鲁迅会面当日的鲁迅日记中却是"晴,无事"的记载。但无论如何,申彦俊都可说是近现代朝鲜半岛唯一一个采访鲁迅的新闻记者。

在丁来东撰写的《中国文人印象记》系列连载文章中,同样也有关于鲁迅的记述内容。

图 3-32　丁来东发表的《中国文人印象记》之"鲁迅"

此文的标题为"孤独和讽刺的象征,现已'左'倾的鲁迅",从中可见丁来东对鲁迅文学特质及其思想倾向的精准把握。文中同样插入了鲁迅的肖像和签名,丁来东在其中详细叙述了自己心目中的鲁迅以及与鲁迅的因缘际会,同时对鲁迅精神也有着自己的见解:"任何一个看过鲁迅作品的人都会觉得鲁迅是一位怀旧、孤独且爱面子的人。的确他是有这样一面,但同时他也有着坚定的决心。他的讽刺不是脱口而出的粗浅之言,而是来自他刻骨铭心的亲身经历。"①对鲁迅的左倾思想转变原因也进行了分析和探究。

李陆史(1904—1944),原名李源禄或李活,号陆史,朝鲜半岛著名抵抗诗人、独立运动家。李陆史少时跟随祖父学习汉学,1923 年在日滞留一年之后回国,1925 年与李定基一起来到北京加入独立运动团体,回国后展开独立运动,曾被日本殖民当局数次逮捕关押。1931 年在赴北京途中,李陆史遭遇"九一八"事变而滞留奉天数日后到达北京。鲁迅的日记中并没有出现李陆史的名字,但李陆史的《鲁迅追悼文》中却详细记载了在杨杏佛葬礼上与鲁迅会面的经过。

> 那是 1932 年 6 月初旬某个星期六的早上。我和 M 从饭店出来,在十字路口的香烟店里买了《晨报》看,一口气读完并使我肌肉神经颤抖的粗大字体是当时的中国科学院副主席、国民革命的元老杨杏佛被蓝衣社员暗杀的消息……三天后,R 和我乘坐的汽车停到了万国殡仪馆前,简单地烧完香之后转过身来,便看见宋庆龄女士在两名女士的陪同下走进来。和他们一起来的穿灰棉袍、黑马褂儿的中年人,扶着被围在鲜花丛中的棺材大声痛哭,我认出了他是鲁迅先生。旁边的 R 也告诉我他就是鲁迅。那时鲁迅从 R 那里得知我是朝鲜青年并且一直想拥有一次与他直接见面的机会之后,他再次握住了我的手,我在外国前辈面前一向保持谨慎恭敬的态度,那时候他就像是一个非常熟悉且亲切的朋友。②

引文中出现的"R"身份已无从查考,6 月"初旬"疑为"中旬"的笔误。1933 年 6 月 20 日鲁迅日记中"午后同往万国殡仪馆送杨杏佛殓"的记载也印证了鲁迅确实参加了杨杏佛的葬礼。1933 年 10 月,李陆史进入南京朝鲜军官学校学习,次年 4 月毕业之后回国。当年李陆史在《新朝鲜》发表诗歌处女作《黄昏》;1934 年 5 月又因开展独立运动的嫌疑经受了 7 个月的牢狱之苦,释放后再次亡命中国;1936 年回国之后就职于朝光社、人文社等期刊报社,10 月听闻鲁迅逝世的消息,在《朝鲜日报》发表《鲁迅追悼文》,12 月在《朝光》杂志发表翻译之后的《故乡》。

李陆史在《鲁迅追悼文》中回顾了与鲁迅第一次也是最后一次的会面

---

① 丁来东:《中国文人印象记》,《东亚日报》1935 年 5 月 3 日。
② 李陆史:《鲁迅追悼文》,《朝鲜日报》1936 年 10 月 23 日。

经过,盛赞鲁迅为民族主义者并给予了其最高的敬意。作为历经苦难的独立运动家和爱国诗人,李陆史在诸多方面接受了鲁迅的深刻影响,《鲁迅追悼文》必然是有感而发之作。

图 3-33 李陆史发表于《朝鲜日报》的《鲁迅追悼文》

吴相淳(1894—1963),1912 年赴日留学,1918 年毕业于京都同志社大学宗教学专业,回国之后与金亿、南宫璧、廉想涉、黄锡禹等创办了《废墟》杂志,进行文学创作活动。学界称他们的文学思想具有颓废主义倾向,而事实上他们是具有理想主义倾向的作家。就吴相淳来说,虽然无法断言其理想主义倾向与留日期间盛行于日本文坛的"白桦派"理想主义文学存在关联,但在殖民地时期的朝鲜半岛文坛,他们主倡的颓废主义文学却给读者留下了深刻的印象。依据相关史料和部分学者的推断,在近代朝鲜半岛最早接触周氏兄弟的知识文人正是吴相淳。在周作人日记中,吴相淳共出现六次,可见二人关系之密切。

表 3-6 "周作人日记"中有关吴相淳的记录总览

次数	时 间	内 容
1	1922 年 4 月 14 日	下午,朝鲜吴空超君来访。
2	1922 年 4 月 16 日	下午风,同爱、吴二君往兵马司世界语学会步行往返。
3	1922 年 4 月 17 日	下午,同吴君谈。

续表

次数	时间	内容
4	1922年5月8日	下午至日邮局为爱罗君发电报,傍晚吴空超君偕其友李君来访。
5	1922年7月20日	夜,吴君从天津回。
6	1922年8月3日	上午十时,同家人往香山,伏园及吴君同去,共大小十九人。

1910年日本文坛出现"白桦派",周作人受此影响,回国后发表了《人的文学》和《平民文学》等文章。后1919年周作人前往"白桦派"在九州地区建立的"新村",体验"自然之中劳动的神圣",回国后1920年设立"新村运动"北京支部,在中国展开"新村运动",践行理想主义。吴相淳颇为关注周作人的理想主义和新村运动,此时俄国世界主义者爱罗先珂也频繁往来于周家。周作人日记中的"爱君""爱罗君"即为爱罗先珂。吴相淳为了通过周作人了解中国"新村运动"的具体状况,经常与周作人在周家会面,据上表统计,仅1922年4月至8月,二人会面次数就达六次。当时,周作人与鲁迅同住,吴相淳应该有充足的机会与鲁迅会面。但遗憾的是,1922年的鲁迅日记散失,吴相淳本人也未曾留下访问周家的相关记录文字,因此,无法断定吴相淳与鲁迅是否见过面。

但是,最近学界发现了1922年5月周作人、吴相淳、鲁迅和爱罗先珂等人的合照,证实了吴相淳与鲁迅确实有过会面。此照片原件的背面留有周作人的笔迹,对正面的合影者名字一一进行了记录。合影者分别是前排左起:王玄、吴空超、周作人、张禅林、爱罗先珂、鲁迅、索福克罗夫、李世璋。后排左起:谢凤举、吕传周、罗东杰、潘明诚、胡企明、陈昆三、陈声树、冯省三。同时,周作人在名单旁边标注"一九二二年五月二十三日在北京世界语学会"。周作人当天的日记对此也有所记录:"下午至世界语学会送别禅林,照相。"照片中前排左二的"吴空超"即为吴相淳。

此外,还发现了1923年4月周氏兄弟与爱罗先珂、吴相淳等人的合影,图3-35中前排右一即为吴相淳,这说明吴相淳与周氏兄弟进行过较为频繁的交流。

图 3-34　1922 年 5 月,周氏兄弟与吴相淳等北京世界语学会会员合影

图 3-35　1923 年 4 月,周氏兄弟与爱罗先珂、吴相淳等人合影

金九经(1899—1950),朝鲜半岛近代著名的佛学和书志学研究者,1921年留学日本,师从日本禅学大家铃木大拙;1926年毕业后在京城帝国大学(今首尔大学)工作时结识了中国教授魏建功,后举家迁至北京,暂居未名社。可以说,金九经与鲁迅的会面和交往,正得益于魏建功的牵线和介绍。李霁野在《关于鲁迅先生的日记和手迹》中记载:"鲁迅先生1929年5月回到北京省亲,他在日记中写道,曾三次到未名社。25日'往未名社谈至晚',当时有个朝鲜人,因为不满意日本人的措施,脱离了日本人所办的大学来到北京。一时没有办法,就住在未名社。鲁迅先生和他谈了很多话,主要是了解朝鲜的情况。"①文中出现的"朝鲜人"即为金九经,当时是鲁迅和金九经的首次会面。六天后鲁迅在日记中描述:"午后金九经偕冢本善隆、水野清一、仓石武四郎来观造像拓本。"

　　事实上,依据现有史料,金九经到达北京的准确日期目前难以考证。未名社成员台静农于1928年11月发表了短篇小说《我的邻居》,其中涉及一个陌生的年轻邻居,其身份是亡命的朝鲜半岛青年,因有参加独立运动的嫌疑被警察带走。无法断定此小说是否是以金九经为素材原型创作而成,但相关内容却与金九经女儿的回顾完全吻合。由此推测金九经到达北京的时间大致是1928年。金九经不仅与鲁迅存在深厚交情,而且与周作人也往来密切。二人首次见面也与魏建功有关,1929年5月24日的周作人日记中有"建功招金九经君来"的记载。这一天正是金九经与鲁迅会面的前一天,之后直到1932年4月,金九经频繁出现在周作人的日记中。当时周作人正是北京大学的教授,具备与金九经频繁会面的基本条件。

表3-7　"周作人日记"中有关金九经的记录总览

次数	时间	内容
1	1929年5月24日	建功招金九经君来。
2	1929年6月23日	金九经君赠朝鲜纸四枚取来。
3	1929年7月6日	金九经君来访。
4	1929年9月18日	上午金九经君来访。

---

①　李霁野:《关于鲁迅先生的日记和手迹》,载《鲁迅先生与未名社》,长沙:湖南人民出版社,1980年版,第249页。

续表

次数	时　间	内　容
5	1929年11月21日	得金九经君信致唁。
6	1930年5月25日	上午金九经来在巷口立谈少顷。
7	1930年5月31日	六时往东与楼应金九经君之请十时返。晴。
8	1930年11月8日	晚金九经君招宴辞。
9	1930年11月14日	在北大一院找金君谈。
10	1930年11月16日	六时永持君在东与楼招饮,同坐春宫、瓜生、原田、氏野、贺刚章、金九经共八人,九时半回家。
11	1930年12月15日	上午往北大上课还金君《禅》一册。
12	1932年1月29日	金九经君来未见。
13	1932年2月8日	上午金九经君来不见。
14	1932年2月23日	下午,刘纲勤女士来谈九经事。
15	1932年3月20日	金九经来未见,留下楞伽师谈记一册。
16	1932年3月21日	发金九经信。
17	1932年3月26日	受金九经信。
18	1932年4月23日	受金九经信。

由上表可知,1929年5月24日至1932年4月23日,金九经出现在周作人日记中的次数多达18次。其中,大部分是会面记录,有些是书信往来的记录,可见两人交情之深厚。此外,周作人曾写过文章,专门论及金九经的"号"。

  友人金九经君,字明常,号担雪轩。近又拟称待曙堂。余偶忆幼时所读中庸中句,谓可号天下国家堂,方丈斗室可容六合,或于担雪填井之理有相契者与。然则此名非庄非谐,别有可取者。金君以为然,因命记之为此。
         十九年三月九日 于北平苦雨斋 作人①

---

① 此文现收藏于金九经外孙之手。

此外,由于热衷于佛教研究,金九经在中国期间也曾与胡适有过较为密切的交往,1921年1月2日,胡适在给金九经所寄的信中写道:

九经先生:
　　铃木先生的楞伽研究已读了一部分。他的工作是很可佩服的,有一部分的见解,他和我很相同。但有些地方,我不能完全同意他似乎过信禅宗的旧史。故终不能了解楞伽后来的历史。①

引文中出现的"铃木"即为金九经就读日本大谷大学时的老师、著名的禅学者铃木大拙。后来胡适在1931年11月15日的《楞伽师资记序》中写道:"今年朝鲜金九经先生借了我的巴黎、伦敦两种写本。校写为定本,用活字印行。印成之后,金先生请我校勘了一遍。我感谢金先生能做我所久想做的工作。就不敢辞谢他作序的请求了。"②《楞伽师资记》由金九经借用胡适从巴黎国立图书馆和英国大英博物馆获得的写本对照整理而成。他委托胡适为之作序并于1932年3月在北京出版。在1933年9月沈阳出版的再校本《校刊唐写本楞伽师资记》序文中,金九经表达了对胡适的感激之情。

由此可见,鲁迅所面见的朝鲜半岛知识文人有吴相淳、李又观、柳树人、金九经、申彦俊和李陆史六人。其中,鲁迅在日记中直接提及的就有李又观、柳树人、金九经和申彦俊,李陆史虽然没有直接提及,但其本人提供了确切的记载;吴相淳虽然无任何资料证据,但通过周作人日记可以证实其确实与鲁迅有过会面。从人物身份来看,与鲁迅有过会面记录的朝鲜半岛知识文人较为复杂。具体来看,吴相淳、李又观和柳树人是世界主义者和无政府主义者,申彦俊是新闻记者,李陆史是独立运动家和爱国诗人。他们虽然各自身份不同,与鲁迅会面的意图各异,但都基于中国与朝鲜半岛相似文化语境的同位意识,与中国现代文豪鲁迅、胡适等人展开过活跃的思想交流,并在对对方国家主体性认知的基础上,力图"以邻为镜"解决民族解放和国家独立的时代课题。

---

　　① 胡颂平:《胡适之先生年谱长编初稿(第三辑)》,台北:联经出版公司,1980年版,第959页。
　　② 胡适:《楞伽师资记序》,载《胡适论学近著(第一辑)》,北京:商务印书馆,1937年版,第239页。

第四节 "异域之镜":新文化运动与文艺启蒙的共鸣性启迪

"三一运动"爆发后,日本殖民当局对朝鲜半岛民众的决死反抗始料未及。虽然从政治独立的角度来看,"三一运动"未能实现既定的目标,但却逼迫日本不得不改变了统治策略。1919年8月,日本殖民统治者将"武断统治"改为"文化统治",从1920年开始,《东亚日报》《朝鲜日报》等报纸和《开辟》《东光》等杂志如雨后春笋般涌现。虽然仍然受到日本殖民当局的持续压制,但表达文化独立思想和民族主体意识的舆论媒体大量出现,为朝鲜半岛版本的"新文化运动"开辟了相对广阔的思想空间。在此时代语境下,"五四"新文化运动和新文学革命相关的文章开始大量出现在上述报刊中,在为朝鲜半岛知识界和文坛带来活力的同时,也为其新文化运动和文艺启蒙运动的开展提供了强烈共鸣基础上的深刻启迪。

表3-8 《开辟》杂志刊载的中国新文化运动相关文章(1920—1926)

序号	日期	期数	文章标题	作者
1	1920.7.25	第2期	《长幼有序的末弊》	金小春
2	1920.8.25	第3期	《上海的解剖》	上海寓客
3	1920.8.25	第3期	《汉文学的故事》	卢子泳
4	1920.8.25	第3期	《西湖水畔的哀话》	玄哲
5	1920.9.25	第4期	《论中国文学的价值》	妙香山人
6	1920.9.25	第4期	《批判传统孝道,重审父子关系》	妙香山人
7	1920.9.25	第4期	《从上海到汉城》	天友
8	1920.11.1	第5期	《以胡适氏为中心的中国文学革命》	梁白华
9	1920.12.1	第6期	《以胡适氏为中心的中国文学革命(续)》	梁白华
10	1921.1.1	第7期	《以胡适氏为中心的中国文学革命(续)》	梁白华

续表

序号	日期	期数	文章标题	作者
11	1921.2.1	第8期	《以胡适氏为中心的中国文学革命（续）》	梁白华
12	1921.3.1	第9期	《孙文学说〈行易知难〉读后》	沧海居士
13	1921.6.1	第12期	《破睡漫草》	梁白华
14	1921.7.1	第13期	《破睡漫草（续）》	梁白华
15	1921.8.1	第14期	《破睡漫草（续）》	梁白华
16	1921.10.18	第16期	《现代伦理思想概观，东方伦理思想的变迁》	白头山人
17	1922.1.10	第19期	《从中国女子界看我国女子界》	崔东旿
18	1922.6.1	第24期	《高丽华东留学生联合会的诞生及其由来》	上海复旦大学姜斌
19	1922.6.1	第24期	《中国非宗教运动的现象及其原因》	林柱
20	1922.10.1	第28期	《朝鲜对中国之今后关系观》	北旅东谷
21	1922.11.1	第29期	《参与全中国的大民众运动——国民裁兵运动大会》	在北京一记者
22	1922.11.1	第29期	《批判东西文化，论我国的文化运动》	北旅东谷
23	1922.12.1	第30期	《论新东洋文化的树立——以中国旧思想旧文艺的改革为他山之石的新文学建设运动》	北旅东谷
24	1923.1.1	第31期	《中国的政治局势和社会现状》	北旅东谷
25	1923.2.1	第32期	《天道教北京教堂的建筑，在外天道教徒的活跃》	一记者

续表

序号	日　期	期　数	文章标题	作　者
26	1923.2.1	第32期	《上海杂感》	张独山
27	1923.5.1	第35期	《三四月中国的朝鲜与列国》	无
28	1923.6.1	第36期	《日本在中国的权利动摇与今后的东亚大势》	李东谷
29	1923.8.1	第38期	《新文学建设与韩文整理》	梁明
30	1923.8.1	第38期	《上海的夏天》	金星
31	1923.9.1	第39期	《革命后12年间的中国，中国观察》	朴殷植
32	1923.9.1	第39期	《在杭州西湖》	东谷
33	1923.10.1	第40期	《在万里长城入口》（《内蒙古旅行记》之一节）	梁明
34	1924.1.1	第43期	《我们的思想革命和科学态度》	梁明
35	1924.2.1	第44期	《反新文学出版物流行的中国文坛的奇现象》	梁白华
36	1924.3.1	第45期	《老子的思想与潮流的概观》	金鼎卨
37	1924.3.1	第45期	《上下、尊卑、贵贱，儒家思想的基础观念》	起尘
38	1924.3.1	第45期	《二千年前的老农主义者——墨子》	小春
39	1924.4.1	第46期	《上海片信》	沪上人
40	1924.4.1	第46期	《我们的使命》	蒋梦麟

续表

序 号	日 期	期 数	文章标题	作 者
41	1924.10.1	第52期	《思想的革命》	李东谷
42	1924.12.1	第54期	《王昭君》	梁白华 译
43	1925.1.1	第55期	《王昭君(续)》	梁白华 译
44	1925.5.1	第59期	《我粉碎清帝国,建立新民国:孙中山先生自叙传》	孙文
45	1925.5.1	第59期	《朝鲜的东学党与中国的国民党》	无
46	1925.7.1	第61期	《南满洲行(第一信)》	李敦化
47	1925.8.1	第62期	《南满洲行(第二信)》	李敦化
48	1926.1.1	第65期	《中国革命运动的地盘如何》	无

上表仅以《开辟》杂志为例,统计了1920—1926年刊载的有关中国新文化运动的文章。不难看出,当时朝鲜半岛对中国新文化运动的关注度极高,所刊载的文章除了文学作品和文学评论之外,还涉及政治评论、纪行文、新闻报道、思想批评、人物介绍等。除了《开辟》之外,还有众多报刊也大量刊登中国新文化运动相关的文章,如《中国的思想革命与文学革命》(1922.8.26—9.14连载于《东亚日报》)、《建设的文学革命论》(连载于1923年《东光》第31—32号)、《最近五十年的中国文学》(1923.8.26—10.21连载于《东亚日报》)等。

上述文章主要涉及中国新文化运动的进展状况、文学革命的主要目标、革命运动的领导人物以及他们的主张等,向朝鲜半岛的读者大众及时传达了中国知识界和文坛的各种信息。可以看出,其主要目的并不仅仅在于信息的简单传达,而是正如北旅东谷的文章《论新东洋文化的树立——以中国旧思想旧文艺的改革为他山之石的新文学建设运动》所显示的那样,尝试以中国的新文化运动和新文学革命为"他山之石"和重要的异域镜鉴,推进本国新文化运动和文学革命的进程。

一、中国新文化运动的模式参照与移植

朝鲜半岛知识文人对中国新文化运动的共鸣性启迪主要表现在试图将中国模式移植到朝鲜半岛，使其成为重要的异域参照。如北旅东谷的《论新东洋文化的树立——以中国旧思想旧文艺的改革为他山之石的新文学建设运动》和《思想的革命》等文章，在阐释中国新文化运动的基础上，主张"五四"新文化运动可以成为朝鲜半岛思想革新的方法论。

图 3-36　北旅东谷发表的《论新东洋文化的树立——以中国旧思想旧
　　　　　文艺的改革为他山之石的新文学建设运动》

北旅东谷主张的思想革新看似接近新青年派提出的全盘西化论，实际上是引用胡适和陈独秀的理论观点，将中国视为成功的典范。相较于作为文化保守主义者的梁漱溟，朝鲜半岛知识文人认识到以胡适为中心的新知识文人的思想改革理论似乎更适用于朝鲜半岛。

北旅东谷认为，仅仅是追随日本或西方的物质文明而不对支配心理的思想进行彻底革命，是万万不行的。即思想的革命并非只是对日本和西方的新文明进行外在模仿，更是树立新人生观和新思想的精神方面的彻底改造。值得注意的是，北旅东谷将中国新文化运动理论视为精神改造的方法。他评价"五四"新文化运动是开辟了震撼中国思想家新纪元的大事件，同时将胡适和陈独秀的文学革命论以及批判性、科学性的思维方式视

为新文化运动成功的依据和根本力量。他认为中国新文化运动的重要性在于它没有止步于对西方物质文明的表面接受,而是深入思想内部,尝试实现思想的彻底改造。

更值得注意的是,在探索朝鲜半岛新文化运动理论时,北旅东谷从中国寻找可以借鉴的案例,而非殖民地的宗主国——日本。"日本的殖民支配意识形态是以日本将'未开'和'野蛮'的中国和朝鲜半岛近代化,使其成为符合西方近代标准的文明国家的意识为基础而形成的。"①由此,作为殖民地的朝鲜半岛无法完全摆脱日本知识文化的流入和接受。但是,朝鲜半岛知识文人们从帝国话语之外的领域,即从中国寻找朝鲜半岛新文化运动和思想革命的方法之行为本身,在某种程度上就是拒绝日本殖民话语的表现,也体现了其探索朝鲜半岛文化改造论的主体性态度。

> 己未의 運動이 일어난 後 우리 全民族의 共通한 覺醒이 促成되면서 新文化의 運動을 繼起하야 이로써 民族의 改造를 더욱 힘쓰려 하얏다. 改造는 文化의 建設을 意味함이며 文化의 建設은 民族의 復興을 意味함이니 新文化의 運動은 우리 全民族의 必然의 共通한 要求라 하겟다. 그런데 實로 如何한 정신에 基因되어 如何한 方面으로부터 下手할가. 又는 如何한 策案을 가질가 하는 問案에 對하야는 누구나 居然히 答키 難할 뿐더러 共通의 主論이 이미 成立되어 동일한 道程에서 幷進하는가 함도 우리 文化運動의 上에 한 最大의 疑問이라고 아니할 수 업다.②

北旅东谷指出了"三一运动"之后虽然朝鲜半岛各种新文化运动开始兴起,但普遍缺乏方法和策略的尴尬事实。当时朝鲜半岛的流行思潮确实来自日本思想界,具体来说主要有 Bertrand Russell 和 Edward Carpenter 改造思想的韩语重译、引领文化主义思潮的桑木严翼和左右田喜一郎著述的翻译以及日本杂志《改造》等在朝鲜半岛媒体频频登场。事实上,《开辟》

---

① 宫岛博史:《民族主义与文明主义——重新理解三一运动》,载朴宪浩、柳俊弼:《问询1919年3月1日》,首尔:成均馆大学出版部,2009年版,第65页。
② 译文:己未"三一运动"促成了我们全民族共通的觉醒,继而兴起新文化运动,为民族的改造继续努力。改造意味着文化的建设,文化的建设意味着民族的复兴,因此新文化运动必然是我们全民族的共同要求。但是实际上,以何种精神,从哪个方面着手呢? 对于采取何种对策的问题,不仅能任何人都难以回答,而且能否在共同的目标已经确立的前提下齐头并进,不得不说是我们文化运动中最大的疑问。参见北旅东谷:《批判东西文化,论我国的文化运动》,《开辟》总第29期,1922年11月1日。

也曾刊载过日本的改造主义或文化主义相关的论说文章,可见他们的思想确实形成了殖民地朝鲜半岛的主流话语体系。由此,以新文化建设、实力培养理论、精神改造和民族改造论等为理论基础的青年运动、教育普及运动、实业复兴等各种文化运动开始兴起。

那么,在此种状况下,北旅东谷为什么还是指出文化运动中理论策略的缺位问题?现在看来,这种疑问在很大程度上缘于对日本流行思潮的怀疑以及对朝鲜半岛主体性方法论缺失的批判。北旅东谷尤其关注朝鲜半岛文化运动的内容和复兴问题,在日本改造主义或文化主义盛行的时代语境中,将朝鲜半岛的文化运动与中国的新文化运动并行考察的观点令人瞩目。他认为虽然中华文明未能实现科学进化而止步于玄学,但是得益于民族的觉醒,将会实现新的文化复兴。其依据在于中国知识文人"理解和消化时代精神之后,以自我判断为思想根基"[①]的态度。北旅东谷同时认为忠实于本民族意识的中国人反而优于一味迎合西方进而欧化的日本人。

这种判断源自其对中国知识文人的主体性文化改造论的肯定性认识和对日本表层欧化的批判。遵循北旅东谷的这一思路,可以推出日本文化只是单纯模仿西方,并非根本精神的彻底改革的结论。对中国和日本思想革命的相反评价,体现了朝鲜半岛知识文人对日本先进文化权力的批判性接受姿态;而对于"五四"新文化运动的根本精神改造论,则持肯定性态度。"三一运动"之后发生的新文化运动在缺乏对现代思想的学术性理解的前提下,专注于对日本出版物的模仿,同时在对西方"love"概念缺乏理解的前提下追随其小说创作。对此,北旅东谷认为应该从"将建设从旧文化中复兴的新文化视为唯一趋向"的中国寻找可以参照的案例,具体来说就是"五四"新文化运动。

《思想的革命》是全面体现北旅东谷对朝鲜半岛新文化运动所持观点的论说文章。在此文中,北旅东谷将胡适的自然主义人生观视为"新人生观",并引用了《我的信仰——自然主义的人生观》和《科学与人生观》的相关内容。《科学与人生观》序文强调在因果法则支配的宇宙原理中,人类可以利用自由和想象力,在自然主义的人生观里,未尝没有美、诗意、道德责任和创造性智慧。其中,北旅东谷引用的部分是通过科学(天文学、地质学、生物学等)解释人类的思想和社会。北旅东谷将其评价为"文艺复兴后,在科学智慧的基础上构建的现代的新人观"。他清楚1923年中国发生的科学与玄学之论争,由此非常重视胡适的主张。

[①] 北旅东谷:《朝鲜对中国之今后关系观》,《开辟》总第28期,1922年10月1日。

第三章　朝鲜半岛殖民地文学与"五四"新文学　　243

朝鲜半岛新文化运动吸收和借鉴的中国元素还包括胡适和陈独秀的文学革命论。北旅东谷将胡适的《文学改良刍议》、陈独秀的《文学革命论》、周作人的《人的文学》等文章视为中国思想变革的成功案例介绍到朝鲜半岛。"完全接受汉文学影响的朝鲜半岛文学的改良，也可以采取同一策略"[①]，基于这种思维理路，胡适、陈独秀、周作人的中国文学革命理论备受关注。

北旅东谷直接翻译了胡适的《文学改良刍议》，对其中的"八事"进行了重点介绍。他从胡适对文言文学弊端的批判，改革语言形式和文学内容的主张中获得了深度共鸣。北旅东谷对于陈独秀的《文学革命论》，则是原文收录，如果说《文学改良刍议》关注语言形式的改革，那么《文学革命论》则相对注重思想内容的变革。换言之，陈独秀的"文学革命论"不仅仅关注文学形式的变化，而且主张中国人的思想变革。

朝鲜半岛的知识文人们对中国新文化运动产生共鸣之后，做出了如下三个基本判断：第一，朝鲜半岛也应该像中国一样彻底解决批判和继承东方文化传统的问题。第二，朝鲜半岛应该学习中国不追随日本的文化变革理论，而是直接面对西方现代思想，探索革命策略的新文化运动路线。第三，中国的新文化运动和思想革命相较于未能实现精神变革而只实现物质文明发展的日本"假西欧化"，更具有借鉴意义，应该通过"五四"新文化运动，重新认识朝鲜半岛。

朝鲜半岛知识文人对中国新文化运动产生共鸣进而接受启迪的原因，除了运动本身的重要性之外，最根本的在于朝鲜半岛与中国所处的殖民地语境的同轨性。同时，中国对日本文明的批判态度也是一个重要因素。他们认为中国虽然在一定程度上接受了日本的物质文明，但与日本的精神本体保持了一定的批判性距离，即中国赴日留学生在日本"学习科学技术，但对其思想和精神本身表现出反感"[②]。沟口雄三曾表示："中国只关注通过日本这个'窗口'所看到的西欧文明，对日本本身并不太关注。"[③]北旅东谷的见解与之类似。

---

① 北旅东谷:《论新东洋文化的树立——以中国旧思想旧文艺的改革为他山之石的新文学建设运动》,《开辟》总第30期,1922年12月1日。
② 北旅东谷:《朝鲜对中国之今后关系观》,《开辟》总第28期,1922年10月1日。
③ 沟口雄三:《中国的冲击》,徐光德、车太根、金秀延译,首尔:昭明出版,2009年版,第15页。

二、"国语文学论"对朝鲜半岛"言文一致"的影响

主张废止文言文、提倡白话文的中国新文学革命运动,成为朝鲜半岛新文学革命中废止汉文学、发起国语文学运动的异域参照。"所谓民族文学,就是使用本民族的国语记录本民族的特性、风俗习惯及其他所有一切,反映本民族影子的文学。"[①]据此,朝鲜半岛提出了废止汉文学,提倡"活文学"的主张。北旅东谷使用"活文学"这一表述,极有可能是接触到胡适文学革命论中提及的"死文学""活文学"的概念而借鉴使用的。由此,北旅东谷提出了朝鲜半岛新文学运动中语言形式问题的三点主张:第一是开展国文整理运动;第二是禁止创作使用纯汉文或国汉文混用的死文章;第三是报刊率先垂范,使用纯国语。不难看出,这与胡适"文学的国语,国语的文学"存在一脉相承之处。

朝鲜半岛知识文人之所以将胡适和陈独秀的文学革命论视为重要的方法论借鉴,正是因为他们对废止文言文学(汉文学)的主张产生了深度共鸣。但是他们对语言形式改革产生兴趣,并非只是因为汉文学自身的弊端,也是对当时日本在朝鲜半岛强制推行日式汉文政策的应对和反驳之举。

事实上,不仅是北旅东谷,梁建植、李允宰、李泰俊、金起林等朝鲜半岛知识文人也都从不同角度吸收了胡适的"国语文学论",推进以"言文一致"为目标的朝鲜半岛文学语言革新。梁建植在《以胡适氏为中心的中国文学革命》一文中,对《文学改良刍议》中的"白话文学之为中国文学之正宗,又为将来文学必用之利器,可断言也……以此之故,吾今日作文作诗,宜采用俗语俗字。与其用三千年前之死字(如'于铄国会,遵晦时休'之类),不如用二十世纪之活字;与其作不能行远、不能普及之秦、汉、六朝文字,不如作家喻户晓之《水浒》《西游》文字也"[②]进行了深度解析。他认为胡适提出的"八事"中的"务去滥调套语"和"不用典",与对中国旧文学的批判直接相关,但在当时看来,改良的要点并不尽于此。梁建植同时认为相较于内容,胡适更关注外在形式即语言的改良,与文学内容相关的只有"不作无病之呻吟"和"须言之有物"二事,"须言之有物"是古文学家所说"达意"的变形。这种语言和内容的全面革新,并非一朝一夕之功,所谓"大声"难入"俚耳",因此梁建植也主张应先从文学的表面呈现形式——语言开始改革;同时对胡适从语言变迁理论方面确立了白话在文学语言中

---

① 北旅东谷:《思想的革命》,《开辟》总第52期,1924年10月1日。
② 胡适:《胡适文存(一)》,合肥:黄山书社,1996年版,第11—12页。

主体地位的贡献表示极为赞赏。虽然此文翻译自青木正儿的文章,但也反映了梁建植对胡适"国语文学论"的关注以及将其运用于本国文学语言变革的潜在意图。

> 世界各国都使用本国语言文字来培养国民的自强精神,而对本国文字弃之不用的只有韩国。自古以来,国人一直崇尚中国之文字,这样的话,如何延续本国民族思想?如何培养国民的独立精神?……正是因为轻视本民族的文字而尊崇中国的汉字,才导致了民族意识的缺乏,养成了凡事依靠别国的奴性思想。韩国文学家对中国的一草一木、风土人情了然于胸,却对本国的山川风物一无所知,这就是所谓的奴性之学。①

此文将文字与奴性相关联,强调了朝鲜半岛人民过分依赖汉字的事实,指出只关注他国风土人情的学问是奴隶的学问,崇尚他国文字会造成本国国民精神的丧失,警诫人们要重视本国的语言文字,而不要过度推崇汉字。但由于汉文对朝鲜半岛的深远影响,这种语言使用惯性的转变并非一朝一夕之功。

日本将朝鲜半岛纳入自己的殖民体系后,立即推行文化殖民政策,规定所有学校必须以日文书籍为教科书,实行奴化教育,试图从根源上切断朝鲜半岛的文化血脉。这自然引起了朝鲜半岛人民的激烈声讨和泣血控诉。《大韩每日申报》还对日本抹杀朝鲜民族语言的行径进行了强烈谴责,指出语言与民族意识、爱国精神密切相关,是一个国家或民族的象征和标志,若一国民众学习他国语言,就会丧失民族精神,让青少年学习他国文字是"灭其国""灭其民族"的恶劣行为。值得注意的是,当时名为哈尔伯特的西方传教士也看出了朝鲜半岛人民重视国文的必要性和紧迫性,在其编著的《哈尔伯特丛书》序言中曾指出:

> 细想来,中国文字并不能使所有人快速而广泛地掌握,而韩国谚文即是本国文字,无论是读书人还是百姓,是男是女,皆可广泛知晓。可惜的是,尽管韩国谚文比中国文字更为需要,但人们并不如是视之,反而主张相反,岂不令人感叹!②

---

① 《韩国近代文学研究资料集(开化期新闻篇)四》,首尔:三文社,1987年,第215—216页。
② 赵润济:《韩国文学史》,北京:社会科学文献出版社,1998年版,第407页。

哈尔伯特提出了一个文化悖论,即中国文字艰涩难学,并不能在短时间内迅速掌握。相较于此,韩文是韩民族自身的文字,而且其简单易学,本应被广泛使用,但却恰恰被忽视和冷落,被视为低等文字。韩文在相当长的历史时期内没有被重视和推广,汉字仍然发挥着巨大的文化影响力。而伴随民族意识的觉醒和"言文一致"的内在需求,"国语国文运动"登上历史舞台,旨在抹平长期存在于朝鲜半岛的声音语言与文字语言之间的文化鸿沟,这对于"言文分离"的朝鲜半岛来说是必要而紧迫的。与中国"言文一致"运动中"文言"和"白话"的博弈格局相比,韩文的特殊构造使朝鲜半岛的"国语国文运动"不得不面对拼写法的问题。由此,北京大学留学生李允宰注意到了中国的注音字母体系,同时身在北京的他近距离地接触了胡适的"国语文学论",并在朝鲜半岛报刊上发表了一系列介绍文章,尝试构建朝鲜半岛版本的"言文一致"运动方案。

通过比较梁建植和李允宰的"言文一致"理论,可以发现缘于语言学家和北京大学留学生的身份,李允宰对胡适"国语文学论"和白话文运动思想的吸收和借鉴更为直接而深入。首先李允宰对朝鲜半岛文化和语言的变革极为敏感,遵循"语文民族主义"的思维,他选择在北京大学留学。由于身处中国文学革命和文化变革的现场,李允宰对中国政治和文化的激变有着不同于其他知识文人的切身感受。回国后面对在日本殖民统治语境下的文化窘境,他正式发起了以言文一致为最终旨归的"韩文运动"。除了承担"朝鲜语辞典编纂企划"的任务之外,他还成为"朝鲜语学会"中"朝鲜语研究编纂"工作的负责人。

缘于古代中国与朝鲜半岛间紧密的文化交流和影响关系,在相当长的历史时期内中国的汉字都被借用为朝鲜半岛的书写体系。有鉴于此,李允宰主张在殖民地文化语境中,为了"言文一致"和"国字"整理目标的实现,首先应该将朝鲜半岛长期以来视为表现工具和知识获取途径的汉字从至高无上的权威地位中解脱。这里的"汉字"就是胡适口中的"文言"。因此李允宰首先关注到中国新文化运动中的汉字改良问题,1922年《东明》杂志曾分两期连载了他的《中国的新文字》一文,在文章中他以异常关注的目光审视中国正在进行的汉字改良和白话文运动。

李允宰在文章中强调:"汉字流入朝鲜半岛已有2000余年,各种文献记录无不依赖于汉字。甚至我们都没有意识到500年前发明的训民正音易于习读日用的特点,而通过汉字专用使汉字实现了'国字化'……但是在当今中国,学者们对汉字的存废问题议论纷纷。文学革命运动、国语统一运动、汉字改良运动、国字改用运动等各种运动层生迭出,甚至主张完全废止汉字,制作新字使用。"①其实,从李允宰为《中国的新文字》所起的副标题就可以看出他的基本文化立场和理论主张,《中国的新文字》(上)的副标题为"汉族也难以受用而决定废止的汉字,我们却尤其偏爱以至无视本国文字"。而《中国的新文字》(下)的副标题则为"他们现在新造文字以代用汉字,我们尽善尽美的正音是民族的骄傲"。可以看出李允宰之所以密切关注胡适的"国语文学论"和中国正在进行的白话文运动,主要目的在于通过对比中国与朝鲜半岛文字使用现状、介绍中国注音字母的创制和普及状况,为朝鲜半岛的"韩文运动"提供理论依据和现实参照。

对于20世纪20年代初到北京的李允宰来说,20世纪初以北京大学为中心展开的新文学革命已然逐渐成为"过去式"。相较于"国语的文学,文学的国语"的文学革命理论介绍,李允宰将重点放在注音字母体系并将其视为"韩文运动"的异域参照。在《东明》1923年4月15日至5月5日连续四期刊载的《建设的文学革命论》中,李允宰在介绍翻译缘起时曾说:"胡适的文学革命论甫一面世,就一时风靡全国,打破了两千年的迷梦,人们以精锐的步武迅速聚集到革命的旗帜下。这对于崇尚陈腐颓败的死文

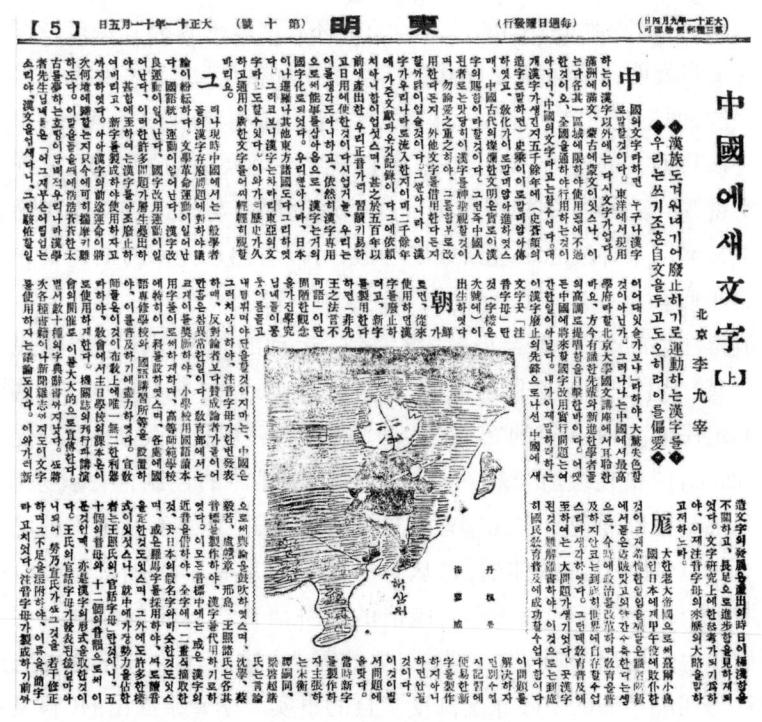

图 3-37 李允宰发表的《中国的新文字》(上)

---

① 李允宰:《中国的新文字》,《东明》总第10期,1922年11月5日。

学的朝鲜人来说,不啻为最深刻的刺激。"①这里的"死文学"无疑是指以汉字为书写载体的文学,暗指朝鲜半岛应该结合自身的具体情况,进行文学语言的根本性变革。相较于被视为文学革命开端且为打破旧文学提供理论依据的《文学改良刍议》,《建设的文学革命论》则从具体语言角度,提出以"国语"建构文学以及文学的国语。认识到这一点的李允宰,从朝鲜半岛的文学现场出发,主张将"文学"从汉文的束缚中解放出来,将中国的"白话文运动"视为"他山之石",创造一种与中国白话文的形态相类似的韩文文学。

李允宰持民族主义立场,从胡适的"国语文学论"中寻找历史和理论依据,开展朝鲜半岛版本的"言文一致"运动。值得注意的一点是,即使在遭受日本殖民压迫的现实语境中,李允宰倡导的"韩文运动"也并未呈现出排他意识和国粹主义的倾向。他从汉字(汉文学)的宗主国——中国的新文学运动和白话文运动中看到了"韩文运动"成功的可能性。事实上,李允宰的中国论述文章,不仅与新文化运动紧密相关,也在很大程度上关涉了当时高涨的民众运动。换言之,他将"韩文运动"的特质定性为某种民众运动,由此使他对中国的民众运动也怀有浓厚的兴趣并保持持续的关注。韩文自发明以后只是在民众中广泛使用和推广,成为一般百姓的主要表达手段,而特权贵族和上层知识文人主要还是依赖汉文。因此,李允宰主张应该将韩文的整理、研究和普及工作赋予民众运动的性质,这样才能真正实现"言文一致"的根本目标。这种理论视角与胡适将文学革命视为民主主义运动一环的思维理路如出一辙,可以看出李允宰对胡适文学思想借鉴的印痕。

值得注意的是,朝鲜半岛"言文一致"运动的开展正值日本殖民统治时期,相较于中国的半殖民地性质,朝鲜半岛则通过"韩日合邦"彻底沦为日本的殖民地。1919年的"三一运动"使日本残酷的"武断统治"受到打击,转而实行"文化统治",相对放松了对舆论媒体的控制,由此《东明》等一系列报刊得以涌现。李允宰发表的一系列胡适文学革命相关的论述文章也正是以《东明》为载体的,这从另一个侧面反映了李允宰在吸收胡适"国语文学论"的基础上,对作为国语的朝鲜语代替日语的极度渴望和苦心孤诣。也折射出"国语的文学,文学的国语"这一蕴含进化论思想的辩证观点与朝鲜半岛的实际状况高度契合的事实。李允宰提出的"言文一致体"在参照中国注音字母体系的基础上,还关照了韩文表音文字的特征及

---

① 《东明》总第33期,1923年4月15日。

其与汉字的紧密关联,指出虽然"言文一致体"排除了汉字,达到了最为接近日常口语的表达目的,但并未完全摆脱汉字的影响。这是因为人们习惯性地将纯韩文体视为下层人民使用的下等文体,这种思维惯性短时期内难以改变,但尽管如此,还是强调只有纯韩文的书写方式才是真正的"言文一致体"。

北旅东谷发表于1922年《开辟》第30期的《论新东洋文化的树立——以中国旧思想旧文艺的改革为他山之石的新文学建设运动》,涉及曾国藩、陈独秀、梁启超、蔡元培、胡适、周作人和王世栋等众多中国近现代文化名人的言论思想。其中,称胡适的《文学改良刍议》是"破天荒的大论文",将《文学改良刍议》与陈独秀的《文学革命论》和周作人的《人的文学》称为"让全社会如狂如醉地传诵,表达赞意"的三大论文。文章同时指出发表在《新青年》上的《文学改良刍议》对白话文的倡导,吹响了中国文学革命和白话文运动的号角;接着对胡适的"八事"主张进行详细阐释,强调胡适的主张虽然是针对中国文学的病弊,但对于完全被汉文学征服的朝鲜半岛文学来说,在文学革命和文字改良方面,也可以采用同样的策略。

在近代句式构建方面,李泰俊沿用胡适的相关观点,通过《文章讲话》,在阐明新型句式理论的基础上,尝试开创一种以"言文一致"为旨归的近代句式和创作文体。胡适认识到中外文学革命大都以"语言""文字"和"文体"为突破口的规律,指出:"近几十年来西洋诗界的革命,是语言文字和文体的解放。这一次中国文学的革命运动,也是先要求语言文字和文体的解放。新文学的语言是白话的,新文学的文体是自由的,是不拘格律的。"[1]胡适将关注重点聚焦为语言、文字和文体,由此句式成为重要的论述对象,李泰俊沿着这一思路,在论及朝鲜半岛近代句式的确立时,直接引用了胡适的"八事"主张,指出"在东方修辞理论的发祥地中国,胡适在《文学改良刍议》中提出了八个条目"[2],并且认为这八项内容之中,第一、二、三、四、五、七项是直接或间接对传统修辞理论的否定和反驳,将胡适对传统文学的批判应用到其句式和修辞理论的阐释之中。

在朝鲜半岛文学史上,金起林在现代主义诗论确立过程中发挥了重要引领作用。现代主义中又存在象征主义、存在主义、印象主义、意象主义、超现实主义等多种流派,但与胡适一样,金起林从西方引入的意象主义在

---

[1] 胡适:《谈新诗——八年来一件大事》,《星期评论(纪念号)》总第5期,1919年10月10日。
[2] 李泰俊:《文章讲话》,《文章》创刊号,1939年2月1日。

朝鲜半岛近代文学史上,完全可与现代主义比肩。他认为:"西方出现与今天文明相当的真正意义上的文学,是在进入20世纪以后……文学的20世纪缘起于'意象主义'。"①金允植认为金起林以"言文一致"为旨归的"韩文专用论"与对英美现代主义的认识直接相关,其中庞德的作品是一个重要的影响源。② 但是,其文章论述中却不时出现胡适及其主张,其论点也隐约含有胡适思想理论的影踪。金起林在《文章论新讲》中,强调应该最大限度地使用口语进行文学创作,主张废除汉字的使用。其"韩文专用论"的核心在于试图从"文体"的角度切入"言文一致"文体的探讨,而非着眼于单纯的"文字"。实现"唯一的文字,唯一的口语和文章"才是"终极理想目标"。③

  且不论其他国家,在汉字与汉文的本土——中国,汉文成为构建中国新文化的最大障碍。新文化运动巨匠胡适较早地认识到这一点,以其为中心发起了废止传统汉文,代之以倡导口语化创作的白话文运动。此类文学语言运动已经成大势所趋,这一点我们必须铭记在心。④

不难看出,金起林试图从胡适引领的白话文运动中,寻找朝鲜半岛"言文一致"运动的妥当性和必要性。

  我这几年来研究欧洲各国国语的历史,没有一种国语不是这样造成的。没有一种国语是教育部的老爷们造成的。没有一种是言语学专门家造成的。没有一种不是文学家造成的。我且举几条例为证:一、意大利。五百年前,欧洲各国但有方言,没有"国语"。欧洲最早的国语是意大利文。那时欧洲各国的人多用拉丁文著书通信。到了十四世纪的初年,意大利的大文学家但丁(Dante)极力主张用意大利话来代拉丁文。他说拉丁文是已死了的文字,不如他本国俗话的优美。所以他自己的杰作《喜剧》,全用脱斯堪尼(Tuscany)(意大利北部的一邦)的俗话。这部《喜剧》,风行一世,人都称它做"神圣喜剧"。

---

  ① 金起林:《现代主义的历史地位》,《金起林全集(四)》,首尔:申雪堂出版社,1988年版,第55—56页。
  ② 金允植:《媒体的共同体与想象的共同体》,《与韩国近代文学史的对话》,首尔:新美出版社,2002年版,第136页。
  ③ 金起林:《新文体之路》,《金起林全集(四)》,首尔:申雪堂出版社,1988年版,第195页。
  ④ 金起林:《汉字语的实相》,《金起林全集(四)》,首尔:申雪堂出版社,1988年版,第269页。

那"神圣喜剧"的白话后来便成了意大利的标准国语。后来的文学家包卡嘉(Boccacio,1313—1375)和洛伦查(Lorenzo de Medici)诸人也都用白话作文学。所以不到一百年,意大利的国语便完全成立了。①

以欧洲文艺复兴期为例,作为民族文化乃至民族国家建设运动的先驱,国语运动的烽火首先燃起。其国语运动的急先锋即为文学家。以文艺复兴的发祥地意大利为例,从第13世纪末开始,到下一个世纪初为止,陆续出现了但丁的《新生》和《神曲》等以意大利方言写成的作品,为意大利国语体系的构建奠定了基础。其后,薄伽丘、彼特拉克等也风靡一时,引领着无可撼动的发展方向。②

通过对比胡适与金起林的论述,可以发现无论是将汉字比喻为已死的拉丁文,还是将文学家视为语言革命主体的思维,无论是对但丁、薄伽丘等人的介绍,还是对意大利国语确立历史的阐释,都极度相似。与其说是偶发性的相似,不如说是金起林极有可能通读并摘录了胡适文章的内容,进行了相关内容的抄译,其目的在于传达近邻中国的"白话文运动"成果,为本国言文一致运动提供异域参照。由此,可以说在金起林"韩文专用论"理论构想的成形过程中,对中国"言文一致"运动的借鉴和参照是不可或缺的重要因素。

三、文艺启蒙理论的思想共鸣与谱系承传

鲁迅是中国现代文学的创作实践者和精神领袖,因此其文艺启蒙理论首先得到了朝鲜半岛知识文人的关注。丁来东在1928年《新民》杂志10月号发表的《现代中国文学的新方向》中指出:"鲁迅的小说,培良的戏剧,周作人与狂飙社几人的散文,在内容和形式上,都相当成功。"③丁来东对鲁迅小说的评价虽然相当简略,但却从内容和形式上给予了高度评价,可见朝鲜半岛作家对鲁迅及其文艺启蒙思想在中国现代文学中的地位,有着准确的认知。同年,朴鲁哲在《中国新文学简考》中,谈到中国白话文运动的现状和白话诗的创作、西欧文学的接受、白话散文创作的尝试等问题,尤其在论及短篇小说的出现时曾提及鲁迅。"其中,小说家鲁迅比较优秀,从

---

① 胡适:《建设的文学革命论》,《胡适文集(三)》,北京:北京大学出版社,2013年版,第97—98页。
② 金起林:《新文体之路》,《金起林全集(四)》,首尔:申雪堂出版社,1988年版,第176页。
③ 丁来东:《现代中国文学的新方向》,《新民》总第42期,1928年10月1日。

五年前的《狂人日记》,到近来的《阿Q正传》,皆为力作,鲁迅是中国小说作家中最具影响力的年轻作家。"①朴鲁哲认为如果说胡适是中国文学革命的发起人,那么鲁迅就是文化运动的有力实践者。朴鲁哲通过考察中国新文学,尤其强调鲁迅及其作品的现实意义,可以推论出鲁迅在当时的朝鲜半岛具有一定的影响力,也从侧面佐证了鲁迅文艺启蒙理论在朝鲜半岛所获得的精神共鸣。

图3-38 朴鲁哲发表的《中国新文学简考(二)》

以上文章虽也涉及对鲁迅的认识和评价,但均是从宏观视角关照中国新文学的发展状态。20世纪30年代以后,随着鲁迅小说的广泛译介,开始出现专门评价和探讨鲁迅的评论性文章。丁来东在《朝鲜日报》上陆续发表《〈阿Q正传〉读后》和《中国短篇小说家鲁迅和他的作品》,尤其后者连载了13期,被认为是域外首次系统评介鲁迅作品的文章。丁来东在文中首先强调了鲁迅在中国文学革命中的重要性。

如果说胡适、陈独秀等人首倡了被称为中国文艺复兴的文学革命,那么将之付诸具体实践的就是鲁迅……从内容和形式上看,鲁迅小说没有赞美中国旧思想,也没有袭用旧小说的形式,首次开创了新形式、新内容和新体裁。鲁迅在过去十余年间独步于中国文坛,从这

---

① 朴鲁哲:《中国新文学简考(二)》,《朝鲜日报》1928年11月27日。

个意义上说,笔者称鲁迅为中国文学革命的践行者。①

丁来东强调鲁迅小说无论是从内容和形式上,还是从体裁上,都摆脱了传统文学的桎梏,与中国新文学的要求积极呼应,对中国新文学运动中鲁迅的实践性表率作用,表示了高度称许。在《成大新闻》刊载的《中国现代杰作〈阿Q正传〉》中,丁来东称《阿Q正传》为"首屈一指"的作品,指出了鲁迅"通过主人公阿Q,证明大多数中国人蒙昧浅薄的事实"②的文艺启蒙创作意图。

在《中国短篇小说家鲁迅和他的作品》中,丁来东还对《呐喊》《彷徨》《野草》等进行了介绍和分析,指出鲁迅作品具有以农村和农民为主题、鼓吹反抗精神、以自身记忆和体验为基础等特征。丁来东对《呐喊》和《野草》给予了高度评价,对《呐喊》中的《阿Q正传》和《故乡》进行了重点阐析,其中还提及阿Q的"精神胜利法",认为这是中国封建伦理制度和传统观念引发的精神病弊。此外,丁来东指出《野草》是最能够呈现鲁迅对未来的希望和创作艺术态度的作品,是鲁迅思想的集大成者。

图 3-39　丁来东发表的《中国短篇小说家鲁迅和他的作品》

---

① 丁来东:《中国短篇小说家鲁迅和他的作品》,《朝鲜日报》1931年1月4日。
② 丁来东:《丁来东全集(一)》,首尔:金刚出版社,1971年版,第426页。

《野草》是鲁迅整个艺术生涯的结晶,是其思想的集大成者,它以最真挚的态度观察人生,最准确地批判人生与社会,最完美地体现了鲁迅隐退性的温情,最清晰地阐明了鲁迅的希望和艺术态度。一言以蔽之,《野草》是体现鲁迅独特而老练的表现力,彻底展现其自身所有思想的作品。①

丁来东强调《野草》是鲁迅"彻底展现其自身所有思想"的作品,是"鲁迅整个艺术生涯的结晶",是因为他认识到被称为鲁迅创作原动力的"苦闷"贯穿了《野草》始终。

贯穿《野草》始终的,是鲁迅的苦闷。使鲁迅产生艺术冲动的重要原动力,也正是无处不在的苦闷。事实上,即使是在创作上如日中天的作家,使其作品变得伟大的,正是苦闷。而对整个人生怀有黑暗般绝望的作家,也是通过苦闷使其作品变得更为厚重,使其对生活的观察更为深刻,使其绝望达到无边的极致。但鲁迅绝不是彻头彻尾的绝望者。如果说他身上有什么缺点的话,那就是他自身缺乏明确而远大的希望,但对人类、社会而言,他不是绝对的悲观论者。但是,他讨厌"在明暗之间彷徨",寻求某种彻底的东西的苦闷在他的脑中一直盘旋,挥之不去。我认为是鲁迅的这种苦闷成就了鲁迅今天在文学上的贡献,而我们对于以后的鲁迅怀有更多希望和期待,也正是因为有这样的苦闷吧。②

丁来东主张某个作品是否伟大,取决于作家在作品中"苦闷"的反映程度,试图从作家"苦闷"的表现层面阐释文学的本质。他认为《野草》的虚无主义色彩缘于鲁迅"寻求某种彻底的东西的苦闷",绝非由鲁迅是个彻头彻尾的绝望者和对人类、社会的悲观论者而引起。这可视为对批判《野草》的钱杏邨的直接回击。作家的"苦闷"可以是个人的,也可以是社会的,鲁迅的"苦闷"在《野草》中反映得最为深刻而透彻,因此丁来东称之为"鲁迅整个艺术生涯的结晶"。

接着,丁来东引用了《野草》的"题辞"部分,然后展开如下论述:"这不就是说自己过去的生命已经枯烂,而在生命之根中又重生出'野草'吗?

---

① 丁来东:《中国短篇小说家鲁迅和他的作品》,《朝鲜日报》1931年1月4日。
② 丁来东:《中国短篇小说家鲁迅和他的作品》,《朝鲜日报》1931年1月4日。

鲁迅对自己的艺术,表现出非常谦逊的态度。他从未骄傲自满地说过自己的作品有多伟大,一直说自己无法成为乔木,只不过是野草而已。还表示'野草'将很快腐烂,但会生长出新的事物。"①丁来东通过《野草》的"题辞"部分,准确领悟了鲁迅自我牺牲的生命哲学②。这种自我牺牲的本质就是撒下生命的泥土,长出的野草又化作底肥,催生新事物的生长。

此外,对《呐喊》与《彷徨》进行比较分析时,丁来东有如下论述:

> 如果说描写极其混乱的新旧思想、新旧制度、新旧风俗和习惯的冲突,代表了《呐喊》的时代性,那么到了《彷徨》,却不见对社会状况的描绘。在《彷徨》中看不到这种混乱描写,但在平稳的社会倾向之中,新思想家们沉潜、缓和甚至屈服于旧思想、旧习惯、旧道德之中……深刻之美相对缺乏,表现也平凡。③

丁来东认为《彷徨》的时代性不够深刻,作品的深度也有所欠缺,尤其是知识分子对传统思想、习惯和道德呈现出涣散甚至屈服的态度。虽然丁来东对于鲁迅创作的"停滞时期"与《彷徨》的评价有失偏颇,但就他所提出的几个观点来看,对于鲁迅对中国现代社会的思考及其作品的创作特征,朝鲜半岛知识文人还是表现出了极大的兴趣和关注。可以明确的是,丁来东试图将鲁迅的文艺启蒙理论套用至朝鲜半岛,但是已彻底沦为日本殖民地的朝鲜半岛所需要的,并不仅仅是单纯的国民启蒙,而且在殖民高压政策下,启蒙国民本身也并非易事。尤其是在日本侵华之后,中国社会的病弊与朝鲜社会的问题具有高度的同一性。因此,丁来东希望鲁迅对中国社会的反思和认识,能够给朝鲜半岛社会、国民和文坛带来启蒙的异域参照。

丁来东曾从题材(乡村描写)、思想(现实批判)、文风(讽刺手法)等角度,对鲁迅前期作品的特征进行评价,事实上这也正是他对朝鲜半岛文学提出的课题。由于丁来东还翻译了《伤逝》和《孔乙己》,他对鲁迅的介绍和评价就具有了一定的权威性,因此通过丁来东,朝鲜半岛人民深刻了解了鲁迅小说的创作风格和思想指向。朝鲜半岛作家也大受鼓舞,开始关注本土的文化运动,如实反映殖民地统治之下的社会现实,通过对日本殖民

---

① 丁来东:《中国短篇小说家鲁迅和他的作品》,《丁来东全集(一)》,首尔:金刚出版社,1971年版,第349页。
② 洪昔杓:《从天上看深渊:鲁迅的文学与精神》,首尔:善学社,2005年版,第190页。
③ 洪昔杓:《从天上看深渊:鲁迅的文学与精神》,首尔:善学社,2005年版,第190页。

当局的批判和文学革命的开展,实现国民的思想启蒙。

此外,1932年5月牛山学人在《东方评论》上发表《中国新兴文学的阿Q时代与鲁迅》一文,在介绍中国新文学发展现状的基础上,通过《阿Q正传》阐析中国社会,论述了鲁迅的小说创作及其文学成就。《东亚日报》驻上海、南京等地特派员申彦俊与鲁迅在上海会面之后,写出《中国的大文豪鲁迅访问记》,此文以访谈的形式,客观展现了鲁迅及其文学世界。申彦俊在文中用"冷酷""古怪""无情"和"怪异"来描绘鲁迅,显然是其阅读鲁迅小说之后,通过某种想象而给鲁迅贴的文化标签。但其真正见到鲁迅之后却使用"青服敝履""乡村老农""双颊深凹"等语汇描写鲁迅,与想象中的鲁迅形成鲜明对比。通过申彦俊的叙述,朝鲜半岛文坛可以清晰把握鲁迅对中国文化运动的关注和支持,同时也可以看到申彦俊对鲁迅文学世界及其文学启蒙思想的深刻共鸣。

在访谈中,申彦俊对文学的作用和鲁迅的文学观表现出极大的关注。强调鲁迅式人道主义的核心是"斗争",在其小说中具体体现为"反抗"。申彦俊虽然不是专门从事文学创作的文学家,但通过与鲁迅的对话,可以发现他对文学的"现实反映"和"大众教化"功能表示赞成和推崇。申彦俊在此文中,还提及阿Q形象,他认为类似阿Q的人物,在任何民族中都能够发现,是某种"普遍性存在",即阿Q的蒙昧无知以及遇弱则强、遇强则弱的卑劣人性具有普遍性,因此《阿Q正传》并不仅仅是针对"国民性"的批判,更是暴露"人性之卑劣"的小说。申彦俊认为这种普遍存在的国民劣根性,对处于日本殖民统治下的朝鲜半岛有重要启迪和反思价值,因为朝鲜半岛也充斥着无数"阿Q",这一点足以引起反省和觉醒。

申彦俊对鲁迅如何看待朝鲜半岛的政局也较为关注,在回答申彦俊"弱小民族的解放问题"时,鲁迅谈道:"我认为,只有完成世界革命之时,各弱小民族也才能获得解放。"[①]鲁迅还主动向申彦俊询问朝鲜半岛的文艺状况,申彦俊表示用朝鲜文出版的书籍越来越少,朝鲜半岛的文艺乃至整个文化正在被日本化(殖民化)。鲁迅听后认为"决不要为此而悲观,不管是日本文字也好,俄国文字也好,毫无关系"[②],体现了其对国粹主义的否定和驳斥态度。同时他还希望朝鲜半岛文坛积极向中国刊物投稿,介绍朝鲜半岛文艺的历史和现状,还承诺写些短篇文章投给朝鲜半岛的《新东亚》杂志。可以说,鲁迅的作品指向和文学观念契合了当时朝鲜半岛知识

[①] 申彦俊:《中国的大文豪鲁迅访问记》,《新东亚》总第30期,1934年4月。
[②] 申彦俊:《中国的大文豪鲁迅访问记》,《新东亚》总第30期,1934年4月。

文人的心理诉求,他们尝试从中国文学革命中寻找适用于本国文艺启蒙和民族抵抗运动的先进经验。虽然金时俊曾指出申彦俊作为新闻界的从业人士,其向鲁迅提问的问题"相较于文学层面,政治层面的问题比较多,即弱小民族、亚洲和平和中国的未来展望等问题"①,但不容忽视的是,在申彦俊的访谈中有相当篇幅涉及文艺的事实,其中有鲁迅文学观的形成、文学的作用、文学作品的指向性等。从弱小民族的殖民抵抗和启蒙运动的角度看,申彦俊向朝鲜半岛传达的鲁迅文艺意识,具有重要的文化意义。

1936年10月20日,鲁迅逝世后第二天,《每日申报》以"巨星坠地"来形容文坛巨匠的仙逝。报道标题为《中国文坛的巨匠——鲁迅氏逝去》,称鲁迅为"中国唯一的文豪",认为他不仅与日本文坛因缘深厚,而且在引进和移植欧洲文学、俄国文学和德国文学方面也厥功至伟。此外,报道还提及鲁迅的《中国小说史略》《孔乙己》《阿Q正传》《故乡》等,称其为"名著"或"杰作"。

图3-40 《每日申报》对鲁迅逝世的报道

除了报纸的报道以外,关于鲁迅及其作品的相关评论文章又再次涌现,其中最具代表性的当数李陆史的《鲁迅追悼文》。作为积极翻译介绍

---

① 金时俊:《光复以前韩国的鲁迅文学与鲁迅》,《中国文学》总第29期,1998年。

鲁迅作品并深刻接受鲁迅文学影响的知识文人,鲁迅逝世三天后,其在1936年10月23日至29日的《朝鲜日报》上连载了《鲁迅追悼文》。从标题上看,此文是为追悼和纪念鲁迅而作,但实际上却从鲁迅的生平到文学思想和作品比较,对鲁迅进行了全方位的介绍和评价。

在简略介绍了鲁迅生平及其作品之后,李陆史对其与鲁迅的会面过程进行了详细描述。李陆史"一向渴望有一个拜见先生的机会",在那样的场合,他"只能倍加谨慎和恭逊"①。而当接到鲁迅逝世的讣告时,李陆史"禁不住黯然流下了两行眼泪",同时表示:"作为朝鲜的一个后辈,拿起这哀悼之笔的何止我一人呢?"②在《鲁迅追悼文》中,李陆史对鲁迅反传统、反封建的文学思想以及对国民性的揭露和批判进行了重点论述。李陆史借用罗曼·罗兰对《阿Q正传》的评论,指出若要了解中国文学之父——鲁迅,必须首先理解《阿Q正传》,对《阿Q正传》给予了高度评价;同时强调:"如今中国的阿Q们已经无须让罗曼·罗兰为他们的命运担忧了,实际上已经有无数的阿Q通过鲁迅学会了如何掌握自己的命运。"③

由此可见,李陆史对鲁迅小说的实际效果持肯定和乐观的态度,他认为鲁迅通过暴露和批判阿Q的卑劣人性,为中国国民提供了自我省察和反思的机会,文学启蒙的效果已经凸显。对于《狂人日记》,李陆史从中国封建家族制度的罪恶与"救救孩子"宣言的角度切入解析。他认为《狂人日记》在无情揭露了社会丑恶之后,用"救救孩子"作为全篇的结尾,暗示着中国新社会必须由青年一代来实现。李陆史更进一步表示:"'救救孩子'这句话,在思想上比'炸弹''宣言'更猛烈地震惊当时还是'孩子'的中国青年。这样一部作品,又是用白话文写成的。从此,文学革命便真正可以高奏胜利凯歌了,这一功劳多半也应归于鲁迅。"④李陆史将文学革命的一半功劳归于鲁迅,虽不无夸张之处,但在对中国现代文学的贡献、对旧社会制度的批判、对国民启蒙所做出的努力等方面,鲁迅确是厥功至伟。

接着李陆史又从文艺与政治的混同或分离的视角,对鲁迅的文艺观念进行了解析,并将其视为解决朝鲜半岛艺术与政治之间关系问题的"他山之石",认为重新体味一下鲁迅精神,"这对我们是一件很有意义的事情"。李陆史通过梳理鲁迅对中国封建社会和旧知识分子的反思批判,联想到朝鲜半岛文坛:"现在,我们朝鲜文坛的情形是,人人都在议论艺术与政治应

---

① 李陆史:《鲁迅追悼文》,《朝鲜日报》1936年10月24日。
② 李陆史:《鲁迅追悼文》,《朝鲜日报》1936年10月24日。
③ 李陆史:《鲁迅追悼文》,《朝鲜日报》1936年10月24日。
④ 朴宰雨:《韩国鲁迅研究精选集》,北京:中央编译出版社,2016年版,第241页。

该是混同在一起呢,还是相互分立的问题,这一问题看起来好像是已经有了结论,又好像是还没有解决。那么,像鲁迅那样有自己坚定信念的人,是如何解决艺术和政治之间的关系这一问题的呢?"①李陆史认为若想解决这一问题,首先必须探究鲁迅是如何成为作家的。李陆史接着引用《呐喊·自序》阐述鲁迅如何"弃医从文",同时对鲁迅关于艺术与政治关系的观点进行了阐明:"在鲁迅看来,艺术不仅不是政治的奴隶,而且艺术至少是政治的先驱,两者既不能混同,也不能相互对立。正是因为他创作优秀的作品、进步的作品,所以文豪鲁迅的地位才越来越高,《阿Q正传》才由此应运而生,从此批评家们也不敢小瞧他。"②

李陆史探讨文艺与政治关系的根本原因是为了阐析文艺对政治的影响和作用,试图通过鲁迅寻找当时朝鲜半岛文坛艺术与政治关系大讨论的答案。文艺是社会现实的最真实反映,但是在"五四"新文学时期,传统文学已经丧失了反映现实社会的能力,封建体制已成为阻挡近现代中国社会发展的障碍,因此,对新文艺的要求势在必行。鲁迅提倡新文艺,创办文艺刊物,翻译西方文艺书籍,也正是以文艺的启蒙作为最终旨归。基于此,李陆史介绍了鲁迅从事文艺启蒙的契机及始末,高度评价了鲁迅对中国社会现实的深厚洞察力,同时敦促朝鲜半岛文坛进行自我反省。因为在完全沦为殖民地的朝鲜半岛,对社会现实的认识和批判,对殖民统治的揭露和鞭挞,对国民进行文艺启蒙,已成为摆在每个知识文人面前亟须解决的时代课题。

李陆史的《鲁迅追悼文》从内容上来看,不同于一般的追悼文。从鲁迅生平到文学生涯,从具体作品到文艺思想,此可谓全方面高度评价鲁迅的纪念之文。整体来看,李陆史将论述重点置于鲁迅作品所具有的文学效用及时代意义,即他所关注的是文艺在社会思想改革方面所产生的启蒙效应。这种效应是通过揭露和鞭挞封建旧体制、批判和反思国民劣根性实现的,社会改革的实现必须以国民性改造为前提,精神改造必然成为文艺启蒙的重要任务。李陆史在深深慨叹鲁迅对中国社会的深刻洞察力的同时,也开始对沉默的朝鲜半岛文坛进行深刻反思。尤其在承受高压殖民统治的殖民地语境下,文艺启蒙的重要性日益凸显,通过文艺进行国民精神改造的时代课题迫在眉睫。李陆史与丁来东对鲁迅的认识评价虽然略有差异,但两人的文章都以鲁迅作品分析为重点,对鲁迅进行了触及心灵深处

---

① 朴宰雨:《韩国鲁迅研究精选集》,北京:中央编译出版社,2016年版,第242页。
② 李陆史:《鲁迅追悼文》,《朝鲜日报》1936年10月25日。

的首肯。从这个意义上说,鲁迅小说及其背后投射的文艺启蒙理论的时代意义,并不局限于当时的中国,在朝鲜半岛也受到强烈关注并引起了深度共鸣。

　　整体而言,无政府主义和社会主义思想倾向构成了朝鲜半岛接受"五四"思想启蒙理论的两大谱系,无政府主义倾向的代表人物有柳树人、丁来东和金光洲,社会主义倾向的代表人物有金台俊、李明善等。他们将鲁迅视为"中国诞生的'东洋大文豪'",以鲁迅为代表的中国现代作家成为他们重点关注的对象。梁建植、丁来东、申彦俊、李陆史等人结合朝鲜半岛的特殊政治文化语境,从不同角度对中国现代文学作品进行了多层面解析,显示出在东方文化价值观支配下,对中国文艺启蒙理论的深度共鸣。当时的朝鲜半岛面临着对内国民启蒙与对外民族独立的双重时代课题,知识文人通过对中国现代文学作品的认知和批评,加深了对中国文学反封建、反传统的反抗意识和国民性批判精神的认识,并试图将其运用于本国的文艺启蒙和文学运动之中。

下编：同轨镜鉴

——中国近现代文学对朝鲜半岛的关注与呈现

第四章　中国对朝鲜半岛近现代文学的译介

　　无论是晚清译界的"众声喧哗",还是"五四"时期翻译文学的蔚为大观,中国对外国文学的译介均以西方文学为重心和主流。但旁枝蔓叶中仍然可以发现弱小民族文学的身影,朝鲜半岛就是其中的重要一员。据考证,朝鲜半岛文学在近现代中国的译介活动滥觞于1925年《语丝》第28期上刊载的《朝鲜传说》。此文系周作人的翻译作品,包括《崔致远》《斗法》《掉文》三篇。事实上,《朝鲜传说》并非直接译自朝鲜半岛相关作品,而是译自日本作家三轮环的《伝説の朝鮮》一书。此《朝鲜传说》三篇虽然是20世纪中国译介朝鲜半岛文学的嚆矢,但并未引起中国知识界的太多关注,有关朝鲜半岛文学的译介活动由此进入短暂的沉寂期。直到1930年第4期《现代小说》刊登深吟枯脑翻译的《黑手》(原作为金永八同名小说),中国对朝鲜半岛近现代文学的译介活动才得以重新活跃起来。

　　此时期译者的共同特点是大都来自左翼阵营,他们在控诉日本殖民侵略行径的同时,将朝鲜半岛文学视为"弱小民族文学"。旅居中国的丁来东、柳树人等也均站在抗日救亡、挽救民族危机的立场进行朝鲜半岛文学的译介活动。同时,由于大部分中国译者不懂韩文,因此相当数量的译作均译自日文等第三国语言的作品。如范泉翻译的《朝鲜春》,原文是张赫宙的日文散文《わが風土記》。又如童话《黑白记》的原作是张赫宙的日文作品《福宝和诺罗宝》。此外,还有刘小惠翻译自法文的《朝鲜民间故事》等作品。译者们在进行第三国语言转译的同时,也根据不同国家文化渊源、读者的审美取向和社会政治需求,对作品进行了归化式的改写性翻译。

　　此时期,在中国对朝鲜半岛文学的译介过程中,革命文学也发挥了主导作用。众所周知,启蒙和救亡的双重变奏是"五四"以来中国思想史的发展趋势[1]。"启蒙"和"救亡"不仅对中国文学运动的兴起意义重大,而且对外国文学的译介也产生了不容忽视的作用。译者们在从事朝鲜半岛文学译介时,也不可避免地受到主流意识形态的影响,从而将所处的时代语境和政治立场嵌入翻译过程中。在功利性思维的支配下,译者们将翻译活动的归趣点和落脚点置于中国,将朝鲜半岛文学的翻译视为思想启蒙的重

---

[1]　李泽厚:《中国现代思想史论》,北京:三联书店,2008年版,第1页。

要抓手,将朝鲜半岛的亡国历史作为中国的前车之鉴,以唤醒中国人民的抗日民族意识。当然,这其中也反映出中国左翼文人加强与弱小民族文学交流的意愿和对话姿态。具体来说,弱小民族意识形态、抗日民族主义和无产阶级文学思潮是朝鲜半岛文学译介的重要影响因素。译者们一方面通过对民间文学和儿童文学的大量译介,促使中国民众反思历史、眺望未来;另一方面,将朝鲜半岛文学的译介工作视为革命武器,选择朝鲜半岛的左翼文学作品作为主要译介对象,旨在确证和强调无产阶级领导中国革命的正当性和可行性。

第一节 "弱小民族"意识形态和历史话语的影响

在"五四"前后的中外文化交流和文学译介中,"弱小民族"这一概念就已得到普遍认可和使用,成为具有普遍意义的文学话语,对于朝鲜半岛文学也已形成了"弱小民族文学"的明确认知。1909年鲁迅和周作人在东京编译的《域外小说集》,可被视为"弱小民族文学"译介的嚆矢和先驱。据宋炳辉的考证,"弱小民族"一词最初来源于陈独秀发表于1921年的《太平洋会议与太平洋弱小民族》[①]一文,文中使用"弱小民族"的概念指称印度、波兰等殖民地国家。而20世纪上半期,"弱小民族"的概念则至少涵盖欧洲部分弱小国家、日本以外的其他亚洲国家(其中就包括朝鲜半岛)和古希腊、罗马、波斯等国。在《域外小说集》的启发和带动下,中国形成了弱小民族文学译介的两个高潮期,第一个是"五四"至20世纪20年代末,第二个是20世纪30年代至40年代。1921年《矛盾》月刊曾策划"弱小民族文学"专号,收入了朝鲜半岛、秘鲁、罗马尼亚、波兰等国家和地区的24篇作品。此时期叱咤中国文坛的周氏兄弟、茅盾、胡风等成为积极投身于弱小民族文学译介活动的主力。

如前所述,近现代中国对朝鲜半岛文学的译介活动发端于周作人1925年在《语丝》第28期上发表的《朝鲜传说》。经统计,1925—1949年,共有45篇朝鲜半岛作品被译介至中国,其中单行本共有10部。体裁方面来看,小说占据的数量最多,共有30篇,其次是诗歌8首,此外还有小说集2部,童话和民间故事集5部,具体列表如下:

---

① 陈独秀:《太平洋会议与太平洋弱小民族》,《新青年》第9卷,1921年9月1日。

第四章　中国对朝鲜半岛近现代文学的译介　　265

表 4-1　1925—1949 年译介至中国的朝鲜半岛文学作品一览表

序号	年度	译作名称	译者	出版载体	原作名称	原作作者	原作出版载体
1	1925	《崔致远》	周作人	《语丝》第 28 期	《최지원》	三轮环	东京:博文馆
2	1925	《斗法》	周作人	《语丝》第 28 期	《두법》	三轮环	东京:博文馆
3	1925	《掉文》	周作人	《语丝》第 28 期	《도문》	三轮环	东京:博文馆
4	1930	《黑手》	深吟枯脑	《现代小说》第 3 卷第 4 期	《검은손》	金永八	《朝鲜之光》第 63 期
5	1930	《熔矿炉》	白斌	《现代小说》第 3 卷第 5—6 期	《鎔礦爐（용광로）》	宋影	《开辟》
6	1930	《狱中病死的家伙》	白斌	《大众文艺》第 2 卷第 4 期	《병감에서 죽은 녀석》	林和	《无产者》7 月号
7	1930	《咳，成这样了》	白斌	《大众文艺》第 2 卷第 4 期	《이 꼴이 되다니》	权焕	《无产者》7 月号
8	1930	《披霞娜》	龙骚	《会报》	《피아노》	玄镇健	《开辟》
9	1930	《朝鲜传说》	清野	上海:儿童书局	不详	不详	不详
10	1931	《我的出亡》	不详	《现代文艺》第 1 卷第 2 期	《탈출기》	崔曙海	《朝鲜文坛》3 月号
11	1932	《在东海上》	常任侠	《收获期》	《동해에서》	郑荣水	《三四文学》第 3 辑
12	1932	《朝鲜民间故事》	刘小蕙	上海:女子书店	不详	H. Garine	不详
13	1933	《乌鸦》	穆木天	《申报·自由谈》	《까마귀》	全用	不详
14	1933	《牧师和燕子》	穆木天	《申报·自由谈》	《목사님과 제비》	朴牙枝	不详
15	1933	《被驱逐的人们》	王笛	《文学》第 1 卷第 3—4 期	《追はれる人々》	张赫宙	《改造》第 14 卷第 10 号

续表

序号	年度	译作名称	译者	出版载体	原作名称	原作作者	原作出版载体
16	1933	《你们不是日本人,是兄弟!》	突微	《文学》第1卷第2期	不详	朴能	《普罗文学》
17	1934	《猫》	李剑青	《矛盾》第3卷第3—4期	《求職(과고양이)》	赵碧岩	《新东亚》
18	1934	《被驱逐的人们》	叶君健	《申报月刊》第3卷第6号	《追はれる人々》	张赫宙	《改造》第14卷第10号
19	1934	《姓权的那个家伙》	黄源	《文学》第3卷第1号	《権といふ男(權이라는 사나이)》	张赫宙	《改造》第15卷第12号
20	1934	《朝鲜童话》	吴藻溪	北平:世界科学社	不详	不详	不详
21	1935	《荒芜地》	叶君健	《大众知识》第1卷第2—3期	《迫田農場》	张赫宙	《文学季刊》第2号
22	1935	《山灵》	马荒(胡风)	《世界知识》第2卷第10号	《山靈》	张赫宙	东京:改造社
23	1936	《战斗》	翠生	《东方杂志》第23卷第21期	《戰鬪(전투)》	朴怀月	《开辟》
24	1936	《上坟去的男子》	胡风	《国闻周报》第13卷第7—8期	《墓参に行く男》	张赫宙	《改造》第17卷第8号
25	1936	《初阵》	胡风	《译文》新第1卷第1期	《初陣(질소비료공장)》	李北鸣	《文学评论》
26	1936	《声》	梅汝	《时事类编》	《聲》	郑遇尚	《文学评论》
27	1936	《朝鲜现代儿童故事集》	邵霖生	南京:正中书局	《옥분이》等8篇	金昊奎等8人	不详
28	1936	《朝鲜现代童话集》	邵霖生	上海:中华书局	《호랑이와 곶》等28篇	马海松等27人	不详
29	1936	《山灵:朝鲜台湾短篇小说集》	胡风	上海:文化生活出版社	《山靈》等4篇	张赫宙等3人	不详

续表

序号	年度	译作名称	译者	出版载体	原作名称	原作作者	原作出版载体
30	1937	《山狗》	夷夫	《明明》第2卷第3期	《山犬（ヌクテー）》	张赫宙	《文艺首都》第2卷第5号
31	1938	《李致三》	迟夫	《黎明》	《李致三》	张赫宙	《帝国大学新闻》706号
32	1940	《嘉实》	王觉	《作风》创刊号	《가실》	李光洙	《东亚日报》
33	1940	《猪》	古辛	《作风》创刊号	《돈》	李孝石	《朝鲜文学》
34	1940	《赭色的山》	古辛	《作风》创刊号	《붉은 山- 어떤 의사의 수기》	金东仁	《三千里》第37号
35	1940	《乌鸦》	罗懋	《华文大阪每日》第5卷第5、7期	《가마귀》	李泰俊	《朝鲜之光》
36	1941	《福男伊》	羊朔	不详	《복남이》	俞镇午	不详
37	1941	《月女》	邹毅	不详	《월녀》	金史良	不详
38	1941	《富亿女》	不详	《新满洲》第3卷第11期	《富億女》	安寿吉	《满鲜日报》
39	1941	《流荡》	叶君健	《文艺新潮》副刊第2卷第4期	《追はれる人々》	张赫宙	《改造》第14卷第10号
40	1943	《朝鲜春（风土记）》	范泉	上海：文星出版社	《わが風土記》	张赫宙	东京：赤冢书房
41	1943	《黑白记》	范泉	上海：永祥印书馆	《福寶和諾羅寶》	张赫宙	东京：赤冢书房
42	1945	《在海阵营中》	不详	《中韩文化月刊》创刊号	《재해진영중》	李舜臣	不详

续表

序号	年度	译作名称	译者	出版载体	原作名称	原作作者	原作出版载体
43	1945	《朝鲜底脉搏》	丁来东	《中韩文化月刊》创刊号	《조선의 맥박》	梁柱东	《文艺公论》
44	1946	《涌出来吧，伟大的力量！》	天均丁来东	《中韩文化月刊》第1卷第2期	《큰 힘 이여 솟아나소서》	金海刚	《东光》
45	1946	《朝鲜风景》	范泉	上海：永祥印书馆	《わが風土記》	张赫宙	东京：赤冢书房

  上述统计表中的相关数据也包括出版为单行本的童话集、故事集和小说集等，如1930年出版的《朝鲜传说》(清野编译)是一本民间故事集，全书由"人物篇"(《檀君》《三个仙人》《朴尼》《金蛙》《孤儿》《人卯》《飞仙花树》《鬼桥》《龙女的儿子》《高丽寺》《后母》《测字》《金应瑞》《弥勒》《金刚铜》《七佛寺》《竞仙术》)、"山川篇"(《清流壁》《大圣山》《白鹭里》《雷山》《义狗冢》《崇儿山》《龙井》)、"动物篇"(《狸》《虎》《猫》《狐》《狐婿》《金色猪》《雨蛙》《乌贼》《车氏的先祖》《鸟》)和"植物篇"(《消痰烟》《葛和藤》)四个部分构成，共载36篇朝鲜传说，附录中又收录《两兄弟》《愚兄贤弟》和《婆媳》3篇童话。1932年刘半农女儿刘小蕙依据法文译本翻译了《朝鲜民间故事》，原作是H. Garine侨居朝鲜时搜集并用中俄文对照出版的，后来Serge Persky又根据俄文译本译为法文。此书转译自法文译本，其主要由两个"序言"、一个"校后语"和20个民间故事构成。其中"序一"作者是周作人，"序二"作者是章衣萍，"校后语"作者为刘半农。书中收录朝鲜民间故事《八去福》《卜者》《沉清》《孔夫子》《画家》《李无忧》《高与古氏》《莲池》《车福》《蜈蚣精》《叔父》《梁与石氏》《猫》《梅氏》《一个不忠实的朋友》《鸟语》《孤儿》《两块石》《奴的妻》《誓约》共20篇。

  除了民间故事集外，童话集也不在少数，如1934年吴藻溪编译的《朝鲜童话》出版，《争马》《室石》《传书鸠》等27篇童话收录其中。1936年邵霖生分别在正中书局和中华书局出版了《朝鲜现代儿童故事集》和《朝鲜现代童话集》，分别收录8篇和28篇朝鲜半岛童话作品。邵霖生在《朝鲜现代童话集》的"前记"中强调朝鲜童话"在横剖面流露出一般朝鲜儿童的生活实情"①,对于中国读者来说具有重要的阅读价值和参考意义。

在民间故事和童话等通俗性文学作品译介的带动下,进入20世纪40年代以后,更多的朝鲜半岛现代文学作品开始进入中国译者的视野。1941年王赫编译的《朝鲜短篇小说选》,收录的作品代表性极强,如金东仁《赭色的山》、李光洙《嘉实》、李孝石《猪》、李泰俊《乌鸦》、金史良《月女》、张赫宙《山狗》、俞镇午《福南伊》等。这些作品曾于1937—1941年陆续发表于《作风》《华文大阪每日》等东北沦陷区报刊中。最早的朝鲜半岛单行本小说译本应该是胡风编译的《山灵:朝鲜台湾短篇小说集》,此小说集于1936年出版,其中包括张赫宙、李北鸣和郑遇尚三位朝鲜半岛作家的四篇短篇小说,分别为《山灵》《上坟去的男子》《初阵》和《声》。小说内容大多涉及日本殖民统治下朝鲜半岛人民流离失所的涂炭景象。

胡风在翻译以《山灵》为代表的朝鲜半岛现代短篇小说时,秉持的是将朝鲜文学视为弱小民族文学的中国主体立场,译介目的在于将朝鲜半岛文学"介绍给中国读者"。同时,在翻译过程中,胡风也表示其逐渐走入了作品的人物中间,"同他们一起痛苦、挣扎",指出看到像《初阵》中主人公的觉醒和奋起之后,"所尝到的感激的心情实在是不容易表现出来的",最后强调在"我们这民族一天一天走近了生死存亡的关头面前",非常有必要把外国的故事"读成自己的事情"。②

在《胡风回忆录》中,这种翻译意图和动机更是不言自明。

> 朝鲜是我们比邻的兄弟民族,受到了日本侵略者的统治,朝鲜人民陷进了当亡国奴的地位,我们当然关心他们的命运。我在日文刊物上发现了这些作品,读了以后,认为是控诉日本帝国主义者的,极难得的材料,因而译了出来。③

胡风将朝鲜视为近邻兄弟民族,关注到了其受到日本殖民侵略的事实,翻译这些作品的重要原因正在于它们"是控诉日本帝国主义者的,极难得的材料"。

在《山灵》出版前后,1936年1月在上海创刊的文学杂志《海燕》创刊

---

① 邵霖生:《朝鲜现代童话集》,上海:中华书局,1936年版,第1页。
② 胡风:《山灵:朝鲜台湾短篇小说集(序)》,上海:文化生活出版社,1936年版,第1页。
③ 胡风:《胡风回忆录》,北京:人民文学出版社,1997年版,第43页。

号上曾刊登了一篇广告,相较于《山灵》的"序","弱小民族"的意识形态和民族主义意识体现得更为直接。

> 朝鲜大众过的是怎样的生活?他们那里有没有文学?近而且"同文",但我们一向都并不知道。然而,历史底铁蹄踏遍了那儿的大地,当然要产生蹂躏、苦恼、悲哀、血祭以及抗战,而且这些也当然会被叫喊出。这些选译出来的小说就鲜明地说出了他们底生与死的消息。色调那么鲜浓,内容那么沉痛,要说弱小民族的文学,这些作品才真正充溢着弱小民族底劫灰姿态,要说文学与生活的关系,这些作品才真正能够使读者感觉到不能不提起全部的勇气来为合理的生存而战。全部约十二三万字,都从日本大杂志或日文单行本译出。有几篇曾经发表过,读者们受到了很大的感动。①

20世纪30年代中后期,"弱小民族"意识形态在中国得到重新阐释,"朝鲜文学"之所以成为"弱小民族国家文学"而受到瞩目,其原因有二。一是"弱小民族"的标签已经超越了以"箕子朝鲜"为外在表征的宗主国意识,进而通过"弱小民族"的意识形态,依托于近代民族主义意识的兴起,促使中国开始反思历史,接受新的民族意识。其二,这种新的意识与中国现代文坛代表人物鲁迅、胡风对"朝鲜民族"相关作品的译介相契合。事实上,20世纪20年代至30年代鲁迅一直推迟的对朝鲜半岛文学的正式介绍和阐释,经过长时期的思考,最终由胡风得以付诸实践。

事实上,近代中国知识文人对朝鲜半岛民族危机的关注,正是从"亡国史鉴"开始的。朝鲜半岛完全沦为日本殖民地的悲惨命运,像一面镜子映射着甲午战后中国所面临的民族危机。因此,自20世纪初开始就有大量与朝鲜亡国相关的史作涌现,其中也有一些翻译自日本的朝鲜史学著作。《朝鲜史略》曾记述:"东方弱国,朝鲜为最,然其政治风俗之腐败,与中国仿佛相似,故亟译之一绍介于我国,俾知朝鲜积弱,已有岌岌不可终日之势。我中国宜亟读之,藉为前车之鉴。"②

20世纪初朝鲜"亡国史鉴"作品创作和翻译的重心在于"政治",且其"豪杰译"的翻译方式也多少对准确认知朝鲜半岛的政治历史状况产生了

---

① 史青文:《海燕》创刊号,1936年1月。
② 详见邹振环:《文学翻译史上的中国与朝鲜》,《韩国研究论丛·第1辑》,上海:上海人民出版社,1995年版,第206页。

影响。但是，这种译介行为的背后，反映的正是当时中国知识界对作为弱小民族的朝鲜的关注，同时也为后来朝鲜半岛文学的译介打下了坚实的基础。1925年，周作人打破了政治方面的认识论局限，尝试从民俗学和通俗文学的角度出发译介朝鲜半岛文学，由此开现代中国对朝鲜半岛文学译介的先河。

> 无论朝鲜是否箕子之后，也不管他以前是藩属不藩属，就他的地位历史讲来，介在中日之间传递两国的文化，是研究亚东文明的人所不应该忽视的。我们知道日本学于本国文化研究上可供给不少帮助，同时也应知道朝鲜所能给予的未必会少于日本。①

从引文可以看出，周作人对朝鲜半岛的历史文化地位有着非常明确的认知，强调朝鲜作为"介在中日之间传递两国的文化"的中介者，其能够提供的帮助和参照不会少于日本。

事实上，周作人成为近现代朝鲜半岛文学译介第一人是有迹可循的，其早在1908年《哀弦篇》中就指出："列国文人行事不同，而文情如一，莫不有哀声逸响，迸发其间。故其国虽亦有暗淡之色，而尚无灰死之象焉……今于此篇，少集他国文华，迸之吾士，岂曰有补，特希知海外犹有哀弦，不如华土之寂漠耳。"②从中可以看出，周作人对弱小民族文学在文艺启蒙方面的作用有着较为充分的认知，在悲时忧国的同时，以弱小民族文学为参照，助力于改造中国社会。

"弱小民族文学在30年代的登场，不完全是文学翻译的选择，更是作为一种崭新的知识实践参与到'世界知识'的重构中。"③周作人对弱小民族文学的译介与《新青年》和《小说月报》对弱小民族文学的关注一脉相承。自1915年至1921年，《新青年》共发表弱小民族文学作品31篇。茅盾则将《新青年》对弱小民族文学的关注延续至《小说月报》之中，在其主编《小说月报》期间，刊载了数量众多的弱小民族文学作品，第12卷第10号还曾特设"被损害民族的文学号"，共有12个弱小民族国家的21篇译作发表。1934年《矛盾月刊》曾推出"弱小民族文学专号"，并设有小说、理论、戏剧、诗歌四个栏目，刊载16个弱小国家的24篇作品。其中就有朝鲜

---

① 周作人：《看云集》，上海：开明书店，1932年版，第96页。
② 钟叔河：《周作人散文全集（第一卷）》，桂林：广西师范大学出版社，2009年版，第149页。
③ 吴舒洁：《世界的中国："东方弱小民族"与左翼视野的重构——以胡风译〈山灵〉为中心》，《文学评论》2020年第6期。

半岛作家赵碧岩的《猫》(李剑青译),原作发表于《新东亚》杂志,描写了失意知识文人的悲惨境遇,以"猫"来隐喻殖民地社会的暗黑现实和资本主义的伦理困顿。

实际上,早在20世纪初的中国知识界,朝鲜就已经固化为"弱小民族国家"的形象。当时以梁启超和鲁迅为代表,他们在各自的论述文章中,都曾直接谈及朝鲜亡国的史实,同时主张以邻为鉴,实现中国的革命。梳理他们的观点,可以发现他们都将朝鲜视为日本殖民统治下的弱小民族,而若要脱离日本殖民体系,实现民族独立,国民性的改造是当务之急。对于国民性改造的方式,虽然梁启超和鲁迅的主张有所差异,但通过朝鲜半岛来确证中国革命的必要性和当为性是相同的。基于这一认识,包括周作人在内的中国译者在翻译朝鲜半岛文学作品时,更多的带有一种功利性。

"弱小民族"意识形态在无形之中介入了具体的翻译实践,赋予朝鲜半岛文学译介以较强的功利性,提供了一个重塑世界视野与民族话语的中介。而在不同语言符码转换过程中,历史话语也同样发挥着作用。首先,无论是梁启超,还是周氏兄弟,以及后来的诸多译者,他们在看待"朝鲜亡国"这一历史史实时,均难掩藩国丧失的惋惜之感,历史上的"属国"与现实中的"殖民地",对中国现代知识文人来说,已然裂变成不再重叠的两个"朝鲜半岛"。其次,他们在将朝鲜视为弱小民族国家、批判日本殖民统治的同时,又将朝鲜半岛视为前车之鉴甚至可比肩于日本的参照体系。

事实上,就中国而言,无产阶级文学运动的国际主义联合集中体现在东亚场域内的革命"连带意识"。在"中心"与"边缘"文化构造的历史再现与现实更迭的交互作用下,扭结着历史话语的东亚革命共同体成为关注的焦点。而在弱小民族文化视野中,东亚共同体的联合、共感和主体转换引起的冲突、疏离,成为东亚左翼文学交往沟通的重要外在表征。日本的殖民扩张行为使传统意义上的东亚民族国家界限变得模糊不清,无论是中国,还是朝鲜半岛,作为反抗主体均无法仅仅将视野局限于国家内部。东方弱小民族的意识形态成为中国知识文人构建"世界知识"的某种认知中介,在左翼民族意识和文化想象之中,型构了一个东方与西方、中国与东亚多层隐喻、无限延展的意义空间。

第二节　经由第三国语言的"转译"现象

　　在朝鲜半岛完全沦为日本殖民地的1910年前后,西方文明也前所未有地涌入朝鲜半岛。亡国灭种的民族危机使朝鲜半岛知识文人开始重视本民族文字和本国文学,由此导致当时朝鲜半岛接受中国文学的态度与古代接受中国文学的态度大相径庭。尤其值得注意的是,朝鲜半岛本民族文字——韩文在其中发挥了重要作用,伴随着韩文地位的日益凸显,在中国文学与朝鲜半岛文学之间,"翻译"这一概念被赋予了全新的时代意涵。朝鲜世宗在1443年发明韩文之后,在相当长的历史时期内,韩文并未得到广泛普及和使用,知识阶层仍旧固守着汉字文化传统,言文分离的畸形语言生活一直持续至19世纪末20世纪初。彼时,在中日势力消长起伏和朝鲜半岛民族危机的双重作用下,朝鲜民族意识开始觉醒。而随着韩文的推广普及以及现代翻译概念的正式确立,朝鲜半岛与中国之间以汉字为媒介的传统文化纽带宣告断裂,而日语则顺理成章地进入朝鲜半岛文化场域并成为重要的文字媒介。

　　由此,在日据殖民语境下,朝鲜半岛的文字使用和文学行为几乎完全受制于日语的文化霸权。特别是在朝鲜半岛外国文学的早期接受阶段,对日文文本进行重译成为普遍现象,反映了殖民统治给当时朝鲜半岛带来的文化结构性局限。对朝鲜半岛来说,对外国文学的接受,在很大程度上完全依靠日文文本的文化现象,压制了朝鲜半岛对外国文学的想象力。中国对朝鲜半岛文学的译介活动,也正是在此种文化语境之下进行的。

　　事实上,近现代中国的朝鲜半岛文学译介类型相当复杂,大体上可分为"直译"和"转译"两大类。"直译"即直接翻译自韩文文本,不以另外一种语言作为中介的翻译类型。而"转译"作为某种"间接翻译",不是直接从韩文文本翻译,而是以第三国语言的译本作为中介的翻译类型。之所以存在"转译"现象,主要是因为中国译者大多不懂韩文,需要借助他国语言的既有译本将其翻译为中文。而在近现代东亚日本文化霸权的影响下,大多数中国知识精英都曾留学日本并由此精通日语,因此经由日文转译的译本占据较大比重。同时,在日本殖民统治的黑色恐怖和殖民当局对舆论的疯狂控制下,很多作家无法将韩文作为创作语言载体,转而使用日文进行创作。在通过日文转译的文学作品中,也有一部分是未经韩日语言之间的转换,而由朝鲜半岛作家直接使用日文进行创作的作品。

表4-2 1925—1949年由韩文原作直译为中文的朝鲜半岛文学作品

序号	年度	译作名称	译者	出版载体	原作名称	原作作者	原作出版载体
1	1930	《黑手》	深吟枯脑	《现代小说》第3卷第4期	《검은손》	金永八	《朝鲜之光》第63期
2	1930	《熔矿炉》	白斌	《现代小说》第3卷第5—6期	《鎔礦爐（용광로）》	宋影	《开辟》
3	1930	《狱中病死的家伙》	白斌	《大众文艺》第2卷第4期	《병감에서죽은녀석》	林和	《无产者》7月号
4	1930	《咳,成这样了》	白斌	《大众文艺》第2卷第4期	《이 꼴이 되다니》	权煥	《无产者》7月号
5	1931	《我的出亡》	不详	《现代文艺》第1卷第2期	《탈출기》	崔曙海	《朝鲜文坛》3月号
6	1932	《在东海上》	常任侠	《收获期》	《동해에서》	郑荣水	《三四文学》第3辑
7	1933	《你们不是日本人,是兄弟!》	突微	《文学》第1卷第2期	不详	朴能	《普罗文学》
8	1934	《猫》	李剑青	《矛盾》第3卷第3—4期	《求職(과 고양이)》	赵碧岩	《新东亚》
9	1936	《战斗》	翠生	《东方杂志》第23卷第21期	《戰鬪（전투）》	朴怀月	《开辟》
10	1941	《富亿女》	不详	《新满洲》第3卷第11期	《富億女》	安寿吉	《满鲜日报》
11	1945	《在海阵营中》	不详	《中韩文化月刊》创刊号	《재해진영중》	李舜臣	不详
12	1945	《朝鲜底脉搏》	丁来东	《中韩文化月刊》创刊号	《조선의 맥박》	梁柱东	《文艺公论》
13	1946	《涌出来吧,伟大的力量!》	天均 丁来东	《中韩文化月刊》第1卷第2期	《큰 힘이여 솟아나소서》	金海刚	《东光》

以上 13 部译作之中,除了李舜臣是历史人物外,其他作者均为"卡普"或左翼系列作家,如金永八(《黑手》)、朴能(《你们不是日本人,是兄弟!》)、宋影(《熔矿炉》)、林和(《狱中病死的家伙》)、朴怀月(《战斗》)、崔曙海(《我的出亡》)、梁柱东(《朝鲜底脉搏》)等。这与当时朝鲜半岛殖民化的文学话语存在紧密关联,在日本殖民当局对舆论的严苛控制和镇压下,仍有部分左翼文学作家将韩文创作视为抵抗日本殖民侵略的重要方式。作为无产阶级文艺运动的一环,这一时期出现了一大批饱含反抗精神、批判日本殖民侵略的文学作品,成为中国译者翻译朝鲜半岛文学的重要译本来源。

此外,为了躲避日本殖民当局的审查,有些作家直接使用日文进行文学作品的创作,其中有些作品曾被译介至中国。经粗略统计,此类作品大约有 15 篇,其中张赫宙的作品有 11 篇之多。

表 4-3 1925—1949 年由日文原作直译为中文的朝鲜半岛文学作品

序号	年度	译作名称	译者	出版载体	原作名称	原作作者	原作出版载体
1	1925	《崔致远》	周作人	《语丝》第 28 期	《최지원》	三轮环	东京:博文馆
2	1925	《斗法》	周作人	《语丝》第 28 期	《두법》	三轮环	东京:博文馆
3	1925	《掉文》	周作人	《语丝》第 28 期	《도문》	三轮环	东京:博文馆
4	1933	《被驱逐的人们》	王笛	《文学》第 1 卷第 3—4 期	《追はれる人々》	张赫宙	《改造》第 14 卷第 10 号
5	1934	《姓权的那个家伙》	黄源	《文学》第 3 卷第 1 号	《権といふ男(權이라는 사나이)》	张赫宙	《改造》第 15 卷第 12 号
6	1935	《荒芜地》	叶君健	《大众知识》第 1 卷第 2—3 期	《迫田農場》	张赫宙	《文学季刊》第 2 号
7	1935	《山灵》	马荒(胡风)	《世界知识》第 2 卷第 10 号	《山靈》	张赫宙	东京:改造社

续表

序号	年度	译作名称	译者	出版载体	原作名称	原作作者	原作出版载体
8	1936	《上坟去的男子》	胡风	《国闻周报》第13卷第7—8期	《墓参に行く男》	张赫宙	《改造》第17卷第8号
9	1936	《声》	梅汝	《时事类编》	《聲》	郑遇尚	《文学评论》
10	1937	《山狗》	夷夫	《明明》第2卷第3期	《山犬（ヌクテー）》	张赫宙	《文艺首都》第2卷第5号
11	1938	《李致三》	迟夫	《黎明》	《李致三》	张赫宙	《帝国大学新闻》第706号
12	1941	《流荡》	叶君健	《文艺新潮》副刊第2卷第4期	《追はれる人々》	张赫宙	《改造》第14卷第10号
13	1943	《朝鲜春（风土记）》	范泉	上海：文星出版社	《わが風土記》	张赫宙	东京：赤冢书房
14	1943	《黑白记》	范泉	上海：永祥印书馆	《福寶和諾羅寶》	张赫宙	东京：赤冢书房
15	1946	《朝鲜风景》	范泉	上海：永祥印书馆	《わが風土記》	张赫宙	东京：赤冢书房

  表4-1中张赫宙的《追はれる人々》和《わが風土記》均有两个译本。《追はれる人々》译者分别为王笛（发表于《文学》第1卷第3—4期）和叶君健（发表于《申报月刊》第3卷第6号），叶君健的译本实际上译自高木宏译的世界语译本。《わが風土記》两个译本的译者均为范泉，只是出版机构有所不同（分别是上海文星出版社和永祥印书馆）。

  张赫宙是1925—1949年被译介作品最多的朝鲜半岛作家。他之所以被中国译者如此关注，首先是因为其很多早期作品均带有左翼文学倾向，同时得到日本学界的承认，而由于中国译者与日本学界的密切渊源关系，张赫宙的作品自然受到重视。其次，张赫宙在转向亲日文学阵营后，由于大部分中国译者不懂韩文，只能依靠日本文学话语，导致对张赫宙及其文学的性质产生了误读现象。这正是译介作品的思想倾向与编译者的编译动机存在较大悖论性距离的根本原因。中国译者之所以选择中日战争后对日本"皇民化运动""国策文学""决战文学"附逆趋奉的亲日作家张赫宙的作品进行大量译介,主要原因在于将其作品视为"弱小民族文学"的一部分,同时关注了张赫宙弱小民族作家的身份,而并未注意到其亲日行为及由此产生的恶劣影响。

表 4-4 1925—1949 年经由第三国语言转译为中文的朝鲜半岛文学作品

序号	原作名称	原作者	原作发表载体	过渡译本	中译名称	中译者	发表载体
1	《피아노》	玄镇健	《开辟》	《ピアーノ》,林南山译,《朝鲜时论》第1卷第4期,1926	《披霞娜》	龙骚	《会报》,1930
2	不详	H. Garine	不详	《朝鲜民间故事》,Serge Persky译	《朝鲜民间故事》	刘小蕙	上海:女子书店,1932
3	《追はれる人々》	张赫宙	《改造》第14卷第10号,1932	La Forpelataj Homoj,高木宏译,东京:Fronto-Sa,1933	《被驱逐的人们》	叶君健	《申报月刊》第3卷第6号,1934
4	《질소비료공장》	李北鸣	《朝鲜日报》,1932-5-29至1933-7-28	《初阵》,李北鸣,《文学评论》,1935	《初阵》	胡风	《译文》新第1卷第1期,1936
5	《가실》	李光洙	《东亚日报》,1923	《嘉實》,译者不详,《李光洙短篇选》,东京:モダン日本社,1940	《嘉实》	王觉	《作风》创刊号,1940
6	《돈》	李孝石	《朝鲜文学》,1933	《豚》,申建译,《朝鮮說代表作集》,东京:教材社,1940	《猪》	古辛	《作风》创刊号,1940
7	《붉은 山-어떤 의사의 수기》	金东仁	《三千里》第37号,1923	《赭い山 — 或る醫師の手記》,申建译,《朝鮮說代表作集》,东京:教材社,1940	《赭色的山》	古辛	《作风》创刊号,1940

续表

序号	原作名称	原作者	原作发表载体	过渡译本	中译名称	中译者	发表载体
8	《가마귀》	李泰俊	《朝鲜之光》，1936	《鸦》，朴元俊译，《モダン日本朝鲜版》，1939	《乌鸦》	罗懋	《华文大阪每日》第5卷第5、7期，1940

以上8篇作品是通过其他国家语言的译本进行的中译，除了刘小蕙翻译的《朝鲜民间故事》译自法文译本以及叶君健翻译的《被驱逐的人们》译自世界语译本之外，其他6篇均译自日文译本。事实上，经由日文翻译的作品，其价值已经在很大程度上得到了认可。王赫编译的《朝鲜短篇小说选》中收录的李泰俊的《乌鸦》、李孝石的《猪》、金东仁的《赭色的山》、李光洙的《嘉实》等作品，均经过了日文的转译过程。对此，金在湧指出："由于中国知识文人们不懂朝鲜语，所以最终在翻译为日文的朝鲜文学作品中选择作品尝试进行重译。"①表面上看，这种论断不无道理，也基本符合历史史实，但其更深层、更需要引起关注的问题在于，促成文本由殖民地流向殖民地宗主国而最终流向中国的文化驱动力量及其背后的东亚文学格局和文本供需话语变化。

以《山灵》为例，这虽然是直接译自张赫宙的作品，但原作的创作语言是日文，属于典型的日本"外地文学"。因此，在直译表象的背后，同样潜隐着日本文学话语在东亚文化场域的霸权地位。胡风在《山灵》译后记中写道："张赫宙是在日本文坛上最活跃的朝鲜作家……作者是一个自由主义的作家，他写的是一首低音的哀歌，但这悲哀是从哪里来的，他也明白地指出了。从这种悲惨的生活里面涌出的热流，在作者底其他的作品如《饿鬼道》和新人李北鸣等底作品里也可以看到的。"②《山灵》立足于左翼立场，揭露朝鲜农民由自耕农到佃农再到"火田民"的身份转化，对日本殖民给朝鲜带来的资本主义化及其所造成的问题，进行了辛辣的批判。胡风强调的"哀歌"，正是缘于朝鲜半岛在日本殖民侵略下所经历的被动资本主义化。同时，胡风认为张赫宙是自由主义作家，认为"不管他是怎样的作

---

① 金在湧:《以帝国的语言超越帝国》，首尔:韩国国民大学韩国学研究所，2014年版，第26页。
② 胡风:《山灵》，《世界知识》第2卷第10号，1935年8月。

家,我只能看他的作品。作品是同情穷苦人民,反对压迫者剥削者的,我认为那就对斗争有利,应该把那当作难得的教材"①。从中可以看出,胡风之所以选择张赫宙的作品进行译介,原因主要在于其作品的无产阶级立场以及反压迫性质。

胡风的留日背景为其关注东方弱小民族文学提供了思想根基,同时与"左联"的疏离转向,也在一定程度上赋予其异于组织体系的个人政治能动性。他看到了张赫宙自由主义作家的身份,但并未过度纠结于其政治立场,而是关注其能否揭露"火田民"的实质。在胡风眼中,朝鲜半岛文学作为典型的弱小民族文学,其所揭露的社会现实真相并非"他者"的文化风景,而是深深地根源于中国的现实。

> 我还记得,这些翻译差不多都是偷空在深夜中进行的。四周静寂,市声远去了,只偶尔听到卖零吃的小贩底凄弱的叫声。渐渐地我走进了作品里的人物中间,被压在他们忍受着的那个庞大的魔掌下面,同他们一起痛苦、挣扎,有时候甚至觉得好像整个世界正在从我底周围陷落下去一样。②

胡风"走进了作品里的人物中间",触及民族现实的根基,进入远离喧嚣的普通民众的生存空间,感受导致朝鲜半岛人民生存困境的"庞大的魔掌"。他从张赫宙"低音的哀歌"中感受到"悲惨的生活里面涌出的热流",这股"热流"烛照出朝鲜半岛与中国同病相怜的现实映像,新的革命主体也必定会在东亚话语之中诞生。

那么,在现代中国,朝鲜半岛文学译介大多通过日文译本进行转译或者较为侧重直接翻译朝鲜作家日文原作的根本原因何在？首先,在语言方面,应注意到近现代东亚话语之中的日语文化霸权问题,这便是日本学者提出的日本殖民侵略催生出的"日语文化圈"③概念。日本殖民统治者在殖民地强力推行日语教育,实行语言同化政策,尤其在朝鲜半岛殖民地,曾推行"创氏改名"的奴化教育,将朝鲜半岛强行纳入日语话语体系之中,由此在朝鲜半岛培养出一批精通日语的作家,被编入所谓的"日语文化圈"。其次,在文学出版方面,以《改造》和《文学评论》为代表的日本期刊有登载

---

① 胡风:《胡风回忆录》,北京:人民文学出版社,1997年版,第44页。
② 胡风:《山灵:朝鲜台湾短篇小说集(序)》,上海:文化生活出版社,1936年版,第1页。
③ 垂水千惠:《吕赫若研究——1943年までの分析を中心として》,东京:风间书房,2002年版,第65页。

殖民地作家作品的内在需求。1934年日本无产阶级文学逐步走向溃败，伴随无产阶级国际主义的转向，《文学评论》开始将注意力转移至殖民地，并鼓励殖民地作家创作无产阶级文学作品。《改造》则主要从商业角度出发，将目标读者群体扩大至殖民地，具体通过举办征文活动以扩大读者群体，张赫宙作品的入选即受惠于此。总之，1935年前后，随着日本无产阶级文学式微进而产生文学转向，老一代作家重新活跃，新一代作家大量涌现，异域题材的文学作品也开始受到重视。日本文坛由此产生了向殖民地寻求作品的客观需求，使一些朝鲜半岛作品迅速传入日本。其背后体现的正是日本文化话语在东亚场域的霸权性地位。

  从译者角度来看，其身份构成也较为多样，既有中国著名的作家和翻译家（如周作人、黄源、胡风、叶君健、穆木天、范泉等），也有活跃在东北沦陷区的东北作家群体（如古辛、夷夫、迟夫、羊朔、罗懋、王觉等）。此外，还有天均、丁来东、翠生等旅居或留学北京的韩国译者。由于此时期朝鲜半岛文学译介正处于形成期，中国译者大多不懂韩文但有留学日本的经历，因此要通过第三国语言（主要是日文）译本进行重译。重译毕竟是对另外一种语言译本的翻译，因此必然会因语言符码的多重转换而使译作产生各种问题。刘半农在为其女儿翻译的《朝鲜民间故事》撰写的"校后语"中表示："音译的专名，也因经过了俄法两道翻译，读出来已完全不像朝鲜音。这一点，幸经已入中国籍的朝鲜朋友金九经君代为研究，才能逐一找出相当的汉字来。其中亦许还有不十分妥当的地方，暂时只能搁着。"[①]可见，转译时首先面临的问题是多重语言符码的准确转换问题。更为重要的是，重译时可能会受到第三国语言译本所处的文学话语的影响。正如胡风在《山灵：朝鲜台湾短篇小说集》的序言中坦陈的那样，朝鲜半岛文学的译介旨在"介绍他们底生活实相……当作作品看的优点或缺点底指摘，在这里反而是不关紧要了"[②]。可见，相较于译作的审美意蕴和美学价值，中国译者更为强调和侧重的是朝鲜半岛殖民语境下的生活经验和殖民文化实相。

  如果说鲁迅对"弱小民族文学"的关注充盈着浪漫主义的因子，那么不管原作是日文还是日文译本，胡风等中国译者在日文文本的翻译之中蕴藏的则是现实主义的审视和凝思。事实上，无论是从历史根源，还是从现实连带来看，"东亚弱小民族"与"中华民族"存在着同质的文化构造。当

---

  ① 刘半农：《朝鲜民间故事（校后语）》，《刘半农书话》，杭州：浙江人民出版社，1998年版，第152页。
  ② 胡风：《山灵：朝鲜台湾短篇小说集（序）》，上海：文化生活出版社，1936年版，第1页。

发现中华民族内部的台湾、东北和华北等地与"外部"的朝鲜半岛呈现某种趋同迹象时，为了对内外交叠的半殖民地地图有更为清晰的认知，中国知识分子便将译介对象和关注重心转移至一衣带水且处于被殖民语境下的朝鲜半岛，即使这种翻译需要超越语言的藩篱，需要经由第三国语言的转译，这与朝鲜半岛学界将中文作品直接译为韩文形成鲜明对照。而其最根本的原因在于，日本的殖民侵占使东亚政治格局和地缘特性发生了历史性转折，东亚时空的分割又改变了中国知识文人的"世界知识"架构，在很大程度上潜入和撼动了民族想象和国家意识的构建。

第三节 "革命文学"对翻译活动的统摄作用

"弱小民族文学"话语实际上为20世纪30年代抗战中的中国提供了一个重新审视"革命文学"主体与民族危机解决路径的中介物。"革命文学"在主导朝鲜半岛文学译介过程中，使中国译者对"弱小民族"革命主体进行了多维度思考。从朝鲜半岛弱小民族文学到中国东北和华东地区文学的过渡性转喻，使民族"内部"与"外部"实现了勾连交织，最终拓宽了左翼革命文学在民族政治与革命话语之间新的立论空间。

众所周知，"启蒙"与"救亡"的双重变奏一直贯穿"五四"以后的中国思想史，不仅统摄着历史叙事，也对文学运动和外国文学译介产生了重要影响。而20世纪30年代以后，缘于对文学与政治关系的不同认知，中国文坛出现了自由主义文学民主主义文学和无产阶级文学的对立格局。中国译者在主流意识形态的影响下，不自觉地将政治立场和时代话语嵌入译作选择和翻译过程。20世纪初期的"弱小民族"意识形态赋予了中国的朝鲜半岛文学译介以较强的功利性色彩。中国译者尝试从朝鲜半岛"民族的动向"中寻找东亚各国实现民族解放的可能性，这一切入视角明显不仅着眼于民族主义层面，而且是以民族为主轴，渗入"革命文学"思维，进而考量东亚场域中的对抗原理和联合解放路径。无论是《山灵》的译介，还是《朝鲜短篇小说选》的编译，均体现出中国学界对他国"民族的动向"的关注，他们通过文学翻译呈现了20世纪30年代的中国对于革命主体的新探索。

彼时中国译者译介过程中的功利性又在文人对文学与政治不同态度的作用下，分化为两种相异的译介倾向，一是通过对朝鲜半岛儿童文学和民间文学的译介，启蒙民众反思历史和现实，发掘"弱小民族"之"弱"对于东亚格局乃至世界秩序的意义。二是通过翻译朝鲜半岛文学中的无产阶级文学作品,强化中国与朝鲜半岛的连带意识,为中国革命文学提供异域参照,强调无产阶级领导中国革命的必要性和可行性。

儿童文学的译介是现代外国文学译介的重要组成部分。1915年《新青年》掀起儿童启蒙的热潮,1920年周作人发表《儿童的文学》并呼吁知识界加强对相关外国作品的翻译,此后包括鲁迅在内,胡适、郑振铎、茅盾等中国文学领袖都参与到对外国儿童文学的翻译之中。文学研究会主办的《小说月报》特别设立了儿童文学专栏,《文学旬刊》也发表过相当数量的外国儿童文学译作。就朝鲜半岛儿童文学的译介来看,这一时期也出版了众多童话集,如吴藻溪编译的《朝鲜童话》、邵霖生编译的《朝鲜现代儿童故事集》和《朝鲜现代童话集》等。其中,《朝鲜现代儿童故事集》收录8篇作品,《朝鲜现代童话集》收录28篇,汤冶我在《朝鲜现代童话集》的"序"中写道:"虽然在质量上还未必能使我们满意,但在这二十多个短短的故事中,至少能介绍给我们些异国的风趣和情调,而且这还是国内关于朝鲜儿童文学的第一种集子呢!"①这说明受限于时代语境和文化话语体系,《朝鲜现代童话集》虽然在质量上存在某些问题,但却是国内朝鲜儿童文学的嚆矢,将朝鲜半岛的风情和格调呈现在读者眼前。

邵霖生在《朝鲜现代儿童故事集》的"前记"中表示:"本集的内容,各个故事中,大都没有什么普通的表面性趣,而却在横剖面流露出一般朝鲜儿童的生活实情。——这种实情所给我们看见的,便是'贫苦的普遍性'。但其所以会如此贫苦的原因,并未有表明的地方,我国聪明的儿童看了,一定会明白的。"②趣味性是儿童文学的本质属性,而邵霖生却有意忽视这一点,关注的是"一般朝鲜儿童的生活实情",强调和凸显"贫苦的普遍性",由此可以推测其译作之中充溢着现实主义的基调,而非"普通的表面性趣"。由此可见,邵霖生为了追求译作的功利性和革命性,有意舍弃了儿童文学本该带有的趣味属性,以契合启蒙的译介意图,迎合"革命文学"对外国文学的想象和追求。

事实上,这种译作文本选择理念,不只体现在邵霖生的《朝鲜现代儿童故事集》中,这是此时期翻译弱小民族文学时较为普遍的译介倾向。这种理念和倾向的形成主要与彼时中国知识界对启蒙的认识有关。事实上,"文学"与"政治"的关系是此时期中国文学话语场域中的焦点问题。反对

---

① 汤冶我:《朝鲜现代童话集(序)》,《朝鲜现代童话集》,上海:中华书局,1936年版,第1页。
② 邵霖生:《朝鲜现代儿童故事集(前记)》,《朝鲜现代儿童故事集》,南京:正中书局,1936年版,第1页。

第四章　中国对朝鲜半岛近现代文学的译介

将文学与政治进行嫁接捆绑的学者大多并不否定文学的启蒙作用,但无产阶级文学却成为他们的批判对象。其实,"启蒙"的首要目标是改造国民性,提振民族精神,其最终目的仍与革命文学存在契合之处,即实现国家自立和民族解放。换言之,主张文学与政治应撇清关系的学者,在一定程度上忽视了文学启蒙所内蕴的革命性。因此,即使周作人等号召立足于自由主义文学来译介外国儿童文学,译者们还是将功利性视为首要翻译准则,而选择性地剥离了趣味性和文学性的艺术特征,重点在于引介朝鲜半岛人民的生活经验和苦难叙事。

民间文学也是同样的情形,1925年周作人发表《朝鲜传说》,尝试摒弃附着在朝鲜半岛文学中的政治视角并对其进行重新认知。1932年,刘小蕙承袭刘半农的民间文学立场,将法译本的《朝鲜民间故事》翻译为中文,周作人在"序"中强调"对于朝鲜是那么的生疏"①。事实上,《朝鲜民间故事》经历了多重语言转换,刘半农在"校后语"中坦陈:

> 朝鲜的语言虽然与中国的语言不同,但因借用中国文字,已有两千年以上的历史;用中国文字记载朝鲜的民间故事,至少总可以到十不离九的程度。所以,假使我们能够看见Garine原书的韩文本,一定比相与对照的俄文本好;更一定比从俄文译出的法文本好;不用说,更比现在拐了三个弯子从法文本重译出来的中文本好。②

由此可知,刘半农对朝鲜半岛汉字文化圈成员身份有着明确的认知,同时指明了《朝鲜民间故事》经历了"韩→俄→法→中"的复杂译介过程。可见,多重转译必然导致原作内容的流失甚至歪曲,导致还原度方面出现一定问题。那么刘小蕙缘何选择翻译这部几经转译的作品? 刘半农随后指出了几点原因,第一是朝鲜民间故事"从来没有见过,借此可以略略知道一点",从而满足对朝鲜半岛文化的好奇心。第二是Persky的译作"在法国当代文艺界也负相当的声誉"。第三是书中附有徐悲鸿的绣像画,比较少见。第四是培养刘小蕙"阅读童话及小说的兴趣"。从中可以看出,刘半农对朝鲜半岛民间文学与儿童文学并未严格加以区分,这或许也是某种误读现象。

无独有偶,邵霖生也曾将刘小蕙翻译的民间文学误读为儿童文学,其

---

① 周作人:《朝鲜民间故事(序二)》,上海:女子书店,1932年版,第4页。
② 刘半农:《朝鲜民间故事(校后语)》,上海:女子书店,1932年版,第150页。

在《朝鲜现代儿童故事集》的"前记"中表示:"这个工作很有意义,因为朝鲜和我国在历史上地理上的关系特多。他们的儿童文学,除了多年前刘半农先生的女公子曾经从法文里重译了几篇故事,在北平某报附刊上发表过外,没有第二个人介绍过,你在你的地位上做这工作,是最配没有的。"[1]可见,模糊民间文学和儿童文学的边界是彼时中国学界的一种普遍共识。实际上,中国对朝鲜半岛民间文学的认识可以追溯至20世纪初梁启超的《朝鲜亡国史》。梁启超认为朝鲜半岛的传统民族文化可为国民性改造提供一种方案,朝鲜半岛传统文学由此得到中国知识界的关注。

事实上,周作人、刘半农等从事或主张翻译朝鲜半岛民间文学的译者大都是"文学研究会"的成员。"文学研究会"的宗旨是"研究介绍世界文学,整理中国旧文学,创造新文学",因此在20世纪30年代文学与政治关系大讨论的时代语境下,多数文学研究会成员对无产阶级革命文学持反对态度,而更侧重富于文学性的自由主义文学。基于这一思路,周作人此时积极呼吁译介国外的民间文学,并身体力行地翻译发表了《朝鲜传说》。但胡风针对周作人的民间文学,曾提出"既兼顾到文学,又要注意到作为文化承载者的'民'"。不难看出,与儿童文学一样,民间文学也已然脱离了纯粹的启蒙文学的话语体系,最终转向了"革命文学"。换言之,中国译者在翻译朝鲜半岛文学时,将文学译介本身视为某种启蒙的工具,由此甄选朝鲜半岛文学中的儿童文学和民间文学进行译介。这种译介理念和倾向本是在20世纪30年代文学与政治关系大讨论背景下,对革命文学主张的某种否定,但因对启蒙认知的不充分,最终走向的却是"革命文学"的道路。而这种悖逆性结果正是"革命文学"对朝鲜半岛文学译介主导作用的具体表征。

作为"革命文学"的重要组成部分,此时期左翼文学也曾主导了对朝鲜半岛文学的译介。虽然中国左翼文学的兴起迟于日本和朝鲜半岛,但胡风、任钧等左翼文学作家都曾参与日本"纳普"的活动,同时对东亚国家文坛有所关注。他们在列宁主义的指导下兴起"世界知识"的探讨,通过世界史时空关系的重组,旨在型构新的政治共同体。这无疑对中国左翼文学作家译介朝鲜半岛文学产生了重要的助推作用,一批朝鲜半岛左翼文学作品由此经日文译本的转译进入中国读者的视野。

在此政治文化语境下,大量中国左翼文艺刊物开始刊载朝鲜半岛文学

---

[1] 邵霖生:《朝鲜现代儿童故事集(前记)》,《朝鲜现代儿童故事集》,南京:正中书局,1936年版,第1页。

作品，如 1930 年《现代小说》刊载了金永八的《黑手》（深吟枯脑译），两个月后又刊载了宋影的《熔矿炉》（白斌译）。而金永八和宋影均为朝鲜半岛"卡普"文学团体焰群社的创社同人。1934 年张赫宙的《姓权的那个家伙》（黄源译）发表于《文学》杂志，1936 年 3 月李北鸣的《初阵》（胡风译）登载于《译文》"复刊号"。经统计，翻译至中国的朝鲜半岛左翼文学作品至少有 14 篇，列表如下：

表 4-5　近现代译介至中国的朝鲜半岛左翼作品一览表

序号	年度	译作名称	译者	出版载体	原作名称	原作作者	原作出版载体
1	1930	《黑手》	深吟枯脑	《现代小说》第 3 卷第 4 期	《검은손》	金永八	《朝鲜之光》第 63 期
2	1930	《熔矿炉》	白斌	《现代小说》第 3 卷第 5—6 期	《鎔礦爐（용광로）》	宋影	《开辟》
3	1933	《你们不是日本人，是兄弟!》	突微	《文学》第 1 卷第 2 期	不详	朴能	《普罗文学》
4	1934	《被驱逐的人们》	叶君健	《文艺新潮副刊》第 2 卷第 4 期	《追はれる人々》	张赫宙	《改造》第 14 卷第 10 号
5	1934	《姓权的那个家伙》	黄源	《文学》第 3 卷第 1 号	《権といふ男（權이라는 사나이）》	张赫宙	《改造》第 15 卷第 12 号
6	1934	《猫》	李剑青	《矛盾》第 3 卷第 3—4 期	《求職（과고양이）》	赵碧岩	《新东亚》
7	1935	《荒芜地》	叶君健	《大众知识》第 1 卷第 2—3 期	《迫田農場》	张赫宙	《文学季刊》第 2 号
8	1935	《山灵》	马荒（胡风）	《世界知识》第 2 卷第 10 号	《山靈》	张赫宙	东京：改造社

续表

序号	年度	译作名称	译者	出版载体	原作名称	原作作者	原作出版载体
9	1936	《战斗》	翠生	《东方杂志》第23卷第21期	《戰鬪（전투）》	朴怀月	《开辟》
10	1936	《初阵》	胡风	《译文》新第1卷第1期	《初陣（질소 비료 공장）》	李北鸣	《文学评论》
11	1936	《声》	梅汝	《时事类编》	《聲》	郑遇尚	《文学评论》
12	1936	《上坟去的男子》	胡风	《国闻周报》第13卷第7—8期	《墓參に行く男》	张赫宙	《改造》第17卷第8号
13	1937	《山狗》	夷夫	《明明》第2卷第3期	《山犬（ヌクテー）》	张赫宙	《文艺首都》第2卷第5号
14	1938	《李致三》	迟夫	《黎明》	《李致三》	张赫宙	《帝国大学新闻》第706号

在此,值得注意的是张赫宙及其作品,张赫宙是在此时期被中国译介最多的朝鲜半岛作家,同时也是极具争议的作家。他凭借小说《饿鬼道》登上文坛,成为殖民地日语作家的代表,但其从未参与过无产阶级文学运动,至多可算作"同人作家",1937年以后直接转变为亲日派作家。基于这种复杂的身份转换和创作倾向转变,无论是在中国、朝鲜半岛,还是在日本,对张赫宙的认识和评价均存在一定分歧。

韓國在住時의 作品에 대해서는 日本語文章力의 不足 등을 지적받으면서도 내용면의 프로文學的 경향으로 초기작품은 환영을 받았다. 그러나〈權といふ男〉이후 작풍을 전환하자, 초기작품에서 볼 수 있었던 階級的 또는 民族的 苦惱를 계속 쓰라는 프로文學진영의 의견과, 조선의 世態・風俗을 그리라는 異國趣味的인 관심에서 나온 의견으로 評價가 갈라지게 된다. 양측 다 일본인독자로서의 제멋대로의 의견인데, 逸見廣, 村山知義 등은 作品을 客觀的인 눈

으로 보고 張赫宙에게는 有益한 助言이 될 만했다.①

不难看出，即使在日本文坛内部，彼时对张赫宙的评价和认知也存在分歧，既有对左翼文学沿用的肯定，也有对韩国世态风俗等异国趣味的关注。但整体来看，相对褒义的正面评价居多，对于张赫宙的创作转向，尾崎秀树曾说过："作为日本人的我们，没有批判张赫宙的资格。这不仅仅是因为我们曾是支配国的一员，更是因为我们对作为将他们逼到这种地步的文学家的责任尚无自觉。"②尾崎秀树并未从左翼视角切入批判张赫宙，而是从其亲日道路的转向中认识到殖民体系的共犯构造。"正是这种对于主体边界和限定性的自觉，才得以逼问出左翼文学所应承担的历史责任。"③

与此相反，朝鲜半岛学界则强调张赫宙后期作品相较于左翼文学是一种退步，凸显的是批判的声音。"很多批判者认为，相较于初期作品，《姓权的那个家伙》以后的日语作品，呈现明显的后退迹象。"④而对于日本和朝鲜半岛对张赫宙的正反面评判，在文化格局和历史语境的制约下，中国左翼文学团体无法接触到来自朝鲜半岛学术界的真实声音，而是更多地囿于日本文学话语。对于这一点，胡风在回忆录中有如下回应：

> 这里，应该补说一点情况。我受到批判的时候，有一位朝鲜同志批评我不应该译张赫宙的小说，说我应该知道张赫宙是什么人。看他的口气，好像认为张赫宙并不是一个革命作家。实际上，我的确不知道张赫宙是不是革命作家。但不管他是怎样的作家，我只能看他的作品。作品是同情穷苦人民，反对压迫者剥削者的，我认为那就对斗争有利，应该把那当作难得的教材。在那样的情况下面，够得到这样的

---

① 译文：张赫宙在韩期间创作的作品，因其日本语能力不足，受到一定的指责，但同时因为内容上的普罗文学倾向，其初期作品还是受到了欢迎。但是，《姓权的那个家伙》发表以后，其创作风格发生转向，普罗文学阵营认为其应该继续书写初期作品中体现的阶级和民族的苦恼。也有观点着眼于异国趣味，认为其应该继续着力刻画朝鲜的世态风俗。这两方的意见和评价相左，且都反映了日本读者的意见。逸见广、村山知义等客观立场的评价，对张赫宙来说是有益的忠告和建议。参见白川豊：《張赫宙作品에 대한 韓日兩國에서의 同時代의 反應》，《日本學》1991年第10期。
② 尾崎秀树：《殖民地文学的伤痕——序言兼备忘录》，《旧殖民地文学的研究》，东京：人间出版社，2004年版，第5页。
③ 吴舒洁：《世界的中国："东方弱小民族"与左翼视野的重构——以胡风译〈山灵〉为中心》，《文学评论》2020年第6期。
④ 白川豊：《張赫宙作品에 대한 韓日兩國에서의 同時代의 反應》，《日本學》1991年第10期。

作品,已经是很不容易的了。①

在此,胡风并未过多纠结于张赫宙的具体身份和政治立场,他关注的重点在于张赫宙的作品"是同情穷苦人民,反对压迫者剥削者"的事实,认为只要对斗争有利,就应该当作难得的教材。事实上,胡风对张赫宙的创作倾向和政治立场是有所了解的,1935年他曾翻译过藤田和夫的《日本普罗文学最近的问题》,文中指出张赫宙作为朝鲜作家的代表,其"普罗列塔利亚倾向是稀薄的"②。尽管如此,胡风还是在小说集《山灵》中收录了张赫宙的两篇小说,其背后的支配力量或许还是来自日本文学话语体系的强大作用力。

同样,1934年《文学》月刊中的"翻译小说栏目"登载了张赫宙的《姓权的那个家伙》,译者黄源在正文之前添加了对原作者和作品的简单介绍,其中称作者张赫宙为"用日本文写作的朝鲜新进作家",其作品多反映"殖民地的朝鲜农村间的知识分子生活"。同时,译者援用濑沼茂树对张赫宙的评论性文字,强调其小说"迂回曲折的文体"特征和"特殊的风土香味",小说人物身上"散发着朝鲜的民族性"。由此可以看出,无论是对译介作品的选择,还是对作家作品的认识,黄源都将信息来源锁定于日本学界。黄源言及的"风土味"和"朝鲜民族性"事实上都是张赫宙顺从日本文化霸权的结果,只不过在左翼思想背景的中国知识文人眼中,张的作品被误读为左翼文学作品。

此外,当时中国对朝鲜半岛左翼文学的译介也与世界主义存在密切关联。这一点从胡风与日本左翼文人的交往史实中也可得到印证。左翼文学倡导各国无产阶级的联合,在一定程度上超越了民族主义和国家主义。如朴能的《你们不是日本人,是兄弟!》模糊了朝鲜人和日本人的民族界线,指向朝日无产阶级团结合作的世界主义。中国译者通过朝鲜半岛左翼文学的译介,使中国国内的阶级问题突破国家范畴,通过无产阶级的国际团结,探索民族解放道路。此时的左翼文学译介,固然有朝鲜半岛文坛盛行普罗文学风潮的影响,但日本文学话语体系的影响似乎更为强大。当时中国左翼文人试图克服观念论,直面东亚变局中的文化格局演变,通过对朝鲜半岛文学的译介,在知识、思想与现实的多重判断中,展开弱小民族文学带给我们关于革命主体和革命动力的全新思考。

---

① 胡风:《胡风回忆录》,北京:人民文学出版社,1997年版,第44页。
② 藤田和夫:《日本普罗文学最近的问题》,方楫(胡风)译,《木屑文丛》1935年第1辑。

第五章　中国近现代文学中的"朝鲜"映像

中外文学的交流总是双向的,中国近现代文学在对朝鲜半岛文学转型产生影响的同时,也从不同方面表现出对朝鲜半岛文学的关注,并力图将朝鲜半岛的殖民地遭遇视为重要的镜鉴。事实上,中国文学现代化转型过程中,除却欧美影响因素,也不同程度地掺杂着朝鲜、日本、俄罗斯等影响因子。从中国知识界对朝鲜半岛认知的变化,到朝鲜沦亡叙事的凸显与反省,从近现代文学作品中"朝鲜"映像的呈现,到朝鲜民族抵抗精神的文学呈示和"朝鲜人"形象的塑造展现,均体现出中国现代文学对殖民地语境中朝鲜半岛的文化关照。

从梁启超到鲁迅,是近现代中国知识文人朝鲜半岛认知纵向演进的历时发展链条,也如实展现了中国知识界对"朝鲜"认知的变化轨迹。面对"三千年未有之大变局",梁启超积极宣扬民族主义,对日本吞并朝鲜保持着持续的关注。"韩日合邦"后不久,梁启超就写下了《日本并吞朝鲜记》,强调日本"挟此优胜之技以心营目者,岂直一朝鲜而已,是故吾睹朝鲜之亡,乃不寒而栗也"[①],表达对朝鲜亡国的痛心惋惜;同时指出日本的野心,激发有识之士思考民族未来。相较于梁启超,鲁迅在对朝鲜半岛的认知中,更多的是着眼于其"弱小民族"的身份,因此在与朝鲜知识分子交往时,鲁迅对左翼文学表现出更多关注。鲁迅对部分国人"朝鲜本我藩属"的狭隘意识也进行过深刻的反思,同时强调世界主义,呼唤民族英雄,主张各民族在平等独立的基础上建立现代国家。

与此同时,伴随着近世东亚格局的历史性变革,朝鲜沦为日本殖民地的悲惨处境,成为中国近现代文学表现和关注的焦点。在朝鲜沦亡叙事中,充溢着中国知识文人的民族主义激愤。在小说、戏剧、诗歌、散文中均涌现出大量朝鲜沦亡的叙述,在此过程中,朝鲜半岛成为参照物,中国知识文人在对"他者"和"异族"的关照中,反思中华民族的前进路向。在朝鲜亡国的悲惨历史记述中,他们或赞颂爱国义士(安重根)的英勇壮举,或表达"唇亡齿寒"的警戒心理,或褒扬朝鲜民族的抵抗精神,或表露对中华民

---

① 梁启超:《日本并吞朝鲜记》,《饮冰室合集(第6册)》,北京:中华书局,1989年版,第21页。

族前途命运的忧思。

第一节 中国知识界对朝鲜半岛的认知变化轨迹

"西势东渐"和近现代东亚"文化地形"的嬗变,使中国知识文人的"天下观"发生了根本性转变。伴随着民族意识的觉醒,他们开始重新思考中国与周边的关系,东方近邻朝鲜的亡国更是成为反面镜鉴,促使中国知识界深入思考朝鲜沦亡的原因,同时反观自身处境,在此过程中形成了对朝鲜半岛的具体认知。事实上,20 世纪初中国知识界的朝鲜半岛认知形成过程中,梁启超和鲁迅的影响不容忽视。从梁启超的"亡国史学"论述,到鲁迅及其弟子与朝鲜半岛知识文人间的互动交流,映射出中国知识界对朝鲜半岛较为清晰的认知变化轨迹。

众所周知,梁启超和鲁迅等大批现代知识文人均有留学日本的经历,相较于欧美留学派的改良思维,他们主张通过激进的革命来改变中国的体制,以挽救民族于危亡之中。梁启超从未造访过朝鲜半岛,但却在进化论思想的影响下,以政论家的视角,关注了 1897—1910 年朝鲜半岛彻底沦为日本殖民地的全过程。1904—1911 年,梁启超曾多次提到并专门论述过朝鲜亡国问题,发表载体主要是《新民丛报》《政论》《国风报》等,作品主要有《朝鲜亡国史略》《日本之朝鲜》《朝鲜之亡国》《日本并吞朝鲜记》《日韩合并问题》《朝鲜灭亡之原因》《呜呼韩国!呜呼韩皇!呜呼韩民!》《朝鲜贵族之将来》,此外还有文学作品形式的《朝鲜哀词》等。

表 5-1 梁启超"朝鲜亡国史"相关文章

序号	标题名称	发表载体	刊载日期
1	《朝鲜亡国史略》	《新民丛报》第 53—54 期	1904.9.24、1904.10.9
2	《日本之朝鲜》	《新民丛报》第 60 期	1905.1.6
3	《朝鲜之亡国》	《新民丛报》第 74 期	1906.2.8
4	《呜呼韩国!呜呼韩皇!呜呼韩民!》	《政论》第 1 期	1907.10.7
5	《日韩合并问题》	《国风报》第 16 期	1910.7.17

续表

序号	标题名称	发表载体	刊载日期
6	《朝鲜哀词》	《国风报》第21期	1910.9.4
7	《日本并吞朝鲜记》	《国风报》第22—23期	1910.9.14、1910.9.24
8	《朝鲜灭亡之原因》	《国风报》第22期	1910.9.14
9	《朝鲜贵族之将来》	《国风报》第6期	1911.3.1

从甲午更张开始，到朝鲜沦为日本保护国直至彻底被日本吞并，梁启超对朝鲜半岛的认识逐步深化，关注度逐步提高，相关著作对"韩日合邦"的详细过程及各界人士的爱国行为进行了具体的描绘。分析这些著述的内容，可以明显发现梁启超对朝鲜半岛心怀关注和同情。同时，他把朝鲜半岛视为与西方对比的参照物，暗喻中国如不推行政治改革，也将重蹈朝鲜的覆辙。1904年日俄战争爆发后，梁启超发表了《朝鲜亡国史略》，在序言中表达了对朝鲜的深切同情：

> 吾以中日战争前之朝鲜，与中日战争后之朝鲜比较。吾更以中日战争后之朝鲜与日俄战争后之朝鲜比较，而不禁泪涔涔其盈睫也。今者朝鲜已矣，自今以往，世界上不复有朝鲜之历史，惟有日本藩属一部分之历史……今以三千年之古国，一旦溘然长往……呜呼！以此思哀，哀可知耳。①

此文发表后，在处于殖民地边缘的朝鲜半岛引起很大反响。作为回应，《太极学报》发表了《读梁启超所著朝鲜亡国史略》一文，文中称："梁启超氏乃支那人也，往在甲辰著述朝鲜亡国史略一部，传而万国公眼，我一般同胞想已概见也。呜呼，梁氏虽为外国人，但对朝鲜亡国若是哀恸矣！"② 1910年朝鲜半岛完全沦为日本殖民地之后，梁启超连续发表了《朝鲜灭亡之原因》《日本吞并朝鲜记》《朝鲜哀词》，批判日俄为争夺朝鲜半岛而相互争斗的行径，表达了对朝鲜亡国的同情之心。此外，为了纪念刺杀伊藤博文的安重根义士，梁启超还特别创作了名为《秋风断藤曲》的长诗。

---

① 梁启超：《朝鲜亡国史略》，《新民丛报》总第53期，1904年9月24日。
② 中叟：《读梁启超所著朝鲜亡国史略》，《太极学报》总第24期，1908年7月28日。

在对朝鲜亡国表示同情的同时,梁启超还对无能的统治者进行了批判。他在《朝鲜灭亡之原因》中指出:"朝鲜灭国之最大原因,实惟宫廷"①,对朝鲜卖国贼和亲日派也进行了辛辣的讽刺,"卖国原无价,书名更策功,覆巢安得卵,嗟尔可怜虫"②。身处日本的梁启超能够从日本媒体的歪曲报道中看清其侵略本质,同时"建立了自己一整套亡国史学的研究体系,朝鲜亡国史研究正是构成这一亡国史学研究体系的一部分"③。除了对统治者和卖国贼、亲日派的批判以外,对于普通民众,梁启超也认为他们"将来之观念甚薄弱,小民但得一饱,则相与三三两两,煮茗憩树荫。清淡终日,不复计明日从何得食"④,点明朝鲜半岛国民观念薄弱、得过且过的国民性缺陷最终导致了朝鲜半岛沦为殖民地的悲惨后果。

从"同情"到"批判",是梁启超认识朝鲜亡国问题时的基本演变轨迹,在此过程中,他还尝试通过对朝鲜亡国原因的分析,讽喻和警示中国。在1904年的《朝鲜亡国史略》中,梁启超曾写道:"著者之述本论,原为有感于近两月来日本在朝鲜之举动。欲详记之,以为吾国龟鉴。"⑤全篇充溢着对中国问题的担忧和思考,不时发出"我国曾有类此者否?"的追问,"我国何如?"的发问更是多达19句。如批判大院君"惟土木游观之是崇,朘全国之脂膏,以修一景福宫……虽秦之阿房,隋之迷楼,不足以喻其汰"之后,梁启超发出"我国曾有类此者否?"的疑问;批判朝鲜官吏"呼蹴人民,等于禽畜,人民生命财产,无一毫法律上之保障",同时彼此"各借党以营私利","朝握手而夕操戈,不以为怪"之后,接着反问道:"我国何如"?可见,梁启超关注朝鲜亡国问题背后,隐藏的是"以为吾国龟鉴"的潜在意图,希望清政府能够以朝鲜为镜鉴,通过改革谋求自强,同时激发国人的危机意识,以朝鲜沦亡为前车之鉴,警惕来自日本的威胁。

梁启超在关注朝鲜沦亡过程,警示国人的同时,也以敏锐的洞察力预见了日本的殖民野心。1904年梁启超曾慨叹:"今者朝鲜已矣!自今以往,世界上不复有朝鲜之历史,惟有日本藩属一部分之历史。"⑥事实上,彼时日俄战争开战未久,胜负未决,日本兼并朝鲜半岛的野心尚未完全暴露,在此状况下,梁启超就已预见朝鲜亡国的悲剧,可见其对当时东亚局势把

---

① 梁启超:《朝鲜灭亡之原因》,《国风报》1910年9月14日。
② 梁启超:《朝鲜哀词(第19首)》,《国风报》1910年9月4日。
③ 邹振环:《清末亡国史"编译热"与梁启超的朝鲜亡国史研究》,《韩国研究论丛》1996年版,第343页。
④ 梁启超:《朝鲜灭亡之原因》,《国风报》1910年9月14日。
⑤ 梁启超:《朝鲜亡国史略》,《新民丛报》总第53期,1904年9月24日。
⑥ 梁启超:《朝鲜亡国史略》,《新民丛报》总第53期,1904年9月24日。

握之精准。这建立在他对日本侵占朝鲜半岛过程的清醒认知基础上,认为朝鲜在日本的殖民侵略下失去了财政权、军政权和外交权,"三者亡则国非其国也",同时认为"自兹以往,而朝鲜乃真为日本人之朝鲜矣"①。而当时距"韩日合邦"的1910年尚有六年时间。

梁启超对朝鲜半岛的认知经历了一个由浅入深、由局部到整体的演变过程。在致力于变法舆论宣传的初期,他并未过多言及朝鲜,只是在《变法通议》《论中国之将强》《〈史记·货殖列传〉今义》《保国会演说词》《戊戌政变记》中提及朝鲜半岛,对其认识尚处于比较粗浅的状态,只是将朝鲜视为一个不思进取而被迫接受他国代为变法的国家。而当1905年前后朝鲜逐渐沦为日本的保护国,梁启超开始密切关注朝鲜半岛和东亚局势,同时敏锐地捕捉到朝鲜亡国的蛛丝马迹,对日本殖民东亚的野心有了更为深入的察觉。清末预备立宪骗局又使梁启超在分析朝鲜沦亡原因时,看到了日本资本主义的霸权力量,因此通过朝鲜和日本一弱一强的势力对比来警示国人。

鲁迅的文章中涉及"朝鲜"的文字并不多,仅在《中国地质略论》(1903年10月东京出刊的《浙江潮》第8期)、《灯下漫笔》(1925年4月29日)和《谈所谓"大内档案"》(1927年12月24日)等文章中出现过"朝鲜"或"高丽"的字眼。关于日据时期的朝鲜半岛,鲁迅提及得更少,就现有资料来看,鲁迅的文章中最早涉及日据时期朝鲜半岛的是《随感录》。此文虽然未曾公开发表,后作为手稿被收录于《鲁迅全集》,但确是窥见鲁迅对朝鲜半岛认知的珍贵资料。

> 近日看到几篇某国志士作的说被异族虐待的文章,突然记起了自己从前的事情。
> 那时候不知道因为境遇和时势或年龄的关系呢,还是别的原因,总最愿听世上爱国者的声音,以及探究他们国里的情状……那时候又有一种偏见,只要皮肤黄色的,便又特别关心:
> 现在的某国,当时还没有亡;所以我最注意的是芬阑斐律宾越南的事,以及匈牙利的旧事。匈牙利和芬阑文人最多,声音也最大;斐律宾只得了一本烈赛尔的小说;越南搜不到文学上的作品,单见过一种他们自己做的亡国史。
> 听这几国人的声音,自然都是真挚壮烈悲凉的;但又有一些区

---

① 梁启超:《朝鲜亡国史略》,《新民丛报》总第54期,1904年10月9日。

别……我因此以为世上固多爱国者,但也屡着些爱亡国者。爱国者虽偶然怀旧,却专重在现世以及将来。爱亡国者便只是悲叹那过去,而且称赞着所以亡的病根。其实被征服的苦痛,何止在征服者的不行仁政,和旧制度的不能保存呢?倘以为这是大苦,便未必是真心领得;不能真心领得苦痛,也便难有新生的希望。①

根据以上引文的前后脉络和历史背景来看,文中出现的"某国"显然是指"朝鲜"。《鲁迅全集》的注释显示,此文以鲁迅手稿的形式收录,写于1918年4月至1919年4月之间。1918年7月鲁迅发表《我之节烈观》,9月开始在《新青年》的"随感录"栏中发表杂文形式的文章,可以推定上述引文就是为"随感录"栏目所执笔的原稿,"某国志士"的提法说明此文的写作时间应该是在1919年朝鲜"三一运动"前后。"现在某国,当时还没有亡"也说明此文的写作时间在朝鲜亡国之后,"那时候又有一种偏见,只要皮肤黄色的,便又特别关心"说明彼时鲁迅在反思青年时代自己的文学观,而"特别关心"的内容便是弱小民族国家的亡国史。

事实上,鲁迅从青年时期就投身于文艺运动,其在《摩罗诗力说》中曾强调:"盖中国今日,亦颇思历举前有之耿光,特未能言,则姑曰左邻已奴,右邻且死,择亡国而较量之,冀自显其佳胜。"②对中国只关注"左邻已奴,右邻且死"而不发出"国民的声音"的病弊进行了批判。与此同时,鲁迅也同情陷入殖民地的弱小民族,赞赏他们富于爱国精神的"国民的声音",翻译东欧弱小民族短篇小说并出版《域外小说集》的原因也正在于此。鲁迅在《随感录》中坦陈:"总最愿听世上爱国者的声音,以及探究他们国里的情状。"③因而对于1919年朝鲜半岛"三一运动"爆发前后朝鲜"志士"的文章,自然表现出关注的姿态。

鲁迅认为,世界上的爱国者可以分为"爱国者"和"爱亡国者",前者怀旧但注重现实和未来,后者是悲观论者,只知悲叹过去,无视灭亡的根源,"末后便痛斥那征服者不行仁政"。因此,"某国志士"的诉苦文章不过是对征服者不行仁政的斥责,这些志士只能是一群"爱亡国者"。但鲁迅文章最后还是为"某国"人民提出了"新生的希望"。"不能真心领得苦痛,也便难有新生的希望",可谓意味深长,深刻隐含着为了实现"新生",被殖民

---

① 鲁迅:《鲁迅全集(第八卷)》,北京:人民文学出版社,2005年版,第94页。
② 鲁迅:《摩罗诗力说》,《鲁迅全集(第一卷)》,北京:人民文学出版社,2005年版,第64页。
③ 鲁迅:《集外集拾遗补编·随感录》,北京:人民文学出版社,1995年版,第278页。

民族应该保有的精神态度,暗示着朝鲜若要实现真正的"新生",首先要在现实的矛盾中认清自身沦为殖民地的根本原因,进行深刻的民族自我反省。鲁迅《随感录》的写作本意应是以"某国"为镜鉴启蒙国人,但从中可以窥见其对日据时期朝鲜半岛的具体认知。相较于直接讨论朝鲜的独立问题,鲁迅更为注重朝鲜半岛人民的精神态度和反抗意识,并凸显和强调了民族意识觉醒的紧迫性。

由此可见,当时鲁迅对朝鲜半岛的认知在一定程度上延续了梁启超"弱小民族"国家的观念,同时认为弱小民族的"小民意识"是导致朝鲜亡国的"病根"。"爱亡国者"们的行为固然不可取,但只有对亡国的根本原因进行深入分析并"领得苦痛",才能有"新生的希望"。

1919年11月鲁迅在为自己翻译的日本武者小路实笃的剧本《一个青年的梦》所作的"译者序文"中,也提到了朝鲜相关的内容。

> 中国人自己诚然不善于战争,却并没有诅咒战争;自己诚然不愿出战,却并未同情于不愿出战的他人;虽然想到自己,却并没有想到他人的自己。譬如现在论及日本并合朝鲜的事,每每有"朝鲜本我藩属"这一类话,只要听这口气,也足够教人害怕了。①

鲁迅翻译《一个青年的梦》旨在强调中国人的反战思想,治愈中国人的思想痼疾,而思想痼疾的表现之一便是引文中出现的"朝鲜本我藩属"的固有思维。中国对朝鲜亡国表现出同情,但其思想根源则是"朝鲜本我藩属",鲁迅对此传统观念的根深蒂固表示忧虑,甚至认为在批判"好战"日本吞并朝鲜的殖民行为之前,纠正中国内部对朝鲜的传统观念和偏见痼疾更为急迫。这与对朝鲜"志士"提出的为了"新生"而"领得苦痛"的民族自我反省要求一脉相承。

鲁迅对中国与朝鲜半岛固有传统观念的批判,实际上是在把握现实利害的基础上,对"华夷观"历史记忆的某种否定。梁启超在对朝鲜灭亡表示同情的同时,尚且强调中国为"亡藩之旧主",认为朝鲜的亡国,中国也负有不可推卸的责任。古代"华夷秩序"的固有理念还深深扎根于梁启超的思维意识之中,面对朝鲜脱离中国沦为日本殖民地的事实,"属国丧失"之痛一直萦绕其心。而对此,鲁迅则表现出更多的坦然和冷静,这也从侧面说明了近现代中国知识界对朝鲜半岛认知变化的逻辑轨迹。

---

① 鲁迅:《译者序二》,《鲁迅全集(第十卷)》,北京:人民文学出版社,2005年版,第195页。

到了1927年,鲁迅对朝鲜半岛的认知发生了变化,其在香港青年会发表的《无声的中国》的演讲中强调:"我们试想现在没有声音的民族是那几种民族。我们可听到埃及人的声音?可听到安南,朝鲜的声音?印度除了泰戈尔,别的声音可还有?"①这次演讲旨在批判"无声的中国",在此过程中也提到了"朝鲜"并且将其一并视为"无声"的国家。不难发现,就鲁迅本人来说,其朝鲜认识经历了从前期"新生的希望"到"无声的朝鲜"的演进过程,呈现出明显的消极倾向。

1931年7月"万宝山事件"对鲁迅的朝鲜半岛认知也产生了一定影响。在《"民族主义文学"的任务和运命》中,鲁迅批判了日本煽动朝鲜人的民族情绪,造成中朝人民流血冲突的恶劣行径,同时对朝鲜半岛的认识更为消极,鲁迅心目中的朝鲜形象也从"无声"开始转向"盲目"。此后鲁迅的文章中,再也没有出现朝鲜半岛相关的内容。究其原因,不排除"万宝山事件"的恶劣影响使鲁迅刻意回避提及朝鲜的可能性,但此文发表不久,日本开始大举侵华,抗日战争爆发,鲁迅将重心逐渐转移至国民性和国民政府的批判方面,无暇顾及朝鲜半岛,这也是不可忽视的重要因素。

此外,周作人在1920—1940年与朝鲜半岛知识文人保持了密切的接触和交流,是中国知识界最关注朝鲜文化的现代文人之一。其在翻译《朝鲜传说》时就强调:"我们知道日本学于本国文化研究上可以供给不少帮助,同时也应知道朝鲜所能给与的未必少于日本。……我想在这里带便表明对于朝鲜艺术的敬意。"②事实上,在相当长的历史时期内,中国知识界大致延续了梁启超和鲁迅对朝鲜半岛的认知。他们大体以鲁迅弟子为主,曾在京城帝国大学任教的魏建功便是其重要代表。

无论是文学思想,还是文学活动,甚至是对朝鲜半岛的认识,都可见魏建功与鲁迅的师承关系。魏建功将在朝期间的见闻写成《侨韩琐谈》,收录的15篇文章涉及朝鲜历史文化、中国与朝鲜半岛的关系和文化交流等内容。其中名为《两朱子》的文章,曾发表于1927年7月23日的《语丝》,主要阐述了中华文化对朝鲜半岛的深远影响。所谓"两朱子",是指"朱夫子"和"朱天子",前者为宋明理学鼻祖朱熹,后者为明太祖朱元璋。两者分别在思想和文化方面对朝鲜半岛产生深远影响,如朱熹思想传入朝鲜半岛后迅速成为朝鲜政治运作的主流话语和两班贵族的行为准则,而朱天子

---

① 鲁迅:《无声的中国》,《鲁迅全集(第四卷)》,北京:人民文学出版社,2005年版,第15页。

② 周作人:《看云集》,上海:开明书店,1932年版,第96页。

在"深恶胡清""尊周思明"等国家理念方面的影响同样巨大。

基于此,魏建功对朝鲜在日本殖民话语中脱离中华文化影响的行为也表现出更多的尊重和理解。在《两朱子》结尾处,魏建功表示:"在这两个重要关系下,朝鲜思想史上的大反动,他们积极要离开中国而独立自主,那实在是有很大的需要和价值。所以明白两朱子与朝鲜的影响,就自然了悟朝鲜之所以有二十多年前的独立自主的事实,乃是一件当然的必然的结果。"①魏建功认为朝鲜半岛对朱子学的反省是民族意识觉醒的必然结果,而中国传统文化确实在对朝鲜半岛产生巨大影响的同时,"以'大国'化育群小的'恩泽'",在一定程度上压制了朝鲜半岛自身文化的发展。最终"所觉到的都不是'嘉惠'于人家的,而反以为处处只见得人家受了我们的累"②。这与鲁迅对"朝鲜本我藩属"固化思想的批判可谓一脉相承,同时也为中国知识阶层认识以朝鲜为代表的弱小民族提供了另外一种思考模式。

第二节 亡国史鉴:朝鲜沦亡叙事的凸显与反省

在20世纪前后"西势东渐"的时代大环境下,东亚三国应对西方文明的方式直接决定了各国的命运走向。当中国和朝鲜仍在闭关锁国沉睡之时,日本已通过明治维新占得先机,后中日甲午战争和日俄战争的节节胜利,加速了日本吞并朝鲜半岛的殖民扩张进程。1905年《乙巳保护条约》剥夺了朝鲜的外交权,标志着朝鲜沦为日本保护国,1910年《日韩合并条约》第一条即宣布:"韩国皇帝陛下将关于韩国全部一切统治权,完全且永久让于日本国皇帝陛下。"③朝鲜半岛由此彻底沦为日本的殖民地,中国文学中的朝鲜沦亡叙事正是在此历史语境中展开。关于亡国史的编译,主要始自甲午战争后,尤其《辛丑条约》签订后,在民族危机的影响下,"亡国史的编译更蔚为大观,其中译出最多、影响最大的,首推朝鲜亡国史"④。在1901—1910年编译的30余种亡国史著作中,朝鲜亡国史相关著作达7种,印度、埃及各为4种,波兰亡国史有3种⑤。从文学创作的层

---

① 魏建功:《魏建功文集(第五卷)》,南京:江苏教育出版社,2001年版,第175页。
② 魏建功:《魏建功文集(第五卷)》,南京:江苏教育出版社,2001年版,第186页。
③ 曹中屏:《朝鲜近代史》,北京:东方出版社,1993年版,第276页。
④ 张会芳:《英雄、亡国、国贼:辛亥革命前后安重根题材戏剧的叙事转移》,《抗日战争研究》2021年第1期。
⑤ 邹振环:《清末亡国史"编译热"与梁启超的朝鲜亡国史研究》,《韩国研究论丛(第二辑)》,上海:上海人民出版社,1996年版,第327页。

面来看,小说、散文、诗歌、戏剧等各种体裁也都大量涉及朝鲜亡国的历史史实,并通过对朝鲜灭亡原因的分析,反观中国的处境,旨在以邻为镜,思考中国的出路。

表5-2　1910—1920年中国"朝鲜亡国"题材小说一览表

序号	作品名称	作者	出版载体	年度	备注
1	《英雄泪》	鸡林冷血生	香港:上海书局	1910	共4卷26回
2	《朝鲜血》	黄世仲	《南越报》	1910	又名《伊藤传》
3	《朝鲜亡国演义》	广文书局编译所	上海:世界书局	1915	共12回
4	《朝鲜痛史:亡国影》	倪轶池、庄病骸	上海:国华书局	1915	共20回
5	《韩儿舍身记》	泪人	《崇德公报》	1915	第1、3、4号
6	《日本灭高丽惨史》	胡瑞霖等	《中华全国商会联合会会报》	1915—1916	共7章
7	《爱国鸳鸯记》	海沤	《民权素》第7册	1915	又名《箕子镜》中篇小说
8	《亡国英雄之遗书》	鉴湖双影	《礼拜六》第90期	1916	短篇小说
9	《安重根外传》	资弼	《小说新报》第1期	1919	短篇小说
10	《奴隶痛》	绮缘	《小说新报》第4期	1919	短篇小说
11	《三韩亡国史演义》	闲闲居士（卢天牧）	上海:杞忧社	1919	1915年5月9日至8月16日在《新闻报》副刊《快活林》连载,共98回
12	《绘图朝鲜亡国演义》	杨尘因	上海:益新书局	1920	共20回

经统计，1910—1920年中国共有12篇以"朝鲜亡国"为主要素材的小说出版，这些小说大多涉及朝鲜灭亡始末或英雄人物事迹。此外，还有大量涉及朝鲜亡国史或以朝鲜沦亡为背景的作品，如《宦海潮》《宦海升沉录》《中东大战演义》《中东和战本末纪略》《辽天鹤唳记》《未来世界》《消闲演义》《梦平倭虏记》《亚东潮》《西太后艳史演义》《黄粱梦》《海上尘天影》等。以上作品反映的主题大致可分为三类，一是以朝鲜亡国之痛警示国人觉醒，二是以朝鲜人民的救亡活动启示国人，三是凸显华夷观念与中朝关系。

反映朝鲜亡国之恨的作品有《奴隶痛》《亡国英雄之遗书》《朝鲜痛史：亡国影》等。《奴隶痛》刊载于1919年第4期的《小说新报》，作者为绮缘。在作品开头，作者直接点明："综视其亡国之原因，皆与吾现状相肖……因是而忆及韩亡之痛史，此得之于余友韩人金某之口，录之以饷国人，当洒一掬同情之泪，而引以为鉴也。"[①]很明显，作者借韩国友人金某之口，记述了朝鲜亡国的原因和悲惨现状，在为朝鲜"洒一掬同情之泪"的同时，强调中国的现状与朝鲜"相肖"，也处于亡国灭种的边缘，其最终目的在于提醒国

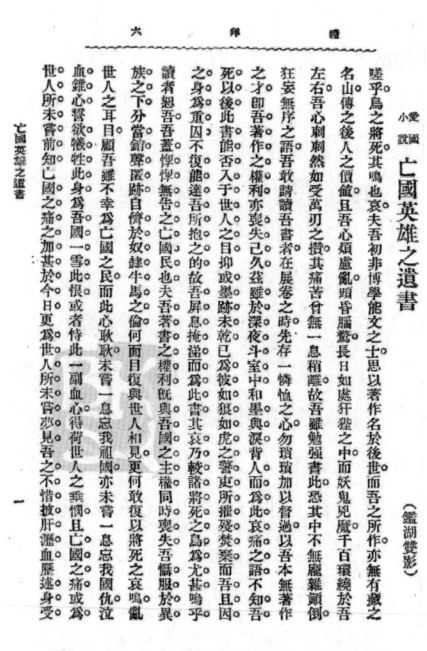

图5-1 《亡国英雄之遗书》首页

---

① 于润琦主编：《清末民初小说书系·爱国卷》，北京：中国文联出版公司，1997年版，第331页。

人"引以为鉴"。作品以探究朝鲜灭亡的原因为线索展开叙述,认为其原因主要有"尚文轻武的风气""自私自利的官吏""混乱的党争"和"严苛的赋税徭役"等。接着,作者用风雨飘摇的局势来暗喻中国的现状,强调中国也笼罩在亡国的阴影之下,并慨叹"国家将亡,必有妖孽",正是像李完用一样的卖国贼横行天下,才导致了朝鲜的灭亡,呼吁中国应从中吸取教训,避免重蹈覆辙。

《亡国英雄之遗书》刊载于1916年2月《礼拜六》第90期,作者标记为"鉴湖双影"。作者在作品中提到了"吾国僻处东北,与世无争,何以听彼新兴岛夷奴其民而据其地,而列强环视"①,将此与作品内容联系起来看,作者应该是与朝鲜半岛密切相关的人物。作者自述从朋友手中偶得一书并着手进行编译,书的内容是叙述亡国的悲惨与复仇的热切,读这本书的人将会热泪盈眶。"顾记者既自名为亡国之民,则姑名之曰'亡国英雄'而己,录而布之,使人知亡国之痛苦,有若是者,用以为未亡者鉴。"②作者在作品中强调自身所处的现实世界只有强权的支配和存在,国家只是虚名,国家的主体是国民,因此国家灭亡就意味着全体国民的灭亡。当时朝鲜的集权势力迎合日本,在政治和经济方面成为日本殖民势力的附庸,而后果便是走上了沦为殖民地的道路。作者在"使人知亡国之痛苦"的同时,意在"为未亡者鉴",从而激发中国人的危机意识,克服国难。

倪轶池、庄病骸共著的《朝鲜痛史:亡国影》于1915年由上海国华书局出版。作者倪轶池、庄病骸分别作序。倪轶池在自序中认为当时中国的社会现状是"且喜且怯","喜"的是国内救国呼声高涨,"怯"的是国人救国热情不能持久。他认为若要挽救国家于危亡,需要政府的主导和学校的教育,因此呼吁国人应以"朝鲜亡国"为镜鉴,"为爱国救亡者当警枕"。③ 庄病骸在序言中以寓言故事暗喻朝鲜和中国对自身处境认识不足而导致一个惨遭灭国、一个处于亡国边缘的悲惨境地。他认为当时朝鲜的国王并非十恶不赦的昏君,朝鲜民众也有不少有气节之人,但仍然没有避免国破家亡的惨剧,因此中国人应该通过阅读此小说早日觉醒,认清所面临的紧迫局面,进而"发奋以有为也"④。此小说以开化期朝鲜半岛的政治局势和东北亚周边形势为背景,以壬午军乱、甲申政变、东学农民起义、闵妃弑害、俄日战争、俄馆播迁、韩日合邦等历史史实为中心,记述了事件的发生背景和

---

① 鉴湖双影:《亡国英雄之遗书》,《礼拜六》总第90期,1916年2月。
② 鉴湖双影:《亡国英雄之遗书》,《礼拜六》总第90期,1916年2月。
③ 倪轶池、庄病骸:《朝鲜痛史:亡国影》,上海:国华书局,1915年版,第1页。
④ 倪轶池、庄病骸:《朝鲜痛史:亡国影》,上海:国华书局,1915年版,第1页。

经过,以及朝鲜忧国志士的救国活动。作品的创作旨趣在于探索近代中国"国家"和"国民"的本质问题,展现中国人的时代精神。在亡国灭种和民族存亡之歧路上,中国知识分子一直在深思如何建设现代国家和培养现代国民。作者强调富国强兵的手段方式为启蒙国民意识和培养人才,包括创办报刊、扩大教育等。小说在重现朝鲜相关的众多历史事件的同时,也加入了较多的虚构性内容,如近300岁的木皮散客,闵妃与其他宫人的偷情情节等,将对朝鲜亡国的看法,夹杂在故事情节的叙述中,增强了小说的趣味性。

此外,与朝鲜人民救亡活动或民族英雄相关的作品主要有《英雄泪》《安重根外传》《爱国鸳鸯记》等。《英雄泪》共有4卷26回,作者署名为"鸡林冷血生",其真实姓名已无从查考,而《小说时报》主编陈景韩的笔名为"冷血",二者是否有关联,尚有待于进一步考证。此作品以朝鲜爱国义士安重根暗杀伊藤博文事件为主轴,叙写了朝鲜被日本吞并之后的悲惨处境,赞扬了朝鲜爱国志士的救国事迹。作品中的主要事件和主要人物基本以历史事实为基础。《英雄泪》的创作目的,同样是唤醒中华民族的危机意识。作者在第一回中强调:"朝鲜覆辙在先,前车后车之鉴。图存首重民权,不然危亡立观。"[①]将对伊藤博文侵略野心的揭露和安重根英勇义举的再现与中国社会现实联系起来,在结尾部分提出"未死的追古悲今空流泪,有何法能使我国不亡?""众明公思思高丽想想己,咱中国现在亦是难保全。"[②]如此,作者通过朝鲜的灭亡,始终号召国人绝对不要重蹈覆辙,同时强调中国和朝鲜半岛是唇亡齿寒的关系,应增强忧患意识,对日本提高警惕以应对他们可能发起的侵略,号召中国人民加强团结和自强。

《安重根外传》发表于1919年第1期的《小说新报》,作者为资弻。作品采用了安重根生平传记的形式,对安重根的出生和成长过程,与禹德淳、曹道先一起除掉伊藤博文的计划、暗杀过程,被逮捕之后的审判过程和处刑过程等,均有较为详细的记述。事实上,安重根在国际上影响最大的就是中国,袁世凯、孙中山、蔡元培、梁启超等人均为安重根题词,章太炎更是称其为"亚洲第一义侠"。在《安重根外传》的结尾部分,作者引用"异史氏"的话写道:

[①] 于润琦主编:《清末民初小说书系·爱国卷》,北京:中国文联出版公司,1997年版,第256页。

[②] 于润琦主编:《清末民初小说书系·爱国卷》,北京:中国文联出版公司,1997年版,第259页。

重根一布衣也,其所为能惊天骇地,如于深夜好梦中,骤鸣雷霆,使闻声者能不色变?较之闵泳焕、赵秉世、洪万植、宋秉璿诸人,或受国恩,或承使命,先后立节者,亦足多矣。我国今日,江河日下,外侮频乘,安得有重根其人者出,一为吾国民雪此大耻乎?①

图 5-2 《安重根外传》首页

作者最后还是将落脚点置于中国,指出中国"江河日下,外侮频乘"的乱象,进而提出了中国是否能够出现安重根一样的民族英雄的问题,表达了对中国出现"安重根"并"为吾国民雪此大耻"的渴望。

《爱国鸳鸯记》又名《箕子镜》,载于 1915 年《民权素》第 7 册,作者署名"海沤"。此作品讲述了"我"偶然间目击了安重根枪击伊藤博文的事件现场后,因"特有所感"而记述此故事。小说的中心人物是朝鲜女性琼枝和中国青年郭敬一。琼枝和郭敬一青梅竹马,共同成长,二人在讨论国家大事时,谈到了导致朝鲜走向灭亡的伊藤博文和李完用,并决意杀掉他们。琼枝的父亲李托听闻他们的决心,则把家中代代相传的箕子镜传给郭敬一。之后,琼枝成为义兵队长,并与日本对抗,后来留下一封遗书。郭敬一

---

① 资弱:《安重根外传》,《小说新报》第 5 卷第 1 期,1919 年。

接到遗书,更加坚定了刺杀伊藤博文的决心,最后却以失败告终。之后,他们遇到安重根,并得知伊藤博文要来哈尔滨与俄罗斯外交首相举行会议。听闻此消息的郭敬一又一次发起暗杀行动却再次失败。被日本逮捕的郭敬一想到与其死在野蛮的敌人手中,不如干干净净地自杀,于是用怀里的箕子镜刺穿心脏而壮烈牺牲。

该作品相较于其他以朝鲜亡国为镜鉴的作品,有着独特之处。首先是将作为小说人物的朝鲜人和中国人平行并置,而非传统的上下垂直关系。其次男女主人公的关系是全新的兄妹关系,这是之前中国与朝鲜半岛小说中较为鲜见的。中国人因与朝鲜人存在兄妹之情,企图铲除朝鲜人欲除之而后快的卖国贼李完用,同时为了暗杀两国共同的敌人,甘愿奉献自己。虽然暗杀并未成功,但中国人郭敬一代替安重根行侠仗义的虚构情节,已经超越了单纯的趣味性设定,旨在凸显中国人民与朝鲜半岛人民在内心深处形成的共感地带,并积极将其体现在具体的爱国义举之中。

《三韩亡国史演义》先于1915年5月9日至8月16日在《新闻报》副刊《快活林》连载,共98回,四年后的1919年在杞忧社出版。此书共有四篇序言,除了作者自序外,还有严独鹤、潘公展、钱曾鐩的序言。作者卢天牧在自序中强调亡国奴是世界上最可怜的群体,而现代的亡国与古代相比,又多了一层种族的关系,希冀国人看到此书能够速速觉醒并将之广为传播,使更多人以朝鲜为镜鉴。严独鹤在所作的序言中指出,腐败的政治和激烈的党争以及罪恶的卖国行为是朝鲜亡国的主要原因,而这些现象在当时的中国也普遍存在着,如果堂堂大国受制于"蕞尔岛国"而不知反抗,必然会重蹈朝鲜亡国的覆辙。由此严独鹤呼吁中国人认清现实,根除没有毅力的劣根性,将救亡图存的革命运动进行到底。潘公展在其所作序言中的观点与严独鹤大致相同,强调中国社会现实与朝鲜亡国前具有类似性,朝鲜灭亡的根本原因在于"国民漠视国事,国民不留心亡国"[①],而中国的情况也如出一辙,建议读者将《三韩亡国史演义》作为中国的亡国史来阅读,以为殷鉴。钱曾鐩在序言中指出在巴黎和会讨论青岛归还问题之时,此书的出版能够达到警醒同胞以朝鲜为鉴的目的,"切望全国同胞毅力坚持要剥离政府由和会直接交还青岛废一受人胁迫之条约,不达目的不止,庶几不步三韩后尘,时则余今日所以刊本书之微意云尔"[②]。

---

① 卢天牧:《三韩亡国史演义》,上海:杞忧社,1919年版,第3页。
② 卢天牧:《三韩亡国史演义》,上海:杞忧社,1919年版,第6页。

凸显华夷观念与中朝关系的作品主要有《宦海升沉录》《宦海潮》《中东大战演义》《中东和战本末纪略》《黄粱梦》《海上尘天影》等,大部分涉及中日甲午战争,当然也有像《辽天鹤唳记》这样以日俄战争为背景的作品。这些作品并非完全以"朝鲜亡国"为主题,而是以朝鲜沦亡为历史背景或部分涉及朝鲜亡国问题。在反映中日甲午战争和日俄战争时,大都将重心聚焦于中国与其他国家之间的利害关系上,或者将基于中华主义立场的"华夷观念"嵌入具体的叙事之中。

除了小说以外,以"朝鲜亡国"为题材的中国近现代诗歌也为数不少,如梁启超的《朝鲜哀词》(五律二十四首)、康有为的《闻高丽亡日俄协约痛慨感赋三章》、黄遵宪的《朝鲜叹》、严复的《送朝鲜通政大夫金沧江归国》、章太炎的《哀韩赋》、陈寅恪的《庚戌柏林重九作——时闻日本合并朝鲜》、郭沫若的《狼群中一只白羊》、朱自清的《朝鲜的夜哭》等。

梁启超的《朝鲜哀词》内容涉及从大院君执政到"大韩帝国"灭亡之间的历史事件,呈现了朝鲜亡国的原因和经过,包括朝鲜主政者的无能、官僚的腐败、对爱国志士的迫害、卖国贼的卖国行径等。全诗事实上是为朝鲜而哀伤,为中国而恸哭,更多凸显的是对朝鲜的"哀其不幸,怒其不争",字里行间充满着哀惜和惋叹。其第二十三首写道:"殷鉴何当远,周行亦非赊。哀哀告我后,覆辙是前车。"①呼吁国人提高民族危机意识,以朝鲜为前车之鉴,推动国家改革和民族自强。

康有为的《闻高丽亡日俄协约痛慨感赋三章》的第一章为"坐看东海竟扬尘,太极茫茫转日轮。箕子为奴今及裔,庭坚不祀最伤神。千年图史空王会,八道河山痛种人。长白山头云黯黯,更愁鸭绿波粼粼"②,通过"太极(朝鲜)"和"日轮(日本)"等语汇,暗示朝鲜的颓败状态,向读者传达了唇亡齿寒的危机感。南社社员柳亚子与在上海创办《震坛》周报的申圭植有过交往,他曾赠诗申圭植曰:"子切焚巢痛,吾怀寒齿忧。何当时日丧?与汝赋同仇。碧血清流史,黄金国士头。相期无限意,珍重看吴钩。"③对丧失家园、流亡中国的申圭植表示同情的同时,也表达了同仇敌忾、并肩战斗的决心,重点在于对朝鲜反抗精神和抵抗运动的声援。

此外,章太炎的《哀韩赋》强调:"横览兮夏王之九州,极目兮徼外之废丘。黄鹄缥缥,欲高带兮,乔木蔓然而蔽之。国土狙狙为甘城兮,世族当路

---

① 梁启超:《朝鲜哀词》,《国风报》1910年9月4日。
② 康有为:《闻高丽亡日俄协约痛慨感赋三章》,《不忍》总第8期,1913年10月15日。
③ 柳亚子:《海上题睨观即题其汕庐图》,《震坛周报》1921年6月5日。

而弗之。"①陈寅恪的《庚戌柏林重九作——时闻日本合并朝鲜》则高呼："兴亡今古郁孤怀，一放悲歌仰天吼。"②郭沫若的《狼群中一只白羊》以在东京召开的第八次世界礼拜学校大会为背景，通过一位朝鲜老牧师，表达作者对日本殖民统治的批判和抵抗意识。此诗形式独特，采用了"序"和"诗"的双层构造，序文陈述朝鲜牧师的遭遇，后面的诗歌正文则不断使用反问、疾呼等句式凸显诗人的内心激愤。其目的在于号召朝鲜半岛人民放弃与虎谋皮的幻想，以切实的行动抗击日本的殖民统治，强调"天国已经倒坏了！天国中的羊群要被狼群吞尽了！狼群中的一只白羊呀！别用再和他们嬉戏了罢！别用再和他们嬉戏了罢！快丢下你的 Bible！快创造一些Rifle 罢！"③朱自清的《朝鲜的夜哭》写道："西山上落了太阳，朝鲜人失去了他们的君主，太阳脸边的苦笑，永远留在他们怯怯的心上……这朝鲜半岛老在风涛里簸荡！"④最后以反复形式的"天老是不亮啊，奈何！"的哀叹结尾，其中蕴含的伤感，除了对朝鲜半岛悲惨命运的深切悲悯外，更暗含着对中国命运走向的担忧和省思。尽管上述诗作作者持有不同的政治见解和思想立场，但对于朝鲜亡国这一历史事件，却表现出相同的惋惜、愤懑和殷忧的感情，其中既蕴含着同病相怜的同情，又充溢着引以为鉴的省思。

除了小说和诗歌外，当时的中国戏剧也敏锐地捕捉到"朝鲜亡国"这一题材。1909 年 11 月，《民吁日报》连载了一部名为《藤花血》的作品，题目前标有"最新戏曲"的字样，作者署名为"无生"，应是当时的文学巨匠——王钟麒。其内容主要涉及"韩日合邦"前后的国内外政治局势以及安重根刺杀伊藤博文的事迹等。此作品具有重要的历史意义，说明当时中国文学界对朝鲜亡国和安重根英雄事迹的关注在时效性上并不逊于嗅觉敏锐的各种新闻报道。后贡少芹也以安重根的故事为原型，创作了《亡国恨传奇》。该剧主要讲述安重根如何周密谋划刺杀伊藤博文；安重根舍生取义之后，其妻金氏如何投海自尽；日本如何趁机逼迫朝鲜国王退位而使朝鲜彻底亡国。后 1915 年民鸣社又将安重根刺伊藤博文的故事搬上舞台，命名为《东亚风云》（《安重根刺伊藤》之别名），为了扩大演出受众，民鸣社先后三次在《申报》刊登广告。3 月 15 日的广告写道："可怜可怜，东

---

① 章太炎：《哀韩赋》，《民权素》总第 14 期，1916 年 1 月 15 日。
② 陈寅恪：《庚戌柏林重九作——时闻日本合并朝鲜》，《陈寅恪诗集·附唐篔诗存》，陈美延、陈流求编，北京：清华大学出版社，1993 年版，第 3 页。
③ 郭沫若：《狼群中一只白羊》，《时事新报》1920 年 10 月 20 日。
④ 朱自清：《朝鲜的夜哭》，《晨报副刊》1926 年 7 月 10 日。

亚风云日紧一日,吾堂堂中华民国,几至不国。本社因是特排《东亚风云》一剧,以警当世。"①3月21日的广告写道:"兹者东亚风云日紧一日,本社悲朝鲜之亡,恐覆辙之重寻,特编斯剧以警国人。"②

图5-3　1915年3月29日春柳社在《申报》上为《朝鲜闵妃》所做的广告

不久之后,春柳社也不甘示弱,排演了名为《朝鲜闵妃》的剧目,此剧涉及1882年"壬午兵变"到安重根暗杀伊藤的历史史实,其中杂糅着中俄韩日四国错综复杂的历史关系。自1915年3月29日起,《申报》连续三天登载广告,称该剧"描绘亡国惨象,令人神惊涕陨",号召"爱国同胞快来看看"③。就在同日的不同版面,法租界内的民兴社也在《申报》上刊登广告为《朝鲜亡国记》的上演造势,强调:"本社撷拾坊本所载事实,编为新剧,沉痛处直可拔剑斫地,抑郁处惟有搔首问天,以期唤醒同胞,幸着祖生鞭,勿为亡羊牢耳。"④

此时期的戏剧创作和演出之所以如此热衷于以"朝鲜亡国"和安重根英雄形象为题材,主要缘于当时中国知识界关注朝鲜亡国命运和以安重根为代表的民众反抗的普遍价值取向。而深究其根源,则可发现历史地理上中国与朝鲜半岛的地缘亲近性、近现代的殖民地或半殖民地文化语境的相

---

① 《申报》1915年3月15日。
② 《申报》1915年3月21日。
③ 《申报》1915年3月29日。
④ 《申报》1915年3月29日。

似性,以及中国亡国边缘处境中"以邻为镜"的现实需求。对于戏剧与民族危亡和民众启蒙的关系,王钟麒曾强调:"吾侪今日诚欲改良社会,宜聘深于文学者多撰南北曲……宜广延知音之士审定宫谱,宜于内地多设剧台,宜收廉价,宜多演国家受侮之悲观,宜多演各国亡国之惨状。"①贡少芹也在《亡国恨传奇》的开头写道:"亡国恨胡为而作哉?曰:为朝鲜作也。曷为朝鲜作?曰:为朝鲜之亡而作也。"②他们都认识到朝鲜亡国的反面教材意义,最终意图在于借朝鲜亡国事件警醒国人。

事实上,这种创作意图并不局限于戏剧,在小说和诗歌等体裁中同样存在。作者们创作的最终目的均在于以邻为镜,通过朝鲜亡国事件,警告国人以朝鲜为前车之鉴,从而振作精神,挽救国家于危亡之中。中国作家对于朝鲜亡国原因的分析观点基本一致,尤其对朝鲜内部因素在国家灭亡中的作用方面有着清醒的认知。他们由此认识到中国内外局势的危急性和正视亡国困境,尤其是国内不利因素的必要性。在此过程中,可以发现处于民族危机之中的中国近现代文学虽然不时被政治风潮所裹挟,但仍在紧跟时代步伐、反映时代课题,并且在积极回应时代的需求中不断向前演进和发展。

第三节　同仇敌忾:对朝鲜抵抗精神的文学呈示

纵观中国近现代文学作品中的朝鲜半岛认识,可以发现其时而凸显基于宗藩秩序的上下位阶关系,时而强调同质文化圈之中的平等地位。这种混杂心理大致持续至1919年,之后主要站在同病相怜的文化立场,强调同仇敌忾的精神和被压迫民族之间的国际主义联合。在此过程中,对殖民地朝鲜人民发起的一系列抗争和抵抗精神的关注,成为中国现代文学叙事的重要组成部分。

表5-3　1919—1949年朝鲜题材中国现代作品一览表

序号	发表时间	作品名称	作者	出版载体
1	1919.11.15	《牧羊哀话》	郭沫若	《新中国》第1卷第7期

---

① 王钟麒:《论戏曲改良与群治之关系》,《申报》1906年9月22日。
② 贡少芹:《亡国恨传奇》,《广益丛报》总第257期,1911年。

续表

序号	发表时间	作品名称	作者	出版载体
2	1926.4.16	《鸭绿江上》	蒋光慈	《创造月刊》第1卷第2期
3	1928.9.27	《朝鲜人的劝告》	吕伯攸	《小朋友》第326期
4	1928.11	《我的邻居》	台静农	《地之子》,北平未名社
5	1929.1	《流浪人》	戴平万	《都市之夜》,上海:亚东图书馆
6	1929.4.1	《两个亡国奴》	陈启修	《乐群》第1卷第4期
7	1930.8.10	《异国的青年》	李翼之	《前锋周报》第8期
8	1930.10.26	《安金姑娘》	管理	《前锋周报》第19期
9	1930.11	《异邦漂泊者》	子彬	《初阳旬刊》第3—5期
10	1930.12.10	《朝鲜男女》	苏灵	《前锋月刊》第1卷第3期
11	1931.1.30	《山鹰的咆哮》	杨昌溪	《文艺月刊》第2卷第1期
12	1931.8	《韩国少女的日记》	汤增扬	《血钟》周刊第1—3期
13	1931.9.1	《女人的血》	宋锦章	《橄榄》第17期
14	1931.11.1	《亡国者的故事》	杨昌溪	《橄榄》第19期
15	1932.7.5	《亡国奴自叙》	金同生	《安徽学生》第1卷第2期
16	1932.8	《鸭绿江畔》	周仁庆	《时事月报》第7卷第2期
17	1932.12.5	《尹奉吉》	潘子农	《矛盾》第1卷第3—4期
18	1933.3	《万宝山》	李辉英	上海:湖风书局
19	1933.7	《寒》	盛马良	《狂流》第1卷第1期
20	1934.1	《鸡之归去来》	郭沫若	上海:乐华图书公司
21	1934.5.1	《羽》	谢挺宇	《文艺月刊》第5卷第5期
22	1934.5.15	《狼的死》	张湛如	《民族文艺》第1卷第2期

续表

序号	发表时间	作品名称	作者	出版载体
23	1934.6.16	《小高丽》	王西彦	《中央时事周报》第3卷第23期
24	1934.12	《朝鲜志士》	黄玄	《东北青年》第6卷第12期
25	1935.1	《人世间》	李辉英	《申报》副刊《自由谈》
26	1935.5	《某夫人》	穆时英	《圣处女的感情》,上海:良友图书公司
27	1935.8	《八月的乡村》	萧军	上海:容光书局
28	1936.4.1	《异国兄弟:一九三三》	田风	《中国农村》第2卷第4期
29	1936.5.1	《没有祖国的孩子》	舒群	《文学》第6卷第5期
30	1936.5.15	《发的故事》	巴金	《作家》第1卷第2期
31	1936.6.10	《满洲琐记》	戴平万	《光明》创刊号
32	1936.6.10	《高丽医生》	奚如	《夜莺》第1卷第4期
33	1936.6.25	《呼兰河边》	罗烽	《光明》第1卷第2期
34	1936.8.1	《皓月当空》	鄂鹗	《文艺月刊》第9卷第2期
35	1936.9.1	《古城里的平常事件》	李辉英	《文学》第7卷第3期
36	1936.9.5	《邻家》	舒群	《文学大众》第1卷第1期
37	1936.9.10	《另一种交易》	李辉英	《文学界》第1卷第4期
38	1936.11.10	《一个"朝鲜人"》	非厂	《质文》第2卷第2期
39	1936.11.16	《亚丽》	萧红	《大沪联报》
40	1937.6.10	《夏夜》	李辉英	《光明》第3卷第1期
41	1937.7.15	《邻家》	谢冰莹	《中国文艺》第1卷第3期
42	1937.10.1	《新计划》	李辉英	《文学》第8卷第4期

续表

序号	发表时间	作品名称	作者	出版载体
43	1938.3	《满洲的囚徒》	罗烽	《战地》《解放日报》
44	1938.5	《大地的海》	端木蕻良	上海：生活书店
45	1938.9.3	《异国兄弟》	洁秋	《浙江潮》第26期
46	1938.9.16	《关东人家》	沙雁	《文艺月刊》第2卷第3期
47	1939.6.5	《血的短曲之八》	舒群	《中学生》战时半月刊第3期
48	1939.9.25	《韩国的忧郁》	卜乃夫	《大公报》第707期
49	1939.10.15	《羔羊》	王秋萤	《华文大阪每日》第3卷第8期
50	1939.10	《边陲线上》	骆宾基	上海：文化生活出版社
51	1939.11	《血斑》	林珏	《宁工学生月刊》第2期
52	1940.1.15	《海的彼岸》	舒群	《文学月报》第1卷第1期
53	1940.12	《火》第一部	巴金	上海：开明书店
54	1941.1.1	《一个韩国的女战士》	冰莹	《精神动员》第4期
55	1941	《铃兰花》	小松	《学艺》创刊号
56	1941.6.1	《侨民》	梅娘	《新满洲》第3卷第6期
57	1942.1	《人丝》	小松	《人和人们》，长春：艺文书房
58	1942.2	《骑士的哀怨》	卜乃夫	重庆：中国编译出版社
59	1942.2	《露西亚之恋》	卜乃夫	重庆：中国编译出版社
60	1942.8	《荒漠里的人》	卜乃夫	《中央日报·前路》
61	1942.8	《伽倻》	卜乃夫	《中央日报·前路》
62	1942.11	《狩》	卜乃夫	《中央日报·前路》

续表

序号	发表时间	作品名称	作者	出版载体
63	1943.5	《奔流》	卜乃夫	《中央日报·前路》
64	1944	《幼年》	骆宾基	桂林:三户书店
65	1944.3	《金英》	刘白羽	重庆:东方书社
66	1944.7	《北极风情画》	卜乃夫	西安:无名书屋
67	1945.9.15	《庄户人家的孩子》	骆宾基	《文艺杂志》第1卷第3期
68	1945.12.1	《不泯的一幕》	丁时药	《中韩文化》第1卷第1期
69	1946.8	《罪证》	骆宾基	上海:民声书店
70	1946.12	《野兽野兽野兽》	卜乃夫	上海:时代生活出版社
71	1947.1	《混沌:姜步畏家史》	骆宾基	上海:新群出版社
72	1947	《幻》	卜乃夫	台北:风云时代出版公司
73	1947.9	《幻》	卜乃夫	上海:真善美图书出版公司
74	1947.9	《龙窟》	卜乃夫	上海:真善美图书出版公司
75	1947.9	《抒情》	卜乃夫	上海:真善美图书出版公司
76	1947.9	《红魔》	卜乃夫	上海:真善美图书出版公司
77	1949.5	《金色的蛇夜》	卜乃夫	上海:真善美图书出版公司

以上作品具体描绘了对朝鲜亡国的同情和殖民地人民的悲苦生活,以及亡命中国继续从事民族独立运动的朝鲜知识分子形象及其苦恼和愤懑。从具体内容来看,这些作品大体可以分为以下几种类型。

第一种类型是1931年"九一八"事变之后的东北作家群及与其同轨的作家们的作品,主要以描写反抗日本殖民统治的正面人物形象为中心,如李辉英的《万宝山》,萧军的《八月的乡村》,戴平万的《满洲琐记》,舒群的《没有祖国的孩子》《邻家》《海的彼岸》,端木蕻良的《大地的海》,骆宾基的《边陲线上》等。这些作品在反映朝鲜人民抵抗精神的基础上,也书写了中国与朝鲜半岛农民联合抗日、两国士兵联合参加抗日游击队并肩战斗的故事,还涉及了日本殖民统治下朝鲜人民遭受的痛苦及其反抗活动。

第二种类型是无政府主义流派作家的作品,如巴金的《发的故事》和《火》等。对抗击日本殖民侵略的无政府主义独立运动家或从事地下活动的义烈斗士的苦恼和斗争,进行了文学形象化叙写。

第三种类型是1940年代后期浪漫派作家的作品,如卜乃夫的《红魔》《龙窟》《幻》《北极风情画》和《露西亚之恋》等。其中《红魔》和《龙窟》讲述大韩帝国时期爱国军人奋起反抗日本解散朝鲜军队的故事,《幻》展现亡国君主朝鲜高宗的悔恨心理,《北极风情画》是关于朝鲜抗日少将李范奭与一位波兰少女的悲剧爱情故事。

第四种类型是作家曾留学或寓居日本,在日本体验的基础上创作的作品,如郭沫若的《鸡之归去来》和《牧羊哀话》以及梅娘的《侨民》等。这些作品以第三者的视角观察来到日本的朝鲜劳动者的底层生活。

事实上,中国近现代文学对朝鲜人民抵抗精神的关注,随着两国政治关系、东亚乃至世界格局的变化而在不同时期呈现出不同特点。概而言之,大体可以分为如下几个阶段。

第一阶段:1910年"韩日合邦"至1919年"三一运动"。此时期主要以朝鲜亡国史的论述为重心,内容主要涉及对朝鲜亡国原因和过程的分析,意在以朝鲜为鉴,避免重蹈覆辙。如《英雄泪》第一回就阐明了小说的创作意图:"朝鲜覆辙在先,前车后车之鉴。图存首重鼓民权,不然危亡立视。"[①]《朝鲜亡国演义》第一回也强调"古人说得好:'前车覆,后车鉴',我们四万万同胞,就得那他两国已经过的事情,警戒警戒才好"[②]。同时,此类小说中也部分包含了对朝鲜人民抵抗精神的褒扬性内容,如对安重根等救国英雄舍生取义、视死如归的反抗精神的集中呈现。《朝鲜血》《英雄泪》《绘图朝鲜亡国演义》《爱国鸳鸯记》《亡国英雄之遗书》《安重根外传》等皆直接以安重根刺杀伊藤博文事件为题材。《英雄泪》将安重根塑造成一个匡扶正义的抗日民族英雄形象。《绘图朝鲜亡国演义》讲述了朝鲜有志之士奋起反抗日本的英勇事迹,其中第二十回就有"安重根报仇殉命"的故事。《安重根外传》回顾了安重根出生、成长一直到刺杀伊藤博文的全过程,"大丈夫身可杀,志难夺","今伊藤已去,吾事已完,死瞑目矣",[③]凸显了安重根把生命置之度外的英勇精神。

---

① 鸡林冷血生:《英雄泪》,香港:上海书局,1910年版,第1页。
② 广文书局编译所:《朝鲜亡国演义》,上海:世界书局,1915年版,第1页。
③ 资弼:《安重根外传》,《小说新报》第5卷第1期,1919年。

第二阶段：1919年"三一运动"至1931年"九一八"事变之前。此阶段的中国现代文学作品在继续"亡国史鉴"书写的同时，作品中的"朝鲜"逐渐由警示中国的"反面教材"转变为值得镜鉴的"正面典范"。这些作品中混杂着"同情其命运、畏惧其现状、钦佩其斗争"的复杂情绪，相较于对亡国原因的分析，更侧重于对朝鲜人民反抗日本殖民统治中顽强不屈精神的赞扬，同时激励国人镜鉴朝鲜，准确认识日本侵华的野心并进行有效抵抗。但由于作家们对朝鲜半岛具体状况的了解大多通过报刊和口述，因此在朝鲜形象和抵抗精神的呈现过程中，更多依靠作家个体经验与整体语境、文化传统及时代精神的杂糅，具有较为明显的社会集体想象特征。整体来看，"沦亡叙事"和"英雄叙事"的混杂交织，是此时期朝鲜题材中国现代文学的特征，如郭沫若的《牧羊哀话》、蒋光慈的《鸭绿江上》和台静农的《我的邻居》等。

《牧羊哀话》作为一个中国作者在日本创作的朝鲜故事，将20世纪初中国、日本与朝鲜半岛的地缘政治关系进行文学化表现，重现了第一次世界大战后东亚和世界秩序重新调整带来的民族危机。虽然郑伯奇将《牧羊哀话》界定为借"异域的事情来抒发自己的感情"的"寄托小说"[1]，但是就其所涉主题和基本内容来看，却如实表现了朝鲜人民艰苦卓绝的爱国反日斗争精神。郭沫若将国家危机和民族矛盾融入具体家庭矛盾的讲述，将个人爱情悲剧寓于重大民族悲剧之中，尹子英为国捐躯、慷慨就义是朝鲜反日爱国精神的最好注脚。事实上，《牧羊哀话》正是在第一次世界大战后山东权益的斗争触发中国朝鲜记忆的基础上，着眼于世界秩序重构引发的东亚政治危机而创作的。郭沫若在称赞朝鲜人民抵抗精神的同时，不仅"借朝鲜为舞台，把排日的感情移到了朝鲜人的心里"[2]，更凸显了感时忧国、追求复兴的中华民族主义话语，最终以朝鲜为媒介，寻找东亚视角之下中国追求现代性的张力结构。

蒋光慈的《鸭绿江上》作为革命文学的启蒙之作，反映了朝鲜半岛遭受日本殖民侵占的时代语境下年轻人爱情和理想的破灭过程，是一部呈现世界、民族和爱情想象共同体建构的作品。小说以"我"为叙述视角，以三个来自不同国度、隶属于不同民族想象共同体的青年间的谈话为主线，凸显了朝鲜青年李孟汉在日本殖民侵略蹂躏下国破家亡的爱情悲剧。作品

---

[1] 郑伯奇：《中国新文学大系（小说三集〈序〉）》．上海：上海文艺出版社，2003年版，第3页．

[2] 郭沫若：《革命春秋》，北京：人民文学出版社，1979年版，第59页．

通过李孟汉的口述,塑造了一个女性英雄——云姑的形象,云姑作为社会主义青年同盟的书记,因参与工人集会而被捕,在收监审判的法庭上,她慷慨激昂地控诉日本人的残暴统治,最终含冤死于狱中。通过云姑这一抗争形象,蒋光慈赞扬了朝鲜人民勇于抵抗、顽强斗争的不屈精神,对为了民族解放和国家独立而英勇牺牲的义烈们表示由衷的钦佩。

如果说《鸭绿江上》是以远距离的观察视角,讲述跨国界、跨民族"想象共同体"基础上的"他国"故事,那么台静农的《我的邻居》则通过"我"和小说人物的直接正面接触,将义烈战士形象的朝鲜邻居呈现在读者面前。小说以"我"的观察视角架构全文,以一则朝鲜人被捕"正法"的新闻引出对邻居的回忆,通过对邻居怪异举动的讲述,引发读者的阅读兴趣。随着故事细节的铺陈和描绘,一个正义执着、致力于民族解放的抗日英雄的高大形象逐渐清晰。心怀亡国之痛的朝鲜邻居每天深居简出,而"我"由好奇、猜测到谜底揭开的过程,使邻居的抗日英雄形象慢慢浮现。在回味无穷的叙事节奏中,"我"与邻居形成了对比,邻居像一面镜子,映照着麻木不仁的"我"。而当了解对方身份后,"我"不禁发出了"为了你沉郁的复仇,作了这伟大的牺牲"①的感叹,在对誓死抗争日本殖民统治的朝鲜人民表示敬意的同时,更有意识地强调了国人应以这位朝鲜邻居为榜样,时刻警惕日本的扩张野心。可以说,"我"和"邻居"正是当时中国与朝鲜半岛在东亚地缘政治变动中所处不同语境和精神状态的真实写照。

第三阶段:从1931年"九一八"事变至1937年"七七"事变抗日战争全面爆发。此阶段主要以东北作家群的作品为主。在叙写家乡沦亡切肤体验的基础上,凸显殖民统治的残酷、亡国奴的凄惨和奋不顾身的抵抗精神,强调中朝携手抗日的国际联合精神,是此时期朝鲜题材中国现代文学作品的重要特征之一。如舒群的《没有祖国的孩子》、萧军的《八月的乡村》、戴平万的《满洲琐记》、李辉英的《万宝山》等。李辉英的一些描写朝鲜负面人物形象的作品也在此时期集中出现,如《古城里的平常事件》《人世间》《夏夜》等。对于日本暗中挑起的中朝民族矛盾,李辉英既做了表面上的客观呈现,又深入内里洞悉和揭示了日本殖民当局背后的挑唆伎俩。

"九一八"事变后,朝鲜题材的中国现代文学作品大量涌现,其中东北作家的作品居多。王瑶先生在《新文学史稿》中曾首次论及"东北作家群",使东北作家群以群体形式进入文学史的殿堂,并逐渐成为学界的重要

---

① 台静农:《台静农全集》,郑州:海燕出版社,2015年版,第99页。

研究对象之一。东北沦陷导致家破人亡、生灵涂炭,身在其中的东北作家们对亡国奴的生活有着切身的经历和体验,相较于其他地区的作家,东北作家们对日本帝国主义的痛恨更为刻骨铭心,对殖民地朝鲜人民更多了一层同病相怜的精神共鸣,其民族独立的政治诉求更为强烈。舒群的《没有祖国的孩子》塑造了一个朝鲜亡国之后四处流浪的孩子——果里的形象。果里的命运不仅仅是故事情节演进的线索,更是作为一个重要的符号,被赋予了殖民语境下的象征意义。换言之,果里作为众多朝鲜亡国流浪者的一个缩影和"他者",成为中国东北甚至整个中国的未来参照物。他的那句"不像你们中国人还有国,我们连家都没有了"①,似乎让读者感到"有国"的幸运,认识到"祖国"并不是一个抽象而虚无的幻象,而是生活和感情的最终归属。但是,当异国的旗帜升起,故土将不再是曾经的家园,"我"将与果里变得没有区别。因此,相较于直接写沦陷区人民的惨痛遭遇,通过果里这个"没有祖国的孩子"的具象描绘,对日本帝国主义的鞭挞更具有震撼人心的力量。果里的遭遇对于中国民众来说,更易产生对弱者共同命运的关切和心灵深处感同身受的共鸣。

《没有祖国的孩子》并未止步于一味渲染果里的苦难和殖民地人民的遭遇,而是将苦难叙事与反抗斗争相结合,使胸中的怒火转化为抵抗意志,最终果里将钢刀插入"魔鬼"的胸口,成为反帝爱国的民族英雄。至此,舒群的创作意图不言自明,即通过"流亡者"到"民族英雄"的身份转换,提出中国应该奋起反抗才能获得生存空间的主张。同时,小说中也深刻隐含着不同民族之间互帮互助的人道主义和国际主义精神。对此,周扬曾指出:"在最近的一篇叫作《没有祖国的孩子》的小说里,我们被小主人对于祖国民族的热烈的怀恋之情所感动,但这里却不是一种偏狭的爱国主义的感情,而是和国际主义精神很自然地调和着。"②舒群通过《没有祖国的孩子》,试图从果里的悲剧命运中,凸显超越国界的爱国意识和抵抗精神,而抵抗精神最终指向的便是同样超越国家和民族界限的国际主义联合。

《八月的乡村》在主题和手法上受到《毁灭》和《铁流》之影响,对在中国共产党的领导下不同民族的联合抗日斗争进行了详尽展现,鲁迅在为其所作的序言中,肯定了此小说的题材价值。《八月的乡村》曾与萧红的《生

---

① 舒群:《没有祖国的孩子》,《文学》第6卷第5期,1936年。
② 周扬:《关于国防文学——略评徐行先生的国防文学反对论》,《周扬文集(第一卷)》,北京:人民文学出版社,1984年版,第173页。

死场》、叶紫的《丰收》一并被收录于鲁迅主持的"奴隶丛书",它成功避免了"超人化"和"神话化"的抗日书写,近距离地展现了朝鲜抗日武装力量的抵抗精神,给读者带来了别样的历史认知。《万宝山》以1931年的"万宝山事件"为素材,在真实与虚构之间,体现了作者李辉英的左翼阶级革命立场和世界主义情怀。《万宝山》发表后,茅盾曾发表评论认为李辉英"努力使阶级意识克服民族意识"①,事实上,作者所极力表现的,正是被压迫民族如何联手对抗日本帝国主义及其走狗的斗争。虽然在民族情感层面,作者借助文中人物之口表明了民族主义立场,但在话语层面,却宣扬了中朝人民携手抗日的无产阶级国际主义精神,其中蕴藏的正是基于相同遭遇的民族情感共鸣和同仇敌忾的反抗精神。叙述话语与情感隐喻中存在的错位构造,体现了国际主义与民族主义糅合共谋的文本张力,隐伏着无产阶级革命话语在"阶级"与"民族"之间的摇摆状态。但是,其着力强调的还是共同话语基础上的受压迫民族共同体的联合抗日。

第四阶段:1937年至1947年。此时期反映朝鲜抵抗精神和中朝联合抗战的作品也为数不少,如骆宾基的《边陲线上》、端木蕻良的《大地的海》、巴金的《火》第一部等。这些作品中沦亡叙事、平民叙事和英雄叙事混杂交错,相较于前几个时期,在主题思想的呈现方面更为细致和深入,人物塑造方面也更为饱满和成熟。《边陲线上》中的刘强与朝鲜佃户金盖之间是剥削与被剥削的关系,但是为了对抗共同的敌人,后来成为并肩战斗的盟友。同样,东北边陲的抗日救国队伍与朝鲜红党的联合作战,也体现了超越民族界限的国际主义联合精神的重要性。《大地的海》也以粗犷的风格,将不同背景、不同民族的人们汇聚起来,共同面对民族危机,鼓舞和宣扬了民众联合抗日的坚强斗志。

实际上,朝鲜半岛"三一运动"发生后,中国人民对朝鲜民众的反帝爱国精神有了更为深入的认识。傅斯年在《朝鲜独立运动中之新教训》中称:"这次朝鲜的独立,就外表论来,力量是很薄弱的,成功是丝毫没有的,时间是很短的,但是就内里的精神看起来,实在可以算得'开革命界之新纪元'。"②他高度评价"三一运动"是"开革命界之新纪元",指出其也是一次"知其不可而为之的革命";最后反观中国,强调"中国此刻最可虑的现象,就是社会上一般的人,对于改革事业,总是虑到不可能。这是中国人万劫不复的命运的定案。看看朝鲜人的坚固毅力,我们不真要惭到无以自容的

---

① 茅盾:《"九一八"以后的反日文学〈万宝山〉》,《文学》第1卷第2号,1933年8月1日。
② 傅斯年:《朝鲜独立运动中之新教训》,《新潮》第1卷第4期,1919年4月1日。

地步了"①。这种深刻反省的态度,促发了中国民族意识的觉醒,充实了"五四运动"的精神力量。反映在文学创作上,即是称颂朝鲜人民抵抗精神的作品大量涌现,同时基于相同处境的同位心理,这些作品中也明显流露出被压迫民族共同体联合抵抗的国际主义倾向。

---

① 傅斯年:《朝鲜独立运动中之新教训》,《新潮》第1卷第4期,1919年4月1日。

第六章　中国近现代文学中的"朝鲜人"形象

　　基于相似的殖民地或半殖民文化语境,面对共同的反帝爱国和民族解放的时代课题,作为"他者"的"朝鲜人"形象成为中国近现代文学热衷于表现的重要领域之一。纵观中国作家对朝鲜人形象的具体呈现,可以发现他们或从意识形态的角度,以间接的方式"远距离"展现朝鲜人形象;或通过与朝鲜人的直接接触进行"近距离"刻画和展呈,同时赋予朝鲜人形象以较浓郁的乌托邦色彩。

　　这种分野大致以1931年"九一八"事变为界,在此之前中国作家基本未曾与朝鲜半岛的人进行深度交往,对其反日斗争的认识也仅仅停留在外部观察层面。作品素材大都来自他人口述,因此作家的书写相较于写实,更多依赖于想象,如《牧羊哀话》《鸭绿江上》《我的邻居》《流浪人》等。同情、担忧和赞赏的态度混杂于作品的创作意识之中,同情的是殖民地人民的悲惨处境,担忧的是中国可能重蹈朝鲜之覆辙,赞赏的是朝鲜半岛抗日英雄身上所体现的顽强意志和爱国精神。因此,此时期文学作品中的朝鲜人形象大都是爱国者的正面形象,如《牧羊哀话》中的闵子爵、《鸭绿江上》中的云姑、《我的邻居》中的流亡者等。

　　"九一八"事变之后,随着抗日第一枪的打响,东北作家群成为创作主体,中国文学中的朝鲜人形象开始朝向多元化发展,从正面的爱国者形象,扩展到无家可归的流浪者和移民、工人等平民阶层,以及流氓恶霸、走狗奴才等反面人物形象。此种变化的主要原因在于彼时的作家与生活在中国东北地区的众多朝鲜半岛移民有了直接的接触,在冲突与融合过程中,加深了彼此的了解,故对朝鲜人形象的塑造不再依赖于个人想象和道听途说,如舒群在创作《没有祖国的孩子》之前,就曾与朝鲜半岛的少年有过直接的交流和接触。如此,此时期朝鲜人形象的呈现更为全面、真实而丰富。

第一节　反抗与救亡:朝鲜英雄人物形象的塑造和讴歌

　　以民族意识的觉醒和现代国家的追求为旨归,中国近现代作家笔下涌现出了大量朝鲜民族英雄形象,在呼应时代需求的同时,也满足了中国对民族英雄的期待。自1905年朝鲜半岛逐步沦为日本殖民地,朝鲜民族斗士就走上了漫长而艰辛的反抗和救亡道路。尤其1909年安重根刺杀伊藤博文的壮举使中国为之一振,朝鲜抗日武装力量和民族英雄由此成为中国文学热衷展现的题材。

仅就小说来说,《朝鲜血》《英雄泪》《绘图朝鲜亡国演义》《爱国鸳鸯记》《亡国英雄之遗书》《安重根外传》等均涉及安重根形象。《朝鲜血》首次将安重根刺杀伊藤博文事件进行文学化创作,其中虽然也有较长篇幅的"伊藤博文传",但对安重根的壮举也进行了热情的讴歌和赞美。小说在详细展现安重根身世和革命历程的过程中,强调"时势造英雄",正是生死存亡的民族危机,造就了安重根的英雄形象。同时,作者黄小配对安重根刺杀伊藤的方案、当时的情形以及其在法庭上的表现,都进行了详尽的描述,由此塑造了一个舍身为国、为民族自由解放而慷慨赴死的光辉形象。《英雄泪》同样以安重根的义举为叙述主线,将安重根塑造成一个视死如归的抗日英雄典型。《爱国鸳鸯记》中安重根虽然未作为主角登场,却具有重要的象征意义,暗示着安重根牺牲后会出现无数个继承安重根遗志的爱国义士。《亡国英雄之遗书》以安重根的名义书写遗书,字字带血的叙述中隐含着作者对国家即将灭亡的担忧,凸显了甘愿为国牺牲的坚定信念。《安重根外传》讲述了安重根从出生到就义的全过程,着重强调了安重根把生命置之度外的大无畏精神。"大丈夫身可杀,志难夺","今伊藤已去,吾事已完,死瞑目矣"[①]。类似对话使安重根的英雄形象更加生动、立体和鲜活。

作为继安重根之后出现的又一民族英雄,尹奉吉曾策划并实施了1932年4月29日上海虹口公园爆炸案,成功使日本陆军大将殒命,在国际上引起不小的轰动。此事件对当时的朝鲜半岛而言,无异于沉默死寂中的一声惊雷;对日本来说,则是1910年吞并朝鲜半岛以后在反殖民抵抗中死伤军政要员最多的一次。对事件发生地的中国来说,更是备受鼓舞,当时的《申报》《上海日报》《大公报》《时事新报》《盛京日报》等媒体对此事件极为关注并持续进行跟踪报道。尹奉吉英雄形象的塑造和呈现,也由此成为中国现代文学所关注的主题,其原因不仅在于尹奉吉制造的爆炸案发生地是中国上海,更重要的是其舍生取义的行为彰显着被殖民地区人民的反抗精神。此一时期,尹奉吉及其英雄事迹大量出现在中国的小说、剧本和

---

① 资弼:《安重根外传》,《小说新报》第5卷第1期,1919年。

传记中。

短篇小说《尹奉吉》发表于1932年,小说前半段讲述了尹奉吉辗转流亡的生活和所遭受的亡国之辱,后来与朝鲜半岛独立运动家金九的相遇改变了他的人生轨迹。小说中爆炸案发生前金九与尹奉吉的对话,充实了相关历史细节和心理活动的呈现,使尹奉吉的英雄形象更加丰富和立体。在金九的安排下,尹奉吉接受并执行了这次非同寻常的暗杀任务,后作者在行文中添加了《时事新报》对尹奉吉爆炸案的报道内容,增强了事件的真实感和现场感,"热情的韩国革命青年"的形象跃然纸上。最后,作者慨叹道:"他用热血来燃烧了全世界被压逼的弱小民族底斗争情绪,他放了一把火!"①

剧本方面,仅1932—1949年反映尹奉吉英雄形象的剧本就有孙俍工的《复仇》、夏家祺的《尹奉吉》、陈适的《尹奉吉》和笃信的《天长会传奇》。这些剧本在尹奉吉英雄事迹的基础上融入想象进行了艺术化加工,在还原历史事实的同时,凸显尹奉吉作为民族独立志士的人性光辉。传记方面,也有《尹奉吉》《韩国烈士尹奉吉的略史》《韩国志士小传》等。这些传记整体上篇幅较短,主要记述尹奉吉的人生成长经历和虹口爆炸案的详情经过,在向中国读者展现尹奉吉为民族解放而不惜牺牲自己的大无畏精神的同时,试图唤醒中国人的民族意识,激发中国人民的抗日斗志。

事实上,与安重根、尹奉吉的英雄形象一脉相承,尤其"三一运动"以后,中国作家对朝鲜半岛人民视死如归的抵抗和救亡精神有了更为深入的认识,作家作品中频现对朝鲜半岛革命人物形象的塑造和讴歌。如《牧羊哀话》中的闵子爵、《鸭绿江上》中的云姑、《流浪人》中的"李君"、《我的邻居》中的流亡者、《安金姑娘》中的安金姑娘、《异邦漂泊者》中的朝鲜半岛青年等,他们皆为具有顽强革命斗志和反抗精神的英雄形象,有的为了抵抗殖民侵略而流亡中国,有的为了实现民族解放而英勇牺牲。

《鸭绿江上》中的云姑是中国现代文学中朝鲜半岛女性革命者的典型形象,虽然其结局是悲剧的,但她视死如归的不屈斗志、不惧日本殖民势力的崇高精神,以及坚信"自由的高丽终有实现的一日"的必胜信念,都鲜活地向读者展现了一个为民族独立自强而献身的女英雄形象。在小说最后,作者借李孟汉之口感叹道:"这是何等的壮烈啊!这种壮烈的女子,我以为

---

① 金柄珉、李存光:《中国现代文学与韩国资料丛书(创作编 小说卷Ⅰ)》,延吉:延边大学出版社,2014年版,第143页。

比什么都神圣。"①《鸭绿江上》中的李孟汉同样是一个意志坚决的朝鲜民族革命党人,为了抵抗日本的殖民侵略,他不得不告别自己的祖国和深爱的妻子云姑,跨过鸭绿江来到中国。经过两年颠沛流离的生活之后,李孟汉又辗转到俄国参军。"我现在是一个亡命客,祖国我是不能回去的——倘若我回去被日本人捉住了,我的命是保不稳的。哎哟!我的好朋友!高丽若不独立,若不从日本帝国主义者的压迫下解放出来,我是永远无回高丽的希望的。"②日本的殖民侵略使李孟汉被迫流亡异国他乡,但民族解放的使命感和责任意识是他坚持斗争到底的精神支柱。台静农的《我的邻居》更是通过"设谜—解谜"的侦探小说手法,将一个谋划民族解放、国家独立自强伟大事业的刚毅勇猛的反殖民战士形象带到读者面前。而"我"与"邻居"恰恰是中朝相似历史遭遇和时代课题下不同精神状态的如实反映和真实写照。

如果说1919年的"三一运动"是促使中国对朝鲜半岛人民的抵抗精神加深认知的契机,那么1931年的"九一八"事变则是中国作家与作为其作品原型的朝鲜人正面冲突和融合的起点。此时,以东北作家群为创作主体,他们所处的社会语境更接近朝鲜半岛的殖民地状况,再加上大批朝鲜半岛移民陆续移居至中国东北地区,表现朝鲜半岛抗战勇士英雄形象的作品再次大量涌现。如舒群的《没有祖国的孩子》《海的彼岸》、萧军的《八月的乡村》、巴金的《发的故事》、骆宾基的《边陲线上》、端木蕻良的《大地的海》等。

《没有祖国的孩子》中的果里在悲惨遭遇中奋起反抗,实现了从"流民"到"英雄"的转变,最终被塑造成为一个英勇不屈的反殖民英雄。《发的故事》中"金"和"朴"身上体现着对生命的思考和对现实的忧愤。"朴"在"白杨林"战斗中毫无畏惧地英勇杀敌,告诉人们革命者是"永难休息"的。同时作者通过书写义烈团的惨烈斗争,意在凸显朝鲜半岛抗日英雄百折不挠的民族魂。《海的彼岸》的主人公"他"更是一个无所畏惧、坚韧决绝的革命者形象,"他"在勇敢枪杀了日本将军后,为了继续从事抗日革命斗争,不得不流亡中国。同时,为了躲避日本人的追捕,"他"毅然决然地离开孤苦伶仃的母亲。十年之后,当日思夜想的母亲从停在黄浦江码头的

---

① 蒋光慈:《鸭绿江上》,《蒋光慈文集(第一卷)》,上海:上海文艺出版社,1982年版,第118页。
② 蒋光慈:《鸭绿江上》,《蒋光慈文集(第一卷)》,上海:上海文艺出版社,1982年版,第125页。

轮船上"以手杖支撑着衰老的步子"①走下来,"他"也"不能向她轻轻的呼唤一声"②,只能极力克制内心的情感而不能相认。因为母亲身后紧紧跟随着追捕"他"达十年之久的日本侦探。而当"他"趁着夜色潜入母亲所住的旅馆房间,在黑暗之中实现的母子会面竟是最后一面。因为第二天,旅馆的服务员告诉他:"在那个房间住的客人死了,死在黎明之前。"③最后,作者慨叹道:"十年,十年不短,十年的别离更长。十年之间,他们不得一见。十年之后,一见仍是茫然。谁想到他们两人把这十年的遗憾,一人从生前带到死后,一人从现在带到永远。"④虽然"他"的形象有些模糊和陌生,既没有透露姓名,也没有相貌描写,仿佛一位独行侠和蒙面人,但是作者通过行动描写、对话呈现和心理刻画,还是使一个临危不惧、刚正冷峻而又极富斗争经验的抗日民族英雄形象清晰地浮现在读者面前。

　　从蒋光慈到台静农,从巴金到舒群,大体可以看出朝鲜英雄人物形象在中国现代文学中的纵向演变轨迹。面临国家沦亡的悲惨现实,朝鲜半岛反殖民英雄大致经历了"逃亡→绝望→愤怒→冷静→成熟"的心路演进历程。而中国作家们则或以旁观者的视角,或变身为叙述主体,对朝鲜英雄人物形象的态度经历了由陌生同情到赞赏褒扬的转变。

　　从身份构成角度来看,纵观中国现代文学中的朝鲜英雄人物形象,可以发现其实际上经历了从"个体"到"群体"的演变过程。自 1910 年"韩日合邦"至 20 世纪 20 年代末,朝鲜半岛独立运动家的终极目标始终是民族的解放和国家的独立,但他们大都凭借个人英雄主义孤军奋战,如安重根和尹奉吉等。从 20 世纪 20 年代末开始,一些流亡中国的朝鲜半岛独立运动团体与中国的抗日武装力量实现了联合,1929 年朝鲜共产党领导抗日力量编入中国共产党领导的抗日组织,联合抵抗日本的殖民扩张。而随着"九一八"事变、"一·二八"事变和"卢沟桥事变"的相继发生,在中国全面抗日的语境下,东北沦陷区的萧红、萧军、李辉英、舒群和骆宾基等作家在作品中表现了"群体性"朝鲜半岛抗日革命英雄形象。舒群有参加义勇军和抗日组织的经历,萧军、李辉英和骆宾基曾与抗日志士有过接触,这些作家立足于自身的战争体验,加上目睹东北沦亡所带来的萧条境况,使他们笔下的朝鲜英雄人物形象鲜活而生动。

---

① 舒群:《海的彼岸》,《文学月报》第 1 卷第 1 期,1940 年。
② 舒群:《海的彼岸》,《文学月报》第 1 卷第 1 期,1940 年。
③ 舒群:《海的彼岸》,《文学月报》第 1 卷第 1 期,1940 年。
④ 舒群:《海的彼岸》,《文学月报》第 1 卷第 1 期,1940 年。

由爱国者和独立运动斗士组成的抗日队伍转战于深山密林,在艰苦卓绝的长期斗争中成长起来的英雄们,通过东北作家群的笔端进入读者视野,且超越了之前在某种程度上被过度神化的个体性特征(如安重根、尹奉吉等),转变为以底层民众为构成主体的英雄群体。《八月的乡村》《大地的海》和《边陲线上》等均是此类作品的代表。

事实上,随着抗战形势的发展,辗转异国他乡进行反殖民抵抗斗争的朝鲜半岛民族独立运动者逐渐认识到,像安重根和尹奉吉采取的那种刺杀和暗杀活动并不能彻底改变大局,个体的英雄义士终究势单力薄,必须以广大的底层民众为主体进行斗争才能扭转战局。随着反日独立运动的斗争形式由英勇的"个体"向有组织的"群体"演进,中国现代文学中的朝鲜人物英雄形象的叙事重心发生改变,呈现出"群体化"和"身份下移"的特征,即由之前的个体和神化的英雄形象塑造转变为群体性和平民化的美学追求,包括对朝鲜半岛农民抗日英雄和中朝跨国联合作战的叙写。如《大地的海》和《边陲线上》,将不同身份和不同背景的底层军人、受压迫的朝鲜半岛流亡农民等汇聚在一起,组成强大的抗日武装力量,并在叙事展开的过程中凸显他们的群体英雄形象。

《八月的乡村》中的小说人物由领导层、知识分子和老百姓等群体构成,其中,安娜是朝鲜半岛抗日力量的代表性人物形象。她是一个朝鲜半岛独立运动志士的女儿,其衣着举止和行为方式已完全中国化,"已经感觉不到民族的文化的差异"[1]。她14岁参加革命,在战斗过程中与分队长萧明恋爱,后虽然因组织的有意安排迫使二人分离,但她服从安排,顾全大局,毅然决然地说:"我宣布枪毙了我的恋爱"[2],可见她有着强烈的爱国热情和抗日信念,虽然因个人感情和革命事业之间的矛盾而经受苦恼,但最终还是在自我牺牲和不屈斗争精神的感召下,果断选择反殖民抗日的伟大事业。在此过程中,安娜成长为一个有血有肉的抗日英雄。其身上体现出自觉的斗争意志和反抗精神,尤其是不计个人利益得失的高风亮节,正是不同民族之间同仇敌忾、联合抗日精神的最好注脚。最终,以安娜为代表的朝鲜抗日英雄实现了从"爱国主义者"到"国际主义战士"的华丽转身。整体而言,此一时期中国作家在朝鲜英雄人物形象的塑造方面呈现出更多的乌托邦色彩,他们在这些英雄人物身上寄托了更多的理想,希冀其成为改变抗战形势不可或缺的重要力量。

---

[1] 逢增玉:《黑土地文化与中国东北作家群》,长沙:湖南教育出版社,1995年版,第174页。
[2] 萧军:《八月的乡村》,上海:容光书局,1935年版,第198页。

《边陲线上》中的"朝鲜红党"是一个典型的抗日武装团体,他们坚强而富有战斗力,但是也经历了一段异常艰难的蜕变过程。刘强怀着强烈的责任感,带领那些抗日义勇军战士投奔"朝鲜红党",但当他们进入革命队伍之后,却发现这支由伐木工人和底层民众构成的抗日武装力量带给他的尽是失望。他们粗野而涣散,"哼!什么义勇军,毫无意义的一群乌合匪徒,一群粗野的恶狼啊!"①信心满满的刘强受到打击。然而正是这群"兵不像兵,匪不像匪"的"乌合匪徒",在某次攻城战斗中表现出的果敢和勇猛,彻底改变了刘强的态度,使其经历了从误解到融和,从动摇到坚持的心理转变历程。最终刘强与这支队伍在战斗中不断成长,直到最后"黎明晨色中插在远处峰巅的旗帜,更有劲地在狂风吹袭中,庄严而勇敢地摇摆"②。此时期小说"将抗日英雄民间化的叙事倾向"展露无遗。而英雄叙写中由"底层民众"到"抗战勇士"的成长模式,对抗战文学的叙述体例和美学追求产生了重要影响,这种影响一直延伸至抗战后中国文学英雄形象的塑造之中,对中国现当代文学的英雄叙事影响至深。

　　此外,《满洲琐记》《金英》《安金姑娘》《小高丽》《一个韩国的女战士》等小说塑造了一系列抗日女战士形象。她们身上也体现了英雄书写中的"成长模式",她们因祖国沦丧而流亡到中国参加抗战,在越境体验中逐渐成长为抗日女英雄。如《满洲琐记》中的佩佩"是个体格健康,鼻子宽大的十五六岁的高丽姑娘"③,在"我"的帮助下找到了一份纺织女工的工作,但因自身的朝鲜人身份而受到监视、蔑视和不公正对待,忍无可忍后选择逃走,最后在四处流浪的过程中加入了抗日游击队。作者通过佩佩这一人物形象,流露出对具有坚忍不拔抗争意识的朝鲜半岛女性的钦佩之情,同时对佩佩颠沛流离的移民生活和困顿境遇表示同情。小说中的"我"曾经帮助过佩佩,而后来也正是在佩佩的帮助下"我"成功与游击队的朋友会合。这种互帮互助的精神正是中朝联合抵抗日本殖民侵略、携手共御外侮的缩影。《金英》讲述的是一名被中国抗日游击队俘虏的朝鲜半岛女性的故事。她因政治立场的差异而与日本人丈夫分手,后全身心投入抗日救国的革命斗争中,其间也经历了由俘虏到普通女工,再到抗日斗士的身份转变。小说再现了一个抗日女战士的成长和思想转变过程,作者通过金英这一形象的塑造,旨在表达对朝鲜半岛人民丧失国家主权和民族自由的深切同

---

① 骆宾基:《边陲线上》,上海:文化生活出版社,1939年版,第90页。
② 骆宾基:《边陲线上》,上海:文化生活出版社,1939年版,第121页。
③ 戴平万:《满洲琐记》,《光明》第1卷第1期,1936年。

情,最终暗示中国人民应该与朝鲜半岛人民同仇敌忾、团结一致抵抗日本的殖民侵略。《安金姑娘》中的安金,在父母遭日本人杀害后,毅然决然地走上抗日道路。她带领民众成功从日本手中夺回平壤,但在第二次对战中却被日军俘虏,直到就义的那一刻仍在高呼:"我们要联合起来,打倒日本帝国主义……胜利,最后的胜利是我们的……团结起来,可怜的压迫的同胞们……夺回我们的自由,夺回我们的胜利……起来,被压迫的民族……"①通过安金这一英雄人物形象,作者表达了对处于殖民地语境下的朝鲜半岛人民的深切同情,以及对舍生取义、奋勇抗争的英烈斗士的由衷敬佩,同时也向包括中国人民在内的世界被压迫者敲响了觉醒的警钟。

《小高丽》中的主要人物"小高丽"是一个从殖民地朝鲜半岛逃亡至中国的年轻女工。"她的年纪很轻,个子很小,走起路来一跳一跳地好像一只玲珑的小鸟。"②在工作之余,她积极向其他女工介绍革命的道理,有意培养她们的反抗意识。通过不断宣扬革命精神,她逐渐成为工友心目中不可或缺的重要人物,"从她那伶俐的小嘴里,大家也慢慢学会了许多'压迫''团结''反抗''斗争'之类的新名词,更了解了那些字义和怎样去实践而争取女工大众的出路"③。但是,最后她还是被殖民侵略势力带走,她所倡导的革命行动也只能胎死腹中,但她在被押上囚车后仍然高喊:"巨大的炸弹终有一天会炸碎这不平的世界……劳苦的姊妹们!再会!祝你们最后的胜利!"④小说篇幅短小、情节紧凑,虽然相对缺乏对"小高丽"和众女工革命意识觉醒和思想转变过程的详细描绘,但与面对亡国之痛而依然麻木不仁、沉浸在个体创伤中的女性形象相比,"小高丽"已经率先觉醒并领悟到革命的真谛,同时具有发动群众的自觉意识及通过罢工实现民族解放的反抗和斗争精神。虽然故事最后是一个悲剧结局,但小高丽"伟大的影子永远深刻在每个女工的脑子里"。《一个韩国的女战士》中的主人公李洋是一个具有革命思想的新时代女性,但由于家庭贫困,无力照顾患病的母亲和两个弟弟,所以选择与某个士绅的儿子结婚。婚后李洋发现丈夫是个为虎作伥、出卖祖国利益的亲日派叛徒,于是毫不犹豫地与其离婚,随后来到中国参加了抗日活动,奋战在抗日前线,充满爱国激情和抗争斗志,成为朝鲜半岛抗日女战士形象的典型代表。

整体来看,中国现代文学对朝鲜英雄人物形象的塑造掺杂着中国作家

---

① 管理:《安金姑娘》,《前锋周报》1930年第19期。
② 菊人:《小高丽》,《女声》第2卷第20期,1934年。
③ 菊人:《小高丽》,《女声》第2卷第20期,1934年。
④ 菊人:《小高丽》,《女声》第2卷第20期,1934年。

的"集体想象",他们将朝鲜半岛反殖民勇士视为反照自身处境的"他者",最终目的是在"反抗"与"救亡"的双重变奏中促发国人的抵抗意识,增强其直面民族危机的勇气。虽然由于作者过分追求抵抗精神和启蒙意识的政治理念,朝鲜半岛反殖民英雄人物形象在细腻丰满表现方面存在一定的缺憾,但作为"中国文化投射的一种关于文化'他者'的幻象"①,其在中国现代文学史上的地位也应得到充分肯定。正因为是"幻象",所以在客观性和真实度方面的出入并非不可容许,但其中必定潜隐着中国危局和变局之中的自我审视方式,同时也呈现了中国作家对东亚场域内反殖民叙事的表达欲望和内心焦虑,以及中国民众的集体文化想象和意识形态空间。

第二节 抵牾与融合:朝鲜平民人物形象的刻画和展现

相较于对朝鲜英雄人物形象的塑造和讴歌,中国近现代文学对朝鲜平民人物形象的刻画和展现似乎更加受制于中国与朝鲜半岛的历史渊源、现实纠葛和民族关系等文化因素。首先历史上的"华夷秩序"在很大程度上使中国人具有较强的文化优越感,即使传统的东亚格局和"文化地形"因日本的迅速崛起而发生了根本改变。这种源自华夷观念的文化优越感无疑对中朝民族关系产生了影响,进而影响文学中朝鲜平民人物形象的呈现。而从朝鲜半岛的立场来看,随着"以小事大,保国之道"②理念支配下的宗藩关系的不复存在,在对华关系上,他们一方面认为自身继承了中华文化的精髓,形成"文化上的优越感和价值判断上的自高自大"③,另一方面开始反思传统的国际关系和礼制体系。1921年《开辟》杂志曾刊载文章指出:"朝鲜人是否有过对中国的认真批判? 有的只是过去纯粹无条件的羡慕和盲崇,以及最近源于历史关系的一种愤慨而产生的反对和非难。"④事实上,"源于历史关系的愤慨"仍可追溯至华夷观念,"华夷秩序"要求周边国家"在文化上尊华夏为上国,在政治上接受'宗藩'编制,在经济上行'朝贡'义务"⑤。当这种文化秩序向"恩情"关系架构发展之时,如果无视或否定"恩及八方"的中华上国,就是"忘恩负义"或"恩将仇报"。由此可

---

① 吴敏:《民族主义的自我观照》,香港:国际作家书局,2010年版,第199页。
② 黄枝连:《东亚的礼仪世界——中国的封建王朝与朝鲜半岛的关系形态论》,北京:中国人民大学出版社,1994年版,第259页。
③ 安善花:《中朝日近代世界秩序观的形成与外交取向比较研究》,《日本学论坛》2006年第1期。
④ 北旅东谷:《朝鲜对中国之今后关系观》,《开辟》总第28期,1921年10月1日。
⑤ 韩东育:《东亚的心胸》,《读书》2008年第8期。

见，中国与朝鲜半岛在由历史上的华夷关系转向现代国家关系的过程中，基于历史和现实的恩怨情结一直影响着两国人民的文化心态和民族关系。

其次，"韩日合邦"及"三一运动"以后，朝鲜半岛的独立运动力量和大量农民纷纷来到中国东北地区寻求民族独立和安定生活的新空间。中国本地居民、朝鲜半岛移民、日本殖民侵略者，再加上其他民族，使彼时的东北地区成为不同民族文化交融碰撞的多义性空间。而随着日本侵略势力的步步逼近，大量朝鲜半岛移民无意中被卷入日本对中国的经济掠夺和大陆进攻计划中，由此导致中国政府和民众的不满，而矛头指向的正是朝鲜半岛移民。中国政府曾制定颁布了《韩国人土地赁贷规则》《关于驱逐韩国农民的训令》《韩国侨民土地赁贷回收令》等诸多法令，通过限制或驱逐朝鲜半岛移民以对抗日本的侵略野心和大陆延伸战略。这又在客观上强化了朝鲜半岛移民对中国的不满情绪，埋下了中朝民族矛盾的祸根。中朝民众之间曾围绕土地问题产生了"双重国籍问题"和"万宝山事件"等一系列冲突和摩擦。"九一八"事变之后，日本更是采取了强制移民措施，以"集团开拓民"的名义将大批朝鲜半岛农民移居至中国东北，中朝民族矛盾日益尖锐化，由此影响了中国文学对朝鲜人形象的描绘和展现。

首先是背井离乡的流亡者形象。其中渗透着对朝鲜半岛移民的怜悯和同情，当然也伴随着歧视和偏见，而最终则幻化为自省和对未来的期许。《没有祖国的孩子》《邻家》《幼年》和《万宝山》等是此类作品的代表，中国作家目睹了日本殖民者对朝鲜人民的残暴蹂躏，对他们的亡国之痛感同身受。如《没有祖国的孩子》就塑造了一个名叫果里的流浪儿童，展现了他流亡中国的不幸遭遇。果里尚未出生时，父亲就被捕并惨遭杀害。果里10岁来到中国，成为任人欺辱的对象，连比他小的苏联小孩果里沙都可以无视和欺侮他。"高丽？在世界上，已经没有了高丽这国家……你看高丽人多么懦弱，他们早已忘记他们的国家，那不是耻辱吗？"①果里沙的话唤醒了果里"亡国奴"的身份记忆，加深了他内心深处的屈辱和自卑。而作为果里好朋友的"我"也被父亲阻止与果里做朋友。后来果里的英勇举动使果里沙改变了对他的态度，也更强化了"我"对果里一家不幸遭遇的同情心理。事实上，舒群正是通过日本殖民语境下三个不同国籍孩子的故事，告诉人们没有祖国的孩子永远无法获得自由的生存空间。作家在表达对朝鲜半岛移民怜悯和同情心理的同时，试图鼓舞被压迫者奋起反抗的斗志，也让读者真正认识到"祖国"一词对于每个人的意义。

---

① 舒群：《没有祖国的孩子》，北京：华夏出版社，2009年版，第4—5页。

《邻家》同样刻画了悲惨的朝鲜半岛移民形象。朝鲜老太太的三个儿子因从事独立斗争而被捕,于是她只能与相依为命的女儿一起逃亡到中国东北卖身度日,但是不得不面对恶贯满盈的嫖客和周围轻蔑而冷漠的目光。小说中出现了多个与"他者"相呼应的"自我",首先"我"对这对母女的态度是从"同情"到"理解","我"的朋友均平则表现出蔑视和歧视的姿态,"房子还好,就是有穷高丽不大好!"①在均平眼中,朝鲜半岛移民是可以随意无视的穷困流亡者。确实,从老太太的衣着、房间的陈设均可看出母女生活的窘迫。他不允许老太太与自己同坐一条长凳,"指着不远的那块大石又说:'你坐到那里去!'"当老太太反问"我为什么坐在那里?"时,均平说:"那才是亡国奴坐的地方!"②实际上,均平对待老太太的言行举止,正是长期以来形成的中国民众对朝鲜半岛集体想象的直接映射,而这种集体想象往往都是消极贬义的,甚至带有蔑视的意味,在某种程度上体现了中国与朝鲜半岛在特定历史条件下处于冲突和抵牾状态之中的民族关系。对于这种"集体想象",周作人曾经做出过深刻反思。

> 中国从前硬要朝鲜臣服,现在的爱国家也还有在说朝鲜"本我藩属"的人,我听了很不喜欢……朝鲜我也希望他能独立,不属于中日,自然也不要属于苏俄。朝鲜的文化虽然多半是中国的,却也别有意义,他是中日文化的连络,他是中国文化的继承者,也是日本文化的启发者……我真不解以侠义自喜的日本国民对于他们文化的恩人朝鲜却这样的待遇。③

不难发现,周作人虽然认识到朝鲜半岛是"中国文化的继承者",但也肯定了他们"别有意义"的创新,同时强调他们在中日文化之间的连接作用和对日本文化的启发意义,特别是对朝鲜半岛"本我藩属"的中华主义心态的陈旧思维进行了批判,这与《邻家》中"我"对朝鲜半岛的认识和态度存在高度的契合性,在某种程度上可视为反集体想象的延伸思考。小说正是通过"我"与均平不同态度的对照呈现,凸显了对朝鲜半岛移民基于同情心理的理解和融合姿态。而在小说的最后,当均平再次让老太太坐到

---

① 舒群:《邻家》,《文学大众》第1卷第1期,1936年。
② 舒群:《邻家》,《文学大众》第1卷第1期,1936年。
③ 周作人:《李完用与朴烈》,载周作人著,钟叔河编:《日本管窥》,长沙:湖南文艺出版社,1998年,第665—666页。

狗撒尿的石头上去时,老太太向他伸出食指说:"现在也该你去坐了。"①接着出现小说的最后一句:"那天,恰好是'九一八'事变的第二天。"②这一句话的潜在意蕴耐人寻味。据此可见,作者通过均平与老太太的对话有意强调了中国与朝鲜半岛同处被压迫处境的连带心理,升华了两个民族"摒弃前嫌,联合抗日"的主题。其中,渗透着作家对沦陷区人民麻木思想的批判和对民族歧视的反思。

相关统计数据显示,截至1936年东北地区的朝鲜半岛移民数量将近90万人,他们之中既有劳苦耕作的农民,也有日本侵略中国的帮凶,中朝边民之间的矛盾冲突和历史形成的民族集体想象使中国人对朝鲜半岛移民的态度错综复杂。《没有祖国的孩子》和《邻家》等小说均对此时期的中朝民族关系进行了呈现,既展现了中国人对朝鲜半岛移民的同情和怜悯,也描写了对他们的歧视和偏见,且在行文中有意将后者与他们亡国奴的身份相关联,而对亡国流亡者身份的强调,正是为了警示国人可能遭遇的相同命运。舒群通过朝鲜半岛移民形象的展现,既表达了对流亡者悲惨处境的深刻同情,也凸显了日本殖民扩张带给中国和朝鲜半岛人民的苦难创痛,目的是在不同民族的抵牾关系之中强调超越异质性的相互协作精神,促使人们反思救亡与抵抗的双重时代课题。

如果说《没有祖国的孩子》和《邻家》将穷苦的朝鲜半岛移民塑造为反集体想象物的"他者"形象,揭示了隐匿于中国民间的狭隘而迂执的民族关系审视视角,那么骆宾基的《幼年》则在多民族交往关系复杂样貌的展呈中,以混沌初开的儿童视角揭示了朝鲜半岛移民的生存境况和文化身份建构的欲求。小说并未过多涉及矛盾冲突,而是集中描写中俄朝交界地带的不同民族的生活状况,其中就有从朝鲜半岛流亡而来的移民。他们为了躲避日本殖民者的压迫,被迫背井离乡,在陌生的国度艰难度日,而出于对民族文化本根的追寻和文化身份建构的需要,也展开了对日本主流话语霸权的抵制和反抗。"我出生的县城,是靠近俄罗斯海口的中国边境,距离朝鲜的清津港又很近,所以秋冬两季的早晨,海雾永远都是很浓重的,充满了街道,充满了我们住的院落。"③处于中俄朝接壤处的珲春是朝鲜半岛移民和其他民族的聚居区,对中国本地民众来说,它是一个神秘而具有异国风情的边缘性"他者",对朝鲜半岛移民来说,它是乡情乡愿和民族身

---

① 舒群:《邻家》,《文学大众》第1卷第1期,1936年。
② 舒群:《邻家》,《文学大众》第1卷第1期,1936年。
③ 骆宾基:《幼年》,《人世间》第1卷第1期,1942年。

份认同的寄托之地。从这个角度来看,通过珲春既可以窥见朝鲜半岛移民的屈辱处境和隐忍精神,又可以厘清中国与朝鲜半岛的历史渊源和现实格局。

从《幼年》主人公姜步畏的角度来看,他出身于地主家庭,与贫穷佃农身份的朝鲜半岛移民之间存在鲜明的阶级差异。基于"他者"意识,姜步畏也认识到自己与他们的民族差异,并在确证自身阶级和民族身份定位的动态过程中,逐渐建构起自我的身份意识。姜步畏对与宝莉的民族身份差异带来的距离感表达了遗憾和不满,从中可以看出彼时中国民众对朝鲜半岛移民的阶级和身份差异所表现出的无奈,这种朝鲜半岛移民形象的刻画也从侧面突出了阶级、族群等人为建构的社会性。

在与近邻国家的交往中,受"华夷"思维的影响,中国民众内心深处的中华主义心态和大国情结根深蒂固,已然固化为一种集体无意识,故在与邻国的交往中,会不自觉地流露出这种思想。尽管也因遭受日本的侵略而节节败退,但是在半殖民地文化语境下其仍持中华主义心态,对处于"边缘"地位的邻国表现出轻视的姿态,由此便型构了本国"中心感"与邻国"对抗感"[①]的文化博弈。同时文化带来的怨恨更易发生在相同文化圈内部的成员之间,换言之,"来自圈外的打击和残害所能造成的创痛烈度,要远远小于圈内的相应行为后果"[②]。从上述论述中,不难看出东亚三国在具体文化交涉过程中的文化心理。事实上这也是中国现代文学作品对朝鲜平民人物形象的认知中出现歧视和偏见的深层心理动因。

同时,中国作家在塑造朝鲜半岛移民形象时还带有"他者"视角。"他者"既与自我一样是独立个体,又是被建构出来的,并带有建构者的主观意志,因此可以通过"他者"建构反观建构主体本身。中国现代文学中的朝鲜人形象,大都是作为映照自身的镜鉴而被建构起来的。从蒋光慈的《鸭绿江上》,到台静农的《我的邻居》,再到舒群的《没有祖国的孩子》和《邻家》等,小说中的主人公均以主体(自我)对照和补充的身份出现,从"他者"的镜像中反观自我。无论是《没有祖国的孩子》中的果里,还是《邻家》中的朝鲜老太太,都带有被排斥的典型"他者"身份。他们对自己亡国奴的身份有着清醒的认知,因此表现出自卑和逃避的行为,或懦弱不争,或任人欺辱,因此被视为"老鼠"。作者在充分展现他们异于中国人的"他性"之后,或讲述他们通过绝地反击的英雄行为获得他人的认同,或将他们视

---

① 孙歌:《亚洲论述与我们的两难之境》,《读书》2000年第2期。
② 韩东育:《东亚的心胸》,《读书》2008年第8期。

为促使自我省思的反面参照物。例如,果里刚开始受尽屈辱,不能和"有祖国"的孩子一样接受教育,还被日本人抓去做苦力,直到他向"我"借了一把大刀,刺杀"魔鬼"日本人之后,才成为不甘做亡国奴的"我们中的一员"。实现身份逆转的果里,最终成为鼓舞被压迫民族奋起反抗的典型人物。"将来在高丽的国土上插起你祖国的旗,那是高丽人的责任,那是你的责任"①的呐喊和嘱托是作者创作主旨的集中呈现,也是坚韧不拔、战斗到底的抗争精神的最好注脚。

在《混沌:姜步畏家史》中,具有阶级和民族差别意识的姜步畏一直试图缩短与以"他者"形象出现的宝莉之间的距离感,但最终却失望地领悟到自己无法打破异质民族之间的隔膜,由此发出了"为什么宝莉是高丽人的女儿"②的慨叹。当他在宝莉居住的朝鲜半岛移民聚居区受到礼遇时,当他在返回的船上面对宝莉尴尬的笑容时,他发现了自身与宝莉的差异,自己也成为自我意识被人为建构的"他者"。而对以宝莉为代表的朝鲜半岛移民来说,他们的身份始终无法得到承认,只能以一种异质性存在的形式使姜步畏产生疏离感。

此外,中国现代文学还塑造了一类实现了由"普通人"到"英雄"身份转变的朝鲜平民人物形象。如《没有祖国的孩子》中的果里由被歧视的流亡儿童成长为刺杀日本"魔鬼"的斗士,实现了由"孤儿"到"英雄"的转变。再如《万宝山》中的朝鲜农民由身份卑微的奴隶转变为英勇抗击监工和日本侵略者的战士,金福四兄弟和他们的父亲原本都是地地道道的农民,他们认识到使其失去祖国的罪魁祸首就是日本,而为了争取民族解放和国家独立,必须奋起反抗。金福父亲对日本殖民侵略的本质有着清醒的认知:"帝国主义是专以侵略旁人地方、垄断旁人的经济、欺压弱小民族为能事的,日本就是一个。"③尽管他的四个儿子都为了祖国的解放而不幸牺牲,他还是强忍着丧子之痛坚强地活着,"因为是想在死前看到高丽人从日本帝国主义压迫下挣脱出来,进一步打倒日本……愿所有被压迫的高丽人能恢复个人自由!"④而若要实现民族解放的目标,就必须联合起来共同斗争。小说结尾处,金福向大批朝鲜农民大声呼喊:

---

① 舒群:《没有祖国的孩子》,收录于金柄珉、李存光:《中国现代文学与韩国资料丛书(创作编 小说卷Ⅰ)》,延吉:延边大学出版社,2014年版,第233页。
② 骆宾基:《混沌:姜步畏家史》,收录于金柄珉、李存光:《中国现代文学与韩国资料丛书(创作编 小说卷Ⅲ)》,延吉:延边大学出版社,2014年版,第427页。
③ 李辉英:《万宝山》,上海:湖风书局,1933年版,第168页。
④ 李辉英:《万宝山》,上海:湖风书局,1933年版,第202页。

被压迫的三韩民众们,我们恢复自由,打倒帝国主义的时机到了!中国的农民们现在正用武力和日本帝国主义与他们本国反动官僚们直接抗战,他们不愿再过非人的生活,我们也不要再过非人的生活了,我们都是穷苦的群众,都是被压迫的人,我们要同他们联合在一起,好好干一下,一同向双层的反动势力进攻!想生活,一定要和敌人拼命!同胞们,快快清醒,夺取我们个人的自由!他们中国的弟兄们已经有整个的计划,他们欢迎你们去参加,干不干?当然要干!①

在这段慷慨激昂、令人振奋的演讲中,金福已然蜕变为领导民众抗击日本侵略者的民族英雄,他认识到打倒日本殖民者的紧迫性,以及联合中国人民"向双层的反动势力进攻"的必要性。不难看出,作者通过金福之口表达了唯有中朝携手,才能赢得抗日斗争胜利的美好愿望。

事实上,中朝民众联合抗日的过程,伴随着中国民众在遭受民族压迫的共同文化困境中对朝鲜半岛移民"歧视—怜悯—融合"的认识演变。首先是缘于中华中心主义的传统思维,导致中国民众对朝鲜半岛移民持有歧视甚至蔑视的态度,而在不同民族间的冲突和抵牾过程中,也逐渐对他们的流亡者身份产生了同情和怜悯的文化心态。基于相同被侵略处境衍生的同位意识和连带心理,两国人民最终走上了联手抗日的道路。《万宝山》中的朝鲜农民,受到日本侵略者和本国监工的双重欺压,当他们稍有懈怠,就会因"煽动罢工"的罪名遭受毒打,中国民众对他们的艰难处境感同身受,在同情和怜悯心理的驱使下,与他们共同发起了反抗压迫、迎击日本的斗争。

《万宝山》以真实的历史事件为素材,再现了扭结着民族矛盾和阶级矛盾的国际纠葛。小说在揭露日本侵略者及其帮凶走狗丑恶行径的同时,弘扬了中朝联合斗争的国际主义团结精神。李辉英在回忆《万宝山》创作历程时曾表示:"因为过于追求宣传效果,把中篇的题材敷演成长篇小说,结构上有如豆腐账,干燥无味,艺术技巧反嫌不足。"②茅盾在评价《万宝山》时也曾指出,作品"没有把久在日本帝国主义武力控制和经济侵略下的'东北'的特殊社会状况很明显地表现出来"。但尽管如此,其最为人称道的地方在于"作者努力使阶级意识克服民族意识"③。李辉英创作此

---

① 李辉英:《万宝山》,上海:湖风书局,1933年版,第247页。
② 张双庆:《李辉英先生谈生活与创作经验》,《开卷》1979年第6期。
③ 茅盾:《"九一八"以后的反日文学〈万宝山〉》,《文学》1933年第1卷第2号,1933年8月1日。

小说的着力点在于暴露被压迫民族与日本侵略者及其走狗之间的矛盾和斗争。李辉英对中朝农民间复杂而微妙的关系进行了巧妙勾勒,将两国农民因水田而导致的纠纷延伸至更深层次的矛盾冲突,即日本对中国和朝鲜半岛人民的压迫,最终使中朝农民结成抗击共同敌人的同盟关系。因此,小说有意凸显了中国农民对朝鲜农民不幸遭遇的同情心理,而朝鲜农民也对侵占中国土地的行为怀有歉意,强调导致这一切的罪魁祸首正是日本侵略者的暗中作祟。

中国作家对朝鲜平民人物形象进行了文学化的处理,不仅塑造了反集体想象的"他者"形象,也展现了存在于中国人内心深处的历史情结和中华主义心态,同时彰显了中朝人民在面对共同民族压迫时联手反抗的崭新主题。在朝鲜平民人物形象刻画过程中所体现的中朝之间的友谊与隔阂、抵牾与融合,也在一定程度上凸显了中国与朝鲜半岛历史与现实中的连带性,暴露了民族矛盾冲突背后潜隐的日本因素,揭示了"皇民化"殖民统治的罪恶面目。

第三节 记忆与现实:朝鲜反面人物形象的暴露和审视

如上节所述,中国人文化优越感的集体无意识在中国文学塑造朝鲜平民人物形象过程中发挥了重要作用。而事实上,中国与朝鲜半岛"中心"与"边缘"博弈的历史记忆及中国人内心深处根深蒂固的中华主义思维同样深刻影响了中国文学对朝鲜反面人物形象的暴露和展呈。这其中,也伴随着殖民地文化语境下朝鲜半岛移民身份的变迁以及中国对朝鲜半岛移民的态度变化。随着日本以朝鲜半岛为跳板的大陆进攻计划的持续推进,大量朝鲜半岛移民涌入中国。这些移民中,除了众多平民人物外,也有大量的反面人物,如贩卖毒品的投机分子、为虎作伥的无赖、仗势欺人的民族败类、充当日本帮凶的"二鬼子"等。在朝鲜半岛移民身份的转变过程中,中国民众的反日情绪日渐高涨,也随之产生了针对朝鲜半岛移民的嫌恶情绪。

深究其因,一方面中国人的生存空间被朝鲜半岛移民侵占而引发了恐惧和敌对心理,另一方面是诸如"万宝山事件"的对抗冲突也进一步加深了民族隔阂。如《万宝山》中"天天看一伙一伙搬来的高丽人……他们想这是搬来一大批炸药,时机一到,只要一通火,就'嘭'的爆发炸裂"[1],反映

---

[1] 李辉英:《万宝山》,上海:湖风书局,1933年版,第103页。

了中国人对朝鲜半岛移民的警惕和担忧。尤其是日本大举侵华后,朝鲜人也随之实现了地位进阶和身份跃升,面对日本人庇护下的朝鲜人的身份变迁,中国人表现出无奈的嘲讽和感叹,同时对朝鲜半岛大规模移民到来可能造成的威胁感到不安,对背后日本侵略势力的步步紧逼表示担忧。

朝鲜半岛移民的身份变迁引起中国人对其态度的变化,于是在历史记忆与现实考量的不断角力和矛盾运作中,朝鲜反面人物形象不断出现在中国现代文学作品中。《人间世》中在日本扶持下开设私烟馆坐收渔翁之利的金先生,《古城里的平常事件》中寡廉鲜耻、以欺诈为生的无赖,《夏夜》中贩卖毒品的"老高丽"和"小高丽",《人丝》中的缉私队告密者"金",《满洲的囚徒》中的密探朴广元,《混沌:姜步畏家史》中欺上瞒下、内外通吃的"二地主"朴斗寅,《呼兰河边》中充当日本帮凶的朝鲜翻译兵李德浩等,均是朝鲜反面人物形象的典型代表。

对于朝鲜半岛移民来说,现实生存困境和祖国的丧失感在很大程度上刺激了他们本能的生存欲望,其程度甚至可以回避历史和现实的真实。在此状况下,愚民思想、无视自尊、人性扭曲等民族性格深处的劣根性就会集中暴露出来。李辉英的《人间世》以"我"的观察视角描绘了一个在日本人开设的妓院里盘剥妓女、索要保护费的"金先生"。故事最后揭示出其"一条日本人的走狗"的真面目,指出这一切的根源在于"现代'满洲国'的治下,只有日本人和日本人使用的走狗朝鲜人是有势力的,'满洲国'倒不如说是他们的天下好"①。对潜藏在中朝民族矛盾之中的日本侵略者进行了猛烈批判。《古城里的平常事件》中的朝鲜无赖表面上斯文有礼,但暗地里却以日本人为靠山,在中国从事诈骗勾当。他在以房租敲诈方老太太之后,引来一群人"翻倒了屋内的什物,带一些顺手东西又呼哨般跑去了"。面对方老太太去警察局解决问题的要求,他更加有恃无恐地直接嚷道:"到局子里?到局子里也不怕你,你们的警察管不到。"②不难发现,他的背后是日本势力在撑腰,而中国巡官虽然心知肚明,却也无可奈何,因为"高×人的主子,中国的法律是管不到的"③。

《夏夜》中贩毒的老高丽和小高丽父子,本是以耕种为生的穷苦农民,但因病无法劳作,"就全家搬到这座古城来做这买卖了"④。所谓的"买

---

① 李辉英:《人间世》,收录于金柄珉、李存光:《中国现代文学与韩国资料丛书(创作编 小说卷Ⅰ)》,延吉:延边大学出版社,2014年版,第199页。
② 李辉英:《古城里的平常事件》,《李辉英文集》,北京:华夏出版社,2000年版,第293页。
③ 李辉英:《古城里的平常事件》,《文学》第7卷第3期,1936年。
④ 李辉英:《夏夜》,《李辉英文集》,北京:华夏出版社,2000年版,第323页。

卖",当然是指贩毒的违法勾当。事实上,他们只处于贩毒产业的最边缘,产业链的最顶端则是日本人。虽然是反面人物,李辉英在刻画他们的过程中还是有所保留和克制,并未赋予他们褒贬色彩,而把他们塑造成为了维持生计被迫从事违法勾当的人。如此,既暴露了中朝人民面临的相同精神创伤以及艰难生存处境中人性的扭曲,也把矛头指向了日本殖民者,有力控诉了日本的侵略扩张行为带来的"毒害"。《人丝》中充当缉私队告密者的"金"同样处于社会底层,在他的帮助下,缉私队将走私者一网打尽,但是迎接他的不仅不是褒赏,反而是一顿毒打,"血染了他自己的衣服。那种凄惨的叫声,和外面的急风调成没有节奏的音乐"[1]。最后他又成为缉私员中饱私囊的工具而被二次利用。作者通过这样一个朝鲜反面人物形象,告诉人们告密者的结局必然是可悲可叹的,在凸显日本侵占区黑暗社会现实的同时,也控诉和影射了日本的殖民统治。

书写密探或告密者的还有《满洲的囚徒》,此小说是作者罗烽将其个人被捕遭遇艺术化处理后的作品,小说中的朴广元是被安插在中俄政治犯中进行心理战和搜集证据的奸细。当然,殖民统治"协力者"的身份暴露以后,"我"终于认清"他是一个肮脏无耻的人,他是一条拙笨的猎犬,现在我完全证明他是个被敌人利诱的叛徒,而负责监视我、转变我的使命的(人)"[2]。与"金"和"朴广元"一样,《呼兰河边》中的李德浩也是为虎作伥的走狗形象。小说在控诉日本殖民者对误闯禁区的牧童进行拘捕、拷问、杀害进而弃尸荒野的野蛮行径的同时,塑造了一个在日本守备队中为日本效劳的翻译兵的形象。他担任日本人的翻译,在"一夜哀号不断"的惨无人道的拷问中,充当了恐吓和翻译的角色。

除此之外,还有一类朝鲜反面人物形象,不仅欺压坑骗中国人,而且还在日本人的支持下出卖和残害本族同胞。《混沌:姜步畏家史》中的朴斗寅便是此类人,表面上他是领事馆负责解决民众纠纷的通事,背后却偷偷经营烟土生意并向背井离乡的同胞放高利贷获取暴利。他在中国管理层、地主和贫苦朝鲜农民中如鱼得水,在各种复杂利害关系中游刃有余。在日本侵略势力的保驾护航下,他时而身着白袍,扮演调解矛盾的仲裁者,时而装扮成中国绅士的样子成为当地大户人家的座上宾。他一边通过放贷剥削大量涌入的朝鲜半岛移民,一边又将他们卖给中国地主并从中获取巨额

---

[1] 小松:《人丝》,收录于金柄珉、李存光:《中国现代文学与韩国资料丛书(创作编 小说卷Ⅰ)》,延吉:延边大学出版社,2014年版,第371页。
[2] 罗烽:《满洲的囚徒》,《战地》第1卷第6期,1938年。

中介费。作者骆宾基毫不避讳地写道:"朴斗寅在这城市是有着怎样的威望呀! 读者是不难想象的。珲春的春季,是朴斗寅的黄金的日子。"①朴斗寅以征服者的姿态自居,通过坑蒙拐骗等恶劣行径,压榨底层的弱势民众,是最为人所不齿的反面形象之一。

在卜乃夫的《红魔》和《龙窟》中也出现了此类反面人物形象。《红魔》中的李箕是一个爱国少年,但是他的伯父和叔父等人则是日本人的鹰犬,不但污蔑参与抗日运动的同胞,而且认为日本是施恩于朝鲜的国家。"日本对韩国的一切措施,纯为帮助韩国建国,绝无其他恶意。韩国太穷,极需要日本帮忙;日本能帮忙,韩国就有救。对于日韩友谊,一般人不往好处想,反作杞人之忧,殊属不智之甚。"②卖国贼的嘴脸显露无遗。《万宝山》也出现了一些受日本人教唆,与日本人沆瀣一气的朝鲜反面人物形象。这些人物身上同样体现了日本殖民语境下部分朝鲜半岛流亡者人性的黑暗,作者通过这些负面人物的所作所为,凸显了其暴露朝鲜民族败类的创作意图;同时,强调朝鲜半岛独立运动的失败在很大程度上要归咎于这些"贱骨头"卖国贼。

以上作品中的朝鲜反面人物形象大多是以中国作家的直接体验或间接交往为基础塑造而成的,这些反面人物的塑造和暴露,凸显了中朝民族矛盾背后隐伏的中国社会危机和民族困境。朝鲜半岛面临的悲惨境遇,唤起了同样处于民族危亡之中的中国作家的精神共鸣,使他们产生了"哀其不幸,怒其不争"的悲悯心理,由此凸显中朝底层人民同处日本殖民统治之下而不得不面对困顿生活和黑暗处境的创作意识。同时,他们通过对朝鲜反面人物的书写,也揭露了日本"皇民化"殖民统治的本质,让人们认识到日本对朝鲜半岛的保护实际上是利用其作为侵华的工具和急先锋,真实的目的在于破坏中朝关系,激化民族矛盾,从而坐收渔翁之利。因此,在朝鲜反面人物形象的暴露和审视的背后,显示出中国作家对中华民族危机处境的焦虑心境。

事实上,流亡至中国东北一带的朝鲜半岛移民群体身上带有典型的流散特征。他们被迫背井离乡来到陌生的异国土地,其中不乏抗日爱国的进步人士,但到了 20 世纪 30 年代,尤其 1933 年随着《塘沽协定》的签订,日本加快了侵华步伐,部分朝鲜半岛移民趁着局势混乱为非作歹。缘于此,

---

① 骆宾基:《混沌·姜步畏家史》,收录于金柄珉、李存光:《中国现代文学与韩国资料丛书(创作编 小说卷Ⅲ)》,延吉:延边大学出版社,2014 年版,第 399 页。
② 卜乃夫:《龙窟》,香港:新闻天地社,1976 年版,第 166 页。

中国本地居民与朝鲜半岛移民之间的纠纷不断发生,报复朝鲜半岛移民的案件也经常见诸报端,部分朝鲜半岛移民为寻求日本保护,亲日倾向更加明显。以李辉英《夏夜》《人间世》和《古城里的平常事件》为代表的小说大量涌现,它们揭露了日本庇护之下这些朝鲜半岛移民的真实面貌,讲述了冲突背后的民族危机和社会困境。朝鲜反面人物形象实际上是社会剧变和文化迭代期的某种特殊存在,他们作为群体出现的历史原因和文化根由错综复杂,但决定性因素还在于社会文化语境的骤变和民族面临的危机。

中国现代文学关注和刻画的朝鲜反面人物形象还具有多重性和复义性的特征。中国作家在朝鲜反面人物身上赋予了可变因子,他们并非绝对的恶人,也有感情上的波澜起伏甚至思想的转变,是社会动荡和危机衍生出来的特殊群体。从文化人类学中"文化互为主体性"的切入视角考察朝鲜反面人物形象,可以发现他们负面行为的背后是被殖民过程中长期遭受压制和束缚而产生的心理扭曲,在偶发性的外部刺激因素作用下形成了补偿和发泄心理。而当泯灭人性的殖民统治越逼近自己,人们对它的反抗就越强烈,心理扭曲的程度也就越深,补偿和发泄欲望也就越迫切。与中国人混居于东北地区的朝鲜半岛移民对自身的离散身份和尴尬处境有着清醒认知,他们的文化身份由"檀君子民"转变为日本"皇民",在异国他乡以移民这一异族身份存在,在日常生活中忍受着歧视和排挤,沦落为弱小而边缘性的"亚文化群体"。而当他们发现可以改变自身文化处境或改善自己的社会等级的机会时,就容易走极端或选择与强者妥协。尤其是当他们在移居地与当地居民关系不融洽甚至对其怀有敌意时,更不会有任何顾虑和愧疚,于是朝鲜反面人物形象自然就出现了。

再加上中国人由于内心深处的中华主义集体无意识,对部分反面形象的朝鲜半岛移民持有嫌弃和厌恶的心理,而当这种否定性的认知和嫌恶情绪相结合并达到一定程度时,就会催生出某种文化冷漠和文化敌视。作为"他者"和被压迫者的朝鲜半岛移民在合适的时机便会表现出同样的敌对意识和负面行为,这正是小说中反面人物的心理机制和行为逻辑。

朝鲜半岛移民的离散身份,在很大程度上弱化了传统道德对其行为的约束作用。20世纪开始的跨国家、跨地区族群移居和越界迁徙,形成了世界性的流散现象,同时引起了文化身份错乱和文化认同危机。因朝鲜半岛自古以来长期浸染于中华文化尤其是儒家思想的影响之中,"人格血统、宗法等级、占有分配以及道德义务的差分来确定"[1]的身份观念和身份伦理

---

[1] 郭洪纪:《儒家的身份伦理与中国社会的准身份化》,《学术月刊》1997年第7期。

也深深根植于朝鲜半岛民众的内心深处。在传统的东方礼制体系中,人们以群体认可的伦理规范规约个人的行为,由此形成他律性的文化人格,即个人行为受制于他律性的规范。如果群体性的伦理准则不复存在,个人道德便也随之消失。随着日本的殖民扩张对东北亚局势的改变,部分朝鲜半岛民众的文化身份和价值取向发生了改变。他们在国内遭受日本严苛的殖民压迫,丧失了存在感和身份感,而远离故土来到管制和约束相对宽松的中国之后,甚至在日本的纵容和保护下,开始享受"日本国民"的治外法权。在追逐利益和生存空间的过程中,用来约束个人行为的道德标尺被抛诸脑后,生存时空的改变使这一特殊群体"以无秩序为秩序,以无道德为道德,以无规则为规则"①,进而在日本人的扶持下助纣为虐,参与日本的大陆进攻计划,在道德约束弱化的情势下,就出现了为非作歹的无赖痞子、欺世盗名的卖国走狗、寡廉鲜耻的民族败类等反面人物形象。

此外,朝鲜反面人物形象的出现,还缘于日本对朝鲜民族性的抹杀和皇民化教育。日本通过贬低和毁灭朝鲜半岛的民族文化,宣扬"日鲜同祖论",其结果便是培养了一批亲日派卖国贼。他们以"帝国子民"的心态,在半殖民地的中国充当了日本侵华的工具。1911年日本颁布的《朝鲜教育令》明确规定了要推行殖民地教育,以实现"忠良国民之养成",通过"创氏改名""日语之普及"等一系列的同化政策和强行措施,试图培养朝鲜半岛民众帝国臣民的品性。

> 日本人最毒辣的手段,莫过于停闭高丽人的学校,焚烧高丽古物,更换城镇街巷的名称!这样一来,以后的高丽孩子们不能再受高丽教育了,要去受日本的愚弄教育……高丽的文化遗迹毁灭了,高丽的城名街名变成日本名了,再过些年,孩子们哪知道还有高丽一个国家的事!更不知道还有个高丽被压迫的民族,而是被日本人灭掉了的一回事了。②

可见,"日本的殖民'同化'政策就是要彻底抹杀韩国人的民族主体性,在政治上培养天皇的忠诚爪牙,经济上培养'开发满蒙'的劳动工具,思想上泯灭其民族意识,成为日本的'忠良国民',军事上则以奴隶化的精

---

① 许纪霖:《第三种尊严》,北京:人民文学出版社,1996年版,第83页。
② 李辉英:《万宝山》,上海:湖风书局,1933年版,第129页。

神洗脑,使之为日本的侵华和东亚'圣战'效力"①。

后殖民理论认为,殖民主义体系首先是通过军事侵占实现对被殖民地的征服和割地,然后就要"制造殖民地原住民的仰赖情结"②。其最终目的是控制被殖民者的精神思想,使被殖民者的自我身份认同陷入混乱和偏移状态。就殖民地朝鲜半岛来说,就是产生了一批失去民族意识甚至进行自我殖民的日本"皇民"。他们在日本强力的武力镇压和柔性的文化渗透中,逐渐认可日本的殖民统治,进而对日本产生亲和感和向往感,皇民化思维完全渗入了他们的肌体,他们甚至希望成为日本人从而改变低贱的身份以免遭欺凌。如巴金的《火》(第一部)就写到一个为日本殖民统治效力的卖国贼,后被流亡中国的朝鲜半岛爱国义士暗杀。巴金在小说中蔑称这个卖国贼为"那个东西"。

> 那个东西前天又在虹口演说过一回,他说:"'一·二八'战争中间,我们同乡没有做过什么事情,很对不起'大日本帝国'"……他还说在这次战争里我们同乡应该替皇军尽力,又说了许多肉麻的话。这种人真是我们里面的败类!……他拿了日本人的钱到处收买我们同乡,给日本人做事情。有些无知的同乡真被他收买去了……③

从行文中,可以发现巴金对"那个东西"卖国行为的不齿和鞭挞,从"大日本帝国""皇军"等字眼,也可以看出"那个东西"所遭受的奴化思想毒害,以及殖民主义同化政策的巨大危害。事实上,正是缘于日本的奴化控制和同化政策,出于本能的生存策略的考量,"那个东西"才人自觉或不自觉地迎合了日本的殖民扩张政策,由此成为日本侵华势力的帮凶。

日本通过强力压制措施,将朝鲜半岛民众规训为"帝国臣民"之后,又把这种同化政策和殖民理念推广到中国东北。从语言话语到知识传播,从殖民意识灌输到社会习俗和行为方式的控制,日本通过"五族协和",试图将各个民族捆绑在其大陆扩张的战车上。日本通过强行赋予各民族身份变化,体现权力与等级的互动关系,在民族矛盾激化的过程中,见利忘义等人类劣根性便暴露无遗,于是便有了文学作品中反面人物的大量涌现。

---

① 吴敏:《民族主义的自我观照》,香港:国际作家书局,2010年版,第238页。
② 张京媛:《后殖民理论与文化批评》,北京:北京大学出版社,1999年版,第364页。
③ 巴金:《火》(第一部),《巴金全集(第七卷)》,北京:人民文学出版社,1988年版,第35页。

整体来看,中国作家笔下的朝鲜反面人物形象较为侧面和节制,且他们的身上始终贯穿着作家对日本殖民统治的批判和控诉。如日本殖民"同化"政策对朝鲜民族主体性的抹杀,加上武力镇压和柔性渗透的交互作用,皇民化思维渗入他们的肌体,在多义性空间的中国东北地区,长期压抑导致的心灵扭曲驱使他们寻求心理补偿和发泄。事实上,日本作为殖民宗主国实行的高压统治和文化霸权政治,以及由此派生出的民族歧视和等级思维,使裹挟于其中的殖民地朝鲜半岛人民对自身的文化身份和文化认同产生了心理焦虑,最终沦落为自轻自贱、随波逐流的工具性存在,有些人甚至产生了仰慕日本文化、成为日本人的心理冲动。日本通过篡改朝鲜历史、灌输殖民思想等以"内鲜一体"为基础的"皇国臣民"化的同化政策措施,强制推行以殖民话语为基本逻辑的霸权主义,旨在彻底摧毁朝鲜半岛人民对民族文化的信仰根基,将皇民主义思想植入他们的思维范式之中,从而在自我否定中追随和依附日本的殖民统治。而由此带来的思想转变以及流散族群的身份认同变迁,也在一定程度上弱化了传统道德的约束作用,于是出现了充当日本殖民工具的朝鲜反面人物形象。

此外,需要强调的一点是,中国作家在刻画朝鲜反面人物形象的过程中,表现出某种特殊的创作意识。他们通过刻画深受军国主义思想毒害的朝鲜反面人物形象,"言在此意在彼"地揭露日本的殖民侵略野心,表达对中华民族危机处境的焦虑心情,并试图以此唤醒国人的反抗斗志,最终实现抗战胜利。

结　语

　　本研究从"辨源析流"和"同轨镜鉴"的角度，对朝鲜半岛近现代文学转型中的"中国因素"和中国近现代文学中的"朝鲜映像"进行了细致入微的分析和探察。主要聚焦于1894—1949年中国与朝鲜半岛文学间的双向互动，通过梳理两地文学的相互关注和影响过程，探究两者间的共同话语、相互认知和交互渗透。在分析朝鲜半岛文学演进历史文化语境的基础上，分别探讨其文学近代化转型和殖民地文学与晚清"三界革命"及"五四"新文学的关联性。同时，通过深度剖析中国对朝鲜半岛近现代文学的译介情况、中国近现代文学中的"朝鲜"映像和"朝鲜人"形象，阐明中国文学对朝鲜半岛文学的关注以及朝鲜半岛文学的逆向影响。

　　本研究内容具体包括相关文学文本的译介传播、互动认知和跨界书写等，将研究视域和论域拓宽至中国与朝鲜半岛文学和思想交流史的高度，在摒弃中国与朝鲜半岛文学关系研究中传统的"单向"思维理路的同时，通过对两地文学互译互鉴关系的"双向"考察，实现了研究视域的转换，并在一定程度上将研究放置在整个东亚汉文化圈的整体视野之中。

　　实际上，鉴于百年来中国学术的理论框架和研究方法大都取法于西方的事实，作为"方法"的东亚视角或汉文化圈，一直受到学界的持续关注。学界探讨的焦点在于如何反思西方学术对中国的影响，同时提出某种异于西方的理论方法，探寻一个亚洲或东方的学术生产方式。无论是"东方学"还是"东域学"，事实上均着眼于此。东亚视角本质上是某种研究路径，而非单纯研究材料或探讨主题，它强调的是研究对象与思考理路的契合统一。"以汉文化圈为方法，不仅能够提出很多新问题，开辟一些新领域，也能在旧题材中阐发新意义。"[1]相较于"新文化史"研究方法可能带有的"碎片化"和"过度诠释"的弊端，以东亚汉文化圈为方法的研究模式在更大程度上凸显了整体视野，同时尝试打破中心与边缘的界限，更为明晰地呈现东亚区域文学关系的复杂性和内在统一性。

　　就整体的"东方"和"西方"来说，当"西风东渐"之时，缘于各自相异的特殊历史文化语境，东亚诸国在面对西学时，呈现的是不同的文化身份、应

---

[1]　张伯伟：《再谈作为方法的汉文化圈》，《文学遗产》2014年第2期。

对策略和殷鉴路径。日本以最先觉醒的东亚"领头羊"的身份积极面对和吸收西方文化;中国处于半殖民地半封建社会,以西学为参照推进现代化转型;朝鲜半岛则因遭受日本的殖民侵略而不得不在更大程度上依附于日本来接受西方影响。而从微观视角来看,在历史根源与现实影响、传统积淀与现代辐射的交互作用下,无论是在社会变革,还是文学转型方面,中国、日本与朝鲜半岛之间的关系均呈现出错综复杂的局面。

首先中国与日本自甲午战争后实现了文学关系的逆转。传统的中日文学关系基本上是中国文学对日本文学施以单向影响,而伴随甲午战争后中日势力的消长起伏,通过日本新学书籍的译介和留日学生的派遣,日本明治以后的新文学曾对1937年之前的中国文学产生了深刻影响。梁启超等流亡到日本的革命者自不待言,鲁迅、陈独秀、李大钊、郭沫若、郁达夫、王国维等数不胜数的现代知识文人均通过日本获取了文学转型和现代性追寻的经验。同时,缘于传统文学影响关系的纵向延伸和汉字文化圈的历史积淀,中国文学也在一定程度上影响了日本文学,表现之一是日语文学在语汇使用上对汉文学的依赖,如王国维《宋元戏曲史》对青木正儿《中国近世戏曲史》的启发,鲁迅和郭沫若作品的译介研究等。相较于中日文学间交流互润的关系,朝鲜半岛与日本的文学关系则基本呈现压倒性的单向影响格局,即朝鲜半岛文学几乎完全笼罩在殖民地宗主国——日本的影响之下。

中国与朝鲜半岛近现代文学则是相互渗透、互为镜鉴的关系,二者一方面在传统影响关系的惯性延展之中呈现出明显的"同轨性",另一方面又在半殖民地与彻底沦为殖民地的文化语境差异下表现出一定的"异质性",它们共同作用于中国与朝鲜半岛近现代文学的互动关系之中。事实上,本研究在梳理中国与朝鲜半岛近现代文学关系的过程中,已经在一定程度上将日本因素嵌入其中,将视野延展至东亚视域,初步言及了东亚三国相互交织、叠合和杂糅的文学关系。

当然,若将亚洲的空间范围由东亚扩展至东南亚,则越南、泰国、马来西亚等国家与中国文学的关系又可成为探究的对象。就中越文学关系来说,20世纪初越南语的拉丁化改革对中越文学关系产生了重要影响,打破了中国文学一枝独秀的影响格局。但因鲁迅批判精神与越南文学倾向的高度契合,鲁迅作品被持续译介并广泛传播。受中越传统文化关系和汉字文化圈的深厚文化渊源制约,中国文学对越南文学现代性的发生和构建产生影响,成为越南文学现代化转型的推动因素之一。

尽管如此,与中日文学和中朝文学相比,中越文学的紧密程度和互动深度略显逊色。而相较于中日文学关系,中国与朝鲜半岛文学通过反抗殖民主义的共同话语构建,在同位意识的支配下,形成了抗日民族主义与国际主义相结合的连带心理。日本的殖民扩张使传统意义上的东亚民族国家界限变得模糊不清,中国和朝鲜半岛作为反抗主体均无法将视野局限于国家内部。"东方弱小民族"的意识形态成为中国知识文人构建"世界知识"的某种认知中介,在左翼民族意识和文化想象之中,型构了一个东方与西方、中国与东亚多层隐喻、无限延展的意义空间。

如果说中国文学从日本现代文学中吸取了文艺启蒙的策略和文学革命的动力,那么从朝鲜半岛亡国的悲运中则获得了前车之鉴,也感受到了民族血性。事实上,从中国知识界对朝鲜的认知变化,到朝鲜半岛沦亡叙事的凸显,从文学作品中"朝鲜"映像的呈现,到朝鲜半岛抵抗精神的文学呈示,均体现出"五四"新文学对朝鲜半岛殖民地文学的关照。朝鲜半岛沦亡叙事中充溢着中国作家的民族主义激愤,或赞颂爱国义士的英勇壮举,或表达唇亡齿寒的警戒心理,或褒扬朝鲜民族的反抗精神,或表露对中国命运的忧思。

当然,无论是对中国来说,还是对朝鲜半岛来说,日本都是接触西方文学、吸收西方文明的重要媒介和窗口。而在朝鲜半岛接受西方文学影响的过程中,中国也曾发挥了重要的"中介者"作用。纵观近现代西方对东方的文化影响,可以发现主要有"西方→日本→朝鲜半岛""西方→中国→朝鲜半岛""西方→日本→中国→朝鲜半岛"等传播路径,除了经由中国和日本的一次性中转外,还存在"西方→日本→中国→朝鲜半岛"这样的二次中转。"中介者"角色的错综复杂,映射了近现代东亚三国此起彼伏的动态三角关系。对于朝鲜半岛来说,中国和日本均扮演着"影响源"和"中介者"的双重角色,从中亦可窥见朝鲜半岛依附于中国和日本的文学变革和文化嬗变定式这一现实。因此,可以说东亚文学并非是中日二元格局,而是呈现出中国、日本和朝鲜半岛互为参照、互环联动的复杂状貌。对这种文学关系的深入探究,也正体现了东亚视角或汉文化圈作为某种方法论的理论意义。

"中外文学关系的研究,是中国比较文学学术传统最丰厚的领域"[1],此领域涌现的丰硕成果,被高度评价为真正"体现了'我们自己的比较文学'的特色和成就"[2]。而在中国国际地位不断跃升和中华文化"走出去"

---

[1] 钱林森、周宁:《中外文学关系研究的问题与领域》,《中国比较文学》2016年第4期。
[2] 王向远:《中国比较文学研究二十年》,南昌:江西教育出版社,2003年版,第7页。

的当下,对中外文学关系的研究和思考,无疑既关涉比较文学的学科自觉,也与中国文学在世界文学版图中的地位紧密相关。在中外文学关系的探讨中,除了应注重相互影响的双向考察和"跨文学空间"的理论建构以外,更重要的是在"中"与"外"的二元对立中坚守中国立场。研究论题的出发点和落脚点都应是中国文学,其理论旨归在于提升中国文学的世界性和影响力。

就本研究而言,无论是"上编"对朝鲜半岛文学近现代转型中的中国因素"辨源析流"式的探寻,还是"下编"对中国近现代文学视域中朝鲜映像和朝鲜人形象的"同轨镜鉴"意义的追溯,其问题意识和阐释立场均指向"中国"。在具体行文中,无论是主体评价,还是价值判断,均未脱离中国主体文化立场。

如果将中国文学的世界化分为汉字文化圈内的东亚化与近代以来真正的世界化两个阶段,那么本研究聚焦的正是前者。在探究中国与朝鲜半岛近现代文学关系的过程中,将思维触角延伸至东亚,在一定程度上揭示了同质性汉文化圈内不同语种文学碰撞交流中的互动机制和反双向性的"因果律",并从方法论反思的角度解构了中国与朝鲜半岛近现代文学之间复杂交融的耦合关系。本研究只是以东亚视角切入中朝文学关系研究的初步尝试,至于在近现代时空维度下对东亚三国文学交流互鉴与矛盾对抗潜在结构的深度解析,只能留待日后继续思考和推进。

参考文献

报刊文章:

[1] 徐载弼:《东洋论》,《大朝鲜独立协会会报》1897年2月15日。

[2]《务望兴学》,《大韩每日申报》1906年1月6—7日。

[3]《英语研成社趣旨书》,《大韩每日申报》1906年8月23日。

[4] 安国善:《民元论》,《夜雷》总第2期,1907年3月5日。

[5] 北旅东谷:《朝鲜对中国之今后关系观》,《开辟》总第28期,1922年10月1日。

[6] 北旅东谷:《论新东洋文化的树立——以中国旧思想旧文艺的改革为他山之石的新文学建设运动》,《开辟》总第30期,1922年12月1日。

[7] 北旅东谷:《思想的革命》,《开辟》总第52期,1924年10月1日。

[8] 陈独秀:《朝鲜独立运动之感想》,《每周评论》总第14期,1919年3月23日。

[9] 陈独秀:《太平洋会议与太平洋弱小民族》,《新青年》第9卷,1921年9月1日。

[10] 崔锡夏:《朝鲜魂》,《太极学报》总第5期,1906年12月24日。

[11] 丁来东:《〈阿Q正传〉读后》,《朝鲜日报》1930年4月9日。

[12] 丁来东:《文坛肃清与外国文学输入之必要》,《东亚日报》1935年8月7日。

[13] 丁来东:《现代中国文学的新方向》,《新民》总第42期,1928年10月1日。

[14] 丁来东:《中国短篇小说家鲁迅和他的作品》,《朝鲜日报》1931年1月4日。

[15] 丁来东:《中国文人印象记》,《东亚日报》1935年5月1日。

[16] 傅斯年:《朝鲜独立运动中之新教训》,《新潮》第1卷第4号,1919年4月1日。

[17] 韩雪野:《鲁迅与朝鲜文学》,《朝鲜文学》总第10期,1956年10月。

[18] 胡适:《谈新诗——八年来一件大事》,《星期评论(纪念号)》总第5期,1919年10月10日。

[19]金光洲:《幸福的家庭》,《朝鲜日报》1933年1月29日。

[20]金台俊:《文学革命后的中国文艺观(十四)》,《东亚日报》1930年12月4日。

[21]金台俊:《新兴中国文坛上活跃的重要作家(四)》,《每日申报》1931年1月7日。

[22]李陆史:《鲁迅追悼文》,《朝鲜日报》1936年10月23—29日。

[23]李泰俊:《文章讲话》,《文章》创刊号,1939年2月1日。

[24]李允宰:《中国的新文字》,《东明》总第10期,1922年11月5日。

[25]梁启超:《朝鲜哀词(第19首)》,《国风报》1910年9月4日。

[26]梁启超:《朝鲜灭亡之原因》,《国风报》1910年9月14日。

[27]梁启超:《朝鲜亡国史略》,《新民丛报》总第53期,1904年9月24日。

[28]茅盾:《"九一八"以后的反日文学〈万宝山〉》,《文学》第1卷第2期,1933年8月1日。

[29]牛山学人:《中国新兴文学的阿Q时代与鲁迅》,《东方评论》总第2期,1932年5月9日。

[30]朴鲁哲:《中国新文学简考(二)》,《朝鲜日报》1928年11月27日。

[31]申采浩:《国汉文的轻重》,《大韩每日申报》1908年3月17日。

[32]申彦俊:《中国的大文豪鲁迅访问记》,《新东亚》总第30期,1934年4月。

[33]藤田和夫:《日本普罗文学最近的问题》,方楫(胡风)译,《木屑文丛》第1辑,1935年。

[34]中叟:《读梁启超所著朝鲜亡国史略》,《太极学报》总第24期,1908年7月28日。

著作:

[1]《韩国近代文学研究资料集》,首尔:三文社,1987年版。

[2]Homi K. Bhabha:The Location of Culture,New York:Routledge,1994.

[3]安廓:《朝鲜文学史》,首尔:韩日书店,1922年版。

[4]曹中屏:《朝鲜近代史》,北京:东方出版社,1993年版。

[5]陈平原:《中国现代小说的起点——清末民初小说研究》,北京:北京大学出版社,2005年版。

[6]陈漱渝、王锡荣、肖振鸣:《鲁迅日记全编》,广州:广东人民出版社,2019年版。

[7]陈思和:《中国文学中的世界性因素》,上海:复旦大学出版社,2011年版。

[8]垂水千惠:《吕赫若研究——1943年までの分析を中心として》,东京:风间书房,2002年版。

[9]崔博光:《开港都市化过程中仁川的文学形象》,神户:神户大学文学部,2004年版。

[10]崔埈:《韩国报刊史》,首尔:一潮阁,1990年版。

[11]丁来东:《丁来东全集》,首尔:金刚出版社,1971年版。

[12]耿云志:《胡适年谱》,福州:福建教育出版社,2014年版。

[13]朴宪浩、柳俊弼:《问询1919年3月1日》,首尔:成均馆大学出版部,2009年版。

[14]沟口雄三:《中国的冲击》,徐光德、车太根、金秀延译,首尔:昭明出版,2009年版。

[15]郭沫若:《革命春秋》,北京:人民文学出版社,1979年版。

[16]洪昔杓:《鲁迅与近代韩国》,首尔:梨花女子大学出版文化院,2017年版。

[17]胡风:《胡风回忆录》,北京:人民文学出版社,1997年版。

[18]胡颂平:《胡适之先生年谱长编初稿》(第三辑),台北:联经出版公司,1980年版。

[19]金柄珉、李存光:《中国现代文学与韩国资料丛书》,延吉:延边大学出版社,2014年版。

[20]金允植:《与韩国近代文学史的对话》,首尔:新美出版社,2002年版。

[21]金在湧:《以帝国的语言超越帝国》,首尔:韩国国民大学韩国学研究所,2014年版。

[22]李光麟:《韩国开化思想研究》,首尔:一潮阁,1979年版。

[23]李岩:《中韩文学关系史论》,北京:社会科学文献出版社,2003年版。

[24]李在铣:《韩国开化期小说研究》,首尔:一潮阁,1972年版。

[25]李泽厚:《中国现代思想史论》,北京:三联书店,2008年版。

[26]梁建植:《中国短篇小说集》,首尔:开辟社,1929年版。

[27]梁启超:《饮冰室合集》,北京:中华书局,1989年版。

[28]梁启超:《饮冰室诗话》,北京:人民文学出版社,1959年版。

[29]林基中:《燕行录全集》,首尔:东国大学出版部,2001年版。

［30］刘半农:《朝鲜民间故事(校后语)》,上海:女子书店,1932年版。

［31］鲁迅:《鲁迅全集》,北京:人民文学出版社,2005年版。

［32］鲁迅:《鲁迅书简——致日本友人增田涉》,西安:陕西人民出版社,1973年版。

［33］牛林杰:《韩国开化期文学与梁启超》,首尔:博而精图书出版社,2002年版。

［34］逄增玉:《黑土地文化与中国东北作家群》,长沙:湖南教育出版社,1995年版。

［35］朴宰雨:《韩国鲁迅研究精选集》,北京:中央编译出版社,2016年版。

［36］权宁珉:《韩国近代文学与时代精神》,首尔:文艺出版社,1983年版。

［37］全海宗:《中韩关系史论集》,北京:中国社会科学出版社,1997年版。

［38］藤井省三:《鲁迅事典》,东京:三省堂,2002年版。

［39］王向远:《东方文学译介与研究史》,银川:宁夏人民出版社,2007年版。

［40］尾崎秀树:《旧殖民地文学的研究》,东京:人间出版社,2004年版。

［41］吴敏:《民族主义的自我观照》,香港:国际作家书局,2010年版。

［42］夏晓虹:《觉世与传世——梁启超的文学道路》,北京:中华书局,2006年版。

［43］杨联芬:《晚清至五四:中国文学现代性的发生》,北京:北京大学出版社,2003年版。

［44］杨昭全、韩俊光:《中朝关系简史》,沈阳:辽宁民族出版社,1992年版。

［45］杨昭全:《中国—朝鲜·韩国文化交流史》,北京:昆仑出版社,2004年版。

［46］张哲俊:《东亚比较文学导论》,北京:北京大学出版社,2004年版。

［47］구인환:《한국근대소설연구》, 삼영사,1997.

［48］권영민:《한국 근대문학과 시대정신》, 문예출판사, 1983.

［49］박용규:《식민지 시기 언론과 언론인》, 소명출판, 2015.

［50］양은정:《일제강점기 중국소설번역 연구》, 학고방, 2019.

[51]장칭,김병진 등:《동아시아 지식 네트워크와 근대 지식인》,소명출판,2017.

[52]홍석표:《루쉰과 근대한국》,이화여대출판문화원,2017.

期刊论文：

[1]白川豊:《張赫宙作品에 대한 韓日兩國에서의 同時代의 反應》,《日本學》1991 年第 10 期。

[2]常彬、杨义:《百年中国文学的朝鲜叙事》,《中国社会科学》2010 年第 2 期。

[3]葛涛、金英明:《柳树人翻译的〈狂人日记〉译本研究》,《文艺争鸣》2018 年第 7 期。

[4]亨利·雷马克:《比较文学的定义和功用》,张隆溪译,《国外文学》1981 年第 4 期。

[5]金柄珉:《中国与周边:中韩近现代文学交流的历史转型与价值重建——兼论韩国近现代文学的主体性与现代性建构》,《中国比较文学》2020 年第 1 期。

[6]刘为民:《中国现代文学与朝鲜》,《山东大学学报》1996 年第 3 期。

[7]宋明炜:《后殖民理论:谁是"他者"?》,《中国比较文学》2002 年第 4 期。

[8]孙卫国:《朝鲜朝使臣金允植与李鸿章——以〈天津谈草〉为中心》,《东疆学刊》2018 年第 2 期。

[9]吴舒洁:《世界的中国:"东方弱小民族"与左翼视野的重构——以胡风译〈山灵〉为中心》,《文学评论》2020 年第 6 期。

[10]杨义:《中国现代文学与东亚人文地理》,《中国社会科学院研究生院学报》2010 年第 2 期。

[11]尹允镇:《朝鲜文学的近代化和西方文化》,《东疆学刊》2002 年第 1 期。

[12]尹允镇、夏艳:《世界文学大环境与韩国近代文学观念的历史转型》,《社会科学战线》2015 年第 12 期。

[13]张伯伟:《朝鲜古代汉诗总说》,《文学评论》1996 年第 2 期。

[14]김호웅:《1920-1930 년대 조선문학과 상해-조선 근대문학자의 중국관과 근대 인식을 중심으로-》,《退溪學과 韓國文化》35 호,2004.

[15]문한별:《국권 상실기를 전후로 한 번역 및 번안 소설의 변모

양상—서술 방법의 변화를 중심으로》, 《국제어문》 49집, 2010.

　[16]백지운:《한국의 1세대 중국문학 연구의 두 얼굴》, 《대동문화연구》 68호, 2009.

　[17]서영채:《동아시아라는 장소와 문학의 근대성》, 《比較文學》 72호, 2017.

　[18]성현자:《양계초와 안국선의 관련양상》, 《인문과학》 48집, 1982.

　[19]손성준:《한국 근대소설사의 전개와 번역》, 《민족문학사연구》 56호, 2014.

　[20]장춘식:《간도체험과 강경애의 소설》, 《여성문학연구》 11호, 2004.

附　录

一、《以胡适氏为中心的中国文学革命》(梁建植)

近年来,中国文坛革新之势大涨,人们称之为"文学革命"。但若概而言之,即为对白话文学的鼓吹。当然,发展至此必然经历了多年的蓄势与准备,但今天我并不想站在文学史家的角度来论述它,而是想从这一运动的爆发开始讲起。

民国六年一月一日发行的《新青年》杂志第二卷第五号刊载了一篇胡适的《文学改良刍议》,拉开了这一运动的序幕。当时,作者胡适年仅26岁,是美国哥伦比亚大学的在校生。胡适在这篇文章中提出以下文学改革"八事",正式宣告文学革命的开始。

这"八事"分别是:

一、须言之有物。

二、不摹仿古人。

三、须讲求文法。

四、不作无病之呻吟。

五、务去滥调套语。

六、不用典。

七、不讲对仗。

八、不避俗字俗语。

下面分而述之:

一、须言之有物。这句话批判了文学内容的空虚,文学应该以情感和思想为根基。因为情感是文学的灵魂,思想之于文学就如同大脑之于人身。

二、不摹仿古人。文学随时代而变,所以每个时代都有各自的文学。就散文来看,历经从《尚书》到先秦诸子,从司马迁、班固到韩柳欧苏的变迁,最终才演变成为语录小说的白话文,这便是散文的进化。韵文也是一样。通常来讲,每个时代顺应各自的时势风气,各有特长。所以从历史进化的角度来讲,绝不能说古人的文学要更胜今人一筹。左氏、太史公的文章的确十分出色,但是施耐庵的《水浒传》与之相比也毫不逊色。《两京赋》和《三都赋》着实丰富,但较之唐诗宋词,也只不过是糟粕罢了。这是因为文学是不断与时俱进的。唐代的人作不出商代的诗,宋朝的人写不出相如和子云的赋。即使硬要他们这样做,也会因违逆天时、违反进化规律而很难产出像样的作品,因此切不可摹仿古人。在如今的中国应当创作今日的文学——不必摹仿唐宋,也不必效仿周秦。一旦成为仿作,即使有古人的神韵,也不过是为博物馆徒添一件伪作,无法称之为真正的时代作品。

三、须讲求文法,Grammar。若忽视文法,会导致语意不通。

四、不作无病之呻吟。现在的青年动辄故作悲观,用"塞灰""无生""死灰"等消极词汇作号,写文章时对着落日思晚年,对着秋风思零落,慨叹春天速速归来,遗憾百花早早凋零,并认为这样才是高尚雅致的文学。但其实这才是亡国的哀音。老人这样做尚且不提倡,更何况是青年。沿袭下来会形成一种暮气,很难再出现积极向上的健康作品。所以希望不再无病呻吟。我希望如今的文学家们能成为费舒特和玛志尼,而不是贾谊和屈原。

五、务去滥调套语。今日的学者,胸中记得几个文学的套语便以诗人自处。其诗文中到处都是陈词滥调,使人难以卒读。像是"蹉跎""身世""寥落""飘零""虫沙""寒窗""斜阳""芳草""春闺""愁魂""归梦""鹃啼""孤影""雁字""玉楼""锦字""残更"之类的词,由此而产生的弊端就是出现了大量一文不值、似是而非的诗文,令人唾弃。除此之外,对自己亲耳所闻,亲眼所见——即亲身体验的事情,也应使用自己的语言,将其真实地表现出来。

六、不用典。此句意为不要使用典故,这里的典故有广义和狭义之分。广义的典不是我所谓的"典",广义的"典"分为五种。

(甲)古人所设的譬喻,譬喻之物含有普通的含义,随着时代的变化,含义仍未失效,则今天仍然可以使用。例如"矛盾"之类的词语,不知其典故的人也能明白其中的譬喻。

(乙)成语一般为惯用语,所以但用无妨。

(丙)引用史实,例如杜甫的诗云"不闻夏殷衰,中自诛褒妲",这里的引用是为了与现在所陈述的内容做比较,不算用典。

(丁)引古人作比,例如杜甫诗云"清新庾开府,俊逸鲍参军",这也不算用典。

(戊)引用古人之语。

以上五种,可用可不用。那么狭义的典故是什么呢?文人词客不能用自己的言语来描写眼前之景、胸中之意,故借用古事陈言以代之,企图蒙混过去。广义的"典"与狭义的"典"的不同之处在于,前者是借彼喻此的譬喻修辞,而后者是以彼代此,完全以典代言的手段。狭义的典亦有巧拙之别,巧用者偶尔一用,也未尝不可;而拙劣者则应当断然禁止使用。巧用者使用的妙处在于尽管以典代言,但没有失掉譬喻的原意,只是受文体所限,才使譬喻变成了代言。用典的弊端在于会使人忘记其想要譬喻的原意。若主客颠倒,使读者陷于用典的繁复,反而忘记了譬喻的本体,这种用法就非常拙劣。如今,人们作长律已经到了若不用典便难以下笔的地步。曾经有一首八十四韵的诗,仅用典就达到百余个,令人瞠目结舌。用典拙劣大抵都是不知造词,想以此为计来掩饰自己拙劣的懒惰行为。用典拙劣有以下几种:(甲)不够确切,可作多种解释,没有切实根据。(乙)使用生僻的典故让人难以理解。(丙)取用古典成语,不合文法。(丁)失去原意。(戊)将有所确指、不可移用的故事用在不相关的事物上,等等。

七、不讲对仗。讲求对仗是人类语言的一种特性。所以像《老子》《论语》这些古文中,也时而会出现骈句。但这些对仗是言语的自然表述,而并无搬弄技巧的痕迹,自然也不需要设计声律的平仄和词的虚实。但后世的骈文律诗牵强对偶,因此人的自由被严重束缚。所以今日的文学改良,不应拘泥于细枝末节,把有用的精力枉费在无用的事情上。

八、不避俗字俗语。我国言文背驰已久,但是从佛书输入我国开始,由于单用文言文不足以表词达意,所以译者开始用浅显的语言进行翻译,其表达已经接近白话。之后直至宋朝,由于佛家语录多用白话,对儒家也产生了连带影响。而另一方面,唐宋人的诗词中也出现了白话。到了元代,白话普遍用于戏曲和小说中,形成了一种优秀的白话文学。从现代的角度来看,中国文学最为不朽的传世之作要数元代最多。但丁和路得把欧洲文学从拉丁文的束缚中解放,等价于这一伟业的革命也正作用于中国文学,即发出一种活文学的光辉。但它却随着元朝的灭亡而受到了阻碍,最终由于明朝八股取士的迫害和前后七子复古之风的蛊惑而夭折。然而以现代历史进化的眼光来看,白话文学是中国文学的正宗,可以断言将来的文学建设定要以此为利器。所以,我主张今日作文作诗,宜采用俗字俗语。与其用三千年前的死语,不如用二十世纪的活语。与其摹仿久远的秦汉六朝文字,不如使用通俗易懂的水浒西游式俗语。

如上是胡适的论旨。首先大致指出了从古至今中国文学的弊端,但是在我们看来,改革的要点并非全在于此。其中明显的不足就是过分关注文学外形的改良,而疏忽了内容上的省察,所以关于内容方面胡适就提出了"不作无病之呻吟"和"须言之有物"这二事。"须言之有物"是古文家所谓"达意"的变形,而像"不作无病之呻吟"这种问题属细枝末节,还有其他重要的事项亟待解决。但是转念一想,就像"大声难入于俚耳"一样,想借此机会在内容方面彻底打破旧俗,颠覆因袭思维,并非一朝一夕之功。胡适又通过打破现状的方式,从眼前出发,为改革摇旗呐喊。后来胡适和其他同志开始逐渐进行内心反省,此举也得到了首肯。所以上述内容虽有不完备之处,但是后来论述者多少有所修正,所以我将依然持旁观态度继续进行叙述。

再次进入正题。胡适在点燃文学革命烽火前曾深思熟虑,并做过不少研究。他带着毫不浮躁的至纯之心、真挚的渴盼和至诚的态度进行了理论准备。他绝不仅仅只是崭露头角、一鸣惊人之辈。他在最近出版的诗集《尝试集》的自序里详细记载了文学革命的酝酿经过。当然自序内容主要与其新诗创作有关,但也足以探明其在文学革命进行方式方面所持的观点。

根据胡适的自述,他开始创作白话文是在民国六年,他在上海的《竞业旬报》上刊载了用白话文写作的章回体小说和一篇论文。当时(仅15岁)他只是热爱诗文,应该没有要尝试白话体的意思。但是很显然他对当时的旧文学已经有所不满。当时古体才是时代的潮流,律诗都是非杜甫的律诗不入世人眼。胡适尤为批判杜律《秋兴》八首,他曾说这样文法不通、结构不明的诗大可不必再作了。而他对《南濠诗话》中苏东坡的"诗须尤为而作",《麓堂诗话》中李东阳的"作诗必使老妪听解,固不可。然必使士大夫读而不能解,亦何故耶?"等诗论大为敬服(后来他极力排斥对偶用典的骈体散文,这个想法其实从这一时期开始就已根深蒂固了)。

胡适在民国二年便赴美国留学,慢慢接触到新的欧美文学,逐渐眼界大开。起初他研究的是农学,后来转修政治、经济、文学、哲学,虽然没有专门研究文学,但是由于原本就酷爱文学,所以他阅读了大量的文学著作,因此他当时作的诗受到了西方的不少影响。这通过《尝试集》的附录《去国集》便可知悉(与梁启超和康有为受西诗影响所作的作品类似)。民国四年八月,他写了一篇名叫《如何可使吾国文言易于教授》的文章,当时他尚没有用白话文替代文言文的想法,但已经察觉到文言已是死文字,白话文才是活文字。从那时开始,他对文学革命的渴望就已显露。所以他向友人屡次表露过自己的这种想法。在写给在美友人的诗中处处都流露着"神州文学久枯馁,百年未有健者起。新潮之来不可止,文学革命其时矣。吾辈势不容坐视,且复号召二三子。革命军前杖马棰,鞭笞驱除一车鬼,再拜迎入新世纪","诗国革命何自始?要须作诗如作文。琢镂粉饰丧元气,貌似未必诗之纯"之意。但是友人却对"作诗如作文"这句话的意思产生了误解,对他的说法进行了反驳。这使胡适意识到尽快向朋友介绍"诗界革命"的方式的必要性。他答复友人的文章大意如下:想要整治今日旧文学之弊端,要先从除净文圣的弊端开始。方法就是要从"第一须言之有物,第二须讲求文法,第三当用"文之文字"时,不可故意避之"这三件事开始。这三件事都是从本质上整治文学的弊病(总之,这一观点与前面对杜甫律诗的见解紧密相关,而其后来发表的《文学改良刍议》中改良八事的第一、三项也以此为出发点)。

最终他在心里下定决心要主张白话文学,基调就定为他平时主张的历史文学进化观。民国五年四月五日夜,他在随笔《藏晖室札记》中记录下了自己的决心。其中有如下文字:"文学革命,在吾国历史上非创见也。上溯三代,下至近代,每每重大革命所行之事都在文学思想中寻求方向……文学革命!岂能晏坐!"之后,过了数日,他又作了一首《沁园春》词,题为《誓诗》,实际上是一份文学革命宣言书。上半部分他痛斥了所谓"无病而呻吟"的恶习,下半部分则表明了进行文学革命的决心。

不久后他便迎来了试作白话诗的机会。同年7月中旬他批评了友人寄给他的一篇诗中的死字死句,这件事引起了友人的反感,他还因此受到了猛烈的抗议。对此他写了一首一千多字的白话诗作为回应,表达了嘲讽之意。这一作品虽说是一首游戏诗,但另一方面也带有试验性白话诗的意味。其中有这样一句话:"文字没有雅俗,却有死活可道。古人叫作欲,今人叫作要,古人叫作至,今人叫作到,古人叫作溺,今人叫作尿,本来同是一字,声音少许变了,(中略)古名虽未必不佳,今名又何尝不妙? 至于古人乘舆,今人坐轿,古人加冠束帻,今人但知戴帽,若必叫帽作巾,叫轿作舆,岂非张冠李戴,认虎作豹?"同时强调:"今我苦口舌,算来却是为何? 正要求今日的文学大家,把那些活泼泼的白话,拿来'锻炼',拿来琢磨,拿来作文演说,作曲作歌:出几个白话的嚣俄,和几个白话的东坡。"这首诗遭到了两位朋友的嘲笑。他们误解了胡适的意图,觉得胡适是迷惑世人的骗子,其中一位友人写信嘲讽他说:"盖今之西洋诗界,若足下之张革命旗者,亦数见不鲜。最著者有所谓未来派、想象派、自由诗及各种文艺上颓唐的运动,大约皆足下俗话诗之亚流。诚望足下勿剽窃此种不值钱之新潮流以哄国人。"而另一位友人用温和同情的笔触写下了反驳他的文章:"足下此次试验之结果,乃完全失败是也。"但坚定的信念与主张使他绝不会因朋友们的嘲笑与劝告而动摇。他当即寄去了反驳的书信。之后又再三写信表达自己的立场。其中强调曰:"一次'完全失败',何妨再来?""文学革命的手段,要令国中陶谢李杜皆敢用白话京腔高调作诗。"并且断言"吾志决矣,吾自此以后,不更作文言诗词"。最后,他写信表达了自己坚定的信念和昂扬的意气。从信中可以看出,他意志非常坚决,一下子就能感受到他的潇洒活脱,充满呼之即出的男子热血。友人的反对声反而成为他积极奋斗的推动力。之后,他便抱着更为积极的态度开始活跃地进行他所谓的"尝试"。

8月19日他在给朋友的书信中写下了统一的文学革命纲领,并且把同样的内容也寄给了《新青年》杂志的主编陈独秀,陈独秀将其刊载在第2卷第2号上(民国五年十月一日发行),胡适苦心孤诣的成果终于迎来了问世的机会。陈独秀在这篇通信文后加以附记,赞叹胡适观点的正确。胡适从中得到了鼓励,很快又起草了一篇论文寄给了陈独秀。这就是前面提到过的,刊载在民国六年一月号上的《文学改良刍议》。如此一来,他倡导的文学革命终于登上了历史舞台。

《新青年》由陈独秀在民国四年九月创刊。作为北京大学文科教授的陈独秀,思想进步,文笔极佳,是带领新人的最佳人选。他也是大力集结志同道合之士,为输入新思潮和消灭旧思潮而奋斗的第一人。参与《新青年》编写的新人也都充满元气,饱含希望,且富有弹性,《新青年》这一杂志可以说是新思潮的最高权威。胡适之前就偶尔会寄小说翻译稿给《新青年》杂志,如今他振臂一呼,那些志同道合的新人都为此欢呼。世人或赞许,或指责,众声喧哗。但总而言之他的信念非常强大,可能都超出了他自己的预期。

(译自梁建植:《以胡适氏为中心的中国文学革命》,原文载于1920年11月1日—1921年2月1日《开辟》杂志第5—8期,在此仅附其第5期即整个文章第一部分的内容)

二、《中国的大文豪鲁迅访问记》(申彦俊)

鲁迅!这个诞生于中国的"东方大文豪"!久闻大名,却不曾谋面。从他的小说中,我感觉他应该是个冷血的怪人,就好像一位提着手术刀的怪医生,连麻药都不用,见人(当然这些人的确都是病患)就解剖。尽管他是如此无情又怪异,可他的解剖技术可是锐利大胆而又不失理智的。解剖虽然冷酷无情,可是被他的手术刀刺入的地方却痛苦又畅快。我一直都对鲁迅怀有强烈好奇,想见这位怪杰一面。受朱兄之托,我在5月19日前往中央研究院拜访鲁迅。作为宋庆龄、蔡元培等人组织的民权保障同盟会的委员(民权保障同盟,以援救政治犯为宗旨的团体),鲁迅时常会去设在中央研究院的本部事务局。听说了这一消息,我们便前去拜访。在向蔡元培先生询问鲁迅住处时我们得知,国民政府对鲁迅发布了通缉令,他的住址是绝对机密。但是出于对我们的信任,蔡元培先生还是向我们透露了他的秘密住址,说他借住在北四川路○○○号一位日本友人的密室里,正过着亡命的日子。我先是寄去了书信,请求一见。在回信中,鲁迅说他尽管得以藏身但仍然有遭遇横祸的危险,请我把要说的话和需求写下来,通过书信与他交流。然而我再次提出了秘密会见的请求,最终我们决定于22日,在他的秘密住所进行这来之不易的会面。于是,我终于见到了仰慕已久的文豪鲁迅。

青服敝履的老农装束

我们来到了鲁迅藏身的住所,日本房东夫妇出来迎接了我们。鲁迅先生居住在二层,我们上去就见到了一位仆人模样的老人。他身穿青色棉线衣裤,脚上一双缝制布鞋,一身乡村贫农打扮。他看上去真像一位典型的乡村老农。他的青布棉衣已经褪色,也不知是因为许久没有理发,还是原本就习惯如此,他的头发长得都盖住了耳根,上面好像还落了灰尘,有点凌乱。他胡子也没有刮,我觉得他应该是个不修边幅的人。他的床铺也是朴素的中国式卧榻,连盖的被子和床帐都是棉制的,杯碗也是中国底层人民用的那种,可以说他连一样值钱的东西都没有。他的生活完完全全是无产阶级模式。对于无产阶级,他不是仅仅嘴上说说、笔下写写而已,他的身心和生活本身就是无产阶级式的了。他每月光是收到来自上海各大书店的版权费就有两千元,收到来自欧美各国的译本费每月也有三四千元。作为中国收入最高的作家,要想过上奢华的生活应该不成问题,可是他却过着乡村贫农般的日子。原来,他的收入全部捐献给了文化运动团体。

鲁迅的房间既是卧室,也是客厅,还兼做研究室、写作室,甚至还充当了厨房。床前放着一张餐桌,围桌摆着七把椅子,其余的地方都被书填满了。背对着黑压压的书海,他与我面对面坐了下来。

满是皱纹的额头、凹陷的两颊、半白的头发,都是鲁迅前半生困难重重的印证。个头还不到五尺的他,蓄着中国人少有的浓须,让人一见便印象深刻。他外表看起来就是一个普通人,并没有什么特殊之处。这位身长不到五尺的小个子,就是大文豪鲁迅!

我不是文士

我用中国式的问候语对他的文才表示叹赏,开始了我们之间的对话。他回答的第一句话便是"我没有什么文才。只是偶然拿起笔写些东西,我不是什么文士"。

问:您是怎么开始写小说的呢?

答:我18岁时,想投身中国海军建设事业,所以进入了南京水师学堂。当时,目睹了英美各国带领海军侵略中国,我青春的血液中迸发了一股海军热。但是半年后我就退学进入了矿物学堂。因为那时候我觉得比起海军,国家对矿产开发的需要更为迫切。毕业之后,我意识到应该从种族入手进行改良,种族强大,国家才能强大。所以我前往日本,学习了医学。当时,我想日本的维新就是从医学开始的。可是两年以后,在一部电影里,我看到了一个中国人因为当了侦探而被枪杀的场景。我顿时觉得,必须提倡新文学,从精神上复兴中国。于是我便放弃了医学,转而致力于文艺,并开始尝试写小说。

问:那么,您认为文学有巨大的力量吗?

答:没错,我觉得文学是唤醒大众最为必要的技术手段。

问:您是如何进行创作的?

答:我是现实主义者。就是如实记述我的所见所闻。

问:有人说您是人道主义者,是这样吗?

答:可是我完全反对托尔斯泰和甘地这样的人道主义者。我是主张战斗的。

问:您认为中国文坛具有代表性的无产阶级作家都有谁?

答:我认为丁玲女士是唯一一位无产阶级作家。因为我是小资产阶级出身,无法创作出真正的无产阶级作品。我只能算是左翼派的一员。

与外表截然不同,他是个健谈的人。在我们交谈的过程中,他的话语间满是同小孩子娓娓道来、轻言细语的天真之味,没有一丝邪气。我被他的谈吐深深吸引,以至于忘了做记录。其中《阿Q正传》中阿Q的故事令我印象深刻。他解释说,阿Q这个人物的原型是故乡鲁镇上的人,但实际上阿Q这样的人在中国很常见。不仅如此,无论在哪一个种族,都有很多像阿Q这样的人。当《阿Q正传》被译成英、法、德、俄、意五国语言,在世界文坛上大受欢迎的时候,中国文人却认为鲁迅的作品侮辱了中国,甚至指责他是卖国贼。鲁迅用结实的笔杆、冷静客观的笔触揭露了中国人的本相。

我听他聊了许久,他痛痛快快地道破了中国的政局、知识阶层、世界××等。让我印象很深的是他痛骂了中国的知识阶层,特别是主张民族主义的政论家、文人等,"就像蒋介石领导不了中国革命一样,资产阶级文人意识也都是些无用的幻梦",他道破了资产阶级文人的没落,极力提倡无产阶级文学的蓬勃兴起,展现了左翼文豪的本色。

我询问了他的人生观和世界观。他说:"我一直觉得人生和走路一样,一步又一步,一边前进,一边架桥筑路,这才是人生。"

弱小民族的解放呢?

当问到弱小民族的解放,他回答说"只有当世界××完成,弱小民族才能得以解放"。我们的谈话还涉及法西斯主义和苏俄。他向我询问朝鲜文坛的情况。听到朝鲜语书籍越来越少,朝鲜文艺乃至各种文化全部××化的事实,他说:"绝不要因此而悲观绝望。用日语还是俄语都无所谓。我宁愿中文消失,英语也好、法语也好,只要是比中文优秀的文字,我都希望它可以得到普及。"如此断然否定了国粹主义。

访谈到此就结束了,我与鲁迅作别,回到了家中。他特意请求我帮他寻找一位朝鲜文人,在他最近准备发行的《中国文坛》中对朝鲜文艺的历史和现况进行介绍。"望寻朝鲜文坛有志之士,撰写一稿对朝鲜文坛作以介绍。使用朝鲜文或是外文,各种文字均可,只要寄给笔者就可以代为转交。"另外,他还答应将自己的短篇作品在《新东亚》上投稿,但是自蒋介石法西斯暗杀团的左翼文士暗杀阴谋暴露以来,他一直都在流亡。

在文艺方面我只是一个门外汉,无法对大文豪的文艺进行评论,只能借访问记来对他进行介绍。望读者谅解。

(译自申彦俊:《中国的大文豪鲁迅访问记》,原文载于1934年4月号《新东亚》杂志)

三、《山灵:朝鲜台湾短篇集小说(序)》(胡风)

这些作品底开始翻译,说起来只是由于一个偶然的运会。去年世界知识杂志分期译载弱小民族的小说的时候,我想到了东方的朝鲜台湾,想到了他们底文学作品现在正应该介绍给中国读者,因而把《送报夫》译好投去。想不到它却得到了读者底热烈的感动和友人们底欢喜,于是又译了一篇《山灵》,同时也就起了收集材料,编译成书的意思。

看张赫宙氏和杨逵氏底介绍,朝鲜底新文学运动比中国的要早十年,不但产出了许多新旧的作家,而且还形成了几种不同的流派,台湾底文学运动虽然较弱而且后起,但在日报文艺栏和期刊上用中国白话文和日文写作的作家也不在少数。但可惜我既不懂朝鲜文,台湾方面底材料又不能够得到,只有留心从日本出版物里面搜集,那结果是这么几篇的收获。所以,要说介绍朝鲜、台湾的文学,这当然非常不够,但想到直到现在为止,对于这两个地方底人民大众的生活我们差不多一无所晓,那么,这本书对于中国读者应该有它底意义罢。

我还记得,这些翻译差不多都是偷空在深夜中进行的。四周静寂,市声远去了,只偶尔听到卖零吃的小贩底凄弱的叫声。渐渐地我走进了作品里的人物中间,被压在他们忍受着的那个庞大的魔掌下面,同他们一起痛苦、挣扎,有时候甚至觉得好像整个世界正在从我底周围陷落下去一样。在这样的时候看到了像《初阵》《送报夫》等篇里的主人公底觉醒、奋起和不屈的前进,我所尝到的感激的心情实在是不容易表现出来的。

好像日本的什么地方有一个这样意思的谚语:如果说是邻人的事情,就不方便了,所以,我把那说成了外国底故事。我现在的处境恰恰相反。几年以来,我们这民族一天一天走近了生死存亡的关头前面,现在且已到了彻底地实行"保障东洋和平"的时期。在这样的时候我把"外国"的故事读成了自己们的事情,这原由我想读者诸君一定体会得到。

附录一篇,连标点符号都是照旧。转载了来并不是因为看中了作品本身,为的是使中国读者看一看这不能发育完全的或者说被压萎了形态的语言文字,得到一个触目惊心的机会。译文六篇,单独发表的时候差不多都写过后记,现在却一律略去了。上面已经说过,我底主意不如说是为了介绍他们底生活实相,当作作品看的优点或缺点底指摘,在这里反而是不关紧要了。

　　　　一九三六年三月三十一日之夜记于上海

（胡风编译的《山灵:朝鲜台湾短篇小说集》于1936年由上海文化生活出版社出版,这部短篇小说集收录了张赫宙的《山灵》《上坟去的男子》、李北鸣的《初阵》和郑遇尚的《声》共三位朝鲜半岛作家的四篇作品,附录为小说集之"序"）